JN323732

ひつじ研究叢書〈文学編〉4

高度経済成長期の文学

Takumi Ishikawa
石川 巧

ひつじ書房

ひつじ研究叢書〈文学編〉

第一巻　江戸和学論考　鈴木淳著

第二巻　中世王朝物語の引用と話型　中島泰貴著

第三巻　平家物語の多角的研究　千明守編

第四巻　高度経済成長期の文学　石川巧著

第五巻　日本統治期台湾と帝国の〈文壇〉　和泉司著

ひつじ書房

ひつじ研究叢書〈文学編〉4　高度経済成長期の文学　目次

凡例

一、本文の表記については、人名のみ旧字体を用い、それ以外の固有名詞等は旧字体を新字体に改めた（文藝春秋→文芸春秋、國學院大學→国学院大学など）。ただし、引用については原文表記のママとした。

二、各種文献の引用に際しては、一部の記号を省略するなどの改変を施している。ただし、ルビに関しては読者の理解を助けることを目的に、適宜、省略／加筆を施している。

三、単行本の書名は『　』、新聞・雑誌名は「　」として区別するとともに、テキストや論文のタイトルも「　」で統一した。

四、本文の引用に際しては、初出誌と単行本の違いを明示しているが、文脈上、単行本をテキストとして論じている場合がある。また、文脈上必要ないと思われる場合は適宜、初出の書誌を割愛している。

五、出典については最初に紹介する際に書誌情報を記し、以後は「前出」と表記することを原則としたが、章が変わるなどして離れたところで引用する場合は、必要に応じて書誌情報を記している。

六、本書では、「一九七〇年代」といった西暦による年代表記と「昭和四五年」といった元号表記が混在しているが、それぞれは文脈によって遣い分けている。基本的には一〇年程度のやや長いスパンで捉えることが適切と思われる内容に西暦を用い、具体的にその出来事が起こった年が明記できるものに元号を用いたが、それ以上に重要視したのは、それぞれの語感である。

七、明らかな誤字・誤記については、筆者の判断で正しく訂正した箇所がある。ただし、誤字・誤記そのものを明示することに価値があると思われる場合は、ママを付して表記した。

八、本書の巻末には、補助資料として昭和35年～55年までの関連年表を付している。各テキストの時代背景に関しては、同年表を参照しながら読んでいただきたい。

序論

1

明治維新以降、近代国家としての歩みを開始した日本は、幾度かにわたる戦争を経験し、関東大震災をはじめとする様々な国難を乗り越えてきた。なかでも、支那事変から大東亜戦争、太平洋戦争へとつながる一五年戦争と敗戦にともなうＧＨＱ／ＳＣＡＰの占領は、天皇制にもとづく帝国主義を解体し、日本を民主主義国家として再生させた出来事として記憶され、戦前／戦後という枠組みで時代を区分する考え方が広く流通している。

だが、敗戦後の日本が経験した劇的な変貌は、あくまでも外圧として強制的にもたらされたものであり、そうせざるを得ない状況に追い込まれたところから出発している。政治・経済・社会の仕組みが改革され、様々な「権利」と「自由」がもたらされたことによって、人々が新しい生活様式を享受できるようになったことは事実だが、それは廃墟のうえに建設された新しさであって、戦前・戦中を生き延びてきた人々にとっての戦後とは、ときに「復興」であり、ときに戦前の日本を取戻そうとする営みであった。

では、近代の日本には内発的なパラダイム・チェンジの機会がなかったのだろうか？　もしそれが存在するとすれば、いつどのような状況のなかで起こったのだろうか？　この問いに対するひとつの応答として考えられるのが、一九五〇年に起こった朝鮮戦争の特需、および一九五〇年代後半からの高度経済成長がもたらした大量生産・大量消費時代の到来にともなう人々の精神構造の変化である。当時の日本は、神武景気（昭和30年〜32年）、岩戸景気（昭和33年〜36年）、オリンピック景気（昭和38年〜39年）、いざなぎ景気（昭和41年〜45年）、列島改造景気（昭和47年〜48年）と、世界にも類をみないほど長期間にわたって好景気が持続した。物質的な豊かさと生活水準の高まりが社会を成熟させ、人々を幸福にするという素朴な神話を誰もが信じ、ひたむきに働いた。右肩上がりに増えていくＧＮＰ（国民総生産）は、敗戦の傷跡がいまだ影を落としていた日本に自信と誇りを与えてくれた。

それはまさしく大衆社会の到来であった。大衆が大衆であり続けながら個々の生活を満喫できる時代、大衆が自らを大衆と名乗り、そのことに少しも不満を覚えることなく小さな箱庭の享楽に身を委ねていける時代のはじまりだった。そして、この二〇年余りにわたる高度経済成長期を通過することによって、人々は戦前的な思考をことごとく忘れた。〈忘れる〉ための技法を身につけた。過去の英知を継承することに価値を見いだせなくなったという意味において、この時代は日本近代を決定的に分断しているのである。

また、〈忘れる〉という言葉には、単純な忘却や喪失という意味だけでなく、目をつむることも含まれている。それは、戦後日本がひきずってきた問題、表面的には繁栄を遂げてようにみえる社会の後景に取り残されていく歪みや暗部を見ないようにする態度にもつながっている。高度経済成長期の日本を語る言説の多くは、一九六四年の東京オリンピック、一九七〇年の大阪万国博覧会といった国家的イベントを機軸に祝祭的な物語を演出し、一九七三年の第一次オイルショックが起こったことで、夢と希望の時間があっという間に幕を閉じてしまったかのような語り口をする。結果として、「あの頃はよかった」、「あの頃が懐かしい」といった懐古的な視線が増幅する。そこに培養されるのは、唐突に終了を告げられたカーニバルの余韻に浸るかのような陶酔感である。人々は、何かが何かに転換したと考えるのではなく、何かが終わり、何かを喪失したと考えるようになったのである。

大澤真幸は『戦後の思想空間』（平成10年7月、ちくま新書）のなかで、

七〇年代初頭の時代を、僕は「理想の時代」と見なしています。理想の時代というのは、人々が自らに「欠如」を覚える時代なんですね。つまり、理想と欠如は対になっている。欠如がなければ理想はありません。つまり、理想をもつということは、理想の欠如として現状を生きるということになるんですね。だから、

ある欠如を埋めるということが、たとえば文学であり思想であり表現活動であり、さらに日々の活動になる。そういう時代が理想の時代だと思います。

と述べたうえで、それ以降の時代を、「欠如」そのものがなくなり「自分には何も欠けていないけれども、素敵なことは素敵だと感じる」ようになった時代、「欠如なしに自然に生じてくる過剰な欲望や快楽」を肯定することに価値が見いだされるようになった時代と規定しているが、この言説を援用すれば、〈忘れる〉ための技法とは、「欠如」を意識することなく「過剰な欲望や快楽」に没入していくということでもあるだろう。

2

〈忘れる〉ための技法という問題をめぐってもうひとつ指摘しておきたいのは、この時代に〈やさしさ〉という価値観が急速に普及したことである。誰かのために生き、誰かに何かを与え育もうとする〈やさしさ〉、他者との間に摩擦が起こることを極力回避する〈やさしさ〉、様々な出来事に対してナイーブに反応し深く傷ついてしまう〈やさしさ〉など、この言葉は多種多様な文脈のなかで用いられるが、高度経済成長期の文学テキストでは、それがことごとく肯定的な表現になり、社会の秩序を保つための最も大切な価値であるかのように描かれていることに気づく。

一九六〇、七〇年代といえば、学生運動や労働運動の嵐が吹き荒れた時代である。石炭から石油へのエネルギー転換にともなう炭鉱地帯の衰退、過疎化する地方の農村、全国各地に巻き起こる公害問題、そして、過当な競争社会のなかで身をすり減らして働くサラリーマンたち。人々を闘争に駆り立てる材料がいたるところにころがっていたし、実際、それぞれの当事者たちは激しい怒りと憎しみを鬱積させていた。だが、怒りと憎しみをもたなければならない人々の多くは、社会的・経済的な弱者だった。大量生産／大量消費の循環がもたらす〈富〉の恩恵によって、マジョリティは怒りと憎しみの現場から遠ざかることを許された。

また、〈富〉を享受することができた人々のなかには、困難に喘ぐ人々にも手をさしのべ、余った〈富〉を再分配することで自分の立場に正当性を与えたいという気持ちも芽生えてくる。そこには、怒りと憎しみをもたらす原因そのものは〈忘れる〉が、困窮している人々に手をさしのべる善意だけが保持されるような〈やさしさ〉の自己愛的な転倒が垣間見えるのである。

本書が問題化する〈やさしさ〉とは、そのような多重人格的な態度をさしている。人々がそれぞれの我を通そうとするのではなく、適度な距離感をもって衝突を回避すること。周囲を蹴落として競争に勝ち抜くよりも、自分の能力に見合ったほどほどの幸せを追求すること。解決の糸口が見えない課題を正面から受け止めて思考・逡巡するよりも、物事を単純化し安直な答えを導きだそうとすること。それこそ、〈忘れる〉ことの背後で作動する逃避としての〈やさしさ〉なのである。

ところで、高度経済成長期をそれ以前と以後で分節する思考においてしばしば用いられる図式に、思想から常識へ、知識から情報へ、歴史から物語へ、政治から経済への移行がある。それらは総じて、難解なもの、答えの出ないものを分かりやすく明快に、ある考えを深く掘り下げるよりも広く浅く理解することを、そして、多様な認識が交錯するアナログから単一的かつ合理的なデジタルへ、という指向性をもっている。そして、こうした社会動向の変化を促した原因として、つねに逃げ口上のように利用されるのが、大衆化社会という言葉である。いかにも、責任の所在を曖昧にしているような響きをもつこの言葉は、高度経済成長期の諸問題を探究しようとする数々の考察において、厭くことなく反復されてきた。「大衆」という言葉は、それほど汎用性があった。

かつて、「大衆」は貴族／民衆、資本家／労働者といった階層構造のなかで、なにがしかの権力をもつ人々がそれをもたない人々を群れとして括るときの総称だった。特別な能力・資質を備えたエリートに対する非エリートの集合体としても機能していた。だが、大量生産／大量消費社会においては、豊かな暮らしや個人の自由を追求する人々がいつのまにか均質化された価値観のなかに身を置くという現象が起こってくる。個性を主張し、自分たちを支配・拘束する抑圧からは逃れようとするが、だからといって主体的な生き方を望んでいるわけではなく、結果的にマジョリティに同調する人々が増える。そして彼らは、自らを「大衆」と名乗りつつ、過去の記憶を〈忘れる〉技術を駆使し、怒りと憎しみを募らせる人々に対して〈やさしさ〉で応えようとする。山崎正和は、『柔らかい個人主義の時代』（昭和60年9月、中央公論社）のなかで、物それ自体を消費することへの欲望が減退し、効率に関係なくプロセスを愉しむこと、充実した時間を目的に行動することを重視するような価値観の到来を問題化しているが、それはある意味、高度経済成長期がもたらした時代の産物でもある。

　こうして「大衆」は、権力に支配される烏合の衆でもなければ、社会を実質的に動かしていく全体の総意でもなく、ただひたすら小さな物語を紡ぎ、身の丈にあった自己実現を図ろうとする人間たちを安息させてくれる巨大な器になる。そのゆりかごに揺られてさえいれば、他者と同調できるという錯覚が時代を覆っていく。

3

　高度経済成長が爛熟期を迎えた一九七〇年前後、まるで、ゆりかごのなかでしか生き延びられない「私」のとりとめなさを凝視し、「私」という危うい主体が世界と関わっていくための隘路を探し求めようとする文学が登場する。それが「内向の世代」[1]である。小田切秀雄が文芸時評のなかで、「自我と個人的な状況のなかにだけ自己の作品の真実の手ごたえを求めようとしており、脱イデオロギーの内向的な文学的世代として一つの現代的な時流を形成している」（「満州事変から四十年の文学の問題」「東京新聞」夕刊、昭和46年3月23日〜24日）と記したことでその名が付いた「内向の世代」は、必ずしもひとつの方法意識を共有しているわけではない。特定の文学賞や同人誌で括れるような集合体を構成しているわけでもない。あえて共通項を見いだすとすれば、政治的・社会的な問題と距離をとりながら文学の独自性を貫こうとした書き手たち、ということになるだろう。

また、命名者である小田切秀雄自身が、のちに「衛生無害のニヒリズム」（「風景」昭和46年10月）という文章を書き、彼らの文学に通じている「気分化された不安」、および、時代の繁栄に守られるように「社会的現実」に目をつむり、安直に内部逃避しようとする傾向を批判したことからもわかるように、「内向の世代」という呼称には明らかに指弾的な響きがあった。

だが、たとえば、当時「内向の世代」の一員に数えられていた柄谷行人が、「われわれのなすべきことは、現実を回復する道を自らの「方法的懐疑」によって切りひらくことである。少なくとも氾濫する事実や情報をひとたび括弧にいれる明晰な意志をおいて、「外界への道」は断たれている、と私は考える」（「内面への道と外界への道」、「東京新聞」夕刊、昭和46年5月9日～10日）と主張したように、本来、彼らの文学の根幹にあったのは、人間を社会的な役割に固定し、「現実」を自明のものとして受け止める文学の拒絶であり、その閉塞性を乗り越えていくことだった。彼らは、高度経済成長期のうかれた世相に流されたり卑近な日常に甘んじているのではなく、自分たちが直面している内的な危機を明確にし、「方法的懐疑」によって、そこから外部へと通じる道を探っていたのである。

「内向の世代」の小説には、作者自身の身辺事情や幼い頃の原体験といったものから「私」自身の拠り所を捜し出そうとする私小説的題材と、日常を突き抜けたところに広がる闇、狂気、神話、異界といった反近代的世界に主体が触れ合う感覚を描こうとするフィクションとが双方向的に存在している。自分自身が空位であることを知ってしまった彼らにとって、目の前に広がる世界を確固たる現実として受け容れる手立てはない。それゆえ、彼らは、すでに喪われてしまった光景や集団の記憶をすくいあげ、そこから響いてくるかすかな声に想像力の根源を見いだした。

彼らの「方法的懐疑」をつきつめていくと、高度経済成長期における知性のあり方、あるいは、その変容という問題が見えてくる。そこで問われているのは、現実そのものの変革ではなく、現実をそれまでと異なるものとして認識するための知性の働かせ方なのである。

たとえば、かつての日本では、旧制高等学校や帝国大学で学んだエリート層に振り分けられる「教養主義」と、真面目にコツコツ働いていればいつかはその努力が報われるという道徳観にもとづく「修養主義」があり、それぞれは厳然と区別されていた。「教養主義」は、古典とよばれる文献を広く読みあさって自らの思想を深化させるとともに、外国語や外国文化を幅広く身につけることに価値を置き、非エリートである大衆をコントロールすること、彼らを有能な労働者として育成することを使命のひとつとしていた。逆にいえば、エリート層が大衆を啓蒙し、彼らに夢を与えるために用意したのが「修養主義」にもとづく規範意識だった。

ところが、高度経済成長期における大衆は、特定の選ばれし人間の言葉を鵜呑みにして努力と成功を疑いもなく結びつけられるような素朴な存在ではない。また、大学進学者も激増し、学歴による階層化が破綻しはじめたこの時代には、エリートという概念そのものが崩壊しつつあった。将来を約束されることを期待して大学に入った学生たちは、学歴を得たからといって必ずしも明るい未来が保証されるわけではないという現実に打ちのめされ、学問することの目的を見失っていくのである。

さきにも述べたように、当時の日本は右肩あがりの経済発展が続き表面的には好景気に沸いているようにみえた。朝鮮戦争、東西のイデオロギー対立、激化していくベトナム戦争、そして、核兵器の開発競争がもたらした冷戦構造。近隣諸国では絶えず戦争や紛争が起こり続け、多くの民衆が死んでいたが、そのような世界の情勢とは懸け離れたところで繁栄を謳歌していた。学生運動や安保闘争にしても、所詮は、平和を前提とする小社会に起こった若者の反乱に過ぎず、その閉塞感に苛立った人々は、ときに開き直ってモラトリアムに逃げ込み、ときに精神としての日本を棄てた。(2) 祝祭的なムードに流された闘争よりも、戦略としての逃走を選択した。

社会のなかに自分が座るべき椅子が用意されていないことに憤った若者たちの反乱に業を煮やした体制側は、管理教育を強化し、「期待される人間像」（昭和41年、中央教育審議会答申）をスローガンに掲げて愛国心と遵法精神の涵養を急ぐ。「期待」という未来への投機によって若者の現在を縛ろうとする。こうして、抑圧的な空気の蔓延とともに、若者のあいだには「期待される人間像」から毀れ落ちてしまうことへの憧れと鬱屈が広がっていく。気分としての憧れと鬱屈は、挫折者への共鳴というかたちで顕在化する。若者たちは、大人が敷いたレールの上を歩かされることの代償として、そのレールから降ろされてしまった人間、自らの意志で降りていった人間に惹かれていくのである。

その典型は、高度経済成長期に起こった学生運動家の日記・手記ブームにみることができる。安保闘争のさなか、国会議事堂前で起こったデモ隊と機動隊との衝突で命を落とした東京大学の学生・樺美智子の手記をまとめた『人知れず微笑まん　樺美智子遺稿集』（昭和35年10月、三一書房）にはじまるこのブームは、同書に影響されて学生運動にのめりこんだのち、別のセクトで活動する恋人との対立に苦しんで自殺する奥浩平の手記『青春の墓標　ある学生活動家の愛と死』（昭和40年10月、文芸春秋新社）につながり、さらに、奥浩平の二の舞になるまいと決意しつつ、やがて自らも死を選択する高野悦子の『二十歳の原点』（昭和46年5月、新潮社）を世に送りだす。そこに共通しているのは、自分の弱さを見つめ、まるで自分を励ますように手記を書き続ける若者の内省的な態度である。高度経済成長期の読者たちは、そうした内省的な言葉に自らの潜在的な欲望を投影したのである。

このような認識にもとづいて、本書では、日本の近代に起こった内発的なパラダイム・チェンジとしての高度経済成長期に焦点をあて、この時代に発表された様々な文学テキストを読み解くことで、それ以前／それ以後のあいだにどのような懸隔があるのか、私たちはこの時代に何を忘れてしまったのか、何かを忘れたことによって、それ以後の文学テキストにはどのような変容がもたらされたのか、〈忘れる〉ことが日常になった状況のなかで文学は何を刻印しようとしたのかを考える。

4

こうした、高度経済成長期の文学状況を多様な角度から照射するために、本書では、第一章「知性――学生小説の変容」、第二章「大衆――身につまされる文学」、第三章「欲望――愛欲の光景」、第四章「事件――終末の記憶」、第五章「教化――教材化される文学」という五つの柱を用意し、具体的な小説の読解を通して、それぞれの問題を考察する。また、読者が文学テキストをどのように読んだのかという受容史にも注目し、私たちの思考の枠組みを通史的に把握することにもつとめる。具体的には、以下の通りである。

第一章・第一節では、柴田翔『されど われらが日々――』を論じる。この小説は、学生運動を主導していた日本共産党が「六全協」で武装闘争の放棄を宣言した直後を舞台としている。学生党員のなかに大学を去る者、行方不明になる者、自殺する者などが相次ぐなか、修士論文を書き上げたあと、婚約者と結婚して「地方の大学の語学教師」になることが決まっている「私」は、世情を冷ややかに眺め、いまここにいる自分をモラトリアム的な存在と規定する。だが、婚約者の節子は、そんな「私」の保身的な態度に幻滅し、彼のもとを去る。残された「私」は、彼女から届けられた長い書簡を読みながら、たとえ相手を傷つけてでも「自己決定」を遂行しようとする意志の強さにうちのめされる。この小説では、様々な書簡を駆使して同時代を生きる若者たちの群像を浮かびあがらせるような描き方がなされている。また、記憶の想起や回想的な語りを組み合わせることによって時間軸を重層化し、不安や虚しさを〈世代の感傷〉へと変換している。

第二節では、庄司薫の『赤頭巾ちゃん気をつけて』を論じる。大学紛争によって東京大学の入学試験中止が発表された頃[3]を舞台とするこの小説は、混迷の時代を「いやったらしいお行儀のいい優等生」として生きる「ぼく」の内的独白を通して、大学という場所を中心に権威化されてきた「知性」のいかがわしさを暴きだすところに特徴がある。高度経済成長期という時代のなかで誕生したこの小説は、たちまち同時代の若者たちの心をとらえ、一九七〇年代から現在に至るまでの「青春文学」の方向性を規定していくわけだが、その根底には、「知識人」こそ「アマチュア」でなければならないというテーゼがあり、それを実践していくための方法がきわめて戦略的に描かれている。

第三節では、大江健三郎の「他人の足」を論じる。この小説は、かつて正岡子規が『病牀六尺』に記した一節からタイトルを付しており、テキストの背景には、しばしば子規的な世界認識が顔をのぞかせる。だが、「誰かこの苦を救ふてくれる者はあるまいか」と煩悶しながらも、ついには「健康なる人は笑へ。病気を知らぬ人は笑へ。幸福なる人は笑へ。達者な両足を持ちながら車に乗るやうな人は笑へ」と叫び、脊椎カリエスという病を自分の身にひきうけていった子規に対し、「他人の足」の主人公は、文字どおり「他人の足」をかりて外部を覗き見ようとする。そこには自らを主体的に促すための原動力となる内部世界への想像力が欠落しており、結局、看護婦によってもたらされる愛撫だけが空白の内部に向けて反復されることになる。

第二章第一節では、官能小説作家として人気を博した川上宗薫が、まだ純文学を志していた時代に書き継いだ自伝的小説を扱う。長崎に生まれ育ち、原爆で家族を失う経験をした川上宗薫は、原爆を悲惨な出来事として語ることを自明化し、それ以外の文脈に用いることを不謹慎だと考えるような禁忌の押しつけを徹底的に嫌った。現実そのものと言葉の表象を同じレベルで考えようとする短絡的な認識に抵抗し続けた。何かを体験することと何かを語ることはまったく違う次元の問題であり、それを恣意的に接続させて過去と未来の間に筋道をつけることは、ひとりひとりの存在を抹殺し、人間というものを抽象化していくことに他ならないと主張した。そして、被爆者／被曝者に注がれる同情のまなざしが逆に彼らを世間から遠ざけ、結婚や恋愛の自由を奪った事実をもとに、原爆を聖化することが、むしろ、その言葉を遣って生きている人間を不自由にしていくジレンマを小説の題材にしていく。川上は、そうした矜持をもって、純文学と官能小説のあいだをひとつの一貫したスタイルで跨いだのである。

第二節では、松本清張の自伝的小説である『半生の記』を注釈的に読み解く。作家が書く自叙伝の多くが、いま現在をひとつの到達点とみなし、自分は如何にしていまの自分を形成したのかという獲得の歴史を叙述するのに対して、清張の場合は、自分の半生に果たして語るに価する何かがあっただろうかという疑惑のまなざしを持ち続け、自分は何を置き去りにしてきたのか、何を脱ぎ棄てようとしてきたのかを浮き彫りにする。この小説は、表面的な記述を追っていくと、いかにも苦労人然とした作家の「私」が貧困と劣等感に喘いでいた「青春」時代の苦労を切々と語っているような印象を受けるが、父と「私」の関係をめぐる物語の集積として読み直してみると、意外なほど明るく穏やかな幸福感が溢れている。貧乏であることや不遇であることの辛さを直視したうえで、なお反撥や怨嗟の感情を胸のなかにしまい込もうとする意志がみなぎっている。清張はそうした体験をレッスンとして捉え、父の弱さ、不甲斐なさを引き受けることで人間に対するものの見方を学ぶとともに、それを同時代の読者たち、特に、金の卵（中学校を卒業して集団就職などで上京した若者）ともてはやされたあげく、安い労働力として供給された若者たち、都会の片隅で劣等感にさいなまれながら生きている若者たちへのエールとして送りかえしているのである。

第三節では、晩年の吉川英治が新聞に連載した『私本太平記』を論じる。この時代小説は、昭和三三年当時の日本、および、日本を取り囲む国際社会に広がる「虚無型の不安」に迫ることを狙いとしており、吉川英治は、作家としての思惟を働かせるために南北朝の世に題材を借りている。つまり、『私本太平記』に描かれる人間群像は、学生や労働者を中心とする国民勢力が日米安全保障条約改定に反対して蜂起した六〇年安保闘争、あるいは、「保守」と「革新」の溝が深まり、混迷を極めていた政治状況の隠喩として機能している。象徴としての皇室を中心とした秩序の安定を願う吉川英治は、「人倫的国家理想の伝統の上に立つもの」（和辻哲郎『日本倫理思想史 下巻』昭和27年12月、岩波書店）としての楠木正成を造型することによって、戦後日本が、ニヒリズムに陥ることなく新たな秩序を獲得していくことを夢見たのである。


第三章・第一節では、昭和三〇年代の川端康成が、いくつもの小説で妻の性愛をめぐる問題を描いていることに着目し、『山の音』以降の小説を系譜的に論じる。川端康成の小説世界において、性愛にめざめた妻たちは、自分のなかにもうひとりの自分が蠢いていることを感じ、その不協和音に耐え切れず、やがて「家庭」を失っていく。そこでは、恋愛から結婚へと至るプロセスが徹底的に空洞化され、結婚というかたちで一緒に暮らしている夫の鈍感さ、野蛮さ、無意味な「健全」さばかりが際立つ仕組みになっている。ふがいない夫の力を借りずに自分ひとりで欲情に目覚めていく女たちは、結婚を人格の所有ととらえて女に受動的な性の悦びを期待する男の幻想を破壊するものの、その後、まるで何かに処罰されるように狂気の領域へと幽閉されていくのである。

第二節では、デビュー当初から昭和三〇年代前半にかけて書かれた松本清張のミステリーにおいて、邪《よこしま》な愛欲のために妻を裏切る男とその男に翻弄される女、愛人の介入によって歪められていく夫婦関係などが数多く登場することに着目する。それらの小説では、女の身体における〈性〉の痕跡が問題にされ、夫から性的な身体として認められずに悶々とした日々を過ごす妻の飢餓感、〈性〉にまつわる忌まわしい記憶を隠しながら生きている女のうしろめたさが事件の動機になる。また、女の身体に対してなされる性的な意味付けは、女を置き去りにして遠ざかったあげく、結局、自分の都合でよりを戻そうとする男の身勝手さ、浮薄さとセットになっている。そして、お互いのわだかまりが、ある出来事をきっかけに憎悪や嫉妬となって溢れ出し、彼らの常軌を奪う。ミステリー作家としての松本清張は男女関係の危うさ、脆さを描き、それを事件の動機に昇華することで読者の共感を得たのである。

　第三節では、一九六〇年代以降の文学に、男と女が一緒に棲むことそれ自体を主要なモチーフとし、特に性愛という側面からそれぞれの関係性を掘り下げていく構造をもった小説が数多く登場してくることに注目し、それを同棲小説と名づける。平凡な夫婦の日常に亀裂をもたらす淫らさや崩壊感覚を描いたもの。妊娠／堕胎、出産／育児がもたらす男女の感情の齟齬を描いたもの。それまで安定していた夫婦関係が、愛人や浮気相手の介入によって関係性を変質させていく過程を描いたもの。若さゆえの過ちという図式があらかじめ決まっており、破綻することを前提に破局へのプロセスを劇画風に描いたもの。同棲小説には様々なバリエーションがある。そして、この時代に書かれた同棲小説の多くはアパートを舞台としており、冷酷でありながら好奇のまなざしを向ける世間と純粋で傷つきやすい主人公たちを対比的に描く点で著しく似通っている。また、社会や世間の荒波に傷つけられた男と女が、まるでシェルターに逃げこむように身を寄せ合う構図のなかで、将来を約束する〈愛〉よりも、いまこの瞬間に求め合う〈性〉だけが信頼に足るものとして描かれている点も共通している。

　第四章・第一節では、『川端康成／三島由紀夫　往復書簡』を読み、特に、三島由紀夫の割腹自殺というセンセーショナルな事件に関するひとつの解釈を試みる。この往復書簡は、川端康成の作家的資質と、彼が文壇において揺るぎない〈立場〉を維持し続けることができた要因を考えるうえで極めて興味深いテキストである。三島由紀夫こそは、文壇における川端の〈立場〉を正しく見抜き、それを利用して自己の評価を高めていった作家であり、長年にわたる往復書簡には、師弟として振舞うことを黙約した二人が、言葉によってそれを強固なものに仕立てていく過程と、お互いの生き方や思想が決定的な齟齬をきたしたあと、緊張関係が瓦解していくさまがまざまざと描かれている。また、この往復書簡には、川端康成のノーベル賞受賞前後の文学状況、すなわち、高度経済成長期における日本文学界の動向、翻訳事情、海外からのまなざしなども克明に記されている。この時期、三島由紀夫が川端康成に送った書簡を読むと、彼がどのような経緯で楯の会を組織し、革命を夢見つつ衰弱していったかが手に取るようにわかる。

第二節では、高度経済成長期の日本を象徴する出来事であった大阪万国博覧会をめぐる諸言説に注目し、岡本太郎をはじめとするプランナーや、この国家イベントに積極的に関わっていった作家・学者の言説を通して、この国家イベントを契機として人類学的な世界認識が一般性を獲得していく様子を追う。また、このプロジェクトに違和感を抱いた作家たちに共通していた認識として、個々の〈人間〉をひとつの〈人類〉に書き換えていく思考に対する強烈な嫌悪感があったことを指摘し、同時代における文学的想像力の源泉を探るとともに、彼らが〈人間〉を恢復するためにどのような表現を試みたのかを検証する。

第三節では、早坂暁作／吉永小百合主演のテレビドラマ、〈夢千代日記〉シリーズを論じる。このドラマは、広島に投下された原子爆弾で胎内被曝し、いまは白血病を患う主人公・夢千代（吉永小百合）が、苦痛と恐怖に怯えながら、限られた時間を精一杯に生きようとする姿を描いている。時代は高度経済成長期だが、彼女が暮らす山陰の小さな温泉街はどんどん寂れていくばかりである。母から受け継いだ置屋「はる家」の芸者衆は、それぞれの事情を抱え、この街に流れ着いてくる男たちも、みな時代の勢いから取り残された者たちである。〈夢千代日記〉は、そんな哀切感ただよう男と女を人生模様として描き出している。特に、第三作『新・夢千代日記』では、原爆というモチーフはもちろん、人間の〈死〉そのものを思索的に表現する意図が明確になっており、原作者・早坂暁の原爆に対する認識、高度経済成長期の日本における敗戦の傷跡、経済的な繁栄を遂げた社会の裏側でいまだ苦しみ続ける人々の嘆きなどが抽出される。だが、すでにあからさまな記号性を身にまとってしまっている吉永小百合がそれを演じることで、本来、非当事者には理解不可能な領域まで理解可能なものに変換されてしまう。彼女が被曝者を生真面目に演じれば演じるほど、個別の人間の「哀しさ」としてではなく「日本人の哀しさ」のように見えてしまう。誰かの役に立ちたいと願い、誰かを救うことで自分自身も救われる被曝者を造形し、被曝者がその痛みや苦しみを自らの〈声〉で語ることに意味を求めた早坂の狙いは、吉永小百合という拡声器によってドラマと現実の垣根を越え、夢千代のようには生きられなかった大勢の被曝者たちの体験・記憶を抹消していく働きをしているのである。

第五章・第一節では、全国学校図書館協議会が主催し、毎日新聞社が後援する青少年読書感想文全国コンクールの入選作品集『考える読書 中・高校生の部』を分析対象として、高度経済成長期の中・高校生が太宰治の『人間失格』をどのように読んでいたのか、その読み方にはどのような〈型〉があるのかという問題に迫った。また、太宰治はなぜ思春期にある中・高校生を誑《たら》し込むのか？ 太宰治の文学はなぜ「お話」ではなく「現実に考えていること」を書いているようにみえるのか？ そこに屹立する人間らしさとはどのようなものなのか？といった問いを立てている。昭和三〇年代、読者のピューリタニズム精神を喚起する小説として読書感想文の世界に進出した『人間失格』は、昭和四〇年代に入ってから、弱さを貫き続ける強さへの連帯、現実社会の醜悪さをニヒリズムによって描くことへの陶酔といった読みの段階を経て、主人公に対する作者の批評的な視線をすくいあげようとする方向にむかっていく。それは小説のどこにも書かれていないことだが、読者たちは小説の内容=「お話」など見向きもせず、作者・太宰治と主人公・葉蔵それぞれへの接近・離反を繰り返しながら玉葱の皮むき作業に没頭してきたのである。また、この擬似恋愛的なゲームに興じる読者たちは、旧い解釈を新しい解釈によって駆逐していくような読み方をせず、A→AB→ABC→ABCDといったかたちで増幅していく解釈をすべて容認し、そのことによってテキストの鮮度が劣化することを防いでいる。読者たちは、この小説に自分自身の陰画を発見し、こちらの心理や感情の動きに応じてテキストが多様に変化していくことに驚嘆したのである。

第二節では、昭和二五年以降、教科書の定番教材となっていた有島武郎の「生まれ出ずる悩み」に注目する。この小説は、日本が右肩上がりの経済成長を遂げていた時代、懸命に働けば生活が豊かになるという実感を人々が持ちえた時代にもてはやされたにもかかわらず、昭和五二年を最後に、いったんすべての教科書から消えている。ここでは、その特異な現象に着目し、青少年を主な読者に想定して書かれた小説を数多く有する有島のなかで、なぜこれほどまでに「生れ出ずる悩み」だけがもてはやされたのか？という問題を検証している。特に、①教科書の指導要領では「芸術」や「創作」を主語に掲げ、それに対応する述語として「苦しみ」、「悩み」、「喜び」に考えをめぐらせようとする方針が徹底していること、②時代が要請する「ヒューマニズムの精神」、および、戦後の日本が教育目標の根幹にすえた「個我尊重」の精神が交錯する結節点に配置されていること、③「自己に忠実」に生きることと「人類の意志」を符合させる理想主義の典型になること、④教育現場から「民族意識」を除去するための洗浄剤として機能していること、⑤作者・有島武郎を思索者・求道者と位置づけ、文章の表現を読むのではなく、そこに書かれているものの見方、考え方を明らかにするための題材として用いられていること、などを論じる。

第三節では、サラリーマンとして高度経済成長期の真っただなかを生き、定年まで仕事を続けながら詩作に打ち込んだ辻征夫の生涯を辿りつつ、彼の代表作であると同時に教科書にも採用されたことのある、「棒論」、「落日——対話篇」、「突然別れの日に（『鶯』）」、「レイモンド・カーヴァーを読みながら」の四篇を鑑賞というスタイルで論じる。辻征夫は、富沢智との対談「詩はどこにあるのか」（「現代詩手帖」平成9年4月）で詩人としての自己に思いをめぐらし、「詩人というのは、あるとき、その時代の言葉が通り過ぎる場所なんじゃないかと思う」と述べている。また、詩人とは、「自分のでないさまざまな記憶や経験を言葉によって自分の内部にとりこむことのできる人間」（「窓からの眺め——「詩人とは誰か」という問いに答えて」、「現代詩手帖」昭和53年2月）でなければならないと主張し、〈滑稽〉と〈悲哀〉を武器に世界を言語化することを使命とする。彼自身は高度経済成長期について声高に語ることもなかったが、この詩には、その時代に生きてきた人々、特に、日々の営みを守るために黙々と働き続けたサラリーマンたちの息づかいが鮮やかに刻印されているのである。

【注】

（1）小田切秀雄が「現代文学の争点」（「東京新聞」夕刊、昭和46年5月6日～7日）において「内向の世代」と規定したのは、古井由吉、後藤明生、黒井千次、阿部昭、柏原兵三、小川国夫などの小説家、および、川村二郎、秋山駿、入江隆則、饗庭孝男、森川達也、柄谷行人などの批評家である。秋山駿は『戦後日本文学史・年表』（松原新一・磯田光一・秋山駿『現代の文学』別巻、昭和53年2月、講談社）で「内向の世代」の文学的特徴を、①この社会を語る知識人的な言葉に違和感をもち、社会や戦後の「問題」を、「自分がいま現に生きている日常性というものを考察する言葉」で語ったこと。②そのようにして見いだされた日常性に「非現実の世界」や「シュールレアリスムの方法」を導入したりして、小説に「解らない」部分が残ることを厭わなかったこと。③大学紛争による混乱と空洞化のさなかにあたる昭和四五年に大学の職を退いた古井由吉、同じ年に日本の産業構造の基幹を担ってきた重工業関係の企業を退職して、労働者の人間疎外を描こうとした黒井千次、放送局のディレクターを辞して作家活動に入った阿部昭など、一度、サラリーマン生活を経験したうえで、その消極的安定を断ち切って職業作家に転じた人々が多く、「都市生活者の生存、都会的な生」を問題の中心に据えていること。④「無意味な人間が、無意味な場所で、無意味に生きている」ような生存の姿、人間からも現実からも自然からも生活からも切り離されて、「ただひとりぽつんと存在している「不可解な生」」を描いたこと。——以上の四点に集約している。

(2)

高度経済成長期の日本には、国家・民族・伝統といった枠組みで思考することを止め、地縁・血縁のしがらみを断ち切るところから文学を立ち上げようとする書き手も登場しはじめる。その代表格は、当時、三島由紀夫とともに数多くの小説が海外に翻訳され人気を博していた安部公房である。詩人として出発し、小説、エッセイはもとより、戯曲、ラジオドラマ、写真、映画シナリオなど、あらゆる表現の可能性に挑み続けた安部公房は、まさに、音と映像と言葉を自在に操るアヴァンギャルドであった。また、日本の近代文学に流れる私小説的なモチーフ、月並みなセンチメンタリズムの湿度を嫌った。代表作といわれる『壁—S・カルマ氏の犯罪』や『砂の女』に明らかなように、安部公房の文学は、物語の時空間に自律した論理を与えつつ、普遍への通路も堅持するという両義性を追求するために、登場者たちにまつわる固有名詞性、あるいは、読者の日常感覚に照らされるような因果関係や価値判断を破棄することから出発する。したがって、厳密な意味でそこには歴史が存在していない。どこまで皮を剝いても分からないものが残り続けるような不可知性とリアリティがぎりぎりにせめぎあうところに言語表現の豊饒性を賭ける安部公房は、世界の〈はじめ〉も〈おわり〉も必要としていないのである。彼の文学の最もよき理解者のひとりであったドナルド・キーンをはじめ、多くの識者が指摘することだが、そうした思想のあり方は、言語学におけるクレオールの概念と奇妙なほど似通っている。クレオールとは、本来、複数の言語の接触・混淆によってできた中間言語を意味しているが、安部公房の場合は、それをルーツのないところに生成される文化という次元に敷衍し、伝統や習慣と切り離されたところに作用する〝原型〟への還元力をみている。

たとえば、「クレオールの魂」（「世界」昭和62年4月）のなかで、彼は人間を「伝統に刃向うことを生得的に運命付けられた」存在と規定する。そして、そうした存在であるがゆえに、人間は「開かれた行動原理を手にして、例外行動を選択した異端を道連れにせざるをえなくなった」のであり、「安定や秩序を喪失した代償に《未知なるもの》への旅券を手にいれた」と考えるのである。こうしたクレオール性を内奥にたたえているからこそ、彼の描く砂漠、壁、辺境はけっして人を絶望へと導かない。漠然とした快適さにくさびを突き付けるような空間。無機質な「もの」と「もの」との戯れ。それらは、むしろ、感傷にしゃがみこんでしまおうとする人間を〝原型〟へと立ち返らせる力を与える温かみを帯びているのである。

（3）東京大学において一連の紛争が起こったのは昭和四三年であり、文部省が入学試験中止を発表したのは年の瀬も押し迫った一二月二九日のことだった。『赤頭巾ちゃん気をつけて』は、その日を起点に、「東大安田講堂事件」（安田講堂に立てこもってバリケード封鎖を続ける全共闘学生と、大学構内に入った機動隊が衝突し、二日間にわたる攻防のすえ、六三一人の逮捕者を出して封鎖解除に至った事件）までを描いている。

第一章　知性——学生小説の変容

第一節　モラトリアム文学のはじまり——柴田翔『されど　われらが日々——』論

1　ベストセラーとしての読まれ方

柴田翔の「されど　われらが日々——」（「象」7号・昭38年、「文学界」昭和39年4月に転載、『されど　われらが日々——』昭和39年8月、文芸春秋新社）は、東京大学大学院で英文学を専攻する「私」と、遠縁の親戚として幼い頃から従兄妹のような付き合い方をしてきて、いまは婚約者となっている節子の関係を軸とし、ふたりをとりまく若者たちの様々な生き方を描いている。

舞台は、学生運動を主導していた日本共産党が「六全協」[1]で武装闘争の放棄を宣言した直後。学生党員のなかに大学を去る者や行方不明者が相次いだ時代である。修士論文を書き上げたら「地方の大学の語学教師」として就職することが決まっている「私」は、激しく波打つ時代に直面しながらも、学生運動のうねりとは距離をとり、いまここにいる自分をモラトリアム的存在と定位する。「私たちの世代は期待とは無縁の世代だ。あるいは、私は、と言おうか。私は、明日起きるだろうことを予め人に教えるところの意味体系を持つ世界には育たなかった。私の前にあったのは、継起する事実だけだった。私は、事実から、世界とは何かを学んだ。私には失望は無縁だった」という言説が示すように、「私」は「永遠に続く空虚という遊戯の中の中休み」にいる自分を醒めた目で眺め、ひたすら「継起する事実」に適応しようとする。

そんな「私」につかの間の慰撫を与えてくれるのは、アルバイト帰りに立ち寄る古本屋である。「漠然と目についた本」を手にとってその本が持つ陰影に触れたとき、「私」はそこに堆積する時間を感じる。誰からも顧みられることがなさそうな本の「あとがき」に著者や訳者の期待や興奮が刻まれているのを確かめては、自分も翻訳書の一冊くらいは出す日が来るだろうし、そのときは「少しの間、幸福になるだろう」と思う。「私」にとっての知性とは、「継起する事実」を追い続ける日常にあってつかの間の幸福感を摑まえる道具であり、過剰に期待するほどのものでもなければ卑下してみせるほどのものでもないのである。「私」が受験生だった頃を振り返る場面には、そうした自己規定が端的に表れている。

私が大学の受験勉強を、五当六落、五時間なら受かるが、六時間眠れば落ちる、とありえないことが真実であるかの如くささやかれ、毎年何人かの自殺者を出す受験勉強を、楽しんでいたと言えば、きざに聞こえようか。だが、それは事実だった。目の前に目標があり、その要求にあわせて自分の頭脳を訓練すること——、それは、おそらく体操選手が味わうであろうような爽快さを、私に味わわせた。内容が何であれ、私は自分の若い頭脳が、機械のように正確に動作するそのことを楽しんだ。そして、何にもまして私を充したのは、そこにおいては全てが決定可能だということであった。全てを自らとの関係において決定する目標が眼前にあった。全ての事柄の意味、比重、座標は、その目標を原点とすることで決定しえた。それは確かな世界であった。／合格は祝福だったのだろうか。真赤なつつじの花が目にしみる春の駒場の構内で、私は月並な喜びとともに、うつろな眩暈を感じていた。あの確かな世界は終り、そこには不確かな、茫漠とした世界が拡がっていた。

「私」は、「目の前に目標があり、その要求にあわせて自分の頭脳を訓練すること」、「若い頭脳が、機械のように正確に動作する」ことを愉しむ人間である。自分が目標として定めたものを「原点」とし、目標から「全ての事柄の意味・比重・座標」を決定することが世界を確かなものとして享受する唯一の方法であると信じている。だが、その「目標」が達成されたのちに待っているのは、「月並な喜び」と「うつろな眩暈」だけである。「私」にとっての知性とは、ひとつひとつの「目標」を正確に狙い定めて、無駄のないプロセスを辿りながらクリアしていく遊戯に過ぎず、そこで得られる興奮や幸福感にも、それほど大きな期待はよせられていないのである。テキストには、六全協に挫折していく青年たち、挫折という経験をいとおしみながら傷を舐め合う青年たちの自己陶酔に相容れないものを感じた「私」が、「私は激しい感情の中にありながら、それが自分を全的に充たしはしないこと、その激しさは、永遠に続く空虚という遊戯の中の中休み、子供の言う「たんま」に過ぎないのだということを、はじめから知っていた」と呟く場面があるが、ここでの「「たんま」に過ぎない」という認識は、人生のグロテスクな相貌を言い訳のように開示し続けるモラトリアム感覚となって全体を覆っている。

この小説がベストセラーになっていた昭和四〇（一九六五）年前後といえば、アメリカが北ベトナムへの爆撃を開始し、ベトナム反戦運動が起こりつつあった時代である。一方で、高度経済成長の恩恵によって大学進学希望者は激増し、大学にも、旧来のようなエリート階層としての知識人ではなく、社会に有用とされ、人々から信頼される実践的な人材の育成が期待されるようになる。当時、大学生に広く読まれていた増田四郎の『大学でいかに学ぶか』（昭和41年5月、講談社現代新書）が、

——なんらかの権力をもっていて、それをたてにしてものをいうようなひと、あるいはまた、自分だけが教養のある人間で、一般のひとを俗人と見くだすようなそぶりの見える、いわゆる知識人——わたしは、この二つの型のひとが大きらいであるということです。したがって、当然のことですが、なんでもよろしい、

とにかく、自分が責任をもってある仕事に取り組もうとしないで、具体的な代案もなく、ただ他人の批評ばかりすることを商売にしているような文化人というものも、大きらいです。（中略）そういう知識人・文化人でなくて、たとえどんな仕事であろうとも、一生懸命精を出して働くひと、あなたがたはそういうひとであってほしい。どろんこになって打ちこみ、張り合いを感じて努力しているひと——そういうひとが、社会にはたくさんいます。わたしは、そうした、名もなく、はでな教養でもなく、けれども仕事にやり甲斐をいだいて生きているひとびとに、だれかれの区別なく頭を下げたいのです。／これは、わたしが根っからの野人、まったくの庶民であり、学者の家系でもなく、金持ちでもなく、必要ならどんな仕事でもやるという、日本のいなかものの、その生い立ちからくる一種のひがみかもしれません。しかし、ひがみといわれようとなんであろうと、わたしのこの人生態度は一貫して変わることがない。

と記し、自分が責任をもって仕事に取り組み、率先して汗を流すような生き方を大学生に提唱したことに象徴されるように、そこにはかつての教養主義はもちろんのこと、現実社会を醒めた目で眺めながらニヒリスティックな生き方をすることも許されてはいない。その意味で、研究者としての将来が約束されていながら、自分を「たんま」の状態と規定する「私」は、知の逃亡奴隷に他ならない。

それに対して、東京女子大学の学生でありながら「当時学生の中でも最左翼として知られていた駒場の歴研」にも顔を出すなどして学生運動にのめり込み、組織のキャップとして活動する野瀬という男に恋愛感情を抱いたこともある節子は、「現実感覚の痛み」と「喪失の感情」をはっきり自覚している。大学を辞めて地下活動に入った者たち、六全協に挫折して転向したりした者たちと「漠然とした熱っぽい幸福な気分」を共有していたという意識がある。婚約者である「私」にさえ入り込むことのできない封印された青春がある。テキスト内には、

「私」と節子の縁談がもちあがったとき、「私」が彼女の「娘らしい優しさ」や「時折見せる負けん気」の背後に「全ての事柄に対するある種の投げやりな感じ」が加わっていることを察知する場面があり、テキストの後半で開示される彼女の手紙によって、読者も「私」の直観が正しかったことを知るのだが、その意味でいうと、節子も「私」とは別の意味で何かを深く諦めた人間だといえる。「私」と節子は、婚約者として将来を約束し、日常的にセックスをし、お互いの知性を認め合いながら真摯な会話を重ねる関係だが、同時に、それぞれが決して分かち合えない小部屋を所有し、相手に過剰な期待をかけること、凭《もた》れ合うことを慎重に回避しながら幸せな恋人としてふるまう共演者でもある。

こうしたぎこちなさを不協和音として奏でるために、テキストは、全体を統括する「私」の語りを破綻させることを企図するように、「節子の記憶」、節子の周辺にいた学生運動家の手紙、第三者同士の出来事（第五の章に「和子とF」として挿入され、一応、和子からその話を聞かされた節子が語るという体裁をとっている。作中にはその他にも「私」を受取人とする「優子の手紙」、「節子の手紙」も挿入され、それぞれの全文が披瀝されている）が挟み込まれる。また、テキスト内には「今にして思えば……」といった表現もあり、あの頃はよく理解できなかったことを理解できるような地点に立つ「私」が過去を想起的に語る場面もみられる。もちろん、そこでの「今」を具体的な年代で記述する言葉はないが、少なくとも、いま「私」が感じていること、認識していることをひとつの真実として押しつける語り口だけは慎重に回避されている。つまり、この小説の語りは、「私」の内的独白を基調としつつも、「私」自身も関知しえない他者の言葉が何らかの因果で「私」の目に触れるものとして重層化され、一人称で語られる認識世界そのものを裁断するのである。その意味で、この小説における「私」は、絶対的な位相に君臨する認識者ではなく、自分が知るよしもない出来事や第三者の思惑に翻弄されながらも目的地に向けて舵をとり続ける航海者である。個々人の生き方や考え方の衝突、あるいは、ひとつの出来事がそこに関わる人々のなかでまったく違った意味をもってしまうさまを見届ける因果の管財人である。

だが、この小説は、どういうわけか学生紛争の嵐が吹き荒れていた時代の空気や感覚を映し出すと同時に、いつの時代にも変らない普遍的なテーマを扱った小説としてカノン化され(2)、当時の世相や学生たちの置かれていた状況を知らない読者たちにも受け容れられてきた。昭和三九(一九六四)年七月に第五一回・芥川賞を受賞して以来、「長い年月にわたって高校生、大学生を中心とする読者に熱狂的に迎えられ、単行本、文庫本合わせて二百万部近くが刊行された」(文芸春秋編集室「写真とエピソードで綴る芥川賞作家とその時代」、「文芸春秋」平成19年2月)理由も、恐らくそうしたイメージと無縁ではあるまい(3)。雑誌「an・an」(平成3年6月21日)の「わたしの、一冊。」コーナーでこの小説を取り上げたアルフィーの高見沢俊彦は、「中学3年の時にタイトルが気になって読みました」と切り出し、「記憶や手紙形式でそれぞれの過去が語られていて、みんな過ぎ去った日々を引きずっている。(中略)今読んでも色あせてないのに驚かされます。時代を超えて読ませる文学はスゴイ」と語っているが、この小説は、タイトルに込められた「われらが日々」という共有感覚と、「されど」という言い回しが内包する反骨性と、それぞれの前後に挿入されるスペースや「――」が投げかける時間の継起性において、一九六〇から七〇年代を生きた若者の苦悩と現代を生きる若者のそれを接続するのである。

また、この小説を現在へと生き延びさせている要因としてもうひとつ注目したいのは、その時代を大学生として過ごした女性たちに大きな影響を与えている点である。たとえば、テレビキャスターの高木美也子は「週刊文春」(平成5年11月18日)の「思い出の本」というコーナーで、「どういう過程でこの本を読むことになったのかは、記憶していませんが、六〇~七〇年代の共通の流れの中で、違和感は全く感じませんでした。三十年を経過した今、大学紛争という小説の題材は年代物と化し、感覚的に今とのずれも感じますが、死に臨んで何を思い出すか、という言葉は、現代でも我々の課題なのです」と述べているし、「ミセス」(平成7年2月)の『恋愛小説』の楽しみ」という特集に「圧縮されたマグマを抱えて……。」というエッセイを寄せたNHKアナウンサーの山根基世も、「恋愛小説この一冊といわれて最初に浮かんできたのが、その頃読んだ柴田翔『されど　われらが日々――』の「どんなに苦しくとざされた日々であっても、あなたが私の青春でした」という一節だった。六全協後の動揺の中で無力感につつまれた世代の青春を描いていたということ、それを読んで私がいたく感動したという記憶しかなく、細部はみな忘れていたというのにこの一節だけが鮮やかに私の中に残っていた。（中略）当時自分では意識しなかったが、七〇年安保前夜という時代の空気の中で、出口のみつからない情熱を自分でも持てあましていた若かった私が読んだからこそ、これが「恋愛小説」として私の中に残ったのではないだろうか」と述べている。「CREA」（平成10年12月）の「20代に読みたい名作」でこの小説を紹介した林真理子に至っては、まず政治や自分の生き方を堂々と議論する登場人物たちのインテリ性に注目したうえで、主人公「私」の婚約者である節子が「私」に対して、「ねえ、お元気なの。今、何していらっしゃったの」といった敬語を使い続けることに驚嘆し、痛々しいほど自分の心理を分析し、理屈を並べたてて幸せを逃す節子のような女性は「この現代にも何人も生きている」と指摘している。『されど　われらが日々――』の現在性は、深く苦悩し、深く傷ついたのちに婚約者との安定した将来を拒絶してひとりで生き延びることを決意する節子のなかに、かつての自分を重ね合わせ、その毅然さを次の世代に受け渡そうとする女性たちの視線によって支えられているのである。

　作者・柴田翔自身はこうしたベストセラーとしての読まれ方に対していささか戸惑いを覚えていたらしく、雑誌のインタビュー記事（吉原敦子「訪問『時代の本』⑨」、「諸君」平成7年2月）で、「ぼくの本では五〇年代半ばを扱っているのに、本が出たのが一九六四年で六〇年安保と結びつけられて読まれた。事実上の誤読なんです」、「その上、〝挫折小説〟という特別な言われ方もした」と断りを入れている。また、当時の学生運動家についても、「ひとつ不思議だったのは、連中はなぜ、あんなにナイーブに共産党の無謬性や共産主義の体系を信じられるのだろうかということでした。私は、世界はもっと不可解なものだと考えてきましたからね」と言明し、自分の小説が六〇年安保闘争と結びつけられて「挫折小説」のように「誤読」されたこと、「なぜ、あんなにナイーブに共産党の無謬性や共産主義の体系を信じられるのだろうか」という疑念をもっていたこと、作者としての自分がこの世界を「不可解なもの」として認識していたことなどを明らかにしている。

もちろん、小説をどう読むかは読者の自由であり、作者の思い入れやモチーフに拘束される必要はない。小説を読むという行為において「誤読」はむしろ歓迎されるべき可能性かもしれない。だが、その一方で、本質的に「挫折」とは無縁であるはずの登場人物が、あたかも時代のうねりに巻き込まれて「挫折」を強いられる物語であるかのように読まれ、さらに、そうした「挫折」経験を通して節子という女性の主体性が育まれていくところに女性たちの共鳴があるとすれば、この小説を再生させている駆動力はあまりにも脆弱である。物語の内容や言説をひとつひとつ丁寧に読み込むことをせず、テキストの随所に散りばめられたアフォリズム的な決め台詞に溺れ、それがあたかも青春の記憶を喚起してくれる媚薬であるかのように錯覚しているだけでは、小説そのものがどんどん痩せ細り、時代に対する抵抗力を失わせるだけである。(4)

このインタビュー記事によれば、作者・柴田翔には「いろんな立場の人が登場して、それぞれの立場でそれぞれの考え方や生きることの意味を表明するというものにしたかった。主人公たちには手紙を通して思いのたけをたっぷり述べてもらって、その背後に作者がひかえているという形です」という狙いがあり、「漱石の『彼岸過迄』にならって手紙を使おうと決めた」(5)そうである。また、この饒舌な作者は、「この本のテーマは政治ではなく、人間はどこまで自己決定できるのかということです。自殺さえ、自己決定しているつもりでも、何かにひきずられてることもありますからね」、「七〇年代終りぐらいまでは、若い世代の読者にも、同時代的に読まれてたようです。あの頃のことは知らないが、とても共感できるという意味のお手紙が多かった」とも語っている。

「私」との結婚を拒否してひとりで生きることを選択する節子にシンパシーを抱く女性読者は、ある意味でこの「自己決定」というモチーフを的確に捉えているといえなくもないが、それにしても、「それぞれの立場でそれぞれの考え方や生きることの意味を表明する」という表現手法が読者の共通理解になり得ているとはいい難い。この小説に出会った読者の多くは、ある特定の人物やその人物の台詞に自己を仮託し、ひとつの定点から他者を眺望することによってさまざまな価値判断を行っている。その意味で、『されど　われらが日々——』は、多くの読者にとって近くて遠い存在だったといえるかもしれない。

こうしたなか、「脳のなかの文学　第三回　日常の由来するところ」（「文学界」平成16年6月）で『されど　われらが日々——』に言及した茂木健一郎は、この小説が読まれていた頃の学生たちが、「国家や政治、経済システムといった、一見アプリオリに存在するかのように見える日常の背後にある暴力装置に対して自覚的」であったこと、「そのような暴力装置の仕様を自分たちで変えよう」とする存在であったことに重きを置く。また、この小説に言及するための前置きとして、図らずも漱石の『坊っちゃん』に触れ、

——漱石は、「親譲りの無鉄砲で子供の時から損ばかりしている」坊っちゃんではない。学士の教養をひけらかし、狡知をめぐらしてうらなり君からマドンナを奪っていく赤シャツこそが、漱石その人である。赤シャツは、『こころ』における「先生」に真っ直ぐにつながっている。／その赤シャツが、赤シャツであることの痛みを自覚し、「坊っちゃん」の無鉄砲な実直に心からの共感を寄せつつ、一篇の小説に仕上げる。そのような尋常ならざることが起こっているからこそ、『坊っちゃん』は誰が読んでも楽しめる青春小説であると同時に、骨まで滲みる悲しみと慈しみに満ちた傑作たり得ている。

と述べたうえで、「表現者は、皆、赤シャツであることの痛みを自覚しなければならない」と結ぶ。そこには、作者・柴田翔のいう「自己決定」という言葉が漱石的命題のひとつである「自己本位」と近接した問題系として浮上している。また、テキスト内で執拗に反復される知性の脆弱さと知識人の虚無感覚が、『三四郎』の広田先生や『こころ』の先生と相似するような系譜性をともなっているという指摘をはじめ、茂木は明らかに、柴田翔の表現に漱石的な問題を見いだしている。「誰が読んでも楽しめる青春小説」である『坊っちゃん』の背後にある「赤シャツであることの痛み」。そして、「赤シャツであることの痛み」を知りながら、「『坊っちゃん』」の無鉄砲な実直」に心からの共感を寄せる語り手の立ち位置。それは、『されど われらが日々――』を読み解いていくための大きな指針であると同時に、この小説が高度経済成長期を生きた若者たちに「誤読」される原因でもあったのではないだろうか。

2　正しすぎることの死角

さきにも述べたように、『されど われらが日々――』の本篇は、ある日、アルバイトの帰りに立ち寄った古本屋で「真新しいH全集」を見つけた「私」が、その月のアルバイト代をはたいたうえ、さらに後日、それとほぼ同額の支払いをする約束でH全集を手に入れる場面からはじまる。この全集が「私の存在の殆ど意識しない根にからみついて離れない」ように感じた「私」は、「執拗にまつわりついて」くる「不安」に堪えながら全集を下宿に運び込む。

だが、その週の土曜日にアパートを訪れた節子は、全集に押されている蔵書印に見覚えがあることに気付き、その一冊を持ち帰ったことで、「私」は奇妙な因果へと連れ出される。このH全集を古本屋に売ったのは、かつて節子が出入りしていた「歴研」のメンバーで、共産党の地下組織に参加していた活動家の佐野だったのである。

彼は、高校の同級生である曾根に遺書を宛てて睡眠薬自殺をしていた。また、その遺書を受け取った曾根は「私」の学部時代の同級生であり、いまは英文科の助手として「私」と近い関係になっている。

　さらにテキスト内では、「私」が曾根の許にある遺書を借りて読む場面を通して全文が読者に開かれる。その遺書は節子にも又貸しされ、佐野が死の直前にしたためた思いはそれぞれの心に錨を下ろす。ここで注目したいのは、高校時代から「無党派」を決め込んできた曾根の、

　　ぼくは自分が無党派で押し通したことは正しかったと思うよ。あの党は、政治の党のくせに、人間全部を要求するんだ。だから、あの中では、人は、互にひどく結び合っているようで、ひどく孤独なんだよ。佐野はそれにだまされていた……っていうより、だまされたがっていたんだ。

という台詞である。この言葉を聞いた「私」は、即座に「曾根は、自分の生からみて意味を持たないものは、容赦なく切り捨てる。人間には、だまされたがらずにはいられない辛さも、あるかも知れないのに」という反撥を覚える。「私」もまた、曾根と同様「信じることを拒否し、曖昧さを憎んで暮してきた」人間である。その一方で、「私」には、曾根が「意味のありうると思える生き方」を過剰に信奉しているようにも見える。生と死を「ぬきさしならない」ものとして看做していた佐野は、「鏡に映った裏返しの自分」であるかのように思えてくる。共産党の活動に意味や価値があるかどうかではなく、それを択ばずにおれなかったという必然性の度合いにおいて佐野を近しく感じている自分を意識する。

　これより前、「私」は自分の恋愛について、「恋をする時、私は大体真面目だった。だが、私が真面目であればある程、私の恋は、いつも、真面目な恋とはならずに、情事といったようなものになって行った。ある時期には、

私は自分の情事を、これは情事ではない、本当の恋なんだ、と思い込もうとし、またある程度思い込みもした。だが、女の子たちは、私が彼女たちのことを、決して本当には愛していないこと、愛することのできないことを敏感に感じ取り、私から離れて行った」と告白している。同様の記述は他の場面でも繰り返され、「私」のなかにひとつのトラウマを形成していることが明かされている。また、この言説の直後には、「節子さえ私を受け入れる気になっていてくれるのなら、節子と結婚してもいいと思った」という台詞もある。そこには、「恋人らしく愛し合うことはできまい」と思いつつ、「互いに好意を持ち合っている」のだから、「うまくやって行けるだろう」と考える「私」が素描されている。

ところが、ここでの「私」は、そんな危なげのない人生の設計図とは裏腹の脆くて不安定な自分をさらけだす。それぞれのエピソードが浮き彫りにする「私」の人間性は、ある意味で矛盾しているように見える。もし「ぬきさしならない」ものに殉じた佐野に惹かれるのなら、安易な結婚を果たすのではなく、情事に耽溺して恋愛という感情そのものを遠ざけるなり、「本当の恋」だと思えるものを探し続けるなりすればいいのに、なぜ自分は「節子さえ私を受け入れる気になってくれるのなら……」という受身の態度をみせるのだろう、という疑念をもちはじめる。

だが、認識と行為の乖離という問題をひとまず括弧に入れ、「私」という人間の存在のありように目を向けると、それぞれの「私」は、矛盾している自分を引き受けてその矛盾そのものを制御することに知性を働かせている点において完全な同心円を描いている。テキスト内には、六全協後も政治活動を続け、いまは共産党と対立する「共産主義者同盟の理論家」になっているAの口から、佐野には「自分でもどうにもならぬ小市民性と、それを批判する強い良心との矛盾」があったと語られる場面があるが、「私」にとっての命題は、むしろ、矛盾を矛盾として引き受けながらも、その矛盾に絶望することなく淡々と生き延びるためには何が必要かということであり、その一点において自殺を選択する佐野とは決定的に袂《たもと》を分かっているのである。

「私」が佐野の遺書から自分自身の存在性に意識をめぐらすのに対して、節子は、遺書そのものへの感想めいた言葉を漏らさず、まるで話題を転じるように、自分の友人である横川和子という女性が抱えている恋愛問題を共有しようとする。そして、この話題もまた、「私」と節子がそれぞれに関係している人間たちを巻き込みながらひとつの循環をあらわにする。――和子は自分の指導教授だったF教授と深く愛し合うようになり、そのことでたびたび節子に相談をもちかけている。家庭をもち、社会的な地位もあり、すでに初老にさしかかっているF教授も和子に焦がれる思いを抱いているが、そうした背徳への衝動を押し隠し、逆に彼女に見合いまで世話している。そして、その相手として択ばれたのが、曾根と同様、英文科の助手をしている宮下だったのである。和子は「自分を罰するため」、「自分を防ぐため」に見合いに応じたのではないかと考えた節子は、「生きるって、やっぱり、どこか、恐いところがあるわね」と呟きながら「私」に顔を向ける。

だが、どう反応していいか分からない「私」は、「とても純粋な人だそうですよ」とお茶を濁すだけである。二人の顚末は、テキストの後半に単独のエピソードとして挿入され、見合いの夜に酔って和子のアパートを訪れたF教授が、「私は臆病だったのだ。私は何故お前を抱かなかったのか」、「私はいつもお前のことを考えていた」といい寄る姿と、「私は先生のものでした。本当に身も心も先生のものでした」と応える和子をそれぞれ描いたのち、F教授が「狂暴な力」をもって和子を犯すという三文芝居のような濡れ場が描かれることになる。したがって、この段階では、節子自身も見合いの夜に和子とF教授の間に起こった出来事など知る由もないし、読者にも開かれていない。にもかかわらず、節子は、まるでそうした展開を予見しているかのように人間の愛欲の浅ましさと生きることの切なさに慄き、そのどうにもならない感情を「私」に理解してもらうことを切望するのである。

ここで和子と見合いして結果的に彼女と結婚することになる宮下は、恋愛感情それ自体を無駄なものとして排除し、学者としての自分を最も効率よくサポートしてくれる相手と暮らすことが結婚の目的だと考えるような男である。「ぼくは昔から思っていたのですよ。嫁さんにはおとなしい人がいいと。男にはどうしても一生の仕事がありますす。ことにぼくら学者には。だから、女の人は、昔風な言い方になりますけれども、男に仕えてくれなければいけないと思うんですよ。その代り、ぼくは自分の妻を裏切るようなことは絶対しません」、「学者は、自分で自分を律して行かなければならないのです。そして、自分で律するとは、とりも直さず、客観的な秩序、つまりぼくらのまわりに存在している秩序を認めるということです。だから、その秩序の中に既にいる人が、その秩序にふさわしいものとして取りはからってくれる見合結婚という様式、いわば秩序の再生産としての見合結婚という様式を、ぼくらが尊重するのは、当然というよりは、むしろ、自然なことなのです。恋愛は、それがどんなに周囲に祝福されているようにみえても、本質的に反秩序的なものです」といった台詞を口にし、自分の基準のなかで単純明快に合理／不合理を区別する宮下は、深刻ぶった表情で青春の苦悩を語りたがる若者たちばかり登場するこのテキストのなかで、きわめて例外的な存在であると同時に、「秩序」という名のもとに人間を抑圧し、考えることそのものを停止せよと迫る社会機構を表象している。知識人としての自分を特権的かつ超越的な場所に置き、深く人を愛し、深く傷ついていく人間に愚か者の烙印を押しながら保身を図っていくような俗物性を一身に体現している。さきに述べた節子とのやりとりで、「私」はこの宮下を「純粋な人」と呼ぶが、このテキストにおける「純粋」さとは、身勝手で傍若無人な態度でしか他者に接することのできない裸の王様に冠せられた比喩なのである。

だが、「いろんな立場の人が登場して、それぞれの立場でそれぞれの考え方や生きることの意味を表明するというものにしたかった」という作者・柴田翔の構想を裏付けるように、テキスト内では、独善的な知識人を揶揄したり何らかの報いを与えたりするような描き方がなされていない。むしろ、そうした知識人たちを批判する側にもまた、別の意味でのナルシスティックな衝動が作用しており、それがいかに不毛な罵り合いであるかがわかるような仕組みになっている。たとえば、自殺した佐野が曾根に宛てた遺書のなかには、

——今に至るまで、君はいつも冷静に、正しく、自分の道を踏み外すことなく生きてきました。社研の読書会に出ながら、受験勉強も怠らず、浪人せずに東大に入り、学生運動をしながら講義にもよく出席してストレートで大学院に進み、大学新聞に学生運動批判を書く一方で修士論文も丹念に仕上げ、今は東大の助手で、学者としての将来、進歩的知識人、サルトルばりの新左翼としての将来は保証されている。ですが、その君にも一つできなかったこと、これからもできはしないだろうことがある。それに君は気づいていますか。それは、傷つくこと、深く考えるいとまするらなく、泥沼の中へ頭を突込んで、身も心も傷つき果てることです。

という、通俗的でステレオタイプな知識人批判が展開されている。圧倒的な正しさを見せつける優性に対して劣性が噛み付くときにしばしば批判の根拠にする正しすぎることの死角、すなわち、い、つ、も、正、し、い、が、ゆ、え、に、正、し、く、な、い、も、の、を正しく理解することができないという反転のレトリックが戦略的に述べられている。だが、佐野の論理は、「傷つくこと」そのものを自己目的化する内攻性をもっており、結果的に、自分がいかに「傷つくこと」を知っているかという負の勲章を誇示する言説になっている。

また、この遺書を読んでいくと、佐野を自殺へと駆り立てた原因が、あるデモで機動隊と衝突したときに自分が同志たちを裏切ったことへの贖罪意識に因るものであることがわかるのだが、その場面で佐野が記す、「ぼくはあの時、党の方針を批判して逃げ出したのではありません。ただ恐怖から、今に至るも決して自分で是認する

気になれぬ逃げ出すという行為をしてしまったのです。ただ恐怖から、同志を裏切り、党を裏切り、自分を裏切ってしまったのです」という言説は、そもそも曾根に何を分かってもらいたいのかという肝心な部分が欠落している。遺書の最後に添えられた「さようなら、冷静で強いぼくの監視者！　ぼくは、君の眼からも、これで逃れて行きます。さようなら、ぼくの冷たい眼」という言葉と併せてみれば瞭然とするように、佐野の批判は、どこまでも自分と自分の間で交わされる自慰の産物でしかないのである。

3　〈不遜〉な知性

こうした事件がいくつか起こるなか、修士論文は着々と完成に近づき、「私」は「別に何の変りようもなく過ぎて」いく節子との生活に穏やかな満足感を覚える。だが、そうしたなかにあって、節子は「私、こうやって、一生あなたのお食事作って上げるのかしら」と呟くようになり、その言葉の「絶望的」な響きが二人をしらけさせる。「私」は、二〇歳にもならない頃の自分が他の女性と経験した「渇きにも似た焼けつくような感情のやりとり」を節子に望むことはできないのだという「重い失望感」にさいなまれ、節子もまた、その気持ちが感染したかのように「私」と逢うことを避けはじめる。

あるとき、節子は「私」に向かって、「私たちは、死ぬ時、何を思い出すかしら」と問いかける。佐野の遺書にあった「死に臨んで何を思い出すか」という一節を引き合いにして、まるで縋《すが》るように、自分たちにはそのときに「想い出す(6)」ことのできる何かがあるだろうかと訊く。だが、それに対して「私」は、目を逸らしたまま「想い出さない方が幸福な若い時だってある」、「想い出すって、どういうことなのだろう。ぼくにみえる君は、いつも、その時の君なのだよ」と答える。

一緒に過ごした時間の堆積をひとつの想い出として共有し、懐かしむことそれ自体を生きることの重要な糧と考えてきた節子は、そんな「私」の言葉に愕然とし、「私たちって、何だか、ひどく貧しくって、このままじゃ、すぐ疲れてしまう、いつか、もうどうしようもなく疲れてしまうだろうって気がするのよ」、「佐野さんのように」と呟く。慌てた「私」もこのときばかりは、「彼はあまりに期待しすぎたんだ。期待するのは、いい。自殺するのもいい。だけど、自分の現実っていうか、ああ俺はこうなんだなってことを、知っていさえすれば、生きるということは、そんなに大変ではなくなるはずだと思う」と応じて節子をとりなそうとする。

自分の感情を抑制することに腐心してきた節子は、それまでと違う表情で「私」の説得に抵抗し、「自分のことを、そんなによく知ったと思うのは」、「どこか、不遜なところがないかしら」という。また、普段とは違う節子の気魄に圧倒された「私」が、開き直って、自分が死ぬときに「思い出すべきもの」など「ぼくにはないんだ」と断言すると、「ないと決めてしまうのは、傲慢さというものではないのかしら」と追いつめる。二人の関係において常に隷属的にふるまってきた節子は、ここではじめて「私」とまともに衝突し、「不遜」、「傲慢」といった言葉で「私」を頑なに拒絶する。

そんなとき、「私」の脳裏にはある「真夏の海の記憶」が甦ってくる。そして、それを節子に語ることで、なぜ自分がこのように空虚な人間になってしまったのかを理解してもらおうと試みる。――それは大学に入って二年目のことだった。受験勉強から解放され、浮ついた遊びとしての恋愛やセックスに耽っていた「私」は、あるとき、同級生の友人として知り合った女子大生のグループと旅行に出かける。だが、気分がすぐれなかった「私」は、妙高登山に出かける仲間を送りだしてひとり宿に残り、途中で引き返してきた優子と二人きりの時間を過ごす。彼女は、挑むような調子で「私」の恋愛に対する態度をなじったかと思えば、「私だって女なのよ。欲望に純粋になればいいんだわ」とも言い放ち、「私」を翻弄する。結果的に、二人は荒々しい衝動のなかで結ばれ、友人たちを残して宿を離れる。だが、そうした「生硬な大胆さ」に辟易した「私」は、帰京後、優子を避けるようになる。

――優子は、肉感の歓びが感覚の流れに乗って自然に自分の中に充ち溢れる前に、それを無理矢理に先取りするかのようであった。優子は、自分の身体が男の眼差し、手、身体、男と自分との交流によって次第に呼び起こされ、ある時は自らの意志に抗がいながらも、自ずと開けて行くのを待たずに、自分の意志によって、自分に強いながら、私の前に身体を開いてきた。それは誇りと屈辱と、快楽と禁欲との混り合った奇怪な情景であった。

という描写が物語るように、「私」は「誇りと屈辱と、快楽と禁欲と」が混じり合ったような優子のぎこちなさを好ましく思えなかったし、自分がそういう「奇怪な情景」に身を置くことにも堪えられなかったのである。

その夏のある日、優子は「私」に宛てて速達をしたためたうえで睡眠薬による自殺を遂げる。手紙には、自分が妊娠していたこと、ひとりで病院に行き「異様な手術台」のうえで胎児を「処理」したことなどが記されており、「私」は、その言葉の背後に、なぜ女だけがこうした「屈辱を受けなければならない」のかという呪詛がこもっているように感じる。だが、いま節子と向き合っている「私」は、そのときの衝撃を、

――優子の死を知り、その速達を読み終えた時――不謹慎な言い方は許してもらおう――私の胸は期待でふるえた。私は、私の心が激しい悔恨と自己嫌悪と罪の意識に充たされ、それとの闘いに私の全力が消耗しつくす輝かしい栄光の日々の復活を予感した。私は闘うべく身構えた。私は久し振りに自己の充実を感じた。

と表現し、かつて関係をもったことのある女性から恨みつらみの遺書を受け取ったあとでさえ、「罪の意識」にうちひしがれなかったと語る。自分のなかには、むしろ「充実」した気持ちが溢れ、そんな自分自身に刃を向けるように、優子から遺書を受け取って間もない頃、輝く太陽の下で見知らぬ女性を抱いたことがあると告白する。「私」は、その体験を通じて、「自分の中に決して悔恨が訪れないだろうこと」、「自己嫌悪が、罪の意識が、そしてそれとの闘いが、充実した生活が、波打ち甦えることは、決してないだろうこと」、「自分と空虚は同義であること」を知ったと語り、自分の「空虚」を制御する能力としての知性が、そうした負の経験によって鍛えられてきたものであることを暗示するのである。

だが、ここでも節子はつとめて冷静に「私」の言葉を受け止めようとする。そして、「私」が自分と婚約したのは「空虚さを空虚さとしてそのままにしておく他はない」と悟った後だったと知らされても、ただ淋しそうに涙を流し、黙ってその事実を受け容れる。テキストでは、前半部に佐野の遺書が、後半部には優子の遺書が配置されており、ふたつの死がそれぞれの波紋を描きながら重なり合うと同時に、「私」と節子を不規則に揺らす働きをするわけだが、生きようとする人間／死のうとする人間それぞれの尊厳に意識を届かせようとする節子は、まるで荒波にじっと耐えるように身を硬くし、その出来事を言葉で意味づけすることを拒む。

斎藤美奈子は『妊娠小説』（平成6年6月、筑摩書房）で『されど　われらが日々――』に言及し、

――速達で届いた問題の遺書は、例によって、〈あなたには判らない。男の人には判らない〉とか、〈律儀に、費用の半分は出そうといい出しそうなあなたの顔を思い浮かべると、吐気がします〉とかいった、中絶の報告と恨みつらみを綴ったゲロ吐きの文書。自殺の原因はその中絶にあるらしいと色男の「私」は自慢げにほのめかしているが、話を聞かされた婚約者ならずも〈それで?〉と聞きたくなるだろう。それは「過去のし

かも他者の妊娠」で、だからなんだといえば、まったくだからなんなんだよ、え？　と机をたたきたくなるような挿話に見えるのである。だいたい睡眠薬で朦朧としながら書いたこの遺書を、彼女はどうやってポストに出しにいったのか、首をひねらぬ読者はいまい。

と喝破している。成り行きで関係を持ってしまった女性を妊娠させてしまい、相手が堕胎、恨み言の遺書を出して自殺するという、いかにもお決まりの行動パターンをとったからといって、それは節子とは何の関係もないし、そもそも、愛してすらいなかった相手の記憶を後生大事に抱えて生きてきて、それを話せば節子も自分がなぜ「空虚」な人間にならざるを得なかったのかを理解してくれるだろうと期待すること自体が、著しく自己劇化的な態度だといえる。その意味で、沈黙した節子が流す涙は、死んだ優子への同情でもなければ、贋物の罪障感にうちひしがれる「私」への同調でもなく、自分とはまったく関係のない出来事を、あたかも深く関係しているかのように語られることに対する悔しさとして受け止める必要があるだろう。

そんなぎくしゃくした関係が続いたクリスマス過ぎのある日。修士論文を提出し終えて久しぶりに街にくりだした夜、ふたりの関係は急展開をみせる。その日、部屋に戻ることをかたくなに嫌がった節子は、「ホテルに連れて行って、今すぐ」と訴え、「私」を烈しく求める。戸惑いを隠せぬまま「早く結婚しよう」と囁く「私」の前で、何ともいえない淋しい表情を見せ、再び静かに嗚咽する。そして、「一人で帰らせて」と言い残して雑踏に消え、「ふらふらと出てきて、そのまま宙を歩くように」国電のホームの外に踏み出し、列車に轢かれる。テキスト内に登場するふたりの自殺者にとり憑かれたように、疲れ果てた彼女は自分を見失うのである。

——私はその時はじめて、節子を心から大切に思った。今となっては、節子がどんなに自分にとって掛け替えのないものとなってしまっているかということが、堅い棒のように私の心を打った。二年の年月を共に過ごし、そして人に言うことのなかったあの夏の記憶も話した今、その節子を失うということは、それらの日々を自分が生きたという実質の全てを失うことと思えた。私の脳裏で、私と共にあった日々と夜々の幾十もの節子の顔と姿が重なり合い、そして、それは数時間前の私に未知であった節子の姿、おそらく節子と私の間柄の全て、その淋しさも辛さも快楽もそこに集約されていたであろうあの節子の姿となって、更に私の心に食い入った。

ここでの「感情の嵐」が、かつて優子の死を知ったときに沸き起こった高揚感と連続していることはいうまでもない。節子を心から大切に思う気持ちも、突きつめていけば、彼女の存在が「自分が生きたという実質」を喚起してくれるから、という自己中心性において保証されている。節子はひとりの他者として「私」の心に場所を占めるのではなく、「私」自身の淋しさと辛さと快楽のすべてを「集約」するデータベースとして必要とされるのである。節子の命が奇蹟的に助かり、骨折程度のケガで済んだことがわかったあと、病室に付き添った「私」は、「思い出は　狩の角笛／嵐のなかで　声は死にゆく」という堀口大学の訳詩集『月下の一群』(7)に収められた詩の一節を想起し、「思い出は、近い思い出も、遠い思い出も、みな私たちから離れて、死んで行くだろう。そして、残された私たちは、いとしみ合いながら、いつともなく老いて行き、やがて自らも死に果てるだろう。そして、私たちは幸福だろう」と考えるが、そこにあるのは、かつて、自分が死ぬときに「思い出すべきもの」などもっていないと断言し、節子から「どこか、不遜なところがないかしら」と言い返されたときの「私」と寸分たがわぬ自己規定である。

この事件が起こる直前には、横川和子とF教授の愛憎劇に触れた節子が、「横川さんはかわいそうだわ。でもね、横川さんの話すのをきいてて、何故か、私、ふと自分が惨めに思えたの。ことによったら、幸福など求めまいって思える横川さんは、一番幸福なのかも知れないって。かわいそうなのは、私たちかも知れないわ」と語る場面があり、すべてを忘却しながら朽ち果てることを「幸福」だと考える「私」の空虚と、お互いの「幸福」を喰い破りながら鋭く生きようとする和子やF教授の荒々しさが対照されていたが、ここでの「かわいそう」という台詞は、まさに反復の予兆として機能し、ふたりの行く末を暗示する。

4 〈世代〉の語り部として語ること

三月の半ば近くになった頃、退院した節子は「さようなら」の電話と一通の分厚い速達を届けて「私」の前から消える。テキストの終盤は、その分厚い速達に記された節子の回想と、それを読み終えた「私」がはじめて味わう喪失感で構成されている。

手紙のなかで節子がたびたび言及するのは、「私」が与えてくれた「正確な優しさ」への感謝と、それにともなう「物足りなさ」である。「あなたと婚約してから、もう殆ど二年です。でも、その間、あなたは一度も私の昔のことを、学生だった頃何を考え、何をしていたかということを、たずねては下さいませんでした」、「それをたずねて下さらなかったということは、私には淋しいことだったのです」と綴ることで、節子は「私」が与えてくれる穏やかな日常をいとおしく思いながらも、その日常のなかで孤独感が拡がっていたことを明かす。

また、お互いが理性的な存在であることをやめて、自分の欲望をぶつけ合う関係への希求は、セックスという行為にも向けられる。

——あなたの優しさの中には、いつも、あなたが残してきた過去が感じられました。勿論、あなたにそうした日々のあったことは、判っていたことです。それを、それねんだ訳ではないのです。ですが、それでも、やはり、そうした過去の日々がなかったかのように、私はあなたに愛してもらいたかった。はじめてのようなやり方で、あなたに愛してもらいたかったのです。おそらく女は、この上なく愛している人の手によってでも、なお、はじめての経験に全く恐怖なしに立ち向うことはできないのでしょうが、私は、殆ど自分でもそれと知らぬ間に、それ以前の優しい心地よい愛撫からのなだらかな続きとして、あなたに自分を与えて行けた。それは、女と生まれて、殆ど得がたい幸せだったのだろうと思います。ですが、私が望んでいたのは、そうした幸せではなかった。たとえ、恐怖と苦痛のうちに、はじめての経験をしてもいい。それでもいいから、あなたに、自分の前にいる私というものに我を忘れてもらいたかった。私に、激しい苦痛の叫びを挙げさせてほしかった。そうすれば、そのあと、私はどんなにいとおしい思いで、あなたを抱くことができたでしょう。

ここには、自分の肉体を簡単に開いてはならないと教えられて育ち、それを「この上なく愛している人」に捧げるものとして守り通してきた節子の自己規制的な処女信仰が表出している。彼女は、「あなたが残してきた過去」を「それねんだ訳ではない」といいつつ、その一方で、自分が「はじめての経験」であることを誇張し、なぜ「はじめてのようなやり方」で愛してくれなかったのかと訴える。「私」の愛撫に刻まれた過去の痕跡を憎悪することで、自分の肉体の清らかさを際立たせ、「与えて」いくものとしての処女性に価値を見いだそうとする。それを同時代の純潔教育(8)の所産とみなすことは容易い。だがここで重要なのは、そうした〈性〉の制度的な枠組みよりも、処女としての自分を待つ側＝受動的なポジションに置いて、か弱い女性を力強く抱きしめようとしなかった「私」の男性性の欠如を非難しながら、同時に、「私」が「はじめて」であるかのように振舞ってくれなかったこと、すなわち、童貞性を偽装しなかったことへの恨みを語っていることである。ここでの節子は、「我を忘れて」愛し合うことへの願望を語っていながら、逆に自分自身のなかにある〈性〉の規範意識を露呈しているのである。

また、この場面は、同じ手紙に記された学生時代の野瀬に対する思いと組み合わせることでさらにその規範意識を補完・強化する仕組みになっている。

——私は野瀬さんのそばで歓びに充たされていました。野瀬さんをみる時、そして野瀬さんに見られる時、私の感じる歓びは、殆ど官能的な歓びでした。幼かった私たちは、手をとり合うことさえありませんでした。けれども、彼の顔をみつめ、彼の視線に見つめられた時、私の全身を充たした震えるような歓びは、たしかに官能の歓びでした。それは、あの晩のあなたの抱擁が決して与えてくれなかった眼くるめくような官能の歓びでした。

身の潔白を証明するかのように付け加えられる、「幼かった私たちは、手をとり合うことさえありませんでした」という弁明。「官能の歓び」という言葉がもたらす恍惚感。そして、「あなたの抱擁」はそれを「決して与えてくれなかった」という怨嗟。そのどれもが先の引用部分と絡み合いながら「私」を不甲斐ない主人へと追い込んでいることはいうまでもない。彼女は、「私は自分自身に何ものを持つこともなく、いえ、持とうとすることもなく、ただあなたの中にのみ何ものかを求め、それをそのまま私たち二人のものとして共有したいと願っていた。あなたの持つ何ものかに身をまかせ、それによって自分を支えようと怠惰な願いをかけていただけであった」とも記し、相手に依存し過ぎていた自分を恥じることも忘れていない。「私は、いつも、相手の人と何かを共有したい、二人の生活の中に何か共通の意味を持ちたいと願ったのも、茫漠とした世界の中に確かな杭を打ち込みたい、それを一本一本と打ち込むことによって、そこに単なる時間の流れではない歴史と呼ぶにたるものを生み出したいと願ったからであり、更に、それによって私たちははじめて、私たちのまわりに拡がるこの無限の空間、私たちをやがて死の中へ消して行くだろうこの無限の時間に堪えることができるかも知れないと感じたからに他なりませんでした」といった言葉によって、人間と人間とがつながりあっていくうえでの普遍的な原理にさえ考えを及ぼそうとしているが、こと〈性〉の差異や役割意識をめぐる問題に関しては、途端に保身的な態度へと翻り、自分はすべてを捧げたのに何も与えてもらえなかったという論理へと責任転嫁するのである。

しかし、この手紙のなかで最も強い拘束性を発揮するのは、ひとしきり別れの挨拶を済ませたあと、最後の最後に述べられる次のような一節である。

　さようなら、文夫さん。また、いつお会いできるかと思うと、悲しみが私を打ちひしぎます。けれども、心の願いに従う他、私にどんな道がありましょう。文夫さん。この手紙を、私の別れを、私を、判って下さい。今こそよく判ります。あなたは私の青春でした。どんなに苦しくとざされた日々であっても、あなたが私の青春でした。私が今あなたを離れて行くのは、他の何のためでもない、ただあなたと会うためなのです。（中略）いつか、私が自分の生活を見出した時、それを告げ知らせたい人は、ただあなたただけなのです。そうです。私がそれを告げ知らせようと頭をめぐらせた時、思わぬ近さにあなたは立っているかも知れない。それは、望むべくもないことかも知れません。が、そうしたことは絶対に起こらぬと、誰が断定できるでしょう。そして、もしそういうことが起きれば、その時こそ、私たちはどんな歓びをもって、互いを見つめ合うことができるでしょう。

それは、受信者が発信者の意図を汲み取ろうとすればするほど意味をなさなくなるような暗示的表現で綴られている。「さようなら」を告げつつ、「また、いつお会いできるかと思うと、悲しみが私を打ちひしぎます」という未練を語り、最後には「私が今あなたを離れて行くのは、他の何のためでもない、ただあなたと会うためなのです」として相手に過剰な期待をもたせる修辞。「私を、判って下さい」と同意を求めながら、その直後で「今こそよく判ります」と納得してしまう自己完結性。「あなたは私の青春でした」という止めの一言がもたらすカタルシス。そして、「望むべくもないこと」かもしれないが、「もしそういうことが起きれば……」と展開する奇蹟への誘い。ここには、この手紙を受け取った相手が、けっして自分を忘れ去ることができないように仕向けるための技巧が細かく張り巡らされている。目の前にはもういない相手をいつまでも待ち続けよと迫る理不尽な復讐がメランコリックに遂行されている。

終章で語られる「私」の後日談は、まさに節子がかけていった呪縛そのものを体現している。ひとりで地方に旅立つことを決めた「私」は、

節子は、おそらく私がはじめて本当に節子を必要とした時、私から離れて行った。節子があの事故に遇ったあと、私ははじめて、自分がもう一人で生きることに堪えられないのに気づいた。かつては、誰とも自分を決定的に結びつけないことに、ひそかな自由を誇ってさえいた私だったが。年をとったと言うには、あまりに若い年齢だが、やはり年をとったのだろう。私たちの世代は、きっと老いやすい世代なのだ――

と考え、節子と共有してきた時間の重みを吐露するのだが、それは、「私」がすでに「私」の「自由」を「私」だけのものとして享受することができなくなっていることの宣言でもある。「もう一人で生きることに堪えられ

ない」と感じるとき、そして、その淋しさを相殺するために自分はもう年をとってしまったのだと考えるとき、「私」は明らかに節子にかけられた呪縛のなかに佇んでいる。

このときの「私」は、彼女を苦しめてしまったことを「許してほしい」と思いつつ、そのように詫びること自体が「傲慢」というものだろうと感じているが、それが、節子の口から発せられた「傲慢さというものではないのかしら」という言葉との呼応関係を形作っていることは間違いない。かつて、知性の働きかけによって人生に「たんま」をかけ、「たんま」という状態に身を置きながら自由を貪っていた「私」は、こうして節子という存在を内面化することでモラトリアムの時空から放逐され、何かを諦める代わりに何かを獲得するような「生活」に身を投じていくのである。

ただし、ここで注意しなければならないのは、テキストの最終章に至って語り手である「私」が、やおら「世代」という言葉を連発し、「私」と節子の問題ではなく「私たちの世代」の問題として思考をめぐらしていることである。「私」は、「悲しみ」に浸りながらも、なぜか久しく感じたことのない「のびやかさ」に満たされ、「さわやか」な気持ちで彼女が「再び生活を求めようとしたことは正しかった」と確信するのだが、それは、自分たちを「老いやすい世代」と自己規定し、「節子は私たちの世代を抜け出るものかも知れない」と期待するような発想のなかで育まれているのである。

作者・柴田翔が『されど　われらが日々――』に託したモチーフのひとつである「人間はどこまで自己決定できるのか」という問いかけは、こうして「世代」というキーワードとの接続によって顕在化する。この後に記される、

――もし一人の人間の行為が、自らの意志によって決定されるようにみえて、その実それほど多くの人々の

願いあるいは怨恨をうしろに背負っているものであるとしたら——、もはや、それが幸であろうと不幸であろうと、彼にその行為を拒否することはできない。

という言説は、「自己決定」というものの不可能性を表出したものである。テキスト内の事実関係に照らしていえば、それは、人生に対して過剰な期待をせず、ひとりで淡々とモラトリアムを生きるつもりだった「私」が、節子および節子に連なる人々の連鎖を背負って生きるしかないのだと認識する過程でもある。その意味において、「私」がいう「世代」とは、単純に同じ時代の空気を共有した同世代人ということではなく、「多くの人々の願いあるいは怨恨」を背負いながら生きていくしかない人間と人間の連鎖であり、群れに他ならない。

こうした「私」の思考のあり方は、この小説が愛読された高度経済成長期の若者群像を考えるうえで重要な意味をもっている。たとえば、高度経済成長期のバイブルとして幅広い学生から支持された吉本隆明の「共同幻想論」(「文芸」昭和41年11月〜42年4月、『共同幻想論』昭和43年12月、河出書房新社)について言及した井口時男が、「吉本の思想は、まず、「自立」という言葉によって表明された。／「自立」とは、第一に、ソ連や中国、さらには国内の既成左翼政党の「指導」からの政治的自立を意味する。第二に、当然、他人が考えた思想を「真理」として信奉するような態度を放棄すること、すなわち思想的な「自立」を意味する。／したがって、知識人が大衆を啓蒙したり指導したりするという組織論も否定される。(中略)では、どうすればよいか。各自は各自の生活を踏まえて考えるしかないのだ、ということになる。大衆は大衆として、知識の言葉に頼らず自分の生活過程を深く掘り下げることで「自立」でき、知識人も知識人として、単に最先端と目されている知識を追いかけるのをやめて徹底的に思考することではじめて「自立」できる」(「国家は「共同幻想」である」『世界の文学98 われらの時代』平成13年6月、朝日新聞社)と指摘しながら、同時に、「だが、ほんとうは、「自立」することは大きな困難を含んでいる」とも指摘したように、自分を群れのなかに逃避させずに「自立」し続けることは、この時代を生きていた『されど　われらが日々――』の読者にとってきわめて切実な問題だったからである。日本の高度経済成長期初頭には、大江健三郎「死者の奢り」（「文学界」昭和32年8月）、倉橋由美子「パルタイ」（「明大新聞」昭和35年1月14日、「文学界」同年3月に転載）、古賀珠子「魔笛」（「群像」昭和35年5月）、高橋和巳『憂鬱なる党派』（昭和40年11月、河出書房新社）、庄司薫『赤頭巾ちゃん気をつけて』（昭和44年5月、中央公論社）といった学生小説の系譜があり、それらの小説世界では、つねに、国家、社会、組織、集団といった共同幻想の枠組みと、家族、恋人、友人といった対幻想の枠組みの狭間で埋没していく〈個〉のあやうさが問題化されているが、『されど　われらが日々――』には、そうした時代の病弊がきわめて構造的に映しだされているのである。

「「ノルウェイの森」と「されど　われらが日々――」」（「諸君」文芸春秋、昭和63年11月）を書いた中野翠は、この小説の教訓めいたもののいいをめぐって、

> 私は『ノルウェイの森』の人生論的なセンチメンタリズムから、もう二十四年も前の『されど　われらが日々――』を連想した。私はこんなふうに考えてみる。もし私が今この'88年に十代だったとしたら、『ノルウェイの森』をどんなふうに読んだろうか？　『ノルウェイの森』は私にとって『されど　われらが日日《ママ》――』になっただろうか？

と問い、かつての自分が、『されど　われらが日々――』の余白に罵詈雑言の書き込みをする一方で、感銘を受けた箇所にはグイグイと傍線を引いて読んでいたことを告白する。また、当時の若者たちはこの小説を「人生論」として読み、「大人っぽい苦悩」、「苦味にみちたセンチメンタリズム」に酔おうとしたのではないかと指摘する。

そして、『されど われらが日々――』と『ノルウェイの森』は、それぞれの時代的特性において大きく乖離しながらも、「ストレートに「生」や「死」を語り、死者たちを美化する」点、あるいは、「主人公を追いつめないで、ある漠然とした苦悩のムード、鬱屈のムードを発散している」点において地続きであり、それこそが日本的センチメンタリズムのメイン・ストリームなのではないかと結論づけている。

同様のことは、「『されど われらが日々――』から『お楽しみはこれからだ』まで――たった一人で読み返す文春出版史――」(「本の話」平成14年4月)を書いた文芸春秋の編集者・松坂博にもいえる。ここで松坂は、「読み返してみて、不遜ながら、おもしろかった。なにより若者たちの謎めいた人生があって、それらがその後〝謎解き〟されていくストーリーの展開があざやかだったし、彼らの人生への取り組み方もよくわかったからだ」と述べている。

こうした観点からその読まれ方を理解しようとするとき、相補的に浮上するのは、作者・柴田翔がこの小説とほぼ同時併行的に書き進めていたゲーテの『親和力』に関する論文、「『親和力』研究――西欧近代の人間像の追求とその崩壊の認識――」(9)の存在である。作者自身の伝記的な事実をそのまま小説の読解に持ち込むことは、テキストの自律性を妨げる可能性という観点から慎重に対処しなければならないことであるが、この場合は、「『親和力』研究――西欧近代の人間像の追求とその崩壊の認識――」そのものが公の学会誌に発表された論文であり、それぞれの言説は、作者の実生活からではなく書き手の表現世界という次元で参照することができる。『されど われらが日々――』は、語り手である「私」が書き進める修士論文の進行に沿って展開しているわけで、論文を書き続ける主体としての存在性も問題にできると思うが、とりあえずそうした関心は後景に退けて、作者・柴田翔のゲーテ解釈(いうまでもなく、ここで問題なのはゲーテの『親和力』ではなく、それを解釈・研究した柴田翔の「『親和力』研究」である)がこの小説とどのように接続しているか、そして、その思考プロセスがいかに「人生論」的な読まれ方を助長するものであったかを検証してみたい。

『親和力』は、富裕な男爵エードゥアルト、エードゥアルトの友人の大尉、エードゥアルトの妻シャルロッテ、シャルロッテの姪のオッティーリエ、この四人の男女が織りなす二重の三角関係を描いたもので、タイトルは、物質の化学反応のように人倫を越えた力で惹かれ合う男女の関係からとっている。夫婦や家族といった社会の制度的な枠組みから抜け出してでも愛する人を奪おうとする情動と、それを制御しようとする意志の力が拮抗するところにモチーフがあるとされている。――柴田翔は、それを「個々の人物の意見、あるいは行動そのものではなく、それらが全体の関連の中におかれた時照らし出されてしまう、それらの持つ相対的意味である。別の言葉で言えば、孤立した各人物ではなく、人物間の目にみえる、あるいはみえない関係が問題なのである」、『親和力』のイローニッシュな構成の根本にはいわば非我とは他の自我であったという発見がある」と要約し、「この小説の具体的な主題は結婚である」と断言したうえで、作者がそれぞれの登場人物に対して「批判がましいこと」を一言も述べないことに意義があると論述している。

また、ヒロインであるシャルロッテは、「アプリオリな道徳」を持たない人間であり、自分自身の「秩序感覚」とは違う他者に対しても、「自分より広い世界に生きるものへの敬意をもって」引き受ける女性、さまざまな危機にさらされても「幸福な生活への意志」を持ち続ける女性として描かれているという。

――彼女は理性のみを自我として受け入れる。彼女の自我は（つまり理性は）その原動力としてニヒリスティックでない安定した幸福な人間の生活への意志を持ち、それによって（人間の中の情念をも含めた意味での）非我に働きかけ、非我を変化させて自我の意志を実現しようとする。しかもその際、非我に働きかけることによって自我が変化すること、非我が自我に浸透してしまうことは考えられていない、というよりはむしろ、彼女はそれを認めるのを拒否している。つまり、彼女は情念が人間に関わっていることを認めることによって、人間をできるだけ（そしてミットラー流の合理主義的な人間観が認めたのよりはるかに）深く、豊かに把握しようとしながら、理性の尊厳はきっぱりと守りつづけるのである。

というのが柴田翔の理解である。

だが、そうした「普遍的規範」意識をもっているシャルロッテが、夫であるエードゥアルトとの「安定した幸福な生活を破壊してしまう」ことについては、「二人は自分らの愛情を守るためには、その愛情を断念する他はない。彼らの愛情を生んだものが彼らの愛情を否定する。彼らはやがて互を断念するが、二人はまさにそのことによって、互への愛情と、それを生んだ各々の在りようを守ろうとしたのだった」と結論付けている。こうした基本コンセプトやそこに造型されたシャルロッテの個性は、『されど　われらが日々――』のそれと鮮やかに重なっている。それは一般的にいわれる意味合いでの影響や模倣ということではなく、柴田翔というひとりの研究者／作家が「『親和力』研究――西欧近代の人間像の追求とその崩壊の認識――」のなかで抽出しようとした問題と、『されど　われらが日々――』に表現しようとした問題とが多様なレベルでシンクロしているということである。

また、柴田翔がいう「相対的意味」あるいは「関係」という言葉から『されど　われらが日々――』を逆照射すると、たとえば、「序章」の右頁に記された、

道化　（王に）おお、おいたわしや、王様には裏切られなさったと！　して、一体、誰方にでございます？

という警句の解釈も従来のそれとは違ったものになってくる。この警句をめぐっては、飯野博が「「諦念」を歌うな――柴田翔「されどわれらが日々――」を中心に――」（「文化評論」昭和39年9月）のなかで、「「王様」は一九五五年、日本共産党の「六全協」当時、大学で「われらが日々」である青春時代を送った青年たちである。／この作品は「王様」たちのかつての栄光と高揚、現在の虚脱と混迷を対比させることで「六全協」を中心にした青春群像を明らかにし、自分等の「世代」の精神の位相を描こうとしたものである。（中略）道化の言葉にも明らかなように、この小説は裏切られた「いたわしい」青春の挽歌と、裏切ったものに対する呪詛に貫かれている」と述べているものの、その他の論文ではほとんど言及がなされていない。だが、テキストの結末まで読み終えたうえで、あらためてこの警句に再会すると、問題は「道化」や「王様」が誰なのかではなく、「裏切られなさった」という行為遂行性に向けられていることがわかる。そこには、誰かに裏切られたと憤っている「王様」と「王様」の憤りを宥める「道化」が配置されているように見せかけながら、実は、「……して、一体、誰方にでございます？」という間の抜けた問い返しによって、裏切られたといってうろたえること自体を諧謔の対象に転化してしまう「道化」の戦略があり、結果的に、誰がそれをしたのかという主体の問題から、裏切る／裏切られるという関係性の問題への跳躍が起こっているのである。

　また、そう考えていくと、この警句は、作者・柴田翔が語っていた「この本のテーマは政治ではなく、人間はどこまで自己決定できるのかということです」という言説とも接続しはじめる。誰かに裏切られたと憤るとき、その人間は無意識のうちに自分を被害者の立場に置いている。自分は信頼していたのに相手が豹変したと考えることで自己保存を図ろうとしている。それは、作者・柴田翔がいう「自己決定」と最も遠いところにある態度である。柴田翔にとっての「自己決定」とは、恐らく、自分が加害者であるかもしれない状況のなかで、被害者から恨まれることに臆せずに何かを遂行しようとする態度に他ならないからである。そこには、「自己決定」を放棄して他人の裏切りだけを恨む「王様」の愚かさと、それを嘲笑う「道化」という構造が見えてくる。『「親和力」研究』の最後は、ゲーテの自伝『詩と真実』（第二部）に記された「若き日の願いは、年老いてのち豊かに充される」という題銘の引用で閉じられるわけだが、それは、テキストの結末で自分が年老いたときのことを語ろうとする「私」の心情でもある。

やがて、私たちが本当に年老いた時、若い人たちがきくかも知れない、あなた方の頃はどうだったのかと。その時私たちは答えるだろう。私たちの頃にも同じように困難があった。もちろん時代が違うから違う困難ではあったけれども、困難があるという点では同じだった。そして、私たちはそれと馴れ合って、こうして老いてきた。だが、私たちの中にも、時代の困難から抜け出し、新しい生活へ勇敢に進み出そうとした人がいたのだと。そして、その答えをきいた若い人たちの中の誰か一人が、そういうことが昔もあった以上、今われわれにもそうした勇気を持つことは許されていると考えるとしたら、そこまで老いて行った私たちの生にも、それなりの意味があったと言えるのかも知れない。

「私」は、「時代の困難」と「馴れ合」いながら老いてきた自分たちを卑下している。次の「世代」に伝えるべきことなどほとんどないと考えている。だが、そのなかで唯一の例外として救済されるのは、「新しい生活へ勇敢に進み出そうとした人」がいたという事実であり、そういう人間を生み出したというだけでも、「私たちの生」は「それなりの意味があった」と考える。

こうして、「人生論」的な解釈は、節子というひとりの女性の「自己決定」を「世代」から逸脱させることで大団円を迎える。そこには、自分たちの果たせなかったことをひとつの教訓として伝授しようとする反面教師的な語り口があり、そんな状況のなかで「新しい生活」に進み出ようとした人間の「勇気」を讃えることで、その生き方を普遍化しようとする「人生論」特有の働きかけがなされているからである。

また、ここで「私たち」と名乗っている主体は、登場人物のひとりである「私」とは明らかに次元の違うところに生きている。婚約者を失い、傷心を抱えたまま「地方の大学の語学教師」になっていく「私」ではなく、この小説に描かれたひとりひとりの若者の生き方／死に方を俯瞰的に見渡し、個々の価値観に対する善し悪しは極力控えながら、その違いを超えたところに「私たち」の相同性を認めようとする「世代」の語り部としてふるまっている。

かつて、優子から届けられた遺書を読んで「久し振りに自己の充実を感じ」た「私」。節子が去ったときでさえ、「今の私の気持のこののびやかさは何だろう」と感じた「私」。他人の痛みに想像をめぐらせようとせず、自分の気持ちに忠実に生きることだけを考えてきた「私」は、こうして自分が「年老いた」ときを想定しながら、自分の知性を自分のためにしか使おうとしなかった自分を裁く。『坊っちゃん』を書いた漱石が、主人公の「無鉄砲な実直に心からの共感を寄せつつ」、「赤シャツであることの痛み」も引き受けていたと指摘し、『三四郎』の「広田先生」や『こころ』の「先生」をその系譜に配置した茂木健一郎の解釈を援用すれば、かつての「私」は、自らの知性を武器に他者を弄んでいた「赤シャツ」であり、あの頃の自分を回顧する「私」は、「赤シャツであることの痛み」を知った存在である。『こころ』の「先生」がそうだったように、「私」もまた、誰かを傷つけることによってしか自分を生かすことができなかった記憶を引きずっているのである。

「いろんな立場の人が登場して、それぞれの立場でそれぞれの考え方や生きることの意味を表明する」形式をとり、それぞれの登場人物の「背後に作者がひかえている」ような構造にしようと考えた柴田翔の狙いは、「私」を出来事の現場から遠ざけ、今になってみれば、という位置から過ぎ去った日々を想起させる存在に仕立てることで、はじめてその枠組みを完成させる。彼が「『親和力』研究」の末尾に引用した「若き日の願いは、年老いてのち豊かに充される」（ゲーテ）という言葉がそうであるように、この小説は、すでにそれが手の届くところにないという喪失感ほど人間を充たしてくれるものはないという逆説のテーゼとともに閉じられるのである。

その意味において、『されど われらが日々——』の背後には、高度経済成長期における虚無感や喪失感の捏造という問題が控えている。この小説を「誤読」した人々は、日本共産党の「六全協」に揺れた昭和三〇年前後の学生群像を、無意識のうちに、六〇年安保闘争にはじまる大学紛争に変換し、そうした操作を通じて、「自己決定」の問題を高度経済成長という祝祭的な時空間に対するささやかな抵抗として再浮上させているのである。のちに、「書林逍遥」（「小説現代」平成17年2月）という連載コラムに『されど われらが日々——』をとりあげた久世光彦は、

> 『されど われらが日々——』が文芸春秋社から刊行されたのは昭和三十九年（一九六四）年の八月、ちょうど〈六〇年安保〉と〈七〇年安保〉の狭間で、世は東京オリンピック景気に沸き、政治的にはぼんやりと淀んだ空気だった。東大や日大の闘争が起こるのは、四年後の昭和四十三年のことである。——その年の秋は、風に吹かれる枯葉のように、〈なぜ時代がよくないのか〉を考えるともなく考えながら、街を彷徨っていたような気がする。作中の〈私〉ほどではないにしても、私があの時期に引きずっていた気持ちは、濡れた砂袋みたいに水を吸って重かった。三十歳を目前にしていたが、私はまだ〈青春〉の中に棲んでいた。そして、あれが私の〈青春〉の終わりだったのだろう。（中略）私には、〈節子〉や〈私〉を他人とは思えない、〈世代の感傷〉が明らかにあった。——あのころの、本郷の東大構内に漂っていた埃と薬品の匂いは、あの

ころにしかなかった〈特別な時代〉の匂いであった。

と述べたが、ここに表出する〈世代の感傷〉こそ、『されど　われらが日々――』が作りだした文学的価値であり、いまその時代を回顧したかつての若者たちが口癖のようにいう「あの頃はよかった」という感覚を生みだす原動力である。あの頃の自分といまの自分を対照し、記憶や回想のレトリックを駆使して重層的な時間を表現するこの小説世界は、高度経済成長期の激変に身を任せていた人々の不安や虚しさを懐かしさに変換していくような仕掛けを内包しているがゆえに、同時代のベストセラーになったのである。

【注】

（1）昭和三〇（一九五五）年七月に開催された日本共産党の第六回全国協議会。テキスト内では、「六全協の打撃」を受けたのち「代々木の党本部」に対立する「共産主義者同盟の理論家」として活動を続けるAという男の手記として、「六全協の決定は、ぼくらがそれまでに信じてきたもの、信じようと努力してきたものを、殆ど破壊しただけではなく、その誤ったものを信じていた、あるいは信じようとしたぼくらの努力の空しさをはっきりさせることによって、ぼくらの自我をも、すっかり破壊してしまったのです。ぼくらは、いわゆる新方針を理解することも、批判することもできなくなってしまいました。ぼくらは、暫くは茫然自失の状態で、世の中に何か正しいことがあるということすら、信じられなくなっていました。ですが、やがて半年たち、一年たちすると、かなりの人々はそのまま世間の中へまぎれ込んで行き、他のある人々は党の新方針なるものの下で、再び馬車馬的に動きだしました。そして、そうならなかった少数の人たちが、自分たち一人一人が党でなければならないことを理解して、新しい学生運動のために働き出したのです」と語られている。

（2）『されど　われらが日々──』と同様、この時代カノンとして読まれたテキストとしては、寺山修司『書を捨てよ、町へ出よう』（昭和42年3月、芳賀書店）高森朝雄作／ちばてつや画『あしたのジョー』（「週刊少年マガジン」、昭和43年1月1日〜48年5月13日）、吉本隆明『共同幻想論』（昭和43年12月、河出書房新社）、高野悦子『二十歳の原点』（昭和46年5月、新潮社）、庄司薫『赤頭巾ちゃん気をつけて』（昭和44年8月、中央公論社）、上村一夫『同棲時代』（「漫画アクション」昭和47年3月2日〜48年11月8日）などがある。また、『されど　われらが日々──』をカノンに押しあげた要素のひとつとして指摘しておきたいのは、出版元である文芸春秋の肩入れである。同社は「文芸春秋」をはじめとする雑誌媒体のなかで、しばしば、リベラリズムの立場から高度経済成長期の日本を回顧する特集を組んでいるが、その都度、この小説に焦点をあてて団塊の世代の〈青春〉像を描き出す戦略をとっている。

（3）松坂博によれば、『されど　われらが日々──』は「昭和三十九年に出版され、現在もなお文庫版が売れ続け、累計で二百万部にせまろうかというベストセラー」だが、「発売後ほどなく売れ行きが下火になったものの、その六、七年後、またにわかに売れ出した（昭和46年には約三〇万部）」という。

（4）事実、この小説に対する先行研究の蓄積は驚くほど少ない。同時代に批判的な立場から書かれた飯野博「「諦念」を歌うな──柴田翔「されどわれらが日々」を中心に──」（「文化評論」昭和39年9月）、武井昭夫「青春文学のあり方──柴田翔『されど　われらが日々──』の意味するもの」（「新日本文学」昭和41年6月）、長崎健「被膜の世代論「されどわれらが日々」について」（「文学碑」昭和41年7月）、草鹿外吉「「学生小説」の系譜──「魔笛」「されどわれらが日々」「憂鬱なる党派」をめぐって──」（「民主文学」昭和44年2月）などを除くと、テキストの細部を探究するような研究はほとんどなされておらず、松本健一「学生運動という青春──柴田翔『されど　われらが日々──』」（「新潮」昭和63年12月）のように、筆者が自分の〈青春〉を懐かしげに語るための触媒として取り上げられる傾向がある。

（5）柴田翔は「病気」（『記憶の街角　遇った人々』平成16年2月、筑摩書房）というエッセイのなかで、「漱石の『彼岸過迄』に、雨の日には客と会わない男の話がある。可愛い片言でお喋りを始めていた娘が、男が客と会っていた雨の日に突然ぐったりとし、死んだ。それ以来、男は雨の日の客には会わなくなった。死の前後の描写が淡々としているだけに、自分でも幼児を失った経験のある漱石の悲哀が、読む心に水のように拡がってくる」などと述べ、『彼岸過迄』を書いた漱石の知性に強いシンパシーを抱いている。知性というものを生活のために役立てようとするのではなく、自身を制御し、モラトリアムを延長していく道具と捉える「私」の人物造型とその認識のありようは、『彼岸過迄』をはじめとする、夏目漱石が描いた主人公たちときわめて相似的である。

（6）この場面では、「思い出す」という表記と「想い出す」という表記が厳格に区別されている。前者は、「思い出す」という出来事そのものに比重が置かれ、後者は「想い出す」主体、すなわち、そこに想いをめぐらせている主体のありように比重が置かれている。

（7）同書は大正14年9月、第一書房から刊行された。引用はアポリネールの「狩の角笛」。堀口訳では「思い出は狩の角笛／風のさなかに声は死にゆく」となっている。

（8）六全協の頃に大学生活を送っていたというテキスト内の事実から、節子は昭和二〇年代後半の新制発足前後に中学生、高校生だったことが分かる。この頃、文部省純潔教育委員会は「純潔教育基本要項」（昭和24年1月）を発表し、例えば、「純潔教育上の諸問題」の「恋愛と結婚」という項目において、「恋愛及び結婚に対する観念、感覚は、純潔教育によって洗練され、高められるべきである。又貞操は相手のためにのみ守るのではなく、自らの人格として必要であり、男女相互の倫理であることを自覚するように導くこと」などと記されている。節子は、こうした極端な純潔教育の洗礼を受けて女子大学に進学している。

（9）修士論文を改稿したのち、日本ゲーテ協会編『ゲーテ年鑑』（昭和37年4月、南江堂）に収録された。文庫版『されど われらが日々――』（昭和49年6月、文春文庫）の「解説」を書いた野崎守英は、この小説の初出雑誌である「象」の同人仲間だった自分が、ドイツ留学に出発する柴田翔からこの原稿を託されたときの状況に触れ、「翌年にドイツに出かけることになった前の年の夏、――そしてその前の夏も――柴田は珍しく山の宿に籠ってこれを書いた」と証言している。また、『ゲーテ年鑑』（前出）に収録されたゲーテ賞の選考経緯には、「九月二十二日、事務所ロビーにて　日本ゲーテ賞の応募論文三篇を七月以来ゲーテ賞委員が審査していたが、この日事務所で決定会議を開き、慎重に審査した結果、東大文学部助手柴田翔氏の「親和力研究」を日本ゲーテ賞当選と決定（中略）これで柴田氏はフランクフルトのゲーテ大学から奨学金を受けて留学する資格を得たわけである」

と記されている。これらの資料から、「されど　われらが日々――」は昭和三五年の夏にはすでに執筆が始まっており、彼が昭和三七年八月にドイツに出発するまで、ほぼ二年の時間をかけて書き継がれていたことがわかる。

第二節　〈知性〉の変容——庄司薫『赤頭巾ちゃん気をつけて』論

1　時代背景

昭和二五年六月に勃発した朝鮮戦争の特需によって経済復興のきっかけをつかんだ日本は、昭和三〇年代に入って、農業・林業・漁業などの第一次産業から製造業を中心とした第二次産業、および、小売・金融・運輸・通信などの第三次産業へと産業構造を転換し、昭和四八年のオイルショックに至るまで二〇年近くにわたって年平均一〇％前後の経済成長を遂げた。この高度成長を支える原動力になったのは、様々な領域における技術革新とそれにともなう設備投資および工業製品を中心とした輸入の拡大である。鉄鋼、石油化学、機械、電機などの領域に大規模な労働需要がうまれたことによって、人々のあいだに消費革命（耐久消費財への旺盛な需要の喚起）が起こり、大量生産／大量消費時代が到来するのである。また、昭和三九年の東京オリンピック前後には、道路、港湾、鉄道といった交通網の整備、工業用地の開発、住宅建設などの公共投資が積極的になされ、官民一体となった景気拡大路線がとられていく。高度成長の陰には、地方の過疎化、第一次産業の衰退、公害、環境破壊など、困難な問題も数多く起こっていたが、人々は、そうした負の側面から目を背けるように消費生活を愉しみ、時代が疾走していく心地よさに身を委ねた。

だが、こうした生産／消費の景気拡大が恒常的に続くはずはない。政府は、豊かな社会づくりのために国民ひとりひとりの人的能力を向上させ、新しい活力をうみだすことでより長期的な繁栄をめざそうとした。昭和三五年一二月に池田勇人内閣が決定した「所得倍増計画」において、産業・経済の拡大とともに社会資本の充実や科学技術の振興などが目標としてかかげられ、教育の価値や重要性を見直す動きが活発になったこと、あるいは、昭和四〇年一月の中央教育審議会特別委員会が作成した草案に書き込まれ、その後の教育政策に大きな影響を与えた「期待される人間像」というスローガンが示すように、この時代には、来るべき大衆社会を見据えた国家主導の人材育成システムが着々と構築されるのである。

また、ひとたび物質的な豊かさを手に入れ、その豊かさを自分の子どもたちにも継承させたいと願う人々の多くは、国家の期待に進んで応じ、なにがなんでも子どもを大学に進学させ、高い学歴をもたせたいと考えるようになる。かつて、近代化への道のりを歩みはじめた頃の日本は、封建的な身分制度を廃止するかわりに、個々人の能力に応じてより高い教育を受けることのできる立身出世主義を導入し、成功の可能性を平等にふりわけつつ、同時に、学歴にもとづくピラミッド階層を強固にする戦略によって安定した社会秩序をつくりあげたが、高度経済成長期においては、そうしたエリート主義が廃れ、むしろ、親から子への文化資本の委譲という側面が前景化してくる。大学は、旧い世代が獲得した文化資本を次の世代に受け渡すための担保としての性格を強めると同時に、高度化していく社会に対応できるような穏健で良識に富んだ人材を量産する機関として期待されるようになる。昭和三八年に一二・一％だった大学進学率が、昭和四五年には二三・六％に、昭和五〇年には三七・八％に跳ねあがっていく事実からも明らかなように、この時期の大学は、急速な大衆化の波にさらされていくのである。

竹内洋は『〈日本の近代12〉学歴貴族の栄光と挫折』（平成11年4月、中央公論新社）でこの問題にふれ、大学卒業者がそれまでのホワイト・カラーからグレーカラー化し、サラリーマンにおける学歴別労働市場が崩れはじめたことによって、特に、難関といわれる大学をめざす受験生たちが抱く「キャンパスの教養知識人の物語」と、彼らを待ち受けている「実人生の大衆的サラリーマン物語」のあいだに大きな隔たりがうまれたと指摘している。

また、『20世紀の日本11 知識人――大正・昭和精神史断章』（平成8年8月、読売新聞社）を書いた坂本多加雄は、当時、全国で起こりつつあった大学紛争の要因のひとつに「大学の大衆化」を挙げ、「大学が体現するアカデミズムの世界が、人生や社会をめぐる諸々の事象についてのしかるべき理想やあり方を指し示すような役割を世間一般から期待されなくなった」ことに対する憤懣が大学内に蓄積されていく状況を検証している。社会的権威を失った大学のなかで、「思想」よりも「知識」と「情報」を、「知識人」であることよりも「専門家」であることを求められるようになり、次第に閉塞感をつのらせていた学生たちの抑圧されたエネルギーが、大学紛争に捌け口を求めていったというわけである。安保闘争と連動したデモ活動、大学の民主化や学生の自治をめぐる当局との対立、バリケード封鎖、内ゲバ、暴力革命闘争など、その現象は様々だが、もしそこに何らかの因果関係を認めるとすれば、この時代における大学紛争は、学生自らが大衆としての自画像を描き、自身の手で「キャンパスの教養知識人の物語」を終焉させる行為だったということになる。

この時代の学生たちに絶大な人気を誇っていた高橋和巳は、『悲の器』（昭和37年11月、河出書房新社）において、「最高学府」の教授として学界に君臨していた主人公がスキャンダルによって大学を追われる場面を描き、最終講義に臨んだ老教授に、

諸君はエリートである。世に言う秀才根性や特権意識とは無関係に、なお諸君はエリートであると私は言う。この組織万能、派閥万能の時代に、なお所属する集団の勢力や利害を離れて、個人の責任において法を反省し、世界を鳥瞰できる唯一の階層として諸君をエリートであるとわたしは規定する。その立場の浮動性、不安定性にもかかわらず、それゆえにこそ、インテリゲンチャには巨大な任務が課せられている。諸君が理性でなく、諸君が統一者でなく、諸君が鳥瞰者でなければ、正義を利害追求の装飾と化してしまったこの世

界の、だれが統合者でありうるか。真の批判、真の自由をだれがこの世界にもたらしうるか。

と言わせているが、この台詞は、大学の大衆化という問題を考えるにあたって重い意味をもっている。大学紛争において学生たちが葬り去ろうとしたのは、まさに、「知識人」こそ「エリート」でなければならず、「エリート」には世界の「統合者」として「真の批判、真の自由」をもたらし続ける責任があるというイデオロギーだったが、それは同時に、自分たちが拠りどころとしていたプライドを放棄することでもあったからである。

大学紛争の嵐とともに旧来型の「知識人」像は崩壊し、「エリート」という言葉はいやらしい選民意識をもって権力を行使する人々の蔑称になり下がるわけだが、ここで問題になるのは、そうした「知識人」像を特権的な地位からひきずりおろしたあとに、「真の批判、真の自由」なるものを誰がどのように体現していくかということである。あらゆる社会は、ひとつの文化の共通基盤をなす認識体系としての「知性」を正当に位置づけ、「知性」に対する畏敬の念をもつことで成立している以上、主人の置換が即座に問題の解決につながるとは限らないのである。本節では、そうした時代状況を鮮やかに映した小説として、昭和四四年から四五年にかけて社会現象とよべるほどのベストセラーとなり、その後も長期にわたって若い世代の読者から愛読されている庄司薫の『赤頭巾ちゃん気をつけて』(「中央公論」昭和44年5月、同年同月、中央公論社から刊行)をとりあげる。

まるでいい気なおしゃべりのように、あっけらかんとした文体で綴られるこの小説には、安保闘争や学生紛争をめぐって騒然とする社会状況がまったく描かれていない。主人公は、烈しい戦禍や紛争にみまわれる世界情勢のなかで日本は何をすべきかといった政治的課題にも興味なさそうである。作者の庄司薫は、現実の自分よりも一〇歳以上も若い世代にあたる高校三年生の主人公を設定しながら、彼に自分と同じ「薫」という名前を与え、本当は冷静に観察・判断できる場所から過去を振り返っているにもかかわらず、いま自分が青春のまっただなかで困惑し続けているような粉飾をこらす。佐伯彰一の表現をかりれば、「この作者は、一見若者スタイルをよそおい、若者風の口調で、「大人たちよ、じつはぼくらだって困惑している。いや、ぼくらこそ困惑そのものだ」と物やわらかに語って見せた。若者たちの代弁者のようでいて、じつは大人たちの不安を和らげ、ほぐしてやる役割をも演じたのである」（「『軽み』の批評精神」、『ベストセラー物語 下』昭和53年6月、朝日新聞社）ということになるのだろうが、ともかく、この小説に描かれた若者の日常は、同時代に起こりつつあったベトナム戦争や文化大革命といった出来事にさえ無関心で、遠い〈他者〉への想像力というものを完全に欠落させている（というより、欠落させているように書かれている）。そのくせ、自分の周辺にいる人間たちとの間に起こる些細な感情のもつれやすれ違いについては、これでもかというほど熟慮し、関係の改善をめざす。そして、小説の語り手は、そんな主人公を自在に操りながら、「知性」とは何かということを平然と口にする。さきに引用した佐伯彰一は、この小説を、石原慎太郎の『太陽の季節』（「文学界」昭和30年7月、『太陽の季節』昭和31年3月、新潮社）や村上龍の『限りなく透明に近いブルー』（「群像」昭和51年6月、『限りなく透明に近いブルー』昭和51年7月、講談社）と同じ線上に配置し、それらの背後に敗戦後の日本が歩んだ急速なアメリカ化の痕跡をみているが、少なくとも、かつての知識人なら与しないようなのほほんとした語りで新しい「知性」のあり方を標榜する「ぼく」の登場が、戦後日本文学に対するひとつの批評性を備えていることはまちがいないだろう。

2　〈亡命者〉として生きること

『赤頭巾ちゃん気をつけて』の主人公「ぼく」は、全国でもトップレベルの東京大学合格者数を誇る日比谷高校[2]の三年生である。二人いる兄貴がともに東京大学法学部に通っていることから、何となく、自分もそこに行くのだろうと考えていた。ところが、のんびりしたお正月を過ごしたと思ったとたん安田講堂事件[3]が起こり東京大学の入試は中止になる。小説は、そんな宙ぶらりんな状況に置かれた「ぼく」が過ごす春休みの一日（翌日が国立大学の願書締切日にあたる2月9日）を独白体で描いている。周囲の喧騒をよそに、「ぼく」は、高校生活のなかで経験した出来事をふり返ったり、ガールフレンドや家族といった親しい人間たちとの関係性に思いをめぐらせたりしながら、現況をこんなふうに語りはじめる。

ぼくは時々、世界中の電話という電話は、みんな母親という女性たちのお膝の上かなんかにのっているのじゃないかと思うことがある。特に女友達にかける時なんかがそうで、どういうわけか、必ず「ママ」が出てくるのだ。もちろんぼくには（どなるわけじゃないが）やましいところはないし、出てくる母親たちに悪気があるわけでもない。それどころか彼女たちは、（キャラメルはくれないまでも）まるで巨大なシャンパンのびんみたいに好意に溢れていて、まごまごしているとぼくを頭から泡だらけにしてしまうほどだ。特に最近はいけない。例の東大入試が中止になって以来、ぼくのような高校三年生というか旧東大受験生（？）というやつは、「可哀そうだ」という点で一種のナショナル・コンセンサスを獲得したおもむきがある。なにしろ安田トリデで奮戦した反代々木系の闘士たちまで、「受験生諸君にはすまないと思うが」なんていうほどなんだからこれは大変だ。かくしてぼくたちは、まるで赤い羽根の募金箱か救世軍の社会鍋みたいにまわりの中から同情を注ぎこまれたうえ、これからどうするの？　京都へ行くの？　といった一身上の問題に始まり、ゲバ学生をどう思うとか、サンパとミンセーのどっちが好きかとかいったアンケートまでとられて、それこそ、あーあ、やんなっちゃったということになるわけだ。それに言い遅れたけれど、ぼくの学校が例の悪名高い日比谷高校だということは、同情するにしろからかうにしろ、すごく手頃な感じがするのではないかと思う。

「ぼく」を無上の「好意」で包みこみ、過剰なおせっかいを続けることで、「ぼく」が道を踏み外すことなく与えられた役柄を器用にこなしていけるように仕向ける存在。それが「ママ」とよばれる母親たちである。わざわざ、「キャラメルまではくれないまでも」と注解していることからもわかるように、ここでの「ママ」には、同時代に流行した「キャラメルママ」という言葉のイメージが付着している。三田誠広が「戦後思想の高揚と挫折」という座談会（「朝日ジャーナル」増刊号、昭和56年10月1日）で、「東大闘争のとき、キャラメルママというのが出てきた。キャラメルをあげるからみんな出てきなさいって言ったおばさんたちですが、あれは非常に本質をついている。というのは、ぼくらの母親はだいたい自分の子供だけはエリートにしたいと、いわゆる教育ママになって、子供に夜食か何か食べさせ、ともかく東大へ行きなさいといってきた。一方、子供たちも母親にほめられたい、あるいは学校の先生にほめられたいという意識で一生懸命勉強してきた。ところが、大学へ入ったとたん、そういう母親の価値観の中からほうり出されてしまう」と解説しているように、ここでの「ママ」は愛情というかたちの抑圧によって子どもの自立を妨げるものの代名詞なのである。(4) 江藤淳が『成熟と喪失――″母″の崩壊』（昭和42年6月、河出書房）において、「母と息子の肉感的な結びつきに頼っている者」に「成熟」はないと断言し、「自分が母を見棄てたことを確認した者の眼は、拒否された傷口から湧き出て来る黒い血うみのような罪悪感の存在を、決して否認できないからである。／『成熟』するとは、喪失感の空洞のなかに湧いて来るこの『悪』をひきうけることである。実はそこにしか母に拒まれ、母の崩壊を体験したものが『自由』を回復する道はない」と論じたこの時代。昭和四三年の東京大学駒場祭に採用されたポスターに、高倉健の仁侠映画をもじって付けられた「とめてくれるな／おっかさん／背中のいちょうが／泣いている／男東大どこへ行く」というコピーが大きな話題を呼んでいたこの時代。無知なもの、未熟なものへの慈愛という有無をいわせぬ〈正しさ〉で相手をまなざし、彼を自分の支配下に留まらせようとする「ママ」は、いかにも始末の悪い存在にほかならない。

だが、主人公の「ぼく」は、そんな「ママ」たちの無遠慮な愛情を迷惑がりながらも、そこから逸脱せず、一定の距離をとりながら共存しようとする若者である。自分に直接的な危害を加えない限りにおいて、「ぼく」は「ママ」たちの振る舞いを許容し、理解しようとつとめているのである。これは、作者・庄司薫が「連合赤軍」(『バクの飼主めざして』昭和48年6月、講談社)というエッセイで用いた「「キャラメルママ」的発想」という言葉にも通じている。彼は、浅間山荘事件の現場に駆けつけた犯人の母親が、「早く出てきてちょうだいよ。ごはんこしらえて待ってるからね。みんな丸くなって輪になって食べましょう」と呼びかけたことに言及し、この言葉は「世の識者の嘲笑をかった」としたうえで、だが、「ぼくはそこになにか妙に心を動かされるものを感じてしまった」と述べる。そして、窮状に陥っている犯人を山荘から引っ張り出すためには、「一緒にごはんを食べようと「呼びかける」のが最も効果的」だったかもしれない、と類推する。

ここで庄司薫が問題にしているのは、言葉の客観的な意味合いや発話されたときの状況ではなく、その言葉が相手の心にどのように響くかということである。こうした問いかけをすることで、彼は、むしろあたりまえのように「キャラメルママ」たちを「嘲笑」した「世の識者」たちに疑問を提示しているともいえる。他人を「可哀そうだ」と言ってのける人間は、たいていの場合、その思いあがりを糾弾されることになるのだろうが、庄司薫の場合は、そのように物事を単純化し、他人に「可哀そうだ」と言ってはいけないと決めつける行為自体を疑ってかかるのである。本文中には、いつも口うるさく「ひとに迷惑かけちゃだめよ」と叱って子ども扱いする母親について、「日常的な感じでこの民主主義を考えると、どうもこの『おふくろ的錯覚』をあまり出られないような気がしてくるわけなんだ」と感じ、このままでは「実につまらない若者になる」という予感を抱きながらも、いまだ自分の明確な考えをまとめきれていない「ぼく」自身について、せいぜい『ひとに迷惑かけちゃだめよ』で精一杯やっていく他ないのじゃないか」と慰める場面があるが、「ぼく」という主人公は、つねにそういうかたちで思慮し続け、懐疑を棚上げにせよと迫る誘惑の声に抗う存在なのである。

そんな「ぼく」が「ママ」たちと同じように好奇の視線を送るのが、東京大学の入試中止を引き起こした当事者である大学紛争の「闘士」である。彼らは、共産主義革命を叫んで安田講堂を占拠したにもかかわらず、「受験生諸君にはすまないと思うが」などという腑抜けなコメントをしている。さきほど登場した「世の識者」なら間違いなくその欺瞞を指摘するだろう。だが「ぼく」は、「これは大変だ……」と語るだけで、「大変だ」と思っている自分の内面をそれ以上に言語化しようとしない。そして、いっけん自分の判断を保留しているようにみせかけながら、「トリデ」「サンパ」「ミンセー」といった言葉だけはきっちりカタカナ書きにして茶番劇の滑稽さを滲ませておく。島田雅彦の「優しいサヨクのための嬉遊曲」（「海燕」昭和58年6月、『優しいサヨクのための嬉遊曲』昭和58年8月、福武書店）が登場したとき、「左翼がサヨクになるとき」（「すばる」昭和60年6月〜61年7月、『左翼がサヨクになるとき──ある時代の精神史』昭和61年11月、集英社）を書いた磯田光一は、「〝模造〟の構造」を露出し続ける作家と規定し、「島田雅彦における〝模造人間〟の問題は、この観念の主体化にみられる構造を、〝模造〟という理念を通じて無限に対象化してゆく装置なのである。政治運動において〝党派〟を形成する概念のシステムは、明確に観念のかたちをとらずに、イメージやノスタルジアによってもあらわれる」と述べたが、庄司薫もまた、党派性の違いを際立たせることに無駄なエネルギーを費やしていた活動家たちをカタカナ書きにして茶化すことで、そうした運動、あるいは、同時代を覆っていた左翼イデオロギーそのものを「模造」化しているのである。(5)

ところで、主人公の「ぼく」とほぼ同じ時代、東京大学の学生として、前出「とめてくれるな／おっかさん／背中のいちょうが／泣いている／男東大どこへ行く」のポスターを作製した橋本治は、この頃の東京大学を次のように回顧している。

私は、1968年の大学紛争が、受験勉強と同じものだとは思わない。しかし、そこに吸い込まれて行った人間達の吸い込まれ方のかなりは、受験勉強に吸い込まれて行った時のノリと同じだったと思っている。スト中の「平和」と、駒場祭前後の「緊迫」を見ていて、私はそう思った。1週間でコロッと顔つきが変わった人間は、いくらでもいた。私は、そういう「真実への目覚め方」がいやだ。硬直した顔つきの中に、高校3年の時に見た顔がいくらでも浮かんだ。「もうそういうものはないはずなのに」と思って、でも、私の前には3年前の時間が甦って来た。私はもう、それがいやだったし、こわかった。／「バカか、お前は——」という視線に、私は慣れている。1965年は、そういう視線の中で1年間、素知らぬ顔をして生きて来た。しかし、1968年の大学は、もう1965年の高校ではないのである。そこには、もう「受験勉強」という〝敵役〟がいない。1965年には、「お前らそれでいいのかよ！」と言えて、「どうしたって自分の方が正しい」と主張することだって出来た。1965年の同級生は、「受験勉強」という〝敵〟と結託していたのである。しかし、1968年の学友達は、「社会の不合理」と戦っている。どうしたって私はブが悪い。「どのセクトがどうで」とか、「全共闘とはなにか」が分からなくても、それくらいのことは分かる。1968年の私は、「社会の不合理と戦う人間の姿勢が理解出来ないただのバカ」なのである。そこまでは分かっている。でも、やっぱり私は、「いや」なのである。（「「とめてくれるなおっ母さん」を描いた男の極私的な1968年」、『1968年・グラフィティ　バリケードの中の青春』平成10年11月、毎日新聞社）

大きな力に吸い込まれていった人間は、自分たちがなにかに吸い込まれたと思ったりはしない。それどころか、自分たちの選択は正義であり必然であると考えて、そこに与しない人間に牙をむく。橋本治は、高校三年生のときに経験した受験勉強と東京大学に入学したあとに同級生たちがなだれ込んでいった大学紛争が、ともにそうした吸引力をもっていたことに思いをめぐらせ、ほんの短い間に「硬直した顔つき」をしはじめて、自分とは価値観の違う人間を「バカか、お前は──」と罵倒する人間の「「真実への目覚め方」がいやだ」と語る。また、受験勉強には「敵」と結託しているようないかがわしさがあったから「自分の方が正しい」と反論する余地があったが、大学紛争の場合は「「社会の不合理」と戦っている」という大義があるゆえ、自分は「社会の不合理と戦う人間の姿勢が理解出来ないただのバカ」とみなされたと回顧している。

だが、ここでさらに注目したいのは、そうしたマイノリティとして生きてきた橋本治が、当時の心境としてではなく、その文章を書いている時点（30年後ということになる）での自己認識として、「でも、やっぱり私は、「いや」なのである」と突っぱねている点である。橋本治の場合は、いかにも軽薄さを装って「いや」という言葉ですべてを片付けているが、彼はあの頃もいまもこうした連中を「いや」だと思っているのであり、そうした大きな力に吸引されずに生きてきたことに強い自負をもっているのである。

そして、『赤頭巾ちゃん気をつけて』を書いている作者・庄司薫の視線もまた、こうした回顧性をもっている。(6)昭和三三年、東京大学の二年生だったときに本名の福田章二で書いた「喪失」が第三回中央公論新人賞を受賞（「駒場文学」第9号に発表したものを改稿して応募。受賞後「中央公論」昭和33年11月に掲載）し、その前年に書いていた「蝶をちぎった男の話」（東京大学教養学部学友会機関誌「学園」第15号・昭和32年）、法学部への進学後に書いた「封印は花やかに」（「中央公論」昭和34年7月）とともに作品集『喪失』（昭和34年9月、中央公論社）に収録したのち、「僕は今そこに、僕の出発点としての過去の偉大な全てに対する卑小感が呟きのうちに次第に確認されていく過程を見るように思う。自らの個性を確立し終ることが単なる悲壮美に止まることの予感、自らの形式を他に強いることが単なる飛躍の確証に過ぎぬことの羞恥、それらの成立過程を支える稀薄で緩慢な時代の感覚からくる現実そのものへのさまざまに複合された卑小感。／そして今僕はここに一つの作品集を持った。僕はこの出発、過去の偉大な全てによって一つ一つ花やかに封印された僕の出発を改めて確認する」（『喪失』、「あとがき」前出）という言葉を残して、いったん文学の世界から「総退却」（『喪失』、「新版あとがき」昭和45年5月、中央公論社）した庄司薫は、自分が小説を書いた動機を「自己否定衝動の客体化」（「若さという名の狼について」、『狼なんかこわくない』昭和46年12月、中央公論社）とよぶ。「若さ＝純粋・誠実＝傷つきやすさ・弱さ」という公式の「陥穽」から抜けだし、傲慢で攻撃的な「加害者」性を小説に描くこと。小説を書きながら、同時にそれを書いている現実の自分を「客体化」して確認すること。そして、そうした行為が精神衛生上あまりよくない空しいものに思えたときには、「自由」になることの企てとして、いったん「総退却」すること。それが庄司薫のスタイルであり、同様の方法意識は一〇年という時間を経て発表された『赤頭巾ちゃん気をつけて』にも引き継がれている。この小説に至る一〇年間を語った文章のなかで、彼は、

——ぼくたちを敵味方に峻別して闘わせることになるさまざまな政治思想体系（政治的信条といってもイデオロギーといってもかまわない）は、そもそもは他ならぬこのぼくたち人間のためにあるのは言うまでもないことだが、混乱と動揺の中では、常にその排他的側面のみが強調されて、いわば境界における党派的戦闘ばかりが激化するような形になってしまう。（中略）その思想が本来拠ってたっているはずの「みんなを幸福にするにはどうしたらよいか」といった最も素朴でしかも重要な目的そのものが見失われていく。いや、それどころか、そのような戦闘が繰返されていくうちに、他者肯定はすなわち「敵を愛する」という現実的には馬鹿ばかしい甘さだと考えられるようになり、そこに恐るべき魂の荒廃が進行していく……。／『赤頭巾ちゃん気をつけて』で十年ぶりに筆をとったぼくの前にあったのは、ぼくの友人たち先輩たち、そしてなによりもこのぼく自身のなかにあるこのような魂の荒廃への予感だった、とぼくは思う。（「時代の児の運

命」、「サンデー毎日」昭和44年12月28日)

と述べている。六〇年安保以降の学生紛争を目のあたりにし、「恐るべき魂の荒廃」が進行していく状況を予感していた庄司薫は、一〇年という時間のなかで蓄積した認識を集約して一九六九(昭和44)年を生きるもうひとりの「庄司薫」を造型し、橋本治がそうしたように、その場に生きる臨場感とそれを「客体化」された位置から回顧的に検証するまなざしを同時に実現しようとしているのである。『赤頭巾ちゃん気をつけて』がベストセラーになった時代は、それと並行して、樺美智子『人しれず微笑まん　樺美智子遺稿集』(昭和35年10月、三一書房)、奥浩平『青春の墓標　ある学生活動家の愛と死』(昭和40年10月、文芸春秋新社)、高野悦子『二十歳の原点』(昭和46年5月、新潮社)をはじめとする学生運動家たちの遺稿集が連鎖的に発表されており、樺美智子から奥浩平へ、奥浩平から高野悦子へと、セクト間の抗争に苦悩する若者が自分の前を生きた若者の手記に感化されて再び新しい手記をまとめる、という奇妙なブームが起こっているが、庄司薫の場合は、そうした感傷的な生/死の跨ぎ方とは決定的に違う方法を選択している。

この文章の結末で、彼は、他者否定の「罠」が構造的にしかけられている状況のもとでは消極的にみえようとも「したたかな長期戦」を覚悟して「罠」を回避し続けるしかないと謳う。知識人を「亡命者」に見立てて、「亡命者はいろいろなものを、あとに残してきたものと、現実にいまここにあるものという、ふたつの視点からながめるため、そこに、ものごとを別箇のものとしてみない二重のパースペクティヴが生まれる。新しい国の、いかなる場面、いかなる状況も、あとに残した古い国のそれとひきくらべられる。知的な問題としてみれば、これは、ある思想なり経験を、つねに、いまひとつのそれと対置することであり、そこから、両者を新たな思いもよらない角度からながめることにつながる」と述べたのはエドワード・W・サイード(『知識人とは何か』大橋洋一

〔訳〕、平成7年5月、平凡社）だが、彼は、性急で短絡的な決着のつけ方、あるいは、当事者としての自分を追い込んでその苦悩を吐露していくような表現が垂れ流しにされていた時代にあって、それを徹底的に退け、「亡命者」として生きることに賭けているのである。

3　隠喩としての「赤頭巾ちゃん」

こうした点をふまえながら、もう少し本文の記述を辿ってみよう。小説の舞台になっている「この日」、「ぼく」はスキーのストックにひっかけて足の爪を剝がし、幼馴染のガールフレンドである由美ともケンカして、一日の予定が台無しになる。「ぼく」が由美にいだいている感情は、「惚れてるとか恋してるとかいう気持」とは微妙に違っている。もちろん「セックスアピールがないというわけじゃあない」が、いまは、「誰もいない淋しいうちのそばの道を歩きながらふと手をのばしたりすると、あいつもちょうど手をのばしてくれたり」することを期待するくらいの関係である。だから、普段は気まぐれで大胆な彼女を心配する「ボディガードの心境」でつき合っている。江中直紀は「「やさしさ」の始まり——庄司薫『赤頭巾ちゃん気をつけて』」（「新潮」昭和63年12月）のなかで、「とにかく固着しないこと。大きな物語の拒否。いま個々になにかを主張する歌や芝居、服装のかわりに、そのいまをつぎつぎと、かぎりなく風化・拡散してゆく風景の遍在。薫クンがそのなかで黄昏と曙の二重性をになっているとしたら、じつは女の子たちこそ、そこ、現在につながる時間にぴたりと適合しているかのようだ。幼稚園からのガールフレンド由美はその代表で、前髪を黄色のリボンでとめてテニスをしたり、やせっぽちでもミニスカートが「やけに色っぽ」かったりする。小学校六年生の春、初潮があったことを夜遅く告げにきて、「あたしを守ってくれる?」と訊ねる。中学二年の夏の夜、湖のまんなかのボートの上で、それが最初で最後なのだが、ふくらみかけた乳房をみせてくれる。なにかといえば「舌かんで死んじゃいたい気持」になるお天気屋の、その気分の変転のままに、薫クンはすっかり翻弄されているのだ」と述べたうえで、由美に翻弄される「薫クン」こそは、「青春小説の主人公にふさわしい」、「遅れてきた少年の典型」だと論じたが、なにものにも「固着」せず、「大きな物語を拒否」し続ける彼女が、逆に「知性」、「自由」、「幸福」といった「大きな物語」に「固着」する「ぼく」を相対化し、無言のうちに批評してしまう場所に立っていることはまちがいない。由美は、立派な「男の子」として生きようとする「ぼく」の「やさしさ」を、ときには平然と受けとり、ときには頑なに拒絶する聞き分けのない主人なのだ。

　そんなことを考えている「ぼく」の脳裏に突然うかんでくるのは、いまから二年以上も前に地下鉄のなかで見かけた女性の記憶である。真向かいの席に座っていたその女性は、「全く自分だけの世界にいるように、ほんとうにもうただひたすら涙を流して静かにしんしんと泣いていた」。それを見た「ぼく」は、「何もしてやれない」自分を不甲斐なく思いながらもただオロオロする。そして、「彼女の泣き方には、そんな『釣れますか』などと声をかけるようなことが全く無責任だと思わせるようなそんな何かがあったんだ。たとえば、彼女に声をかけるとしたら、彼女がそれこそ泣きやむだけでなく、彼女がすっかり倖せになり、毎日底抜けに明るい笑い声をたてるまでにしてやる覚悟と力がなくてはいけないんだ、とでもいったそんなことを考えさせられるような何かがだ」と考え、「女の子」を泣かせるようなことは絶対にしてはいけないと誓う。「ぼく」は、背伸びしてみせることを戒め、卑小さも含めた自分という存在を精確に測定するために、敢えてみもふたもないほど愚直で気恥ずかしい表現を用いる。そして、「ぼくが毎日いろんなことにぶつかり、そこで考え感じそして行動するすべて」は「ぼくの体験、ぼくの知識、ぼくの記憶、ぼくの決意、ぼくの思い出、ぼくの感動、ぼくの夢といった、つまりぼくのすべてとの或るわけの分らぬ結びつきから生まれてくるものなのだ」と理解し、さらに、自分というネットワークを冷静に分析してみようと試みる。

まっさきに思いうかぶのは、「学校群制度以前の日比谷高校の生徒」であることにエリート意識をもつ同級生との関係である。「ぼく」のみるところ、同級生たちのエリート意識には、「優等生だ、秀才だ、エリートだという非難」に対して「オレはそうじゃない、オレはこんなに馬鹿です。間抜けです。欠点だらけです、愛すべき男ですとふれまわる」ような、「くだらなさを免罪符のようにアッピール」する「ゴマすり型」と、「みんなの非難に対し、そうさ、オレはどうせ秀才だ、エリートだ、それがどうした」という具合に開き直ってしまう「居直り型」というのがある。また、「やらなきゃならないことだけさっさとすまして」あとの能力を芸術や趣味に費やそうとする「趣味型」[7]もいる。「ぼく」は、そのどれもが「気に入らない」と考えながらも、結局は自分も「三つのコースにフラフラ迷いこみそうになってはスレスレで頑張るみたいな生活」をしていることに気づく。『赤頭巾ちゃん気をつけて』が第61回・芥川賞（昭和44年・上半期）を受賞したとき、選者のひとりとしてこの小説を絶賛した三島由紀夫は、「いろんな時代病の間をうろうろして、どの時代病にも染まらない、というところに、正に自分の病気を見出し、しかもそれが病名不詳で、どう弁解してみても説明してみても、医者にもわかってもらえない病気の症状、現代の時世粧《じせいそう》をアイロニカルに駆使しながら、「不安定なスイートネス」の裡に表現した才気あふれる作品だと思う。過剰な言葉がおのずから少年期の肉体的過剰を暗示し、自意識がおのずからペーソスとユーモアを呼び、一見濫費の如く見える才能が、実はきわめて冷静計画的に駆使されているのが分かる。「若さは一つの困惑なのだ」ということを全身で訴えているという点で、少しも無駄のない小説というべきだろう」と評し、この「若さは一つの困惑なのだ」というキャッチコピーが単行本の帯を飾っていくことになるわけだが（前出、佐伯彰一の言説もそれを受けている）、語り手の「ぼく」が戦略的に選びとった方法は、ともかくこの三つのパターンのどれにも嵌まることなく、「困惑」する主体としての自分を立ちあげ、根気よくその「困惑」とつき合い続けることだった。

また、エリートたちに対する「ぼく」のまなざしは、そうした個々人のふるまいだけでなく、エリート意識を支え、拡大再生産していく力がどこからもたらされるのかという点についても向けられる。「ぼく」は、この頃の日比谷高校について、「気取っていて見栄っぱりで意地っぱりで紳士面していて受験勉強どこ吹く風で芸術などというキザなものに夢中でまわりくどい民主政治にえらく熱心で鼻持ちならぬほど礼儀正しくて馬鹿みたいに女の子に親切で、つまりどこから見てもいやったらしい生徒」たちがあふれているだけでなく、「いやったらしい生徒」たちを見守りながら「みんなその個性を自由にのばしている」などと勘違いする教師たちがいて、それぞれが結託して「大インチキ芝居」を繰り広げていたと語る。

さきに述べた「亡命者」という観点からすれば、一〇年先といま現在に二重化されたまなざしをもつ「ぼく」は、ものごとをあるがままに眺めるのではなく、それがなぜ、いかにしてそうなったのかを見極めようとする主体である。そんな「ぼく」の友人である小林は、田舎から越境入学してきた「秀才なのだけれどなんとなく劣等感が強い」クラスメイトの中島をひきあいにして、「田舎から東京に出てきて、いろいろなことにことごとくびっくりして深刻に悩んで、おれたちに対する被害妄想でノイローゼになって、そしてあれこれ暴れては挫折し暴れては失敗し、そして東京というか現代文明の病弊のなかで傷ついた純粋な魂の孤独なうめき声かなんかあげるんだ」、「つまりなんらかの大いなる弱点とか欠点とか劣等感を持っていてだな、それを頑張って克服するんじゃなくて逆に虫メガネでオーバーに拡大してみせればいい。しかもなるべくドギツく汚なく大袈裟にだ」といい、それを「刺激の絶対値」をめぐる競争とよぶ。そして、「感受性も含めた知性に或る誇りをもっていたりすると」、それだけで「もうおまえはひっこめ、おまえの時代じゃない、おまえは邪魔だ、おまえが悪いんだ」と罵られるような時代にあって、自分はもう、「優等生だってことすなわち人間味がないって意味にされる」不条理な競争から降りるつもりだと語る。また、「ぼく」に対しては、こんな時代でもちゃんと「力を養い鍛えていく方法」

を知っている「おまえ」が、「悠然と堂々といわば歴史の真っただ中を落ち着いて進んでいってくれなければ、おれのようなほんとうの異端者は困る」と叱咤する。

小林から、なにか「かつぎきれないほど重い荷物のようなもの」を預けられたと感じた「ぼく」は、爪の剝れた足をひき摺りながら、ふらりと夕方の街に飛びだす。そして、「逃げて逃げて逃げまくって、確かに馬鹿ばかしさのまったただ中で明らかな犬死なんかはしないとしても、それで結局ぼくはどうなるというのだろう。たとえばその結果、多くのどうでもいい問題から逃げきり、そしてほんとに重大な問題だけを見つけたとしても、その時にはもうそれを解決する力も時間もなかったということになったら、いったいどうなるというのだろう。それにそもそもこのぼくに、そんなどうでもいいことから逃げて逃げて逃げまくるといった或る意味で最も強く難しい生き方をする資格があるのだろうか？」と自問しているうちに、身体のなかに「不気味な狂気」がジワジワ溢れてくるのを感じる。そんなとき、ヘルメット姿で「意気揚々」としている活動家たちの前を険しい表情で通りすぎた「ぼく」は、「彼らはほんとうに自分の頭で自分の胸ですべてを考えつくして決断したのだろうか」、「彼らは、その決断と行動をたんに若気の至りや青春の熱い血の騒ぎや欲求不満の代償として見殺しにすることなく、つまりは一生挫折したり転向したりすることなく背負い続けていけるのだろうか」という思いにかられ、

——彼らの果敢な決断と行動の底には、あくまでも若さとか青春の情熱といったものが免罪符のように隠されているのだ。いざとなればいつでもやり直し大目に見てもらい見逃してもらい許してもらえるという免罪符が。若き日とか青春といったものを自分の人生から切り離し、あとで挫折し転向した時にはとかげの尻尾みたいに見殺しにできるという意識が。もともと過去も未来も分けられぬたった一つの自分を切売りし、いつでも自分を「部分」として見殺しにできる恐るべき自己蔑視・自己嫌悪が隠されているのだ。

と確信する。一緒に歩いているだけであれほど「幸福なあたたかい気持」になれたガールフレンドの由美のことも、本屋に並んでいる膨大な書籍の山も、きらびやかなネオンの下を楽しそうに行き交う人々も、なにもかも疎ましくなり、「ぼく」は生まれて初めて、「この都市この社会この文明この世界」に対する抑えきれない憎悪と敵意をもちはじめる。はじめは小さな苛立ちに過ぎなかったものが加速度的に増幅しはじめ、「ぼく」はどんどんダメになっていく。

作者・庄司薫は、「ぼく」がその危機を逃れ、立派な「男の子」として歩んでいけるようにするために、ひとつの寓話を用意し、ひとりの少女を登場させる。少女は、『かぐや姫』とか『シンデレラ』とか、そういった「素敵なお話」が書かれた本を買うために「ぼく」の前を突き切ろうとして、爪の剝げた「ぼく」の足をみごとに踏み抜く。激痛を堪えながら精一杯の笑顔をつくってみせる「ぼく」の前で思いつめた表情をする少女。「持てる知識を総動員して」、「童話作家」になった気持ちでいろいろなお話をきかせてあげる「ぼく」。嬉しそうに目を輝かせる少女と手をつないで歩きはじめた「ぼく」が「なんの本を買うの?」と訊くと、少女は屈託なく「あかずきんちゃん」と答える。この小説は、最後の最後でようやく『赤頭巾ちゃん気をつけて』というタイトルの由来が明らかになるのである。

この少女とのふれあいによって、「ぼく」の心のなかには喜びが「いっぱいに溢れて」きて、街角の「すべての人たち」をいとおしく眺められるようになる。すべてのものが「それぞれの思いそれぞれの言葉をいっぱいに抱えて、それぞれの表情でぼくをとり囲みぼくに話しかけ微笑かけ、ぼくに何かを、なにかとても言葉にはならないような何かを教え知らせ贈物にしようとでもしているように」思えてくる。この後、小説は、由美と仲直りして「そっと手をつないでゆっくりゆっくり」と歩きはじめた「ぼく」が、大きくて深くてやさしくてたくましい男になろうと思いたち、その「熱い胸の中から生まれた」決心はきっと「ぼく」を支え続けてくれるに違いないと確信する場面で終わるわけだが、そうしたあられもない寓話的構成のなかで作者・庄司薫が特に含みをもたせているのは、たとえば、次のような描写である。

——赤頭巾ちゃんなんて誰でも知っている話だけれど、ものによってずいぶんちがっているのだ。たとえばグリムでは、狼に食べられた赤頭巾ちゃんとおばあさんは猟師とか木こりに助けられるのだが、ペローでは大てい食べられてしまったままで終ってしまう。それから狼に出会って怖がってふるえる赤頭巾ちゃんとか、狼に脅かされておばあさんちのドアを叩く合図を教えてしまう赤頭巾ちゃんとか、「見知らぬ人を信じちゃいけません」とか「道草しちゃいけません」なんていう教訓をやたらと繰返して罪の意識に悩む赤頭巾ちゃんとか、いろいろ変なのもあるのだ。そしてぼくは（詳しく話したらきりがないのでやめるけど）、このちっちゃな道草好きのやさしい女の子に、素敵な赤頭巾ちゃんのお話を選んでやりたかった。見知らぬ狼さんを見てもニコニコしてこんにちはなんて言ったり、森の中に咲いているきれいなお花を見てついおばあさんのために摘んでいってあげようと道草したり、そして狼に食べられてもあとでおなかからニコニコして出てくる可愛い素直な赤頭巾ちゃんを。

ここには、この小説のなかで「ぼく」がたびたび言及する「知性」というものに対する見方が比喩的に語られている。まず、それは「誰でも知っている」ようにみえて実際は多様性にみちた世界である。逆にいえば、そうした多様性を受け容れることによって、はじめて「赤頭巾ちゃん」の世界は了解可能となる。そこには、ひとつの限定された正しさがあるのでもなければ、より正しいかどうかをめぐる序列があるわけでもない。いわば、「変なもの」まで含めて雑多な意味が散乱しているような状態である。また、雑多ななかから素敵なお話を「選んで」あげようとする「ぼく」の視点に立つと、他者にとってもっともよい結果になるであろうことを自分の責任において遂行する勇気が試されているともいえる。時流におもねったり、外的な情報に従ったり、権威からのお墨つきをもらったりせず、自分の心の命ずるままに一冊の「赤頭巾ちゃん」を選んであげる「ぼく」は、このときはじめて誰かのために「知性」を役立てるという経験をするのである。

だが、ここには、そうした「ぼく」の認識レベルとは別に、「赤頭巾ちゃん」とよばれる物語の主人公が経験する出来事そのものを「知性」獲得の営みとして表現する狙いもある。つまり、「見知らぬ狼さんを見てもニコニコしてこんにちはなんて言ったり、森の中に咲いているきれいなお花を見てついおばあさんのために摘んでってあげようと道草したり、そして狼に食べられてもあとでおなかからニコニコして出てくる可愛い素直な赤頭巾ちゃん」のふるまいそのものに、「ぼく」が希求する生き方が託されているのである。他者に対して自分を開いていくこと。たとえ「道草」になろうとも、誰かを喜ばせるために労を惜しまないこと。そして、どんな困難につきあたってもめげずに耐えぬき、その存在そのものが周りを幸せな気分にすること。グリム童話に描かれた「赤頭巾ちゃん」には、ひとつの戯画として、「ぼく」が大切に育んでいこうとするものが照らしだされている。

4　知性の〈やさしさ〉

ここまで、『赤頭巾ちゃん気をつけて』のプロットを順にたどりながらそこに内包する問題を明らかにしてきたが、この小説は、「ぼく」という主人公が体験した一日の出来事としてのプロットとは別に、「ぼく」自身が自分にとって最も大切なものを見つけ、それをよりどころに生きていこうと決意するまでのプロセスを語る思考ノートのような側面がある。その典型が、東京大学法学部に通う下の兄貴が紹介してくれた「素晴らしい先生」とのふれあいであり、その「先生」を介して膨らんでいく「知性」というものへの憧憬である。

「ぼく」は高校二年生のとき、下の兄貴に向かって「悪名高い法学部は要するに何をやってるのか」と尋ねたことがある。兄貴はそんな「ぼく」に法哲学の本と「ガリ版ずりの思想史の講義ノート」をさしだし、真面目な顔つきで、「要するにみんなを幸福にするにはどうしたらいいかを考えているんだよ」と答える。兄貴から本と講義ノートを借りた「ぼく」は、それを夢中で読み「相当にまいって」しまう。そんな「ぼく」が「ガリ版ずりの思想史の講義ノート」をつくった「先生」とバッタリ出くわしたのは、「おととしの初夏の夕方」、兄貴と銀座を歩いているときだった。「やあ、やあ」という感じで食事やお酒に誘われているうちに、なんだか「話がはずんで」、「とうとう真夜中すぎまで」付き合うことになるのである。そのときの「一目惚れ」は、次のように語られる。

たとえばぼくは、それまでにもいろいろな本を読んだり考えたり、ぼくの好きな下の兄貴なんかを見ながら、(これだけは笑わないで聞いて欲しいのだが) たとえば知性というものは、すごく自由でしなやかで、どこまでものびやかに豊かに広がっていくもので、そしてとんだりはねたりふざけたり突進したり立ちどまったり、でも結局はなにか大きな大きなやさしさみたいなもの、そしてそのやさしさを支える限りない強さみたいなものを目指していくものじゃないか、といったことを漠然と感じたり考えたりしていたのだけれど、その夜ぼくたちを (というよりもちろん兄貴を) 相手に、『ほんとうにこうやってダベっているのは楽しいですね。』なんて言っていつまでも楽しそうに話し続けられるその素晴らしい先生を見ながら、ぼくは (すごく生意気みたいだが) ぼくのその考え方が正しいのだということを、なんていうかそれこそ目の前が明るくなるような思いで感じとったのだ。そして、それと同時にぼくがしみじみと感じたのは、知性というものは、ただ自分だけでなく他の人たちをも自由にのびやかに豊かにするものだというようなことだった。

この「素晴らしい先生」のモデルは同時代の知識人の代名詞でもあった丸山眞男である。本文中でクラスメイトの小林が、「着々と勉強をしていって、そして自然に東大へ入って、法学部かなんかで今度はまた例のおまえが一目惚れした先生かなんかについて、アリストテレスだヘーゲルだホッブスだ、それからなんだっけ、荻生徂徠だ本居宣長だなんぞとコツコツやって、そしておんなじ調子で教授になったり」、「たとえ表面では棒ふり学生がいくらデカイ顔したって、世の中が何言ったって、お前の惚れた先生やなんかがビクともしないことぐらいは分っているんだ」などと発していることからもそれは明らかである。

だが、作者・庄司薫は、それが丸山眞男以外の誰でもないことを理解してもらえるように書きながら、丸山眞男という固有名詞だけは注意深く外している。実際に東京大学法学部で丸山眞男の教えを受け、「60の会」[8]にも参加し、昭和四一年には、この会の機関誌「60」に『赤頭巾ちゃん気をつけて』の原型となる短篇小説を発表して仲間たちから「えらく評判がよかった」(「十年ののち」)ことに気をよくして再び小説を書きはじめるきっかけをつかむなど、庄司薫にとっての丸山眞男は師以外のなにものでもないのだが、彼はその丸山眞男を、政治思想史研究のリーダー、あるいは、自分の思想や理念にもとづいて現実社会を啓蒙しようとする発言者としてではなく、偶然、街で会った自分の学生とその弟を相手に、夜中まで付き合って楽しそうにお喋りする人物として描く。

そこには、利害関係もなければ特定の集団を構成していくような結びつきもない。ただの高校生に過ぎない「ぼく」を前に何時間も楽しそうにお喋りしてくれた「先生」が「ぼく」に与えてくれたものは、自由にものを考え、自由に語り、自由な関係を生みだしていくことだった。「ぼく」は、そこに「知性」というものの果てしない魅力と可能性を看取する。「知性というものは、すごく自由でしなやかで、どこまでものびやかに豊かに広がっていくもの」で、「なにか大きな大きなやさしさ」と「それを支える限りない強さ」をめざしているものだ、という云い方。あるいは、そういう知性をもっている人間は「ただ自分だけでなく他の人たちをも自由にのびやかに豊かにする」ことができる、という実感。ここに配置されている言葉たちは、どれもこれも抽象的で感覚的なものばかりである。「ぼく」にとっての「知性」とは、どこかに書かれていたり、なにかを調べて明らかになるようなものでないというだけでなく、論理的に説明しようと思ってもうまく表現する言葉がみつからないような何かなのである。(9)

ところで、「ぼく」がここで直観する「知性」の魅力というのは、教師と生徒の間で行われる一般的な教育＝陶冶とはかなり趣を異にしている。たとえば、ヤスパースは『大学の理念』（森昭〔訳〕、昭和30年6月、理想社）のなかで、教育の基本形態は、権威をもった著述家の書籍や公式にまとめられた教材のもとで伝達される〈スコラ的教育〉と、尊敬と崇拝を集める権威ある教師がその能力によって生徒を従属させる〈師匠による教育〉と、教師と生徒が平等かつ自由な立場で徹底的な問答を続ける〈ソクラテス的教育〉に分類されると述べ、それぞれに有効性を認めていたが、テキストに登場する「先生」は法学部のマスプロ授業において「ガリ版ずりの思想史の講義プリント」を用いて自説を講義しているらしいし、喫茶店でのお喋りが「権威」によって「ぼく」らを従属化させるような関係になっているとも思えない。また、「ぼく」たちは、べつに対等な立場から問答できるわけではないから、〈ソクラテス的教育〉というわけでもないだろう。つまり、「ぼく」が「先生」との関係性において享受した豊かさというのは、教育的な取り組みのなかで何らかの真実が焦点化されていくようなものではなく、「先生」の言葉や身ぶりに耳を傾けているだけで「ぼく」のなかに得体のしれない衝動がうごめき、いつか自分も「先生」が見ている世界を覗けるようになりたいと感じさせるような、そう考えるだけで自分のなかに様々な可能性を発見できるような、そんな未来への投機性を備えているのである。「教育の心理学化」（「現代思想」平成15年4月）を書いた樫村愛子は、人間としての教師が教育の場面において学習者に対して果たすことのできる最

大の効果は「期待」と「幻想」を与えることだとして、

> 近代の教育システムと共に誕生した教師は国家・学問といった超越的審級によって公的に保証された代理審級であると同時に、学んだ実践の後で学習者の意識の中に生じる事後的心象であるとする。しかしここで教師の心象は学びが完全に習得された後でのみ生じるものではないだろう。人間としての教師の最も大きな効果とは幻想を与え支える能力である。（中略）教師が何か部分的な知を供与した時、実際にはその部分知を通して学習者はその背後に全体知の一つのイメージを投影するだろう（このイメージの投影を可能にするものが隠喩である）。学習の欲望とはこのように幻想と接合しておりウィニコットにおいて見たように他者の全能の幻想がそこで機能しなければ、人は単語を覚えたりそれ自身は意味のない数式を獲得しようとはしない。基本的に学習や現実原則は人間にとって不快なものである。もちろん新しいことを知ることや一つの知の体系を獲得したり積み上げることの喜びを人間は知っているが、それとて一定の学習の過程を必要とするものである。そのためには新しいことが解るかもしれないという期待や幻想がここでも必要である。転移とはこうして常にすべてが今すぐ解ること（それは原理的に不可能であるから）を留保しそれを習得する時間を生み出す（mediate）幻想と期待の空間である。

と論じたが、「ぼく」と「先生」との関係もまた、ある意味ではそれと相似形を描いているだろう。「ぼく」は「先生」との対話的な関係を通して、「すべてが今すぐ解る」ことを「留保」する勇気を与えられ、「それを習得する時間を生み出す（mediate）幻想と期待の空間」へと導かれていったのである。テキストのなかで、あの日のことを思い出した「ぼく」は、「たとえば知性というものがほんとうにぼくの考えるような自由なもので、もともと大学とか学部とかには無関係なものであるとすれば、ぼくがたまたま（恐らくぼくの幸運から）決めていた東大が入試中止になったからといって、大あわてでガタガタするのはおかしいじゃないか。（中略）ぼくは、結局一つの賭けをしてみようとでもいう気になったのだ。つまりこの入試中止をむしろ一つのチャンスのように考えて、ぼくはぼく自身を（そしてちょっと大袈裟だが敢えて言うならばぼくの知性を）自分の力でどこまで育てることができるかやってみよう」と考えるが、それは「先生」から与えられた「幻想と期待の空間」に対する「ぼく」なりの応答[10]だったといえるだろう。

だが、超越的な「知性」を備えた師が特定の誰かに自分のあとを託すにふさわしい才能を見いだし、その選ばれた「若さ」に向けて特権的に「知性」の伝授を行っていく密室での継承劇は、そこに立ち入ることさえ許されない大衆を蔑視し、まるで「知性」の独占状態をつくりだしているようにみえる。この点について辛辣な批判を加えたのが高田里惠子『グロテスクな教養』（平成17年6月、ちくま新書）である。

高田は、まず単行本の帯にある「女の子にもマケズ、ゲバルトにもマケズ、男の子いかに生くべきか」というコピーに噛みつき、ここでいう「男の子」というのは「良家出身の学歴エリートだけ」を対象としており、小説そのものが「紛うかたなき教養論」になっていると指摘する。そして、「いま改めて読みなおしてみると、これほど不愉快な、あるいは薫くんの口癖の言葉を使えば「いやったらしい」小説はなかろう、とさえ思えてくる」と感想を述べたうえで、「都会という舞台、アッパーミドルクラスの文化と生活様式、特権的上級学校」という、かつての青春小説の条件をすべて兼ね備えたこの小説こそ「「青春の終焉」を飾るにふさわしい作品だった」と続ける。高度経済成長期の日本において、都市部のアッパーミドルクラスが獲得した経済的な豊かさ、文化、生活様式といったものが、「青春」という困難をひたむきに駆けぬけるような生き方そのものを困難にしてしまったというわけである。また、さきに掲げた丸山眞男とおぼしき「先生」とのやりとりについては、「自由なる主体の形成、自立した個人の確立」を標榜した丸山眞男の教養主義が「一九六〇年代の高度成長を経た大衆社会において急速に効力を失ってしまった」状況において、この小説は「丸山眞男的なるものの復権」をよびかけているのだと論じる。

この書は、「教養」というものがもっている「グロテスクな」側面をこれでもかと痛罵していくスタイルで統一されているため、「みんなを幸福にするにはどうしたらいいか」などという言葉を平然と使って「男の子」の「やさしさ」をばら撒く庄司薫の傲慢さや独善性は格好の標的になるのだろうし、小説内の事実関係にいくつか誤解があることを除けば、このあたりまでは本文の核心的な問題を鋭く突いている。だが、このあとの記述では、作者が一〇年も前に本名・福田章二の名前で発表した「喪失」に対して、「階級秩序を擁護し、そのなかで「最高をあたえられよう」という自らの処世的な願望に文学的な装飾をこらしている」（「新人福田章二を認めない」、「新潮」昭和34年1月）と批判した江藤淳や、三三年ぶりに四部作を読みなおして[11]、「多くの高校生が当時政治的にも性的にも感じていた、追い詰められたような危機意識は、庄司薫の四部作のどこを探しても感じられない。それはむしろ、より年長の読者に対して、優柔不断ではあるが保守的な十七歳の少年の映像を差し出すことで、ある種の風俗的安心感を演出してきたような気がしてならない」（『ハイスクール１９６８』平成16年2月、新潮社）と述べた四方田犬彦の援用で議論が展開し、「四方田の言うとおり、薫くんじしんが、何もかも見通した年長のおじさん、すなわち教養論を書く人なのだ」とまとめられていく。この小説は、高田が批判するようなエリートたちの不当な使命感や、「いかに生くべきか」という問題を独占してきた教養人たちがもっている「いやったらしい」ところをあらかじめ折込みずみのところから出発し、自分は「いやったらしいお行儀のいい優等生」であると名乗って憚らない主人公が、様々な困難に簡単な解決を与えたり周囲の流れに身を任せたりせず、「知性」が麻痺していくのを回避するためにはどうしたらいいのかをずっと考え続けるための「長期戦」（「時代の児の運命」、前出）を覚悟するまでを描いているのだが、そういう庄司薫の戦略に対して目をつぶったまま話題が転換されている。『赤頭巾ちゃん気をつけて』の世界を、「学歴エリート」の「男の子」に向けて「凛々しい「治者」であろうではないか」とよびかける教養書として読むことには賛同するが、だからといって、この小説に描かれた「知性」のありようが、すでに解決済みなわけではないし、旧来的な教養書と同じスタイル、文法で記されているとも思えない。

たとえば、本名・福田章二の名で刊行された『喪失』が新装版になったとき、「新版あとがき」（前出）を書いた作者は、

——同年輩者との競争は、たとえその競争目標が、受験競争や成績競争のようなエゴイスティックな現実性を内包するものを離れた「純粋さ」、「誠実さ」といったものであってさえも、競争関係に入るというそのこと自体で結局は他者を傷つけ、自らはその最も大切な人間らしい何かを喪失するようなメカニズムにまきこまれる、という結論を導いています。／つまり、ちょうど質量を持つ星々の間で光が或いは空間が歪むように、夢と可能性を持つ若さのまっただ中で大切な何かが歪む。そしてしかもその歪み方は、星における質量と同じく、たとえばその若者の持つ若々しいデリカシーといった抽象的な「力の過剰」に比例するのではあるまいか。まさに「あはは、わかった。君は気に入った、お若いの」というメフィストフェレスの声が聞えてくる。

と記し、受験競争のような「エゴイスティックな現実性を内包するもの」だけでなく、「純粋さ」や「誠実さ」に由来するものであっても、ひとたびそれが「競争関係」に入ると、「他人を傷つけ」、自分も「大切な人間らし

い何かを喪失するようなメカニズムにまきこまれる」と主張する。物事に歪みをもたらす「力の過剰」を制御し、できるだけそういった「競争関係」から逃れる努力を「持続」すること。そんな庄司薫の生き方は、少なくとも日本近代における教養論の系譜とはまったく異質である。「大切な何か」、「人間らしい何か」などという手垢のついた慣用表現を用いるあたりはなんとも説教臭いが、そこでは、優勝劣敗の競争原理はもちろんのこと、高度経済成長期において正統となりつつあった切磋琢磨の論理、すなわち、お互いを励ましあい、高めあうなかでそれぞれがすぐれた力を蓄積していくような成長原理さえ明快に否定されている。のちに浅田彰は、『逃走論 スキゾ・キッズの冒険』（昭和59年3月、筑摩書房）のなかで、「過去のすべてを積分＝統合化《インテグレート》して背負いこみ」、「《追いつき追いこせ》競争の熱心なランナー」を育てるようなパラノ型の思考をやめることを提言し、「圧倒的な進歩と成長」を続ける社会においては、「競争過程」こそが「ある種の動的な安定」をもたらしたかもしれないが、「成長の終焉」が近づいてきた時代にあっては、むしろ、パラノ的な問いをあざやかにはぐらかし、総合から逃れ続けることが必要だと説いて一世を風靡したが、高度経済成長期のまっただなかを生きている作者・庄司薫は、それを先取りするように「逃走」をよびかけているのである。

また、「持続」に限っていうと、彼は「バクの飼主めざして」（前出）でこんなことも述べている。

――およそ「持続」という前提に立つ場合、どうやらぼくたちにとってのすべての価値は、常に同じように迂回的で矛盾した努力をぼくたちに要請してくるようにも思われる。たとえば、一般にぼくたちの「他者」に対するやさしさは、実はその強さに比例する。強さに裏づけられていないやさしさは、気まぐれな虹のようなものであって、美しさに異論はないにしても、はかなくて頼りにならないことが多いのだから。／同様にして、善意はおそらく確実に悪意に比例する。ぼくたちがどれだけの善意を持続して貫けるかは、ぼくたちがどれだけ悪意に通暁しこれを統御できるかにかかわってくる。純粋さや誠実さにしても同じことなのは言うまでもない。自分自身の、そして他者の不純さ不誠実さに対抗できる戦闘能力があって、初めてぼくたちはその純粋さ誠実さを落着いて持続的に育てることができるにちがいないのだ。すなわち、不純さこそ純粋さを育てる栄養であり、誠実さは不誠実さを食べて育つ……。

「強さ」に裏づけられた「やさしさ」。「悪意」に比例した「善意」。「他者の不純さや不誠実さ」に対抗できる「戦闘能力」があってはじめて育てることのできる「純粋さ誠実さ」。作者・庄司薫が価値あるものとして認めるのは、すべて「迂回的で矛盾した努力」によって「持続」されたものばかりである。

恋人同士がお互いの存在をいとおしむ「やさしさ」や、親が子をまなざすときの「やさしさ」なら、恐らく、わざわざ庄司薫が筆舌を尽くさなくても多くの人々に了解されているだろう。高度経済成長期という時代は、小説はもとより歌謡曲から映画に至るまで「やさしさ」という言葉がメディアに氾濫した時代である(12)。硬質で格調のある文体を誇った三島由紀夫でさえ、

――だって僕たちは一年の婚約期間で、こういうことを勉強したんじゃないか。つまり二人だけの繭に入っているときよりも、他人のことを考えたり心配したりしているとき、一そう二人の間の愛情が深まるってことを。……それが他人をわれわれの愛情のために利用することになるだろうか？　そもそも他人はみんな僕たちのために在り、僕たちは結局他人のために在るんじゃないだろうか？」／「そう云えばそうね。皆が等分に幸福になる解決なんて、お伽噺にしかないんですもの。でも私、いつか兄も、幸福になってほしいと本気で思っているの」／「それは君のやさしさだよ。それで十分なんだ」（中略）「他人のことを考えることが、

私たちのことを考えることでもあるのね」／「君は今、幸福だから、そんなに心がひろいのさ。

（三島由紀夫「永すぎた春」、「婦人倶楽部」昭和31年1月〜12月、『永すぎた春』昭和31年12月、大日本雄弁会講談社）

という呑気な台詞をしたためるほど、通俗化された「やさしさ」がまかり通っていた。また逆に、人が深く傷ついたり困難のなかで苦悩したりする姿を描くことについても、多くの読者が好意的に受け容れる風潮があった。

だが、それらの諸作にみられる「やさしさ」や「やさしさ」を知るための条件は、どれもこれもイノセンスな主体というものを前提としている。イノセンスだから傷つきやすく、イノセンスだから他者にやさしくできる、という短絡的な回路で人間性が造型されている。庄司薫の場合は、むしろ、そうしたまっすぐに伸びていく「知性」、因習的なロジックのなかに見いだされる「知性」というものを疑い、悪意や不純さといった「迂回的で矛盾した」ものを経由したうえで獲得されるものとしてとらえている。「青春と文学」という対談（「文学界」昭和45年8月）のなかで、そのことを佐伯彰一から問われた庄司薫は、「やさしさというのは、この現実の中で常に戦って獲得されるべきもので、従ってそれはもはやイノセンスじゃない。（中略）ふつうは、外界と闘って、こちらが傷つくことによってそのイノセンスが浮かび上がるというのが、古典的少年小説だけれども、ぼくの場合はすでにもともと主人公はイノセンスじゃないし、そのことを、たとえば自分におけるエゴイズムとかいやらしさとして知っているわけですね」と応じているが、彼の確信犯的な見方は、こうした発言にも深く刻印されている。喩えていえば、庄司薫が「知性」のなかに見いだした「やさしさ」は、ひとつの言葉、ひとつの行為として他者に対して与えられる贈り物ではなく、自分のなかに宿っている悪意や不純さといった負のエネルギーを飼い馴らす「強さ」に由来し、それをまとうことで身のまわりの他者をホッと安心させ、自分もそうなりたいという希望をいだかせるような感染ウィルスなのである。

人間の陶冶を目的とし、ひとつの真実、あるいは、それを探究することの悦びを信じこませることで秩序をつくりだす大学は、教えをよりよく習得できる者だけを祝福する場所である。その秩序を理解し、遵守できる一部の者だけが入ることを許され、それに従うことのできない者は疎外される。そして、数多くの疎外者がいるということこそが自分たちに与えられた祝福をさらに甘美なものにし、塀の内側にいる者たちの結束を強める。『赤頭巾ちゃん気をつけて』という小説が討とうとしたのは、そうした知的フィクションそのものであり、作者・庄司薫は、「ぼく」というひとりの受験生が大学という制度に見切りをつけ、新しい「知性」のありかたを求めてそうした枠組みから颯爽と逃れていく姿を描くことで、ひとつの〈神話〉を解体しようとしているのである。さきに引用したエドワード・W・サイード『知識人とは何か』（前出）の翻訳を担当した大橋洋一は「訳者あとがき」のなかで、

——著者が望ましい知識人と考えるのはどういう存在か。それは、専門的知識で重武装したエキスパートではなく、アマチュアである。ひとつの分野に呪縛されて、ひたすら何かに奉仕する専門家ではなく、各分野を自在に横断できるアマチュア。このアマチュア・モデルは著者によって亡命者、故郷喪失者というモデルと接続される。（中略）著者によれば、知識人の責務とは、亡命者あるいは移民となり、つねにアウトサイダーとなって、みずから生きる社会を冷静に見すえることにある。これは、批判精神の維持ということだ。これは、何かに全面的に奉仕せず、世俗的に個人として生きるということだ。これは、つねにマイノリティの側に立つということだ……

と述べているが、それは小説の主人公である「ぼく」およびそれを描いた作者・庄司薫の立場と限りなく重なり

合っている。高度経済成長期という時代のなかで誕生したこの小説は、たちまち同時代の若者たちの心をとらえ、一九七〇年代から現在に至るまでの青春文学の方向性を規定していくことになるわけだが、かりに『赤頭巾ちゃん気をつけて』以前／以後という線引きをするなら、その画期は、「知識人」こそ「アマチュア」でなければならないというテーゼを見事に実践しているところにある。橋本治がそうであったように、庄司薫もまた、「知識人」であることは「マイノリティ」であることだというテーゼを選んでいるのである。

5 〈クラインの管〉としての幸福

『赤頭巾ちゃん気をつけて』という小説は、昭和四四年という混迷する時代にあって「いやったらしいお行儀のいい優等生」として生きる「ぼく」が、大学という場所を中心として権威化されてきた「知性」のいかがわしさを暴きだそうとする物語だった。そこには同時代を席捲していた政治的イデオロギーも出てこないし、社会の隅々に打ちこまれているあらゆる意味での階級性も描かれない。「ぼく」の語りはどこまでも饒舌で、鋭利な頭脳をもった人間がわざと軽薄さを装うような道化ぶりを漂わせている。いっていることはきわめて単純で、要するに、世の中にはびこっている知的フィクションに「気をつけて」ということらしい。

だが、その一方で、『赤頭巾ちゃん気をつけて』がとても「いやったらしい」小説であり、本節に引用した高田里恵子が指摘していたような不愉快さを感じさせるのも事実である。その不愉快さの根源にあるもののひとつは、東京大学法学部で丸山眞男に学び、いわば学歴に関するトップ・エリートとしての資格をもちながら、そうした学歴資本にほとんど依存せず、まるで余計な荷物を抱えているかのような素振りでのんしゃらんと暮らしている庄司薫という実在の人物に対する僻みであろう。具体的にいえば、「みんなを幸福にするにはどうしたらいいか」などといっているが、あなたがいう「みんな」とは誰なのか？ あなたは本当に「みんな」が置かれている状況を理解しているのか？　というかたちで噴出する嫌悪感である。別のいい方をすれば、「あなたがいう「みんな」のなかに私を含めないで欲しい」とか、「あなたがいっていることは正しいのかもしれないけど、それをあなたにいわれたくない」という感覚に帰結するのである（庄司薫が訴えかけている相手は、「都会という舞台、アッパーミドルクラスの文化と生活様式、特権的上流学校」に属する「男の子」たちでしかないという高田の批判も、つきつめればここに帰結する）。

私たちの日常には不測の事故や人間関係をめぐるトラブルが蔓延している。いわれのない悪意、暴力にさらされることもあれば、逆に、自分では気がつかないうちに誰かを傷つけていることもある。だが、「ぼく」が語る「幸せ」は、そうしたきわめて個別的な問題を隠蔽してしまう。「ぼく」は、「みんな」とよびかけることで個人と全体をいっきにつなぐのだが、自分だけは競争原理の外側にいるわけだから、競争原理の渦中でもがいている人間からみれば、きわめて超越的で特権的な位置から一方的にまなざされているように感じられる。それは、ある意味で教祖様の語りでしかない。

しかし、「知性」というものが「自由にのびやかに」広がっていくのは「知性」に渇望する人々がたくさんいる状態のときであって、「みんな」が幸福だと思えるような世の中が実現されたあかつきには、むしろ、そうした「自由」な社会をきっちりと束ねるシステムや、そこから逸脱することを許さないような警護的な役割が重要になる。つまり、「みんな」が自由であり続けるためには、誰かがその「自由」を管理しなければならないことになる。そうなったら、「ぼく」のような人間はたちまちのうちにそこからいち抜けしようとするだろう。その意味で、「ぼく」が実現しようとしている幸福は、〈クラインの管〉（次頁【図】参照）のような、はじめと終わりが循環する構造になっているのである。

これと同じことが競争原理からの逸脱という問題にもいえることはいうまでもない。偉大な政治指導者や絶対

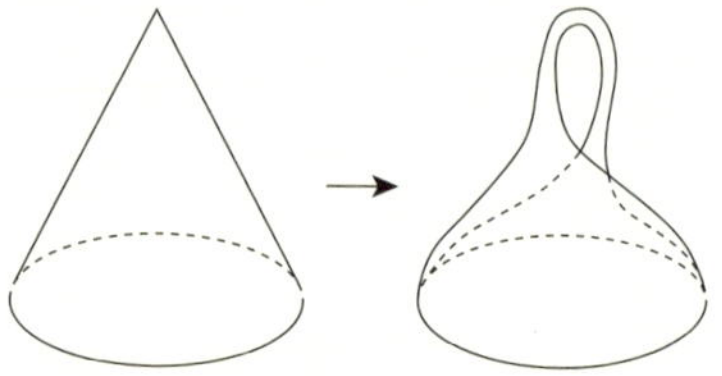

図　クラインの管

円錐のように土台から上方に向けて積みあげられたものが、頂点まであがったらいつのまにか土台の部分に戻ってきてしまうような、外が内でありはじまりが終わりであるような世界。

的な力をもつ教祖が束ねるのであれば「みんな」が幸福になるという夢を信じることもできるかもしれないが、そこでは個人という単位でものを考えることはありえない。「自由」であることと、「みんな」が幸福であることと、「個人」が「個人」であり続けることを同時に叶えることは原理的に不可能なのである。その意味で、『赤頭巾ちゃん気をつけて』という小説は、理屈をひとつひとつ積みあげているように見せながら、肝心なところが空所になっている。そして、そうした解決困難な空所があり続けるがゆえに、現代にもつながる問題を提起し続けている。

【注】

（1）高度経済成長期のまっただなかである昭和四〇年頃から、進学指導の目安として学校現場に導入された偏差値は、その後、大手予備校などが偏差値による大学ランキングを発表しはじめたことによって、受験生の学力を測る指標としてだけでなく、大学を数値によって序列化する基準として利用されるようになり、偏差値の高い大学＝いい大学という図式をつくりだした。

（2）ただし、小説内において「悪名高い」と自嘲されるほど名をはせていた日比谷高校も、昭和三九年の一九二名を頂点として徐々に東京大学の合格者が減少し、昭和四三年には一三一名まで落ち込んでいる（『日比谷高校百年史 上巻』昭和54年3月、日比谷高校百年史刊行委員会）。また、主人公の次の学年（昭和45年度）からは東京都が学校群制度をスタートさせたため、優秀な生徒を一極集中させることができなくなり、日比谷高校の〈神話〉は次第に崩壊していく。昭和四五年度は前年の浪人生たちが健闘して九九名の合格者を出しているが、翌年からは五七名、五二名、二九名、一四名と激減していく。

（3）大学をバリケード封鎖した全共闘に対して、「警察力による封鎖解除も辞さぬ態度で入試を実施する」（加藤総長代行）と言明した大学側は、警察に対して機動隊の出動を要請し、一月一八日の早朝には八五〇〇名の機動隊員が構内に入って次々に全共闘メンバーを排除していった。追い詰められた全共闘は安田講堂を占拠し、翌一九日にかけて火炎瓶、投石などで抵抗するが、ガス弾や放水で実力行使する機動隊を前になすすべもなく、二五六名の逮捕者を出して終結した。

（4）四方田犬彦は「赤門の前に白い割烹着を着て赤いカーネーションを胸に差した中年女性たちが数人並び、活動家の学生たちにキャラメルを配り、声を嗄らして機動隊との対決をやめるように呼びかけていた」（『ハイスクール1968』前出）と記しており、三田誠広とは違った証言をしている。かりに四方田の記憶が正しかったとすると、キャラメルを配ったのはひとつの組織的活動（あるいはキャンペーン）であり、嘲笑的に伝えた報道そのものが事実を歪曲していたことになる。

（5）「喪失」（前出）が中央公論新人賞を受賞した直後に「新人福田章二を認めない」（前出）を書き、その後の庄司薫＝福田章二の評価に決定的な方向性を与えた江藤淳は、同論考の最後を、「石原慎太郎氏や大江健三郎氏らによって「解放された新しい文学的エネルギーの洪水」によって、「「喪失」以下の片々たる模造物はまつさきに流れ去るべき運命にある」と締めくくっている。そうした評価は別として、ここで江藤淳が「模造物」という言葉を使っていることは注目される。大塚英志は、「庄司薫はデレク・ハートフィールドなのか」（『サブカルチャー文学論』平成16年2月、朝日新聞社）のなかで、小説の主人公である「薫くん」（昭和44年当時、高校三年生）と同世代の書き手である村上春樹や高橋源一郎や三田誠広らはなぜ「失語症のように苦しみ、過度に仮構化された「私」を捏造することでようやく語り始めることのできる自分を示さずにおれない」のかと問いかけ、

「庄司薫という一世代上の小説家の手によって彼らが語り出す以前にあらかじめその「私」のあり方が示されてしまった」からだと指摘しているが、この説に従えば、江藤淳が挑発をこめて使った「模造物」という認識は、庄司薫＝福田章二を起点として一九七〇年代末から一九九〇年代にまで跨る文学的課題のひとつだったことになる。なお、大塚英志は同論のなかで、「っていうか」、「感じてしまう」、「ところがぼくときたら」といった決まり文句を挿入してわざと冗長的な語り口をとる『赤頭巾ちゃん気をつけて』の文体に注目し、「このような感染力の強い文体があらかじめ存在するということは、意識的に何かを語ろうと思ったとき、ひどくやっかいである」と述べている。また、庄司薫の「『薫くん』四部作」は、自分を絶対に認めようとしなかった江藤淳が書いた『成熟と喪失――〝母〟の崩壊』（前出）への「回答」あるいは「批判」として書かれているのではないか、という「仮説」も提示している。

（6）永井龍男は、「赤頭巾ちゃん気をつけて」が芥川賞を受賞したときの選評で、「読み進むうち、この小説は二人以上の筆者による合作ではないかと推理したが、結末の「あとがき」に到ると、そういう読者を予測したかの感想も添えてあった。「薫」というあやつり人形は巧みに踊るが、人形使いの姿が露出する個所もあるのである」（引用は『芥川賞全集　第八巻』昭和57年9月、文芸春秋）と述べている。

（7）本文中では「「亡命型」というか趣味型というかそんなのがある」という曖昧な表現をしているが、本稿はサイードの「亡命者」という概念を援用しているので、誤解を避けるためにここでは「亡命型」という用語をつかわず「趣味型」と表記した。サイードがいう「亡命者」と本文に描かれる「亡命型」とはまったく次元の異なるものだと理解している。

（8）庄司薫は「十年ののち」（『狼なんかこわくない』前出）に、「一九六〇年前後に東大法学部で丸山真男《ママ》教授の教えを受けた学生たちがつくった小さな会で、卒業後もずっと定期的に丸山先生を囲んでしゃべる会を開くと同時に、「60」という小さなタイプ印刷の機関誌を出してきた」と記している。

（9）イバン・イリイチは、「知性」には「ページの隠喩にはぐくまれてひとが成長するようにしむける」ための制度的枠組みが必要だとして、①昨日書かれ、いま再読できる一行として、みずからの思考を思い出すことができる存在として、みずからを理解していること、②本を調べるようにみずからの意識を調べることができる存在として、みずからを理解していること、③結婚や市民権や職業のような安定した関係を、契約による合意の結果として理解していること、④確定され、テストされ、反証されうる知識が存在することへの信念、個人主義的な自己の独創性と著作権への敬意の必要性を説いた（「テキストと大学【大学という独特の制度、その理念と歴史】」、桜井直文〔訳・解題〕、「環」平成15年夏・増大号、藤原書店）が、「ぼく」が信じるものが、それと対極的な、けっして書かれたもののなかに見いだすことのできない何かであることは本文でも述べた。

（10）この小説よりも少し早い時期、高度経済成長にともなって大衆化していく大学の未来像を「教育・学問・研究という知識の生産と流通のプロセス」から考察した東京大学教授・京極純一は、大学には「知識の伝達という意味の教育と異った教育、すなわち、人間の潜在的能力の開発とそれによる文化適応の完成という人間的な意味の教育」（「教師・学者・研究者」、「思想」昭和40年2月）が必要だと論じていたが、ある意味、それは「ぼく」が求める「知性」と呼応する内側からの声だったのかもしれない。

（11）『赤頭巾ちゃん気をつけて』以降、庄司薫は『さよなら怪傑黒頭巾』（昭和44年11月）、『白鳥の歌なんか聞えない』（昭和46年2月）、『ぼくの大好きな青髭』（昭和52年7月）を、いずれも中央公論社から刊行し、赤黒白青四部作を完結させたあと、再び小説の筆を絶った。

（12）栗原彬は『やさしさのゆくえ＝現代青年論』（昭和56年6月、筑摩書房）で、一九六〇年代の終わりから若者の「やさしさ」に対する認識が変容していく過程を分析し、『赤頭巾ちゃん気をつけて』について、「この小説は、作者自身が自註しているように、やさしさと自己抑制を主題とし方法としている。薫は〈やさしい青年〉の原型といえる。小説の時点が一九六九年であることはことのほか意味が深い。高度経済成長の暮方に「愛と平和」の歌が高らかにうたわれ、青年の力が歴史と結びつくような幻想があった。だが、「ヤング」が消費市場の主役となり、若者が持ち上げられる風潮の中に、作者は青年に仕掛けられた罠を見たといえる。過剰な情熱への自己抑制とやさしさがつき出されたとき、それは文字通り「赤頭巾ちゃん気をつけて」という青年への呼びかけであり、狼に対抗する生き方の方法的提示であった」と述べている。また、その八年後の一九七七年に芥川賞を受賞した三田誠広の『僕って何』（「文芸」昭和52年5月、昭和52年7月、河出書房新社）との違いについて、「『赤頭巾ちゃん』の方法がやさしさと自己抑制だったとすれば、『僕って何』の方法はやさしさと受身だといえる」と指摘し、この間に「既存の社会装置」はいっそう強化・拡大され、アイデンティティも拡散したとしている。

第三節　子規との対話――大江健三郎「他人の足」論

1 「理想的な教育家」としての子規

かつて、大江健三郎は、「記憶して下さい。私はこんな風にして生きてきたのです」(「図書」昭和40年12月)と題するエッセイに、

ぼくの生家は、とくに文学的な環境というのではなく、むしろその逆でさえあったが、それでも家のどこかには、つねに子規の肖像が掛けられていた。そして、ごく自然に、家の子供たちみなが、近代日本文学でもっとも秀れた人物は、子規であるという風に思いこんでいた。

というエピソードを紹介したことがある。(1) 三五歳でこの世を去るまでの七年間、日常生活のほとんどを病床に臥したまま過ごさねばならなかったにもかかわらず、腐敗した身体の激しい痛みや死の恐怖と正面から向き合い、最後まで筆を執り続けた子規の強健な精神。それは近代の偉人伝説として愛媛人に浸透し、やがて物心ついた大江の意識を虜にしてしまう。子規が通った旧制松山中学の後身(松山東高校――筆者注)に通学したことを誇りとし、その慧眼を讃えて「愛媛の生んだ、最上の人間」とまで言いきる彼は、つまるところ、誰よりもまず正岡子規という先人を「畏敬」(「学力テスト・リコール・子規」、「週刊朝日」昭和41年6月17日)の対象とし、その存在を自

分自身の原点にすえようとしているのである。そんな大江が、最も早い時期に子規を論じた文章のひとつ、「ほんとうの教育者はと問われて　正岡子規」（「朝日新聞」昭和43年11月19日）の冒頭は次のように書き出されている。

あらゆる現実の細部にたいして、また現実をこえるもののいちいちにたいして、それを自分のモラリティの核心とつきあわせつつ受けとめる型の人間を、まず僕は、理想的な教育家と考えたい。その意味において、正岡子規を、われわれの国が生んだ最上の教育家とみなすことは、だれの目にも妥当であろうと思う。子規の痛ましくも早すぎた晩年のエッセイ群のそれぞれが、右の判断のための証拠となる。

あえて「理想的な教育家」というレッテルを貼ることによって、子規にとっての「モラリティの核心」を捉えようとしたこの短文は、子規の随筆群が放ち続ける普遍的な魅力を語ると同時に、大江自身もまたそれらのより良き読者であろうとする明快な意志にみちている。彼は、郷里の先人としての子規を仰ぎ見ると同時に、さまざまな現実に対処していくための機軸として、子規の生きざまを探ろうとしているのである。

そして、本節が考察の対象とする「他人の足」（「新潮」昭和32年8月）は、おそらく、そうした読書行為を通して発想され、物語としての輪郭をあらわしたテキストである。東京大学在学中に「東京大学新聞」に掲載した「奇妙な仕事」が、「毎日新聞」の文芸時評で平野謙から「今月の佳作として、まず第一に推したい」と評価され、わずか二二歳で学生作家としてのデビューを果たした大江健三郎にとって、子規は、自分の原点につながる存在であると同時に、作家としてのあるべき姿を照らしだしてくれる「理想的な教育家」でもあったのである。

その痕跡は、すでに「他人の足」という題名に刻まれている。「他人の足」という言葉は、子規が最後に残した壮絶な闘病記録『病牀六尺』（新聞「日本」明治35年5月5日〜9月17日、昭和2年7月、岩波文庫）の、

○足あり、仁王の足の如し。足あり、他人の足の如し。足あり、大磐石の如し。僅かに指頭を以てこの脚頭に触るれば天地震動、草木号叫、女媧氏未だこの足を断じ去つて、五色の石を作らず。

（百二五、傍線筆者・以下同）

という一節から想起されていると考えられる。子規が最後に残した壮絶な闘病記録である『病牀六尺』は、昏睡状態に陥る直前にいたるまで、なお自らの苦痛を客観化しようとする姿勢で貫かれている。その一方で、「俄かに腫れ上りてブクブクとふくらみたる」（百二二）その足を「断じ去つて」しまいたい、という悲鳴も刻まれている。自分の肉体の一部でありながらすでに自分のものではない身体、自分以外のものによって侵食されてしまった身体への強烈な拒絶感が充満している。大江の言葉に寄り添っていえば、そこには、「あらゆる現実の細部にたいして、また現実をこえるもののいちいちにたいして、それを自分のモラリティの核心とつきあわせつつ受けとめ」ようとする営みが持続されているのである。

のちに小林秀雄が「物質への情熱」（「文芸春秋」昭和5年12月）の結語に引用し、「見事な言葉である。これこそ作家の勇躍する物質への情熱だ。子規が病牀に輾転して痛烈に叫んでゐる時、子規は、近世唯物論に耳をかたむけてゐる人々とは全く異つた現実を生きてゐるのだ。彼は女媧氏の譚を聞いたのではない。五色の石を貫いたのである」と評したことでも広く知られるこの言葉を、「晩年のエッセイ群」に深く傾倒していた大江が不用意に使ったとは考えにくい(2)。少なくとも、脊椎カリエスにさいなまれた主人公を設定し、その視点から病室の内部世界を描こうとした「他人の足」に、同じ脊椎カリエスでこの世を去った子規の記憶が重ね合わされているであろうことは想像に難くない。

本節では、そうした観点から『病牀六尺』に記された子規の言葉を召喚し、それを補助線としながらテキストを読み解く。『病牀六尺』に記された子規の自己認識と高度経済成長期の日本に生きる若者の閉塞状況を対照し、身体の一部が自分以外のものによって侵食されていくことへの拒絶感に身を寄り添わせる素振りを見せながら、結局、「自分のモラリティの核心」を見失い、子規のようにはなれない人間の脆弱さを焦点化する大江の逆説的な認識を明らかにする。

2　イマジネーションの剝奪

「他人の足」は、「死者の奢り」（「文学界」昭和32年8月）と併せて大江の文壇デビュー作にあたるが、翌年、第一創作集『死者の奢り』（昭和33年3月、文芸春秋新社）に所収された際には、小説の発表順を無視するかたちで単行本の末尾に配置される。テキスト群を読み進めた読者は、最後に「他人の足」を読み、それに続けて著者の「後記」に遭遇するように仕向けられていたのである。

この「後記」には、「監禁されている状態、閉ざされた壁のなかに生きる状態を考えることが、一貫した僕の主題でした」という自解がなされているため、「他人の足」の読後感は、『死者の奢り』という書物全体の色調に埋没することを強いられる。つまり、「他人の足」をめぐる評価の多くは、「監禁されている状態、閉ざされた壁のなかに生きる状態を考える」ことに成功しているか否か、という観点からなされることが多く、結果的に、単行本『死者の奢り』を包括的に論じるような視点を助長してきたといえる。

実際、単行本『死者の奢り』を巡るおびただしい批評的言説には「監禁」というタームが氾濫し、それを同時代の社会的・政治的状況に重ね合わせたり、「出口なし」や「嘔吐」をはじめとしたサルトルの著作からの影響を読み取ろうとする方法が一般化している。石川啄木の「時代閉塞の現状」を引き合いにしながら、『明日』につながる肯定的な思想と行動のビジョンが、むなしくそのリアリティを喪失していった時代」に生きようとする時代認識の反映を指摘する松原新一（『大江健三郎の世界』昭和42年10月、講談社）、「戦後民主主義を全身で享受した青年がサルトル実存主義に、二十二歳の自分を表現する思想を見い出した結果の心情吐露」と解釈する黒古一夫（『大江健三郎論――森の思想と生き方の原理』平成1年8月、彩流社）をはじめとして、外界から遮断・拘束された世界を前提としてテキストを捉えようとする読み方は、各論者たちの間に起こるさまざまな解釈の揺れにもたじろぐことなく厳然と居座り続け、その前提からテキストにどのような内実をみるかという問題が、もっぱらの論点として抽出されてきた。

「他人の足」というテキスト自体も、表面上の装いでは、先行研究が規定した枠組みにすっぽりと収まってしまうことを少しも拒んでいないようにみえる。脊椎カリエスに冒され、「殆ど、歩き始める可能性を、将来に持っていない」い未成年者たちの病棟を「監禁状態」に見立てたこのテキストは、看護婦が与えてくれる性的快楽に自足して無気力な日々を重ねていた彼らが、やがて新たな患者として入り込んできた一人の学生に感化され、しだいに「外部」とのつながりを求めて壁に罅《ひび》を入れようとするプロセスを中心に描く。ところが、結局は自分だけが不治の病から解放され、その足で歩けるようになった学生の邪慳な仕打ちによって、それまでの「不思議な均衡」は破れ、彼らは再びもとの卑屈な生活へと戻ってしまうのである。そこには、確かに「閉ざされた壁のなかに生きる状態」が示されている。自分の足で立ち、歩むという行為に表象される自律への意志を反転させて考えるなら、「他人の足」というテキストには、文字通り、〝他人の足〟を借りて「外部」へ踏み出そうとした人間の甘えを断罪した寓話という、極めて倫理的なベクトルをあてがうことさえできるかもしれない。つまり、テキストにおける「他人」という概念は、その指標を子規の言葉に求めようとすれば〈内なる他者〉の問題が浮かびあがり、寓意という、側面を強調すれば一般的な意味合いでの〈他者〉の領域に移行するという、騙し絵のような両義性をもっているのである。

こうして、テキストにおける他者性の問題、および、その振幅を考えていくとき、

僕らは、粘液質の厚い壁の中に、おとなしく暮していた。僕らの生活は、外部から完全に遮断されてい、不思議な監禁状態にいたのに、決して僕らは、脱走を企てたり、外部の情報を聞きこむことに熱中したりしなかった。僕らには外部がなかったのだといっていい。壁の中で、充実して、陽気に暮していた。／僕は、その厚い壁に触れてみたわけではない。しかし、壁はしっかり閉ざしてい、僕らを監禁していた。それは確かなことだ。僕らは、一種の強制収容所にいたのだが、決してその粘液質の透明な壁に、深い罅をいれて逃亡しようとはしなかった。

という冒頭部分は、非常に興味深い表情をともなって立ち現れてくる。ここでまず驚かされるのは、執拗に繰り返される「僕ら」という人称である。「僕」は患者たちの誰もが「殆ど、歩き始める可能性を、将来に持っていな」いはずだという判断を唯一の拠りどころとして、「僕ら」という連帯感を身にまとおうとする。「僕」は、ひょっとしたら自分だけの誤解に過ぎないかもしれない共同幻想にもたれかかったまま、それを「充実して、陽気」な日常と呼び、しかも、そうした不安定な位相から療養所に起こった事件の顚末を語り始めるのである。

しかし、「僕ら」という人称の力学は、必然的に「僕」と「他人」を区別する境界線を取り払ってしまうことにもなる。「僕」は、まさに「僕ら」という曖昧さのなかに安穏とすることで実存的な主体性を喪失しているのである。そういった意味合いからすれば、自分たちの生活が「外部から遮断されてい」たことをくり返し語り、その閉塞性において読者の注意を集めようとする語り手の「僕」には、「他人」とコンタクトをとったり自己を表明したりするための核となる領域が決定的に欠落している。「僕」の悲劇は、何よりもまず、〈自分に非ざる

者〉としての「他人」を屹立させることから思考を開始するような複眼的視線を持ちえなかったところにある。〈外部〉からやってきた「学生」の問いかけに対して、苛立ちまじりに「自分の病気の事まで覚えていられないよ」、「僕が覚えてなくても、一生病気は僕を見棄てないからね」と応えてしまう「僕」。二人部屋の「個室」に収容され、下着を取り替えたり排便の世話をしたりしようとする看護婦たちの無遠慮な侵入を拒む権利すら有していない「僕」。そこから噴き出しているのは、自分で自分の心身を管理し、自由な思考を張りめぐらせることのできる〈内部〉世界を構築することすら許されない状況への憤りである。言い換えるなら、そこには、〈内部〉を侵食される息苦しさに思わず叫び声をあげてしまいそうになる自意識の断片が転がっているといえる。

そんな「僕」にもたった一つだけ誰にも知られていない「秘密」がある。それはベッドの金属枠に隠している「睡眠薬」を服用して、薬の力で眠りをコントロールすることである。

——看護婦に秘密にしている睡眠薬を取出して素早く飲むと、眼を閉じた。胸が激しく動悸を打っていた。看護婦が入って来、いつもの鳩のような含み笑いをしながら、僕の下腹部に手を入れたが、夢うつつで僕はそれを拒んだ。あいつが自分の欲望に耐えている間、僕も耐えてあいつを見張ってやる、と僕は考え、看護婦が消燈して出て行くと、柔かい粘土層へ穴をあけるように、自分の睡りの中へもぐりこんでいった。

「僕」が看護婦の誘惑を拒むようになる直接の原因は、もちろん学生へのライバル意識からであるが、ともかく「僕」はそれを契機としてはじめて自分を主張しようとする。「柔らかい粘土層」に「穴」があくような感覚。そのイメージは、テキスト冒頭で提示された「粘液質の厚い壁」と完全に重なりあう。「自分の睡りの中へもぐりこんで」いくこと。それは、「僕」に許された唯一の主体的行為なのである。こうしたプロットの展開を子規

との関係で考えると、たとえば、『病牀六尺』の冒頭が、

○病牀六尺、これが我世界である。しかもこの六尺の病牀が余には広過ぎるのである。僅かに手を延ばして畳に触れる事はあるが、蒲団の外へまで足を延ばして体をくつろぐ事も出来ない。

（『病牀六尺』冒頭）

と記され、やがて、その苦痛を癒すためにモルヒネが用いられるようになっていく事実との相同性が浮かびあってくる。わずか六尺の空間に繋ぎとめられた子規は、「僕」が抱いていたような共同幻想に縋りつくことすらできないまま、カリエスの苦痛を自分の存在証明として生きている。そして、いくら蒲団の外に延ばそうとしても動かすことのできない身体に業を煮やしたすえに、「このごろはモルヒネを飲んでから写生をやるのが何よりの楽しみとなつて居る」（八六）と語って〈外部〉世界に飛び出そうとするのである。「モルヒネ」という薬物の力を借りて痛みを和らげ、不自由な身体をコントロールしようとする意志。自分自身が置かれている「監禁状況」から逃れ出ようとするあがき。それらは紛れもなく「僕」の問題と通底しているのである。

また、テキストの冒頭をめぐっては、さらにもうひとつ注目したい要素がある。それは、まるで「強制収容所」のような圧迫感をもって「僕ら」を囲繞する「壁」が、実感として、触れることのできない「粘液質の透明な壁」として描かれている点である。このテキストを構成するあらゆる細部が、つねに単一の意味付けを裏切るかたちで移行していくことはすでに述べたが、そうしたベクトルは、ここでも確実に作動している。

「僕ら」を閉じ込めている「壁」は、まず「粘液質」と修飾されることによって、「監禁」という言葉が連想させる鉄やコンクリートなどの固い外殻をもつ世界から逸脱してしまう。読者たちは、まるでゲル状の物質がまとわりつくような曖昧模糊とした感覚に戸惑いながらテキストを読み進め、やがて次のような描写と出会うことに

よって、はじめてそこに隠喩としての「粘液質の厚い壁」を見いだす。

学生は羞恥で顔の皮膚を厚ぼったくし、喘いでいた。その下腹部から顔をあげ、濡れてぶよぶよしている唇を丸めて看護婦が意外だという感じでいった。／私は、あなたの躰を、いつも清潔にしておきたいのよ。今済ましておいた方が、下着が汚れなくていいわ。

大江の表現世界をめぐって、そのキーワードを分析した柘植光彦（「戦後世代のキーノート　大江健三郎」「国文学　解釈と鑑賞」昭和44年9月、至文堂）が、「監禁状態」という項目において、「奇妙な仕事」における檻の中の犬や「飼育」における穴倉に並列させてカリエス病棟をあげていることからもわかるように、これまでの解釈では、「僕ら」を物理的に封じ込めている療養所それ自体を「壁」として捉える見方がほとんどだった。しかし、「僕ら」の肉体を現実に支配・拘束しているのは、恐らくそのような実体としての「壁」ではないだろう。多くの人間が強硬な外圧に対しては更なる反発で応えようとするように、もし仮に、それが目に見える権力の抑圧として存在するなら、「僕ら」はこれほどまでにスポイルされることはなかったはずである。

ここに引用した場面は、そうした問題を解き明かすための重要なヒントを与えてくれると考えられる。結論からいえば、テキスト冒頭の「粘液質」という形容は、看護婦たちの「濡れてぶよぶよしている唇」を連想させ、それぞれに相互性を喚起する。粘膜の「壁」＝口腔を使って彼らに「手軽な快楽」を与え続ける看護婦。彼女たちの唾液と精液にまみれた唇は、「清潔」という名のもとに「僕ら」の生気をスポイルしてしまう。テキストにおける「監禁」とは、その次元において、「僕ら」の心身が彼女たちの誘惑にからめとられ、「おとなし」く萎えてしまった状態にほかならない。看護婦は「僕ら」を即物的に扱い、その欲望をてきぱきと処理することによって、ありとあらゆる抵抗の芽を摘み取るのである。

このような看護婦の役割を鑑みるとき、子規が『病牀六尺』に残した次のような記述を再び思い起こしてみることは、けっして無駄な作業ではあるまい。彼はそこで、「介抱」のあり方について様々な思索をめぐらしたうえで、

○病気の介抱に精神的と形式的との二様がある。精神的の介抱といふのは看護人が同情を以て病人を介抱する事である。形式的の介抱といふのは病人をうまく取扱ふ事で、例へば薬を飲ませるとか、繃帯を取替へるとか、背をさするとか、足を按摩するとか、着物や蒲団の具合を善く直してやるとか、其他浣腸沐浴は言ふ迄もなく、始終病人の身体の心持よきやうに傍から注意してやる事である。（中略）この二様の介抱の仕方が同時に得られるならば言分はないが、もしいづれか一つを択ぶといふ事ならばむしろ精神的同情のある方を必要とする。（中略）病人を介抱すると言ふのは畢竟病人を慰めるのに外ならんのである。（六九）

と述べている。〈病い〉とともに生きるためには何が大切かと考えた子規は、まず、看護のありかた自体をシステマティックに論じようとする。看護の根本を「病人を慰める」ことと規定したうえで、それを実現するためには「精神的同情」と「形式的の介抱」の両面が必要であると説く。子規の先見性については、大江自身も、「子規文学と生涯を読む」（「文学界」昭和56年10月）のなかで、「精神的に介抱するというのは、看護人が同情を持って病人を介抱することである。相手の気持ちに立って、つまり相手の心へのイマジネーションに立って介抱する。そういう精神的な看護が必要なのだ、むしろ実際的な看護よりも、それがもっと必要で重要なのだ、とかれはいうわけです」と語り、子規の思考を「イマジネーション」という表現に置き換えて説明している。

「イマジネーション」(=想像力)という言葉は、初期の大江が事あるごとに拘泥し続けたタームのひとつであるが、ここで重要なのは、彼にとってのそれが、つねに「現実の自分自身を超えてゆくこと」(「政治的想像力と殺人者の想像力」、「群像」昭和43年4月)、「自分自身を全面的に改造する跳躍を試みる直前」において達せられる力(「ユートピアの想像力」、「毎日新聞」夕刊、昭和42年1月5日)といった範疇で定義付けられていることである。大江は、子規の看護論に自分を超越して他者に尽くそうとする精神を読み取り、そうした営みそのものを「イマジネーション」(=想像力)と名づけているのである。

そのような認識が「他人の足」に描かれた看護婦たちと対照されていることはいうまでもあるまい。「手軽な快楽」によって「僕ら」から「イマジネーション」(=想像力)を剝奪してしまう彼女たちは、いわば子規の理想を完全に裏返した存在として反面教師的に機能している。そして、「僕」が乞い求める〈内部〉とは、まさしく「現実の自分自身を超えて」いこうとする「イマジネーション」(=想像力)の領域にほかならない。

3 出口のない自意識

療養所の生活に仲間入りした学生が、個室の同居人となった「僕」に向かってはじめて発する言葉は、「僕は大学の文学部にいましたけど」という挨拶であった。「他人の足」というテキストは、唐突に登場人物たちをめぐる事実関係が抽象化されたり、情報が断片化したかたちで伝えられたりする場面がしばしばみられるが、この青年もまた、それと同様、なにやら不可解な存在として登場する。彼は、「……にいました」という言い回しを択ぶことによって、さっそく「大学の文学部」への帰属意識をあらわにしてしまうのだが、それがどれほど重要な契機であるかは、彼が語り手の「僕」によって終始「学生」と呼ばれるようになってしまうことからも分かる。

この「学生」という言葉の響きを同時代の文脈に照らし合わせてみると、そこには学生作家として世間にセンセーションを巻き起こしていた作者・大江健三郎との間に、微妙なイメージの交錯が生じる。たとえば、昭和三〇年一二月の雑誌「新潮」は、「文学部研究室」と題する連続企画のひとつとして東京大学仏文研究室の写真を掲載しているが、大江も含めた学生たちを前にした渡邊一夫教授は、彼らに向けて「僕はこれらの秀才たちに教えることは全くない。むしろ教えられている。たゞ諸君が学校にいる間は、少しでも楽しく勉強できるようにしてあげたいと思っているだけだ」というコメントを述べ、研究室の和気あいあいとした雰囲気を伝えている。また、このような環境がのちの大江にどのような影響を及ぼしたかは、前出『死者の奢り』の「後記」において、彼が「寛大な東大仏文研究室の先生たちと、優しい友人たち」への感謝を臆面もなく書き記していることからもわかる。(3)

「監禁されている状態」を突きつめようとする行為に伴う緊張感をかなぐり捨て、周囲の温かなまなざしの坩堝に身を委ねようとするこの朗らかさに対しては、まず江藤淳が「幼児性というもので押し切っていくと、俗物性なんていうカテゴリーは、元来彼の世界には存在しないことになる」（新人批評家・座談会「大江健三郎の文学」、「新潮」昭和33年11月）と発言して、「後記」から漂う学生気質への嫌悪をあらわにしているし、大江と同じ世代に属する西尾幹二も、他のエッセイなどと兼ね併せて、大江が頻繁に用いる「われら若い世代」という常套句の裏側に「自己中心的」な発想を読み取り、「なんともやり切れなかった」（「大江健三郎の幻想風な自我」、「批評」昭和44年・夏季号）ともらしている。同時代における特定の読者層にとっては、この作家のふり撒く学生気質はどことなく幼稚で自己中心的なものとして映り、それを退けようとする風潮が少なからず広がっていたのである。

テキスト内の学生もまた、そうした大江的感覚から完全に逃れていることはできない。自分の「躰の周りに外部の空気をしっかり纏いつかせ」るようにして現れ、看護婦が与えようとする「手軽な快楽」を拒み続けながら療養所内に「運動」を巻き起こそうとする彼は、「僕」を前にして平然と、「ここで回復しなければならないのは、正常さの感覚なんだ」と訴え、そこから「日常の誇り」を取り戻そうとする。しかし、そもそも彼が訴える「正常さ」とは、いったいどのようなものなのだろうか。

僕は今日、アジアの民主主義国家が、世界の動きに対して、どんな意味を持つかを中心に、説明したんだ。誰一人、毛沢東を知らないんだからなあ。僕は、僕らの会を《世界を知る会》という名にしようと思うんだ。家から、いろいろ資料を取りよせるよ。

ここで宣言された《世界を知る会》という名称が図らずも伝えているように、学生にとっての「運動」は、「世界」と向き合う自分が無知であることへの羞恥心によって支えられている。逆にいえば、彼は、未来への展望や指針が最初から活字メディアの中に書かれていると確信し、そうした知識を精密な羅針盤として行動することによって「運動」を軌道に乗せているということである。「学生」と呼ばれるこの青年は、そうした机上の論理を何の疑念もなく信奉し続け、受け売りの知識によって周囲をオルガナイズしようとしているのである。

その意味で、彼のいう「正常さ」とは、自分の〈内部〉に問題を引き受けることをしないまま、破綻しない程度の自己主張を続ける足場だけは確保しようとするバランス感覚にほかならない。引用部の直後、「僕」は冷淡に、「社会主義国における、身体不具者の更生という研究でも皆でやるといいや」と言い放つが、そうした皮肉にさえ「眼を輝かせ」、「そんな特集を、何かの雑誌で読んだことがある。思い出して明日、話そう」と反応してしまうあたり、すなわち、「雑誌」の言葉をそのまま等身大の現実として受容してしまうあたりには、彼の安易な自己肯定の精神が滑稽なほど鮮明に表出しているのである。

しかし、そうした甘さを持っているにもかかわらず、学生の訴えは砂地に水をまくように浸透していく。「新聞より小説が面白いし、猥雑な空想がもっと面白いという理由」で新聞すら読もうとせず、「暗い個室」に籠って「幾何の問題」を解いたりしながら〈外部〉からの知識に耳を塞いできた「僕」を逆なでするように、やがて療養所内には様々な「定期刊行物」が溢れだし、それまでは単なる共同幻想でしかなかった「僕ら」の連帯感が、しっかりとした「グループ」として組織されるようになる。

テキストでは、そうした経緯が「僕」の語りを通して綿密に描かれるわけだが、ここで興味深いのは、学生の教養主義的な知識が決して一方的に退けられているわけではないということである。

ある日、彼が新聞に投稿した原水爆禁止のための声明文が、思いがけなく有名な「左翼新聞」に掲載されるという事件が起こったとき、看護婦や患者たちは嬉々とした表情で記事を読み、新聞にここの事が載っかってるのよ。あの子たちの送った手紙が長く載っていてね、皆の名前まであるわ。活字で、きちんとよ。

と歓声をあげる。「原水爆に抗議する、脊椎カリエスの子供たち」という見出しに過剰なヒューマニズムの押しつけを垣間見た「僕」は、ここでまたしてもシラケてしまうのだが、療養所はあっという間に、そんな小理屈を吹き飛ばしてしまうほど快活な笑いで満たされる。

そういえば、『病牀六尺』の記事を新聞「日本」に連載していた子規も、病状を配慮して原稿の掲載を見送った編集者に対して「僕ノ今日ノ生命ハ『病牀六尺』ニアルノデス。毎朝寐起ニハ死ヌル程苦シイノデス。其中デ新聞ヲアケテ病牀六尺ヲ見ルト僅ニ蘇ルノデス。今朝新聞ヲ見タ時ノ苦シサ。病牀六尺ガ無イノデ泣キ出シマシタ。ドーモタマリマセン。」という手紙を書き、新聞に名前を見出すことで自分の存在感を確かめようとしていたが、ここでの患者たちもまたある意味では、子規と同じ次元を生きているといえる。

テキストの後半部には、療養所で「僕」とともに孤立した「自殺未遂の少年」が、この一件を契機として、それまで頑なに拒んでいた脚の手術を受け容れる場面が用意されているが、そのエピソードひとつとっても、書き手のスタンスが学生の甘さに背を向けたところにあるとはいいきれないだろう。柴田勝二は「物としての生命」(『大江健三郎論――地上と彼岸』昭和57年8月、有精堂)において、「大江は決して政治に強い関心を示し、生活の改革を訴える学生の肩を持っているわけではなく、むしろ怠惰な快楽に耽る少年たちの側に立って、彼らと学生の対立を描いている」と述べているが、こうした文脈をたどる限り、書き手がどちらか一方への傾斜を企図しているとは考えにくい。テキストはすべて「僕」の認識をフィルターとして構築されているため、確かに多くの場面は「僕」の心理的葛藤に重きが置かれることになってしまうが、その時々における語り手の位相が即座に「対立」の優劣を決定するとは限らないのである。

そこで注目したいのは、テキスト内で学生の偽善性を暴こうとする「僕」が、彼に対して、自分の言葉が「全部はねかえって来る」ような「甲冑」を見てしまうにもかかわらず、いつのまにかその一挙手一投足から目を離せなくなっている点である。新聞記事が話題になったとき、興奮する学生に水をさすようにして、「――数知れない人たちが、君たちの弱よわしいかたわの微笑を憐れみながら、あれを読むんだ。ごらんよ、かたわもこんな事を考えるとさ、とかいいながらね」と罵る場面が物語っているように、「僕」の言葉はどこまでいっても自縄自縛でしかない。「自分の言葉に、最も激しく絶望的に腹を立てていたのは僕自身なのだ」と呟いてしまう「僕」は、本質的な意味では学生と「対立」などしていない。彼は、近親憎悪的な感覚をさまよい続けたあげくに、出口のない自意識の陥穽に沈み込んでしまっているだけなのである。

4　「上半身」と「歩行運動」

「他人の足」というテキストを考えるうえで重要な意味を持つのは、「僕ら」の療養所が「未成年者病棟」であるという点である。他の患者たちが一四、五歳の少年少女であるのに対して、「僕」は一九歳という微妙な年齢にさしかかっている。〈外部〉への関心を放棄して陽気に暮らしていたはずの「僕」は、もうすぐその保育器のような世界から押し出され、一般病棟に移らなければならない。

僕らは殆ど、歩き始める可能性を、将来に持っていなかった。院長は、おそらくその理由で、僕らを大人の病棟から広い芝生を隔てて独立している一棟に集めて、特殊社会の雛型を作りあげさせる事を意図していたのだし、それは、かなり成功していた。

明るいサンルームからは、近い将来「僕」が収容されることになる「大人の病棟」が視野に入る。患者たちの談笑が響きわたるサンルームで、彼だけは、これからの長い時間を過ごさなければならない広い芝生の向こう側の世界を見つめ続けている。自分と同年代であると推定される学生が、両脚の回復が思わしくなくて弱音を吐いたとき、

僕も四十歳になるだろう、と僕は考えた。四十歳の僕は分別くさい顔をして、いつも穏やかに微笑しているだろう。そして看護婦に抱えられて便器にまたがるのだ。僕の萎びた腿の皮膚はかさかさして脂がなく、汚点がいっぱいできているだろう。まったく、辛抱強くなければならないな。

と語ってしまうことからもわかるように、「僕」は明るいサンルームの中でじっと息をひそめながら、未来への期待や希望を棄却しようとしている。

だが、普段はそうして感情の抑揚を封じ込めている「僕」にも、自分の内面のうねりを率直に告白せずにおれない瞬間が訪れる。新聞記事の一件があった夜、この療養所に一人だけいる一五歳の少女が、「嬉しくて、眠れない」ことを理由に「僕」と学生の部屋にベッドを運び込んでもらったとき、「僕」はひそひそと喋り続ける二人の前で思わず眠ったふりをしてしまう。そして、明け方になって学生がギブスの音を鈍く響かせながら「上半身を起して少女に接吻した」とき、「僕」はついに、「僕は優しい感情に満たされていったが、その奥に、押しあげて来る怒りの感情もあるのだ」と漏らすのである。

それは紛れもなく、自分自身の充たされない〈内部〉への問いかけである。「僕」がこの少女に格別な思いを抱いていたことは、テキスト内に散乱する彼女への熱っぽいまなざしが明らかにしているところであるが、それ以上に重要なのは、「僕」が「唇の触れあう、濡れた柔かい音」に動揺し、そこに「優しい感情」と「怒りの感情」とが入り交じる不整合を抱え込んだということである。

「濡れた柔かい音がしていた」と描写される接吻の音によって、しっとりとした柔らかさを想起させる少女の「唇」が、看護婦たちの「濡れてぶよぶよしている唇」と対照されていることはいうまでもないが、ここでとりわけ注目したいのは、「上半身を起こして」触れ合うふたりの姿、すなわち、その身体的表現の有徴性である。「下腹部」だけを一方的に愛撫する看護婦たちが与える「快楽」との決定的な差異は、なによりもまず、上半身／下半身をめぐる身体の生理的機能、およびそれを媒体として形づくられる記号論的な意味を浮かび上がらせるからである。「足から見た世界」（『FOOTWORK――足の生態学』昭和57年4月、PARCO出版）のなかで、文化人類学的な立場から〈足〉の寓意性を分析した山口昌男は、人体の象徴的分類において、優遇されるのは、上半身、つまり臍から上、精神が宿ると考えられた心と頭、意味と美が現われる顔、特権的な装飾の場である髪など、人体の中心点である臍より上の部分である。下半身は、どちらかと言えば、人体の非理性的な部分の担い手であり、表現の媒体としては強烈すぎて、日常生活のコミュニケーションの体系のなかには納まり切らない故に、裸身そのものと同様、不可触カーストの扱いを受けて隠蔽される。

と語り、人体を象徴的に分類する際、つねに上半身が優遇され、下半身が「非理性的な部分」として不当な扱いを受けていることを指摘したうえで、「セクス・足・尻・肛門を含む下半身」は「日常生活のコミュニケーションの体系」から隠蔽された領域であると規定しているが、それはこのテキストにも符合している。学生と少女の接吻は、それが「上半身を起こし」た姿勢であるがゆえに「理性」を身にまとうことができる。骨格の変形や運動障害をきたしやすいカリエスの患者にとって、脊椎を真っ直ぐに伸ばして上半身を垂直に支えるのはかなり辛い作業に違いないが、だからこそ二人は胸を張って自らの歩みを開始しようという精神の彩りを獲得する。このとき、「僕」のなかに芽生えてくる「優しい感情」と「怒りの感情」とは、そうした豊かな精神性＝〈内部〉世界へと向けられた二律背反なのである。

翌日になって、診察室に運ばれて行った学生は、やがて「開かれたドアの前の青く光る芝生の上」をゆっくりと自分の足で歩く。歩くという動作が、どれほど精密なメカニズムによって実現されているかということに関しては、たとえばヴィリエ・ド・リラダンによって著された『未来のイヴ』[4]が重要な示唆を与えてくれる。「一歩一歩の長さを基として人形の中に刻み込まれた或る一定の予想された距離にまで人形を歩かせたい」と願った科学者が、精密な機械によって、筋肉や関節の運動はもとより人間らしい滑らかな肢体の表情まで再現しようとすることの空想小説は、人造人間がどのようにして直立し、重心のバランスを保ちながら自然な歩行運動を成し遂げていくかを論理的に説明するためにまるまる一章を費やし、その章を「歩行運動」と名づけている。大江健三郎の恩師である渡邊一夫が翻訳し、のちに岩波文庫版（上・下、昭和13年12月）になったことで広く流通したこの小説が、直接「他人の足」のモチーフと繋がっているかどうかはともかくとして、その中で延々と繰り広げられる技術論は、歩行という行為をあたりまえの能力として無意識化してしまっている我々に少なからぬ衝撃を与えることになる。自分の足で歩くという可能性を未来においてもほとんどもちえない患者たちの驚きは、そうした衝撃の延長上で看取されなければならないのである。

治療室から自分の足で歩いてきた学生を見つめる少年たちの様子は、次のように描写されている。

拍手が起った。僕は少女を含めて、カリエスの子供たちが皆、幸福そうに拍手しているのを見た。拍手の音はガラス窓を透し、響いて行ったが、学生は決して僕らの病棟を見返らなかった。あの男は、はにかんでいる、と僕は思った。感動が喉にこみあげた。あの男は、僕らの周りの、厚い粘液質の壁に罅を入れ、外への希望をはっきり回復したのだ、と僕は喉を燥かせて考えた。僕の心の中で、小さいが形の良い、希望の芽が育ち始めた。

学生は、こうして自力で〈外部〉に飛び出すことに成功する。「僕」が憂鬱なまなざしで見つめていたあの芝生の上で、彼は「胸をはっ」て屹立する。「僕」はそれを、「小さいが形の良い、希望の芽」と呼び、まるで自分のことのように歓喜するのだが、そうした他者依存がどのような結末を迎えるかは既に明らかだろう。他の患者たちと「肩を叩きあい、声高に話しあいたい気持」に満たされた「僕」は、その心境を、「僕らは待っていた。

しかし学生は、なかなか帰って来なかった。看護婦が昼食を知らせに来たが、僕らの誰一人それに答えなかった。僕らは辛抱強く待ち続けた」と語り、またしても「僕ら」という人称を連発しているが、そんな張りぼての「希望」が叶えられる瞬間など永遠に訪れるはずはない。『病牀六尺』の子規が、「誰かこの苦を救ふてくれる者はあるまいか」（四〇）と煩悶しながら、ついには、「――健康なる人は笑へ。病気を知らぬ人は笑へ。幸福なる人は笑へ。達者な両脚を持ちながら車に乗るやうな人は笑へ」（四二）と叫んだように、〈病い〉はどこまでも自分自身のものでしかないのである。

5　粘液質の〈壁〉

患者たちの期待をはぐらかすような学生の「よそよそしい」態度に不安を覚えた「僕」は、「自分の足の上に立っている人間は、なぜ非人間的に見えるのだろう」というモノローグを発して、状況に対するささやかな抵抗を試みる。まるで「達者な両脚を持ちながら車に乗るやうな人は笑へ」という子規の言葉を受けて書かれたようなこの一節は、「他人の足」というタイトルと対応することによって、テキストの結末部分に影を投げかけながらせり上がってくる。この直後、少年の一人が、「ね、君の足に触らせてくれないか」と言いながらおずおず近づいたとき、学生は「意識した快活さ」で応じようとしながらも、結局は不快感を抑えきれずにそれをはね退けてしまう。

――学生は意識した快活さで少年に躰をよせた。少年は、最初指で学生の腿にふれ、それから静かに両掌でそれを支え、こすりつけた。少年は執拗にその動作を繰返し、やりなおした。僕は少年が口を半ば開き、眼を瞑って熱っぽい息を吐いているのを見た。／急に躰を引き、邪慳な声で学生がいった。／よしてくれよ、よせったら。

まるで愛撫するようにして掌をこすりつけるうちに、少年の吐息は乱れ、やがて興奮状態に入っていく。「下肢に支えられて胸をは」る学生は、「表情」（＝上半身）ではそれを取りつくろおうとしても、「腿」（＝下半身）がそれを拒んでしまう。日常のコミュニケーションが、下半身に委ねられた「非理性的な部分」を「隠蔽」するかたちで制度化されているという山口昌男の指摘（前述）に重ねて考えるなら、学生は健常者の世界＝〈外部〉に戻るために上半身の領域に意識を集中したともいえる。

しかし、少年の無邪気な仕草によって、彼は再び「隠蔽」したはずの下半身的な感覚を呼び戻されてしまい、それに苛立ってこのような態度に出てしまったのである。テキスト内には、吸血鬼の本を読んでいる少年に対して、「僕」が、「あれは恐いなあ。吸われている時、自覚症状のないというのがやりきれないね」、「僕の萎びて赤んぼうの腕みたいな足をね、大きい吸血鬼がせっせと吸うと思うと、おかしいし、恐くて、躰がばらばらになりそうだった」と語るエピソードがあるが、そこには、清潔さや美しさといった上半身的な価値観によって「隠蔽」されてしまいがちな下半身的感覚を喪うまいとする「僕」のレジスタンスが表出している。「自覚症状」とは、それを貫くための拠りどころなのである。

以上の経緯をふまえて考察を進めたとき、〈病い〉とともに生きるということが、とりもなおさず、〈病い〉にともなう生理上の諸側面と連動した行為であるということがわかる。患者たちは、汚れたシーツや下着を自分ではどうすることもできないし、看護婦の目の前で便器にも跨がらなければならない。〈外部〉の尺度からすれば汚く、醜いことかもしれないが、彼らは、そうした部分を人間が生きるうえで避けることのできない厳しい現実として「自覚」しなければならない。そこでは、「セクス、足、尻、肛門を含む下半身」に付与された負性を引き受けることこそが、人間的な認識につながる唯一の手だてになっているのである。〈外部〉世界の輝きしか見えていない学生に、「自分の足の上に立っている人間は、なぜ非人間的に見えるのだろう」といってしまう「僕」の心境は、そうした次元で捉えられたときはじめて鮮明になるはずである。

こうして迎えたテキストの収束部。それまで「学生」と呼ばれていた青年は、母親の「タカシさん、早くいらっしゃい」という声によって本来の固有性を恢復するかたちで療養所を去り、「厚い粘液質の壁の罅」はまたしても「癒合」してしまう。サンルームに戻った卑屈な雰囲気を背中に感じながら「個室のドアの閉まる音」（このドアが「音」を出していること、すなわち鉄や木で作られた固い物質の感触が表現されていることは、重要な意味を持つ）を聞き、ただ一人残された個室に閉じこもった「僕」は、再び看護婦たちに下半身への愛撫を要求する。

僕を清潔にしておきたいんだろう？／え？　と看護婦がいつた。／下着は汚されたくないんだろう？／看護婦は当惑して僕を見つめてい、それから猥雑さと優しさの交つた表情に変つた。／わかつたわ、と少し息を弾ませて看護婦はいつた。わかつたわ。近頃、皆少し変だつたじやない？　私そう思つていたのよ。／始めに、乾いて冷たい掌が、荒あらしく触れた。看護婦は満足そうに繰返していた。／なんだか変だつたわよ、近頃ずつと。

テキストの収束部は、こうして、またいつものように看護婦の愛撫を受け容れる「僕」の投げやりな態度を映し出しながらフェイドアウトする。だが、ここで重要なのは、「僕を清潔にしておきたいんだろう？」と凄んでみせる「僕」の虚勢ではなく、まるで何事もなかったかのように「なんだか変だつたわよ、近頃ずつと」と応じる看護婦のキョトンとした表情である。「僕」が「壁」を脱しようとして悪戦苦闘してきたことのすべては、彼女の職務に影響を与えるどころか、気づかれてすらいなかった。「僕」は必死の抵抗をみせたのちに刀尽き矢折れて諦めたつもりでいたが、〈外部〉はそんなこととはおかまいなく、何事も起こらない日常を刻んでいたのである。

『病牀六尺』にも、それと同類のことが描かれている。「或人からあきらめるといふことについて質問が来た」（七五）と書き出されるこのエピソードは、親に灸を据えられる子どもの比喩として語られる。

——ここに一人の子供がある。その子供に、養ひのために親が灸を据ゑてやるといふ。その場合に当つて子供は灸を据ゑるのはいやぢやといふので、泣いたり逃げたりするのは、あきらめのつかんのである。もしまたその子供が到底逃げるにも逃げられぬ場合だと思ふて、親の命ずるままにおとなしく灸を据ゑてもらふ。これは已にあきらめたのである。しかしながら、その子供が灸の痛さに堪へかねて灸を据ゑる間は絶えず精神の上に苦悶を感ずるならば、それは僅かにあきらめたのみであつて、あきらめるより以上のことは出来んのである。もしまたその子供が親の命ずるままにおとなしく灸を据ゑさせるばかりでなく、灸を据ゑる間も何か書物でも見るとか自分でいたづら書きでもして居るとか、さういふ事をやつて居つて、灸の方を少しも苦にしないといふのは、あきらめるより以上の事をやつて居るのである。

子規によれば、「親の命ずるままにおとなしく灸を据ゑてもらふ」ことは、すなわち「已にあきらめた」ことに他ならない。また、たとえ精神のうえに「苦悶」を感じていたとしても、「あきらめる」ということにおいて、それは同義になる。だが、灸を据えられているとき「書物」を読んだり「いたずら書き」などをして「灸を少しも苦にしない」態度を見せたなら、それは「あきらめるより以上の事をやつて居る」ことになるという。子規は、病床にあって悶絶しながら、この微妙でありながら決定的な違いに思いをめぐらせているのである。

その意味で、子規は「あきらめるより以上の事」をやり遂げるために言葉を紡ぎ続ける人間だった。大江は、そんな子規の往生際の悪さに敬服し、『病牀六尺』を自分の文学の出発点に置いた。「他人の足」のラストシーンは、まさに、それを逆説的に表現することで、われわれを「あきらめ」させようとする狡猾な「壁」を可視化したのである。

また、この場面では、「粘液質」という言葉がもたらしていた「濡れてぶよぶよしている」触感が消え、看護婦たちの愛撫は「乾いて冷たい掌」の「荒あらし」い感触と記される。まもなく移動することになる成人病棟がどのような世界であるかは、テキスト内に記された「特殊社会」という表現をたよりに想像をめぐらすより仕方ないが、少なくとも、「僕」の前で「癒合」してしまった「壁」にかつてのような「透明」感はない。本稿では、彼女たちの存在そのものを「壁」の隠喩として理解してきたが、そうした観点からすれば、「乾いて」いて「冷た」く「荒々しい」感触は、まぎれもなく、固く閉ざされた無機質の「壁」を連想させるのである。

○爰に病人あり。体痛みかつ弱りて身動き殆ど出来ず。頭脳乱れやすく、目くるめきて書籍新聞など読むに由なし。まして筆を執つてものを書く事は到底出来得べくもあらず。而して傍に看護の人なく談話の客なからんか。如何にして日を暮すべきか、如何にして日を暮すべきか。（三八）

と書き記して、誰もいない病床に繋ぎとめられた生活の苦しみをこぼした子規がそうであったように、「僕」も固い「壁」のなかで無為な時間を生き続けるしかないのである。

そのとき、看護婦は二度に渡って「近頃、皆少し変だったじゃない?」、「なんだか変だったわよ、近頃ずっと」という素っ気ない言葉を繰り返す。最初の「変だったじゃない?」という反応は、あくまでも学生の感化によって〈外部〉との連帯を求めようとした「皆」の期待が、〈外部〉に住む看護婦のまなざしによって異化されてしまうということであり、比較的わかりやすいが、問題は、その後「僕」だけに向かって囁かれる「なんだか変だったわよ、近頃ずっと」である。

このひとことを考えるためには、子規と「僕」の生涯を狂わせてしまった〈病い〉そのものの意味を再考する必要があるのではないだろうか。「カリエス」という、なんとも柔和な響きをもつこの言葉は、本来、〝骨が腐る〟という意味であったものが、そのまま骨関節結核の別称として流布するようになった経緯をもつ。「カリエス」患者たちは、〈外部〉からやってきた結核菌によって冒されるが、表面的にはあまり変化を見せないため、外見上はそれを誰からも認知されず、激痛を自分ひとりで引き受けなければならない。やがて、「骨」まで蝕まれ、身体の〈内部〉は完全に侵食されてしまう。スーザン・ソンタグが、「結核にかかると体が透きとおる。結核の診断に普通使われるX線写真によって、人は屢々初めて自分の体の内部を見る」(『新版 隠喩としての病 エイズとその隠喩』平成4年10月、みすず書房)と指摘したように、「カリエス」の患者たちはX線写真に写し出された真っ白な影と闘わなければならないのである。

「他人の足」を借りて〈外部〉を覗き見ようとした「僕」に欠落していたもの。それは、「僕」自身を主体的に動かすための〈内部〉世界への「イマジネーション」(=想像力)だった。強固な「壁」で覆われた自分の〈内部〉を凝視し、それがいかに空っぽであるかを深く認識することだった。たったひとり、個室に戻った「僕」は、そうしたひとり芝居の錯誤を振り払い、自分が置かれている状況を自虐的に引き受けるかのように、あえて自分のものでありながら「他人の足」のようになってしまった下半身を看護婦の前に晒すのである。

【注】

（1）大江健三郎は、のちに「詩が多様に喚起する＝わが猶予期間」（『大江健三郎全作品1（第2期）』（昭和52年11月、新潮社）でも同様のことを記している。

（2）大江健三郎は高校生の時代に『小林秀雄全集』を読破しており、「物質への情熱」において、最大限の賛辞とともに子規の言葉が引用されていたことは承知していたと思われる。

（3）テキスト内には、自分の将来に絶望した学生が思わず「フランス人に一生会えない」と叫んでしまう場面があり、彼は大江と同じ仏文の学生であることが想定できる。

（4）一八八六年にフランスのヴィリエ・ド・リラダンが発表した未来小説。「アンドロイド」という言葉を最初に用いたとされる。岩波文庫版「解説」には、「本訳書は初め白水社より限定版として上梓され」とある。なお、日本における初訳は、昭和12年10月に同じく渡邊一夫の訳で白水社から限定出版されている。

第二章　大衆——身につまされる文学

第一節　原爆とエロス——川上宗薫の自伝的小説をめぐって

1　〈残存者〉の自覚

川上宗薫は大正一三年四月二三日に愛媛県宇和町卯之町に生れている。本名は川上宗薫（かわかみ・むねしげ）。父がプロテスタントの牧師だった関係で、小学校の頃は大分県竹田町（小学校一年～四年）、同三重町（小学校五年）と移り住み、長崎市の飽浦《あくのうら》尋常高等小学校を卒業している。昭和一二年四月にはメソジスト系のミッション・スクールである長崎の鎮西学院（中等部）に入学。途中、病気で休学したため六年かけて同校を卒業したのち、第七高等学校や長崎高等商業を受験するも不合格となり、昭和一八年四月、福岡市の西南学院に進んだ。

翌一九年九月、長崎の大村にあった陸軍連隊に入隊するが、既住症の肋膜炎を悪化させようとして断食を決行するなど、除隊になることを切望。復員までの一年近くを佐賀県にある大村病院の分院で過ごす。自伝的小説「弱者の発想」（『或る体質』昭和47年11月、中央公論社）のなかで、

　私は軍隊に入った。私はふだんは弱い猫が追いつめられたような気持になり、必死になった。私は便所に入るたびに背中を拳で二百ずつ叩いて多少わるいはずの肋膜炎を悪化させようとしたし、内務班では毛布の埃をできるだけ吸うようにした。しかし、それだけではだめだとわかると、私は断食を決行した。私はいつ

も空腹を覚えていたが、その空腹を怺《こら》えて、赤い色の高粱飯を戦友たちに分けてやった。食事しない私は班長や古兵からも病気と思われ、錬兵休になり内務班に日がな寝ておかれるようになった。そして、ある日私は診察を受け、敗戦までのほぼ一年間入院していた。

と記しているように、川上宗薫にとっての軍隊生活は、国家や社会といった大きな力にねじ伏せられていく「弱者」としての自分を思い知らされる場であり、「弱者」である自分がそこで生き延びていくためのさまざまな擬態を身につける経験であった。彼は、たとえ狡猾と思われようが、仲間を裏切ったといわれようが、集団の狂気に呑みこまれてしまうことだけは回避しようとし、そうした危機に直面したときにはなりふりかまわず逃走していいと自分にいいきかせるために、わざわざ自分の卑怯なふるまいを描き、これは自分の「体質」だというのである。

昭和二〇年八月九日。長崎に投下された原子爆弾によって、爆心地のすぐそばにあった実家は跡かたもなく吹き飛ばされる。部隊の内務班にいた川上宗薫が目にすることができたのは、大本営の発表にもとづく新聞記事だが、その段階では「特殊爆弾」という表現にもさしたる不安を覚えず、「被害は軽微」という報道をそのまま鵜呑みにするしかなかった。だが、その数日後には敗戦がきまり、部隊内にも様々な噂が広まる。彼はのちに自伝的小説「残存者」(「文芸」昭和31年12月)で、

――敗戦と決まり、その爆弾が原子爆弾と分り、浦上のあたりはどこがどこだか皆目分らぬほどやられているという噂が拡がって、昌造は初めて大きい不安を感じた。それから、やがて、同じく長崎出身の戦友の一人にハガキが来て、その戦友の一家四人が急逝したことを知った。その戦友は茫然とハガキを見つめていた

が、「死んだ、死んだ、皆死んだ」とだけ言って、昌造の顔に普段の笑顔を向けた。別にがっくりした風にも見えなかった。その日、昌造の眼には、その戦友がいつもよりまめに立ち働いているように見えた。夜中にふとある気配を感じて昌造は眼を醒まされた。月明かりした中に、隣に寝ているその戦友は、拳を額に押し当てて、微かに声を顫わせていた。そうして、朝と共に彼の姿は消えていた。もうその頃はかなりの脱走兵が出ていた。別に捕縛に向うということもなかったので、逃げた者は殆どそのまま帰ってこなかった。

と記し、事態の深刻さを知りながら身動きがとれなかったもどかしさを、ひとりの脱走兵に仮託して描いている。また、エッセイ「父を変えたもの」（『待ちぼうけの自画像』昭和56年7月、文化出版局）には、家族の死を知らせる葉書を受け取ったときのことが、「私も父も、ひどくかわいがっていたみどりという女の子がいた。私とは十五ぐらい年がちがっていた。／私が、佐賀県の大村病院の分院で、「操、みどり、かおる、急逝す」という簡単な葉書を受けた時に覚えた悲しみのほとんどは、愛するみどりに向けられたものであった」と記している。

原爆投下から約一ヶ月後、混乱のなかで廃墟となった長崎に戻った川上宗薫は、母と二人の妹の死と、父の生存を確認し、すぐに西南学院に学籍復帰する。昭和二一年三月、同校商科を卒業し、翌四月には九州大学文学部哲学科（のち英文科に転科）に入学するといった具合に、あわただしい日々を過ごすことになる。この頃の彼は、自身の原爆体験、すなわち、家族の多くが一瞬にして生命を奪われながら自分は「残存者」として戦後を生き延びているという感覚をひとまず自分のなかに保留し、感傷が外部に垂れ流されることを注意深く警戒しながら学生生活を送る。卒業を間近にひかえた大学四年生のときには「西日本新聞」の懸賞論文に「文学作品を読むこととは」を応募し三等に入選(1)しているし、卒業論文（研究の対象はウィリアム・ブレイク——筆者注）を準備するかたわら、学友会文芸部に所属して小説を書きはじめてもいるが、恐らく、彼がはじめて活字にした小説と思われる「綿埃」（「九大文学」昭和24年6月）にしても、その内容は恩師にまつわる学生時代の思い出をつづったもので、戦争や原爆に関する記述はいっさいない。川上宗薫は遺作となった自伝的小説『遺作 死にたくない！』（「小説WOO」昭和61年・新春痛快号、昭和61年4月、サンケイ出版）のなかで自分の半生を振り返り、

ふと考えることがある。今井は、軍国主義の時代、戦争を体験している。にも拘らず、一度として子供の頃から、無残な死体を見たことがない。平和な時代でも、交通事故による無残な様相を眼にすることはよくあるのだが、それもない。彼が眼にするのは、グラビアだけである。しかし、グラビアは、事実とはちがう。／今井は、外地には行かなかったが、兵隊に取られたし、家族を長崎の原爆で亡くしている。原爆を落とされて一月ほど経った焼けあとも歩いている。空襲も受けた。しかし、目の当たりに無残な死体を一つとして見たことがない。／今井は、ときどき、守護霊が彼にそういうものを見せまいとしているのではないかと思うことがある。

と記しているが、彼の場合は、原爆の記憶を編成する要素としての「時間」と「距離」について、あくまでも、自分を「遅れて」きた存在、「遠い」ところから眺める存在に仕立てる傾向が強かった。それは、原爆そのものを体験していない自分が非当事者という立場から被爆を語ることへの躊躇《ためら》いだったのかもしれないし、経験の量や悲劇の重さにおいて証言の真実性を獲得しようとすることへの嫌悪だったのかもしれないが、間違いなくいえるのは、彼のなかに、「残存者」である自分が死んでいった人間たちの声を代弁するようなまねはするまいという固い決意があっただろうということである。彼は、「叫ぶ連中は嫌いだ」（『待ちぼうけの自画像』前出）というエッセイのなかで、「私は、昔から、叫ぶ連中がきらいだった。教練で号令をかけるのがうまいやつ。学校の勉強

はできなくても、教練となると、急に水を得た魚のようになるやつ。てんでん《ママ》ばらばらの意見をなんとか統一しようということに専念するようなやつ。／結局、だから私は、ものかきの道を選んだのかもしれない。一人で仕事ができるからだ」と記しているが、徹底的にひとりきりであり続け、自分の「体質」に率直であろうとする姿勢は、自伝的小説のなかで原爆体験を語るようになったのちにも揺らぐことのなかったスタンスである。

　ところで、当時の川上宗薫は、すでに岡本英子と結婚生活をはじめており（昭和22年6月に入籍――筆者注）、生活費を稼ぐために私立長崎女子商業の英語教師として赴任していた。したがって、大学には籍を置いているものの、ときたまゼミに出席するために福岡に戻ってくる程度で、日常生活は英語教師としての仕事に追われる日々だった。また、昭和二三年三月には長女・みどりも誕生しており、机に向かって小説を書く時間はほとんどなかったと思われる。しかし、そうした長崎での平凡な教師生活に耐えかねた川上宗薫は、大学卒業後、わずか一学期だけ長崎の私立海星高等学校で教鞭をとったのち、上京して千葉県の東葛飾高等学校に就職し、夜間教師をしながら作家をめざすのである。昭和二七年の秋には同人雑誌「新表現」、「日通文学」に参加し、同人雑誌の世界で腕を磨きながら商業文芸誌にも小説を発表していく。「その掟」（「新表現」昭和29年6月）、「初心」（「三田文学」昭和29年11月）、「企み」（「文学界」昭和30年2月）、「仮病」（「三田文学」昭和30年3月）、「或る目醒め」（「群像」昭和30年6月、のち初刊の際「或るめざめ」と改題）、「傾斜面」（「群像」昭和30年10月）、「怒りの顚末」（「文学界」昭和30年11月）、「ひめじょうんの花」（「三田文学」昭和31年2月）、「雨の夜空」（「文芸」昭和31年3月）、「三人称単数」（「三田文学」昭和31年6月）、「夏の末」（「文芸」昭和31年8月）、「残存者」（「文芸」昭和31年12月）、「症状の群」（「三田文学」昭和32年1月）、「植物的」（「新日本文学」昭和32年4月）、「初夏の愁い」（「新女苑」昭和32年7月）、「疑惑」（「週刊新潮」昭和33年11月）、「不毛の関係」（「早稲田文学」昭和34年2月）、「シルエット」（「文学界」昭和34年7月）などがこの時期に書かれている。

2　戦後日本人の「体質」

学生時代がそうだったように、習作時代の川上宗薫も自らの原爆体験については意識的に口を閉ざしている。長崎での生活や軍事教練での屈辱的な体験などは克明に描写しながら、なぜか原爆で家族を喪った出来事だけは素通りし、戦後の教員生活や同人雑誌仲間との交友などに転換させるのである。その川上宗薫がやっと原爆体験を小説に描けるようになるのは「夏の末」（前出）以降のことである。のちに、はじめての著書として短篇集『或る目ざめ』（昭和31年9月、河出書房）をまとめる際、巻頭に置かれることになる「夏の末」は、こんな一節から語りはじめられる。

原子爆弾が投下されて戦争が終り、翌年、紀彦は大学に入つた。けれども、ひどい下宿難から、長崎に帰つていた。勉学心も乏しかつたので、紀彦は、そういう事態をよろこんでいたといつてもよい。長崎は、長崎駅から北にかけて廃墟と化していた。原子爆弾の当時、家は浦上にあつた。紀彦の母と幼い弟は家にあつて死んだ。家にいなかつた父の加山と妹の百合子が助つた。紀彦は、その時、大村の兵営にいた。紀彦が復員してきた時は、加山は螢茶屋の川べりに家を見つけていた。二階が殆ど崩れた家である。

この記述は、ほとんどそのまま彼の実体験に重なる。フィクション化されているのは、死んだ二人の妹のうちひとりを「弟」にし、もうひとりは生き残ったと記している点と、主人公が「兵営」にいたとしている点くらいである。また、原爆の惨状や家族を喪った悲しみを安直に言語化せず、あえて、下宿難の問題や勉学心の乏しさといった事柄と並列させることによって、それが戦中から戦後にかけて自分の身のまわりに起こった出来事のひとつに過ぎないかのような素っ気なさを漂わせる。廃墟となった長崎に暮らすことの沈鬱さよりも、敗戦後の混乱のなかで、ろくに勉強をしなくても大学生でいられることの気楽さに浸り、「そういう事態をよろこんで」いるように描いていることからもわかるように、彼は原爆を特化して語ることに強い抵抗感をもっている。そんな語り手がまず前景化するのは、プロテスタントの牧師であった父の姿である。

紀彦の父の加山はプロテスタントの牧師だつた。原子爆弾被災の牧師は世界でも珍しい。そのせいか、アメリカの方々の教会から、月に二つは小包みが送られてくる。罐詰や衣類が主で、衣類の半分は加山の手で食糧に変えられる。占領軍の牧師からも時々メリケン粉の大袋が届けられる。食糧事情の逼迫した時勢に、紀彦の家だけはそれほどのこともなかつた。加山の所属教会は、戦時中に軍に接収され、とりこわされた。それで、加山は、友人の牧師の教会で、その友人と交替に日曜礼拝の説教を受けもつていた。しかし、加山は牧師として生計をたてているわけではなかった。占領軍の通訳としてかなりの高給を得ていたのである。

紀彦の父は、長崎に原爆を投下した当事者であるアメリカが中枢を担う占領軍の「通訳」をすることで、この時代の日本人にしては「かなりの高給」をもらっている。また、日常においても、アメリカの教会から送られてくる食糧や衣類のおかげで、空腹にあえぐ日本人を尻目に苦労の少ない生活を送っている。アメリカと戦い、アメリカが投下した原子爆弾で家族を喪った紀彦は、父を介してアメリカの庇護を受け、食糧難に喘ぐ多くの日本人とは違う生活を手に入れてしまうのである。この小説において、主要な人物が、「母」、「弟」、「妹」といった紀彦との関係で指示されるなかで、父だけが「加山」と呼ばれ、ある種の他者性を付与される理由はそこにある。紀彦にとっての戦後は、大切な人間を亡くした悲しみや生活の困窮からではなく、父であったはずの男の媚態を目のあたりにした衝撃からはじまるのである。紀彦は、そんな父の変節ぶりをこんなふうに理解する。

　父の加山は紀彦の生活に干渉しなかつた。戦前は口喧《くちやかま》しかつた息子に対する態度が敗戦と共に一変したようだつた。加山自身も、新たに筋書を創り直してゆく自由感を自分に煽ることによつて、妻や子供を失つた悲しい記憶の消去を企てていたのかも知れなかつた。

「新たに筋書を創り直してゆく自由感」によって「悲しい記憶の消去」を企てること。それは、紀彦が父のなかに看取した戦後日本の生きざまであると同時に、紀彦自身の欲動でもある。だからこそ、彼は変節した父から目が離せなくなっているのである。「夏の末」には、「己の過去を覗き見たい気持」になった紀彦が、礼拝に赴く父のあとを追うように教会に出かける場面があるが、そこでの、「今の自由感を、過去と対比させることで確かめたい気持」という内面描写をみてもわかるように、紀彦は父の変節に対して、まるであらかじめ自分がいた場所に後から父がやってきたかのような既視感を抱いている。廃墟のなかの自由感。それこそが「夏の末」の提起する問題の核心である。

　急激に世の中が変わっていく「速度のついたような感覚」のなかで長崎での生活をはじめた紀彦は、文化協会の活動に加わり、大津冴子という女と出会う。両親を原爆で亡くし、少年航空兵だった弟を養うためにミシンを踏み続ける冴子を「無性に欲しい」と思った紀彦は、冴子が文化協会を辞めたあともせっせと彼女を訪ね、メリケン粉を届ける。「私たちにとつては、それは欲しいものだわ。やつぱり、好意に一方的に甘えているのつて、なんだか、いやだわ。欲しいだけにいやだわ」といって拒んでいた冴子も、やがて紀彦に心を許すようになるが、ただでさえ栄養失調だった彼女は、胸を冒されて床に臥す。しばらく逢わないでいるうちに、紀彦のなかには彼女の肉体を渇望する気持ちがつのる一方で、自分が冴子に占有されていくような束縛感が芽生える。また、「不在の場所」で思い描く冴子の鮮烈な魅力が、ときとともに色褪せ、「冴子を日々訪ねたその時間を無意味に思う時がくるような予感」さえいだく。

　だが、文化協会の責任者であった駒井という男が、冴子の身を案じて世話をしていると知った紀彦は、激しい嫉妬に押しだされるように冴子を訪ね、駒井との関係を問い質《ただ》す。「加山さん、来なかつたわね。来なかつたわね。だからよ。だからよ」といって泣き伏す冴子を見た瞬間、紀彦のなかには、自分が完全に彼女の心を「占有」したという優越感が沸き起こる。そして、「手続きを踏む」ような気持ちで「あなたが欲しい」と訴え、病に蝕まれた冴子を抱く。治療費として幾らかの金を置いていく駒井を拒むことができず、一度だけ関係をもったことがあると涙ながらに告げる冴子。その傍らで必死に眠気を怺《こら》えながら意味もなく「僕は冴子さんが好きだ」と囁く紀彦。かつては彼女の忍び泣きに「情緒」を感じていたはずなのに、それがあまりにも「具体的」なせつなさとして迫ってきたことで、逆に味けない気分に陥った彼は、冴子の涙が切実であればあるほど、自分のなかに夢から醒めていくような白々しさをつのらせるのである。

　この小説は、駒井が身許不明の女と服毒心中を遂げたことを報せる新聞記事に接した紀彦が、死んだ女はやはり冴子だったのだろうかという思いを強くし、「駒井を恐らく愛してはいない冴子は、駒井と彼女とのとり合わせの惨めさを特に紀彦に見せつけたかつたとでもいうのだろうか。或いは、紀彦が駒井に見せつけた新しい顔を冴子も見つけ、そういう駒井と冴子との間に、他の者の窺い知ることのできない愛の形が生れ、その形は始まりにおいて既に死に辿る定めを狙つていたということだろうか」と想像しながら、彼女が臥せっていた部屋を訪ねる場面で終わる。新聞を見せられてとり乱す弟・正夫のまっすぐさを前に、「うしろめたい」気持ちをつのらせる一方で、「冴子の死様を帯びる事件性を愛している」自分がいることを知る場面で終わる。川上宗薫が描く自画像は、恋人だった女が他の男と心中するという衝撃的な出来事を介してさえ、いまだ分裂的であり、欺瞞的であり、露悪的なままである。「妻や子供を失つた悲しい記憶の消去」を企てるために「新たに筋書を創り直してゆく自由感を自分に煽る」ことを課した父とは逆に、彼は、自分という存在の自由性を維持するために冴子に向けられていた感情に泥を塗りたくるのである。そこにあるのは、「弱者の発想」（前出）に描かれた「体質」と同様の擬態である。占領／被占領という枠組みによってしか男女の関係を捉えることができない紀彦を通して、戦後日本にはびこった「体質」を認めようとする視線である。マイケル・モラスキーは「占領の記憶　沖縄・日本における言語・ジェンダー・アイデンティティ」（鈴木直子〔訳〕、「現代思想」平成15年9月）のなかで、

一八八〇年代のライダー・ハガードの冒険小説が描く暗黒の「処女地」に分け入った英国植民地の英雄から、一世紀後のクウェート侵攻を「強姦」という表現で弾劾するアメリカのＮＢＣニュースに至るまで、帝国主義的介入に関する修辞は、女性ジェンダー化され、進軍する男性により性的侵攻を受ける身体を風景に投影する。地理的領土への植民地的ないし軍事的侵攻は個人の身体への性的侵略と関連づけられる。このような修辞は、個人の身体を国体《ナショナル・ボディ》に同一化し、侵害された女性身体をとくに選び出して、侵入してきた男性支配者を前にした「彼女」の従属と無力とを強調する、というロジックに基づいている」と指摘したうえで、「沖縄と日本の占領に関する男性作家の叙述において、外国の軍隊に対して無防備な状態に曝されるのは女性だけではない。男性登場人物もまた、とりわけ身近な女性を横暴な米兵から守ることができない場合にはとくに、無力なものとして描かれる。無力な男性はたいがい、去勢や不能といった性的メタファーを用いて描かれ、占領下の男性を「女性化」し、外国占領下での男性の社会的無力を、おそらく通常の社会的条件下で女性が帯びる無力さと同等なものとして位置づける

と述べているが、川上宗薫の自伝的小説においても、その構図は踏襲されている。そこには、原爆によって日本を占領したアメリカというロジックと同時に、原爆症によって女性としての性的魅力を蹂躙された日本人女性と、アメリカの侵攻によって「去勢」され、それを茫然と眺めるしかない日本人男性という関係が表象されているのである。

「夏の末」には長崎への原爆投下に関する描写がもうひとつある。それは、紀彦が中学時代の学友とばったり出くわしたときに提供される共通の話題として登場する。

――話は大概きまつている。今どこにいて何をしているとか、あれからどうしたとか、原子爆弾の時はどこにいて家庭はどうだつたとか、誰それはフィリツピンで、或いはビルマで戦死したとか、原子爆弾で死んだ同窓生は誰々だとか、そんなことを、妙に浮き浮きと、自分らの無事を祝福するかのように、とり沙汰し合うのだ。自然と選民意識に似たものを互いに持ち始め、それが親近感を呼ぶのである。

ここでの原爆は、生き残った者たちの「選民意識に似たもの」をかきたてる材料である。バラバラに生きてきた人間たちが、ただひとつの共有物として語り合うことのできる記憶の仕切りである。それは、悲惨で不条理な出来事であったがゆえに、無意味で色褪せた時間のなかに停滞している彼らにつかの間の活気を与えてくれる供《く》物《もつ》となりうる。だからこそ、語り手は、その決定的な出来事を話題にする学友たちのなかに沸き起こる「妙に浮き浮きと」した空気を見逃さず、むしろ、そこにアクセントを置こうとするのである。

また、この場面を同じ「夏の末」の次のような描写と並列させると、川上宗薫における認識のありようはより鮮明になるだろう。

不精な朝食を一人でとつているると、紀彦の胸には、なぜか、いつも浦上の廃墟が思い浮かんだ。浦上駅には仮小舎ができたりはしていたが、三菱の工場の鉄骨は風に吹かれた雑草のように歪み折れ、重なり合つたままだし、高台の幾つかの学校も押し潰されたり倒壊したままだつたし、時々、そんな建築の中から白骨化した死体が見つけられたりしていた。そういう浦上の荒廃した情景を思い浮かべると、紀彦は、今過している日々が仮の日々であるような気がした。きっと何年か後では、混乱した慌しい感じを伴わずには思い起されることのない日々を送り迎えている、そういう責任のない心だった。人々は飢え、殺気だつていた。未来のいつかに醒めた時に、はつきりと過去の中の一こまとして把握されるにちがいないいびつな現在の中に、歪みに慣れて時を過しているようだつた。〈その日〉という日はなく、〈日々〉だけがあり、凡ての日は、円周上の任意の一点のようなものだつた。

語り手は、確かに「飢え、殺気だつて」いる人々の群れのなかに混乱した慌しさを看取している。いつか「過去の中の一こま」として回顧したときには、それがいかに「いびつな現在」であったかわかるに違いないという確信もある。だが、そうした「歪みに慣れて時を過して」しまうことは、「円周上の任意の一点」を生きることであり、結局、廃墟を前にしたときに感じるような「責任のない心」に支配されることになる。そこには、人はいつまでも〈その日〉を直視し続けることができないかわりに、〈その日〉を〈日々〉に置き換え、〈日々〉を「責任のない心」で想起する存在なのだという認識が明示されている。原爆で殺されずにすんだ学友たちがみせた「妙に浮き浮き」とした表情がそうであったように、彼もまた、自分自身を追憶的な場所に置くことで悲劇のロマン化に貢献しているのである。

3　ビキニ事件と「劇性への憧れ」

川上宗薫が自らの原爆体験を小説のなかに描き込んでいくきっかけになった出来事として指摘しておきたいのは、昭和二九年二月二八日にアメリカが行ったビキニ環礁での水爆実験（CASTLEBLAVO 作戦）によって、翌三月一日、静岡県焼津市のマグロ漁船「第五福竜丸」が死の灰を浴びた事件である。マーシャル諸島の危険水域外で操業していたにもかかわらず、二三名の乗組員全員が大量の放射能を浴びたこの事件は、食卓にのぼることの多いマグロが放射能に汚染されたことによって消費者の不安をかきたてた。また、急性放射能症の症状が重かった無線長・久保山愛吉の容態をめぐってマスコミが連日のように報道したことで、当時の日本に強い衝撃をもたらした。核実験の模様を撮影した記録フィルムの映像や、原爆症に侵されていく被害者の症状を報じるラジオ・新聞を通して、多くの日本人は、はじめて被爆体験を見る／聴くという体験をする。放射能によって汚染されたマグロの回収騒ぎが起きたことで、原爆は直接的な被害だけでなく、目に見えないところで二次的な被害を与えかねない人類殲滅の兵器だという認識が広まる。また、危険区域外で被爆しただけでこれほど恐ろしい目にあうのだから、あの日の広島・長崎はどれほどの惨状だったのだろうというかたちで、人々のなかに原爆体験に対する想像力がめばえ、GHQの占領以降、封印されていたアメリカへの憎悪が再びかたちを取りはじめるのである。

原水爆禁止運動が反米運動に転換していくことを避けようとするアメリカ政府は、日本政府との間で保障交渉を急ぎ、総計二〇〇万ドル（約七億二〇〇〇万円）の補償金（死の灰を浴びた被害者への補償金ではなく、漁業被害などの名目で支払われた——筆者注）と引き換えに「米国の責任を追及しない」という確約を日本政府からとりつけ、事件を早期決着させようとした。日本政府もまた、原水爆禁止運動の広がりが国民生活における不満の捌け口になることを恐れ、問題の沈静化をはかるとともに、原子力の平和利用という題目を掲げ、アメリカの協力のもとで具体的な政策を実行に移す。大石又七『ビキニ事件の真実　いのちの岐路で』（平成15年7月、みすず書房）は、当時の日本政府やマスコミの姿勢を批判する立場から、原子力平和利用のキャンペーンについて次のように記している。

――一九五五（昭和三十）年、読売新聞は元日の朝刊にアメリカ原子力平和使節団の招聘を告げる社告を掲載した。以後、五カ月にわたり、原子力平和利用のキャンペーン記事が読売新聞紙上にたびたび登場することになる。読売も日本テレビも、原子力平和利用特別調査班を作り、使節団受け入れの世論作りに邁進した。（中略）アメリカ国務省の、当時の対日政策の進行状況を記した報告書にも、「核兵器に対する日本人の過剰な反応ぶりは、日米関係にとって好ましくない。核実験の続行は困難になり、原子力平和利用の計画にも支障をきたす可能性がある。そのために、日本に対する心理戦略をもう一度見直す必要がある」と書かれている。（中略）アメリカから東海村に原子炉が送られてきてからは、読売新聞と日本テレビは、プロレスなど盛んだった娯楽番組の時間をさいて、「原子力の平和利用、原子力時代到来」という大キャンペーンを始める。驚いたことに、正力氏（読売新聞社社主・正力松太郎――筆者注）は「原子炉から出る『死の灰』は食物の殺菌や、動力機関の燃料にも活用できる」という宣伝文を、当時の財界紙に載せていた。／やがて原子力の平和利用計画は、原子力船「むつ」の建造へと進んでいく。／庶民もまた、見えない放射能や、遠くで行われる地下核実験よりも、利便さを与えてくれる目先の原子力平和利用のほうに引かれていった。そして、盛り上がっていたビキニ事件に対する関心や、核実験反対の声も潮が引くように消えていった。柴田氏（日本テレビ重役・柴田秀利――筆者注）は手記の中で、「こうして原爆におびえ、憎み、反対ののろしばかりを上げつづけてきた日本に、初めて『毒は毒をもって制す』、平和利用へ目を開かせる掛け声が、全国にこだましたのだ。舞台裏に身をひそめながら、喜びと感動に打ち震えていた」と書き残している。

原子力をめぐる議論は、こうして人道問題としての側面が隠蔽され、エネルギーや経済の問題へとすりかえられる。第五福竜丸の被爆からわずか八ヶ月後の昭和二九年一一月には、水爆実験によって目醒めた太古の怪獣が東京を火の海にするという映画「ゴジラ」が封切られ、昭和三四年二月には新藤兼人監督・脚本で映画「第五福竜丸」（制作／近代映画協会）が公開されるなど、フィクションの世界では核の恐怖が正面から描かれるようになるが、政治的には、核を平和のために利用することで人類の明るい未来が約束されるかのような情報戦略が世論に浸透していく。島田興生が「ビキニの被曝者たち――残留放射能のるつぼの中で――」（『長崎の証言』昭和53年、長崎の証言刊行会）において、

「ビキニ」と言えば、第五福竜丸と久保山愛吉さんを語る〝枕ことば〟として使用されるのみで、一般的には、女性のあの水着として使われる方が何倍も多かったからである。しかし、原爆と女性の下着の代名詞として両極端に使われたにしろ、〝水着〟のビキニの語源もまた原水爆実験の衝撃から命名されたもの、であったのを知っていたのはごく一部の人達だけであったようだ。

と論じたように、「ビキニ」は事件の本質が解明されないまま、いつの間にかその衝撃力だけが比喩として用いられるようになり、あろうことか、露出度の高い女性（トップスとボトムの組み合わせによるセパレート型――筆者注）の水着をさす言葉に転用される。

また、ビキニ事件をめぐるマスコミ報道は、広島・長崎における原爆被害の実態を知らしめるだけでなく、原

爆にまつわる様々な差別を助長されることにもつながった。山下茂が、

昭和20年代には、一般国民の原爆被害への認識はまだ浅かったので、もっぱら、ケロイドなど顔や手足などの火傷痕、いわば外見上の後遺障害に基づいて、結婚などにおける差別が行われた。このため若い未婚の被爆者、特に女性の被爆者でケロイドのある人たちには、結婚の希望を奪われ、将来の人生に絶望するものが多かった。このような状態にある「原爆乙女」たちを救うために、グループを組織して励ましあい、ケロイドの治療を受けるよう援助する活動が行われた。／1954年、ビキニ水爆実験による「死の灰」パニックを契機として、放射能による後遺障害の知識がひろがり、以後は、遺伝や慢性原爆症への不安を理由として、結婚や就職に際しての差別が、被爆者全体やさらにその子供らに対してまでも生じるようになった。既に結婚した被爆者の場合でも、出産に不安を感じたり、生まれた子供が病気になると遺伝のためかと不安に脅えたりする。婚家のしゅうと、しゅうとめや親族の偏見によって離婚を迫られたケースもあった。

（『平和事典』「被爆者差別」の項、昭和60年10月、財団法人広島平和文化センター）

と説いているように、広島・長崎への原爆投下から一〇年近い時間を経て再び起こったこの出来事は、放射能の後遺症に対する不安をやみくもにかきたてる報道ともあいまって、被爆者／被曝者だけでなく、被爆二世[2]の結婚や出産にまで及ぶ偏見を助長していくのである。

川上宗薫は、「或る目ざめ」（「群像」昭和30年6月）のなかで、「私」が「学校出といつた感じの青年」たちの会話を何気なく耳にするというシチュエーションを用意し、そこでビキニ事件を話題にする。「水爆で吹き飛んだ珊瑚礁のかけらが塵のようになつて地球を蔽つて、それが太陽の光が地球に届くのを妨げるんだ。太陽の周りに

薄赤い輪が見えるつてんだ。火山の爆発の時にもそういう現象が必ず起るらしい。冷害も今年の長雨もその故なんだつて。ビショップつてのは何でもハワイの学者の名らしいね」、「怖しいみたいだね。人間が太陽に傘をさせるなんて。ビショップの輪か」、「神を怖れないつていう感じだな」といった青年たちの会話を聞いた「私」は、それがいかにも「社会正義を代表する声」であるかのように感じる。「社会正義」を代表する人々は、水爆実験の繰り返しによって自然界に大量の放射能が蓄積されていることを警告するが、「放射能はこんなに少いんだ」と声をあげて喜ぶようなことはしない。水爆が環境に及ぼす影響を懸念する記事をみつけては、「どうだ皆分つたろう。水爆の怖しさが、戦争の怖しさが、再軍備の無意味さが、この国土の脆弱さが」と説き、多くの人々の共感を得ようとする。「私」は、そのようにして諸悪の根源を水爆実験に求め、自分たちに都合のいいデータだけを頼りに「怒り」を増幅させていく「社会正義」の欺瞞を次のように討つ。

——水爆実験反対者の一人である私が不満なのは、世の愛国者達が、常に水爆反対の資料を一方に偏して集めるという傾向があるということだ。彼らは、ドナウ河や揚子江の洪水や東北とか九州の冷害による作柄の悪さしかとり上げたがらない。それに、これは重大なことだが、水爆に反対するものも賛成するものも共に、実際にはそれほど南の海の水爆実験を我が身の危険として感じないということだ。これは最も危険なことなのだ。彼らには、一億に近い日本人全体の生死に拘わるという事柄は、一億という数の大きさのために実感がないのだ。（中略）愛国者の多くは常にロマンチツクなのだ。劇性への憧憬に満ちている。水爆実験の与える被害の実体が地味な学問的検討を俟つて、これから何十年か後にならなければはつきりしたことが分らぬということにでもなれば、正義派達は、舌打ちして、また、頃合の緊張を与えてくれる一大事を求め始めるだろう。現代の恐怖すべき事件とは、緩慢なものにしろ、即発的なものにしろ、とつくに劇的性質を喪失してしまっていて、常に非情で殺伐なものなのだ。そういう事件への感覚が彼らにはまだ鍛えられていない。そうして、その感覚の未熟さが、やがて、再び色々の事件を惹起《じゃっき》することにもなりかねないのだ。戦争屋も平和屋も、その点で全く浪花節が好きなのだ。

「私」は、水爆実験をはじめとする「現代の恐怖すべき事件」は、「とつくに劇的性質を喪失してしまっていて、常に非常で殺伐なもの」でしかないと感じる。また、「劇性」に憧れ「浪花節」を嗜好する「正義派達」は、事件に対してロマンチックであろうとするあまり、事件そのものへの感覚が鍛えられていないと断じたうえで、「思い出しているその今は常に乾いて殺伐なのだ。人は、今生きている、ただそれだけの理由でもつて、今を実感できない。今には色がない。常に実感とは、幾分想像的、また幾分追憶的なものなのだ。我々は今は余りに様々に眼に入れすぎ、鼻に嗅ぎすぎ、耳に聞きすぎ、肌に触れすぎている。氾濫だけがある。その時に強烈にあることに戦《おのの》いたとしても、その時はすでに、未来の一点に自分を据えつけ、そこから、今を過去として見たてて振返つているのだ」と考える。

このような認識のあり方が、「夏の末」（前出）に描かれた学友たちの「責任のない心」、すなわち、〈その日〉を〈日々〉に置き換えて原爆体験を語っていた彼らの「妙に浮き浮き」した表情と根をひとつにしていることはいうまでもない。テリー・イーグルトンは『甘美なる暴力』（森田典正〔訳〕、平成16年12月、大月書店）のなかで、「人の苦しみがどんなに大きなものであっても、他者と同一化できたとしたら、そこには想像力を満足させるなにかがあり、悲劇についていうと、この満足感にはさらにサド＝マゾ的おまけまでついてくる。悲劇が面白いのは、自らは傷つくことがないと知りながら、破壊的空想にひたることを許し、公序良俗に反しない形で死の衝動を解放するからである。破壊にともなったこのリビドー的喜びには、苦悩にはなにがしかの意義があるという道徳観が混じっているのかもしれない。悲劇を通じて経験される道徳教育にわれわれは満足感をおぼえ、それがどんなに恐ろしい性質のものであっても、単純な刺激にわれわれは喜びを見出す」と述べ、さらに、アメリー・オクセンバーグ・ローティの「うまく構成され、うまく演じられたとき、悲劇は感覚的、セラピー的、知的喜びとなる。喜びに喜びが重なり、喜びの内にまた喜びがみつかり、そして、喜びを生む」という言葉を引いているが、ビキニ事件を通して自分のなかに隠蔽していた原爆の記憶を呼び戻した川上宗薫が敏感に反応したのは、まさに、「自らは傷つくことがないと知りながら、破壊的空想にひたり」、「公序良俗に反しない形で死の衝動を解放」しようとする自己中心的感情であり、苦悩のなかになにがしかの「道徳観」を混在させようとする行為の愚劣さについてであった。

では、そうした悲劇の玩《もてあそ》び方に陥らないために、彼は原爆という問題とどのように向き合っているのか。原爆で唯一生き残った肉親である父が亡くなったときに書いたエッセイ「父を変えたもの」（『待ちぼうけの自画像』前出）は、彼の考え方を見極める恰好の素材といえる。このエッセイでは、自分の目に映った父が、むしろ歳とともに健康になっていくように見えたと語られる。また、「父の体の中に、原子爆弾によって受けた放射能の影響が、どこかに残っているだろうし、そして、それが、死ぬ前年、医者によって診断された上顎ガンという病名に無関係であるとはいいきれない。（中略）けれども、私は、父は原爆被害者にはちがいないが、父の病気が原子爆弾によるものだという断定は、軽々しくはしたくなかった」とも述べ、原爆が父の運命を決定的に変えてしまったかのように書くことだけはするまいという姿勢をみせる。そして、

――原爆被害者という特権をあまりふり廻すことも私はきらいである。／東京を初めとする大都会の空襲で、むざんな死に方をした人、あるいは、戦地で、人間の死というにしてはあまりにもむざんな死に方をした兵

士たちはたくさんいる。／そういう中で、私の母や二人の妹は、安楽死に近い死に方をしている。しかも、原爆の恐ろしさを末の世まで伝える、その礎となった死に方をしている。いわば死者たちの中のエリートである。／もちろん、原爆を使う側の残虐さについては問題があるが、と同時に、原爆を使わせるように持っていった日本の軍国主義への問題も、同じような比重でもって残っている。／私の母や二人の妹を即死させたものが、単純にアメリカの原子爆弾といえるかどうか。／私は、日本の軍国主義も、同じような暴虐さでもって、私の肉親を奪い去ったのだ、と考えている。（中略）／だいたい私は、父が、昔から、なんらかの思想に深くとらえられていたとは、思っていない。／だから、原爆によって、特に虚無的になったというほどの思想の転換が行なわれたというふうにも、私は考えないのである。／女との出会いとか、あるいは、教会を失ったために、環境が変わり、付随して変わってくる人間関係、その人間関係の中で覚えるこれまで知らなかった楽しみ、そのほかに、自分は原爆症に罹っていて、いつ死ぬかもしれないという終末的な感覚。／そういったいろいろの要素が、父を少しずつ変えていったのかもしれないのだ。（中略）今の地球上の人類のありさまに対して、私は、かなり虚無的な感覚を抱いている。／ごくひと握りの人々だけが、地球上の何十億という人類の中で、比較的平和で安穏な生活を送っている、と私は思っている。そして、その比較的運のよい中に、私を含めた日本人たちの多くも入っていると思う。（中略）私の場合、父の死を知らされた時最初にやってきた感想は、〈今度はおれの番か〉といったものでしかなかった。

といった言葉で持論を展開する。原爆で亡くなった母や妹たちを「原爆の恐ろしさを末の世まで伝える」「死者たちの中のエリート」と呼び、原爆を使った側と使わせた側の責任を等価だと主張する川上宗薫の認識は、もちろん良識的とはいえない。また、原爆が父の人生を変えたのではなく、様々な人間関係や終末的な感覚を募らせるなかで「少しずつ」変化したという見方にしても、自分がこうして平和に生活していられるのは運がいいからに過ぎないといってのける姿勢にしても、原爆や戦争を、戦後日本における決定的な負の遺産ととらえる人々からすれば思慮の欠けた発言にきこえるかもしれない。

だが、この言説で注目したいのは、彼の言葉のすべてが他者の経験と自分の経験を照らし合わせるように組み立てられている点である。彼は、原爆や戦争の記憶を語りたいのではなく、そうした記憶の扉をひとつひとつ開け放つなかで、自身の「虚無的な感覚」がどこから生れてきたのかを見極めようとしているのである。先述したテリー・イーグルトンの『甘美なる暴力』（前出）には、アリストテレスが『詩学』のなかで「憐れみと恐れは双生児である」と述べていることが紹介され、「われわれは自分にもおこるのではないかと恐れるから、他人を憐れむのであり、憐れみか恐れかどちらかの感情に欠けるとしたら、もう一方にも欠けるはずである」、「憐れみの対象が非常に身近となり、まるで自分自身であるかのように思えてきたとき、憐れみは恐れに変身する」などと論じられているが、川上宗薫の認識もそれに通じるものがある。彼のなかにあるのは、つねに、〈今度はおれの番か〉という恐れであり、その恐れを唯一の根拠として、死んでいった人間たちを憐れむのである。「死の一歩手前の存在として今生きている。そういう自分へのゆらめくような感情」（「怒りの顚末」前出）。それこそ、彼が文学において問題化しようとすることの核心であろう。

こうして、川上宗薫はビキニ事件を契機として、「劇性への憧憬」にもとづいて原爆を語る言葉がどれほど事実への想像力を奪うか、という問題を小説のなかに描き込んでいくようになる。しかし、彼が自伝的な世界を小説化するようになる昭和三〇年前後の文学状況には、特に原爆問題をめぐってひとつの大きな潮流があった。それは、恋愛や結婚をめぐる男女の結びつきの背後に被爆者／被曝者としての苦悩を滲ませ、特に若い女性の被爆者／被曝者を徹底的に哀れな存在として描く小説が一種の流行になりつつあったということである。

たとえば、動員学徒の「ぼく」が軍人である従兄の留守中に彼の妻と肉体関係をもち、彼女が妊娠するという猟奇的な世界を描いた桂芳久「刺草の蔭に」（「群像」昭和28年7月）では、妊娠した従兄の妻が原爆によって即死し、それを知った「ぼく」が罪の意識と解放感に戸惑うという結末が用意されている。また、原爆症の兄と妹がお互いの苦しみを慰めるように結ばれる沼田茂の「ある遺書」（「文学界」昭和32年11月）をはじめ、被爆者／被曝者同士の〈性〉を近親相姦のモチーフと結びつける小説も登場する。長崎で被爆した経験をもつ嫁が、自らの発病とわが子への遺伝を恐れ続ける有吉佐和子「祈禱」（「文学界」昭和34年2月）、被爆者で小頭児を生む恐怖から破滅する女を描く大江健三郎の「上機嫌」（「新潮」昭和34年11月）など、生まれてくる子どもが原爆症をひき継いでいることを恐れる女性を描いた小説は数えきれない。長岡弘芳は『原爆文学史』（昭和48年6月、風媒社）のなかで、ビキニ事件以後の原爆文学では「殊更でない日常生活の風俗と、原爆との結びつき」が顕著になったと指摘しているが、特に恋愛、結婚、性をめぐっては、被爆者／被曝者をそこから遠ざけるだけでなく、ひとつの歪みとして表象する方法が常套化している。被爆者／被曝者が恋愛や結婚にまつわる幻想を抱くこと、性の悦びに浸ることは、それ自体が不幸のはじまりであるとでもいいたげな物語構造が、きわめて安直に反復されるのである。のちに井上光晴の「地の群れ」（「文芸」昭和38年7月）を批評した平野謙は、「戦後十八年たって、被爆者の精神的肉体的な後遺症はますますこじれ、ねじくれて、救いがたいトモグイの様相を呈してきたという主題は、やはりずっしりした重さを持っている」（「毎日新聞」、引用は『文芸時評（下）』昭和44年9月、河出書房新社）と記したが、そうした「トモグイ」の構造は、ビキニ事件以後の文学状況におけるグロテスクな側面として記憶されなければならない。

こうした点をふまえて、本節が話題の中心に据えている昭和三〇年前後の社会を性をめぐる状況から俯瞰してみるとき、注目したいのは、昭和三二年三月に成立した「原子爆弾被害者の医療等に関する法律」をちょうど挟むかたちで売春防止法の公布（昭和31年5月公布、翌32年4月施行）と赤線廃止（昭和33年3月31日をもって廃止）がなされていることである。朝鮮戦争の特需によって経済が急速に成長しはじめ、昭和三〇年度の『経済白書』（昭和31年7月）が「もはや戦後ではない」と宣言したこの時代。売春に関する取り締まりの強化は、国家による性の管理であると同時に、家族という単位を主体としたモラルの再構築をめざしたものであり、様々なかたちで恋愛や結婚に関する差別・偏見を受けることの多かった被爆者／被曝者を援護する法律が整備されていくことと無関係ではなかった。穿《うが》った見方をすれば、それぞれの法整備は、反社会的な〈性〉を駆逐しつつ〈性〉の弱者を救済するという大義のもとに、〈性〉を秩序化し、国家が健全でまっとうな国民を養成していくための両輪だったのである。この頃の新聞記事をみると、長崎原爆の日を前日に控えた昭和三一年八月八日に、アメリカで治療を受けていた原爆乙女のひとり鈴木マサエ（17歳）が、遺書に「原爆ノイローゼ」という言葉を残して自殺する事件が起こっているし、同八月一八日には長崎で被爆した一九歳の女性が被爆者同士の結婚を親に反対されたために農薬を飲んで自殺する事件も起こっているが、そこから見えてくるのは、被爆者／被曝者を性的な弱者として固定したうえで、同情や配慮によって保護・救済しなければならないと考える「善意」、あるいは、被爆者／被曝者が世間の冷たい視線に曝されないように事実を隠蔽する「抑制」が、いかに人間の尊厳を傷つけるかという問題である。

中条一雄は『原爆と差別』（昭和61年7月、朝日新聞社）において、「ザ・レイプ」という小説を書いた作家・落合恵子がインタビュー（「朝日新聞」夕刊、昭和61年1月13日）のなかで、「強姦のバリエーションはたくさんあります。性別だけでなく、被爆者や在日朝鮮人、身障者などの弱者に対するあつかい、そして偏差値だって、弱者の立場からみれば強姦なのです」とコメントしているのを紹介したうえで、この小説は男（強者）が女（弱者）を力ずくで征服する犯罪にたちむかう女性の「告発の物語」といわれている。私は、落合さんの、被爆者を弱者ときめつけるこのような言葉をみたとき、率直のところ愉快ではなかった。弱い者に同情を寄せるのが進歩的な人であり、被爆者はそのような人たちから、単純にあわれな存在として見られ、軽々しくレイプの対象にされていること。そこまで弱々しい存在としてのイメージが固定しているのか、といった悲しさがあった。こんな考えのもとに、いわゆる作家といわれる人たちに、被爆者をフィクションの題材にされ、同情され、差別されてはたまらない。（中略）原爆に関しては、「放射線―気味悪い―後遺症―不幸―差別」といったパターンがある。それだけに、フィクションだからといって無責任に「こわい、悲しい、かわいそう」といった単なる表現のために、被爆者を気やすく題材に使わないでという思いが深い。

と批判しているが、こうした弱者への囲い込み＝秩序化が、「レイプ」という比喩によって語られていることは、昭和三〇年前後の被爆者／被曝者が置かれていた状況を考えるとき、きわめて示唆的である。彼らは、「進歩的な人」から「あわれな存在」と見なされることで、自らの意志によって性的世界を獲得していく自由を奪われているのである。

かつて坂口安吾は、「風流」（「新潮」昭和26年11月）のなかで、「私は残酷なことを考えた」と前置きしたうえで、「「これに比べると、原子バクダンのキノコ雲の方がたしかに美しいや。むしろ、明るいかも知れん」／こう呟いた私が悪魔なのではなかろう。日本は私にとってもフルサトなのだ。私は泣きぬれていたと云っても過言ではない。／私は無数の原子バクダンが祖国の頭上にバクハツするのを考える。着のみ着のまま生き残った人々が穴居生活をはじめる。ホラアナの中にカストリ銀座もできる」と記しているが、「無数の原子バクダン」によって、誰もがみな同じ立場で穴居生活し、そこに活気あふれる「カストリ銀座」ができあがることを夢想する安吾の言葉は、或る意味で、被爆者／被曝者を「あわれな存在」として囲い込むことの傲慢さを突いている。日本がいまだGHQの占領下にあり、被爆者／被曝者をめぐる活発な言論活動など考えられなかった時代にあって、安吾は、後の日本社会がそれ自体の秩序を形成するために、人々をどのように囲い込んでいくかを予測できていたのである。

また、川上宗薫は「企み」（「文学界」昭和30年2月）のなかで、メディアによって報じられた殺人や強盗が、事件そのものに対するわれわれの感覚をいかに鈍化させるかという問題を投げかけ、次のように表現している。原爆や被爆者／被曝者に関わることが直接的に語られるわけではないが、構造的には社会秩序が彼らをどのように囲い込んでいくかという問題と相似型となっているので、該当箇所を引用してみよう。

——そぼろに乱れる初冬の丈の高い枯草や灌木の中を縫い歩く時、進は、いつもある強い実感に襲われるのである。進は歩きながら、ふとこう考える。誰かが木蔭にひそんでいて、不意に自分に短刀でもつて襲いかゝるかも知れない。或はこんなことも考える。今、自分の家は襲撃され、母はもう息絶えているのかも知れない。しかし進の考えるのは、毎日の新聞記事としての殺人強盗の類のものではない。新聞のそれは疎漏な活字の網に濾《こ》された殺人や強盗の滓《おり》みたいなものである。それらの記事は凡て分つてみると、きつと筋道がたつている。金欲しさから、恨みから、恋の鞘当から、こんなことには我々は食傷気味なのだ。新聞によれば、金も物も取らぬ殺人は大抵恨みか失恋か発狂かに決まつている。これらは記事にされる途端に全く平穏無事な事件となる。確固たる人の世の秩序や定めから寸分外れていないのだ。だから我々の見聞きする事件は、結局、何一つ、殺人であつたり強盗であつたりするためしはない。我々は、水は流れ落ちたにも拘らず、網に残った滓を水と思う愚を、日々犯しているのだ。そうして、或日、真の殺人や強盗を眼前に体験しても、多年の間に盲とされた感覚は、遂にそれをも活字的に認識するに止まり、かくて、その鈍化した実感力が逆に働いて、殺人や強盗は止ることなく、犯し続けられてゆくのだ。進が待望するのは秩序の臭わぬ事件なのだ。

——凡ゆる企画性には秩序の悪臭がある。だが、進がこのような企てに思い至ったのは、一般の傍限には、この企てが不可解な行為として映るに違いないと思つたからである。進は自分の行為を、一般の立場から観覧して、享楽したかつたに過ぎない。我々の身近には、非秩序的な不可解な現象が、日々、種々、継起しているにも拘らず、人は、それらが、真の不可解事であるその故に、却つてそれを自明の事と看做すのに慣れ、反対に、一般の不可解とする心理のからくりを当込んでの贋不可解事を真の不可解事と思いこむものである。進の企図するものは不可解の贋造である。不可解を知る進に真の不可解を捻出できるわけがなかつた。精々贋造が手一杯といつた処である。不可解を解せぬ者の行為こそ、不可解事は屢々出来するものなのである。

ここで語られている事柄は、どちらも基本的に同じである。「我々の身近には、非秩序的な不可解な現象が、日々、種々、継起している」。だが、それがいったん「企画性」を備えると、まるで「自明の事」であったかのように見えてくる。たとえ真の殺人や強盗を眼前に体験しても、真の不可解事に遭遇しても、「人の世の秩序や定め」に慣れ親しんでいるわれわれには、それが実感できないというわけである。こうして、いつまでたっても「非秩序的な不可解な現象」としての事件を認識できないわれわれは、実感力の欠如ゆえにまた新たな殺人や強盗を繰り返す。これを原爆や被爆者／被曝者の問題に置き換えて考えるなら、われわれは、原爆の惨忍さと彼らの苦しみを自明化し、彼らを弱々しい存在に仕立てることで内的な秩序を維持しているということになるのではないだろうか。

だからこそ、川上宗薫は「秩序の臭わぬ事件」を描こうとする。「真の不可解」を知ることができないのであれば、それを「贋造」するしかないと考える。被爆者の女性を「占有」するために、わざわざ欺瞞的にふるまってみせる「夏の末」（前出）の主人公・紀彦にしても、水爆実験について「社会正義を代表する」言葉で議論する連中を侮蔑して、「現代の恐怖すべき事件」は「とっくに劇的性質を喪失してしまっていて、常に非常で殺伐なもの」でしかないと感じる「或る目ざめ」（前出）の「私」にしても、彼が描く原爆の残像は、「秩序の臭わぬ事件」に覆われている。ロラン・バルトは悲劇について、「人間のさまざまな不幸を集積し、組み立て、そして、それを必要性、一種の英知、あるいは、浄化の形に変えて正当化しようとする一つのやり方」と説き、こうした「悲劇的蘇生を拒絶し、悲劇に屈しない技術的方法を探しだすこと」[3]が急務だと述べているが、原爆を悲劇として完結させることを徹底的に拒む彼の姿勢もまた、ある意味では、ロラン・バルトがめざす批評的な態度に通じているかもしれない。

こうして川上宗薫は、おびただしい死をもたらした原爆の破壊力を、そこに残された人間たちが発散する生の衝動と重ね合わせるようにして描くことを徹底化した。その意味で、彼の手法は秩序からの離反そのものである。G・バタイユは『エロティシズムの歴史』（湯浅博雄・中地義和〔訳〕、昭和62年2月、哲学書房）において、「生とは噴出であり横溢であり、均衡、安定とは正反対である。それは爆発し枯渇する。喧噪に満ちた運動である。その果てしない爆発が可能なのは、ひとつの条件のもとにである。すなわち、使い古された有機体が、新しい力を持って踊りに参入してくる新たな有機体に場所を譲る、ということである」と述べ、生の衝動の本質には絶えず侵犯の匂いがたちこめていることを指摘しているが、彼が描く被爆後の長崎は、死と破壊がすべてを覆いつくしているがゆえに、新たに芽吹く生の衝動が比類のない輝きをもつような有機的な世界として立ちあがるのである。被爆後の長崎における男女の結びつきを、占領／被占領、あるいは、「ともぐひ」（平野謙・前出）という角度から射抜いていくこと。それこそ、彼が自伝的小説で実践しようとした方法である。ここではそうした認識の集大成として「残存者」（「文芸」昭和31年12月）をとりあげてみたい。

4　自分の在り方への「不如意」

「残存者」は、敗戦後、部隊から戻った主人公の昌造が汽車に乗って長崎に帰ってくる場面からはじまる。廃墟となった長崎を自分の目で見た昌造は、身内の生存に関する楽観的予測をあっさり棄て、家族全員が死んでいるかもしれないと覚悟する。そして「案外自分の気持が落着いている」のを訝《いぶか》りながら駅舎に降り立ち、見覚えのある女に出会う。「薄汚れた白い上衣と黒いモンぺという身拵え」に、「病み上りのよう」な表情を浮べて立ちすくむ女は、自分に注がれている視線に気づいて「心もち肩をそびやかして挑むような眼つき」をする。彼女は、荒んだ暮らしに疲れているはずなのに、男の軽々しい視線を撥ね退ける眼光だけは持ち続けようとするのである。

この女が、通学の途中で毎日のように顔を合わせていた女学生だったように思えてきた昌造は、「不自然なまでの親近感を覚えてくる自分を怪しみながら」女に近づく。そして、こんな感情を抱く。

――この女が美しくなかつたとしたら、昌造は、果して、さりげなく知らぬ振りで過す積りであつただろうか。いや、この時の昌造には、多少とも覚えのある顔であれば、凡て懐しく頼もしく思われたにちがいなかつた。けれども、こんな場合でも、若い心というものは面子《めんつ》にこだわるものである。だから、昌造は、女が美しいから自分の女に抱く親近感は募るのだ、と思いたかつた。幾らかはためらいながらも、そう胸の裡にうそぶいてみると、昌造の胸には、俄かに、荒々しい自由な感情が猛つてくるようだつた。

彼女が本当にあの女学生だったのかはわからない。もちろん、いま目の前にいる女のなかには、あの頃の潑溂とした面影が失われつつある。だが昌造は、「女が美しいから自分の女に抱く親近感は募るのだ」と自己暗示をかけ、そういう荒々しい感情を猛らせることに「自由」を感じる。そして、人違いだといい張る女にあれこれと長崎の様子を尋ね、女の気持ちを解きほぐす素振りをしつつ、次の瞬間には女を無視するようにひとりで歩きだす。家族全員を原爆で亡くし、知り合いの家で世話になっているものの、生活のなかにさしたる希望も持てないでいる女は、そんな昌造のぶっきらぼうさに興味をもち、「途切れ途切れに脈略のないことを口走つて」彼のあとをついていく。二人は、通俗恋愛ドラマの主人公たちのように出会い、微笑みを交し合うのである。

だが、一緒に歩きはじめた女を至近距離から眺めた昌造は、彼女の異様に薄い髪が原爆症によるものであることを、いまさらながらに思い知らされる。「昌造は直接原子爆弾に見舞われた女の体験の重さもしくはその質に就いて想像する上に必要な最小限の知識すら持ち合わせていなかつたからである。（中略）女の髪のうすれは原子病の症状であつた」。昌造は、原子爆弾の放射能を浴びるということが何を意味し、ひとりの人間にどれほど重い体験としてのしかかるかということに関する「最小限の知識すら持ち合わせていなかつた」自分を、ほんの少しだけ恥じるものの、その感情を一過性のものとして処理し、自分が女に淡い気持ちを抱いたのは「古い物語りや映画などに影響された情緒」への期待があったからだと納得する。そして、女に声をかけた自分の心理を次のように掘り下げる。

——広場を抜け、左に曲ると、急に、腐臭が昌造の嗅覚を圧してきた。その匂いはどこまでも続いた。何の匂いか昌造は女に訊ねようかと思つたが、それは断念した。明らかにまだ残つている夥しい屍の腐臭にちがいなかつた。顔のそこだけ蒼白い女の額の生際が汗ばんでいるのを横に見ながら、昌造は、一人よりは二人がよい。若い女であれば尚更よい、と思つた。二人だと、沈潜しようとする気分が、ある点で制せられ、理由もなく、軽くなる。肉親縁者が悉く死に絶えていたとしても、それが必ず不幸でなければならぬ訳はなかつた。奇妙にも、遠隔の土地の大火事を見物するために急ぐあの野次馬の無責任な嗜虐的な感情に似たものを自分の胸の中に幾らか見つけて、昌造はその処置に窮する思いがした。けれども、そんな困惑を意識すると、尚更、それに対抗するように、自由な気分は募つてくる。全く過去と絶縁された今からは、一切の筋書が勝手気儘につくれるとでもいつた気持であつた。

強烈な死臭があたりに漂うなかで「残存者」としての自分を意識する昌造は、対岸の火事を見物する野次馬のような無責任さで廃墟を眺める。そして、こうした嗜虐的な感情があることに困惑しつつも、自分は過去と絶縁されたのだという自由な気分に浸る。昌造にとっての女は、ある意味で、そうした気分を持続させるための道具立てに過ぎないのである。たしかに、原爆そのものを体験した人間の多くは、想像を絶するような苦しみのなかで死んでいったかもしれない。だが、自分は「残存者」としていまもこの世にあるのだから、死んでいった人間たちの苦しみに思いを寄せ、それを引き受けて生きていく必要はない。そんな安易なヒューマニズムを押しつけられるのなら、いっそのこと、肉親縁者を亡くした人間を「必ず不幸でなければならない」と決めつけるような視線そのものに反撥して、徹底的なエゴイストとしてふるまってみせよう。彼は、それこそが「残存者」であることの責任だと確信している。

だからこそ、この小説の語りは、なんの前提もなく昌造に感情移入して彼の内面に寄り添いながら世界を観察するようなスタンスはとらず、エゴイストとしてふるまう昌造と同じように、そのとき女が抱いていた感情を並行的に描く。ひとつの出来事を男の側と女の側から二元的に捉えることによって、二人の男と女の関係性における非対称的を際立たせようとする。たとえば、さきに引用した場面に限っても、昌造が様々な思いをめぐらせているあいだ、女の内面は次のように語られている。

——髪が抜けてきた。朝眼が醒めるごとに女は自分の軀を調べ、斑点の無いことを確かめた。斑点が現われることはそのまま死の予兆として、人々の間に流布されていた。女は、いつも、明日になればその斑点が現われるかも知れない、と思って暮していた。長崎の至る処に、死に瀕している原子病患者がいた。そういうことがいつも女の頭にあったので、女は、やがて来るかも知れぬ己の死を異変として感じとることができなかった。女は、この日、ふらふらと何という目当もなく誰か知った人とでも会うかも知れぬと思ってやってきた。そうして、昌造と出会った。昌造が、女には、新鮮な晴れやかな存在として映った。晴れやかな存在に照らし出されてみると、女は、自分に死の匂いが迫っていることを初めてのように感じた。死の観念は、まつわる一切の装いを脱いで、端的に姿を現わしてきた。今、女は、寛いだ胸の中にも、今までになく、来たるべき死を切実に握りしめていた。死に怯える人間は、平凡な生活の一こま一こまも過去のでき事を顧みる時に伴う一種劇的な感覚でもってうち眺めるものなのかもしれない。女はこうして見知らぬ男と歩いている自分を、あの過去の事々に対する時の感覚にくるんで、哀しい安らぎを覚えていた。自分が今日、外出したそもその気持が求めていたのはこの感覚であったのかも知れない。女はそうおぼろげに感じ当てていた。

死に瀕している原爆症患者があまりにも多いため、「やがて来るかも知れぬ己の死」を「異変」として感じとることができずにいた女は、昌造という「新鮮な晴れやかな存在」と出会い、そこから逆照射されることで死を切実に握りしめるようになる。死に怯える自分のなかに、過去の平凡な生活を「劇的な感覚」で眺める自分を発見する。そして、いま「見知らぬ男」と一緒に歩いている自分をそうした「劇的な感覚」にくるむことで「哀しい安らぎ」を覚える。あまりにも異常な出来事に遭遇したがゆえに驚く心を失っていた女は、昌造との間に芽生えつつある緊張感によって、たとえ一時であっても、自分という存在を新たに更新していくことの悦びを取り戻すのである。

こうして、原爆を体験せずにすんだ「幸福者」でありながら、心のどこかに「漠とした不安と焦燥」を感じている昌造と、原爆ですべてを失い、自分もまた迫りくる死に怯えている「不幸者」の女は、まったく異質のものが擦れ合うときの摩擦によって炎が生じるように、お互いを照らし合い、それぞれが感情の振幅を強めていく。それは決定的な立場の違いであり、中途半端に共有される要素がどこにもないがゆえに、ある意味でお互いを対等にする。川上宗薫は、もともと、誰にも凭《もた》れかからず、自分ひとりで立っている人間であり続けることを信条とし、小説のなかでも自分ひとりで立っている人間を描き続けようとした作家であるが、こと原爆という問題をめぐっては、被爆者／被曝者を「弱者」（＝まなざされ、手をさし延べられ、可哀想がられる存在）とし、直接的な被爆を経験していない者を「強者」（＝まなざし、手をさし延べ、可哀想がる存在）として固定化するような図式を壊し、それぞれが対等に自分を中心化していくような関係を描こうとしている。彼は、記憶の継承や未来への警告といったスローガンに象徴される大義名分をもって原爆を記述するようなことはしないが、それを経験した人間と経験していない人間のあいだに絶対的な仕切りを設けることで、むしろ、お互いが対等でいられる関係を描くことに賭けているのである。

女とともに爆心地にほど近い自宅跡に向かう昌造は、やがて、自分のなかに「孤独とも自由ともつかぬある感覚」が拡がっていることに気づく。そして、「感傷にしろ、思い出にしろ、それが培養されるためにはそれなりの書割を必要とするのかも知れない。昌造はこの時、感傷や回顧に一向に唆《そその》かされぬ自分にむしろ戸惑った。人間は、どんな場合でも、己の立たされている情景に己を似せようとするのだろうか」と考えながら、目の前にいる原爆症の女を強姦したい衝動にかられる。

何げなく振向いた昌造の眼に、女が、髪を風に吹かれて、地にさしこまれた竹の棒を見つめていた。女を見たことで急に、昌造は、自分がここに来た意図を改めて自分に問うてみた。そうして、不意に、問いに対する答えとすり替えられる工合に、怪しく燃えるものを自分の軀の中に覚えた。いかに感情を動かすべきか、いかに振舞うべきか方途のつかぬこの場合、この昌造の肉体の想念は、自分へ心中だてするもっとも手近な演技であつた。この辺りには、人影がないこと、そうして、半壊のタイルの浴槽の向う側が、燃えかすの堆積との間に、地形を窪ませていることなどを、昌造は眼ざとく検べ確かめた。あそこに女を引入れればよい、と思つた。／昌造の顔が再び自分に振向いた時、女は、昌造に男を感じた。けれども、危険感は抱かなかつた。待ち設けることも身構えることもなかつた。何をされても自分は抵抗しないことだけがはつきりわかつていた。／昌造は、やがて女から眼を逸らした。昌造は、当初から想念だけで終ることを知つた上での想念であつたような気がした。行動に移るのは億劫だつた。しかし、女が抵抗する気配を見せれば、荒々しいものに魅せられて、昌造は、女の軀に挑んで行つたかも知れなかつた。この時の昌造の心の動きは道徳とは何ら関係がなかつた。

この場面を、男性の女性に対する性暴力を正当化しようとする醜悪な記述として糾弾するのは簡単である。

「道徳」的に考えれば、暴力や威圧によって相手を屈服させようとする主人公の異常性そのものが問題にされるはずである。だが、ここでみなければならないのは、行為そのものの「道徳」性ではなく、昌造がどのような「心の動き」によってそうした衝動に駆り立てられているかである。昌造が「想念」のなかで犯そうとしているものは何なのかということである。また、ここでの昌造が女を原爆症の患者とみなす意識が完全に消失していることにも注目したい。昌造は、原爆症に付随する様々な「書割」を括弧でくくり、ただの雄と雌という次元で相手に「挑んで」いこうとしているのである。

「残存者」には、昌造がこのような衝動を覚える直前の場面にひとつの重要な伏線が張られている。それは、二人が浦上駅跡にさしかかったときに見かけた、きわめて敗戦後的な光景である。

——爆音が近づき、白人水兵の分乗した何台かのトラックが徐行しながら傍を通り抜けて行つた。昌造は、何年ぶりかに白人を眼にするもの珍しさと、彼らに抗わねばならぬような気分的強制からくる工合わるさとの混つた妙な気持であつた。トラックの上の水兵たちは、喚声を女の上に浴せて、次々と過ぎてゆく。最後のトラックが過ぎた。そのトラックから何かが二人の方に投げられた。遠ざかるトラックの上に好奇的な眼が並んでいる。昌造の視野の端で人影が動いた。昌造はその方を見た。赤ん坊を背負つた内儀風の女が、紙に包まれたものを拾つていた。板チヨコか何かのようだつた。赤ん坊が俄かに泣き喚いた。その女は腰を伸ばした。腰を屈めた直後のせいか、その女の陽灼けした顔は、いつこくな感じに充血していた。中年女は遠のくトラックに向つて叫んだ。／「父ちゃんも坊主も死んだじゃなかか」

この後、昌造は、女が手にしたチョコレートをもみくちゃにして下駄で踏みにじるのを目撃する。そして、白人に対して何の怒りも示さなかった自分の無為を誇《そし》られるのではないかという圧迫を感じる一方で、その女の振る舞いに、なんともいえない「神経の鈍感さと誇張された感情」を見たような気になる。大声で白人を罵倒した女の方が、自分と一緒に歩いてきた女よりも、精神の痛手からかなり回復しているようにさえ感じる。だが、果して次の瞬間、赤ん坊を背負った女は踵《きびす》を返して自分が踏みにじったチョコレートを拾いあげ、昌造たちにチラッと卑屈な眼を向ける。そして、もう一度、トラックの消え去った空間に向けて罵ったあと背中の赤ん坊に甘い声をかけて、泥を払った中身を握らせる。

昌造はこの光景に衝撃を受ける。「自分の意識からある飾りのようなものが剝げ落ちる」のを感じる。そして「中年女の中に誇張を見たと思ったその自分の心の方に、この焦土にそぐわぬ歪みがある」と感じる。昌造のなかに傍らの女を強姦しようという「想念」が芽生えるのはこの場面の直後である。昌造は、自分のなかに「この焦土にそぐわぬ歪み」があることに気づかされ、その「歪み」が内側に鬱屈していく嫌悪感を払拭するかのように、女への衝動を募らせるのである。

さきにも言及した通り、「敗戦直後の日本で「アメリカ」は、尊大なマッカーサーが見事に演じてみせたように徹底して男性的な家父長の役まわりを演じていた。（中略）この絶対的な家父長を前に、「日本」は急速に去勢され、いわば「女性」化されていった」（吉見俊哉「〔総説〕冷戦体制と「アメリカ」の消費――大衆文化における「戦後」の政治学――」、『岩波講座　近代日本の文化史9　冷戦体制と資本の文化』平成14年12月、岩波書店）経緯をもつ。占領期の日米関係を俯瞰するときにしばしば用いられるように、戦後の日本社会は、力強い家父長としてのアメリカが誇示する〈父性化〉・〈男性化〉を前に、屈服をしいられた日本を〈幼児化〉・〈女性化〉させていくような見立てが多い。「去勢」された日本は、アメリカの寵愛を受けるために様々な媚態を演じながら復興を推進したというわけである。そして、このレトリックは、広島と長崎に投下された原爆にも適用され、原爆はアメリカの「男性」性を決定的に見せつけることによって日本を「去勢」し、おとなしくさせる役割を果たした、と合理化される。すなわち、原爆のおかげで日本は意味のない本土決戦を断念し、それにともなって莫大な犠牲者を出さなくて済んだ、というわけである。こんな詭弁は、もちろん戦後のGHQがつくった占領者の論理にすぎないが、ともかく、そのようにして原爆は神話化され、日本がアメリカを非難することができない仕組みをつくりだしたのである。

そして、それはある意味で、強姦という行為に及ぼうとする男たちが自分を正当化するために用いるいいわけ、あるいは、自分の女を犯された男が女に向かって投げつけるやり場のない怒りに似ている。痛めつけられる側への想像力をもたない強姦者は、恐らく、〝俺はお前のことが憎くてあんなことをしたんじゃないんだ。俺の気持ちをわかってくれ〟と嘯く。傍観者の多くは事件に深く関わることを忌避し、〝不運な出来事だと思って早く忘れた方がいい〟と諭す。

あるいは、自分の恋人や家族を犯された者のなかからは、こんなふうに罵る男が出てくるかもしれない。〝どうしてもっと抵抗しなかったんだ〟と。小嶺敦子は、強姦された女に対する男たちのまなざしを「レイプ神話」とよび、「被害者側に落ち度がなければ加害者は強姦しなかった」、「本当にイヤな行為に対しては最後まで抵抗し防御できるはずだ」（小嶺敦子「〝レイプ神話〟を追いつめる」、「文芸春秋」平成8年8月）という認識を潜在的にもっている男がいかに多いかを告発しているが、原爆に関してアメリカがつくりだした詭弁もまた、それと同様の論理構造をもっているのである。

チョコレートを投げた白人たちと、彼らを罵りながらチョコレートを拾って子どもに与えた女のエピソードは、こうして、犯す側としてのアメリカと犯される側としての日本が縮図化された光景となり、必然的に、そこに立ち合った昌造にも舞台への登壇を促す。ここでの昌造は、自分の女を強姦された男という役割を演じさせられることで「去勢」された日本の隠喩になるのである。

昌造が原爆で痛めつけられた女を「想念」のなかで犯そうとするのは、そうすることで「去勢」された自分の身体に荒々しい力をみなぎらせ、自分を自分という軌道にしっかり乗せようとしているからにほかならない。「去勢」されたままおめおめと生きていくことが、とてつもなく羞しいからにほかならない。作家・富岡多恵子は鶴見俊輔との対談「強姦についての私の考え」（「思想の科学」特集〈強姦論〉、昭和60年4月）のなかで、「男は、自分の恋人なり奥さんなり、一番愛してると思ってる人が、自分の目の前で暴力でそれをやられた時に、どういう心情を持つだろうな、ということに私は非常に興味がありましたね。その男が強姦を事故と割り切れるかどうか」、「その後一緒に暮らしたりする場合、その事故を心理的にどういうふうに始末していくのか」と発言しているが、川上宗薫が「残存者」のなかで突きつめようとした問題も、ある意味ではそこに関わっている。原爆によって傷つき、死の影に怯える女と一緒に歩き、心を通わせていくなかで、昌造は、自分がその女とどのように関わっていけるのか（あるいは関わっていけないのか）という問題を鋭く突きつけられるのである。

ばらまかれたチョコレートを介して、占領者としてのアメリカが保持している圧倒的な権力性を見せつけられた昌造は、自分を猟奇的な衝動へとかりたてることによって、目の前の生きものをひとりの女として直視しようとする。ここで肝心なのは、実際の行為としてのそれではなく、自分の在り方に関する「想念」の問題である。

川上宗薫は、第一創作集『或る目ざめ』（前出）を刊行したとき、「あとがき」に、

僕は、いつも、一つの作品を書き了ると、次の作品は永久に書けないかもしれない、という不安におそわれる。だが、今まではまだそういうことはない。力は力を呼び必要は必要を呼び、その新たな力、新たな必要が次の作品を書かせてくれるらしい。／僕には一つの予感がある。ちようど、用事をすましたところに予定にはなかつた新しい用事を思い出し、チラと時計に眼を走らせるような工合に、僕も、あと生きる時間が

残り少くなつたそんな時に、急にやらねばならぬ仕事を思いついて慌てて人生の目もりを読む時がくる予感がある。／僕は、いつも、自分の軌道にのつていない気がしてならない。自分の在り方に甚だ不如意を感じている。だから僕は書いている。唐突な言い方かもしれないが、僕は人間の一人として僕以外には絶対になれないということ、僕が必ず死ぬということ、そういうことが羞しくてたまらないことがよくある。

と記したが、「残存者」における昌造もまた「自分の在り方に甚だ不如意を感じている」人間なのである。だが、この後、自宅跡にたどり着いた昌造は、「御両親、御弟妹の御遺骨受取願います」と書かれたメモが竹の棒にぶらさげられているのを見つける。そして、「今自分が置かれている立場が一切明瞭になつたことで、却って、収拾のつかぬ心に追いやられて」いく。そういう自分を見られていること自体が厭で、女を憎むような素振りをする昌造に対して、女は、「家族を失つただけの、我が身は少しも傷ついていない青年」の幸福を壊さないためにも、自分は青年が去つたあとで帰ろうと、乾いた心で考える。そして、昌造の煙草を一本だけ吸わせてもらい、烈しく咳き込む。「疲れたわ」とかぼそい声を出す女を放っておくことができなくなった昌造は、つっけんどんに女を背負って坂を下りていく。小説のラストシーンには、次のような場面が用意されている。

「紐《ひも》をつかんでて、な、首が痛いから」／昌造は、こう言つて歩き始めた。女の風に靡《なび》く髪が首筋にかかり、昌造は、女の匂いを嗅いだ。不意に、男の肩に顔を伏せて、女はクツクツと低く笑いを忍ばせた。今の自分とこの青年の間に起つているようなことが、何千年の昔から幾度となく繰返され、今また、自分らがそれを踏襲している、とでもいつた女の気持だつた。そういう気持の中では、原子爆弾も原子病も、殊更取り上げれば大仰になりそうな気がして、一度笑つてみると、尚更笑いを抑えることができなくなつた。咳きこみながら、女は、哀しい心の寛ぎを覚えていた。（中略）／女は、昌造の肩に頬を寝かせて、眼の上に吹かれ靡く自分の髪に瞳を当てている。風が一際募つてきた時、昌造は、また、前向きのまま声を荒げて言つた。／「紐を持つてなきやあ、紐を」／こういう間だけ、二人の心は一つに溶け合つているようであつた。けれども、ひどく危つかしい溶けかただつた。明日の朝、いや、僅か一時間後のことに就いてさえ、自分らがどこにいて、どうしているのか、などということを二人は考えようとしなかつた。この二人には、一時間後の自分たちに就いて思い廻らすことは、死後のことを考えるのと同じくらい遠い先のことに思われていたからである。

こうして二人は、「原子爆弾も原子病も」ことさらに取り上げるほどでもないような自由な気持ちになる。先のことは何も考えずに、いまをいまとして享受しようと思いはじめる。原爆を体験し、身体が原爆症に侵されていくことに怯えて生きている女と、自分だけが無傷のまま生き残ったと考えている男は、体験の共有でもなく、記憶の継承でもなく、ただ「何千年の昔から幾度となく繰返され、今また、自分らがそれを踏襲している」という感覚のなかに安住しはじめる。このとき、ついさっきまで彼の内面を覆っていた猟奇的な衝動と女が怯えていた原爆症への恐怖は、まるで相殺されるように跡形もなく消滅し、二人は、「今」という「ひどく危つかしい」瞬間に身を委ねる。

体験というものを、その当事者ですら言語化できない何かだと考える川上宗薫は、それまでにも、原爆の体験を過去から未来へと引き継がせようとする夥しい言説と距離をとり、個人の問題をヒューマニズムの問題にすり替えようとする動きに烈しく毒づいてきた。彼にとっての原爆とは、誰にも予測することのできない破滅の出来事であり、それがのちに原子爆弾と名づけられ、体験者の証言によって様々な事実が明らかになったときに私たちが知ることになる事後的な認識とはまったく違うものであった。このラストシーンには、そうした認識が寓意的に示されているのである。

「残存者」には、広島・長崎が蒙った空前絶後の出来事をめぐって、語り手が原理的な説明をする場面があり、

――原子爆弾は、奇蹟への信仰を、その程度の差こそあれ、その被災地の住人達に植えつけてしまったのである。人類の誕生以来、原子爆弾を体験した都市は地球上に二つしかない。それをある時ある場所で人が体験できる確率は、万が一という文字通りを遥かに超える僅少なものである。だから、原子爆弾に見舞われた人は、殆ど当ることが不可能なクジに当つたようなものだ。それだけでも、充分当つた当人には一種の奇蹟となりうる、だが、そういう奇蹟はあとになつてみれば原子爆弾だつたと知らされることが前提となつているのである。だがここに言う奇蹟への信仰とは、あとで知つた原子爆弾から生れるのではない。何万何千の人命家屋を粉砕する得体の知れぬ力が全く唐突に落下してきたその事に由来したものなのである。人々は、自分の家が、会社が、学校が、工場が直撃弾を喰つたのだと思つて、塵埃の中に起き上り這い出してみると、薄暗さの中に、眼の届く限りが壊滅して、妙に赤味を帯びた炎が燃えさかつているのを見たのである。原子爆弾と知るまでのあの何日間かの体験から、人々は原因も分らぬ想像もつかぬ一大事件というものが突発しうることを知つたのだ。あとからなされるいかなる合理的な説明も、この認識を完全に払拭することは不可能である。この点に関する限り、原子爆弾被災地はいかなる他の空襲被災地に対しても己の特異性を主張しうる。この意味では、今後落下されるかも知れぬ原子爆弾があるとしても、また、それがいかにこの当初のものとは比較を絶した威力を持つていようとも、それは、長崎や広島の原子爆弾とは全く別個の単に威力の大きい爆弾に過ぎぬであろう。

という説明がなされるが、この言説をふまえていうなら、川上宗薫にとっての原爆体験とは、「いかなる合理的な説明」によってさえも払拭することのできない突発的な出来事がこの世にはあるということを知る体験である。

だからこそ、「残存者」における昌造は、女の体験と自分のそれが絶対的に乖離しているという事実から目を背けず、相手のなかに自分が踏み込むことのできない聖域があることを自覚したうえで相手を自由にしてやる。原爆のことを語りたければ語るがよいし、沈黙したければ沈黙すればよいというかたちで、相手にニュートラルなポジションを与え、自分も同様にする。そして、決定的に違ってしまっているふたつの軌道が、たまたま「いま」という地点で重なり合うことの悦びを存分に味わう。ここでの昌造は、被爆者もまた自由なのだということを、身をもって体現しているのである。

5　「失神派」作家としての矜持

昭和三〇年までの間に、「その掟」（「新表現」昭和29年6月）、「初心」（「三田文学」昭和29年11月）、「或る目醒め」（「群像」昭和30年6月）が三期続けて芥川賞候補となりながら、結局、落選を続けていた川上宗薫にとって、この「残存者」をはじめとする原爆を題材とした小説を発表していくことは、ひとつの賭けだったにちがいない。たとえ間接的にであろうと、原爆で廃墟になった長崎と、そこに生きる人々と接触していた経験をもっていることは、作家としてひとつの武器であり、それを書くことで自分の殻を脱ぎ棄てようというもくろみもあっただろう。だが、彼は結局この賭けに敗れる。そして、原爆はもとより、純文学そのものと絶縁する。「文学をよそうと思う」（「新潮」昭和33年6月）は、文字通り、純文学からの撤退を宣言する文章である。(4)

――ボクは芥川賞が欲しくてならなかったくせに、芥川賞に権威だけはなんとしても認めるわけにはゆかなかつた。それは戦時中「気をつけ！」と号令をかけられる時のひどく屈辱的な気持に似て、ボクは芥川賞を考える屈辱に耐える工夫をしなければならなかった（中略）芥川賞という書割の前でボクは声を出して、ボクの事態の真相を確かめる必要があつた。ボクは四回目の芥川賞候補になるボクに期待をかけていた。（中略）ボクは受賞の言葉を用意し、写真のポーズや表情まで考え、友人たちに読んできかせたり、姿勢をとつてみせたりした。フラッシュが焚かれる。瞼の裏面に眼螢が浮く。「もう一枚撮りますから」俯向いたためにやや顔面を充血させたカメラマンが口疾にそんなことを言う。ボクはそういう場面を退屈な上厠や寝床の中で想像したりした。

原爆による家族の死や、原爆症の不安をほぼ実話のまま小説化し、自信をもって発表したにもかかわらず、それらは芥川賞候補にすらならなかった。そんななかで、石原慎太郎、大江健三郎、開高健といった若き才能が登場し、自分はどんどん埋没していく。「ボクは必ずしも悪い作品を書いてはいないのに芥川賞と縁を切られてしまつた。それまで新人群の先頭をきつて峠に向つているつもりだつたのが、いつしか下り坂にさしかかつているようなのをボクは自衛本能の足裏に感じていた」。「ボクは、ボクの醜悪によつてボクの愛するとり残された現実になりかわつて、話題的現実に一泡吹かせてやつているつもりなのだ。それに、なにせ醜悪はボクの手に合つている。世界一等のエヴェレストにしてみても、写真の中に定着されてみると、それだけのものでしかない或る欠除感があるではないか。第一等のものから受けるボクの印象には常にそういう欠除感があり、具体的迫力とは却つてその欠除感に原動力を持つているものらしい。ボクにとつて現実は欠除に充ち充ちて、ボクは、その欠除の断片のきらめく洪水の中を泳ぐか溺れるかしなければならないのだ。それも、ことさらぶきつちよにである」。

純文学作家としての華々しい世界から置き去りにされた川上宗薫は、その「欠除感」そのものを問題化し、エロスの領域を極めることで生々しい人間の姿を捉えるようになる。長年にわたって勤めていた高等学校教師も辞め（昭和35年）、ハイティーン向けのジュニア小説を経て、昭和四三年頃からは現代人の性を赤裸々に描く官能小説に転じ、「失神派[5]」と呼ばれるようになるのである。

「失神派」作家として絶頂を極めた川上宗薫は、その後、原爆について言及することが少なくなるが、そんななかで唯一、『夜のブーケ』（昭和48年1月、新潮社）という官能小説には、「宮永の父は、長崎でプロテスタント教会の牧師をしていた。／原子爆弾が長崎に落ちた時、宮永は、母や妹たちを失った。／彼の父親は生き残った。原爆を受けて生き残った牧師というのは、世界中でも、おそらく宮永の父一人かもしれなかった。ほかにも、おそらく広島や長崎で被害を受けた牧師家庭はあっただろうが、全滅してしまって、生き残っている者がいない。／だから、アメリカの教会の信者たちから送られてくる物資は、宮永家だけに集まることになったのである」という、かつての自伝的小説を髣髴させる描写がある。だが彼は、ここに大胆不敵などんでん返しを用意し、原爆という言葉を性エネルギーの隠喩にする。

　宮永は、とうとうその日は古川紀代の体を抱けずじまいに終った。／古川紀代が、蛙がつぶされるような声を出したのは、宮永と十度目くらいのデートの時だ。／明らかに反応がちがっていて、すさまじい声が紀代の口を衝いて出たのである。その声の中に、宮永は、紀代が今覚えているただならぬ感覚を確かめていた。／紀代の背中にはうぶ毛が渦を造っている処があった。その渦を見ながら行うのも宮永は好きだった。／ベッドの枕許の木枠に手をかけて、反動を使って行うのである。それは、犬のスタイルと同じものだが、反動を使う処が犬とはちがっている。／宮永は紀代に、そのやり方のことを「原爆落し」といっていた。／その「原爆落し」に移ると、俯伏せになった紀代は顔を左右に振り始める。／日曜日午後一時に紀代に会うと、別れはいつも夜の九時ごろになった。

女をエクスタシーに導くための体位を「原爆落し」と名づけること。それは、原爆を人類の敵とみなし、その悲惨さを訴える人々にとっては不謹慎きわまりない言葉の暴力に映るだろう。また、原爆に関するこうした比喩は、プロレス技にも登場し、様々なメディアのなかで巨大なエネルギーの表象として用いられるようになるが、まさか、原爆によって家族を喪い、自身も原爆症の症状があわられることを極端に怖れていた川上宗薫が、こんなことを書くとは、と呆れる声も聞こえてきそうである。だが、ここで彼が狙っているのは、原爆という言葉を悲惨な出来事として語ることを自明化し、それ以外の文脈に用いることを不謹慎だと考えるような禁忌の押しつけ、あるいは、現実そのものと言葉の表象を同じレベルで考えようとする乱暴な議論への抵抗である。何かを体験することと、何かを語ることとはまったく違う次元の問題であり、それを恣意的に接続させて過去と未来の間に筋道をつけることは、ひとりひとりの存在を抹殺し、人間というものを抽象化していくことに他ならないという主張である。

かつて、ビキニ事件が起こったとき、被爆者/被曝者に注がれる同情のまなざしが逆に被爆者/被曝者を性的な場所から遠ざけ、結婚や恋愛の自由を奪うかたちで作用したように、原爆という言葉を聖化することは、言葉を遣って生きている人間を逆に不自由にする。だからこそ、彼はわざわざ官能小説のなかで、原爆で生き残った主人公が「原爆落し」で女をエクスタシーに導く様子を描くのである。その意味で、川上宗薫は、純文学と官能小説の間をひとつの一貫したスタイルで跨ぎきった稀有な作家だったといえるかもしれない。

【注】

（1）「西日本新聞」（昭和24年12月29日）によれば、この懸賞論文の応募総数は九三四点。一等は該当者なし、二等二編、三等四編。三等に入った川上宗薫は賞金一〇〇〇円を獲得している。ただし、この論文が活字化された形跡はないし、自身も随筆「どうでもいいことばかり」（『待ちぼうけの自画像』前出）のなかで、「その論文は活字になることはなかった」と回顧している。また、同回想によれば、大学二年生くらいの頃、「朝日新聞」の「声」の欄に投書して採用されたのが初めての活字体験だということである。ちなみに、「九大文学」の昭和二四年七月号には「川上翠雨」の号を用いた俳句が掲載されている。「おどろき」という題で一〇の句が並んでいるが、その第六句と第七句の間に「浦上天主堂跡（一九四六年三月）」という小題が入っていること、および、この時期の「九大文学」が実質的に川上宗薫の所属していた学友会文芸部の機関誌だったことを考えると、この句も同氏の創作である可能性が高い。

（2）昭和三二年に制定された原爆医療法（「原子爆弾被爆者の医療等に関する法律」として改定されたのち、平成7年7月、新援護法制定にともない廃止――筆者注）では、被爆者の基準が、「1直接原爆被爆をうけたもの（一号被爆者）、2原爆投下後、二週間以内に爆心地にはいったもの（二号被爆者）、3被爆者を看護したり救援活動にあたり被爆したもの（三号被爆者）、4原爆投下後、被爆者の胎内にいたもの（四号被爆者）」と定められているが、昭和三〇年前後になされた法整備の過程で問題になったのは、被爆者を両親またはどちらかにもち、両親またはどちらかが被爆後に命を授かった者、あるいは、母親の胎内で被爆したのちに生まれた者たちをどのような基準で被爆者と認定するかであった。彼らは一般的に被爆二世（第五の被爆者）とよばれる。全国被爆二世団体連絡協議会、原水爆禁止日本国民会議［編］『被爆二世の問いかけ』（平成13年7月、新泉社）によれば、この被爆二世は「全国に三〇万人とも五〇万人とも」いわれ、「被爆者と同じような苦しみ、悩み、被爆者が放射線の急性放射線障害に苦しみ、後遺症に苦しみ続けている一方で、被爆者の苦しみはそのまま未来世代へと引き継がれてきている」という。本節では、そのような人々を「被曝者」と表記している。

（3）Poole, Tragedy: Shakespeare and the Greek Example.　なお引用はテリー・イーグルトン『甘美なる暴力』（前出）より。

（4）実際には、「文学をよそうと思う」を書いたのちにも、二度、芥川賞候補になっている。「シルエット」（「文学界」昭和34年7月）と「憂鬱な獣」（「新潮」昭和35年5月）がそれである。しかし、川上宗薫の場合は、それらも受賞には至らず、彼の文学的転向をさらに促進させる結果になる。

（5）永田守弘『教養としての官能小説案内』（平成22年3月、ちくま新書）より。同書では川上宗薫の官能小説の特徴を、「男は女体を楽しみながら、性技を発揮して、女を絶頂に導く。それによって女が悶えまくり、あげくに絶頂をきわめて失神する情景が特徴的に描かれた」と説いている。また、川上宗薫自身も、『失神する本　マジメ人間読むべからず』（昭和43年8月、徳間書店）などの著作で「失神」へのこだわりを語っている。

第二節　〈金の卵〉たちへのエール——松本清張『半生の記』を読む

1　自叙伝の方法化

『半生の記』は「回想的自叙伝」と題して雑誌「文芸」（昭和38年8月〜40年1月）に連載され、大幅な改稿を経て単行本『半生の記』（昭和41年10月、河出書房新社）にまとめられた。その後、この初刊版は『半生の記』（新潮文庫、昭和45年6月）、『松本清張全集　第34巻』（昭和49年2月、文芸春秋）に所収されたが、「〈自叙伝〉雑草の実」の連載（「読売新聞」夕刊、昭和51年6月16日〜7月9日、『自叙伝Ⅰ』昭和52年3月、読売新聞社）にともない、その抜粋を本文巻末に加えた増補決定版『半生の記』（昭和52年5月、河出書房新社）が刊行されている。[1]

　フィリップ・ルジェンヌが『自伝契約』（花輪光〈監訳〉、井上範夫・住谷在昶〈訳〉、平成5年10月、水声社）のなかで、自伝とは「実在の人物が、自分自身の存在について書く散文の回顧的物語で、自分の個性的生涯、特に自分の人格の歴史を強調する場合を言う」と定義し、作者と語り手と主人公の同一性こそが自伝の出発点であると述べたように、この自伝小説の基調をなすのは松本清張という作者が自分自身の半生を回顧的に語るスタンスである。だが、その一方で、この小説では松本清張《せいちょう》という作家が松本清張《きよはる》という人間を相対化し、画家が自画像を描くように自分自身をモデル化しようとする試みもなされている。「『半生の記』——清張《きよはる》と清張——」（「国文学」平成7年2月）を書いた樫原修が、「『半生の記』の心理表現は、清張が愛読したという菊池寛、及び清張自身の諸テキストと同様に、大変明快であるが、それは現実が明快だったからではなく、作家が一つの意味付けを選択し、それによって事態を説明しているからなのである」、「清張《きよはる》と清張を分け、「半生の記」を特徴づけるものは、彼が生活の中で鍛えられた結果得た、徹底した感傷性の拒絶であろう」と述べたように、『半生の記』を語る「私」は「選択」と「拒絶」によって断片的な過去をコラージュしていく主体だといえる。多くの自叙伝が、いま現在をひとつの到達点とみなし、自分は如何にしていまの自分を形成してきたかという獲得の歴史を叙述するのに対して、清張の場合は、過去を成功への軌跡として語りたくなる衝動を抑制し、自分の半生に果たして語るに価する何かがあっただろうかという疑惑のまなざしを持ち続けることで、逆に自分は何を置き去りにしてきたのか、何を脱ぎ棄てようとしてきたのかを浮き彫りにするのである。——そうした背景をふまえて、本節では、作者としての構成や編集的要素がより色濃く出ている増補決定版『半生の記』を基本的なテキストとして考察を進める。

2　不遇なる父へ

清張は明治四二年一二月二一日に福岡県企救《きく》郡板櫃《いたびつ》村大字篠崎（現・北九州市小倉北区）に、松本峯太郎（36歳）と岡田タニ（30歳）の長男として誕生した。父・峯太郎[2]と母・タニは未入籍だったため届出は私生児としてなされたという。[3]また、さきに姉が二人生まれていたが、ともに乳児のうちに死亡しており、清張はひとりっ子として育てられた。こうした境遇のなかで育った清張は、「私の中の日本人——松本峯太郎・タニ——」（「波」昭和50年2月）のなかで、「私の中の日本人というと、やはり私には父と母とが身体の中に居る（中略）私という人間はいいにつけ悪いにつけ両親の部分をひきついでいる」と述べ、自分はあらゆる部分で両親の遺伝子を受け継いだ存在だと規定している。そして、そうした遺伝子の継承という物語を裏付けていくかのように、『半生の記』（前出）は、清張自身と限りなく同一化した語り手の「私」が父の故郷＝自分のルーツを訪ねる場面からはじまる。冒頭は次のような一節である。

昭和三十六年の秋、文芸春秋社の講演旅行で山陰に行った。米子に泊つた朝、私は早く起きて車を傭い、父の故郷に向つた。

「昭和三十六年の秋」といえば、「回想的自叙伝」の連載開始のほぼ二年前にあたる。そして、この二年の間に清張は八九歳まで生きた父・峯太郎を喪っている（昭和37年3月13日）。つまり、清張は死期が近づいている父のためにわざわざ故郷を訪ねてその様子を報せ、父を看取ったうえで「回想的自叙伝」の執筆を決意しているのである。ひとりの大切な人間の死を契機としてその人間にまつわる思い出を巡るかたちで自叙伝を書き上げていくスタイルは、清張が敬愛した菊池寛が、芥川龍之介の自殺（昭和2年7月24日）を契機として「半自叙伝」（「文芸春秋」昭和3年5月～4年2月、同4年5～12月、『半自叙伝』昭和5年4月、平凡社。のち、「新潮」昭和22年5～6月に続編を連載）を書くに至ったのと同じである。「僕は十六、七から二十すぎまで随分、菊池寛の考え方に影響されたと思っている」（「わたしの古典」『随筆　黒い手帖』中央公論社、昭和36年9月）と記しているように、菊池寛および彼の創作は、清張に文学の愉しさを教えてくれた原点でもあるし、その題名をはじめとして『半生の記』にも多大な影響を与えていると考えられるが、それぞれの言説は、ひとりの身近な人間の死が介在し、その人間との距離間をめぐって話題が展開されている点で、きわめて似通った構造をもっていることを指摘しておきたい。

だが、冒頭の一節に続けて「私」は、「これについて、以前に書いた一文」があると語り、父の故郷を見たことがなかった時代に書いた自分の文章を引用する。いま旅をしているという臨場感とともに土地にまつわる記憶を掘り下げていく語り口は、小説でも映画でも常套的な手法であるが、この場面の特徴は、父の故郷をめざした「私」が目の前の景色と父が語り聞かせてくれた故郷のイメージを重ねると同時に、自分が「以前に書いた一文」にも思いを馳せている点である。そこには、「文芸春秋社の講演旅行」に参加するほどの作家になった

「私」という語り手のポジションから自分の文章を吟味し、かつての自分が父の故郷に抱いていた印象といま現在のそれを対照しようとする試みがなされている。換言すれば、ここでの「私」は、プロの仕事として文章を書いてきた自分の作家生活を見つめ、かつて書き記した文章を検証するような目線で父の故郷を眺めているのである。

父の故郷を訪ねた「私」が特に強調するのは、村では「相当な暮しをしている」と思われる「親戚」筋の人々の温かいもてなしと、生れてすぐ財産も土地も持たない貧乏所帯の養子にやられ、村を出ていくことになった父ひとりの「不幸」という偏差である。「峯太郎の母親は、同郡霞というところにある福田家から来ていた。ここで長男峯太郎を産んだのだが、いかなる理由からか、母親は田中家から一時離縁されている。そして、峯太郎を松本家に養子に出したあと復縁し、つづいて二人の男子を産んでいる。この分らない理由に想像をつければいろいろと考えられるところだ」と記した「私」は、それに続けて、子どもの頃にはお互いの家を行き来していた峯太郎がいつの間にか田中家に寄り付かなくなったという従兄の証言を引き、「田中家のほうで峯太郎を忌避したのか、あるいは子供心にも峯太郎が暗い出生の事情を察して足を踏み入れなくなつたのか」と推察する。そこには、峯太郎の母親への疑惑が渦をまいている。母親が結婚前に峯太郎を身ごもっていたにせよ結婚後に不義を犯したにせよ、ともかく、峯太郎の誕生が田中家にとって祝福すべからざる出来事だったのではないかという推理が働いている。

のちに、清張はこの「親戚」筋から手紙をもらい、「父の祖母に当るひとが嫁と折合いが悪く、離縁させたこと、「復縁はその姑が死んでからだったこと」（「碑の砂」、「潮」昭和45年1月）を報されて安心することになるが、そうした事件の真相が清張にとって副次的な意味しかもたないことはいうまでもない。ここで重要なのは、父の出生をめぐる疑惑というより、清張が、豊かな暮らしをしていた生家を追われた父の運のなさがすべての元凶であるかのように信じこまされながら成長した事実であり、そこで植えつけられた不遇感は、真相に関わりなく彼の意識を暗くしているからである。

『半生の記』には、ある時期に間借りしていた風呂焚きの主人の息子が秀才として誉れ高かったことを話題にする場面があり、「交際といえば、前に間借りをした奥田家だけだったが、その風呂屋の持主に息子がいて、よく「亀井の坊っちゃん」という話を聞かされた。私よりは一つ年上で、学校はいつも首席だった。小学校を卒業すると小倉中学に入り、それからどこかの高等学校に移り、東大に入った。「亀井の坊っちゃん」はのちに労働省の事務次官になった[6]」という事実確認に続いて、いきなり、「父はある程度の常識もあって、運がよかったら、あるいはかなりの地位まで行けた人ではないかと思う。父と仲の悪かった母もそれだけは認めて、／「あんたは耳がこまいけのう、生れたときから運が悪いんどな」／と言っていた。／この言葉には、父が生れてすぐ貧乏な他家に養子にやられた運命も入っている」という言葉が添えられている。また、同じような台詞は、夫婦喧嘩に言及した場面でも繰り返されている。

　ここで母が父を責めるときに常套句として用いる「生れたときから運が悪い」という表現と、「私」が父を擁護するように添える「運がよかったら」という表現はかなり違ったニュアンスを含んでいるし、父と母、父と「私」の距離感の違いが如実に示された言葉だともいえる。だが、その反面、自分の思うように生きることができない人々が抱く呪詛という観点からすると、それぞれの表現は表裏一体である。

「生れたときから運が悪い」という言葉には、人力によって切り拓かれる世界を超越したところに作用する天命のような響きがあり、この言葉を発した人間も発せられた人間もその不遇感に意識を拘束されることになる。「生れたときから運が悪い」という不遇感を共有してしまうことで、不遇感そのものが実体化され、さらなる不幸を招きよせる要因になる。また、後者の「運がよかったら」という言葉は、〈もしも……だったら〉という夢想を溢れさせると同時に、それが決して叶わぬ願いであるという空虚感をも表出させる。「私」自身が、『半生の記』で、「父の峯太郎は八十九で死んだ。母のたには七十六で死んだ。私は一人息子として生れ、この両親に自分の生涯の大半を束縛された。／もし、私に兄弟があつたらもつと自由になれたであろう。もし、家が貧乏でなかつたら、自分の求める道を早くから歩けたであろう。そうすると、この「自叙伝」めいたものはもつと面白くなつたに違いない」と記したあとに、「しかし」と断りを入れ、

少年時代には親の溺愛によつて、十六歳頃からは家計の補助に、三十近くからは家庭の維持に、そして両親が老いてからはその死ぬまでの世話に拘束されて身動きできなかつた。父が死んだときは私は五十二歳であつた。私は絶えず身の自由を望みながら果せず、息の詰るような思いで親と妻子のために拘束された。

と続けたように、〈もし……だったら〉という光の希求は、強ければ強いほどそれと対極の暗闇を映しだすような構造になっているのである。そこにあるのは、自分を不遇だと考える人間が陥ってしまう典型的なパターンであり、どちらを択ぶにしても結果的に不遇感が増幅される。その意味で、母と「私」の間には同床異夢の構図が描かれているといっていいだろう。

やがて、「親戚」筋の人たちから記念に何か書いて欲しいと求められた「私」は、「父は他国に出て、一生故郷に帰ることはなかった。私は父の眼になってこの村を見て帰りたい」としたためる。さきにも述べたように、「回想的自叙伝」は父・峯太郎が亡くなった翌年に書きはじめられているし、この年の六月には清張自身も眼病で一ヵ月間の入院生活を強いられているわけだが、そうした事実関係をふまえてこの言葉に接すると、「父の眼」になるという言葉は、ただ父の故郷を見て帰ることを意味しているのではなく、「父の眼」から自分の半生を辿

り、様々な桎梏《しっこく》を抱えながら一緒に暮してきた父と子の半生を総体として描くという姿勢を宣言した言葉のようにもみえてくる。のちに初刊版『半生の記』（昭和41年10月、河出書房新社）がまとめられたとき、清張は「あとがき」の最後に、

父は、母から四年後に死んだ。八十九歳だった。母とはその死の間際まで仲が悪かったが、それでも母が死んでみると、寂しそうであった。脚が思うように利かなくなっていたが、地下タビばきで近くを歩き回っていた。父が死んだのは浜田山の家に越してからだが、私の長女の嫁入りがもう少しのところで見られなかった。もっとも、息があったとしてもどこまで視力がきいていたかは分らない。死ぬ半年前からその瞳は気味が悪いほどきれいな灰色になっていた。

と記し、「父の眼」から生気がなくなったときの様子を描きながらテキストを閉じた。また、晩年になって書いたエッセイ「碑の砂」（前出）には、「私は、五十歳を過ぎたころから、ときどきその年齢に当っていた父はどうしていたかしらと思うようになった」という一節を記し、実際、五四歳のときに「回想的自叙伝」に取りかかっている。そうした呼応関係を含めて考えるなら、『半生の記』は、父の束縛から逃れようとしてきた「私」が父の死によってその強迫観念を解かれ、逆に父の立っていた場所に接近することによって、かつて自分が父にいだいていた感情といまになって理解できることを照合・整理していく過程をつづったものと捉えることができる。(7)終生にわたって私小説的な創作スタイルを嫌悪していたにもかかわらず、父の出生にまつわる事実を「父系の指」（「新潮」昭和30年9月）という小説にまとめ、恵まれた環境のなかで育ったすえに東京で成功した父の弟と従弟にあたるその息子への近親憎悪を、「肉親の血のいやらしさだけが私の胸を衝きあげてきた。父の性格の劣性

をうけついでいると、自覚している私の、父系の指への厭悪と憎悪の感情であった。それは父と叔父との間のように、同じ血への反撥であり、相手に対する劣敗感であった」と記すほど、父から受け渡された「劣性」を明確に意識していた清張にとって、『半生の記』を書くことは、亡き父との文学的な和解を果すことだったのである。

ところで、これも増補決定版『半生の記』では削除されている内容だが、清張は「〈自叙伝〉雑草の実」の第一回に、「――生まれたところを出てよその土地で生活するのを「旅」と広島地方の人は言う。ほかでもそういうかもしれないが、生まれた在所が本拠だという気持ちからであろう。父も母も「旅」で人生を終わった」という一節を記している。『半生の記』は全篇を通じて「旅」への憧憬とその愉しさが紀行文的につづられており、清張にとっての「旅」はそのまま自由の感覚とつながっているわけだが、自分の父と母のそれは「生れた在所」を追われ、そこに帰れぬまま流浪する人生に重ねられているのである。だからこそ、『半生の記』の最終章では、やはり、講演会で広島市に行ったついでに母の故郷である志和町別府（現・東広島市）に出向いたときのことが語られ、「母は夜寝るとき、幼かったわたしに「さあさあ、いまからカベの町へ行こうな」とよく言った。その意味がそのころわからなかった。カベは広島の北にある可部町である。それにひっかけて蒲団の壁の中に入るという意味かもしれない。蒲団の壁にくるまることが現実の苦労を忘れる母の極楽だったのかもしれない」という文章で閉じられる。『半生の記』における「旅」は、すべてのしがらみから解放されて仮初の自由を満喫するという意味合いをもつと同時に、安息の地に留まることを許されずに流転していく生活という側面を両義的にもっており、それぞれがテキスト内に具象化されている。『半生の記』における半生とは、「旅」を生きざるをえなかった父母の物語と、「旅」にあこがれ「旅」の自由を獲得した「私」の物語が交錯する地平を意味しているのである。

清張は初刊本『半生の記』の「あとがき」で自分が自叙伝を書こうと思った動機を、「自分がこれまで歩いてきたあとをふり返ってみたい気もないではない。私も五十の半ばを越してしまった。会社でいえば停年が来たあとだ」、「小説ではなく、自分にむける挨拶という意味で」これを書いたと記している。そこには、過去を想起し、記憶のなかの自分を言語化していくというよりも、記憶そのものを検証し、他人に話しにくい劣等意識や屈折した感情を剝き出しにすることで自分を奮い立たせようとする狙い（もちろん、その過程そのものを読者の前に晒すことの効果も計算されているはずだが）があったし、そこに「旅」の物語＝途上のまま閉じられることの必然性があったともいえるだろう。清張は同じ「あとがき」のなかで、連載中にも編集部から「小説家になったところまで書け」と要請されていたことを明らかにしたうえで、自分はそれを頑なに断わったと述べているが、それは、作家になってからの自分が、多くの資産や社会的な名声と引き換えに「旅」する人間でいられなくなっていることに対するひとつの諦めだったのかもしれない。

3 〈ものの見方〉のレッスン

『半生の記』第一章「父の故郷」で峯太郎の半生を追いはじめた「私」は、「……分らない」、「……と話していた」、「……聞いていない」、「……たしかだ」、「……憶えている」といった具合に、文末表現にアクセントを置き、その情報の確実性、信憑性に正確を期す。自叙伝である以上、そこに書かれる内容は主観的なものにならざるを得ず、自分自身の判断や認識が基本になるのは当然だと思われるが、特に父母をめぐる話題では、それがどこからもたらされた情報なのか、確実にそうだといえるのか、といった点に細心の注意を払って記述しようとするのである。(2) 例えば、次のような文面には、そうした注意深さの痕跡がありありと残っている。

家出した峯太郎は、その日野川に沿って米子から歩き、いま日野町となっている根雨から備中津山に出た。

十七、八のころらしい。（中略）峯太郎の出奔は、生涯ふたたび郷里に足を入れることのない、最後になった。津山から大阪に歩いて行ったが、そこで何をしていたか私には分らない。次の父の話は、彼は突然明治二十七年の日清戦争のときに広島県の警察部長の家で書生となっている。／その辺を想像すると、どうやら、峯太郎は法律でも勉強して弁護士の書生になり、ゆくゆくは弁護士の資格試験でも取るつもりだったらしい。このことは、私がかなり大きくなってまでも父が法律のことをよく口にしていたのでも分る。（中略）しかし、その法律勉強も警察部長の転任で挫折し、あとは広島衛戍病院の看護雑役夫の生活になっている。（中略）それから先はどういう生活になっていたかよく分らない。しかし、相変らず底辺で蠢いていたことはたしかなようだ。そのころであろう、峯太郎は、広島県賀茂郡志和村出身の岡田タニと結婚している。

ここには、出奔したのち法律を勉強して身を立てていこうとした父の野心が鮮明に描かれる一方で、父が決して「私」に語ろうとしなかったことが空白のまま提示されている。家出した少年が大阪でどのような生活をしていたのか、なぜ警察部長の書生になり法律を志すようになったのか、そして、母・タニとどのように出会い結ばれたのか……。こうした空白を空白として語り、そこに何らかの推理を働かせていくような書き方をすることで、清張はこの自叙伝のなかに気取りや虚栄が入り込むことを戒めている。かつて、死の直前に「或阿呆の一生」（「改造」昭和2年10月）を書いた芥川龍之介は、「彼は最後の力を尽し、彼の自叙伝を書いて見ようとした。が、それは彼自身には存外容易に出来なかつた。それは彼の自尊心や懐疑主義や利害の打算の未だに残つてゐる為だつた。彼はかう云ふ彼自身を軽蔑せずにはゐられなかつた」と記し、「「詩と真実」と云ふ本の名前は彼にはあらゆる自叙伝の名前のやうにも考へられ勝ちだつた」と続けたが、清張の場合は、「真実」のなかに「詩」が紛れ込むことをことさら嫌悪し、父を身近なひとりの他者として描出するのである。

自分にも影響を与えているに違いない父の境遇をひとつの「劣性」として表象していく筆法は、その後、彼の性格や人間性にも及んでいく。たとえば、父母が小倉に落ち着くようになった事情を説明する場面では、

——広島から峯太郎とタニとが九州小倉に移つた事情はよく分らない。当時の九州は戦争後の余波で、まだ炭鉱の景気がよかつたのではないかと思う。しかし、小倉には炭鉱がなく、もともと父は労働が嫌いなほうだつた。それで、炭鉱景気で繁昌している北九州の噂を聞いて、ふらふらと関門海峡を渡つたのではないかと想像する。

——どういうわけか分らないが、このころ、米子に居たはずの松本米吉とカネとが呼ばれて、この家に同居している。そこで街道の通行人を相手に商いをしたのが餅屋であつた。／峯太郎はそのころどのような職業に携つていたかよく分らない。もともと労働が嫌いで、後年、私の記憶のはつきりするころには米相場や無尽会社みたいなことをやつていたから、楽をして儲けようという気持があつたらしい。

——母は口やかましい人だつた。それに絶えず心配性だつたのは、父の峯太郎があまりに呑気にして家の手伝いには見向きもしなかつたからであろう。私の幼いときの両親の記憶は、夫婦喧嘩ばかりで占められている。

といった具合に、いい加減で怠惰な性格を辛辣に指摘する。そんな父を見て育った「私」は、「私も文学などやっていられない。早く生活を安定させなければ、一家が路頭に迷うと思った。借金取りに責められている父を見

ていると、いっそう、そう決心せずにはいられなかった」と考えるようになり、父を反面教師とすることで自分を奮い立たせていくわけだが、ここで注目したいのは、父のネガティブな側面を描く清張が、性格上の欠点を問題にする一方、独学で身につけた知識についてはその正確さを称えている点である。

たとえば、若い頃わずかな法律の知識を仕入れていた父が、裁判所に出入りして「示談屋みたいなこと」をやったり、新聞から得た知識を自慢げに吹聴して通りがかりの客と「政治談」をしたりしていたことを自慢げに話していたのを思い出したことを回顧した「私」は、胡散臭い知識を売り物にして世渡りしようとする軽薄さに呆れつつ、そこに何かしら憎めない陽性的な気質を看取する。「父は楽天的な性格だつたが、どんなつまらない商売をしてもすぐに玄人気分でいて、またそれを人に自慢するところがあつた。あとでもいろいろと商売を替えたが、みんな同じ傾向を持つている。子供の私などから見ても、父には少しも悩みというものがなかつた。私は父が深刻に悲観しているような姿を見たことがない。いくらか困つているのは借金とりが来たときだけだつた」、「商売も最も景気が悪いのに、父は例によつて「政治知識」を同業者にひけらかしていた。或るとき、土地の警察署と飲食店組合の結成総会があつた。父は、その席で警察側にいろいろ質問したようだ。その結果、組合では役員に選ばれて、大ぶん得意だつた。飲食店組合の会合があるたびにいそいそと出て行つた。父には生涯、そういうお人よしのところが抜けなかつたのである」といった具合に、生活力の欠如を憤りながら、それと表裏したところにある楽天性や「お人よしなところ」を認めるのである。また、父が若い頃の思い出と重ね合わせながら歴史や政治を語り聞かせてくれたときのことは、「そういう父のおかげで、私にはいくらか常識のようなものが植えつけられたようだ。もとより、父のそれは基礎的なものではなく、新聞や雑誌から得た雑駁なものだつたが、それでも私は何も知らない同級生よりは余計に知つている気持になつた」、「その政治関心は基本的なものではなく、政治家の動静のようなものに一種の憧憬をもつて注がれていた。また、ふしぎに歴史に詳しかつた。これも講談本から仕入れた知識とはいえ、いま聞いても決しておかしくはない。私の歴史好きは父のお陰だということもできる」といった具合に、自分が何かを学んだり考えたりするときの基本的な知識は父から与えられたものであると記す。

だが、父・峯太郎に対する「私」の寛容さが最も滲みでているのは、たまたま商売がうまくいっていた時期に父が外に女をつくり、家に寄りつかなくなった頃のことを回顧する場面である。

そんなときだつたが、父には女が出来ていて、始終、そこに通つていた。それは遊廓の女だつたらしく、母は私を背負つて遊廓を訪ね歩いたらしい。その行き帰りであろうか、町の中にガラスの工場があり、職人が長い鉄棒の先に酸漿《ほおずき》のような赤いガラス玉を吹いている風景は忘れられない。そこが家から遊廓に行く途中の恰度まん中なので、母は重い私を下ろし、ひと息つくのが常だつた。子供を背負つた女房が宵の遊廓の一軒ずつ戸口をのぞいて歩いている風景は、女の凄じさを思わせる。

といった記述が伝えているのは、女をつくって遊廓に入り浸っていた父への恨みつらみではなく、幼い「私」を背負って遊廓を訊ね歩く母の「凄じさ」である。すでに老齢にさしかかった「私」には、このとき母がなぜなりふりかまわぬ行動に出たのかが十分に理解できているはずである。にもかかわらず、「私」は、「職人が長い鉄棒の先に酸漿のような赤いガラス玉を吹いている風景は忘れられない」といった文学的な表現を用いて、それがあくまでも原風景の記憶であることに固執する。母の狂おしい感情には目をつぶり、「凄じさ」というひと言とともに遠ざける。のちに父は金の遣りくりに困って女と別れ、かといって家に戻るわけにもいかずにうらぶれた木賃宿での生活をはじめるが、そこでも「私」は、「父は長い間、家に寄りつきもしなかつた。私は父が女のもとにずつといるとばかり思つていた。それが小学校二年生ぐらいのときだつた。／ある日、校門を出ると、父が電信柱のかげにぼんやりと立つている。きたない身なりをしていた。／遊びにこい、というから、久しぶりに会つた父に何となく恥しい思いでついて行くと、そこが木賃宿であつた」と記している。

幼い「私」がここで凝視しているのは、自分たちを棄てて家を出ていった非情な父ではなく、「きたない身なり」で木賃宿に身を寄せている哀れな父である。そして、そんなみすぼらしい姿になっても自分のことを忘れず、小学校の外で待っていてくれた父と一緒に木賃宿に向かうときの「恥しい思い」は、むしろ、嬉しさやときめきの感情と紙一重である。のちに「私」は、自分の読書体験を語る場面で、「原久一郎訳のゴーリキイの「夜の宿」（どん底）をよみ、その陰惨な生活が当時の自分にひどく近親感を持たせた憶えがある。それに、訳者の原氏が月報に書いたところによると、氏も木賃宿住まいの頃があったらしく、その思い出の短文に惹かれた。その中にあった「霰《あられ》たばしる」なんとかいう短歌は、いつまでも憶えていた。この「夜の宿」は、私の父親の木賃宿の思い出につながった」(10)と振り返り、木賃宿の思い出を懐かしげに語っているが、こうした記憶と記憶の接続からも、父の不徳を責めようなどとは微塵も考えない「私」の感受性が見えてくる。

『半生の記』にはその他にも、「私」が重い肺炎に罹ったとき、入院させることができずに金の工面に苦心していた父の様子が、

――枕もとに、酒屋や家賃の借金取りの声が聞える。父は日ごろの大言壮語に似合わず縮こまつて言訳をしていた。この父が火鉢の上に俯向いて、金の工面を一心に考えこんでいる姿は今でも忘れない。すでに相当な年齢だつたので、俯向いたままいつの間にか居眠り、火鉢の灰の上に長い洟を垂らしていたりした。

と描写されている。竹で模型飛行機の翼を作って遊んでいた「私」に「飛行機を買うてやろうかいのう？」と言ったものの、いつまで経ってもそれを買ってきてくれなかった思い出は、

――私は、びっくりしたが、「うん」と小さく答えた。買ってくれるかどうか疑問に思った。／果して、父親はいつまで経っても模型飛行機の部分品すら買ってこなかった。私も催促しなかった。そのうち、手づくりの飛行機つくりは駄目と分ってやめてしまった。父親はそれに触れなかった。

と記されている。増補決定版『半生の記』で付け加えられた後日談の部分では、父が晩年に語った「おまえを上の学校に行かせんじゃったでのう、こらえてくれや」という言葉に触れて、「そのひと言でわたしには充分だった」と記している。清張は、自らの「青春」については、

――私に面白い青春があるわけではなかつた。暗い半生であつた。／私の両親は絶えず夫婦喧嘩をしていた。それは死ぬまで変りはなかつた。別れることもできず、最後まで暮していて、母が先に死ぬまで互いに憎しみをつづけていた。母が息を引きとるとき、狭い家の中にいるのに父はその傍にも寄りつけなかつた。母は、父と一しよになつたのは業だといつていた。私もそう思つている。こんなすさまじい夫婦を私は知らない。

と回顧し、夫婦喧嘩ばかりしている冷え切った関係でありながら、お互いに別れることもできなかった父と母の「業」が切ない気持ちで受け止められている。貧乏の辛さは身に滲みて感じているし、「父の過剰な愛情を呪わしく思った記憶」も多いが、いまになってみれば、父と母それぞれからが自分をいかに可愛がって育ててくれたか

がわかるし、特に父・峯太郎に対しては、その弱さや不器用さも含めた総体としての人間性を、こよなく慈しみ哀れむ感情が沸き起こっている。

『半生の記』は、表面的な記述を追っていくと、いかにも、苦労人然とした作家の「私」が貧困と劣等感に喘いでいた「青春」時代の苦労を切々と語っているような印象を受けるが、父と「私」の関係をめぐる物語の集積として読み直してみると、そこには意外なほど明るく穏やかな幸福感が溢れている。貧乏であることや不遇であることの辛さを直視したうえで、なお反撥や怨嗟の感情を胸の中にしまい込もうとする思惟の力がみなぎっている。清張はそうした体験をレッスンとして捉え、父の弱さ、不甲斐なさを引き受けていくことで人間に対する〈ものの見方〉を学ぼうとしているのである。

4　菊池寛「父帰る」との共振

本節の最初にも述べたように、清張の『半生の記』は叙述の方法においても全体の構図においても菊池寛の「半自叙伝」から様々な影響を受けており、それぞれを比較対照することで見えてくることも少なくない。――詳しく分析すれば、類似点はいくらでも指摘できるだろうが、ここでは主要な問題に絞って例示したいと思う。

類似点の第一は、「大正十二年頃までが、芥川と最も親しく往来していた時代で、地震後殊に芥川の死の一二年前は、あまり芥川を放りぱなしにして置きすぎた。死んでから、今更すまなく思っている」（「半自叙伝」昭和4年12月の稿）という気持ちから出発し、少年時代の体験から芥川との交遊までを射程としながらも、それぞれの文学世界の違いを際立たせるような書き方をすることによって自己対象化を図った菊池寛と、父・峯太郎の死を契機に父の子としての自分を焦点化し、誕生とともに背負わされた枷《かせ》を繰り返し描くことで自己対象化を図った清張のモチーフがきわめて接近していることである。そこには、自分という存在を構成する大切な要素のひとつであった人間を喪ったとき、あらためて自分との距離を考えることで自分とその人間との関係性に思いを廻らそうとする試みがなされているといえる。

第二は、書きたいことが明確にあるからそれを書くという意気込みを放棄し、現在の地平から思いつくままを綴ってみようとするスタイルである。「半自叙伝」の冒頭で、「自分は自叙伝など、少しも書きたくない。自分の半生には書くだけの波瀾も事件もないのである。また私は久米や芥川などと比べて、具象的な記憶に乏しい。たゞ、「文芸春秋」に何かもう少し書きたいため、自叙伝的なものでも書いて見ようかと思うのである。私は、少年時代の出来事を記述などはしない。思い出すことを、順序なく書いて見ようと思う」と断りを入れる菊池寛。初刊版『半生の記』の「あとがき」で、「自分がこれまで歩いてきたあとをふり返ってみたい気もないではない。私も五十の半ばを越してしまった。会社でいえば停年が来たあとだ。実際、社報などでみると、停年になった人たちが誌上で短い回顧を寄せている。私もそういうものを書いてみたい気が起る。小説ではなく、自分にむける挨拶という意味でである。（中略）連載の終ったところで読み返してみて、やはり気に入らなかった。書くのではなかったと後悔した。自分の半生がいかに面白くなかったかが分った。変化がないのである」と弁解しつつ、創作に対する自負を語る清張。それぞれの言い回しは違うが、ここでも二人の心性は驚くほど似ている。自分の人生には書くに価するほどの波瀾も面白い出来事もなかったし、書きたいという気持ちも起らなかったと断っておきながら、粘り強く書き継ぐ姿勢。時系列的な年代記を叙述するのではなく、現在の自分というものを基準に、思い出されたこと、ふり返ったところに見えてくるものを自由に書くこと。それが二人の自叙伝のフレームなのである。

第三は、貧困や差別の記憶、失敗談、人間関係のもつれなどを中心に、自分が体験した辛い出来事を意識的に書き、そのモチーフがどのような経緯で小説の題材に昇華したかをうちあけ噺のように記述していく方法である。

菊池寛の場合でいえば、金もないのに植木屋を冷やかすつもりで値切ったら本当にその値段にすると言われて友人の前で恥をかいたこと、手袋を買って無造作にポケットにねじこんだ瞬間に別の店員がやってきて万引きと勘違いされたこと、信じていた友人が自分の悪口を言っているのを立ち聞きしてしまったときの悔しさなどがいたるところに散りばめられ、それぞれのエピソードがどのような小説に活かされているかが詳細に説明されている。清張の場合も、自分を思想犯扱いして留置場に入れた刑事が、釈放されたあともたびたび家にやってきてタダ酒を呑んで帰ったこと、戦争中に「私」の顔と召集令状を見比べた係員から、「おまえ、教練にはよく出たか」と訊かれ、教練に不熱心な者を懲罰的に戦場に引っ張っていくことくらい簡単にできるのだと知らされたときの憤り、占領期の小倉で起った黒人兵の集団脱走事件が、多くの日本人に知らされないまま闇に葬られたことが戦後史探究の意欲をかきたてたこと、などが明らかにされている。そうした種明かしをすることで、二人は実体験をフィクションに仕立てていくためのコツと、そうした作業の大切さを読者に語り聞かせるのである。

ただし、菊池寛と清張との間には、数々の共通点と同じくらいに相容れない境遇の違いも存在している。具体的にいえば、菊池寛は、いくら貧乏とはいえ誰からも拘束されない自由を謳歌していたし、上級の学校に進学するなどしてその能力を十全に発揮できる環境を手に入れていた。それに対して、清張は両親の喧嘩が絶えない小世界に閉じ込められており、ひとり息子としてのしがらみによって将来への展望ももてなかった。また、菊池寛の周りには常に彼を支援し理解してくれる人間が現れたが、松本清張の場合は、そうした人間と知り合う機会にも恵まれないまま、たったひとりで文学に親しむしかなかった。だからこそ、清張は自らの逆境を最大限に活かすために、菊池寛の「半自叙伝」を見本としつつも、その世界を超越していこうとし、「半自叙伝」にはみられない独自の表現をもくろむ。

たとえば、菊池寛の題材は身近な生活のなかでのトラブルや人間関係の拗《こじ》れに由来するものがほとんどである。

しかも、菊池寛はそれを自分の情けない醜態やズボラな性格に災いする失敗談として面白おかしく語る。文芸春秋の社長であり、大衆文学の大御所として文壇に絶大な力を発揮している自分を戯画化することで、ここまで押しあげてくれた人々や仲間たちへの〈感謝〉と〈詫び〉を語っているようにもみえる。それに対して、清張の場合は、差別され排除される存在としての自分を描きながら、それをもたらす組織の論理、社会機構の矛盾に迫ろうとする。すでに述べてきたように、貧困、差別的待遇、学歴などの劣等感などに関する〈怨嗟〉と〈呪詛〉を過剰に露出することで読者のカタルシスを煽るのである。――ここでは、そうしたいくつかの異同を視野に収めつつ、菊池寛から清張へと引き継がれたものを明らかにしたうえで、哀しき父へのシンパシーという問題について考察したい。

清張の菊池寛に対する敬愛の念は、「忘れられない本」（「朝日新聞」昭和52年5月2日）というエッセイに「半自叙伝」の小説版ともいえる『啓吉物語』（大正13年2月、玄文社・改造社）を紹介し、「わたしは自分のやるせない年少時代、菊池の「啓吉物語」にどんなに活力を与えられたかしれない」と記していることからもわかる。また、そこで述べられている内容は『半生の記』でも、「すでに「文芸春秋」も発刊されていて、菊池寛の文壇制覇が緒についた頃である。その誌上に発表された小説や戯曲の中から、次第に自分の好みに合う作家も知るようになった（中略）芥川や菊池に私の興味が惹かれたのは仕方がない。特に菊池の「啓吉物語」と芥川の「保吉の手帳から」は同じ私小説の系統でありながら、いわゆる自然主義作家のものよりずっと面白かった[11]」と反復されている。そんな清張は、のちに文芸春秋の企画で菊池寛の故郷である香川県高松市を訪れた際、「菊池寛の文学」と題して講演（「オール読物」昭和46年7月に収録）し、『半自叙伝』の内容にたびたび言及したうえで、

自分のことを申し上げると恐縮ですけれども、菊池寛の若いときの貧乏な境遇が私と相似るものがあるか

らです。私の学歴は、尋常小学校高等科卒であります。菊池寛は大学を卒業しております。しかし、彼はその間学資のないためにずいぶんと苦労した。中学校のときは教科書もロクに買えなかった。人から教科書を借りて勉強した。その借りた教科書を紛失してしまうということもありました。何より本好きであった。高松から東京に出て、上野の図書館の蔵書の多いことに仰天して歓喜に震えたと書いてある。／しかし、私は思うんですが、菊池にもし学資があり、小遣いも潤沢だったならば本は充分に買えたと思う。しかし、本は不自由なく買えたでしょうが、それは普通の読書に終わったのではなかろうか。菊池寛が貧乏な家庭にあったゆえに本が買えない。そこで借りた本を暗記する。あたかもノートにとるようにその内容を暗記してしまう。

と語っている。こうした「貧乏な境遇」の克服物語は、高度経済成長期前後の清張が「学歴の克服」（「婦人公論」臨時増刊「人生読本」、昭和33年9月）、「実感的人生論」（「婦人公論」昭和37年4月）といったエッセイでたびたび描いてみせた自画像とほぼ重なっている。本が買えなかったために図書館に入り浸って蔵書を読み漁っていた体験も同じである。(12)

これまでの先行研究の多くは、菊池寛に対する清張のシンパシーはそうした幼少期の体験に根ざしたものとみなしてきた。だが、同じ「菊池寛の文学」（前出）には、菊池寛の代表作のひとつである「父帰る」に関する次のような記述があることを見逃してはならないだろう。

――「俺達に父親《てておや》があれば十《とお》の年から給仕をせいでも済んどる。俺達は父親がない為に、子供の時に何の楽しみもなしに暮して来たんや。新二郎、お前は小学校の時に墨や紙を買えないで泣いて居たのを忘れたのか。

教科書さえ満足に買えないで写本を持って行って友達にからかわれて泣いたのを忘れたのか」。そういう言葉です。／この台辞には菊池の小学校時代の経験が反映しています。小学校のとき彼の父は教科書を買ってくれないで、級友のを写本しろと言った。修学旅行に行かせてくれといくらねだっても貧乏な父は諾《き》いてくれず、しまいにはうるさがって勝手に寝てしまう。それでも寛が頼みをつづけていると、父親はがばと起き上り、／「そんなに俺ばかり恨まないで、兄を恨め！　家の公債はみんな兄のために使ってしまったんや」と言った。／菊池の体験が『父帰る』の賢一郎の台詞ににじみ出ているから、それに現実感があり、切実感があるのです。（中略）また、『半自叙伝』を出すようですが、菊池はこう書いています。私は、後世に残るようなことを欲しないと昔書いたことがあるが、私は少くとも『父帰る』によって、相当後世に残るだろうと思う、と、またそれにつづいて書いています。／およそ、作家が後世に残るためには、作品によるほかはないのだが、それもやはり個々の作品による場合が多いと思う。全体としての天分や素質が秀れていても人口にかいしゃする作品が一つもない人は、結局大衆からは忘れられてしまうだろうと思う、とあります。

ここでの清張は、確かに「父帰る」の魅力の源泉が菊池寛自身の実体験にあり、実体験があったからこそそのような切実感が出せたと力説しているようにみえる。だが、同時に清張が注目しているのは、そうした実体験に斬新なアイデアを加えて、実体験以上に深みのある世界を現前化させる作家としての構想力である。このことに関して清張は、「菊池寛は『半自叙伝』の中で、「自分の小説は情熱とアイデアである」といっております。（中略）菊池寛のアイデアとは何か。それは人生の裏側にあるところのものをえぐり取ろうとする視点であります」（「菊池寛の文学」前出）と述べているが、「父帰る」は、それが最も効果的に活かされたテキストだと考えているのである。

「父帰る」の世界がなぜここまで清張の気持ちを惹きつけるのか。その魅力のひとつは、家族を棄てておきながらノコノコと戻ってきた父と、父のいない間に家族の面倒をみてきた息子・賢一郎の関係を、ただ単純に放蕩する父／賢い息子、謝る父／怒る息子という対立関係に回収せず、帰ってきた父を受け容れようとしてしまう弟・新二郎の存在によって賢一郎の怒りそのものが行き着く場所を見失ってしまうような構図に仕立てたところにある。父を許すことのできない賢一郎が父への恨み言を口にすればするほど、彼は自分が守ろうとしてきた家族の結びつきから孤立し、父だけでなく、弟からも裏切られていく。また、父を許そうとする新二郎の態度は、ある意味で、賢一郎自身が封印していたもうひとつの本心でもあり、彼は弟の存在を通して自分もまたどこかで父が帰ってくることを待ちわびていたのかもしれないと気づかされる。そこには、肉親であるがゆえの複雑な愛憎劇が展開されている。

また、ここで清張が特に注目しているのは、作者である菊池寛自身が「半自叙伝」のなかで、「私は少くとも『父帰る』によって、相当後世に残るだろうと思う」と述べ、人口に膾炙する作品、大衆から忘れ去られない作品こそ作家を後世に残すと断じている点である。清張は、「父帰る」の現実感、切実感が菊池寛という人間の個人的な体験に由来していると同時に、多くの大衆が味わってきたそれぞれの体験と共鳴する普遍性をもっていると考えているのである。

ここであらためて『半生の記』に目を向けてみよう。この連載を書きはじめるにあたって清張は、「私の性格には、この父と母の姿が二つともうけつがれている。どちらのほうがより濃いか自分では分らない。両方が状況に応じて交互に出てくるような気がする。言えるのは、父も母もいかにも日本の庶民の典型だったことである」と述べている。父と母を、自分の「性格」を規定する原点であると同時に、どこにでもいるような「日本の庶民の典型」と捉えることによって、自分固有の体験や両親からの影響を同時代の日本人全体の問題へと敷衍するのである。そこには、菊池寛が「父帰る」に対して抱いていたものと同様の自負がある。また、それを同時代の読者に向けて宣言していることの意味を考えるなら、清張は、『半生の記』が高度経済成長期のまっただなかを生きる同時代の読者から広く歓迎されることを期待して「日本の庶民の典型」という表現を用いているのかもしれない。

『半生の記』を書きはじめた時期の清張といえば、「日本の黒い霧」(「文芸春秋」昭和35年1〜12月)でノンフィクションの分野に本格的な進出を試みるとともに、「砂の器」(「読売新聞」夕刊、昭和35年5月17日〜同36年4月20日)や「球形の荒野」(「オール読物」昭和35年1月〜同36年12月)といった意欲作を続々と発表し、昭和三六年には国税庁発表の前年所得額が作家部門第一位になっていた時代である。同年には直木賞銓衡委員にも就任し、翌年の日本文芸家協会理事就任、翌々年の日本推理作家協会理事長就任とも併せて、作家生活のなかでも最も多忙でありながら旺盛な創作をしていた時代である。マスコミは、高額納税者の清張というレッテルを強調し、特に大衆文学の世界では絶対的な権威者とみなす風潮があった。

『半生の記』は、まさにそうした絶頂期に連載される。作家としての成功を収めたあとの自画像は可能な限り捨象され、生活の貧困、学歴への劣等感、父母を養育しなければならない重圧などを強調する姿勢が徹底している。また、菊池寛の「半自叙伝」が屈託のない文体で自らの成功譚を語っているのに対して、『半生の記』には、他人に知られたくないことを敢えて語ろうとする告白譚としての要素と、高度経済成長の繁栄に隠れるようにして懸命に働く若者たちに間接的な励ましを与える教訓譚としての要素がバランスよく配合され、「私」という語り手そのものがある種の途上性を抱えているように暗示することで、読者と共鳴しようとするスタンスがとられている。(13)

その典型的な描写は初刊版『半生の記』のラストシーンにみることができる。敗戦後、朝日新聞社に復職したものの広告の仕事がほとんどなかったとき、当面の生活を凌いでいくために箒売りの行商をしたり、印刷屋の版下書きの内職をしたり、懸賞金目当てでポスターを描いたりして家計を支えなければならなかった「私」は、その「相変らず、なんともしようのない毎日」への苛立ちを、「草の生えた線路みちの途中には、炭坑があり、鉄橋があり、長屋があり、豚小屋があった。それが、そのころの私の道であった」、「砂を噛むような気持とか、灰色の境遇だとか、使い馴らされた形容詞はあるが、このような自分を、そんな言葉では言い表わせない。絶えずいらいらしながら、それでいて、この泥砂の中に好んで窒息したい絶望的な爽快さ、そんな身を虐《さいな》むような気持が、絶えず私にあった」と表現する。また、

私は自分の青春をふりかえって、いまさらのように愉楽がなかったことを想う。私は自分の生活を早く確立したいことで一心であった。二十歳をすぎて小僧となり、夜は十一時前に帰ったことはなかった。帰っても、習字の手本をひろげ、少しでも早くきれいな文字が書けるように、独習した。文字が下手では版下屋の資格はなかった。私は小学校のときから習字が駄目だったので、床に入っても、おぼえている手本の文字の形を蒲団の上に指で書いた。すべて生活につながる練習だった。両親の老いが、私の焦燥をさらに駆り立てていた。／私は、自分の青春が暗調だったとは思うが、これまでそれに腹を立てたことはない。

という記述を挿入して、どんなに苦労していても学習し続けることの大切さを語ったり、「当時の朝日新聞は、身分制で、それによって待遇が異った。たとえば、給料日は、社員と準社員が二十五日で、雇員は二十六日であった。紀元節や天長節または社の祝日の集りには社員、準社員だけが講堂に呼ばれ、雇員は参加の資格がない。これが雇員たちの劣等感をどれほど煽ったかしれなかった」といった記述で、社会の差別的な機構がどんなに自

分を傷つけたかを語ったりする。清張は、あえて自分の劣性を強調し、かつての自分が何ひとつ希望をもてずに不安だらけの毎日を送っていたことを告白することで、繁栄する日本社会の底辺に這いつくばって働くことを強いられる人々、いま「相変らず、なんともしようのない毎日」を過している人々へのエールを送っているのである。(14)

こうした文脈を掘り下げていくと、自分の父と母を「日本の庶民の典型」として回想する姿勢と、菊池寛の「父帰る」がもっている大衆性を積極的に評価する姿勢は、根底のところでひとつにつながっていることがわかる。そこには、わが子を束縛し、背負ってもらうことによってしか生き延びる術を持たなかった父と母に侘しさを感じるとともに、その足枷を引きずりながら生きた自分を通して読者を励まそうとする自虐のカタルシスが見えてくる。『半生の記』のなかで、清張は頻繁に「青春」という言葉を用い、その不在を嘆きながらも、「私は、自分の青春が暗調だったとは思うが、これまでそれに腹を立てたことはない」と締め括るが、こうした気持ちの転換、スイッチの切り替えこそ、清張が読者に発する励ましのメッセージだったといえるかもしれない。

5　真贋の思想

『半生の記』は、幼少時代から朝日新聞社の雇人として働いた時代までが前半で、その後、戦争で召集され朝鮮で兵役生活を送った時期を挟んで、敗戦後に職場復帰を果たしてからが後半となる。「私は朝日新聞西部本社で約二十年働いたが、はじめの二年間は社外の人間で、その後の二年間は嘱託だから正式な社員ではなかった。それで、残りの十六年間が「朝日の人間」としての在勤期間である。この間に三年間の兵役が挟まれている」という本文の記述に照らすと、「嘱託」だった時代までを前半と考えていいだろう。

この前半と後半を隔てているもののひとつは、もちろん、清張自身の成長や境遇の変化だが、それと同時に顕著なのは、父の老いた姿、ひとり息子の自分に身体全体で凭れかかってくるような依存の仕方である。かつて、餅屋をしていた頃、ナグレ者（浮浪者）がタダ喰いして逃げたのを追って殴り倒した父。「私」が非合法出版物を読んでいた容疑で取り調べを受け、留置場に収監されたとき、「こういうものを読んでいるから思想にかぶれるのだ」と言って本をことごとく焼いてしまった父。有島武郎が心中自殺したという新聞記事を読んで「バカな奴だ」と罵った父。そうした断固とした部分をもっていた父のイメージは、後半に近づくにつれて徐々に溶解し、ひたすら「私」を頼ってしがみつく姿だけが前景化してくるのである。同じように老いていたはずの母が、全編を通じてほとんど変らない印象を抱かせるのに対して、ここでの父の姿は脆く、哀れでさえある。

『半生の記』において、「私」がはっきりと父の老いに言及するのは、戦後、日本に帰還し、家族の疎開先である佐賀に向かおうとする場面においてである。いいようのない解放感が押し寄せ、一瞬、「ひとりでどこかに逃げて行くのも私の自由」だという思いが頭をかすめたとき、「私」は唐突に教育召集で入った久留米の連隊から解放されたときのことを思い出し、次のように語る。

——除隊になって小倉に帰るときも、父は私の身柄を受け取るように迎えにきた。（中略）父の過剰な愛情を呪わしく思った記憶は多い。／しかし、考えてみると、老いた両親は一人息子の私を頼るほかはなかったのである。してみると、片時も私を放すまいとした父の努力には、愛情のほかにいくつかの功利性があったといえる。父は、私が十六歳で会社の給仕になって以来、私の給料のほとんどをアテにして生活してきていた。

もちろん、「私」のなかにも父の気持ちを慮《おもんぱか》るところはある。この後には、「こういう考え方はかたよっているかもしれない」という内省が入り、自分が朝鮮の井邑《チョンウプ》にいたとき地図でその場所を捜した父が、「もし出来ることなら、井邑まで行ってみたい」という手紙をくれたことに触れて、「これは嘘のない愛情である」とも述べている。「私」は、父にとっての「功利性」と「愛情」が、それぞれ別々にあるのではなく、自分でも区別できないほど一体化してしまっていることを認識している。老いとは、肉体的な衰弱であると同時に、自分を制御する感覚そのものが麻痺し、想像力を失い、感情を垂れ流してしまうことでもあるという事実を承知している。そういえば、『半生の記』には妻との生活や子どもへの愛情を語る言葉がほとんど見られず、出征するとき少ない蔵書に捺印するのを手伝ってくれた子どもの姿を、「兵隊になってからも、その本棚の前の子供の姿が長く忘れられなかった」と記す場面と、朝鮮から帰還したときの「妻は私を見てもしばらく口が利けず、とぼけたようになって見つめた。そのうち顔を真赤にして涙を流した」という一節が鮮烈な印象を与える程度だが、自らの半生を語っていながら、そこに自分の妻や子どもがほとんど登場しない理由は、両親から束縛され続けた自分と同じような思いを妻や子どもにさせたくないという感情の鉱脈があったからではないだろうか。

こうして両親の老いを間近にした清張は、彼らを背負って生きていくことを引き受けながらも、せめて精神的には自立し、誰からも拘束されない自分ひとりの世界を確保したいと願う。そして、哀れな父と同様の轍《てつ》を踏まないために、自分に対して、日々の生活に埋没しないこと、常に学習し続けることを課す。学習することで辛さを忘れる生き方を志向する。「半自叙伝」のなかで、「私は、文芸の姉妹芸術である音楽美術が分らないで、よく作家になれたものだと不思議に思うことがある。私は、つまり描写とか感覚などの文芸については不得手なのである。私は感情とIdeaの作家であると自分で思っている」と語り、自分にある種の直観力や機転のような天分の才能があると信じていた菊池寛とは対照的に、清張は、どこまでも愚直に自分を追いつめていく。

ただし、その愚直さは闇雲に努力することとは意味が違う。『半生の記』を書き綴る清張は、自分の半生を語る「私」に、ひとつの戦略的なまなざしを付与している。それは、本物に対する贋物、本当に対する嘘を徹底的に見抜き、後者の領域に属する諸々の出来事に、精神の怠慢、卑小な自尊心の欠片、劣等感の裏がえし、貧乏人根性を見ていこうとする姿勢に他ならない。

たとえば、小学校を卒業して給仕になった頃、中学校に入った同級生と路上で遭うのが嫌だったことを回想する場面には、「四、五人づれで教科書を入れた鞄を持つ制服の友だちを見ると、こちらから横道に逃げたものだった。私は早稲田大学から出ている講義録を取ってみたり、夜の英語学校に通ってみたりしたが、意志の弱いためにどちらもモノにならなかった。結局、読書の傾向は文芸ものに向った」という記述がある。これは、本当の中学校に行っている友人への劣等感を、「講義録」の勉強や「夜の英語学校」に通うことで撥ね返そうとしたが長続きしなかったので、結局、「読書」を拠りどころにしたというだけのことかもしれないが、穿った見方をすれば、そこからは、進学できなかったことの代償を求めていてもその劣等感(15)から逃れることはできなかった、というメタ・メッセージが伝わってくる。

こうした卑屈さへの嫌悪は、「私」の進路を憂慮した父が、東京で成功していた実弟・田中嘉三郎に手紙を書いて「私」の学資金を貸してもらえないかと頼んだときの、「それきり文通が絶えた。／もっとも、最初は父の手紙に多少のホラがあつたらしく、嘉三郎は父が独力で私を進学させ得ると信じたか、自分の社で発行している「受験と学生」という雑誌を送ってくれた。それを開くと、巻頭に「主幹　田中嘉三郎」とよく出ている。私には、まだ見たことのないこの叔父がずいぶん立派な人にみえた」という描写にも表れている。ここでの「私」は、学資金がなくて進学できなかったことを残念がっているのではなく、学資金がないのに手紙に「ホラ」を書き、自分たちの実情を率直に書くことができなかった父の惨めさを嘆いている。「ホラ」を書くしかなかった父の貧乏人根性をよくよく理解できてしまう自分に傷ついている。そして、送られてきた雑誌に堂々と記された叔父の名前を前に、圧倒的な劣敗感を抱かずにおれなかった自分たちを哀れんでいる。

また、同じような事例は、新聞記者に憧れていた頃に中山神社に取材に行き、そこの宮司と話しをしている場面にも表れている。「私は宮司に会い、持って来た土産を出し、忠光の話を聞きたいといって、手帳を出して構えた。このとき確か十七、八歳だったと思うが、さすがに本当の新聞記者とは言えず、ある同人雑誌の取材で来たと言い、忠光をテーマにしたいから話してくれと申し込んだのである。宮司は、豪勢な（と私には思われた）手土産の手前でもないだろうが、いろいろしゃべってくれた。それを手帳に控えるとき新聞記者になったつもりで胸が鳴った」と記すとき、「私」は明らかに自分のしていた真似事のなかに羞恥の感情を探している。それは、犬養木堂や原敬のように新聞記者から政界に進出して活躍した人々に尊敬の念を抱いていた父が、「新聞で仕込んだ知識で政界の話ばかりを他人《ひと》に吹聴していた」のと少しも変らない卑小な自尊心であり、その思い出を想起する「私」にとっては打ち砕いてしまいたい記憶の断片なのである。

また、こうした贋物や剝げかかったメッキへの嫌悪は、特に文学や表現をめぐる話題においてさらに辛辣さを増す。東洋陶器の職工で自らを「詩人」と名乗っていた男の思い出は、「小説は書かないが、みずから詩人といっていた。しかし、一度もその詩を見たことがない。彼の家に遊びにゆくと、私には羨しいくらい立派な本が書架に並んでいた」と記され、「羨しいくらい立派な本」を書架に並べていても、ろくに詩を書いていなさそうな「詩人」の自称性を斬り捨てる。「朝鮮で飢饉が起り、人民が土でつくった饅頭を食べる話」を短篇にまとめ、当時、活発な文学活動をしていた八幡製鉄所の連中に見せたときの思い出は、「プロレタリア意識から書いたものではもちろんなかったが、それを聞いた八幡製鉄所の連中は、当時勃発していたプロ文学の作品系列だと見当違いなほめ方をした」と冷笑する。「小倉に洒落た洋菓子店が開店し、その包紙を高名な東京の画家が描く」にあたって、広告の図案を描いていた「私」に下仕事が回ってきたときのことは、「東京の画家は骨董屋の図録から、陶器か何かの模様をピックアップして、こういうやつを描いて適当に包紙の模様のように散らして下さい、と私に命じた。私はなんだと思った。ただ図録の絵をとって配合するだけではないか。ただし文字だけはぼくが書きます、とその画家は言った。当時、キュウビズムか何かで評判の二科の新進作家だった」と記される。そこには、二科展に入選した「新進作家」といいながら、その仕事ぶりは「適当」だったという認識と、「文字だけはぼくが書きます」という言葉に込められた売名欲が辛辣に批判されている。

嘘という問題に限定すると、六歳くらいのとき、クジで一等を当てた「私」に対して、相手が子どもだと見くびった店の女が三等の賞品を渡してごまかしたときの思い出などは、鮮烈な体験のひとつである。「ひどい失策をした」ような気持ちで帰宅した「私」に向かって、母は「何等に当ったんなら?」と訊き、三等が当ったという言葉に喜ぶ。だが、それに続く場面には、「大人の嘘に自分の嘘を合わせたのは、そのときが最初だった。その後、大人になって、たびたび他人の嘘に自分の嘘を重ねることはあったが」と記される。そこには、大人の狡《ずる》さに翻弄されるだけでなく、「大人の嘘」に「自分の嘘」を重ねてしまったことへのやるせない気持ちが鮮やかに切りとられている。

朝日新聞社の社員となり、やっと生活にめどがつきはじめた頃、考古学に興味をもってあちこちを歩き回っていたときの思い出は、そうした贋物性が決定的に暴露される場面として記されている。――その頃の「私」は、「一時の気休めでしかない」こと、「現実から逃避する一時の睡眠剤」に過ぎないことを知りながら北九州の遺跡を歩き回り、にわか考古学者を気取っていた。だが、あるとき「大阪から転勤してきた東京商大出の社員」から、「君、そんなことをしてなんの役に立つんや? もっと建設的なことをやったらどないや」といわれてしまうのである。「私」はこの何気ない言葉に「衝撃」を受ける。そして、そのときの内面を、「九州の田舎を回って横穴をのぞいたり、発掘品を見せてもらったりしても何になるのだろう。考古学で身を立てるというわけでもない。生活にそれほどの潤いがつくというほどでもなかった。（中略）だが、建設的なものをもてと言っても、一体、私に何が出来るだろうか。仮りに些少の才能があるとしても、それを生かす機会はない。貧乏な私は商売をする資金もなく、今さら、転職もできなかった。このまま停年を迎えるかと思うと、私は真暗な気持になった」と回顧する。

清張は、のちに数多くの小説でこうした真贋の思想を問題化し、贋物であることを嫌悪し続けたが、それはただ単純に本物の前に贋物がひれ伏すという構造ではなく、贋物の世界を、本物になることを諦めた者たちが逃げ込んでいく隠れ蓑と規定するところからはじまっている。つまり、贋物に向かう者たちに共通するのは、自分には何もないという絶望感ではなく、「些少の才能があるにしても、それを生かす機会はない」という捻じ曲がったプライドであり、そういうつまらないプライドを持っているからこそ、本物の真似をしてより精巧な贋物を作ろうとしてしまう、という認識である。『半生の記』を書き継ぐ清張は、そうした贋物の世界に安住していた他者と、安住しようとした自分を徹底的に責め、本物になるための遠い道筋だけを見つめようとしているのである。

その意味で、『半生の記』は寂しい「青春」を送った「私」が、その寂しさと引き換えに求めたものは何であったのかを語ったテキストである。父の哀れさと自分の寂しさを複眼的に追究し、父のようにはなるまいと誓って生きてきた自分が、かつての父と同じような年齢にさしかかって顧みたら、結局、自分にも父親と同じような影が差していたことを自覚する物語である。

増補決定版『半生の記』の終わり近くには、「上級の学校に行っていないから、友人がほとんどいない。これがいちばん寂しいのである。一人息子だから、兄弟の味も知らない。（中略）わたしには肚《はら》をうち割って何でも相談できる友人がひとりもいない。ひとりで生活の場を歩いてきたことには気楽さもあったが、横とのつながりがないのは、ときにいいようのないさみしさであった」という記述があり、それと呼応するように、本文の最後も、「父もまた友だちが最後まで居なかった。しかし、楽天的な人であった」と閉じられる。ここでの「私」は、友だちがいない人生を語りながら、友だちがいないという一点で父と「私」が同類だったことを確かめている。誰よりも深く交わり、誰よりも慈しみ、誰よりも憎んできた父と「私」の半生がそこでひとつにつながっていることを慈しんでいる。

【注】

（1）「回想的自叙伝」は、「父の故郷」、「白い絵本」、「臭う町」、「途上」、「見習い時代」、「彷徨」、「暗い活字」、「山路」、「紙の塵」、「朝鮮での風景」、「終戦前後」、「鵲」、「焚火と山の町」、「針金と竹」、「泥砂」、「絵具」の全一六章、「〈自叙伝〉雑草の実」は全二〇回で構成されている。

（2）「回想的自叙伝」は「父の故郷」から「見習い時代」までが三段で組まれており、促音表記も旧仮名遣いに習っていたが、「彷徨」から二段組になり、促音表記も現代仮名遣いに対応する。また、それを機に清張は父の表記を「峰太郎」から「峯太郎」に変更している。自筆資料をみても「峯太郎」になっているため、本節では混乱を避け、表記を「峯太郎」に統一した。

（3）郷原宏『松本清張事典 決定版』（平成17年4月、角川学芸出版）には、父・峯太郎と母・タニが「未入籍のまま結婚した」とある。ただし、その根拠となる資料は未見。

（4）花田俊典は「注釈〈回想的自叙伝・1〉父の故郷」（清張研究会〈北九州市立松本清張記念館、平成14年4月14日〉発表資料より）のなかで、清張が「面白い自叙伝ができる要素も自信もないのである」と記していることに触れ、「自叙伝ができる」（傍点引用者）とあることに留意を要しよう。履歴（既成の人生遍歴）を述べる（語る）のではなく、ことあらためて自画像を描く（創る）、あるいは読者に「面白い」話を提供するという意識のほうがつよいと指摘している。
（5）出典不詳。
（6）このとき間借りした風呂焚きの主人は亀井藤吉という。浜田良祐『小倉のひとたち』（昭和46年5月、小倉郷土会）には、「明治三十一年小間物商を営み後精米業を兼ね、明治四十年有志とともに水産会社の前身であった小倉魚市場を創設してその重役となる。小倉市会議員に当選すること四回、又小倉市消防組々頭、小倉市湯屋営業組合長等を勤めた」とある。また、ここに登場する「亀井の坊っちゃん」とは、のちの福岡県知事・亀井光である。県知事就任前に刊行された『ふるさと人物記』（ふるさと人物記刊行会編、昭和31年4月、夕刊フクニチ新聞社発行）には、小倉市古船場に生れた小倉の地生え、天神島小学校から小倉中学、福高、東大と秀才コースをたどって東大一年在学中に高文行政科にパスした。東大法科を卒業すると警視庁保険課を振り出しに、兵庫県警防部長、厚生省住宅課長を経て、十七年にはジャワの軍政官で転出した。戦後二十一年五月に復員、厚生省勤労局監視課長、職業安定局失業保険、失業対策各課長、労働省会計課長とずっと労働行政を手がけて二十六年四月労働基準局長となった。（中略）内部でも「切れる男」として高く評価されているし頭脳は明敏、将来は次官は間違いないと折紙がついている」とある。なお、初出版「回想的自叙伝」には、「亀井氏とは、彼が次官を辞めてから或る場所で会つたが、亀井氏もまさか私が風呂焚きの家に厄介になつていた一家の子とはまだ知らないでいる」という一節があったが、単行本化される際に削除されている。
（7）清張が「回想的自叙伝」の雑誌連載を開始したのは五四歳のときであるが、この年齢を峯太郎にあてはめると昭和三年頃ということになる。昭和三年頃の松本家は、父の飲食店経営が困窮して家を追われ、清張自身も月給一〇円程度の見習職人として小倉の高崎印刷所で石版印刷の技術を磨いていた時期である。
（8）弟・嘉三郎について、『半生の記』（前出）は、「峯太郎と嘉三郎はのちに広島で再会したが、このときは、嘉三郎は広島の高等師範学校を卒業し、たまたま広島に居る峯太郎を訪ねたのだった。つづいて大分の中学校に赴任し、そこで妻を娶ったらしいが、それ以後は峯太郎とは全く会っていない。嘉三郎はのちに教員生活をやめて東京に住み、今の学習研究社や旺文社のような、受験雑誌の出版社に入った。そこで辞書その他の編集の才能を買われ、重役になって死んだが、その遺族は現在杉並にいる」と記している。

（9）増補決定版『半生の記』では削除されているが、「回想的自叙伝」第八回「山路」（「文芸」昭和39年3月）の冒頭には、「東京新聞」（昭和39年1月19日）の匿名批評欄「大波小波」が清張の言い回しにクレームを付けたことに言及した記述がある。同批評は、清張が「軽蔑された」という表現を用いていることに嚙みつき、そのような表現では「私の気持が出ていない」と批判する。「軽蔑されたかどうかは、客観的事実の問題であって、彼の気持ちの問題ではない。「軽蔑されたと思った」とき、初めて気持ちの問題となる。」と言うことは、彼がまことしやかに書き記す昔の事実は、実はすべて「……と思った」という彼の「気持」の問題に過ぎないことになる」と述べる。それに怒った清張は、「「軽蔑された」と私が書く以上、私の主観であり、意識であることはいうまでもない。私がそう感じるからには、そう思われる「客観的事実」が私の経験にあったからだ。（中略）「自叙伝」である限り、筆者の「気持」で書かれることは当然である。主観のない「自叙伝」などはあり得ない」と反論する。また、「功成り名遂げた松本の現在の立ち場からすれば、強い調子で書けば書くほど、自分に冷たかった周囲への復讐になるわけだ。これが松本文学をおおう「黒い霧」である」と皮肉られたことに対しても、「この人はよほど度量の狭い人らしい。まるで私が復讐のために自叙伝を書いているように思いこんでいる。復讐なら、もっと具体的な「客観的事実」を挙げる。それをしなかったのは、そう誤解されるのを恐れたからだ」と強い口調で反論している。わざわざ連載の一部に組み込むかたちでこのような文面を挿入していることからも、清張がどれほど主観／客観、事実／憶測を区別し、注意深く筆を進めていたかがわかる。なお、同時代の清張に対しては、韓国の雑誌「思想界」（昭和37年8月）から「作家にゆとりができると作品創造の面でも変るのではないか」という質問を受けた平林たい子が、「そうですね。そういう作家は思考というものがないんです。朝から晩まで書いているんですけど、何人かの秘書を使って資料を集めてこさせて、その資料で書くだけですね。だから例をあげると松本清張のような作家は相当反米なんですけど、その理由が自分の秘書の中に共産主義者がいるんですね。そういうことがあるんで、そういう資料を集めてくるわけです。それで松本といえば人間ではなく『タイプライター』です」と発言したことに激怒し、「事務処理をする手伝いのひとが一人いるのみで、事実に反し、文壇歴の長い大先輩が、外国において匿名欄にでもありそうな発言をする心境がわからない」（「平林たい子さんに訊く―南朝鮮誌『思想界』での断定について」、「日本読書新聞」昭和37年10月22日）と反論する事件が起っている。

また、昭和三八年六月には、小説「象徴の設計」(「文芸」昭和37年3月~38年6月)をめぐって、その内容が歴史を歪めていると批判した林房雄の「文芸時評」に対して、「朝日新聞」誌上で再三にわたって反論しているし、翌三九年には中央公論社が企画した文学全集『日本の文学』で編集委員のひとりだった三島由紀夫が、清張の作品収録を頑なに拒否し、その後、清張が「純文学」なるものを標榜する作家群への敵意をあらわにしていくきっかけになる。そうした、いわれのない(少なくとも本人にはそうとしか思えない)誹謗中傷がたて続けに浴びせられるなか、清張はそのひとつひとつに対して、かなり攻撃的に関わっていく。事実関係はともかく、この「回想的自叙伝」がそうした生活のなかで書き継がれていることは確かだし、逆に、そういう時期だったからこそ、「詩」を排し、「真実」の自叙伝を書くことにこだわったといえるかもしれない。

(10) 原久一郎「訳者の感想」(『世界文学全集 第24巻 露西亜三人集』「月報」昭和3年1月、新潮社)で、「『どん底』の訳出はまた絶えず私を十七八年前の放浪時代の回想へ連れて行つてくれた。特にF―町の町端れの木賃宿暮らしが思ひ出された」と記している。清張は、原久一郎自身が語る「木賃宿暮らし」の思い出にわが身を重ねたのであろう。

(11) 清張は「あのころのこと」(「オール読物」昭和55年8月)に、「わたしは若いときから菊池寛の愛読者であり、『文芸春秋』の購読者であった。『文芸春秋』は定価十銭の創刊号から買っていた。そのころ、わたしは小倉である会社の給仕をしており、つづいて印刷所の職工になって働いていた。『文芸春秋』が年に二回だか三回だか『オール読物』という臨時号を出し、これが好評で別箇に雑誌『オール読物』を出すようになったのだが、わたしはその臨時号から愛読していた。当時の文壇花形作家が執筆しているだけに従来の娯楽雑誌とは違った上質の読物雑誌だったからである」と記している。この記述に従えば、清張は創刊号からずっと「文芸春秋」を購読しており、菊池寛の「半自叙伝」も雑誌連載時から愛読していたことがわかる。また、『半生の記』では、「中央文壇の消息にはさっぱり通じなかった」、「私は東京の文壇など何も分っていなかった」といった記述がたびたびなされているが、この文章から察する限り、清張は当時の文壇状況に強い関心をもち、自分なりの矜持もある程度もっていたことが窺える。

(12) 新刊本を購入する余裕がなかった清張にとって、読書体験の多くは大正一一年一〇月に開館した小倉市立図書館の蔵書によるものだった。『小倉』(昭和25年5月、小倉市役所)には、この小倉市立図書館の設置に関して、「大正十年(一九二一)九月、東宮殿下欧州より御帰朝の盛事を記念して市立各学校及び小倉教育会、小倉青年会、小倉在郷軍人分会、小倉処女会の記念事業として、図書館設置が思ひ立たれた。さうして、市立記念図書館設立申請が、ときの新妻市長に提出された。同十一年(一九二二)二月、小倉市会は、その設立件議案を、満場一致をもつて可決し、同七月その設置を認可した」と記されている。また、当時の「門司新報」(大正13年7月23日)には、「貧弱な蔵書冊数 小倉図書館」という見出しのもと、「小倉市立図書館は創立日浅く予算も少く蔵書は質に於ても量に於ても極めて貧弱ではあるが有志からの寄贈書もあり新刊書の金の余り高く無いものを努めて購入しつゝあるから通り一片の読書家には間に合せが出来るであらう試みに本月一日現在の蔵書冊数を聞くと総数三千五百六十八冊外に原書二百九十余冊内容は哲学、心理、法律、経済財政、教育其の他一通りを網羅してゐる。因みに六月中の入館人員は学生千六十三人教員四十九人官公吏八十一人軍人三十二人実業九十四人婦人百人其他五百十五人計千九百三十六人である」(合計数は一九三四人になるが、記事では一九三六人と表記されている——筆者注)という記事が出ている。

(13) 「回想的自叙伝」が連載された「文芸」の読者欄には、連載直後に「新聞の広告で八月号から新たに松本清張氏の「回想的自叙伝」が連載されることを知り、大いに楽しみにしていたが、期待に違わず面白かった」(昭和38年9月)という投稿が載り、編集部の「後記」にも、「松本清張氏の「回想的自叙伝」は、従来の自伝ものに見られる飾りが全くなく、いつも氏の体験が素直に語られているので、人間松本清張が常に読者の目の前に立っています。心をうつ貴重な記録であり、好評の所以もここにあるのでしょう」(昭和39年11月)といった文面がある。こうした反応や編集部のコメントからも、『半生の記』が同時代の読者に好評だったことが窺える。

(14) 花田俊典は、「注釈〈回想的自叙伝・1〉父の故郷」(前出)のなかで、自分に学歴がないことを繰り返し記述する清張の戦略性に言及し、「明治四十二年生まれの世代にとって、大半は尋常科あるいは高等科卒だったわけで、それを彼がここでことさらに「学歴がない」と強調するのは、実人生的には彼が学歴を必要とする社会(サラリーマン社会)を歩もうとしたからであろうし、文学的には、このことを暗い情念として方法化する意図が作用していよう。昭和三十年代は戦後の新学制による若者たちが実社会に登場してくる時期で、やがて高度経済成長期にさしかかる。中学卒の集団就職・学歴社会が一般化してくるにつれて、「学歴のない」（ことを意識する）人たちも増加していく」と述べている。

（15）「門司新報」（大正13年4月29日）は、「義務教育年限延長を伴ふ改正　尋常高等の区別廃止」という見出しで義務教育年限の延長などに関する議論が始まっていることを伝えているし、「門司新報」（大正13年5月5日）にも「小学校教育は来年から八年　卒業後活動出来るやう七八年生に新教育」という見出しが載っている。また、「門司新報」（大正13年5月7日）にも、「義務教育の延長　第一回　文政審議会諮詢案説明」という見出しの記事があり、「義務教育の下限を延長して少くとも十四歳位まで児童即ち現在よりも理解力のさらに長じたる児童を小学校に在学せしめなければならぬと信ずる」とある。実際には、施行に伴う経費を市町村が支出することができないという判断で義務教育の延長が見送られたが、清張が小学校の高等科を卒業する時期にこのような議論が活発になっていた事実は大きな意味をもっている。「門司新報」（大正13年5月1日）には、「小学校に於ける職業指導綱領＝文部省の調査」という記事があり、「元来職業指導は職業に対する自覚と要求との始まる頃から之を為すべきで約十二歳以下の児童は此の点から見て全然必要なく（中略）若し小学校に於て行ふならば最上級即ち八年制以上の小学制度に於て最後の二ヶ年に課すべき性質のものとせられてゐる」とあり、この時期、小学校卒で就職する児童たちへの職業指導をめぐる議論があったことがわかる。ところで、清張は、自分が高等小学校を卒業した時代が「不景気」だったと述懐しているが、同時期の「門司新報」をみる限りその証言は必ずしも正確とはいえない。たとえば、大正一三年三月六日の記事には、「小倉職紹成績　就職歩合良好」という見出しがあり、「二月中の小倉市立職業紹介所の成績は求人男九十三人女三十三人計百二十六人求職男百〇六女四十人計百四十六人紹介数男六十女廿六人計八十六人就職数は男三十九人女十九人計五十八人で求人より求職の方が二十人多く又就職数の約四割で就職歩合は非常に良好である求人は小店員最も多く外交集金人製版、商店員、配達人等之に次ぐ」とある。また、大正一三年三月二六日の記事には、「小倉職紹の児童紹介　求人も求職も頗る繁盛」という見出しがあり、「小倉市立職業紹介所の例の小学卒業程度児童の就職紹介に対する就職申込みは小倉堺町校と商工補習校にて男女百名西小倉校男女十名大分縣下京都郡■元校其の他より二十名合計既に百二十名に達したが一方求人の方でも此の計画を聞て申込みを為すもの少からず東洋陶器の如き百名を依頼し来り其の他の申込みを合すると百五六十名に達して■■■は二三十名の求人紹介を■して居る東洋陶器は幼工として使用するもので日給五十五銭を給する」とあるし、大正一三年九月七日の記事には、「小倉職紹成績　求職は減じ求人は殖ゆ」という見出しのもと、「小倉職業紹介所に於ける八月中の求人数は男三百二十七人女六十四人計三百九十一人求職数は男三百六十八人女二十九人計三百九十七人又紹介件数は男三百十五人女十一人計三百二十六人就職者は男二百十七人女十一人計二百二十八人にて先月より求職は八人を減じたるも求人は三十人を就職は十人を増せり」と、大正一三年一二月五日の記事には、「小倉では就職豊富で人が不足」という見出しのもと、「小倉職業紹介所に於ける十一月中の成績は求人男九十九人女三十六人計百三十五人求職男六十四人女十六人計八十人就職男四十九人女十三人計六十二人で求職に対する就職歩合は非常に良好である然るに求職の方が八十人で求人が百三十五人といふのは時節柄珍とすべき現象だが年末に際して商店会社筋からの集金の求人が四十八人にも達した為めである尤も此四十八人を全部引抜いても猶ほ求人の方が七人も超過するから必ずしも年末といふ一時的現象でないことが知らるる」とある。世の中が本当に不景気のどん底になるのは、むしろ昭和二年前後、清張が川北電気を解雇された頃からと考えたほうが的確であろう（■は判読不能）。

第三節　戯画としての合戦——吉川英治『私本太平記』論

1　この世の影なき魔もの

高度経済成長期の大衆小説において、多くの読者の支持を得たもののひとつに、戦国時代を舞台とした歴史小説がある。また、こうした歴史小説の主たる読者は同時代の過酷な競争社会に生きるサラリーマンたちであった。彼らは、様々な知略を駆使して乱世を生き抜く戦国武将の姿や、綿密な作戦にもとづいて展開される合戦の模様に自分たちの所属する企業や組織の縮図をみようとしたのである。ここでは、その代表作として吉川英治の『私本太平記』(「毎日新聞」昭和33年1月18日～36年10月13日)をとりあげ、それをひとつのサンプルとして、なぜ高度経済成長期に歴史小説が人気を博したのかを考える。

『私本太平記』の連載開始から一年後、「毎日新聞」(昭和34年1月18日)は「〝南北朝史〟小説化の意義」と題する特集を組み、『太平記』が小説化されることの意義を検証している。ここでまずとりあげられるのは、戦前の皇国史観においてタブーとなっていた南北朝時代に光をあてたという点である。そこには、戦後の自由主義史観に基づいて歴史を問い直そうとする時代の風潮と連動するかたちで、「忠臣」楠木正成／「逆賊」足利尊氏という図式にもとづく国民教化の〈神話〉が払拭されることへの期待が寄せられている。

しかし、同記事にコメントを寄せた村松剛は、この小説を純粋な文学として理解することに固執する。

この時代は小説化して面白い時代だから新しい解釈による太平記の出現は楽しい。革命のにない手としての尊氏、しかもお人よしのその性格が生む矛盾。また正成にしても本来なら悪党として当然、革命軍に加わるべきはずなのに、保守政権に加わらざるをえなかったその矛盾と悲劇。正成には正成なりの悲しみがあったはずである。そういう新しい解釈に立った物語、人間的感情にあふれたものが吉川太平記だ。尊氏や正成など人間的矛盾にみちた人間として活躍し、人間の心理的面白さが豊かに描き出されている点では、むしろこの前に書いた〝新・平家物語〟より近代的小説ではなかろうか

『私本太平記』の世界は人間の「感情」や「心理」を描いた「近代的小説」に他ならず、歴史のなかで偶像化された存在が、ひとりの矛盾に満ちた人間、血肉の通った人間として読者の前に連れ出されるところにこそ面白さがあるというのが、この論の骨子である。

吉川英治の小説観を語るとき、よく引き合いに出されるのは、「僕の歴史小説観」（談話筆記、『吉川英治全集47』昭和45年6月、講談社）で語られる、「現代小説を前の鏡とすれば、ぼくらの歴史小説は後鏡といえます。その両面の中に浮いた自分に最も似つかわしい調和のポイントをとって、装いの美と均衡を保った新しさをお化粧にも創造してゆく。生活にもそういった気持ちをたたえてゆく。ま、そんな中に過去を書く小説などもあってよい意味があるものと信じるわけであります」という言葉である。この言説にちなんで「思考の合わせ鏡」といわれることも多い。だが、村松剛の場合は、そうした歴史から何らかの教訓を学びとろうとする見方に距離を置き、『私本太平記』の登場人物から、現代人となんら変わらないものを感受しようとしている。

また、この記事には、「私は、六十余年の生涯を通じて、いつも権力の魔力ということを考えてきた。そのままおとなしくしていれば無事平穏な生活がおくれるのに、権力がほしいばっかりに滅びていった人が、どのくら

い多いことか、実に不思議でならない。南北朝史は、その意味からいって、天皇という権力の座をめぐる人間の争いを見事に展開してみせてくれる。生涯のテーマとして、ぜひとも扱ってみたい時代だった」という自解も紹介されており、晩年の吉川英治が歴史小説で何を表現しようとしていたかが明らかになっている。大望を抱いた尊氏と、終生にわたって権力の魔力に取りつかれることのなかった正成の違いは、「権力」に協力したか反抗したかの差にすぎないのであって、本当につきつめなければならないのは、そこに人間をかりたててゆく「権力の魔力」なのだと断じるとき、彼は、ある意味で「思考の合わせ鏡」として歴史を記述しようとする構成者の立場を離れて、人間を「権力」へと駆りたてる凶暴な欲望に迫ろうとしているようにみえる。

時期的には遡ることになるが、吉川英治は『私本太平記』の予告として書かれた「新春太平綺語――〃私本太平記〃の起稿にあたって――」（「毎日新聞」、昭和33年1月1日）でも、

私は人間同士の住むこの世には、何か「誰」と指摘できない摩訶不思議な素因がどこかに跳梁している気がしてならない。／小説の中では、そんなものをも、つきとめてみたい意欲がするのである。だがそれは、文芸の徒の文芸思惟などでは遠くとどかない永遠の問題であるかもしれない。なぜなら、眼の前にある今日の国際社会においてさえ、なおまだ未解決のままつねに不気味な不安のナゾとなっているからだ（中略）南北朝の世をかりて、ひとつその、この世の影なき魔ものの正体を、読者とともに、考えてみようというのが私の意図でもある。

と述べている。のちに「権力の魔力」と名づけられる問題が、ここでは「影なき魔もの」とぼかされているものの、基本的なスタンスは一貫しているといっていいだろう。

しかし、この随筆には先述の自解では触れられていないもうひとつのモチーフが語られている。作者は、「今日の国際社会」、すなわち、昭和三三年当時の日本および日本を取り囲む国際社会に広がる「虚無型の不安」に迫ることこそが自分の狙いであり、作家としての「思惟」を働かせるために「南北朝の世をかりて」みるというのである。本節では、そうしたモチーフを踏まえて『私本太平記』の世界に迫り、吉川英治がその晩年において「読者とともに、考えてみよう」としたものの正体を探っていきたい。

2　父系的秩序の相対化

『私本太平記』は、新聞連載の開始とともに読者からの大きな反響にさらされたが、なかでも特に多かったのは史実とフィクションの交織の問題だったという。それに対して吉川英治は、「新聞小説でありつつも能うるかぎりな史実を踏襲してゆきたいとおもっているし、これまでもその点はずいぶん稿外の時間と労をついやしてきた」(「巻外随筆」、『私本太平記』巻五)という前提のもと、「おなじ史材でも、歴史科学者の眼と、文芸家の眼とでは、各イメージが必然ちがう。ちがわなければ文学の意味はない。証拠判定の一点に立つ者と、あらゆる時代条件や人間性やまたその歴史事件に推理をほしいままにする者との、立場の相違である」と説く。いくら文献資料を駆使しても、最後のところで登場人物に血をかよわせ、言葉を与え、動かしていくのは作家自身なのだから、そこに「解釈」が介入するのは当然だというわけである。

これは、歴史小説作家にとって常識のようなものであり、いまさら、わざわざ説明する必要などないような事柄である。だが、吉川英治の場合は、こうした読者の疑問に懇切丁寧に答えることを厭わないばかりか、読者との落差を埋めていく過程そのものを小説的戦略として利用し、メタ・プロット化しているようにみえる。たとえば、新聞の連載小説の習慣として、毎月の初めに掲載されることになっている「前回までのあらすじ」をやめて、それを『私本太平記』の篇外雑感、臨時の史蹟紀行、補遺などにあてるという試みがそれである。また、小説中に古典『太平記』や『神皇正統記』の記述をそのまま引用したり、「筆者」自身を登場させたりして、様々な仮説や俗説を紹介する場面も頻繁にある。その意味で、日々の新聞に連載される『私本太平記』の読者を支配していたのは、自分が南北朝の世界を歩くような臨場感というよりも、現在という足場に立って、いささかのもどかしさを抱えながら、にわか歴史ファンとなって推理を働かせる愉しさだったはずである。そこには、試行錯誤を続ける作者の息遣いと自分が置かれている現実の重みを感じながら、南北朝という歴史の「空白」に映しだされるパノラマを覗き見るような仕掛けが幾重にも用意されているのである。

また、『私本太平記』を構想するにあたって、吉川英治は、田楽女の身でありながら尊氏の子をみごもり、佐々木道誉からも執着される藤夜叉、盲人であるがゆえに乱世に巻き込まれることなく平家琵琶の名手となった覚一法師などを造型している。男たちの欲望を逆照射する女の視線、深い思慮をもって時代の行方を俯瞰しようとする視線を用意することで、彼は、謀略と殺戮があたり前に映る時代の光景を異化する。『私本太平記』の世界は、ある意味で、藤夜叉や覚一法師といった、父系的な秩序を相対化していく視線によって支えられているのである。

3　安保闘争と「自己権力への幻想」

こうして、いよいよ『私本太平記』は、のちの尊氏こと足利又太郎が颯爽と登場する場面から滑りだすわけだが、たとえば、母が語り聞かせる「羅刹地獄の六道の娑婆苦も能く救うというお地蔵さまも、まことは、一仏二体がその本相であり、半面は慈悲をあらわしているが、もう半面の裏のおすがたは、忿怒勇猛な閻魔王であって、もともと一個のうちに、大魔王と大慈悲との、二つの性を象っているものですよ」という言葉といい、足利家に伝えられる置文の「七代の孫、かならず天下をとり、時の悪政を正し、また大いに家名をかがやかさん」という一節といい、冒頭場面の語り口は、又太郎が未来において経験することを予言するような言説に彩られている。「忿怒勇猛な閻魔王」でさえ、その本相には「大魔王」と「大慈悲」をもっているという教え。それは、快男児として登場し、一族や領民を深く愛する心をもっていながら、天上人にのぼりつめていく過程で自らが仕えていた鎌倉幕府を討伐し、後醍醐天皇による建武の中興を阻み、弟・直義を殺し、血を分けた子である直冬には弓を引かれることになる尊氏の宿命を暗示するとともに、人間がひとつの真実のために生きることの難しさをも伝えている。

権力にのぼりつめた人間は、なにもかもが自分の思うままになると錯覚する。だが、権力はときとして彼がめざしたものと相反する選択を要求する。M・フーコーが、「権力とは、一つの制度でもなく、一つの構造でもない、ある種の人々が持っているある種の力でもない。それは特定の社会において、錯綜した戦略的状況に与えられる名称なのである」（渡辺守章〈訳〉『性の歴史Ⅰ 知への意志』昭和61年9月、新潮社）と説いたように、そこには、権力の非・主体性が露呈している。

ところで、吉川英治は「太平記寸感」（『日本古典文学大系』「月報」、昭和35年1月、岩波書店）のなかで、尊氏のような人間たちが現れてくる時代性の問題に言及し、「新しい思想としての宋学風潮がいかに宮廷の若公卿たちの夢を性急にかりたてたか。そのくせ古い宮廷人はいぜん古い争いや陰謀に固執していたか。このへんの複雑さがよくのみこめないと太平記の社会は単なるてんやわんやにしか観られぬだろう」と述べているが、これを、ほぼ同じ時期に書かれた「筆間茶話」（「毎日新聞」昭和35年3月11日、『随筆 私本太平記』昭和38年3月、毎日新聞社）の「東京へ東京へ、若い人がよく出てきたがる。むりもない。スキヤ橋から銀座へかけての夜景など、この大都会は色キチガイのようである。そんな夕も万を超える勤労者大衆が、日比谷で反政府のどよめきをあげ、警視庁の黒いトラックがお濠ばたに列をなしていた」という一節と照らし合わせると、『私本太平記』に描かれる群像と昭和三五年という現在軸との相関性が見えてくる。

いうまでもなく、それは、学生や労働者を中心とする国民勢力が日米安全保障条約改定に反対して蜂起した六〇年安保闘争であり、「保守」と「革新」というかたちで亀裂を深める政治的対立状況をさしている。前年の皇太子成婚を「皇室の最上なおよろこび」と受けとめるとともに、「平和の真価は、戦争の悲惨を書くと滲み出てくる。今日の皇室の姿は、かつての天皇や皇子が践《ふ》まれた茨を振りむいてみる事で、そのご幸福さも一ばい切実に思われずにいられない」（「筆間茶話」、「毎日新聞」昭和34年4月1日）と記すなどして、象徴としての皇室を中心とした秩序の安定を願っていた吉川英治は、デモを過激化させていく若者たちのなかに『私本太平記』の世界を重ね合わせているのである。

同時代を代表する文芸思想家のひとりである吉本隆明は、『擬制の終焉』（昭和38年7月、現代思潮社）で安保闘争のデモを「自己権力への幻想」と呼び、「神のいない空虚な神殿をめぐって広大な群集のねり歩く祭典」のようだと表現したが、たとえば、『私本太平記』において「天皇と幕府との全土にかかわる開戦」に臨んだ楠木正成が、単純な「覇気」や「気概」に突き動かされてしまう若者たちを警戒する場面で、語り手が、「困るのは、彼らのそうした逸《はや》り気だった。彼らは少しも戦争を怖れていない。それが、正成には大きな怖れだった。正成からみると、彼ら若者は戦争を好んでいながら戦争とはどんなものかは一こうに知っていない子どもにみえる」と記していることからも分かるように、吉川英治の描く世界には、力の論理に頼って行動すると物事の本質が見えなくなるという認識が横たわっている。だからこそ、彼は、怖れを知らないまま安保闘争という「自己権力の幻想」に駆りたてられていく若者を危ぶみ、『私本太平記』に描いてきた歴史の教訓がまったく生かされないまま反復されている現実に虚しさを感じるのである。

4　歴史のニヒリズム

『私本太平記』において、そうした透徹したまなざしが特に強調されているのは楠木正成である。古典『太平記』に儒教的な徳治思想を読みとり、「この立場は人倫的国家理想の伝統の上に立つもの」(『日本倫理思想史 下巻』昭和27年12月、岩波書店)だと指摘したのは和辻哲郎だが、作者は、忠義のためには一族郎党の命を預かって戦場に赴かなければならない武人としての正成にこの〈徳〉を与えることで、心理的な葛藤のドラマを鮮やかに浮かびあがらせる。後醍醐天皇に向かって「なにとぞ、いまを以て、御軍をやめ、公武一体のおすがたをお取りあらせられ、ひとまず、すべてを御政事に帰せられたしと希う次第にござります」と諫言し、尊氏との和睦を願いでる場面。あるいは、死を覚悟して戦に臨もうとするとき、妹の夫である治郎左を出陣の列から外し、「死ぬであろう戦場へおもむくのも、じつは命を愛しむわが命がさせていること、この心のあやしさ、正成もまた観きわめておる。――いま、そちたち夫婦に、武門の外へ返れというのも、むなしく生きろということではない。そなたたちには二度とえられぬ命を大事につかってゆく別な道があったはずだ」と説き伏せる場面などに明らかなように、読者の側から眺めたとき、正成の言動は常に正しいし、その先に待ち受けている展開があらかじめ了解されている。だが、すべてが見えていて、どのような方略をもって事にあたるべきかを知っていながら、彼は、あえて血生臭い戦いに身を殉じる。戦前の社会において、正成が忠君愛国の化身として、あるいは、戦争イデオロギーの精神的支柱として崇められていった事実は、いまさらいうまでもないが、六〇年安保の時代にこの正成の造型を試みた吉川英治が、そこにどのような解釈を加えるかという問題は、『私本太平記』における、ひとつのクライマックスであった。

新聞連載当時に寄せられた批評を追っていくと、識者たちもその点に多大な関心を払っていることに気づかされる。「私が「私本太平記」の将来に興味を持つのは、正成をどう扱うかである。正成は維新以来の国家主義にゆがめられたが、また、そればかりとは言えない日本人的な、民族的な詩がその人格で確立されているように私は見ている。正成が英雄に祭りあげられたのには、日本人が好む素質がその人に在って、神格化に利用される下地となっていたようである」（「疲れ知らぬ創作力　吉川英治著「私本太平記」」、「読売新聞」昭和34年4月18日）と記した大佛次郎。「正成が防戦々略を天皇に奏上して、君側の公卿に斥（しりぞ）けられ、恐らく必敗を覚悟して兵庫に出陣してから、その最期に至る日々の叙述を、私はやはり或る感慨を以て読んだ。何といっても、子供のときから知る正成である。去る五月中のすがすがしい朝毎に、私はいく度か家人に向かって『正成の死も近づいたね』といいつつ毎日新聞を取り上げたことを憶（おも）い出す。吉川君は足利尊氏という人物を、格別の興味と同情とを以て取り扱っているが、而かもその尊氏が、一度ならず差しのべた手を斥けたその正成を、深い尊敬を以て描いているように見える」（「「私本太平記」を読む」、「毎日新聞」夕刊、昭和36年6月29日）と記した小泉信三をはじめとして、吉川英治に期待する言葉の多くは、正成の姿に「日本人的な、民族的な詩」を求めている。日米安全保障条約改定への反対運動としてはじまった闘争が、いつのまにか政治と思想の安易な野合となって国家を混迷させ、個としての判断が全体の運動のなかに解消されていくような倒錯が世の中を覆っていたこの時代にあって、距離をもってそれを眺めていた人々のあいだには、密かに、戦争で喪った民族的幻想をとり戻そうとする動きが起こりつつあり、その期待が『私本太平記』の正成に集まっていたのである。

そうした期待を受けて、作者はいよいよ湊川の陣で足利軍に追い詰められた正成を描くわけだが、吉川英治の狙いは、この場面に付けられた「七生人間」という章題に込められている。「七生人間」とは、もちろん「七生報国」をもじったものである。『私本太平記』に照らしていえば、それは、正成と弟・正季がともに自害して果てようとするときの会話に描かれる。正成から、死に臨んで何を思うかと問われた正季は、「次の世も、いや七生までも生まれかわッて、国にあだなす逆賊を撃たんものとはぞんじます」と答える。しかし、逆に「兄者のお望みは」と尋ねられた正成は、「家の小庭には花を作り、外には戦のない世を眺めたい。七生、土をかつぎ、土をたがやす、土民の端くれであってもよい。衆の中に衆和をよんで、土かつぎも幾百年の積もりをなせば、やがては浄土を築きえようか」と答えるのである。

実は、この場面には、それが書かれる前年に起こったひとつの事件が影をなげかけている。昭和三五年一〇月一二日。当時、安保闘争の指導者だった社会党委員長・浅沼稲次郎が演壇で右翼の少年に刺殺されるという事件が起こる。犯人は山口二矢《おとや》、一七歳。この少年は一一月二日に東京少年鑑別所の独室の壁に歯磨き粉で「七生報国・天皇陛下万歳」としたためて首を吊る。刺殺の決定的な瞬間が写真に撮られたこともあって、この事件はマスコミを騒然とさせる。この年、文化勲章を受章することになっていた吉川英治は、山口二矢が死んだ翌日の文化の日、宮中の授賞式に臨み、注目の人となるわけだから、二人は、ちょうど同じ時期に陰と陽に分かれてマスコミの注目を浴びていたわけである。

この事件が、正成の最期にどのような影響を与えたかを具体的に探ることはできないが、ともかく、彼は正成という人間を、「七生までも生まれかわッて、国にあだなす逆賊を撃たん」と叫ぶ正季を説き伏せる側に回らせ、「衆和」の思想を語らせることで、ひとまず、その存在を水戸学派的な尊皇攘夷の具現者から解放する。また、「土民」として生きるということ以外、日本民族の文化や精神風土に関わるような言説をすべて封印することで、そこに滅びの美を見ようとするデカダンスをも排除する。革命と粉砕が合言葉となっているような安保闘争期の日本社会にあっては、盲信にもとづいて自分を狭隘な正義に仕立てていく者たちのもつ権力性を疑うことそれ自体が、ひとつの見識だったと思える。

しかし、吉川英治は、小説の最後で尊氏の生き方に踏みこんでいくことで、自らが造型した正成像を再び相対化する。尊氏が、ともに戦いつづけてきた弟・直義を殺す運命に至ったあと、語り手は、「置文は、彼にとって、動機ではあったが、もう終生の信条ではなくなっている。（中略）尊氏はとうに置文を越えた〝時〟の尖端に立って現在と未来の間に戦っていた」、「弟は自分のように狡くなかった。なお置文をたましいとして持っていた。自分はとうにただの古文書としていたものを、弟は純な初志と信条を離そうともしなかった」という。そして、尊氏の死後、戦国の世そのものを俯瞰するような位置に立った覚一法師は、彼の生き方を、「家を興すには戦争もせねばならん、戦争へのぞむからは勝つため敵も殺さねばならん、が末始終には、これは天下の諸民を助けることになるのだ、世を安きに建て直す途上では仕方がないと、一生わき目もふらぬおすがただったものでしょうに」と説く一方で、「ならば旧態のままでよいか。それも不断に進む世の自然に反しします。行き詰りの世が腐りだすと、腐り放題に腐えてゆく。いやでもまたその無秩序や不平が恐ろしい不安を醸して来ますのでな」と自問自答する。松本新八郎が「南北朝をえがいた歴史文学」（『歴史文学への招待』昭和36年3月、南北社）において、「〝業〟というのは人物にとっては宿命的な無目的な行為である。そして〝業〟によって運動する歴史は、歴史の運動法則とはかかわりのないやはり無目的なものである。それは、歴史文学におけるニヒリズムとかかわりがないとはいえない」と語っているように、この言葉の背後にあるのは、〝業〟によって動かされていく歴史のニヒリズムそのものである。尊氏は、権力のニヒリズムが見えてしまった人間であるという意味において、「土民」として生きることでその本質と関わることを回避しようとした正成よりも深い暗闇をのぞいていたといっていいだろう。

昭和三三年から三六年という、やがて日本が迎えることになる高度経済成長の前夜にたたずんでいた晩年の吉川英治は、『私本太平記』において、不安を逃れるために絶えず前に進みつづけなければならないこの世の仕組みと、その様々な局面で明らかになる権力の機構に迫った。乱世を戦い抜いた二人の武将のなかに、権力から逃れようとする生き方と、権力を置き去りにしようとする生き方を振り分け、そこから導きだされるものを読者に委ねた。その意味で、彼がいう「虚無型の不安」とは、こうした、「歴史」のなかに「いま」を問いかけていこうとする行為そのものをナンセンスと退けるような、安保闘争期の膠着した社会状況に向けられた皮肉だったに違いない。

第三章　欲望——愛欲の光景

第一節　妻たちの性愛——川端文学の水脈

1　「夫婦生活」と貞操観念

——修一は情慾にも恋愛にも悩む風がなかつた。重苦しく見せなかつた。修一がいつ初めて女を知つたのかも、信吾は見当がつかなかつた。／今の修一の女は商売女か娼婦型の女にちがひないと、信吾はにらんでゐた。／会社の女事務員などは、ダンスにつれ出すくらゐのもので、あるひは父の目をくらますためかと疑はれた。／相手の女はこんな小娘ではないのだらう。信吾はなんとなく菊子からそれを感じた。女が出来てから、修一と菊子との夫婦生活は急に進んで来たらしいのである。菊子のからだつきが変つた。（中略）信吾が目をさますと、前にはない菊子の声が聞えた。

川端康成『山の音』（昭和29年4月、筑摩書房）の信吾は、愛人のところに出入りする息子・修一の淫らなふるまいを憤っている。戦争で生死をさまよったことで、精神が麻痺しているのではないかという危惧もある。だが、修一を気に懸けることばとは裏腹に、信吾の意識はまるで憑かれたように菊子の方へスライドし、その変化が追尾されている。「頽廃と背徳」の淵に沈みかけている息子の姿は後景に消滅し、「夫婦生活」が「急に進んで来た」ことで初々しい新妻から艶かしい女へと変わりつつある菊子の「からだつき」や、寝室から漏れてくる「声」が前景にせりだしている。のちに語り手が信吾に与えた、「修一の麻痺と残忍との下で、いやそのためにかへつて、菊子の女は目ざめて来たやうでもある」という内的独白からもわかるように、彼は、修一と愛人とのあいだで繰り広げられる性愛が「生命の波」となって菊子に打ち寄せていることに戦慄し、振り回されるのである。

しかし、テキストが展開していくにつれて、信吾は、自分が二重の意味で事態を誤認していたことに気づかされる。――ひとつは、修一の愛人に対する見当がはずれる場面。修一との間に出来た子どものことで、愛人宅を訪ねたときのこと。洋裁の仕事で身を立て、慎ましやかな暮らしをしている戦争未亡人の絹子とはじめて会った信吾は、彼女が清楚な美しさをそなえ、毅然とした態度を崩そうとしないことに驚かされる。修一に、菊子の「からだつき」を変えるほどの性技を身につけさせる以上、相手は「商売女か娼婦型の女にちがひない」と踏んでいた信吾は、そこで認識の修正を迫られる。修一が、愛人や会社の女友だちの前で、菊子は「子供だ」とこぼしているのを知り、「修一は新妻に娼婦をもとめていたのだらうか」とたかを括っていた憶測は、その瞬間に肩すかしをくらい、菊子に官能の昂まりを促したものの手がかりを見失うのである。

また、もうひとつは、菊子が修一とのあいだにできた子どもを堕胎したことを知った信吾が、修一への怒りをあらわにする場面に起こる。ここで、「ほしがつてゐるものを、産めなくさせるのは、お前が菊子の魂を殺すやうにするからだ」と叱責された修一は、「それは少しちがふな。菊子には菊子の潔癖があるらしいですね」、「子供が出来るのもくやしいといふやうな……」と反論して信吾を絶句させる。菊子と修一の「夫婦生活」を自分自身の経験の範囲内で推し量り、女学生の面影さえ残す菊子は、修一の求めるままに身を委ねる従順な妻に属すだろうと考えていた信吾は、彼女のなかに、男の気まぐれな欲望をはっきりと拒絶する「潔癖」さがあることに驚かされるのである。

こうして、菊子は修一の妻としてひたすら受け身に回っていた自分を脱皮し、ときには貪欲に、ときには拒絶というかたちで夫との性の結びつきに自分の意志を介入させる。経験の範囲内で女なるものの性をみくびっていた信吾は、そんな菊子の変化を目のあたりにして、自らの幻想をうち破られる。男たちが手にする雑誌には、「夫婦生活に於て、夫のする事は、妻は何もかも承知の上で、知らない振をしているに限ります。妻はすべて受け身です。求められて初めてする、という段階で十分なので、その代り夫が頻りに妻を悦ばせようとした場合に、妻は何もかも夫任せで、しかもそれを十分に悦んでいるように見せなければなりません」（丸木砂土「良人を満足させる妻の性愛技巧」、「夫婦生活」昭和24年6月）などといった言説があふれ、女が男の慾望に従属していくことがあたりまえだった時代にあって、それは、ひとつの清新な光景だったにちがいない。

ところで、『山の音』には、修一が信吾に「小説家の欧州紀行(1)」を見せる場面があり、「――ここでは貞操観念が失はれてゐるのではない。男は一人の女性を愛しつづける苦しさと、女が一人の男を愛する苦しさに堪へられず、どちらも楽しく、より長く相手を愛しつづけ得られるために、相互に愛人以外の男女を探すといふ手段。つまり互ひの中心を堅固にする方法として……」という文面を目にした信吾は、そこに「立派な洞察」があるように感じる。男と女が、それぞれの「愛人」をより深く愛するために、「愛人」以外の相手と自由な関係をもつこと。それは、恋愛、結婚、性愛をひとつの流れとしてとらえるロマンティック・ラブへの反措定であると同時に、性愛の悦びに正当性を与える考え方である。妻に対して一方的に「貞操観念」という足枷を押しつける男根主義への拒絶である。

「川端の傲慢」（『恋愛小説の陥穽』平成3年1月、青土社）において、「男性の主人公が高い位置にいて、女を労ろうとする作品」の典型として『山の音』をあげた三枝和子は、信吾の内的独白として描かれる「二十を出たばかりの菊子が、修一と夫婦暮しで、信吾や保子の年まで来るのには、どれほど夫をゆるさねばならぬことが重なるだらうか。菊子は無限にゆるすだらうか。（中略）「夫婦の沼さ。」とつぶやいたのは、夫婦二人きりで、おたがひの悪行に堪へて、沼を深めてゆくといふほどの意味だつた。／妻の自覚とは、夫の悪行に真向ふことからだらう」という一節を根拠として、「ここで川端が望んでいるのは、男の我儘を無限に許す女という手前勝手に他ならない」と断罪しているが、少なくとも、性愛に目覚めていく菊子に様々な妄想で対処しようとする信吾に限っていえば、それはあたっていない。

たしかに、夫婦がうまくやっていくうえで妻が「夫をゆるさねばならぬこと」もあるだろうと考える信吾の認識は「手前勝手」である。だが、菊子の変化は、そんな彼の旧弊な認識を、はっきりと置き去りにしている。夫の不倫、愛人の妊娠という暗鬱な状況のなかで、濃密な性愛の悦びを知りはじめる菊子を横目でみながら、戸惑い、混乱していく信吾は、さきに述べたような判断の誤りによって、彼女を「労る」ことのできる「高い位置」から転落していくのである。のちに語り手は、「もし、信吾の欲望がほしいままにゆるされ、信吾の人生が思ひのままに造り直せるものなら、信吾は処女の菊子を、つまり修一と結婚する前の菊子を、愛したのではあるまいか」という一節を記すが、いま、ここにいる生身の菊子を回避し、「処女」であった頃の彼女に向かおうとする心性には、置き去りにされた者の悲哀がみちみちているといえるだろう。

また、菊子の性愛について考えをめぐらせるとき忘れてならないのは、彼女が女学校を卒業してすぐに結婚した二〇歳そこそこの新妻だという点である。昼の表情に限っていえば、テキスト全体を通じて「女学生」的な幼さばかりが強調される彼女が、修一以前に誰か他の男と恋愛したことがある可能性はきわめて低い。また、修一が戦争から帰還していまに至っていることをふまえると、結婚の形態も見合いだったのだろうと類推できる。テキスト内には、修一が菊子以前に別の女性と「軽い縁談」のすえ「交際」していた事実も記されている。つまり、菊子は恋愛および恋愛にまつわる様々な経験を持ち合わせないまま、いきなり子どもを身ごもることを期待される女になったのである。「見合いか恋愛か」(「批評空間」平成3年4月・7月、福武書店)で、見合い結婚というものは「内面性に規定されるべき「主体」を排除」したところで成り立つとした水村美苗は、夏目漱石の『行人』を、

「お直の義務はいくつもある（事実彼女は夫の両親に仕え、夫に仕え、子供を生み、家庭内労働にたずさわっている）。しかし、夫への心の節操は彼女の義務のうちにはない。肉体的節操は彼女の義務のうちであろうが、それは跡継ぎを生むという嫁としての義務の延長線上にあるもので、夫への愛が生み出すべきものではない。〈自然〉の名のもとに『恋愛結婚』をしたわけではないお直にとって、一郎に対しての心の節操は義務ではなく（中略）〈法〉の強制のもとに結婚したわけでもないお直に、〈法〉のくびきから自由になって回復されるべき主体性も、原理的にありえない。（中略）お直の「本體」を知ろうとするのは不可能なのである」と論じているが、それは、菊子の問題とも鮮やかに連続している。見合いによって修一と結ばれ、暮らしのなかに愛を介在させない菊子。彼女もまた、まぎれもなく「内面性に規定されるべき「主体」を排除」された女であり、まわりにその「本體」を見せぬまま女をめざめさせていくがゆえに、信吾を魅惑し翻弄するのである。

2　妊娠と堕胎

こうして、『山の音』では、信吾の執心というかたちで〈性〉に目覚めていく女の成熟が切りとられていくわけだが、ここで注目したいのは、作者・川端が、その対極にある女として信吾の娘・房子を焦点化している点である。潔癖さゆえに身ごもった子を堕胎する菊子がヒロインとして屹立していく一方で、母の座に甘んじ、女としての魅力を失うばかりか、そうした怠惰な自分を省みることすらなくなった房子には劣性の側面ばかりが振りわけられるのである。

房子の存在を考えるとき、まずおさえておかなければならないのは、『山の音』が執筆される直前に施行された優生保護法(2)との関わりである。敗戦後の荒廃した社会では、女性が強姦や売春をはじめとする犯罪行為に巻き込まれ、傷害としての妊娠を強いられる事件があとを断たなかった。また、経済的に困窮した状態のなかで当人が望まない妊娠をする場合も多く、ヤミでの危険な堕胎があたりまえのようになっていた。そうした現況のなかで、「優生上の見地から不良な子孫の出生を防止するとともに、母性の生命健康を保護する」（総則・第一条）ことを目的に、昭和二三年九月一一日に施行されたのが優生保護法である。

この法律によって、人工妊娠中絶は実質的に自由化され、望まない妊娠を強いられた女性は、法律上、身体の安全を保護されることになった。だが、その一方で、戦前の国民優生法を想起させるような「優生」の文字がひとり歩きしたことによって、精神疾患や感染疾患に関する差別・偏見が助長されるという弊害が生じた。また、結婚や生殖を遺伝的要素からとらえるような視線を常態化させたことも事実である。とくに、朝鮮戦争の特需景気にともなって経済が活性化し、人びとが暮らしの安定と秩序を志向しはじめた昭和二五年頃には、前年に日本人として初めてノーベル賞を受賞した湯川秀樹、日米水泳選手権でたて続けに世界新記録を出した水泳の古橋広之進などの活躍で、豊かな才能を生み出す家庭環境というものに注目が集まり、優れた血筋という発想を拡大解釈して日本人のアイデンティティ回復に結びつけようとする声が高まる。

この高揚感が追い風となって、優生思想は一種の社会現象になる。「社会や政治の面でも、現在ほど優生ということばが口にされたときはない。産児調整とか、強制断種とか、人工授精などをめぐつて時の話題になつた」（「優生思想の流行とその批判」、『世界』昭和25年7月）という木田文夫の言説にも明らかなように、同時代のマスコミはこぞって優生思想にまつわる話題を取り上げ、家柄や血筋、親子の間で継承される遺伝的資質、妊娠時の母胎環境などに科学を介入させて人びとの優劣意識を煽ったのである。

昭和二四年から二九年にかけて雑誌連載された『山の音』は、そうした優生保護法以降の言説空間のなかで構想され、書き継がれている。そして、ヒロインである菊子との対照において、つねに疎まれ、退けられるのが房子である。たとえば、房子がはじめてテキストに姿を現す「蟬の羽」（第二章）の冒頭場面。夫婦仲がうまくいかず、二人の子どもをつれて実家に舞い戻った彼女は、信吾の内面を代弁する語り手によって、「不器量だが、体はよかつた。胸の形もまだくづれてゐない。乳をふくんで乳房が大きく張つてゐた」と描写される。信吾は、娘の「不器量」に対して露骨に眉をひそめ、セクシャリティをまったく含意しない生殖器官としての「乳房」にその実存性を求めてしまうのである。『山の音』には、犬や蛇や魚といった生き物たちの出産、あるいは、「卵」に隠喩機能を担わせた挿話がおびただしく描かれ、動物たちの本能を断片的に結びつけることによって菊子のきめ細やかな人間性や感情の揺らぎを前景化する力学が働いているが、房子の場合は、その名の通り、大きく張った「乳房」に表象される生殖器の強さによって、逆に、彼女自身の内面が枯渇するような短絡化がなされているのである。

川端康成の小説世界にあって、房子のような女性像が描かれるのは、ごく稀である。川端が積極的に描こうとするのは、たとえば、少女と娼婦の振幅性に彩られ、鮮やかな残像とともに記憶の領域に棲みついてしまうような女たちである。母性を描くにしても、その多くは実体のともなわない形代として表象される。女が妊娠・出産して男とともに子どもを育てていくような家族の物語は、ことごとく具体的な描写を欠き、性的な交わりも、妊娠から出産へと連続する可能性を排除することと引き換えに継続される。また、女が子どもの出産を決意した場合には、男とのつながりを絶ち、テキスト内の遠景に退いていくことになる。『山の音』でいえば、夫・修一との性生活が進展し、子どもを身ごもったにもかかわらず、夫に愛人がいたことで堕胎を決意する菊子が前者であり、菊子とほぼ同じ時期に修一の子どもを身ごもり、自分ひとりの力で育てていく決意をして修一のもとを去っていく愛人・絹子が後者である。

それに反して、房子は親の勧める相手と結婚し、なんの躊躇いもなく子どもを生み、それをあたりまえのように感じてきた女である。戦争で夫を失ったわけでもなければ職業婦人として自活することを迫られたわけでもなく、ただひたすら夫に従属してきた女である。結婚生活が破綻したあとでさえ自分を見つめようとせず、「不器量」なのも、性格が悪いのも、すべて誰かの責任だと信じて疑わない女である。房子の周囲にいる男たちは、夫にせよ信吾にせよ、彼女の嘆きと懇願と挑発にさらされる。そこに顕現するのは、ラカンが精神分析学の領域からヒステリーの語りとして定式化してみせた〈ふがいない主人〉への要求(3)にほかならない。房子は、ある意味で、決して充たされることのない欲望（＝他者の欲望）をつくりだし、それを限りなく望む者なのである。

父に向けて他者の欲望をつきつける房子に辟易した信吾は、「結婚に失敗するにしても、もう少し美しい余韻がありさうなものだ」と呟くことで、ささやかな抵抗を試みる。『山の音』というテキストには、つねに義姉から菊子へとつながる「美しい余韻」が漂い、その感傷に浸ろうとすればするほど信吾のなかに老いの哀しみが増幅される構造になっているが、彼は、義姉や菊子にあって房子にないものを指摘することで、〈ふがいない主人〉を求めてつきまとう房子を遠ざけようとするのである。

テキストの後半部には、「房子が生れた時にも、保子の姉に似て美人になつてくれないかと、信吾はひそかに期待をかけた。妻には言えなかつた。しかし、房子は母親よりも醜い娘になつた」、「赤んぼの房子が醜いのを、信吾はあまり言はなかつたものだ。口に出さうとすると、保子の姉の美しい面影が浮ぶからだ」、といった描写が頻出し、房子の「不器量」が、義姉につながる血の劣性遺伝として読者の前に提示される。房子の子である里子の「しんねりといこぢ」な性格については、「里子は生れてから親がいけなくなつて、影響したんだね」などと語り、生まれながらの気質よりも生後の家庭環境が与えた影響に注意を払うにもかかわらず、房子を見るときには、親としての自分の育て方はもとより、自分自身から伝えられた血脈さえ保留して、義姉の美貌を受け継がなかったという一点にのみ意識を集中させていく。優生思想が新聞や雑誌のメディアを賑わせるような社会状況のもとで『山の音』の世界を覗きみた読者は、房子を見る信吾のまなざしのなかに、「優生」遺伝への期待とそれが裏切られていくことの失意を同時並行的に感受するのである。

そんな信吾が最終的にたどり着くのは、「自分は誰のしあはせにも役立たなかつた」という心境である。家族にふりかかる事件や災難を払いのけるために積極的な行動に出ることもなく、なにひとつ決着をつけられないまま「なりゆき」に任せるような態度をとり、迂回し続けてきた自分の発見である。同時代の優生思想を隠れ蓑として、義姉に他者の欲望を求め、夢のなかの主人を相手に切々と訴えつづけるような、受動的な自画像を描きつづけてきた自分の発見である。

ここにいたって、読者は、表面上は反りの合わない親子のように見えていた信吾と房子が、実は、主人とのドラマテックな共演を求めて彷徨い続けるヒステリー患者というレベルにおいて、完全な相似となっていることを知る。房子の「不器量」に眉をひそめ、自分からの遺伝や自分の育て方というものに関心を払おうとしなかった信吾が、むしろ、娘に自己嫌悪にも似た感情を抱いていたことを知る。信吾が同時代の優生思想という回路を通って出会うことになる自分とそっくりの誰かである点において、房子には、他の誰にも代替しえないような、脇役としての重量感が与えられているのである。

3　愛欲に溺れる妻たち

妻の性愛をめぐる問題は、こうして、『山の音』を契機として、昭和三〇年前後の川端的世界にひとつの系譜をかたちづくることになる。たとえば、「水月」（「文芸春秋」昭和28年11月）には、結核の療養を続ける夫を看病しながら「厳格な禁慾」を貫いていた妻が、夫の死後、再婚して新しい夫の子を身ごもる様子が描かれる[4]。新婚初夜、京子の裸体を見た夫は、「娘さんのやうだね。可哀想に――」といって、憐れみのなかに「思ひがけないよろこび」を滲ませる。そのことで前の夫を思い出した京子は、それを振り払おうとするあまり、かえって新しい夫の前で媚びるようになり、「ちがひますわ。こんなにちがふものでせうか」とあえぎ声をあげる。だが、「健全な愛は健全な人にしか宿らないものだよ」ということばを平気で口にするような夫に、「女の愛を簡単に見過ぎてゐないだらうか」と感じた京子は、妊娠が判明すると、ひどい悪阻《つわり》も重なって「頭」が「をかしく」なり、夫の首を絞めようとさえする。こうして、テキストの結末は、精神病院に入院することになった京子が、それにさきだって「前の夫と暮した高原」を訪れ、「子供があなたに似てゐたらどうしませう」とつぶやきながら「温く安らかな気持で引きかへ」すところで閉じられる。不能であった夫の記憶と「健全」な肉体をもって性愛の悦びを教えてくれる夫との間で揺れ動く心。妊娠によってもたらされる自己の崩壊感覚。そして男を惑わす媚態。そこには、『山の音』の菊子を通して顕現してきた人妻の性をめぐる問題がより先鋭的なかたちで反復されている。

また、「あの国この国」(「一」～「三」を原題で「新潮」昭和31年1月に、「四」、「五」を「隣りの人」として「小説新潮」に発表)では、新聞で「夫婦交換」の記事を読んで「人間はどんなことをでも、どんな気持ででもするものだ」という思いにかられた人妻の高子が、年下の学生と不倫を犯したことをきっかけに、夫婦単位でつきあってきた隣家の夫への「あこがれ」を募らせていく過程を描いている。ダブル・ベッドに板をのせて製図の仕事をしている隣家の夫を覗き見ながら、彼が自分の妻の「からだに満足してゐるしるし」なのではないかと妄想するとき。不倫相手の前で「罪の思ひを麻痺させるために」からだを狂はしく動かすとき。そして、夫の乱暴な愛撫を受けながら、別の相手と交わっている自分の姿態を「生き生きと明滅」させるとき。高子は「二人の女を自分に発見」し、やがて、「不倫を犯してはじめて自分に二人の女を発見したといふふしぎは、勿論高子を苦しめたけれども、第三の男をもとめる願望をひそかに生きかへらせたところもあつた」と考えるようになる。彼女は、愛慾のなかで自分のなかにもうひとりの自分を見いだし、心と身体、愛と官能、現実と妄想を幾重にも分裂させていくのである。

川端が描く人妻の性愛は、なにも若い女だけとは限らない。「夫のしない」（「週刊新潮」昭和33年1月）には、たまたま知り合った学生との情事をふけりながら、相手の男に向かって、「私、夫婦とか恋愛とか、そんなわづらはしいつながりはなしに、いちど、抱き合つてみられないかしらと、空想してゐたことがあるのよ」と囁く中年夫人が描かれる。はじめて女と関係をもったとき、相手の娼婦の耳たぶに「女の純潔」が残っているように思えた順二は、その感動を桐子夫人にも求めようとする。だが、やがて桐子の夫に対する嫉妬と罪悪感をつのらせた彼は、「とらへどころがないもの、僕は奥さんの精神も生活も……。僕は奥さんの小さいほくろ一つ動かせやしない」と語り、桐子の夫婦関係を知りたがる。そんな彼を「病的」に感じた桐子は、「前のやうぢやないのよ。（中略）私の精神も生活も……。主人はなにも知らないらしいけれど、私はちがつてしまつたわ。女つてだめよ」と答え、性愛の場においても「自分をおさへ」るようになる。

「弓浦市」（「新潮」昭和33年1月）では、三〇年ほど前に、あなたは私に結婚を申し込んだことがある、という婦人が現れ、いつか抱かれたことのある男にみせるような仕種をする。「息子にも娘にも、香住さんのことは始終話してございますから、よく存じ上げてなつかしいお方のやうに言つてをります。私、二度ともつはりがひどくて、少し頭がをかしくなつたりいたしましたけれど、その時よりも、つはりがをさまつて、おなかの子が動きはじめのころに、この子は香住さんの子ぢやないかしらと、ふしぎに思ふのでございますよ」などと話す婦人を前に、その記憶をまったく取り戻せない男は、婦人の「異常な不幸の生涯」を想う。

「夫のしない」と「弓浦市」は、一見すると、まったく違った色調のテキストにみえるかもしれないが、女の肉体を男たちによって描かれるキャンバスとして捉えている点、あるいは、女が烈しい恋愛をすることは、その後の生活に幸福をもたらさないという命題において明確な接点をもっている。たとえば、ここに『千羽鶴』（完全版・昭和27年8月、筑摩書房）の太田夫人、すなわち、愛人だった男の息子のなかにかつて愛した人の面影を見いだして、なつかしさから肉体関係にのめり込んでいく女の面影を重ねてみればわかるように、彼女たちはみな、「精神」や「生活」を犠牲にすることによってしか愛欲にのめりこむことができなかった女たちであり、自分の肉体に刻み込まれている男の痕跡に苦しむ女たちなのである。

ここまで取り上げてきたテキストを並列させたところに見えてくる共通のモチーフは、性愛にめざめた女たちが、自分のなかにもうひとりの自分が蠢《うごめ》いていることを感じ、その不協和音に耐えきれず、やがて狂っていくという展開である。そこでは、恋愛から結婚へと至るプロセスが徹底的に空洞化され、結婚というかたちをとって生活をともにしている夫の鈍感さ、野蛮さ、無意味な「健全」さばかりが際立つ仕組みになっている。そして、ふがいない夫の力をかりずに自分ひとりで慾情にめざめていく女たちは、結婚を人格の所有ととらえて、女に受動的な性の悦びを期待する男の幻想を破壊するがゆえに、まるで何かに処罰されるように狂気の領域へと幽閉されていくのである。

ただし、川端的世界にあっては、その狂気というものが、女を醜悪にみせたり女の悲劇性を強調したりする道具立てとして使われるのではなく、ある種の純粋さとして、偽装されたかたちで表出する。「狂つた一頁」（「映画時代」大正15年7月、目次原題は「狂へる一頁」）以来、川端のなかに棲み続けてきた狂気への偏愛は、身体を重ねた男の数だけ自分が多重化されていくような感覚に怯える女たちのなかにも注がれ、その精神のありかたを美しいものとして回収するのである。

『山の音』を起点として、さきに述べたテキスト群につながる妻たちの性愛と狂気の問題(5)は、やがて、「人間のなか」（「文芸春秋」昭和38年2月）という短篇に結晶する。――桃代は、夫の大学時代の友人である志村と結ばれたいと願い、その気持ちを伝えるために、志村の運転する車の前に飛び出して命がけの誘惑を果たす。二人がはじめて男と女の関係になったとき、桃代は、「あたし、心もからだも、よごれてゐるのよ」、「人間のなかには、いろいろなものがゐるわ。いつぱいゐるのよ」といって怯える。また、回想として語られる場面では、「あたしのなかには、志村さんしかゐないんだもの。あたしはゐないの」、「あたしはいつまでも母のからだのなかにゐたかつたわ」などと呟く。はじめは「友人の妻を盗んでゐるつらさ、罪の恐れ」を感じていた志村も、結局、桃代の肉体に魅惑されていくのを抑えきれず、もし「自分が離れてしまへば、桃代はほんたうの気ちがひになるのではないか」と自己弁護しながら深みに入っていく。

だが、あるとき、志村のもとに桃代の夫から連絡が入り、桃代とのことはすべて本人から聞いて知っているという前提のもと、「会つてやつてくれていいんだよ」といわれる。そして、桃代には自分と結婚したあとも含めて、いつも男がおり、男がいないと禁断症状を起こして「気ちがひ」のようになってしまうのだ、と告げられる。

このテキストの斬新さは、恋愛と性の交わりの因果関係を完全に切断しているところにある。自分は「心もからだも、よごれて」いて、「いろいろなものが」「いつぱいゐる」といっていた桃代が、志村と結ばれることで「あたしのなかには、志村さんしかゐない」と感じるようになることからもわかるように、彼女は、男を命がけで誘惑し、抱かれることによって自分のなかに残された過去の痕跡を消去しようとする。そこでは、恋愛というプロセスが排除され、呼吸をしたり食べ物を摂ったりするのと同じような感覚で肉体の結びつきが求められているのである。彼女が、テキストのなかで一度たりとも「愛」を口にしようとせず、「あなた」があたしのなかにいるという性器挿入の隠喩で自分たちの関係を掌握しようとするのはその証である。

だが、志村には、それが「愛を訴へてゐる」ようにしかみえない。「愛」にとらわれるがゆえに、彼女を助けられるのは自分だけだと錯覚し、テキストの最後で桃代の夫から告げられる「禁断症状」という言葉にしっぺ返しを受ける。「性に関する苦しみの原因は、性に愛がないからではなく、性には愛がなければならないとあおっていうこと自体にあるのではないか」という赤川学の言説（『セクシャリティの歴史社会学』平成11年4月、勁草書房）

になぞらえるなら、「性には愛がなければならない」と考える志村の幻想は、「麻薬の禁断症状のやうなものだ」という、きわめて即物的な応答によって粉々にうち被られるのである。

『山の音』において、信吾の憶測を裏切りながら性の昂まりをみせた菊子の残像は、こうして、昭和三〇年代の川端文学に大きな影を投げかけ、恋愛というかたちで女のなかに自らの痕跡をとどめようとする男たちを尻目に、自力で快楽をむさぼる女たちへと変奏される。自分たちに都合のいい対幻想の砦にたてこもってきた男たちは次々に足場を失い、女を「気ちがひ」へと追い込むしか術がなくなっていくのである。

肉体の結びつきよりも精神の結びつきを上位に置こうとする恋愛信仰になんの救いも求められなくなった男たちは、やがて、「眠れる美女」（「新潮」昭和35年1月～36年9月）や「片腕」（「新潮」昭和38年8月～39年1月）の世界で、睡眠薬や身体の切断という手段を用い、相互性を失った女を一方的に愛撫することを夢想しはじめる。それは、まさに「男であることの困難」（小谷野敦『男であることの困難』平成9年10月、新曜社）を生きることでもあったはずである。

【注】

（1）横光利一『欧州紀行』（昭和12年4月、創元社）。この引用のあとには、「他にそれぞれの植民地を造るヨーロッパのごときものだ」という一節が続いている。

（2）優生保護法は、戦時中の国民優生法（昭和15年）を受け継ぐかたちで昭和二三年九月に施行された。ただし、前者が「民族優生的多産奨励」政策に基づくのに対して、後者では「産児調整」を個人の自由として容認する方向がとられ、法律制定後も数年間のうちにたびたび改定がなされている。松原洋子が、「国民優生法では、その医学的妥当性が当時すでに疑問視されていたとはいえ、優生目的の不妊手術の対象を『悪質なる遺伝性疾患の素質を有する者』（第一条）とし、『遺伝性精神病』など『遺伝性疾患』という概念枠内に限定していた。しかし、社会党案の『不良な子孫』という表現をひきついだ優生保護法では、『遺伝的疾患』の他に、国民優生法では除外されていた『らい病』（ハンセン病）が中絶および不妊手術の対象となる。さらに五一年改正では、『精神病』、『精神薄弱』が中絶対象になり、五二年の改正では『配偶者が精神病若しくは精神薄弱を有しているもの』、また、『遺伝性のもの以外の精神病又は精神薄弱に罹つている者』が不妊手術の対象として新たにつけ加えられた。（中略）四八年の制定当初の優生保護法では、『逆淘汰』への懸念から、中絶の適否が『地区優生保護委員会』の審査によって厳しく吟味されることになっていた。しかし、産児調整推進政策が本格的になり、またヤミ堕胎があとを絶たないなかで、四九年の改正では『経済的理由』が認められるようになる。さらに五二年改正では中絶の審査制度が廃止され、全ての中絶を医師の判断と本人と配偶者（あるいは保護義務者）の同意によって実施できるようになった。こうして中絶件数は飛躍的に増加し、五三〜六一年には一〇〇万件を突破して、刑法の堕胎罪は事実上の空文化したといわれるまでになる」（『性と生殖の人権問題資料集成　解説・総目次・索引』「解説〈優生問題・人口政策編〉」平成12年6月、不二出版）と指摘するように、この時期には、「優生」に関する規定がどんどん強化され、その結果、堕胎の激増という現象をうんだ。

（3）ヒステリーの語りについて、上野修は、「『主人』は、この挑発者の要求を飲んでも飲まなくても、いずれにせよ不正であり、不能であることを免れない。要求を飲むそぶりをみせれば、懐柔でごまかそうとしてもだめだ、とつっぱねられるだろう。かといって暴力的な封じ込めに出れば、それみたことか、それこそ不能を隠そうとする虚勢だ、と言われるだろう。（中略）この『ふがいない主人』の位置。これこそ、ヒステリックな正義要求が決して放免せず、しかも決して自分から引き受けようとしない位置にほかならない」（「正義とヒステリー」、『哲学者たちは授業中』平成9年5月、ナカニシヤ出版）と指摘している。

（4）夫婦の性愛と夫の不能という問題については、羽鳥徹哉「川端康成の『水月』について――『チャタレー夫人の恋』『日はまた昇る』に触れて――」（「昭和文学研究」平成4年2月）に詳しい。

（5）さまざまな性的妄想に耽ったり、夫が姦通と誤解することを期待したりする夫人が描かれる「水晶幻想」（「改造」昭和6年1月、7月）をはじめ、『山の音』以前にも、妻の性愛を描いたテキストはあるが、たとえば、信吾のまなざしがそうであったように、人妻の性愛のありかたを相対化する視線が導入されるのは、『山の音』以降である。

第二節　悶々とする日々への復讐——清張ミステリーの女たち

1　女の身体に刻まれる〈性〉の痕跡

松本清張は、人間を徹底的に了解可能な存在として描き続けた作家である。犯罪をめぐる不可解な〈空白〉に動機というピースを嵌めこむことによって、どんなに冷酷かつ非道な犯罪であっても、その背後には止むにやまれぬ事情や人々をそこに駆りたてるだけの怨嗟があるのだと訴えた作家である。逆にいえば、清張ミステリーには、〈黒〉の世界として表象される人間の暗部を執拗に抉《えぐ》りだしていく迫真性と、犯罪の動機解明にともなって、それまで了解不能だった他者が身近に心を通じさせることのできる存在へと変貌していく融和性が併存しており、陰鬱な現実の投錨と引き換えに不安を鎮静させる取引の場に読者を連れだすのである。

なかでも、デビュー当初から昭和三〇年代前半にかけて書かれたミステリーでは、邪《よこしま》な愛欲のために妻を裏切る男とその男に翻弄される女、愛人の介入によって歪められていく夫婦関係などが数多く登場し、たとえば、金や権力を拠り所に享楽的な未来を手に入れようとして犯罪に手を染める男と、嫉妬や僻《ひが》みといった負の感情を精算し過去への復讐を果たそうとする女の組み合わせなど、一組の男女をシンメトリーな位相から照射する方法が駆使される。また、愛欲によって接近／離反していく男女を屹立させるにあたって、清張は特に女の身体における〈性〉の痕跡を問題化し、たとえば、〈性〉的な身体として認められず悶々とした日々を過ごす妻の飢餓感（その原因は、夫に相手にされない場合、未亡人、夫婦どちらかの病気など様々である——筆者注）や、〈性〉にまつわる忌まわしい記憶を隠しながら生きている女のうしろめたさといったものを動機の核心にする。

男よりも女の身体に〈性〉の痕跡が過剰に付与されていることを問題化した先行研究に飯田祐子「清張の、女と因果とリアリティ」(『現代思想』平成17年3月)がある。同論のなかで飯田は、「女が書いた手紙や文書で閉じられる」小説群に注目し、「私は、夫をどうしても欲しい」と渇望する「地方紙を買う女」(『小説新潮』昭和32年4月)の芳子、自分に「私ハ、マダ若イ」といいきかせる「坂道の家」(『週刊朝日』昭和34年1月4日〜4月19日)のりえ子、「どこまでも夫に密着する」ことを誓う「二階」(『婦人朝日』昭和32年1月)の幸子などを系統的に読み解いたうえで、「そこは、性が過剰に意味づけられている空間である。性をめぐる出来事で、人が生き、人が死ぬ。その息苦しさや、実感の重みを、想像してみるのである。身体的な感覚が、無根拠に空白を埋めていくなかに、共有された〈真実〉が存在している」と結論づけている。

清張ミステリーにおいて、女の身体になされる「性的な意味」づけは、つねに女を置き去りにし、自らの都合で遠ざかったりよりを戻そうとしたりする男の身勝手さ、「性的な意味」づけをことごとく拒絶しながら動き回る男の浮薄さとセットになっている。そこでは、男と女が絶えず分離し続け、「人」という主語で括られることはない。その意味で、飯田がいう「人が生き、人が死ぬ。その息苦しさや、実感の重み」という認識に与することはできないが、ここで提示された「女が書いた手紙や文書で閉じられる」テキストの構造については本節も問題意識を共有している。詳しくは後述したいが、ここではひとまずそれを、女の性的な身体感覚に密着するかたちで位相を重ねていく物語の機能とよんでおこう。

ところで、清張ミステリーにおける女の性的身体という問題を考えるとき、すぐに思い浮かぶのは、しばしばドラマや映画として映像化され、時代をこえた清張ブームの牽引役となっている〈悪女〉たちの系譜[1]であろう。だが、本節が論じようとしているのは、そのような華やかな舞台に生きる〈悪女〉とはまったく違う小世界に幽閉された女たちである。彼女たちは、敗戦後のうらぶれた世相をひきずり、美貌や色気とは無縁の生活に追いやられている。平凡な人妻や未亡人が意外な事件に巻き込まれるという設定のなかで、駆落ち、後妻、心中、妾、二号、囲い者、愛人、失踪、酌婦、女中といった言葉でラベリングされる場合が多い。それは、昭和三〇年代後半の高度経済成長期以降の都会に出現した、華やかで虚飾に充ちた水商売の世界に生きる〈悪女〉とはまったく別の領域に棲息する女たちなのである。

また、ここでひとつ確認しておきたいのは、前者と後者は往々にして夫を奪われる側と奪う側の対立関係、ひとつの憎悪が別の憎悪を生んでいくような連鎖関係にならざるを得ず、ひとりの無責任な男を挟んでふたりの女がいがみ合う構図に置かれる点である。権田萬治は〈悪女〉の一般的特徴を、「第一に、ものすごい美女でないにしても、男好きのする容姿の女でなければならない。そうでなければ、男は寄って来ないし、男をだますこともできない。／第二に、悪女は徹底したエゴイストである。他人の苦しみなどまったくお構いない。自分の物質的なあるいは性的な欲望を満たすためには、手段を選ばない強い意志を秘めている。ただし、すぐわかる形では表に出さない。／第三に、物質的あるいは性的な欲望が強烈で、それを自分で抑えることができない。それが時には、破滅の道に通じることがある」とまとめたうえで、清張が描く〈悪女〉に「若さを感じさせる女はほとんどいない」こと、その多くが「銀座のバーやクラブで働く水商売の女性」であること、「六〇年代から八〇年代にかけての日本の社会の構造的腐敗と切り離せないものとして描かれている」こと、同じ〈悪女〉でも、「美しい肢体で男を思うがままに操り、最後には自分が狙ったものを見事に手中に収めてしまう」ような「いかにも悪女らしい悪女」と、「着々と自分の野望を実現していく」ようにみえて最後に「悲劇的結末を迎える哀しき悪女」に分かれることなどを指摘しているが（「清張が描いた悪女たち。」、「東京人」平成18年5月）、本節が俎上に乗せようとしているのは、むしろ、そうした起伏のある日常、波乱にみちた生活から疎外されたところに隠棲する女たちである。夫への憎悪と夫を奪った女への憎悪を二重に募らせていく女たちである。

こうした前提のもと、本節では、デビュー当時から昭和三〇年代前半の清張ミステリーに登場する女たちに焦点をあて、おぞましい事件や犯罪の背後に彼女たちの悶々とした情念の蓄積を見ようとする清張の辛辣な認識を明らかにしたい。

2 男の理屈と女の媚態

まずとりあげたいのは、「西郷札」(「週刊朝日別冊」春季増刊号、昭和26年3月15日)が第二五回・直木賞候補作となって文学界へのデビューを果たした清張が、木々高太郎の薦めで書いた「火の記憶」(「記憶」として「三田文学」昭和27年3月に発表したのち、改題改稿し「小説公園」昭和28年10月に発表)である。この小説は高村泰雄という男と結婚することになった妹・頼子の将来を案じた兄・貞一が、泰雄の戸籍謄本を調べたところ、彼の父が「失踪宣告ニヨリ除籍」になっていることを知り、ふたりの結婚に難色を示す場面からはじまる。

貞一は、その文言に「暗い事情」を察知しつつも、泰雄の人間性を信じて結婚を許す。だが、二年の歳月が流れたある日、泰雄は思いつめた表情で頼子に自分の「暗い事情」を語りはじめる。――自分の両親は「四国の山奥の青年」と「中国地方の片田舎の娘」として大阪で出会い、「典型的な流れ者」同士として結ばれたこと。「母は死ぬまで戸籍面では内縁関係であった」こと。そして、自分が四歳のとき、父が「ちょっと神戸まで行ってくる」といい残して失踪したため、母は女手ひとつで「小さな駄菓子屋」を営み、苦労しながら自分を育ててくれたこと。――前半部における泰雄の語りは亡き母の記憶を慈しむような視線で貫かれている(2)。

だが、幼い頃の記憶をたどっていくうちに、泰雄は「父が家の中に一緒にいたという気がどうしてもしない」のはなぜかという疑念につきあたり、母に手をひかれて暗い道を歩いて、どこか「他所の家」に行くことがたびたびあったのを思い出す。また、父が「他所の家」で暮らしていたのではないだろうかという推測は、母に対するもうひとつの疑惑によって補塡される。

母の生前、僕はこのことを訊くことが出来なかった。それは何となく両親の秘密の臭いがした。それも一種の忌わしさで僕の記憶に残っている。／それは父とは思えない一人の男の影がからんでいるからだ。もとより、その男がどのような顔や姿だったか憶えは更にない。しかし、その頃の母に関係する思い出には、そんな男の残像もあるのだ。／今も憶えている、こういう記憶がある。それはやはり、母が僕を連れて夜道を歩いているのだが、その母の横にその男が歩いていた。僕は母とならんでいるその男の背中をはっきりと憶えている。――／その時、母が手をひいている僕に云った言葉も忘れていない。／「お前はええ子じゃけん今夜のことを人に云うんじゃないよ。お前は云うなというたら、云わん子じゃけんのう」／これを思い出す度に、僕は母に憎悪を感じるのだ。／或る忌わしい懐疑は神経にべとつく。

母と自分を棄てて「他所の家」をもっていた父への恨みつらみが彼自身の成長とともに薄らいでいるのに対して、父ではない男と逢っていたかもしれない母への憎悪は、けっして許容されないまま泰雄のなかにひとつのトラウマを形成している。この後、泰雄は暗闇に燃えるボタ山を三人でみた記憶にも言及するが、そこでの「真暗い闇の空に、火だけがあかあかと燃えているのだ。赫い火だ。それは燃えさかっている火ではなく、焰はゆるく揺らいで、点々と線を連ねていた。山が燃えているのであろうか。なるほど火は山の稜線のような形を這うように燃えている」という描写は、まさに父とは別の男にもたれかかっていく母の身体をそのまま隠喩化した表現になっている。燃えさかって消えるのではなく、「ゆるく揺らいで」「稜線」を這うようにつながる「赫い火」。泰雄はそれを母の情念、あるいは、肉体のほてりとして認識し、母であるはずの存在がひとりの女であったことに忌まわしさを感じるのである。

テキストの後半は、母の死後、行李から出てきた一枚の葉書をもとに記憶のなかの男を探りあてるミステリー仕立ての展開になっており、その男は「ある失敗」によってボタ山のある土地に左遷されてきた警察官・河田忠一だったことがわかる。「疑惑の確証」をつかみ、記憶にまつわるすべての謎が解けたように思った泰雄は、「頭に血が一時に上り、汽車の窓枠を力一杯摑んで」ゆするほどの怒りを示しながら、

僕は失踪した父が可哀想でならぬ。それを思うと、母への不信は憎んでも憎み切れぬ。／僕は自分の体内まで不潔な血が流れているような気がして、時々、狂おしくなるのだ。

と語る。ここに至って泰雄は、父が「他所の家」に暮らしていたことを放免し、まるで母の裏切りが父の「失踪」の原因になったかのように記憶を捏造しはじめる。そして、自分に「不信」をいだかせたというだけの理由で、生涯にわたって後家を貫いて自分を育ててくれた母を断罪し、母のなかに本当に灯っていたかどうかも分からない情念の「赫い火」を「不潔な血」となじる。

ここで興味深いのは、そんな泰雄の「告白」に続いて、語り手が、「今、思い切って話した、という心の安まりが泰雄の悲しい表情のどこかに漂っていた。それは、告白したから、この上は、頼子の愛情に凭《よ》りかかっている——というようにみえた」と述べている点である。この場面では、母への憎悪と新妻である頼子への信頼が表裏一体のものとして描出されている。逆にいえば、そこにあるのは男が浮気をしたり愛人をつくったりすることには何の抵抗も示さないにもかかわらず、女のそれは絶対に許せないというダブルスタンダードの倫理観であり、

その戒めをきき届けてくれたからこそ泰雄は頼子に「心の安まり」を覚える、という構造になっているのである。「火の記憶」の最終章では、こうした独善的な倫理観が、さらに善良な市井感覚として語られる。それは、頼子から泰雄の過去を知らされた兄・貞一が頼子に宛てた手紙というかたちで読者にもたらされる。泰雄の証言をもとに、自分も刑事になったつもりで事態の真相に迫った貞一は、「お父さんの失踪の原因は表面では商売の不振、実はお母さんと河田らしい男との不倫の関係が原因で行方を絶ったと泰雄君は決めているが、それは少し理由が弱い」と述べ、泰雄の母は自分の夫を遁《に》がすため河田刑事に体当りしたのではないかという仮説を展開する。

河田はその失敗のためB市からN市に遷された。この優秀な刑事としては覚悟の前であった。しかし泰雄君のお母さんの気持はそれで済まぬ、あたら有望な男を台なしにしてしまった、その気の毒さがお母さんをN市の河田の許へ会いに行かせたのだ。そして、その夜、泰雄君の記憶の中に三人でみた夢幻的なボタ山の火が残ったのだ。／河田は死ぬまで泰雄君のお母さんのことを思っていた。だから、自分が死んだら、あの人に知らせてくれと云い残した。その死亡通知のハガキをうけとってお母さんも深い云い知れぬ感慨があったに違いない。いつまでもそのハガキを筐底《きょうてい》に保存していたのだ。

頼子を説得するために、貞一は会社の調査部から「警察関係の本」まで引っ張りだして、実際の犯罪捜査事例を調べてみたとも語っている。清張ミステリーの世界では、事態の真相を調べたり深く考えたりするのはつねに男の役割であり、外からの知識・情報に基づいて行動する男、内から湧きだす情念・感情を吐露する女(3)という棲み分けが過剰なまでに固定化されているが、「火の記憶」における貞一のおせっかいぶりは、まさに自らの判断や推理を正当化せずにはおられない男たちの典型的なふるまいである。

だが、このもっともらしい推理の前後には、それぞれ、「女の、最後の、必死の、かなしい方法で——」、「女の気持はそんなものであろう」という情緒的な言葉が挿入されており、貞一の理屈を支えている最も有力な根拠が「女の気持はそんなものであろう」という先入観以外のなにものでもないことが明かされる。泰雄がそうであったように、貞一もまた女を非理性的な生き物、ひとたび交わした契《ちぎ》りに殉じようとする生き物とみなし、その偏見を自らの理性でくるんでしまうのである。

この手紙を読み終えた頼子は、「——女の気持はそんなものであろう」という文句をもう一度見直したあと指先で細かく裂くが、重要なのは、そこに語り手が加える「泰雄がどんな人の子であろうが、も早、わたしには問題ではないのだ——という風に」という一節である。ここでの頼子は、泰雄の過去と同時に「女の気持はそんなものであろう」という貞一の視線そのものを引き裂いているのである。

ただし、ここでひとつ留保しなければならないことがある。それは、独断にみちた兄の手紙を毅然と破り棄てる頼子が、夫・泰雄のみせる母への侮蔑にはいささかも反撥していないことである。そこには、恋愛結婚というイデオロギー[4]に囚われ、生涯を誓った相手の言葉をいささかも疑おうとしない女の盲目性が浮き彫りになっている。「女の気持はそんなものであろう」という相手を見透かすような言葉に反撥しつつも、結局、男たちが都合よくつくりあげた枠組みに収まりきってしまう女の甘えが描かれている。清張は初期の段階において、すでにこうした男女間にある恋愛倫理の齟齬を構造的に捉えているのである。

3　虚像としての「平凡な主婦」

「火の記憶」で提示された「女の気持はそんなものであろう」という意識が、さらに深まりをましてミステリーの核心に昇華したのが、初期代表作のひとつ「張込み」(「小説新潮」昭和30年12月)である。この小説は、ある殺人事件の容疑者を追う刑事が、「石井はどこかで自殺するかもしれぬ。昔の女には必ず会いにくる」とふんで、かつて容疑者と恋仲だった女の張込みをするという筋立てである。刑事たちは、三人の子どもがいる男の後妻となり、慎ましやかに暮らしている「平凡な主婦」の日常を追い、やがて姿を現した容疑者の前で彼女がひとりの女に回帰していくさまを窃視する。

女の変貌ぶりを際立たせるために、清張はテキストの序盤において、「恋愛の経験も感じさせない女である」、「顔がはっきり見えた。整っているが、乾いた顔である。年齢よりは老けた身装《つくり》をしていた。どこか元気がない」、「夫婦の年齢が開いている。男はどうしても五十近くであろう。三人の児もある。そんな家に初婚の女がどうして来たか。或は女の過失が、そのような結婚の場より他に得られなかったのか」、「妻のさだ子が門のところに彳《たたず》んで見送った。朝の太陽がその顔を白くしている。どこか疲れて見えるのは柚木の気持からか。石井とのことがあったとは考えられないほど、情熱を感じさせない女である」といった描写を重ね、倦怠した生活に疲れた女の表情を印象づける。彼女の薄幸ぶりを強調するために、「亭主さんは四十八ですばい。嫁ごさんより二十も上ですけんな。それに吝嗇《けち》な人で、財布は自分で握って、嫁ごさんには毎日百円ずつ置いて銀行に出んしゃるそうです。嫁ごさんの来んしゃった頃は、米櫃に錠がかかって、毎日亭主さんが米を計って出してやったそうですけんな。自分な晩酌ばやっても、嫁ごさんな映画一つやったことが無かそうですたい」といった証言を入れる。

また、この小説の特徴は、女の生活を覗き続ける刑事の側にも、「柚木は東京にのこした自分の家庭を思い出して、旅愁のような憂鬱を感じている」という思いを抱かせ、覗く側／覗かれる側がシンクロしていく点にある。女の封印された色と欲が刑事の内面に転写され、彼自身が抱えている現実に揺さぶりを与えるのである。その意味で、ここで刑事の内面に去来する「きまり切った単調な繰り返しである。或は単調な日々の繰り返しだから平穏無事なのである。今に、石井の出現という災厄がこの均衡を破るだろう」、「猫背の亭主は正確に出勤し、さだ子は単調に掃除、洗濯、編物をしている。この家の不幸の突発を待つ感じ。柚木は焦慮を押えるのに苦労した」という思いは、犯罪捜査の経験に裏打ちされた予測であると同時に、自分自身の家庭生活で学んだ実感によって導かれたものでもあるだろう。

後半では、そうした伏線が見事な効果を発揮する。以下は、人目につかない場所で落ち合った二人が枯草のなかに身をうずめる場面である。

男の膝の上に、女は身を投げていた。男は女の上に何度も顔をかぶせた。女の笑う声が聞えた。女が男のくびを両手で抱え込んだ。／柚木はさだ子に火がついたことを知った。あの疲れたような、情熱を感じさせなかった女が燃えているのだった。二十以上も年上で、吝嗇《けち》で、いつも不機嫌そうな夫と、三人の継子に縛られた家庭から、この女は、いま解放されている。夢中になってしがみついている。（中略）何分かたった。柚木は首を起こした。二人は立ち上がった。女が男の背後にまわって洋服についた草を除っていた。それから櫛を出して男の髪を撫でてやった。／二人は寄り添って歩き出した。男の茶色の鞄を女が持っている。片方の手は男の腕にまきつき、縺れるようにして歩いていた。／柚木が五日間張り込んで見ていたさだ子ではなかった。あの疲労したような姿とは他人であった。別な生命を吹込まれたように、躍り出すように生き生きとしていた。炎がめらめらと見えるようだった。／柚木は、石井に接近することが出来なかった。彼の心が躊躇していた。

刑事は、そこにメラメラとした情念の炎を感じている。自分を縛りつけるすべてのしがらみをかなぐり棄てて、愛する男にしがみつく女の恍惚とした表情のなかに、いきいきとした生命の輝きを見ている。そして、このような状況のもとでしか自分を解放することができなかった女にわびしさを感じつつ、彼女が必死でしがみついてきたに違いない「平凡な主婦」の座だけは壊さないで事件を解決したいと切望する。だからこそ、彼は目の前にいる容疑者に接近して二人を同時に捕捉することを躊躇《ためら》うのである。

二人が宿に入るのを見届け、地元の刑事たちの到着をまった彼は、その女のことを「ホシには関係のない女です。情婦というのでもないのです。この女のほうは私が適当にします」と報告する。また、覚悟を決めた表情で容疑者が風呂からあがってくるのを待っていた女に対しても、「奥さんはすぐにバスでお宅にお帰りなさい。今からだとご主人の帰宅に間に合いますよ」と諭す。清張はテキストのラストシーンで、そんな刑事の内面を次のように描いている。

彼女が宿の着物を脱いで、自分のセーターに着更えるには、まだ時間がかかるだろう。／柚木は黙って女に背を向け、窓の障子をひらいた。渓流を見下した。見ながら思った。／――この女は数時間の生命を燃やしたに過ぎなかった。今晩から、また、猫背の吝嗇《けち》な夫と三人の継子との生活の中に戻らなければならない。そして明日からは、そんな情熱がひそんでいようとは思われない平凡な顔で、編物器械をいじっているに違いない。

「張込み」と「火の記憶」とではモチーフも違うしプロットの構成方法にも大きな隔たりがある。初期の小説である「火の記憶」がいささか強引な意味づけによって展開されているのに対して、「張込み」には圧倒的なリアリティがあり、まさに覗き見るという行為がもたらす緊迫感、煽情感にあふれている。だが、そうした語る側＝覗く側の論理を語られる側＝覗かれる側の論理に置き換え、女の内面からテキストを逆照射してみると、それぞれの背後には、ただひたすら夫や子どもに尽くすことを強いられ、ひとりの女としてふるまうことの悦びを諦めざるをえない人妻の慟哭があり、行き場のない悶々とした感情がプロットの背後に渦巻いていることがわかる。

それはたとえば、いわゆるよろめきドラマ[5]の系譜に位置する「箱根心中」（「婦人朝日」昭和31年5月）でも同様である。――主人公の喜玖子は、女遊びが激しくて家によりつこうとしない夫に悩まされている。別れ話も出たりするが、そのたびに親類の年寄りが出てきて事態を穏便に済ませてきた。そんな彼女には健吉という従兄弟がおり、夫から「健吉くんは、お前が好きだったんだろう」などと冷やかされるほど心を許せる相手になっているが、なぜか夫婦のいざこざだけは話せないでいる。

ある日、二人はたまたまアベックで賑わう店で逢い、「磨きたてたように美しく」みえる女たちが醸しだす雰囲気にのまれる。そして、お互い知らずしらず大胆になり、子どもの頃のように気晴らしの遠出をしてみようということになる。だが、箱根で交通事故に巻き込まれたことで、それぞれの自宅に日帰りすることができなくなり、二人は東京と結ばれているロープが切断された気持ちで夜をともにするのである。[6]寝苦しい夜を過ごしながら、健吉は、「妻は、ただ泣くだけであろうか。今まで嫉妬ということを知らぬ女であった。健吉はその材料を与えたことがない。が、今度は違う。狂乱するかもしれない」と考える。その一方で、電灯をつけたままの部屋で向こうをむいて、石のように動かない喜玖子の息遣いから意識を逸らすことができなくなり、「心をしめあげ」られる。

翌日になって、喜玖子はようやく「明日の朝帰るわ」といい放つのだが、それを聞いた健吉のなかには、いいようのない「寂寥」と「どろ汁」のような真っ黒な感情が沸きたつ。また、その夜、浴室から出てきた喜玖子は化粧で「いきいきと」なった表情で健吉の前に現れ、その肌から「湯の匂い」をただよわせる。

健吉は起きあがって喜玖子の手を握って引いた。それは素直に倒れかかってきた。肩を抱き、顔を近づけると喜玖子はそれを避け、健吉の胸に顔をうつぶせて下からすべり抜けようとした。／健吉はそれを抱きとめた。彼女の髪が彼の頬に当っていた。／「だめよ」／と喜玖子は腕の中で低く云った。／「どうしても？」／「いけない。健さん、明日の朝、わたしを帰せるようにして」／その言葉のもつ意味の哀願が健吉を喜玖子から離させようとした。／喜玖子は執拗に唇をかばっていた。健吉は、彼女の額に自分の唇を押しつけた。彼女はじっと身を動かさずに、それだけ受けた。

清張にしては珍しい濃密な濡れ場の描写であるが、ここで重要なのは、喜玖子の「だめよ」という言葉が、むしろ健吉の「どろ汁」のような感情に油を注ぎ、「いけない。健さん、明日の朝、わたしを帰せるようにして」という哀願が、その振る舞いとは裏腹に、健吉に抱かれたいという気持ちを率直に伝える役割を果たしてしまっている点である。穿った見方をすれば、ここでの喜玖子は、夫に済まないという貞操観念や倫理観よりも、目の前にいる健吉に対して簡単になびくような女ではないことを示し続けるために、媚態と拒絶を併せもつようなふるまいをするのである。清張はのちに「白い闇」（「小説新潮」昭和32年8月）でも、夫が失踪して困り果てた妻が相談相手である夫の従弟に引き寄せられていく様子を描き、妻の内面を、

――俊吉の接近がしだいに信子の心を平静でなくさせていた。が、その動揺は、決して苦痛ではなかった。むしろ、愉しみをひそませていた。／女の心理とは、どういうのだろう、と信子は思った。夫のことは心にありながら、俊吉を迎えようとする意識が動いている。自分が非常に悪徳な女に思えてこわいことがあった。女というものは、みんなこんな気持があるものなのか。自分だけが弱いのだろうか。いや、そうではない、

と彼女は首を振った。精一が悪いのだ。夫が早く帰らないのが悪いのだ。あなた、早く帰ってください、あなたが早く帰らないと大変なことが起りそうなのよ、と信子はあえぐように夫を呼んでいた。

と説いているが、この心理は、まさに「箱根心中」における喜玖子のそれでもある。だからこそ、語り手はこの直後に、「——しかし、白い朝が来る前、喜玖子は健吉に負けてしまった」という一行を挿入する以外は何も説明しようとしない。それは、本来的な意味で「負けてしまった」というよりは、喜玖子のなかで抑圧されてきたもうひとりの自分が、「負け」ることと引き換えに一夜だけの恍惚を択んだという事実を示唆すると同時に、いまさら説明するまでもない自明のことであるという含みをもたせる役割も果たしている。

テキストでは、一線を越えてしまった二人が帰路とは逆の「早川の流れている断崖」へと向かい、そこで消息を絶つという結末になっているが、それは「箱根心中」というタイトルからみてきわめて必然のなりゆきである。読者は、「心中」という予定調和の結末に導かれることによって、自らの衝動に「負けてしまった」のはむしろ健吉の方であり、喜玖子は死をもって妻としての自分を蔑《ないがし》ろにし続けた夫への復讐を果したのではないか、という思いにかられることになる。

こうした展開が同時代の人妻たちの嘆きと共鳴していることはいうまでもない。ここではその典型的な言説として藤田秀哉『人妻娼婦』(昭和31年4月、あまとりあ社)の一場面を紹介したい。同書には「裏おもて女読本」というサブタイトルが付され、娼婦から女学生まで様々な女たちの本音らしきものが小説仕立てで語られているが、そのなかの「妻の秘密——人妻——」という章には、「夫には、学校もあるし、翻訳の仕事もある。友達も多いし、社会とのつながりも絶たれる事がない。しかし、人妻になつた私のような女が、うち込めるものは、夫か子供だけだ。子供のいない私が、結婚してから、ずつと夢中になつて打込んでいたのは夫だつた。そのような懸命な妻の愛情なんて、とかく夫に粗末にあつかわれやすい」と考えていた妻が、夫の浮気によって自らも浮気に走る様子が描かれている。自分にも疚《やま》しいところがある夫は、妻に向かって、「浮気はいいさ。しかし恋愛はいけない」と訳のわからない理屈を捏《こ》ね、「女が、恋愛をはじめたら、……たちまち、家のなかは、ちらかつてくる。家計もルーズになるし、小使いも使うだろう……たちまち、家庭は破壊されてしまう」と主張する。また、家庭を維持するのは「浮わついた愛情」などではなく「義務感」に近い感情だと説く。だが、この言葉に腹をたてた妻は、身体をふるわせて「お説教は止めて頂戴ッ！」と叫び、沈黙した夫を前にこんなことを考えるのである。

私達だつてはじめから、こんな仲じやなかつた。恋愛結婚だつた。愛し合つていたのに。どうして、こんなになつてしまつたのだろう。結婚というのは、むずかしいものだ。どの夫婦も、こんな苦しみを味わつているのかしら。それとも私達だけなのか。／でも、私は人に愛されたい！　妻としてではなく、恋人として愛されたい！　なぜ人を愛したり、人に愛されたりする事が罪になるのだろうか。女にとつて、人に愛されるということが、そのまま生きるよろこびなのに！

ここには、昭和三〇年代前半における「恋愛結婚」の現実が如実に示されている。男は「恋愛」と「浮気」を明確に区別できるから、たとえ外で過ちを犯しても家庭を崩壊させるようなことはないが、女は「恋愛」と「浮気」を区別できないから内にとどまって家庭を守るに限るという偏見にしても、夫婦の関係は「浮わついた愛情」などではなく「義務感」によって支えられているという理屈にしても、男が自分に都合よく導きだしたものにすぎない。ところが、ここでの妻は、そんな夫の言葉に逆上して「お説教は止めて頂戴ッ！」と叫ぶことしかできない。そして、ただひたすら呪文のように「愛されたい」と呟く。妻はどこまでいっても受身であり、夫からさし延べられる愛を乞うことしかできないのである。

当時の実話物を読むと、こうした「恋愛結婚」の監獄から飛びだしてひとりの女になろうとする人妻が頻繁に登場する。たとえば、新芯太『人妻 第1巻 美しき背徳の集い』（昭和37年9月、オリオン社出版部）は、「あらゆる層の人達」から集めた「素材」に脚色を加えた読物だが、そのなかの「人妻も妻という女であった」という章には、年下の男との浮気がバレて家を追われた妻が夫に宛てた手紙というかたちで、「本当のよろこびを一度でも受けたかったのです。男からうける一瞬の交りから、すべてが理解できるものが欲しかったのです」と告白する場面がある。また、武野藤介の『人妻のあそび』（昭和32年3月、妙義出版）は、「民主主義理念による男女同権というなら、男のやっていることを、女がやって不可《いけ》ないわけがないからである」という立場から「姦通」の問題をまとめたものだが、そこに並んだ各章には、「パーティなどのお好きな女」、「ウソのお上手な女」、「娘の頃に男どもにチヤホヤされた女」、「年よりの夫を持った女」、「生れながらの浮気な女」、「かかァ天下という噂のある女」、「病弱な夫やインポ気味の夫を持つ女」、「仕事好きな夫に退屈した女」、「隣家の猫にさえお愛想を云う女」、「夫の不在がちな女」、「そと出歩きをこのむ女」、「夫に情婦などのある女」というタイトルが付いており、むしろ、そういう行動をする傾向がある妻には気をつけよと語っているようにもみえる。この時期の清張がミステリーの素材にした人妻たちは、こうした視線にさらされることによって鬱屈をつのらせ、転落していくのである。(7)

4 〈性〉にまつわるモラルと実態

同時代の清張作品を読み進めていくと、「箱根心中」のようなよろめき系とは逆に、自らの悶々とした欲望を逆上というかたちで露呈させる人妻たちが少なくないことに気づく。その典型が「九十九里浜」（「新潮」昭和31年9月）に登場する古月の母である。――古月が生まれる前のこと。商売のため家を留守にすることが多かった父は、あるとき、出張先から乳呑児を抱えた女を連れて帰る。父は手を突いて事の次第を白状し、行き場のない母子を一緒に住まわせてくれるよう懇願する。外には冷たい霰《あられ》が降っている。だが、「猜疑心が強く、何事につけても素直には考えられないたち」だった母は、「嬰児の泣き声に神経を敲《たた》かれたように」怒り狂い、若い女を激しく「打擲《ちょうちゃく》」したすえ、「一晩でも家には入れられないから、勝手なところに行くがよい」と罵って家から追いだす。父は「暗い顔付」をして女のあとを追いかけ、いくらかの金を渡すが、それっきり母子とは縁が途絶えてしまう。

その騒動から三〇年以上の時間が経過し、苦い記憶が「漂白」された頃、母は、やっと重い口を開いて事のあらましを古月の新妻（テキスト内においてどのような必然性があったのか判然としないが、古月は再婚したという設定になっている――筆者注）に語る。自分の姉の存在にまつわる重要な話であったにもかかわらず、母はそれを彼自身に語ろうとはしなかったのである。語り手はそんな古月の心境を、「母はそんな秘密めいたことを打ち明けてきかせることで、相手を信用しているように思わせ、逆に向うの好意を購《あがな》おうとする厭なところが性格にあった。／古月は、初めてそれを聞いたとき、その母のいやなところが気持にひっかかって、別に母に事実を訊き質《ただ》しもしなかった。訊かなくても、そのことを妻を通じて知らされたのだと勝手にとっていた。また訊ねても、それ以上に分ることではなさそうだった」と記す。

この小説は、そんな古月のもとに、突然、姉の夫を名のる男からの手紙が舞いこみ、ぜひ逢いに来て欲しいと熱望されるところからはじまる。だが、その手紙を鵜呑みにして姉夫婦が暮らす九十九里浜を訪ねた古月は、自分との対面を特に喜んでいるようにもみえない姉の「無感動」な表情と、まるで感動の再会を演出した立役者のように采配をふるう夫の態度に辟易する。そして、交わす言葉もないまま鈍い空気が支配する場に耐えられなくなった古月は、九十九里の浜辺に出て、そこに働く女たちを見つめる。

人間たちは黒く陽焦けした女どもで頭に手拭いをかぶり、腰に着物の布でつくった猿股をはいていた。襦《じゅ》袢《ばん》のようなものを胴にまとった者もいるが、何も着ないで乳房を出している者が多かった。たいてい中年の女で乳房は萎《しな》びていたが、胴体や腰廻りは、くりくりと張っていた。（中略）そんな働きをしている女たちは、海水に濡れた身体の筋肉の動きを、なりふり構わず見せた。船の上には、これも猿股一つの男が突立って、旗を振っていた。

ここに描かれる女たちは、漁業に頼らざるをえないこの土地での暮らしを守るために、男たちとともに力仕事に精をだし、「なりふり構わず」働いている。「乳房」や「腰廻り」からも男を誘うような媚態はいっさい感じられず、「海水に濡れた身体の筋肉の動き」は躍動感にあふれている。

それが古月の記憶のなかに棲む母のイメージの対極であることはいうまでもない。夫が他の女に子どもを産ませていたことが許せなかったとはいえ、自分は夫の働きに依存してのうのうと暮らしていながら、霰が降るような寒空に乳呑児を放りだした母の嫉妬心や猜疑心は、こうした「なりふり構わず」働く女たちのたくましさによって相対化されるのである。テキストの末尾近くにある「霰の降る夜に追い出された嬰児のきくは、そういう運命をもって、雪の日、凍えながらこの浜で、あの綱を引いていたのではなかろうか」という一節からは、家から追いだした母のもとで育てられた自分と、家を追いだされたあと過酷な生活を強いられたであろう姉のあいだにある運命の溝が浮かびあがると同時に、その亀裂の原因となった母の憎悪の根深さも伝わってくる。九十九里浜で働く女たちの姿は、その圧倒的な躍動感によって母の酷薄さを突き放すのである。

『波の塔』（昭和60年8月、文春文庫）の「解説」を書いた田村恭子が、「清張さんという人は女性に冷たい方で（むろん小説の中で）イヤな女——ケチなハイミスとか嫉妬ぶかい女房とか情夫と共謀して夫を殺す凄まじいカミサンとか――を実にいきいきと存在感ゆたかに描きだしてみせてくれるのに、心やさしい女の登場する小説は滅多に書いてくれない」と記しているように、清張の小説における「嫉妬ぶかい女房」は、けっして哀れみの対象ではなく、語り手によってその内面が好意的に語られることもない。だが、清張自身がこうした「嫉妬ぶかい女房」を描きだすことに強い関心をもっていたことは確かである。自分の知らないあいだに愛人をつくり、子どもまでもうけていた夫を許せないにもかかわらず、生活を支えている夫への依存心と夫を取り戻したいという占有欲ゆえ、憎しみの捌け口を愛人と乳呑児に求めた「九十九里浜」の母のような、やり場のない感情を文学の重要なモチーフとして捉えていたことは間違いない。

昭和三二年に短篇集『顔』（昭和31年10月、講談社ロマンブックス）で日本探偵作家クラブ賞を受賞したあと、『点と線』（昭和33年2月、光文社）、『眼の壁』（昭和33年2月、光文社）、『零の焦点』（昭和34年12月、光文社）などを立て続けに発表し、社会派推理小説ブームを巻き起こす清張は、こうした人妻の悶々とした感情をさらに微細に分析するようになる。それは折しも、売春防止法施行（昭和33年4月）にともなって赤線などで働いていた売春婦たちがその正当性を奪われ、表向きの商売と裏の稼業を区別して生きていかなければならなくなりつつあった時代であり、〈性〉の歪み、〈性〉にまつわるモラルと実態とのギャップが極限に達する時代でもあった。

たとえば、清張は、この頃に発刊された「女性自身」の創刊号（昭和33年12月12日）に「愛と空白の共謀」という小説を提供し、出張先の京都で愛人との逢瀬を繰り返していた夫が急死したあと、夫の同僚だった妻帯者と関係をもつようになる女を主人公に設定したうえで、それまでの小説にはみられないような精密な描写で彼女の苦悩を描く。

この恋愛で、章子に苦悶が二度訪れた。最初は夫への背徳であった。福井秀治は熱心な理論でそれを慰撫した。あるいは陶酔的な行為で、彼女を苦悩から解き放ってやった。／次には、福井秀治の妻への苦しみであった。これは二重の意味をもった、自責と嫉妬だった。この場合も、彼は、現代的な巧みな観念で説明し、彼女の呵責をうすめた。／が、いつまでも苦しめられたのは、彼の妻への嫉妬であった。それは、もはや、章子の愛情が彼へ奔騰している証拠だった。福井秀治は当惑したような顔をしていたが、内心ではよろこんでいるに違いなかった。彼は、章子のアパートにときどき泊っていった。

そこには、亡き夫への背徳意識が愛人との「陶酔的な行為」とともに薄れ、それが次第に愛人の妻への「呵責」と「嫉妬」の板挟みに変化してくる様子、あるいは、その「呵責」や「嫉妬」が、むしろ愛人への感情を「奔騰」させる過程が微細にトレースされている。また、直接的な表現では記されていないが、この背徳的な関係を固く結びつけているのが、「呵責」や「嫉妬」の反動として押しだされる〈性〉の欲情であることは描写の端々から窺える。その基底には、ずっと自分を裏切り続けていた夫に対するやり場のない感情を、妻のある男との関係によって相殺しようとする精神的な意味での復讐と、うら若い肉体をもちながら未亡人として生きていくことを強いられた女が「陶酔的な行為」を繰り返すなかで、喪われた快感を取り戻していく肉体的な意味での復讐が併行的に追求されているのである。

「清張ミステリーと女性読者――女性誌との連携を軸として――」（「松本清張研究」第3号、平成14年3月）を書いた藤井淑禎は、この小説について、

電気器具製造会社の営業課長である俊吾は、隔月で一週間ほど大阪に会議のため出張するという生活を三年間続けており、そのどこかで、H夫人との関係が生じたのだろう。この頃の交通事情を反映させた泊まり

がけの出張は、清張ミステリーのみならず、しばしばこうしたかたちで利用されており、当時の雑誌にも「うちの亭主も、出張に行ったときなんか、何してくるかわかったもんじゃないわ」（原奎一郎「こんな浮気なら夫婦生活にプラスする」『夫婦生活』昭32・6）という女房族の声が紹介されていたり、「危機は出張に」（内村欣也「妻に不倫は？　夫に情事は？」同前）という見出しが見られたりする。後者の記事中には、前々から「出張用へそくり」を用意していたりとか、「日程をへそくっての帰りの温泉地途中下車」などの「手口」の紹介もある。／要するに同時代には、少なくともミステリーの中などでは出張は浮気の記号だったわけであり、「愛と空白の共謀」のストーリー展開も、そうした同時代感覚に依拠していたと言ってよい。

と述べている。また、同作の掲載誌「女性自身」における「男女関係の捉え直しの姿勢」に注目し、創刊号（昭和33年12月12日）に掲げられた「あなたの原稿をお寄せ下さい」という告知のテーマが「一、私の「異常体験」」、「二、私が悩んだ「愛と憎しみ」の問題」、「三、「私は男性に抗議する」」だったこと、特に「二」には「ふくざつな愛情の問題でお悩みになったことはございませんか。そのきっかけ、過程、そして結末などお洩らし下さい」という趣旨説明があったことなどを指摘している。この言説を援用すれば、「愛と空白の共謀」は女性読者の市場開拓につとめる同時代の雑誌戦略と、清張が初期の頃から注目していた女性の身体における〈性〉の痕跡という問題が一致点を見いだすかたちで構想されており、それを女性自身に向けて問いかけた小説であるということになる。昭和三〇年代における清張ミステリーブームの背景には、それまでタブー視される傾向にあった人妻の〈性〉を語ることで読者の期待に応えようとする女性雑誌との相補的な関係があったのである。

こうした「飢餓感」の前景化は、やがて、女たちを犯罪の被害者（あるいは消極的な加害者）の場から事件の背後で暗躍する主犯格へと押しあげることになる。恢復の見込みのない病に臥している夫と付添看護婦が心中したあと、その遺書から、かつて二人が恋人同士だったことを知って逆上し、贋の遺書を詐術して自分と夫が先に心中したようにみせかけることで「略奪者から夫をとり戻す」妻を描いた「二階」(8)(「婦人朝日」昭和33年1月)、若くて見栄えのする女中に馴染みの客を奪われたと思いこんで嫉妬し、自分の肉体を張って好きでもない男を自分につなぎとめておこうとする年増女を描いた「氷雨」(「小説公園」増刊、昭和33年4月)、愛人との新生活をはじめるために夫の首を絞めて保険金を手に入れる妻を描いた「紐」(9)(「週刊朝日」昭和34年6月14日〜8月30日)など、この頃のミステリーには、女自身の嫉妬や怨嗟を動機としたものが頻出する。

また、巨大企業グループで絶大な権力をもつ経営者の「二号」になっている女が配下の会社で働くかつての恋人と再会し、彼の出世を企てる「危険な傾斜」(「オール讀物」昭和34年2月)での、

野関利江は旺盛だった。無理もないことだと秋場文作は考えた。七十歳の会長は、摂取するだけで、彼女に与えないのである。いや、少しは与えているのかもしれないが、それは正常ではなく、稀薄であった。彼女にとっては遮断された状態の方が、むしろましであったかもしれない。少し与えられていることが、かえって、よけい飢餓感を増大しているに違いなかった。(中略)／会長の二号になって野関利江は三年であった。三年間の残酷な不満を、いま秋場文作で満たそうとしているのであった。

という描写にみられるように、この頃の清張は女の「飢餓感」を肉体そのものの問題として書くことに意識的である。男がそうであるように女にも性欲があるという自明のことを堂々と言葉にするだけでなく、そうした肉体の乾きを潤すためには犯罪に手を染めることすら厭わない女たちを主人公にすることで、この問題がいかに社会から隠蔽されてきたかを告発しようとしているのである。

その最たる作品が、自分自身の愛欲のために周到な策略をたてて夫を殺害し、「執行猶予」を勝ちとる妻を描いた「一年半待て」（「週刊朝日」別冊、昭和32年4月）である。この小説は、「まず、事件のことから書く。／被告は、須村さと子という名で、二十九歳であった。罪名は、夫殺しである」という冒頭からはじまり、倒叙法で彼女の半生が語られる。――事業不振で会社を馘首された夫に代わって生命保険の勧誘員として働きはじめたさと子は、持ち前の知性と愛嬌でどんどん成績をあげ、生活も安定していくが、やがて怠惰になった夫の要吉は、さと子が外で働いているあいだ子どもの面倒をみようとしないばかりか、小狡く金を持ちだして酒を呑むことばかり考えるようになる。一方、交通の不便な山奥のダム工事現場を訪れてそこで働く男たちを集団加入させる方法を思いついたさと子は、家を留守にすることが多くなり、夫との性交渉を完全に拒む。また、夫をつれなく扱うかたわらで、気晴らしのために知り合いの女がやっている呑み屋まで紹介し、まるで夫の堕落を助長させるような行動をとる。

ごく自然のなりゆきとして、夫はますます酒に溺れ、その女との関係も深まっていく。家のなかでは泥酔して暴れ、さと子はもちろん子どもにまで暴力を振るったあげく、「お前などより、静代のほうが余程いい。そのうち、お前と別れて、あの女と夫婦になるつもりだ」と放言する。法廷の場でさと子は、そのときの悲惨な状況を、

――お前の顔は悋気《りんき》する面ではない、見るのもいやだ、といって、いきなり私の頬を撲りました。／また、乱暴がはじまったと思い、私が身体をすくめていますと、もうお前とも、夫婦別れだ、静代と一緒になるからそう思うがよい、とおかしそうに笑い出していうのです。しかし、私はその侮辱に耐えていました。不思議に嫉妬は湧きませんでした。

と語っている。

　この事件は新聞報道によって広く世間に知られることとなり、多くの婦人から同情が集まる。なかでも、婦人問題の評論家として活躍する高森たき子は積極的な発言を繰り返し、「この事件ほど、日本の家庭における夫の横暴さを示すものはない、生活力のない癖に家庭を顧みないで、金を持ち出して酒を飲み、情婦をつくる、この男にとっては、妻の不幸も子供の将来も、てんで頭から無いのである。しかも、その金は、妻が細腕で働いて得た生活費なのである。／中年男は、疲れた妻に飽いて、とかく他の女に興味をもって走り勝ちであるが、許すことの出来ない背徳行為である。日本の家族制度における夫の特殊な座が、このような我欲的な自意識を生み出す。世間の一部には、まだこのような誤った悪習を寛大に考える観念があるようだ。（中略）須村さと子が夫をそこまで至らせた許容は、これまた誤った美徳的な妻の伝統観念である。彼女には高等教育をうけ、相応な教養をもちながら、まだこのような過誤があった。だが、その欠点を踏み越えて、私は彼女の夫に女性として義憤と大きな怒りとを感じる」と主張して、さと子の無罪を訴える。メディアもまたそれを大きくとりあげ、全国から嘆願書が集まる。

　結果、さと子は「執行猶予」を獲得するのだが、裁判も終わったある日、ひとりの男が高森たき子のもとを訪れ、「さと子さんは理由も無く半年もの間、夫を拒絶しつづける。そのまま、夫を脇田静代にひき合せる。相手は未亡人で飲み屋の女です。夫は酒好きで、生理的に飢渇の状態に置いてある。危険な条件は揃っています。当然に両人の間には発展があった。それを彼女は傍観でもしているように相手の女には抗議しない。こうならべると、そこに一つの意志が流れているように思われます」と語る。また、さと子が営業活動をしていた山奥のダム工事現場での様子についても、「さして美人ではないが、男に好意を持たせる顔です。それに話すと、知性がありました。それをひけらかすのではなく、底から光ってくる感じでした。顔まで綺麗に見えて来るから妙です。

いや、山奥では、たしかに美人でした。それに、彼女の話す言葉、抑揚、身振り、それは永らく接しなかった東京の女の人です。みんなの人気が彼女に集まったのは無理も無いでしょう」、「さと子さんは、いつも微笑《わら》って、その誘惑をすり抜けていました。職業のために、相手に不快を与えないで、巧みに柔らかく遁《に》げる術を彼女は心得ていました。彼女は決して不貞な女ではありませんでした。それは断言出来ます。しかし……」と意味深長な説明をし、さらに、「須村さと子さんがその山の男の一人に好意を感じたと想像するのは不自然ではありません」、「夫を殺害しても、実刑をうけない」たったひとつの方法が「情状酌量」だったのではないでしょうか、とたたみかける。この男こそ、ダム工事現場に働きながらさと子に求婚し、「一年半待ってくれ」と言われていた男だったのである。

この小説の特徴は、夫に愛人ができて性的な関係から排除されていく妻という構図を反転させて、妻が自らの意志で夫を性的な「飢餓の状態」に追い込み、愛人をつくるように仕向けるところにある。彼女はより魅力的な男と結ばれるために夫を罠にかけ、見事な被害者ぶりを演じるのである。

また、「一年半待て」には婦人問題評論家が登場し、この代弁者を通じて「日本の家族制度における夫の特殊な座」や「美徳的な妻の伝統観念」といったものが語られるが、収束部での展開を考えると、清張の企みは、むしろ、どこかで聞いたふうな言葉で封建的価値観を批判し、まるで天下でもとったかのように正義ぶる言論家や、それを煽りたてるマス・メディアの浅薄さ、思慮のなさを痛罵するところにあったといえなくもない。清張がさと子という女を通して明らかにしているのは、そうした制度や観念よりもっと根深いところにある愛欲の問題であり、それを叶えるためには手段をえらばない女の生き方そのものなのである。

5　夫の欲望の代行者

こうして、女の怨嗟が事件の奥行きを作りだす小説が数多く描かれるわけだが、女の「飢餓感」が決定的な役割を果たしているミステリーの傑作として特に注目したい作品が「点と線」(「旅」昭和32年2月～33年1月)と「鬼畜」(「別冊 文藝春秋」昭和32年4月)である。

東京駅13番線のトリックで知られる「点と線」は、ある冬の日、博多湾の香椎海岸で中年男女の死体が発見されるところからはじまる。当初、青酸中毒による心中と思われていた二人の死をめぐって、博多署のベテラン刑事・鳥飼と警視庁捜査二課の警部補・三原が疑念を抱き、協力して地道な捜査を展開するなかで犯人のトリックが次々に崩れていくという本格推理小説である。汚職やスキャンダルといった社会の暗部を描くこのミステリーは、官民の癒着や贈収賄が問題になりつつあった同時代の世相を鮮やかに反映しており、社会派小説としての評価が高い。また、日本交通公社が発行する雑誌「旅」に連載され、時刻表を重要な小道具として用いたうえ、福岡、熱海、北海道と、舞台が次々に移動していくトラベル・ミステリーとしての魅力もある。

だが、巧妙に仕組まれた殺人事件の動機をコツコツと探っていったすえに刑事たちがたどり着くのは、恢復する見込みのない結核に蝕まれているために、夫が「二号」をつくることも公認せざるをえない立場に置かれたひとりの女の存在であった。テキストでは、刑事の捜査報告に沿ってその動機が次のように説明される。

　情死に見せかけた殺人は、夫婦合作でした。亮子は計画者だけでなく、その実行者の半分でした。お時は安田夫婦の言うとおり、なんの疑いもなく従ったのです。／ここで、奇妙なのは、安田夫婦とお時の関係です。(中略)安田とお時とは深い情事関係があることが想像されます。それはきわめて秘密が保たれたから外部にもれませんでした。二人のなれそめは、安田が「小雪」に通っているうちにできたのでしょう。お時は、安田の係り女中でした。お時が電話でときどき呼び出されたり、外泊したりした相手は安田です。／だが、亮子の態度は奇怪です。いわば、夫の愛人であり、敵でもあるお時に会ったり、いっしょに汽車に乗ったりして、むつまじいのは、どういうわけか。／私は、ふと亮子が熱海の宿でお時の滞在費を支払ったということで、事情を察しました。亮子は万事を知っているのです。のみならず、お時の月々の手当は、亮子の手からも出ていたのです。亮子が病弱で、夫とは夫婦関係を医者から禁じられていることに思いいたってください。いわば、お時は、亮子の公認の二号さんだったのです。歪んだ関係です。われわれには想像もできないが、世間にはよくあるのです。封建時代の昔にはあったことですが。

ここで注目したいのは、妻・亮子が単に病弱であるだけでなく、「夫婦関係を医者から禁じられている」身体として表象されている点である。彼女は、夫が愛人と「深い情事関係」を続けていることを傍観せざるを得ないだけでなく、自分自身の性的欲求を充たそうとすること、そうした欲求があると伝えることそのものを禁じられているのである。[10] テキスト内には、「安田にとっては、お時にはそれほどの愛情もなく、どっちでもいい存在でした。「生理」のおかわりはいくらでも都合がつきます。亮子は、お時を夫の道具と思って割りきっており、ついでに情死の道具にもしました。やはり意識の底では好感をもっていなかったのでしょう。恐るべき女です」といった記述があり、夫の性欲を「生理」に、愛人を「道具」に喩えてこの問題を即物化する一方で、亮子の心の闇に迫るときだけはそれを生々しい表現で語り、「恐るべき女です」と断定してみせる場面があるが、それはある意味で、動機解明のプロである刑事でさえ彼女の苦悩を理解していないことの裏返しである。

テキストの収束部において、再び亮子の人間性を分析しはじめた刑事は、「安田は、佐山を殺す道具に、飽きの来たお時を使いましたが、安田の妻の亮子は「夫の手伝い」よりも、あんがい、お時を殺すほうに興味があったかもしれません。いくら自分が公認した夫の愛人であっても、女の敵意は変りはありません。いや、肉体的に夫の妻を失格した彼女だからこそ、人一倍の嫉妬を、意識の下にかくしつづけていたのでしょう。その燐のような青白い炎が、機会をみつけて燃えあがったのです」と結論づけているが、ここでの「肉体的に夫の妻を失格した彼女」という表現、および、彼女の内面が「敵意」や「嫉妬」という短絡的な感情に集約されていくさまをみても、刑事の側に女の〈性〉を男のそれと同等のものとして認識しようとする姿勢はうかがえない。清張はこの小説を通して、難解な犯罪トリックをひとつひとつ解き明かしていく刑事たちの執念を描くと同時に、そんな刑事にすら同情されることのない女の〈性〉という問題にも迫っているのである。

この時期の清張には、愛人宅を訪れていたときに目撃した近所の知り合いが、とある殺人事件の容疑者にされた際、愛人の存在が明るみになることを恐れて偽証をする男を主人公とする「証言」（「週刊朝日」昭和33年12月21日〜12月28日）という小説があり、「部屋は四畳半二間だが、無駄のないように調度の配置がしてあった。若い女の色彩と雰囲気とが匂っている。四十八歳の石野貞一郎が、この部屋にはいってくるとたんに、いつも春風のように感じる花やかさであった」という愛人宅の描写と、「「お帰りなさい」／と妻はしゃがれた声で言った。太って、身体の横幅が広い。別れてきたばかりの梅谷千恵子と比較して、気分が急速に乾いた」と記される自宅とが救いようのないかたちで対比されているが、その構図をふまえていうなら、「点と線」は、まさに愛人との比較においで夫からうんざりした視線を注がれているにもかかわらず、その憎悪を夫に向けることができず、夫の欲望の代行者としてふるまってしまう愚かさを描いた小説だといえるだろう。

そしてもうひとつ、昭和三〇年代前半の清張ミステリーのなかで最も高い到達度を示しているのが、ちょうど「点と線」の連載期に発表された「鬼畜」である。――この小説は、石版の渡り職人として各地の印刷屋を転々としてきた宗吉が、住み込み女工だったお梅と世帯をもち、自分で印刷屋を経営するようになるところからはじまる。やがて、羽振りのよくなった宗吉は、勝気な妻の目を盗んで料理屋の女中・お春（本名は菊代）のもとに通うようになる。

お春という女は宗吉に酌をした。大きな眼がうす赤く、色気を感じさせた。年齢は二十五、六にみえたが、むろんもっと上に違いない。サービスは行き届いていた。ほかに二、三人の女中もこの座敷に入っていたが、お春は何かと宗吉に縺《もつ》れるようにした。彼の膝に手をおいて、白い咽喉を見せて唄った。うたう唇の恰好が可愛かった。石田は、眺めていてにこにこしていた。／宗吉が、はじめてお春の身体を知ったのは、それから三月くらい経ってからである。

という描写からもわかるように、宗吉はものの見事にお春の手練手管にはまっていく。はじめて身体を許したときにも、「ターさん、浮気なの？　真剣なの？」という問いかけに「おれに任せてくれ」と応えるなど、「激情のなかで動きのとれぬ言質《げんち》を女に与え」てしまう。

こうして、「女房の痩せている身体と違って、若い弾力」のある菊代の身体に夢中になった宗吉は、八年の間に三人の子どもをつくり、お梅に知られることなく菊代を囲い続けるが、やがて印刷屋の商売が傾き、金に困るようになったことで菊代の態度は豹変する。ある日、菊代は三人の子どもを連れて宗吉の家に押しかけ、お梅の前で「わたしら四人の生活のたつようにして下さい」と談判した挙句、まったく妥協する姿勢をみせないお梅に癇癪を起こし、「この子たちは、この男の子供だからね。この家に置いて行くよ」という棄て台詞を残して消えてしまう。

お梅もまた、「わたしは他人が生んだ子はよう育てんからね、この子供たちは、あんたがあの女のところへ返しておいで」、「この子は、うちの二号さんの子ですよ。呆れたもんだね、女房が紙さしをしたり、打ち抜きをしたりして、真黒になって働いているときに、ちゃんと二号を囲っていたんですからね。それもうちの子か分りゃしない」などと吹聴し、子どもたちを露骨にいびりはじめる。夫とともに働きづめでやってきた自分には授かることがなかった子どもに敵意を向けたお梅は、こうして「ヒステリー」を昂じさせていくのである。

そんなある日、病気に罹ったあと放ったらかしにされていたため、子どものひとりが衰弱死する。本当は、お梅が息も絶えだえの子どもの顔を布団で覆って窒息させたのかもしれないが、すでに病み衰えていたこともあり、医者は疑問ももたずに死亡診断書を出す。その日の夜の宗吉とお梅を、清張は次のように描写している。

> 「（前略）これで、あんたも一つ気が楽になったね」／とお梅は宗吉に云った。眼もとに微かな笑いを見せた。近ごろ、滅多に無いことであった。（中略）子供の死んだ夜、お梅は、はじめて宗吉に挑んだ。菊代のことがあって以来、絶えてないことである。それも、お梅は異常に昂ぶっていた。／おかしなことに、彼女は身体を執拗に宗吉に持ってきた。これも今まで彼が覚えていないことだった。彼は知らぬことを知らされた思いがした。彼は昂奮して溺れた。二人の心の奥には、共通に無意識の罪悪を感じていた。その暗さが、一層に陶酔を駆り立てた。そして、その最中で、お梅は宗吉に或ることの実行を迫った。宗吉は、うなずかないわけにはいかなかった。

それは、数ある清張ミステリーのなかでも、出色の迫力ある描写である。長年にわたって不貞をはたらき、愛人が生んだ子どもたちとの擬似的な家族生活を営んできた夫。その夫に尽くして印刷屋を切り盛りしていたのに、気がつけば疎ましい存在になりはて、身体を求められることもなくなっていた妻。二人は、子どもを死なせるという「無意識の罪悪」を共有することに異常な「昂奮」を覚え、それまで感じたことのないような強烈な「陶酔」へと駆り立てられていく。

その「昂奮」は、宗吉がもうひとりの子どもを東京のデパート屋上に置き去りにしてきたときにも再燃する。清張はここでも、「家に帰ると、宗吉が一人だけなので、お梅は顔に薄い笑いを浮べた。／その夜も、お梅は宗吉に自分から身体をもってきた。一人の始末がつく毎に、この女は昂奮して燃えてくる」と描写し、お梅の〈性〉的な身体をクローズアップする。また逆に、宗吉が最後に残った息子の殺害に失敗して戻ってきた場面では、その「昂奮」が「半狂乱」の「悪態」へと転化し、

——お梅の利一に対する殺意は執念じみていた。宗吉は彼女の呪縛に身動き出来ない。上野から二人づれで帰ったときなどは、宗吉はお梅からひどい虐待をうけた。／よその子をいつまでしょっているのだ。もう見るのも嫌だから、何とかしてくれ、とお梅は夜なかに半狂乱で迫った。菊代と関係のあったときのことをこのときも口ぎたなく罵った。これまで数知れないくらい聞かされた悪態であった。宗吉の精神はすり減っている。[11]

といった状態になる。お梅は、夫のなかに棲息する愛人の影、八年間という時間のなかで夫が愛人と共有してきた記憶を憎悪し、夫と愛人の関係を強引に切断することに猟奇的な快楽を覚えると同時に、夫と愛人のつながりの証となる子どもを抹殺することによって、再び夫を取り戻そうとするのである。

女の身体における〈性〉の痕跡という問題は、いくつかの初期小説を系譜的に分析することによってその鉱脈

が明らかになる。夫から〈性〉的身体として慰撫されることもないまま悶々とした日常を生き、やがてその鬱屈した感情を復讐へと転化させていく女たちは、まさに昭和三〇年代前半の清張ミステリーの〈空白〉を埋める最後のピースであり、そのピースがもつ心の闇の深さとバリエーションの多様さによって、彼のミステリーは他の追随を許さぬ圧倒的なリアリティを持ちえたのである。

【注】

（1）宮部みゆきは「前口上」（『松本清張傑作短篇コレクション・中』平成16年11月、文春文庫）で、「愛情を餌に、男に操られる指人形としての悪女。あるいは、あくまでも自分の意思で事を行う、自立歩行する悪女。どちらのタイプがヒロイン（この場合は黒いヒロインとでも申しますか）になるかによって作品のトーンも変わってきますが、どの場合でも、富や名声など世俗的な成功を求めてがむしゃらに突き進む彼女たちの姿を描くとき、清張さんはけっして手加減しませんでした。たとえば『わるいやつら』でも、『けものみち』でも『疑惑』でも。／また彼女たちは、それまで物語の世界で「悪女」と言えば、ほとんどイコールの記号で結ばれてきた「宿命の女」——男を誘惑し破滅へと導く謎の女という〝記号〟からも、生々しく逸脱しています。お人形さんのような小説的「宿命の女」には収まりきらない、生身の欲望と自我を持った能動的な女たち。男に利用されるタイプの悪女だって、彼女自身のその男に対する強い執着と、彼を通して奪取したいものへの欲望がなければ、そもそもそんな羽目にはならなかったわけで、一方的に手折られた哀れな被害者ではありません」と述べている。また、この問題については、菅聡子「〈悪女〉の語り方—清張文学のアキレス腱」（松本清張研究会、平成18年12月2日・立教大学）でも同様の指摘がなされている。

（2）この作品は清張が自分の両親のことを下敷きにしている部分があり、のちに自伝的小説「半生の記」（「文芸」昭和38年8月〜40年1月）に描かれる両親への思い入れと通じている。

（3）清張の初期ミステリーに「女が書いた手紙や文書で閉じられる」作品群があるという飯田祐子の指摘は、この問題と深く関わっている。ミステリーの場合、ある事件をめぐって犯人探しが行われるのは必然だが、清張の場合は、刑事以外の登場人物もその犯人探しに加担し、事件の真相に迫ろうとする傾向があり、そうした積極的な働きかけをするのは例外なく男である。そして、女たちは事件の全貌が明らかになったあとで、まるで白状するように手紙や文章をしたためたり、誰かにすべてを打ち明けたりするのである。その意味において、清張ミステリーは、刑事的な役割を担う〈男〉と重要参考人の役割を担う〈女〉が取調室で会話をするような関係によって成立しているともいえる。

（4）斎藤美奈子は『モダンガール論』（平成15年12月、文芸春秋）のなかで、「高度経済成長が日本の家庭にもたらした大きな変化」のひとつとして、ちょうど一九六〇年代後半に見合い結婚と恋愛結婚の比率が逆転したこと（【図】参照）をふまえ、「高度成長期には、結婚して主婦になることが、文字どおり「夢のような幸せ」へ扉をひらく道だった。終身雇用制と年功序列賃金で夫の生活は保障されている。そんな金づるとの結婚はまさに「永久就職」だ。しかもロマンチックな恋愛のオマケつき。そのうえ豊かな消費財つき。「あたしも早く結婚した〜い」の結婚願望は、おそらくここで決定的になったのではあるまいか」と述べている。

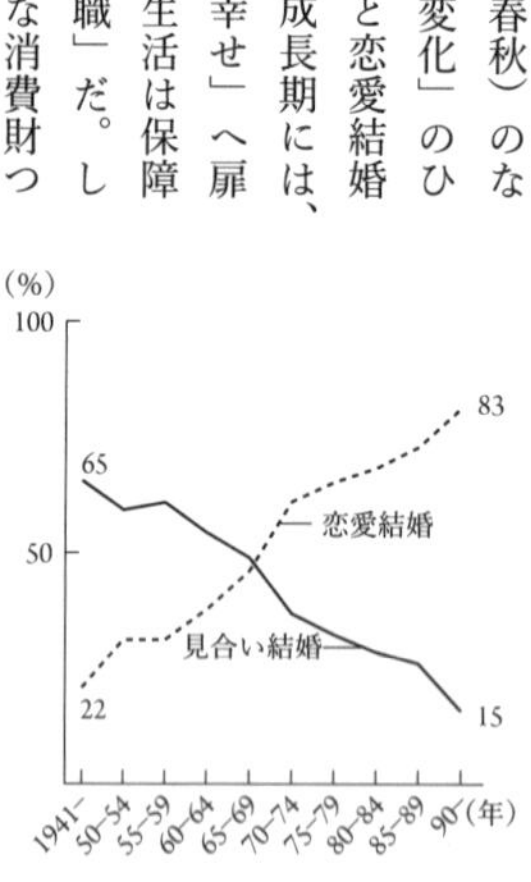

見合い結婚と恋愛結婚の推移
（湯沢雍彦『図説 家族問題の現在』より）

（5）堀江珠喜『「人妻」の研究』（平成17年2月、ちくま新書）に、「昭和三二（一九五七）年六月の三島由紀夫著『美徳のよろめき』は、すぐに映画化されたこともあり、「よろめき夫人」という流行語を生んだ。テレビでいわゆる「よろめきドラマ」が放映されるようになったのは昭和三五年だが、現在でも人妻の不倫メロドラマを「よろめき」と呼んでいるし、ヒロイン役を演じる「よろめき女優」という言葉もある。／折しもこの小説発表と同年の『文芸春秋』四月号に、河盛好蔵は、「主婦の五つの愉しみ」と題したエッセイを寄せているが、そのなかで「姦通映画」を挙げている。その理由として、「くたびれた亭主」とは対照的に、家事の合理化や婦人雑誌の美容・ファッション記事のおかげで「中年婦人は大へん美しくなっている」ところへ、彼女らが性生活情報を得るようになり、しかも姦通罪がなくなったが、実際には浮気できず、「欲望のハケ口を映画に求める」ためと説明している。そのような女性たちが『美徳のよろめき』に関心を抱いたのは当然だろう。つまりこの物語がヒットする土壌が、ちゃんとあったというわけだ」と記している。

（6）箱根での交通事故によって男女の運命が変わっていくという展開は、明らかに菊池寛『真珠夫人』（「大阪毎日新聞」、「東京日日新聞」大正9年6月9日〜12月22日、『真珠夫人』前編〈大正9年11月、新潮社〉、『真珠夫人』後編〈大正10年1月、新潮社〉として刊行）の冒頭場面を意識した設定である。

（7）「夫婦生活」（昭和33年6月）には、「夫婦の性犯罪の実態」という特集があり、「人妻の浮気」という項目には、「人妻の動機としては、「夫が性に無関心であるため」とか、「夫が病気その他の理由で不能となったため」とか「変質的な妻」の場合が多い。なかには、幼馴染とか、旧知の間柄で、「単なる友達関係」から交際しているうちに、誘惑される場合も稀ではない。夫の性的不能に対して妻が欲望上の不満足を感じて苦しむのは、家事や家計のために規則正しく心身を使うことの少ないほどはなはだしく、わが家の外で性的欲望の遂行をそそるような刺激に会うことが多いほど、あるいは、社会環境の中で格好な機会の起りやすいほどはなはだしいようである。とにかく、ふつう一般の女性（人妻ではない女性）が男をもつ動機として、「生活のため」という経済的要素からの場合が大部分であるのに反して、人妻の場合は、多分に、欲望的・享楽的な要素が多いことは、注目に値する」と記されている。また、同特集の結論にあたる「夫婦間の性的トラブルを防ぐには？」という項目には、「結婚生活において貞操が最も安全に保護されているのは、妻が母型婦人に属し、外部から襲ってくる性的刺激がいつも精神の愛と婦徳との個人的意志力によって断固として撃退される場合である。／反対に、身体上にも精神上にもデカダンスの特徴を帯びている新しい一部の現代女性は、自分の欲望を抑制し善導しようとする真面目な意志を欠いているばかりでなく、てんでもう、夫婦の性的信頼がどんな意義や重要性をもっているかについて、理解を有していないのである」とある。

（8）昭和二五年に小山書店が出版（4月20日に上巻を、5月1日に下巻を相次いで刊行――筆者注）したD・H・ロレンス〈著〉『チャタレイ夫人の恋人』完訳本（伊藤整〈訳〉）をめぐって、約七年間にわたって争われた訴訟を「チャタレイ裁判」とよぶ。姦通による女性の〈性〉の解放が微細に描かれるこの作品は、発売と同時にベストセラーとなり大きな反響をよぶが、当時の最高検察庁は「猥褻文書」の疑いありとして摘発した。この問題は同時代の雑誌特集でも広くとりあげられ、特に夫婦雑誌では、「不具」の夫に献身的に尽くしてきた妻が看病に疲れて他の男にはしるというモチーフが頻繁に繰り返されるようになる。ここでは、そのひとつとして、「モダン夫婦読本」（昭和26年12月）を紹介したい。同号には、「涙と感動の大ルポルタージュ　国立箱根病院療養所探訪記」という特集読物があり、「風光絶佳な箱根山麓……半身不随の夫に仕えて清純野百合の如く生きる五十人のチャタレイ夫人達　一読涙を呼ぶ感激長篇読物」というキャプションのもと、「半身不随」となった夫に献身する妻たちの姿が描かれている。また同誌には、「戦傷不能者と結婚した処女妻の復讐　豊満な女体に炎える情炎！」という「愛慾実話」、「結核療養所の病床に病める身を横たえている良人」を支えるため銀座のキャバレーで働いているうちに、「空閨に悶ゆる、哀しい女の生理の秘密」を見抜かれ、ある男と姦通してしまう人妻のエピソードなどもあり、全篇にわたって「不具」の夫とその夫に献身することに疲れて姦通に走る妻というモチーフが繰り返されている。「二階」というテキストの構造は、こうしたチャタレーブームとつながっている。

（9）ただし、テキストの最後には、保険会社の調査員が「梅田安太郎は妻の秘密に気づいていたのではなかろうか。彼は、死にさいして、妻を殺人罪におとしいれるため、面倒な工夫をしたのではなかろうか」と呟く場面があり、事件の真相は謎のまま葬られている。

（10）昭和三三年一一月に公開（東映東京作品、監督・小林恒夫）された映画「点と線」では、捜査の手が及んで愛人とともに逃避行しようとする夫に対して、高峰三枝子演じる亮子がもたれかかっていく場面があり、夫から性的対象として認知されることのない妻の悲哀が原作以上の濃厚なタッチで描かれている。

（11）「鬼畜」の収束部、目の前にいる子どもが本当に自分の子なのかどうかという疑念をもった状態で海岸線の絶壁に立つ宗吉の造型には、山本有三「波」（「東京朝日新聞」、「大阪朝日新聞」、昭和3年7月20日〜11月22日）の影響が感じられる。

第三節　同棲小説論――アパートのある風景

1　劇画「同棲時代」がもたらしたもの

高度経済成長期の日本では、農林水産業で生計を立てる第一次産業の衰退、大学進学率の急上昇、核家族化の浸透などにより、地方から都会に流動する若者たちが急増した。そして、彼らの多くが新生活をはじめたのがアパートだった。当時、都市部の郊外には新しい宅地が次々に造成され、巨大な団地もできつつあったが、そのほとんどは安定したサラリーマン家庭を対象とした物件であり、応募倍率も高かったため、多くの庶民にとっては高嶺の花だったのである。(1)

都市部の場合、ただでさえ地縁血縁のつながりが稀薄になりがちだが、居住者の多くが短期間のうちに引っ越していくアパートは、近所付き合いが極端に少なく、同じ建物に棲んでいながら隣人のことをまったく知らない、孤立した生活者もめずらしくなかった。彼らにとっては、その狭い空間だけが自分の世界だったのである。

このような木造木賃アパートの林立状況を詳細に調べ、『物語としてのアパート』（平成20年12月、彩流社）にまとめた近藤祐は、昭和一四年の物価統制令や敗戦直後の地代家賃統制令によって冷え込んでいた民間のアパート建設が同二五年の統制撤廃をきっかけに胎動し始め、その建物が高度経済成長期に安アパートとして提供されたことを指摘し、

——木賃アパートは三十年代を通じて増え続け、三十八年には東京都区内に五十四・九万戸（長屋形式の借室を含む）、実に住宅ストックの二十九・一％を占めるまでになった。間取りは一間のみが七十七％と四分の三以上を占め、二間は十七％、トイレ共用は七十八％であった。／昭和四十一年の調査では都民の四分の一にあたる六十・八万世帯がアパートの居住者であり、一間だけは変わらず七十七％、その内訳も四畳半六十八％、六畳が二十七％、三畳間が五％の狭さである。


と報告しているが、ここに示された数値からは、当時の都市生活者の質素な居住環境が窺えるだろう。

木造木賃アパートが急増した主な原因として同書は、①戦後の住宅ストックの圧倒的な不足、②昭和三〇年代に入って、集団就職などにより若者層が大量に都市部に流入したこと、③大学進学率の上昇によって地方都市から上京する学生数が増加したこと、④昭和四〇年代に入って核家族化現象が発生し、結婚を期に家を出てアパートや団地に住む世代が増加したこと（同書によれば、昭和46年には全世帯の56・5％が核家族となるに至ったという）をあげている。木造木賃アパートの場合、居住者が短期間のうちに引っ越すことが多く（こちらも、同書によれば昭和43年の調査で49％が二年未満で引っ越しているという——筆者注）、経営者にとっては効率のよい事業であっただろうし、居住者もまた手軽に入居／転居ができるという点で便利だったということだろう。

アパートのなかでも、特にこのような木造木賃アパートで貧乏暮らしをする若者の姿は、多くの映画、マンガのモチーフになり、「四畳半フォーク」(2)として盛んに歌われたことで、同時代の世相・風俗のあり方に様々な影響を与えた。都会で夢を叶えるために下積み生活を送る上京青年の物語や、世間から隠れるように、ひっそり肩を寄せ合って暮らす男と女の愛欲といったモチーフを通して、トポスとしてのアパートには繁栄する社会の陰翳や裏面が映しだされた。東京オリンピック、大阪万国博覧会といった国家イベントに向けたインフラ整備、大規模な土地開発がもたらす経済成長によって物質文明は豊かになり、街は活気に包まれていたかもしれないが、それは安定した軌道に乗ることのできた者たちに与えられる〈富〉に過ぎなかったということである。世間から見棄てられた人間、社会を下支えする側に振り分けられた人間、その能力をいまだ誰からも認められていない人間たちの〈貧〉は、目の前に〈富〉が溢れているがゆえに、かつて、日本中が貧しかった時代よりも遥かに露骨な階層性を際立たせ、木造木賃アパートという空間にアジール（＝避難所）としての役割を与えていくのである。

そうしたなか、一九六〇年代以降の文学に、男と女が一緒に棲むことそれ自体を主要なモチーフとし、特に性愛という側面からそれぞれの関係性を掘り下げていく構造をもった小説が数多く登場してくる。平凡な夫婦の日常に亀裂をもたらす淫らさや崩壊感覚を描いたもの、妊娠／堕胎、出産／育児など、新しい生命を身ごもることにともなう感情の齟齬を描いたもの、愛人や浮気相手などが介在することで二人の関係性が変容していく様子を描いたもの、若さゆえの過ちという図式があらかじめ決まっており、破綻することを前提にそれまでのプロセスを劇画風に描いたものなど、内容は様々だが、それらの多くはアパートを舞台としており、冷酷でありながら好奇のまなざしを向ける世間／純粋で傷つきやすい私たち、という対立軸をもつことになる。社会や世間の荒波に傷つけられた男と女が、まるでシェルターに逃げこむように身を寄せ合う構図のなかで、将来を約束する〈愛〉よりも、いまこの瞬間に求め合う〈性〉だけが信頼に足るものとなる。ここでは、それらを同棲小説とよぶ。

同棲という言葉自体は明治期の小説などにも登場する表現であり、本来は一緒に住むこと全般を意味している。また、明治から戦前期の小説では、男女の関係において結婚しているか結婚していないかはそれほど重要な問題ではなかった。だが、一九七〇年前後の同棲小説では、それが徐々に結婚していない男女の関係に限定されるようになる。同じ男女であっても、内縁の妻とそれを囲っている男、家庭を棄てて愛の逃避行に及んだ大人たちの暮らしではなく、若いふたりが経済的な裏づけもないまま一緒に棲みはじめるという設定に焦点があてられるようになる。そこに描かれる光景はどこか陰鬱で、なげやりな気配さえ感じられる。山口文憲が「団塊ひとりぼっち」(「本の話」平成17年6月)のなかで、

「同棲時代」とはいっても、全共闘体験と同じで、実際にそんなことをしていたのは、世代のごく一部。しかも、こういう文化は、その時代にデモをしたり石を投げたりした連中のすべてに共有されていたわけでもない。アメリカのベビーブーマーたちが経験した「あの時代」は、性の解放からマリファナやドラッグの解放、あるいはゲイの解放といった「文化革命」の面がむしろ強かったが、日本ではそうではなかった。(中略)七〇年前後のその当時、同棲ということばにはいまよりずっとネガティブな響きがあったので、私も私の周囲のご同類も、注意深くこのことばを忌避していた。

と記しているように、この時代において、同棲という言葉にはそこはかとない後ろめたさがつきまとっていたのである。

こうした「ネガティブな響き」の根底にあるのは、同棲を結婚という社会制度への反逆、あるいは、公共の秩序やモラルの欠如として捉えていく視線である。また、同棲している本人たちも、もとをただせば戦後の純潔教育の影響下に育った世代であり、若い男と女がなんの計画性もないまま同棲してしまうことへのうしろめたさを感じていた。(3) 学生運動の潮流に便乗して「家族帝国主義反対」と叫んでみても、いつかその関係性が崩壊するだろうという予感をもっていた。つまり、この時代における同棲は、内と外が別々の理念や認識をもつがゆえに衝突するのではなく、むしろ、同じ認識を共有しているがゆえに、自分たちを支配する大きな力から逃れたいと考える若者たちのささやかな抵抗として映しだされるのである。さきにアパートをアジール(＝避難所)とよんだ

根拠はそこにある。

だが、同棲という言葉に対する「ネガティブな響き」は、ひとつの劇画ブームとともに大きく変容する。昭和四七年に「漫画アクション」で連載がはじまった上村一夫の劇画「同棲時代」（昭和47年3月2日号～48年11月8日号）は、同棲という言葉に新たなイメージを付加するのである。世相風俗観察会編『現代風俗史年表』（昭和61年9月、河出書房新社）が、「薄暗いアパートの一室で男女がジメジメといっしょに暮らすという暗い内容が、日本画的なタッチで描かれている。このブームをきっかけに、それまであまり表に出なかった同棲にスポットライトがあたり、ある人々にはあこがれの生活スタイルにまでなった」と記すように、この作品を通して多くの若者が同棲生活に憧れをいだくようになり、映画（松竹、監督・山根成之、主演・由美かおる／仲雅美）、大信田礼子の歌（作詞・上村一夫、作曲・都倉俊一）も大ヒットした。久世光彦は「同棲時代」（「本の話」平成11年12月）というエッセイで、学生時代に女子学生の引越しを手伝ったときの記憶をもとに、

——部屋はたいてい六畳一間に、台所を兼ねた四畳半の板の間があるだけだった。トイレはあったが、風呂はない。《神田川》の文句通り、赤いセルロイドの石鹸箱を鳴らして、近所の銭湯へ走るわけである。（中略）ぼくとその子は、簞笥や本箱をほどほどに並べ、荷から出た板切れや縄やボール紙を片付けて、銭湯へいき、出口で待ち合わせて近くの蕎麦屋で天丼を食べた。ぼくは、その時代からしばらくしてやってくる《同棲時代》の雰囲気を、ほんの数時間体験したような気持だった。／上村一夫の「同棲時代」が「漫画アクション」に連載されて大ヒットしたのは、七〇年代のはじめだった。ちょっと大袈裟に言えば、この劇画によって《同棲》という言葉は市民権を得たようだ（中略）／考えてみれば、何もない時代だった。《悔い》もなかった代りに、《希望》だってよく見えなかった。だから、——ほんとうは、《愛》だってなかった

のかもしれない。

と記しているが、この回想記には時代の空気がよく映しだされている。この時代における同棲とは、〈愛〉の表現形態としてあるのではなく、〈悔い〉もなければ〈希望〉もないような空虚感をかかえた男女が、それぞれの寂しさを埋め、肩を寄せ合う方法として選ばれているのである。

もちろん、劇画「同棲時代」の根底には、自立していない男とそれを支える健気な女が、一緒に暮らすことで生活費を安くあげようとする費用対効果の側面がある。相手を魅了するために見栄を張る必要もなければお金を遣う必要もないし、求めようと思えば簡単にセックスすることもできる。恋愛のプロセスにともなう様々な価値が暴落し、安く簡単に快楽を得ようとする即物的な感情を際立たせる暮らし。それがこの劇画に描かれる同棲である。

だが、それは蟻地獄のようなものである。生活を共にするときめきはすぐに色褪せ、倦怠へと向かう。男が気まぐれにみせる優しさにほだされて結論をさき延ばしにしても、〈愛〉が見つかることはない。性愛がもたらす錯覚もその安価さゆえに惨めさをかきたてる要因へと転化する。そして、妊娠、中絶、自殺未遂といった負の連鎖によって、二人はお互いをとことん傷つけ合ったすえに別れていく。収束部で他の男と結婚することになる女のもとを訪ねた男の、「失ってはじめて、君をどんなに愛していたかが分かった」という台詞に象徴されるように、「同棲時代」が追求する〈愛〉は、無くしてしまってからでなければ気がつかないもの、という逆説性に縁どられている。関川夏央は「知る限りの上村一夫」（上村一夫画／関川夏央作『ヘイ！　マスター』昭和63年3月、双葉社）のなかで、当時の自分を回顧しながら、

――わたしは七二年の暮れから七三年のはじめまで千葉の巨大工場ばかりが海岸にたちならぶふきさらしの街で、パチンコの釘師見習いのアルバイトをしていたのだが、この単調な日々に毎週かすかな刺激を与えつづけたのは、やはり上村一夫の「同棲時代」という連載マンガだった。／このマンガの主人公は今日子といった。若い男女が同棲する物語だから男の主人公もいて、こちらは次郎という名前なのだが、はっきりいってこの煮えきらない、感傷に埋没しがちな青年はイライラの種でしかなかった。当時たしかにこういうタイプの青年は掃いて捨てるほどいたのだ。誰もが決断の時期を伸《ママ》ばしつつ、そのくせなし崩しに功利についていく時代だった。――代表作といわれた「同棲時代」は色褪せて見えた。ドラマのつなぎ目で、当時の流行の「情念」「雰囲気」「抒情」に逃げこんでいる気がした。

と述べているが、この言説は、なぜ「同棲時代」が多くの若者に受け容れられたのかという問いにひとつの応答を試みているように思う。この時代、〈愛〉が見つけられずに困惑していた若者たちは、「情念」、「雰囲気」、「抒情」に逃げこむことでその侘しさを忘れようとしたのである。その意味で、「同棲時代」における同棲は、結婚という旧弊な制度への抵抗でもなければアメリカナイズされた風俗・文化・価値観とともに広がった恋愛の民主主義でもない。それは、時間と資本をかけて〈愛〉を育むことができない貧者たちが、自分を正当化するかたちで感傷に埋没するための簡便な手続きに他ならなかったのである。

　こうして同棲という言葉は屈折した市民権を獲得するわけだが、それは同時に、従来この言葉が担っていた多様性をひとつに限定し、ステレオタイプ化された物語が量産されていく時代のはじまりでもあった。男と女の関係性が劇画風に短絡化され、読者の期待と安易に結託していく状況のはじまりでもあった。本節では、その点をふまえて一九六〇年代後半から一九七〇年代にかけての同棲小説を読み解き、劇画「同棲時代」の登場によって、そこにどのような変化が起こったのか、文学はどのようにしてこの劇画がもたらしたステレオタイプを乗り越えようとしたのかを考える。

2　営みを持続させることの困難さ

上村一夫の「同棲時代」が登場する以前の同棲小説は、男と女が二人だけで直に向き合い、一緒に暮らしていくなかで生じる様々な軋轢を微細に描いたものが多かった。古井由吉が「妻隠」（「群像」昭和45年11月）のなかで、

――このあたりのアパートは、この頃では若い男女の同棲にちょうど手頃なところなのかもしれない。たとえば二十をちょっと出たぐらいの職工でも、世帯をもって働き甲斐を覚えれば、こんな安給料ぐらいは稼げてしまうだろう。田舎から出てくる、都会に馴れて、転々と職を変えはじめる。どこかで出会う。お互いにこれ以上一人では生きられないと思いこむ。まわりに不義理をして飛び出す。届けを出そうにも保証人がいない……。／こういう境遇の若い男にとっては、世帯をもつということは、世間へのつながり方をまるで変えてしまうことになりそうだ。家に戻れば自分の女がいて、自分の巣がある。その巣と世間とは、最悪の場合、生活費を得るというただ一筋でつながっていればいいのだ。つまりただの勤め人になるだけのことだけど、田舎から出てきて都会に放り出された身にしてみれば、以前に比べて驚くほど明快で、驚くほど安定した関係であるはずだ。以前には、何もかもいっしょくたにして世間に求めてきたのだから……。／しかし誰にも頼らずに一緒になった男女は、子供でもなければ、離れるのに誰の邪魔も入らない。すべてが二人だけにゆだねられている。単純に惚れ合った男女なら、それに気づいてハッとしたら、もうおしまいだ。

と記しているように、田舎の共同体的社会から都会に飛びだし、生活費を得るという目的だけを遂行するために「世間」とつながる男と女は、自由で明快な生活を手に入れると同時に、「すべてが二人だけにゆだねられている」という厳然とした事実を突きつけられた。逆にいえば、「何もかもいっしょくたにして世間に求めてきた」男と女がそれを棄ててしまったらどうなるか、という問いがひとつの主題として小説の世界に持ちこまれたのである。

こうした観点から「誰にも頼らずに一緒になった男女」の描かれ方をみていくと、そこにはひとつの潮目が確認できる。もちろん、小説の表象からそれを追うこともできるが、ここでは、何がどう変わったのかを簡潔に示すために、同時代の世相を反映した歌謡曲を例にとってみよう。昭和四〇年代前半に流行した歌謡曲、特に〈恋〉を主題とした歌謡曲には恋することそれ自体の悦びを現在進行形の出来事として唄いあげるものが多い。恋は希望であり、解放であり、世界を一変させてくれる魔法である。特に女性の側からみたそれは、非日常的でロマンティックなムードに包まれている。

だが、昭和四三年にヒットしたピンキーとキラーズ「恋の季節」、いしだあゆみ「ブルーライト・ヨコハマ」などを最後に、歌謡曲の常道となっていた情熱と陶酔のモチーフは失速する。〈恋〉の魔法はいっきに消えうせ、別れたあとの〈未練〉や〈怨嗟〉が主題としてせりあがってくる。きわめて観念的で性的なニュアンスを感じさせない〈恋〉という表現に代わって、一緒に暮らした記憶、肉体的な結びつきを濃厚にただよわせる〈愛〉という表現が頻繁に用いられるようになる。その典型が、昭和四四年に「新宿の女」でデビューし、翌年の「圭子の夢は夜ひらく」で第一回・歌謡大賞を受賞した藤圭子である。男に弄ばれ、棄てられた女の怨念を切々とつづる彼女の声は、五木寛之をして「藤圭子の演歌は怨歌である」[4]といわしめ、時代を席捲する。その系譜は宮史郎とぴんからトリオ「女のみち」(昭和47年)、殿さまキングス「なみだの操」(昭和49年)などにみられるような、どんなことがあろうと、何をされようとも、操を誓った男のために尽くしたいと願う女の情念に接続する。

また、こうした〈未練〉のモチーフは、次第に棄てる／棄てられるという強者と弱者の関係から、あくまでも対等な男女が合意のもとでそれぞれの生き方を選択していく愛の終わりへと変容する。菅原洋一「今日でお別れ」（昭和45年）、由紀さおり「手紙」（昭和45年）、朝丘雪路「雨がやんだら」（昭和46年）、奥村チヨ「終着駅」（昭和46年）、尾崎紀世彦「また逢う日まで」（昭和46年）などにみられるように、成熟した大人たちのさよならには甘い余韻がつきものになっている。

それと同様の現象は、昭和四〇年代後半に隆盛するフォークソングにもみられる。ビリーバンバン「さよならをするために」（昭和47年）、ガロ「学生街の喫茶店」（昭和48年）、かぐや姫「神田川」（昭和48年）、「赤ちょうちん」（昭和49年）、中村雅俊「ふれあい」（昭和49年）、風「22歳の別れ」（昭和50年）、バンバン「いちご白書をもう一度」（昭和50年）、野口五郎「私鉄沿線」（昭和50年）、太田裕美「木綿のハンカチーフ」（昭和50年）、イルカ「なごり雪」（昭和51年）、荒井由美「あの日にかえりたい」（昭和51年）など、同時代の若者たちを魅了した流行歌の多くは、男と女の別れを青春の過ちとして表象し、未熟であったこと、弱い存在であったことそれ自体を若さの特権として美化する〈追憶〉の技法で彩られている。〈愛〉の内実ではなく、あの頃は純粋だったという懐かしさを醸成する仕かけが問題になっている。当時のフォークソングには、あがた森魚「赤色エレジー」（昭和47年）、もとまろ「サルビアの花」（昭和47年）、井上陽水「心もよう」（昭和48年）、大信田礼子「同棲時代」（昭和48年）、小坂明子「あなた」（昭和49年）、小坂恭子「想い出まくら」（昭和50年）など、別れたいまでもあなたを想い続けるというスタイルで綴られる妄執的なもの、自傷や狂気ときわどく接近する唄も含まれていたが、それらも〈追憶〉の技法という点では同じ系統に属するといってよいだろう。つまり、歌謡曲に投影された世相をみる限り、「誰にも頼らずに一緒になった男女」のモチーフは、上村一夫の「同棲時代」がブームになる数年前、昭和四三年から四四年あたりを潮目として大きく反転し、〈恋〉の情熱や陶酔よりも、別れがもたらす〈未練〉と〈追憶〉のセンチメンタリズムが人々の心を捉えるようになるのである。

だが、この頃の同棲小説は、一方でそうした時代のムードをひき受けつつ、一方では歌謡曲の路線とは異なる展開もみせている。そこには確かに「誰にも頼らずに一緒になった男女」の暮らしがあり、確執をつのらせたすえに別れていく男女も数多くいるが、それはあくまでも、いままさに起こりつつある事態・状況であり、〈未練〉や〈追憶〉に接続するような回顧的視線はほとんどみられない。

その意味で、歌謡曲や劇画「同棲時代」が提示した物語と、小説が描いた物語とのあいだには、相互に侵食し合っている部分と決定的に乖離している部分がある。小説は、歌謡曲や劇画「同棲時代」が読者に与えた共感をテコに同棲小説という新しいジャンルを開拓していったかもしれないが、それは必ずしも一致しているわけではなく、小説には小説の独自なモチーフが存在しているのである。――そこで、まずは昭和四〇年代はじめに書かれたいくつかの小説から当時の傾向を探ってみよう。

たとえば、河野多恵子「最後の時」(「文芸」昭和41年3月)には、「入籍と同棲と性愛と愛情」を結婚生活を支える「四つの柱」とし、この「四つの柱」のうえに「屋根を葺き、壁を塗る」作業を積み重ねていくことが夫婦の営みなのだ、と考える女が登場する。あるとき、もし自分が死を迎える準備をしなければならなくなったときには夫に宛てて遺書を書き残そうと思い立った彼女の内面を、語り手は次のように描写する。

――自分たちの間には、積み重ねというものがないような気がするのだ。柱の一本くらい弱っていても周囲さえまともであれば、家はやっぱり家なのだ。それに反し、彼女は自分たちのこれまでの生活は、一日一日の積み重ねではなくて、一日ずつの生活だったような気がする。／二人は、結婚生活の本当の困難と共に本当の喜びも知らないわけであった。そして、則子は自分たちが夫婦でなくて単なる男女にすぎない生活をしているのだということを自覚してそれに徹していたならば、また別の生き方があった筈だと思うのだ。世間から指弾され、自分たちの生活の平穏さは破れるようなことになっていたかもしれないが、より豊かな、鋭い喜びを感じることができたかもしれないのである。

この小説の主人公にとって、夫婦であることの証しは「一日ずつの生活」を確実に積み重ねていくことにある。「入籍と同棲と性愛と愛情」が家を支える柱であることは間違いないが、二人で「本当の困難と本当の喜び」を共有することができればその柱が弱くなっても耐えられる、というのが彼女の立場である。また、彼女のなかでは「男女」であることと「夫婦」であることが明確に区別されている。受け止め方によっては、「男女」のしがらみを超越して「より豊かな、鋭い喜び」を感じ合える関係になったとき、はじめて「夫婦」になるといっているようにもみえる。戦後の復興から高度経済成長期へとさしかかり、歌謡曲の世界では〈愛〉の情熱が振りまかれていたこの時代にあって、「入籍と同棲と性愛と愛情」を等価のものとし、そのどれかが弱ったとしても「夫婦」であることは可能だ、と捉える河野多恵子の認識は先見的であり、ある意味で、同棲小説の進んでいく方向性を予見しているようにさえみえる。

だからこそ、河野多恵子は男と女の別れを単純な愛情の欠落や不一致に求めるのではなく、相互の思惑が複雑に絡み合った状態そのものの解消と捉える。たとえば、「骨の肉」（「群像」昭和43年3月）において、夫に去られた妻の内面を、

女には、男が決して戻って来ないということがはっきり判っていた。「もうあなたなどに居てもらわなく

ても いい」と女は本音どころではないその言葉を言わずにはいられないような態度を幾度も男に見せられた。そうして、彼女が又それを言わずにはいられなかった時、男は「どうもそうらしいね」と言って、そのまま去ったのだ。女の味わった後悔は苦しいものであった。本音どころではない、あのような言葉を口にしつけるようになった自分のこと、あの日も又それを口にしたばかりに男に乗ぜられた自分のことを、女は激しく後悔した。が、その後悔が苦しいのは、それを顧みるたびに、暫く前からの男の態度とあの日の鮮やかな乗じ方からして、後悔する資格さえない状態に自分が在ったということを告げられるからなのだった。そうして、そういう苦しさは、女に男を追わせる気力を失わせた。

と描写し、別れという結果よりも、そこに至る過程において妻がいかに自分を責め、気力を失っていったかを凝視しようとする姿勢からも明らかなように、河野多恵子の同棲小説では、恋愛にまつわる幻想や付加価値があらかじめ慎重に取り除かれているのである。

同じことは、さきに述べた古井由吉の「妻隠」(前出)にもいえる。「妻隠」は、サラリーマンをしている男がたまたま体調を崩して寝込むことになり、見慣れたはずの妻の姿にしげしげと目を注いでしまうところからはじまるが、その冒頭近くには次のような場面がある。

考えてみれば、結婚にせよ、かりに同棲にせよ、男と女がひとつ家に暮していて、男が外に出て稼ぎ、女が内にこもって家事を切りまわしていれば、女が家刀自《いえとじ》らしくなってくることに不思議はないはずである。しかし子供もなく、月々の給料のほかには管理する家財産もなく、祭るべき先祖の霊もなく、表も奥もない二間だけの部屋の中で、家刀自の姿をふいに意識するとき、彼はいつでも奇妙な気持になる。とくにこの一週間、日ねもす寝床でまどろみ過しては、ときおり目を覚まして部屋の中を飽きもせずに見まわしていると、しばしば彼は見なれたはずの妻の姿に、しげしげと目を注いでいる自分に気づくことがあった。

ここで古井が追求しているのは、まさに、ごくありきたりな夫婦を男と女という関係に微分し、家庭生活そのものを異化してみることだった。地縁血縁のない土地で暮らしはじめた男と女を「結婚」という枠組みで意味づけるのではなく、「結婚」という枠組みを外してしまえばどこにも拠りどころがないふたりを結びつけている糸がどこにあるのかを追認することだった。

そんな主人公は、かつて自分たちが風呂なしのアパートに棲んでいた頃と、バストイレつきのアパートに棲んでいるいまとで何が変ったのかというかたちで、暮らし方の偏差からお互いの関係性の変化を見極めようとし、やがて次のようなことを考える。

あの時、彼はたしかに柄にもなく《淫ら》という感じを受けた。その前に二人が暮していたアパートには、もちろん風呂などはなかった。はじめ礼子は銭湯に行くのを厭がった。軀つきが変ったのを見られているような気がして厭だとこぼすので、以前のお前の軀つきを知ってる女なんかこの辺にいるものかと言ってやると、よけい厭がった。それでも日が経つにつれて彼女は銭湯通いに慣れて、同じアパートに住む女たちとかわらぬ恰好で洗面器を抱えて出かけるようになった。銭湯から戻って来た礼子の軀を、すぐに抱き寄せることもあった。すると素肌から銭湯のにおいが、薬湯のにおいとも大勢の汗のにおいともつかぬものが、ほのかに立ち昇ってくるような気がした。だがそれは二人の交わりの密やかさをすこしも乱さなかった。淫らなものは何もなかった。／それにひきかえこの風呂場には、《バストイレつき》のバスのように清潔で合理的で、その分だけ淫らなものがある、と彼はあのとき思ったものだった。そしてそんな淫らさを、日常生活の内側にもつということに、いくらか興味をそそられた。

「彼」は、妻がアパートの住人たちとともに銭湯に通っていた時代、妻の「軀つき」が不特定多数の視線にさらされていた時代を、「それは二人の交わりの密やかさをすこしも乱さなかった」と回顧する。ところが、家のなかにバストイレが設置され、銭湯通いの習慣がなくなるとともに、むしろ、日常生活の内側に《淫ら》なものが入り込んできたと感じている。清潔で合理的であろうとすればするほど《淫ら》さはつのると感じている。つまり、ここでいう《淫ら》とは、他者性を喪失したまま自分たちを閉塞させることによって、お互いの関係性が腐蝕していくような状態をさしているのである。そこには、外に向けて開かれていることこそが「二人の交わりの密やかさ」を保障するという捻れがある。大澤真幸は『恋愛の不可能性について』(平成10年6月、春秋社)のなかで、

——私であるということ、私が空想や幻想を帰属させうる最小限の同一性を有するということ、このことが、すでに、私の固有性に還元できない外部性を帯びており、差異性=他者性としてあるということ。愛とは、こうしたことを私に対して告げ知らせる体験なのである。(中略)逆説的なことだが、愛においては、私がすでに他者=差異性であるがゆえに、かえって、他者は私に対する絶対的な差異であって、私がそこに自己の性質や空想を投影することができない絶対の距離として顕現するのである。/だから、愛は、関係の中で最も単純な関係についての、つまり差異についての体験である。そして、その最も単純な関係とは、それ自身、関係の不可能性——相互に架橋しうる場をもたない絶対の差異——なのである。要するに、恋愛は、自

らの不可能性というかたちでしか存在しえないのだ。愛が憎悪と同じものになりうるのもこのためであろう。

と述べ、愛とはそれ自体が「私の固有性に還元できない外部性」を帯びており、「差異性＝他者性」としてしか顕現しないと指摘しているが、「妻隠」の主人公が察知する《淫ら》さも、ある意味ではそれと同じ問題をはらんでいる。銭湯から帰った妻の身体についている「薬湯のにおいとも大勢の汗のにおいともつかぬもの」。それは、妻の存在を完全に所有しえないこと、すなわち、「自己の性質や空想を投影することができない絶対の距離」があることの宣告でもある。だが、「相互に架橋しうる場」をもたないからこそ、お互いを求め合う行為は「交わりの密やかさ」をもたらす。その意味で、「彼」がここで感じている《淫ら》さとは、「他者に対する絶対的な差異」が喪われ、ふたりの間にあらゆる次元での「外部性」がなくなった状態でもある。

こうして、対社会・対世間というかたちで狭いアパート空間にこもった男と女が、それぞれの領域を干渉し合い、ひとつの空間を曖昧に分有していく同棲小説は、それまでの結婚小説、恋愛小説とは違う角度から男女の関係性を掘り下げていくきっかけを摑むことになるが、特に、性愛という観点からその光景を切りとることに執心した書き手に三木卓がいる。たとえば、「巣のなかで」（「文芸」昭和48年3月）には、世間を逃れてつつましい同棲生活をはじめたものの、その貧しさから次第に追いつめられていく夫婦の様子が次のように描かれる。

いったい何のことだろうか。わたしはそう思ったが、這い出していって外の様子をのぞき見しようとはしなかった。蒲団のなかは温く快かった。首をまげて千枝を見た。彼女は微かに口をあいてまだ寝入っていた。室内を眺めた。四畳半と三畳の二間きりしかない長屋の一軒だった。畳は替えられたばかりらしく青味がかっていたが、縁の付いていないもので、しかも安物だった。日の当らない奥の三畳は湿気を帯びていて薄暗かった。四枚硝子の窓は上二枚が素通しで、下二枚が花模様の硝子だった。（中略）彼女はわたしにしっかりとしがみついていた。もぐりこんでいる頭にさわり、髪のなかに指をつっこんでくしゃくしゃにすると、彼女はわたしの脇の下の弱い肉を、そっと痛くないように嚙んだ。／目覚める時、千枝はいつもわたしの名を呼び、そしてこのような仕草に出るのだった。決して幸福を確かめようとしての動作ではない。わたしを信頼していないからなのだ。こんなところまで追いこんでしまった上で、自分を放り出して去っていってしまうのではないか。その不安がそうさせるのだ。『あなたのせいよ』何時もそう囁かれているような気がした。千枝は責任をとらせようとしているのだ。

一緒にいればいるほど不安がつのり、幸福から遠ざかってしまうふたりは、お互いの肉体を求め合うことでその陰鬱を取り払おうとする。外にも内にも逃げ場がないからこそ、いまそこにいる相手のぬくもりを確かめようとする。ある日、ふたりは薄い一枚板で隔てられた向こう側で近所の女たちが世間話に興じているのを聞きながら、声を潜めて身体を重ねる。「外部の事物」がひっきりなしに「夫婦の領域」を侵し続けていることに怯えながら、自分が優しくなれる場所を探そうとする。

――千枝の身体は熱く、わたしはおびえている小動物を抱いているような気持だった。この大事な千枝に触れないで冷えた外気にあたるなどということは考えたくもなかった。外へ行って何をするというのだ？外套を着こんで心も身体も重武装し、それから印刷インクの匂う、埃っぽく薄暗い工場へ出掛けていって、大声をあげてわめきあうのだ。あさましい、脅しと脅されの日常の仕事の大鍋の中だ。それに出掛けて行こう。それはいい。だがその前にわたしはできるだけ優しくなりたかった。なんの警戒もなしに何をすることも許されている世界でほんのひとときを過したかった。どうせ外は恐怖と怒りと疲労だ。今夜も遅くまで残業になって、痺れたようになった身体を千枝の横にすべりこませることになるのだ。

だが、そのささやかな反逆の試みは無残にも挫折し、ふたりの間に生じつつあった亀裂をさらに顕在化させてしまう。妻が求める絶頂と「わたし」のそれがうまく嚙み合わないまま、「わたし」はひとりシーツのうえに射精してしまうのである。「わたし」はその光景を、

——千枝の口があき、舌が動いていた。「待って、ちいちゃん、待って」わたしは強く囁いたが千枝は待とうとしなかった。そうすることが課された使命であるようにかまわず身体を動かしつづけた。とても堪えられなかった。仔鳥のような叫び声を微かにあげながら、わたしは急いで外へ出て、シーツに伏した。そのままの姿勢でわたしは昇りつめ、墜ちた。いやな気分だった。また、わたしは千枝に優しくしてやれなかった。

と描写する。エクスタシーを求める女と「責任」を果たそうとする男の愛欲が、結果的に、愛欲そのものの虚しさを浮き彫りにしていく過程が端的に示されている。そこには、この時代の同棲小説がしばしば中心にすえてきた愛の「不可能性」という問題が、交わろうとすればするほどすれ違っていく肉体のありようというかたちで鮮やかに切りとられているのである。

こうした同棲小説の系譜にあって、ひときわ異彩を放っているのが、「十九歳の地図」（「文芸」昭和48年6月）において、第三者の視線から同棲者たちの痴態を捉えた中上健次である。主人公の「ぼく」は、新聞配達人として様々な家庭の玄関先を訪ねる毎日を送っている。そんな単調な生活のなかで唯一の愉しみにしているのは、安い

アパートの室内から漏れてくる声に聴き耳をたてることである。

――ぼくは新聞配達の人間だけが集まってすんでいる寮の横の、柿の木のあるアパートにいるしょっちゅう亭主と喧嘩ばかりしている三十すぎのカンのきつそうな女の、すこし肥りぎみの顔を思いうかべた。子供は栄養失調のようにやせほそり、犬のように人にくっついて歩いてい、女の声は夕方になるときまってきこえた。「ふざけんじゃないよ」それが女の口ぐせだった。「甲斐性があるんだったら、やりやがれ、殺すんだったらころせえ、てめえみたいなぐうたらになめられてたまるか、いつやったんだよ、いつからやったんだよ、あたしはだまされるのがきらいなんだ、てめえ碌なかせぎもないくせに、女房の口さえくわすことができないくせに、よくそんなことやれたもんだ、立派だよ、あんたはりっぱ、そのうちこの二丁目の角に銅像がたつよ」不意に涙声になり、犬の遠吠のようなすすり泣きの声がたかくひびく。硝子の壊れる音がし、獣が威嚇するときたてる唸り声のような男の意味のはっきりしない太く低い声がきこえる。女の泣き声は奇妙にエロチックだった。もしぼくが子供のときにこのような争いがあり、母親がすすり泣きをはじめたとしたら、きっと不安でたまらずなにもかもめちゃくちゃに破壊してやりたいという衝動にとらわれ、うずいただろうが、十九歳の大人の体をもつぼくは、それを煽情的なものと思って、きまって自瀆し、放出した精液で下着をべたべたにした。

この夫婦喧嘩は、なぜ「ぼく」を煽情的な気持ちにさせるのか？　それは、「三十すぎのカンのきつそうな女」が嫉妬に狂っていく様子が、聴き耳をたてている「ぼく」にもはっきりと感じられるからである。碌な稼ぎもないくせに他の女と関係をもつようになった亭主に、ありったけの罵声を浴びせていたかと思えば、急にすがりつくように「すすり泣き」をはじめる女と、獣が威嚇するような太く低い「唸り声」で応じる亭主が、馴れ合いのような諍いのすえ、どのような行為に及んでいくかが手に取るように分かるからである。その意味で、中上健次は、盗み聴きという方法を用いることによって、嫉妬と憎悪と威嚇をエロティシズムに転調させることに成功している。まったく関係のない第三者を報告者に仕立てることによって、獣のようにお互いをむさぼり合う男と女の狂態をあますところなく伝え、同棲小説に新しい切り口をもたらしたといえる。

以上、昭和四〇年代に発表されたいくつかの同棲小説の傾向をみてきたが、それらに共通しているのは、狭いアパートで暮らす男と女が、お互いを至近距離で意識し合い、こちらの意志や感情でコントロールすることができない他者性や存在の重さといったものを、いかにして引き受けていくか（あるいは、拒絶していくか）という問題が、極めて内省的な語り口でつきつめられていることである。そこには、退屈な日常の反復があり、長い時間をかけて構築してきた営みがある。たとえ、いま別れようとしているふたりであっても、これまでに築いてきた様々な記憶を簡単に振り払うことはできず、怒りや憎しみも含めて、自分という存在がすべて相手との関係性のなかでつくられていることを深く自覚している。そこには、人間と人間が一緒に暮らすとはどういうことなのか？という問いかけがあり、恋愛や結婚といった枠組みに帰結させることなくそれに答えようとする姿勢が毅然と示されているのである。

3　マンガを模倣する文学

ところが、昭和五〇年代に入ると、同棲小説の領域からこうした内省的な語りの陰翳が消滅し、自分の目の前にあるもの、感じたことを明け透けにおしゃべりするような表現が主流になる。主人公たちの設定も、いわくつきの夫婦から若い学生に替わり、同棲小説そのものが学生小説の一形態へと組み込まれていくのである。その典型のひとつが、三田誠広『僕って何』（昭和52年7月、河出書房新社）である。
この小説は、学生運動の嵐が吹き荒れる大学キャンパス内で、あるセクトに所属しているレイ子という活動家と知り合った「僕」が、同棲生活とその解消を経て自立への歩みをはじめるという、あられもないビルドゥングスロマン（教養小説）である。同棲生活の主導権を握るのはつねにレイ子であり、「僕」はその大胆さに戸惑いながらも追従《ついしょう》する。たとえば、レイ子がはじめて「僕」の部屋を訪れたときのことは以下のように描かれる。

「ね、今晩あたしを泊めてくれる？」／瞬間、その言葉の意味がよくのみこめなかった。それからぼんやりと、自分のアパートのことを考えた。母親が勝手に選んで借りてしまった台所付きの部屋。そこに自分とレイ子がいる情景を思いうかべた。どうにも現実感がなかった。男と女が一つの部屋で寝る。自分にもやがてはそんな機会が訪れるであろうとは考えていたが、遠い将来のことだという気がしていた。レイ子を自分のアパートに連れていって、それからどんなふうにふるまえばいいのだろう。蒲団は母親用のが一組余分にある。その母親用の蒲団に寝ているレイ子の姿を思いうかべると、僕はひどく追いつめられた気分になってしまう。

ここで、「僕」はただ「ぼんやり」とレイ子と自分がアパートのなかで一緒にいる情景を「思いうかべ」る。リアルに認識できるのは、アパートの契約から蒲団の購入まで物事を勝手に進めてしまった母親の存在だけであり、ほかはすべて「現実感」の欠如した出来事として捉えられている。それはレイ子との暮らしがはじまったあとも同じである。

――まだ一緒に暮らすようになる以前、遠くから眺めていた時のレイ子は、僕にはとうてい手の届かない、神秘的といってもいいほどの存在だった。（中略）レイ子はくだらないことでヒステリーを起こす。B派の活動中に時々癇癪を起こすことは以前から知っていたが、それは政治的な意味をもった高尚な〝怒り〟だと僕は解釈していた。ところが共同生活をしてみると、レイ子はもっと些細な、日常茶飯的なことにも腹をたてる。それも僕の方がわるいわけでもないのに、自分でいらいらして大声をはりあげる。要するにひどくわがままなのだ。けれども夜、寝床の中に入ってからのレイ子は、人が変わったように従順になる。

語り手である「僕」は、思ったことをそのまま言葉にする。思慮をめぐらすという手続きをいっさいせずに、ただひたすらおしゃべりのように言葉を発する。目の前にいる他者を自分との関係性において了解することをせず、はじめから完全な異物として対象化する。ひとつひとつの言動を微細に収集しようとはするが、それはあくまでも目に見えるもの、耳に聴こえる音として具体的に示された意思の表明に限定されている。彼女が怒っている状態がそのまま〝怒り〟という単語で明示されるように、あるいは、寝床のなかでのレイ子を「従順」というひと言で片づけてしまうように、「僕」はレイ子との生活のすべてを端的な言葉に対応させ、短絡化していくのである。このときの「僕」は、現実なるものの手触りや他者の重みを丁寧に確かめることを厭い、自分が思うこと、感じることをただ垂れ流すだけである。その言葉遣いは慎重で優しげにみえるが、実際は、それをいったらおしまいと思えることを語ってしまうような独善性が垣間見えている。

また、「僕」はレイ子との同棲生活において、ひとりで勝手な自家撞着に陥り、「僕」自身に違和感を抱くようになる。それは彼女の誕生日のお祝いをした夜のことである。

――あたし誕生日のお祝いしてもらったのは生まれて初めてよ、と何度も同じことを言った。僕はレイ子の身の上話を思いおこし、思いがけないほどのレイ子のはしゃぎようを考えあわせて、レイ子の不幸な少女時代を思いやった。レイ子は酔っぱらってうっすらと赤くなった頰をすりよせて、来年の誕生日もこんなふうにしてね、と甘えた。レイ子がそんな子供っぽい様子をみせるということは新鮮な驚きであり、同時に、何かたまらなくいたいたしい気もした。／あのレイ子と別れることはできない、と思う。けれども今でなくとも、いつか決断しなければならない時がくるだろう。レイ子の意のままに動く操り人形の役割も、そんなに長く続けられるものではない。いまのレイ子と僕の暮らしには嘘がある。

「僕」は、レイ子が一方的に自分をリードしているうちは、流れに身を任せて安穏とする。そのような状況では、彼女が母親の代行者になりうるからである。だが、ひとたび彼女が自分の過去や境遇を語りはじめ、「子供っぽい様子」で甘えるとすぐに腰が引けてしまう。そして、いまの暮らしには「嘘がある」などという逃げ口上で自分を正当化する。それまで自分の気持ちを吐露することに終始し、稚拙な事実を稚拙な言葉で表現することしかできなかった「僕」は、まるで自分がようやく真実に目覚めたかのようなそぶりをみせる。

『僕って何』という小説は、そのタイトルが示すように、主人公の「僕」が他者をテコにして本当の自分探しをするお話だった。そこには、レイ子という人間の本質に迫り、彼女を深く理解しようとする志向もなければ、自分という存在を内省してみようとする姿勢もない。まるでマンガのコマ割りのように展開する筋書にそって、いかにもわかりやすい男と女の会話が続くかと思えば、細かい描写が必要な場面は読者の想像にお任せしますといわんばかりの暗転[5]でさらりと誤魔化す稚拙な手法ばかりが目につく。誤解を恐れずにいえば、それは文学のマンガ化、すなわち、マンガ的文法の模倣である。コマとコマの間を読者に想像させるようなやり方で語ることの責任を回避し、肝心なところは読者の想像力に委ねてしまおうという表現スタイルである。

だが、この小説は昭和五二年上期の芥川賞を受賞したことでベストセラーとなり、多くの読者を獲得する。(6)タイトルの奇抜さ、全共闘運動を軽妙なタッチでいなしていく文体などが評価され、数多くのエピゴーネンを生む。読者が暗黙のうちに了解している常識や通念を脱構築していくことが文学に課せられた重要な役割のひとつだとすれば、この小説はそれなりの評価を得てしかるべきなのだろうが、少なくとも、昭和四〇年代を通じて、時代の空気を吸い込みながら深化してきた同棲小説の系譜という観点からすれば、それは著しい後退だったといわなければならない。

実際、『僕って何』の直後には、同じ早稲田大学を舞台とした同棲小説が世評を賑わせることになる。見延典子『もう頬づえはつかない』（昭和53年11月、講談社）しかり、三石由紀子『ダイアモンドは傷つかない』（昭和56年5月、講談社）しかりである。本来、作家とよぶにはあまりにも稚拙な文章表現力しか持ち合わせていないそれぞれの書き手たちは、女性の側から語る同棲小説であることを武器として、劇画「同棲時代」とまったく同じ手法でセックスや避妊を赤裸々に描く。愛するがゆえに傷つけ合う、という手垢のついたコードを利用して、若い女性が語る同棲はどのような光景なのだろうかという興味から小説世界に足を踏み入れる読者の期待を、最大限に引き受ける。

――深夜ふらりと帰ってくると、恒雄は酒くさい息をふきかけながら、俺に必要なのはお前だけだ、と囁いた。そんな言葉が歯の浮くようなものだとわかっていても、うれしがるバカな女だっているのだ。恒雄は下着をはぎとるときだけ乱暴だった。そのあとはひたすらにひたすらにやさしかった。セックスにおけるやさしさが男のやさしさのすべてだとわたしは信じて疑わなかった。からだ中をなめまわされ、性器をいじくられ、ぴょんと突きでた乳首を血がにじむほどかまれても、彼なら許せた。わたしが彼から離れられなかったのは、そんな愛の証を毎晩毎晩求めるためだったのかもしれない。／いや、夜だけではない。朝であろうが昼であろうが、わたしたちは暇さえあれば制止のきかない若い欲望に耽っていた。（『もう頬づえはつかない』）

――わたしは、彼の快楽を受領したいという素朴な欲望にケチをつけるつもりは毛頭ない、とは言っていたが、内心避妊具なしでは交わるまいと思っていた。そういう割り切り方は、恒雄のときには考えられないことだった。これは口がさけても橋本くんには言ってはならないし、また言えるはずもないのだが、橋本くんだから避妊の必要性があるのだと考えていた。つまり彼との関係は、その程度のものだった。不謹慎なのはそれだけではなかった。橋本くんと事に及んでいても、恒雄を夢想することがあった。恒雄をおもうあまり、彼の名前を思わず叫びそうになったのは一度や二度ではない。わたしは心の中で葛藤しながら、過去は過去として封印し、その小包を暗闇のなかに葬り去ろうとしていた。（『もう頬づえはつかない』）

といった露悪的な文章からもわかるように、ここでは同棲という言葉が矮小化され、奔放なセックスを覗き見る快楽を読者に提供しようとする媚態さえうかがえる。

また、この時代の稚拙な同棲小説にみられる特徴のひとつは、愛や恋といった言葉を無造作に散りばめ、愛や恋にひれ伏すこと、それを何よりも大切なものとして崇めることが絶対的な価値になっていることである。

――いつもいつも、相手の愛情を確かめよう、確かめようとしなければ、心を決めてつきあっていくこともできず、その結果としては確かめることもかなわないで、誰も彼もを苦しめているだけではないか。／ひたむきな愛情、ひたむきな恋情というものが、自分にはないのだろうか。全身全霊を投じて悔いることのない、そうした情熱を持つことは、できないだろうか。／弓子の欲目でなくとも、三村は人がよかった。物の見方や考え方に、人間の善意を信用しきっているようなところがあって、それは弓子から見ても何か不思議な気がするほどだった。

（『ダイアモンドは傷つかない』）

といった自己陶酔的な言説が大真面目に綴られ、肉体は大人だけれど心は少女のままといった分裂した状態のなかに自分を置く女性の語りがもてはやされるのである。

『僕って何』を負のメルクマールとして学生小説としての色合いを強めていく同棲小説は、こうして愛を愛という言葉で説明する事実認定的な表現に終始するようになる。思ったこと、感じたことをつらつらと書き記しているだけの文章がそのまま活字化され、素人であることが鮮烈さの証であるような誤解が蔓延するなかで、作家をめざす若者が急増する。愛する、傷つけ合う、別れるという三段論法をセックスで肉付けし、その周辺に避妊、妊娠、堕胎といった事件を散りばめれば物語が出来あがってしまうような状況がうまれ、読者もまたその分かりやすさを称揚する。それはある意味で、言葉が痩せ細り表現が矯《た》めを失っていくことでもあった。

4　反同棲小説の方法

だが、昭和五〇年代前半というのは、こうした紋切型の小説がベストセラーになる一方で、男と女が一対一で向き合うような閉塞的な同棲小説の枠組みを疑い、第三項の存在によって夫婦や恋人といった関係性そのものを問い直そうとする試みが開始された時代でもあった。

その代表格としてまずあげられるのが村上龍の『限りなく透明に近いブルー』（昭和51年7月、講談社）である。

三田誠広『僕って何』のちょうど一年前に同じ芥川賞を受賞したこの小説は、男女が「ハウス」[7]というアジール空間で生活する様態を描いている点で同棲小説と近似しているが、その戦略と文体において、むしろ、同時代のエセ同棲小説が前提としてきた恋愛幻想や相互理解といったコードを完全に覆しているといえる。たとえば、この小説では、主人公の「僕」とリリーという娼婦の関係が次のように描写される。

部屋は薄暗い。台所の方からぼんやりと光が差し込んでいる。リリーはマニュキアを落とした小さな手を僕の胸に置いてまだ眠っている。冷たい息が腋にかかる。天井に吊るしてある楕円形の鏡には裸の僕達が映っている。／きのうの夜、セックスの後、リリーは白い喉を鳴らしてまた注射を打った。／どうしても量が多くなってしまうわ、そろそろまた減らしていかなきゃ中毒になるわね。／残りの量を確かめてそう言った。／リリーが僕の上でからだを震わせている時、リリーの話してくれた夢のこともあって、僕はある女の顔を思い出した。リリーの細い腰がグルグル回るのを見ながら。／陽が沈もうとする広い農場で、囲んである鉄条網のすぐ脇に穴を掘っている痩せた女の顔。若い兵士に銃剣を突きつけられて葡萄が一杯詰まった桶の側で、下を向いたままスコップを土に突き刺す女の顔。髪が顔にかかり手の甲で汗を拭う女の顔。喘いでいるリリーを見ていてそんな女の顔が浮かんできた。／湿った空気が台所の方から流れてくる。／雨が降っているのだろうか。窓から見える外の景色は乳色に煙っている。玄関のドアが少し開いているのに気付いた。きのうは二人共酔っていたので閉め忘れて寝てしまったのかも知れない。ハイヒールの片方が台所の床に転がっている。尖っている踵は横に突き出て、足先を包む硬い革の曲線は女の一部分のように滑らかだ。

ここで、部屋の隅々を眺め渡した「僕」は、ハイヒールの曲線にさえリリーの痕跡を認め、その滑らかさを慈しむ。白い喉を鳴らして注射を打つリリーは、明らかに中毒症状が進んでいる。それが彼女にどんな未来をもたらすかは容易に想像がつく。だが、「僕」はそのことにいっさい言及せず、マニュキアを落とした小さな手を見つめ、冷たい息を感じながら彼女の存在を受け止める。その場かぎりの愛情や欲望で相手を支配し、自分の勝手なイメージを投影するのではなく、いままさに廃人に近づきつつあるリリーをありのままに抱きしめている。いっさいの感情表現を排除し、お互いの姿を即物的に捉えようとする。ここでの「僕」は、「僕達」という関係性を構成する一要素である自分を冷静に凝視している。

だが、その一方、「僕」はリリーが聴かせてくれた「夢」を回路として、苦境のなかで働き続ける「女の顔」を思い描く。リリーは、けっして「僕」に所有されようとしないかわりに様々なイマジネーションを与えてくれるのである。その意味で、『限りなく透明に近いブルー』における同棲は、劇画「同棲時代」に影響された小説が描いてきた出来事としてのそれではなく、身近に引き寄せて慈しもうとすればするほど手許からすり抜け、限りなく遠い存在と化していく他者なるものを認識する場として機能しているといえるだろう。

村上龍の出現によって、同棲小説は再びかつてのような深みと濃淡を獲得しはじめるわけだが、ここに登場する新しい同棲小説にはいくつかの特徴がある。そのひとつは、ナレーション機能としての語りによって状況をすべて説明してしまうのではなく、印象的な会話、あるいは、会話の記憶を通して男と女の関係性を浮かびあがらせている点である。

たとえば、『限りなく透明に近いブルー』の翌年に『僕って何』とともに芥川賞を受賞した池田満寿夫『エーゲ海に捧ぐ』（昭和52年4月、角川書店）には、海外で愛人とのランデブーに興じている男のもとに妻から電話がかかってくるシーンがあり、以下のような描写がなされる。

――どうしてだかわかる？　あなたに恥をかかせないためだったのよ。不意に行くことだってできたのよ。不意にわたしがローマのアパートのドアを開けた時の光景が、わたしには見えていたんだ。あわててズボンをひきあげて、立ちつくしているあなたのうしろに、あなたのオンナが震えて立っている。それがよく見えたのよ。そうしたら、いちばん恥をかくのが、肝心のあなたよりわたしの方だってことも知っている。それが日本の女の感情というものなんだ。あなたは見栄坊でおろかだから、あわてふためいたあげくに、わたしをなぐったかもしれない。／私はトキコの声に向ってイタリアでも一人だったし、サンフランシスコでも一人で暮していると言った。グロリアの影が不意に私の前を横ぎる。音のしないように歩いて、アニタの裸体があお向けに横たわっているベッドの端の椅子に腰をおろし、上半身をねじるようにして私の方を見はじめている。

この場面は、妻の罵声が直接話法的にとどろく前半と、愛人たちと戯れている「私」が目の前の光景を描写する後半にわかれているが、そのつなぎ目は極めて曖昧である。「私はトキコの声に向ってイタリアでも一人だったし、サンフランシスコでも一人で暮していると言った」という間接話法の一文が入ることで、かろうじて声の主体がこちら側に戻ってきたことが確認できるが、「私」には、妻をなだめようとする気もなければ事態を収拾するための方策を考えているようにもみえない。目の前にいる裸の女も、ことさらの愛情を注がれる対象ではない。しいていえば、彼女は欲望を充たすために蒐集された道具のようなものである。つまり、この場面において最も精彩を放っているのは嫉妬に狂って「私」に罵声を浴びせ続ける妻にほかならないのである。

この『エーゲ海に捧ぐ』を同棲小説というジャンルに含める理由は、夫婦という体面でしかつながっていないふたりを通して、同棲という問題を逆照射しているからである。もう愛情の有無をとやかくいう関係ではなくなっているにもかかわらず、夫の嘘に逆上し、自分以外の女と一緒に暮らす夫を責め続ける妻の怒気は、目の前にいる愛人を凝視しながら白々しい嘘を並べていく「私」の戦慄と対照されることによって、さらにその意味合いを際立たせていく。見えない相手がすべてを見透かしているというサスペンス的な構造のなかで繰り広げられる会話の駆け引きは、男と女が夫婦として暮らし続けることの困難さと、夫婦という単位が担っている過剰なまでの拘束力を両義的に引き受けている点において、あまたの同棲小説が取り組んできた問題と交錯しているのである。

表現のスタイルはまったく違うが、『限りなく透明に近いブルー』や『エーゲ海に捧ぐ』にはじまる同棲小説の脱構築化をさらに推進した小説に村上春樹「風の歌を聴け」(「群像」昭和54年6月)がある。この作品は、かつて自分の目の前に現れ、忘れることのできない記憶を刻んでいった「彼女」のことを、「29歳」になった「僕」が思い出しながら語る形式をとっており、すべては果たせなかったこと、未遂に終わってしまったこととして提示される。「僕」は「彼女」と肉体的な関係をもつことができなかったし、一緒に過ごした時間もごく限られたものだったが、そのときの「彼女」との会話をはっきり覚えていて、「彼女」が口にした言葉のひとつひとつを反芻しながら暮らしている。「僕」のなかでは、「彼女」と共有したほんの僅かな時間が、いまでも尊い意味をもっているのである。そんな回顧小説のラストシーンは次のように綴られている。

「御免なさい。今日は駄目なの。」／僕は彼女を抱いたまま黙って肯いた。／「手術したばかりなのよ。」／「子供?」／「そう。」／彼女は僕の背中に回した手の力を緩め、指先で肩の後に小さな円を何度か描いた。／「不思議ね。何も覚えてないわ。」／「そう?」／「相手の男のことよ。すっかり忘れちゃったわ。顔も思い出せないのよ。」／僕は手のひらで彼女の髪を撫でた。／「好きになれそうな気がしたの。ほんの一瞬だけどね。……誰か好きになったことある?」/「ああ。」/「彼女の顔を覚えてる?」/僕は三人の女の子の顔を思い出そうとしてみたが、不思議なことに誰一人としてはっきり思い出すことができなかった。(中略)/僕は29歳になり、鼠は30歳になった。ちょっとした歳だ。「ジェイズ・バー」は道路拡張の際に改築され、すっかり小奇麗な店になってしまった。とはいってもジェイはあい変わらず毎日バケツ一杯の芋をむいているし、常連客も昔の方が良かったねとブツブツ文句を言いながらもビールを飲み続けている。/僕は結婚して、東京で暮らしている。(中略)/幸せか? と訊かれれば、だろうね、と答えるしかない。夢とは結局そういったものだからだ。(中略)/左手の指が4本しかない女の子に、僕は二度と会えなかった。僕が冬に街に帰った時、彼女はレコード店をやめ、アパートも引き払っていた。そして人の洪水と時の流れの中に跡も残さずに消え去っていた。/僕は夏になって街に戻ると、いつも彼女と歩いた同じ道を歩き、倉庫の石段に腰を下ろして一人で海を眺める。泣きたいと思う時にはきまって涙が出てこない。そういうものだ。

ここで重要なのは、「僕は結婚して、東京で暮している」という一節である。それは、過去と訣別するために記されるわけでもなければ、「彼女」がいなくなったあと、自分が獲得してきたものとして誇らしげに提示される情報でもなく、ただの単純な事実として放り投げられている。世間的にみれば「幸せ」にみえる家庭を築いているのかもしれないが、語り手の「僕」は、そのことに何の感興も抱かないし、自分の家庭、妻となった女のことを言葉にしてみようともしない。

では、語り手はなぜこの一節を挿入しなければならないのか? もし「風の歌を聴け」にこの一節が存在していなかったら、そこで語られる世界は過去の鮮烈な記憶で埋め尽くされていたはずである。突然、自分の前から消えていった「彼女」を忘れられず、その思い出にすがって生きてきた「僕」の姿は、かつての歌謡曲が垂れ流した〈未練〉と〈追憶〉のセンチメンタリズムに重なっていたかもしれない。

また逆に、いま「僕」がいる地点をより明確にし、「彼女」がいなくなったあとの自分がどうやって生きてきたかを詳細に説明してしまったら、それはそれで、失恋の痛手をテコに自分を立て直してきた男の成長譚になりかねない。そのとき「彼女」は、「僕」が顔を思い出すことすらできなかった女の子たちと同じ存在になりさがってしまうだろう。

その意味で、「僕は結婚して、東京で暮している」という一節には、かつて「僕」が味わった出来事といま自分が抱えている現実を、ともに引き受けていこうとする意志が表れているといってよい。「彼女」への果たせなかった思いを引きずりつつ、いま目の前にいる相手との暮らしにも力を注ぎ、バランスを崩すことなくそれぞれを持続させること。それは間違いなく、かつての同棲小説が描いた夫婦の営みという問題と接続している。「風の歌を聴け」という小説は、「僕は結婚して、東京で暮している」という一節以外のあらゆる説明を拒むことによって、逆に、言葉の背後に広がるあまたの現実に手触りを与え、その現実にあって、何かを選択したり何かを切り棄てたりすることなく生き延びようとする「僕」のありようを照らしだしているのである。(8)

こうして、「風の歌を聴け」は、誰かを切なく思い続けながら、同時に他の誰かと一緒に暮らすことを、ひとつの誠実な生き方として描出したわけだが、それとは別の方法で、既存の同棲小説が自明のこととしてきた愛情のあり方を問い直そうとしたのが立松和平の『遠雷』(昭和55年5月、河出書房新社)である。『遠雷』は、新興住宅地の開発が進む地域で農家を継いでトマト栽培に励む主人公・満夫が、妻とともに力を合わせてがむしゃらに働き、近郊農業を成功させようとする姿を描いたものだが、その冒頭近くに、のちに結婚することになるふたりが見合いをする場面がある。

「モーテルいくべ」／思わず満夫はいった。瞬間、沈黙が落ちてきた。この女を一目見た時から考えていた言葉だった。エンジンの回転音ばかりが高鳴っていた。モーテルいくべと満夫はもう一度くりかえした。跳びだそうとするつもりか、あや子がドアのほうに寄った。満夫は速度をあげた。／「いやよ。冗談じゃないわよ。降ろしてったら。こんな滅茶苦茶な人はじめてだわ」／あや子は泣きだしそうな声で叫んだ。制限速度を二十キロは超えていた。ハンドバッグで肩をぶたれ、ハンドルが振れた。／「結婚すっからよ。約束する。それならよかんべ」／「プロポーズしてるつもりい。あたしの気持だってあるでしょうな」／「どうせ遊んだことあんだんべ。わかるさ。俺だってそうだしな。違う世界の人間じゃねえしな。結婚すっぺよ。俺、結婚してえんだ」

初めて顔を合わせた相手をモーテルに誘って関係を持とうとする満夫の強引さは、エンジンの回転音の高まりとあいまって、この場面に疾走感を与えている。気に入った相手を自分のものにするために、なりふりかまわず口説こうとする彼の情動には打算が微塵も感じられない。恋愛が必要とする醸成の時間とまどろこしいプロセスを拒否すること自体が、鮮烈な印象を与える。だが、この場面で興味深いのは、そんな満夫がはっきりと「結婚すっからよ。約束する。それならよかんべ」と誓い、実際、その女を大切にし続けることである。

満夫は彼女を初心《うぶ》で純粋な女だと思い込んでいるわけではない。むしろ、自分と同じように、いろいろな相手と「遊んだ」経験があるはずだと思っている。そして、「違う世界の人間じゃねえしな」という確信をもてるからこそ彼女と結婚しようともちかける。もちろん、だからといってお互いの関係をルーズにしたいと考えているわけではなく、いったん結婚をしたあとは彼女を唯一のパートナーとして生活し続ける。彼にとって重要なのは、恋愛感情の高揚によって導かれる結婚ではなく、結婚という枠組みのなかでお互いを認め合っていくことなのである。

そこには、恋愛という〈中身〉を前提として、それが喪われていくこと、毀れてしまうことを問題化してきた同棲小説の自明性を否定し、躊躇せずに結婚という〈器〉のなかに跳びこんでいく蛮勇が描かれている。新興住宅地の洗練された暮らしと、それに隣接する農家の土俗的な暮らしという対立軸のなかで展開されるこの小説は、恋愛こそが人生を豊かにしてくれる媚薬であるかのように信じきっている都会人の論理に対しても敢然と背を向けているのである。

こうして、愛があればうまくやっていける／愛がなくなったら終わり、という安直な図式は解体される。同棲小説は、こうした反同棲小説の登場によって、それまで自明のものとしてきた男と女の関係性を見直す必要に迫られることになる。当時、ベストセラーになった田中康夫『なんとなく、クリスタル』（昭和56年1月、河出書房新社）もそのひとつであろう。

大学、店名、ブランド名などの固有名詞を中心に四四二個もの注が付されるこの小説は、「ブランド小説」と揶揄され、語り口の俗っぽさ、軽薄さを皮肉る言説がとびかった。だが、その反面、女子大生兼ファッション・モデルとして自立する主人公の語りは、浮ついた時代の空気を鮮やかに切りとっており、劇画「同棲時代」や四畳半フォークにみられるうらぶれた生活、互いに甘え合い、慰め合うような関係性をはっきりと退ける毅然さをもっている。

主人公たちは、「学生が一緒に暮してるっていうと、なんとなく四畳半ソング的な、湿った感じがあるじゃない。松山千春や、アリスのカセットを二人で聴いちゃって、インスタント・カレーを食べたりしてさ、たまあに、吉祥寺あたりで夜遊ぶなんてイメージが」、「二人とも、そういう生活はいやだったのよ。このごろ、よくある小説みたいじゃない。そんな生活なんて息が詰まりそうで、すぐに破たんが来そうでしょ」といった会話を交わし、貧しくつつましい同棲生活に憧れを抱いていた時代そのものを唾棄する。また、この女子大生は、「私たちは、ダブル・ベッドで、いつも抱き合って寝るんだけれど、時には一人で物思いにふけりながら眠りたいこともあるじゃない？　そうすると、どっちか一人がソファーに眠ることになるのよ。でも、こうしたことは、二人の関係を長く続かせるために必要だと思うの。決して、わがままを言い合ってるんじゃないわ。私は淳一のことを愛しているし、彼だってそうよ。いつまでも一緒に住んでいたい、と思ってるわ。そのためにも、おたがいの自由が必要なんだと思うの」、「束縛がない恋愛なんて、ウソだと思うわよ。確かに。でも、必要以上に束縛がある恋愛も、おたがいの気持ちを離れさせてしまうと思うのよ」などと語り、たとえ一緒に暮らしていてもお互いが自由でいられなければ意味がないし、お互いが自由であるからこそ愛情も深まると主張する。

ひとつ屋根の下で暮らす営みのなかに、一緒にいることの自由と別々にいることの自由を同時に持ち込もうとする彼女の考え方は、ときとして、他の男とのセックスが恋人との関係をより深めていく、という論理にまで拡大される。あるとき、第三者との遊びを経験することで、あらためて恋人とのセックスでしか得られない「女の快感」があることに気づかされた主人公は、こんなことを考える。

それまでは考えることもできなかった女の快感を、私は得た。でも、それは淳一がいて初めて与えられるものだった。（中略）／淳一というコントローラーの下に、私は所属することになってしまった。私が普通の学生だったら、ここで淳一にベッタリくっついた、〝同棲〟という雰囲気になってしまっていたかもしれない。でも、幸か不幸か、私にはモデルという仕事があった。一緒に住んでいるとはいっても、私にもそれ相応の経済的にみた生活力があった。／おたがいを、必要以上には束縛し合わずに一緒にいられるのも、考えてみれば、経済的な生活力をおたがいに備えているからなのだった。淳一によってしか与えられない歓びを知った今でも、彼のコントロール下に〝従属〟ではなく、〝所属〟していられるのも、ただ唯一、私がモデルをやっていたからかもしれなかった。／だから、いつまでたっても私たちは、同棲ではなく、共棲という雰囲気でいられるのだった。／いつも、二人のまわりには、クリスタルなアトモスフィアが漂っていた。

同棲生活をうまく継続していくための条件としてまず彼女が掲げるのは、経済的な自立と必要以上に相手を束縛しない不即不離の距離感である。「同棲」ではなく「共棲」なのだという拘りは、そうした原則から導かれている。だが、ここでもうひとつ彼女が重要だと思っているのは、相手の「コントロール下」に「所属」することの歓びである。お互いが張り合うようにして対等かつ自由な関係を保つのではなく、相手の懐に自ら跳びこみ、支配すること／支配されることそれぞれのなかに愉しみをみいだす擬態としてのS／M感覚である。作者・田中康夫は、こうした価値観を女の視点で描くことに意味を見いだしているのである。

ここで『なんとなく、クリスタル』が標的にしているのは、高度経済成長期以降の日本に蔓延した恋愛平等論であり、恋愛平等論を唱えながら、実質的には相互依存的であるような恋愛風土であり、かりに、そうした見せかけの恋愛平等論が破綻したときには、女を弱者にみたてて涙でも見せておけばよいと考えるような、凡庸な男根主義なのではないだろうか。

ここまでポスト高度経済成長期の小説、特に若者から多くの支持を得たベストセラー小説にみられる反同棲小説の系譜をたどってきたが、つかこうへいの『蒲田行進曲』（昭和56年11月、角川書店）は、この時代の総決算ともいえる小説である。戯曲が上演されたあと、小説として書き直された『蒲田行進曲』は、時代劇俳優として出世をうかがう銀四郎、銀四郎がスターになることだけを夢見て付き従う大部屋俳優のヤス、そして、銀四郎の子どもを宿しながら、スキャンダルを恐れた彼の指図によってヤスのもとで暮らすことになった小夏を主人公とし、小夏を愛《いと》おしく思いながらも銀四郎に義理立てし続けるヤスの姿と、そんなヤスに惹かれていく小夏をそれぞれの独白（前半が「ヤスの語り」、後半が「小夏の語り」になっている）で綴っている。また、そんなヤスが、銀四郎の主演する映画「新撰組」のクライマックスに用意された「階段落ち」を自ら志願し、撮影に臨むまでが見せ場になっている。――そんな『蒲田行進曲』において、ヤスが小夏を振り切ろうとする場面は次のように描かれる。

――夜遅く九州のおかあさんから電話がかかってきた。あたしの声で察したのか、／「ヤスがなにかしよるんじゃないね。我慢してね。あたしがそっちに行こうか。それとも兄ちゃんを行かせようか」／あたしが電話口でいっしょうけんめい嗚咽をこらえてると、ヤスが傍から受話器をひったくり、おそろしい剣幕で受話器を叩きつけた。／「おまえ、バカにすんのは俺一人で充分だろう。なんにも知らない俺のおふくろをあんまり騙すなよな」／「騙すなんて……」。／もう声も出なかった。／「おふくろだけは、そっとしておいてくれ。お願いだ。苦労ばっかりして、なんにも知らないんだから。学校にも行けず、字も読めない人なんだから。何も知らない、うぶな人だからよ」／あたしのことが、やることなすことみんな憎くなったみたいなのよね。／「おまえのこと、田舎の奴ら好きだからなあ、兄貴も親戚もみんな子供が生まれるのを楽しみにしてるんだよな。兄貴もおふくろも、おじも、親戚中、おまえのこと大好きでなあ。いい嫁だ、可愛い嫁だ、ヤスはよくやった、ヤスはいい嫁つれてきたって、みんな喜んでくれてんだよな。兄貴の嫁さんなんかよお、集まりで、小夏さんには親戚のやつらに指一本触れさせせない。私が村岡家に嫁いできて味わった苦労を、小夏さんには味あわせたくない、って宣言したんだって。おまえのこと、ほんとに気に入ってんだよ。」（中略）／言うと、ヤスはさめざめと泣きはじめた。／そんなヤスを見ながら、あたしは、出て行こうと決心していた。

ヤスは、自分の意志とは関係なく、彼女と彼女が宿している胎児を引き受ける。指一本触れようとしないまま、彼女を「嫁」と偽って自分の肉親縁者に紹介し、一度はともに暮らしていくことを決意する。はじめはヤスの卑屈さにうんざりし、彼にプライドを持てと叱責していた小夏も、そんなヤスのいじらしさに惹かれ、彼の「嫁」になろうとする。命を落とすかもしれない「階段落ち」を志願したヤスは小夏への未練を断つことを決意し、些細な因縁をつけて彼女を罵ったあげく、さめざめと涙を流す。そんなヤスの不器用なやさしさを理解した小夏も、黙って彼のもとを去っていく。

ヤスと小夏は、「入籍と同棲と性愛と愛情」（河野多恵子「最後の時」前出）という家庭生活の柱からことごとく遠ざけられている。互いに相手のことを思いやるがゆえに結婚を偽り、互いに惹かれ合っているがゆえに別れる。そこにあるのは、愛おしい存在だからこそ一緒に暮らすことはできないという逆説である。偽装に偽装を重ねていくなかに見えてくる真実である。昭和五〇年代に入ってから、学生小説の流れと同化することで、急速に内実を喪っていった同棲小説は、『蒲田行進曲』のような戯作性の豊かな小説の登場によって、再び男と女が一緒に棲むとはどういうことか？　という問題と対峙することができるようになったのである。

以上、いくつかのテキストを駆け足でたどりながら、高度経済成長期の浮わついた状況のなかで堕落していった同棲小説が、反同棲小説というかたちで甦り、多様なバリエーションを獲得していく過程を追った。それらのテキストは、「愛とは何か？」、「愛するとはどういうことか？」といった問いかけそのものを禁じ、恋愛というプロセスのうえに築かれる暮らしを自明とするような恋愛至上主義の欺瞞性を徹底的に疑っている点で共通している。セックスや性愛についても、まるでそれが同棲生活のご褒美であるかのように描写する従来の常套的手法を拒み、そうした関係を即物的に描写すること、性愛から遠ざけられている者同士を描くことに執心する。どこかで見たことがあると感じさせるような光景、誰とでも共有できるような安直な感情表現が抑制され、男と女の距離、位置関係、向き合い方などを正確に測定しようとする目線で人物を造型する方法がとられている。当然、そこには、セックスという行為を通じて女の肉体にのみ他者の痕跡が刻まれると考えるようなグロテスクな偏見は存在しない。

　また、主人公がただひたすら自己の内面を吐露するのではなく、いま自分が置かれている状況、他者との関係性を語ることによって、小さな部屋のなかにひとつの世界を構成し、その世界を動かす原則、お互いが共有し合える領域などを定めていく描き方がなされている。生々しい会話を効果的に挿入することによって、声の痕跡がいつまでも耳の奥に澱み続けるような文体が駆使されている。それらの小説には、どんなに強く摑まえようとしても手のなかからすり抜けてしまう他者、深くつながろうとすればするほど遠ざかってしまう他者なるものを屹立させようとする企図がはっきりと示されている。

　昭和四〇年代のはじめにひとつの傾向として登場し、劇画「同棲時代」の流行などによってもたらされた記号化の時代を経て昭和五〇年代へと受け継がれた同棲小説は、こうして、ひとつ屋根の下で営まれているありきたりの光景に訝しげな視線を送りはじめるのである。

【注】

（1）たとえば、川本三郎が『言葉のなかに風景が立ち上がる』（平成18年12月、新潮社）のなかで、「仮の住まいから仮の住まいへと転々と流れ、ようやくこの団地に流れ着いた。四人家族で近くを流れる綾瀬川の草土手にツクシを摘みに行く『思い川』（講談社、75年）では、父親である「わたし」は、この団地での暮しは自分が積極的に選び取ったものではないと考えている。（中略）自分の住まうところがクジによって決められる。団地に住むとは、そういう偶然によっている。「到着」ではなく「漂着」だと考えるのも無理はない。／仮の住まいを転々として「漂着」した団地もまた仮の住まいであって、またいつ、流されてゆくか、わからない。その不安の上に暮しがあるが、不安はもはや日常生活の一部になっているので、仰々しく語ることでもない。不安の日常化と、そこからくる無頓着。後藤明生の作品に流れる気分は、この、自分の生活を他人事のように見てしまう、諦念からくる無頓着である」と論じているように、高度経済成長期における「団地」の物語は、アパートと並んで数多くの重要な問題を含んでいる。他の夫婦・家族とは見ず知らずの他人だが、家屋や生活水準は均一性が保たれているため、別々なのに一緒という奇妙な連帯感が生まれるこの空間は、それ以前の地域生活とはまったく異なるコミュニティを形成したといえるからである。

（2）若い恋人同士が貧しい暮らしをモチーフとするフォークソング。「四畳半」という規格は、当時の若者たちが棲んだアパートの標準的な広さであり（もちろん、「三畳一間」も多かった）、この空間を舞台として様々な小説、マンガ、映画が誕生した。男女の同棲を描いた作品ではないが、松本零士「男おいどん」（「週刊少年マガジン」昭和46年5月9日～48年8月5日）は、やや誇張的ではあるものの、同時代のアパート生活を微細に描いており、地方からの上京青年の暮らしぶりを理解するうえで格好の資料になる。

（3）第一章・第一節の注（8）にも記したように、一九七〇年代は、戦後の純潔教育の洗礼を浴びた世代が成人になった時代である。たとえば、昭和二四（一九四九）年一月に発表された「純潔教育基本要項」に「恋愛と結婚」という項目が設けられ、「恋愛及び結婚に対する観念、感覚は、純潔教育によって洗練され、高められるべきである。又貞操は相手のためにのみ守るのではなく、自らの人格として必要であり、男女相互の倫理であることを自覚するように導くこと」が重要であると指摘されていることからもわかるように、昭和二〇年代から三〇年代前半にかけて、学校教育のなかで教えられた恋愛・結婚観は、男女それぞれに強い貞操観念や倫理観を求める内容になっていたのである。その一方、当時は、アメリカナイズされた風俗・文化・価値観も広がりをみせており、

「恋愛の民主主義」を求める若者も増えていた。若者たちは、結婚という制度を中心にできあがっている恋愛観と、旧い秩序から自由になろうとする抵抗意識とのはざまでもがいていたのである。この問題については、藤井淑禎『純愛の精神誌――昭和三十年代の青春を読む』（平成6年6月、新潮選書）が詳細かつ体系的に論じている。

（4）五木寛之が「艶歌と援歌と怨歌」（「毎日新聞」日曜版、昭和45年6月7日）に記した言葉。以後、「怨歌」という言葉は藤圭子のイメージを強く規定していく。

（5）ここでの「暗転」とは、読者の多くがその展開を想像できる場面について、いっさい描写することなく、事態の結果やその後の顚末だけを記す描き方をさす。マンガではしばしば用いられる手法だが、この時代の若い作家が書く小説にも頻繁に登場するようになる。

（6）当時の芥川賞は、候補作の評価をめぐって審査委員の意見が割れることが多く、三田誠広『僕って何』に関しても、否定的な評価が少なくなかった。また、この小説以降、芥川賞における「該当作なし」（昭和53年下、55年上、56年下、57年上、58年上、59年上、60年上、61年上、61年下）が増加するとともに、女性作家（森禮子、吉行理恵、加藤幸子《ゆき》、木崎さと子、米谷《こめたに》ふみ子、村田喜代子など）の活躍も目立つようになる。

（7）この作品に描かれた「ハウス」とは、朝鮮戦争やベトナム戦争当時、米兵の住宅不足を補うために福生《ふっさ》市をはじめとする米軍基地周辺に建設された住宅施設（一軒家）であり、戦争後、安く借りられる住宅として日本人向けに払い下げられた。かつて、治外法権だった地域に建っていることもあり、当時は、「ハウス」のなかでドラッグを使ったり、乱交をしたりする若者が後を絶たなかった。

（8）「風の歌を聴け」のラストシーンは、伊藤左千夫「野菊の墓」のそれに近似している。のちの村上春樹が、性交と妊娠を分離し、愛する相手とは結ばれない（オーラルセックスによる代替行為も多い）という構造を主要なモチーフのひとつにしていることと併せて、明治期の日本文学と村上春樹の文学は意外な接点をもっているように思う。

第四章　事件――終末の記憶

第一節　三島由紀夫の死をめぐる一考察──『川端康成／三島由紀夫 往復書簡』を読む

1　作家としての〈立場〉をつくる

モダニズム作家・龍膽寺雄《りゅうたんじゆう》は『人生遊戯派』（昭和54年12月、昭和書院）という回想記にこんなことを記している。──昭和四年の夏、伊香保温泉の宿で川端康成と出逢った龍膽寺は、「虚名の華やかさ」に背を向けて「誰が書いたかわからない作品として、世に行われる」ような小説を書きたいと語る。だが川端は、そんな文学青年の夢想を一蹴し、「それはだめだ。出来ることじゃない。それよりも、大事なことは、作家としての立場をつくることだ。いい作品を書く、書かないじゃない。まず作家の立場をつくることだネ。そうでなかったら、作品を発表しようがない」と答えたという。

第六次「新思潮」から出発し、「文芸春秋」編集同人となった川端は、大正一三年、二五歳のとき「文芸時代」を創刊し、文壇に権勢を振るっていた菊池寛に認められて三六歳で芥川賞の銓衡委員になった。小説家であると同時に気鋭の批評家としても注目され、大正一一年から昭和九年まで各誌紙に書き続けた文芸時評は『文壇の勘』を醸す筆頭の時評」（進藤純孝『伝記 川端康成』昭和51年8月、六興出版）と評価されている。文芸復興が叫ばれた昭和八年には「文学界」創刊に加わり、翌年には内務省や文部省につながる文芸懇話会の会員になっている。日本文学振興会の理事に就任したのは三九歳のときである。

その一方で、川端は関東大震災という時代の逆境を新たな創作のバネとしてくぐり抜け、太平洋戦争の末期には何も書かないというスタンスをとることで戦後のＧＨＱ／ＳＣＡＰによるバッシングを回避した。作家グループや出版界に豊富なコネクションを作り、映画、美術、演劇などの新興芸術運動が醸し出す時代の空気を深く吸いながら、横光利一とともに新感覚派を名乗った時代は、その鋭い識別能力によってつねに文壇に影響力をもち、自由にものを書くための〈立場〉を確保し続けた。戦後も、旺盛な創作活動のかたわらで数多くの新しい才能を発掘し、日本ペンクラブや日本近代文学館設立のために活躍。やがてノーベル賞へとつながる国際的評価の高まりを得ていく。

それぞれの時代感覚を鋭敏に摑まえる作家的資質は、個々の表現や文体にも遺憾なく発揮されている。約半世紀にもおよぶ文筆生活を通じて、一方では前衛的かつ実験的なモチーフ・文体を駆使し、一方では通俗的な連載小説、少年少女小説にも清新な切り口をみせた川端がめざしていたものは、明治二〇年代以降の近代文学が支えとしてきた静止的なリアリズム観を相対化し、時間性を動的に表象していく文学の創出だった。たとえば、綿密なプロットの構成と多様な語りの手法によって読者を物語の世界に誘っていく谷崎潤一郎の文学を対極に置けば、川端のそれは、〈はじまり〉と〈おわり〉に収束されることのない経験の秩序が、リズムと速度をともなって読者との距離を縮めていく同時性を生命線としていた。そこには、対象を眺め、再現する手段として〈書く〉のではなく、〈書くこと〉それ自体が現実をつくりだす行為であり関与なのだという認識がある。彼がしばしば用いる現代文学という名称も、近代文学における〈描写〉という言葉に付着する事後的な響きを排除しようとする認識に根を張っている。その意味で、川端は存在そのものが戦前戦後の文学状況におけるひとつの権威だった。文学という城壁の内側では、生き生きとした現実を言葉の力で結晶化させることを夢想し、対外的には圧倒的な影響力を行使して現代文学の展開に方向性を与える表現の工作者だった。

『川端康成／三島由紀夫　往復書簡』（「新潮」平成9年10月、同年12月、新潮社）は、こうした川端の作家的資質と、彼が文壇において揺るぎない〈立場〉を維持し続けることができた要因を考えるうえで極めて興味深いテキストである。三島由紀夫こそは、文壇における川端の〈立場〉を正しく見抜き、それを利用して自己の評価を高めていった作家であり、長年にわたる往復書簡からは、師弟として振舞うことを黙約した二人が言葉によってそれを強固なものに仕立てていく過程と、お互いの生き方や思想が決定的な齟齬をきたして緊張関係が瓦解していく様子がありありと窺えるからである。

ここでは、おもに三島由紀夫が川端康成にしたためた書簡から相互の関係性を読み解き、三島の側から川端を逆照射することで、「作家としての立場をつくる」とはどういうことなのか、そこには文学に対するどのような認識が潜んでいるのか、という問題を省察し、三島由紀夫の割腹自殺に関するひとつの解釈を試みる。

2　師弟の蜜月

二人の往復書簡は、野田宇太郎と島木健作を介して謹呈された三島の第一小説集『花ざかりの森』（昭和19年9月、七丈書院）に対する川端の礼状からはじまる。日付は昭和二〇年三月八日。すでに日本各地が空襲にさらされ、同六日には全国で新聞紙の夕刊が廃止になりつつあった時代である。

川端はその短い礼状に、北鎌倉の某家で「宗達、光琳、乾山、また高野切石山切、それから天平推古にまでさかのぼり、あるのが嘘のやうな物沢山見せてもらつて、近頃の空模様すつかり忘れました。紅梅も咲いて居りました」と記す。三島もまた「都もやがて修羅の衢《ちまた》、沍返る寒さに都の梅は咲くかと思へばしぼみながら、春の魁らしい新鮮さを失つてゆきます。当分の閑暇をたよりに、頼政と菖蒲前の艶話を書いてみたいと思つてをりますが、如何なりますか」（3月16日付）と応答する。それぞれの書簡の間には、死者一〇万人といわれる東京大空襲（3月10日）があり、玉砕を覚悟した本土決戦の噂さえ囁かれていたわけだが、二人は、「都」が「修羅の衢」と化しつつあることを承知しつつも、足利義尚や源頼政の時代に思いを馳せ、「梅」が醸しだす風情に身を委ねる素振りを共有するのである。数年後には日本ペンクラブ・第四代会長に選出（昭和23年6月～40年10月）される四五歳の川端と東京帝国大学法学部に入学して間もない二〇歳の三島は、こうして世代の垣根を越えて戦争という現実からの距離感を確かめ合う。

川端に受け容れられるきっかけを摑んだ三島は、戦争末期の勤労動員先からも長い書簡（昭和20年7月18日付）をしたためる。――その冒頭部には、「大学相手の寮内の図書室掛りで、物を書く暇にも存分に恵まれ、感謝しつゝその日を送つてをります。その傍ら寮内の回覧雑誌の編輯に従事したりして、仕事は好きな仕事ばかりで、今の生活を幸福なものに思つてをります」とあり、当時の三島が戦争末期とは思えないほど穏やかで弛緩した「生活」を送る自画像を描こうとしていることがわかる。だが、書簡の中盤から自分のなかに沸き起こる文学への熱情を語りはじめた三島は、

――このやうな時に死物狂ひに仕事をすることが、果して文学の神意に叶ふものか、それはわかりません。たゞ何かに叶つてゐる、といふ必死の意識があるばかりです。正直このやうな死物狂ひの仕事からは偉大な国民文学の萌芽など、生れる筈はございません。（中略）文学の本当の意味の新らしさといふことも考へる折が多いのですが、それはたゞ端的に時代意識が灼きついてゐるといふ意味だけでなく、現在といふものの めくるめくやうな無意味な瞬間を、痴呆に似たのどけさで歌つたものといふ意味も持つてしかるべきでせう。

と記し、自分がめざしているのは「偉大な国民文学」であると宣言する。ここで注目したいのは、三島が「死物狂ひの仕事」ではなく「現在といふもののめくるめくやうな無意味な瞬間を、痴呆に似たのどけさで歌つたも

の」にこそ新しい文学の可能性があると説いている点である。そこには、のちの『仮面の告白』（昭和24年7月、河出書房）につながる問題がすでに内在している。徴兵入隊検査（昭和20年2月）を受けながら医師の誤診（風邪による高熱が結核と判断された。ただし、虚弱な体軀だった三島を見た医師が意図的に誤診したのではないかとも推察されている――筆者注）で即日帰郷を命じられるという汚名と恍惚の体験を味わい、死と隣り合わせの戦場から限りなく遠ざけられていた三島にとって、自己を「痴呆」になぞらえることはひとつの必然だったのである。引用に続く文面で三島は、「絶滅といふ生活でないものを生活した報ゐ《ママ》が、彼等を次第に畸形にします。彼等は人の手を借りずして滅びるでせう。文学にも亦、生活し、体験しては行けない限界、文学的体験（リルケの考へたやうな）の範疇から逸脱したものゝ存在が認められるのではないでせうか。文学的な宿命観を、文学の埒外で行はねばならぬやうな悲痛な二者選択が要求される刹那が来るのではないでせうか」と記し、「楯の会」結成から陸上自衛隊市ヶ谷駐屯地・総監室での割腹自殺へと突き進んでいく彼の後半生を予言するような言葉を残す。かつて、『三島由紀夫―ある評伝―』（野口武彦〈訳〉、昭和51年6月、新潮社）を書いたジョン・ネイスンは『仮面の告白』について、「三島の仮説的な仮面から語り出されるこの告白は、過去の決算であるよりもむしろ未来への予言であった」と述べているが、まだ逢ったこともない川端に宛てて出されたこの書簡には、三島が成し遂げようとしたことの輪郭がすでに兆しているのである。

そんな川端と三島が初めて対面するのは、昭和二一年一月二七日のことである。それ以前に佐藤春夫に逢うなどして自分を引き立ててくれる文学上の〈師〉を物色していた三島は、思い切って鎌倉の川端家を訪ねる。当時の川端は、戦争末期に久米正雄らとともに発足させた貸本屋・鎌倉文庫を文芸出版社として再出発させ、雑誌「人間」を発刊しながら、文部省の国語教科書審議会にも加わって新しい教科書を作成するという多忙な日々だった。三島はこのときの印象をまとめた未発表メモ「川端康成印象記」（ノートの切れ端に書かれたもの。三島由紀夫文学館所蔵、『決定版 三島由紀夫全集26』平成15年1月、新潮社)で、他の来客があったにもかかわらず居座り続けた自分に対して川端が「下手な皮肉」をいったことに触れ、「この不手際が氏の本質ではないのか」という意味深長な一言を記している。また、メモの末尾にはこんな一節もある。

川端氏のあのギヨツとしたやうな表情は何なのか、殺人犯人の目を氏はもつてゐるのではないか。僕が「羽仁五郎は雄略帝の残虐を引用して天皇を弾劾してゐるが、暴虐をした君主の後裔でなくて何で喜んで天皇を戴くものか」と反語的な物言いをしたらびつくりしたやうな困つたやうな迷惑さうな顔をした。/「近頃百貨店の本屋にもよく学生が来てゐますよ」と云はれるから、/「でも碌な本はありますまい」と云つたら、/「エエツ」とびつくりして顔色を変へられた。そんなに僕の物言ひが怖ろしいのだらうか。

このやり取りには、書簡における過剰なおもねりとは違う高邁さ、すなわち、「殺人犯人の目」をもった川端を言葉で捩じ伏せ、驚かせてやったことを誇るような陶酔感が漂っている。書簡には絶対に見ることのできないひとつの直観が潜んでいる。二人の師弟関係は、この後、四半世紀にわたって継続されるわけだが、回顧的な視線でこの原稿を読むと、三島が川端に対して抱いていた認識は、初対面で得られた直観が少しも揺らがなかったのではないかという思いにさえかられる。

だが、その一方で、三島が川端のなかにしたたかな「真率」さを感じとり、最上の演技をして見せるのにふさわしい相手と認めたことも確かであろう。知遇をえた直後の書簡(昭和21年3月3日付)において、三島はあられもない興奮とオマージュを書き連ね、川端という巨星から微かな光を分け与えてもらう自分という役割を承認してもらおうとする。たとえば、冒頭近くではヘルダーリンがシラーに宛てた書簡から「わたしがあなたの傍にゐた間は、わたしの心は全く小さくなつてゐました。さてあなたの傍を離れてみますと、わたしは自分の心の乱れをどうすることも出来なくなりました」という言葉を引用し、卑屈とも思える態度で足下にかしずこうとする。また、高揚した面持ちでみずからの文学論を書き連ねる場面では、従来のリアリズムに対抗するためには「内面的衝動を一瞬一瞬の形態に凝結せしめて、時間と空間の制約の外で、人工的に再構成」するような「ロマンチック・メカニズム」の文学が標榜されてしかるべきであると記し、西欧の前衛芸術や文芸理論から多大な感化を受けていた時代の川端が、新感覚派から新心理主義へと展開していく作家活動のなかで提唱した小説技法を復誦するようなもの云いをしている。書簡の最後を締めくくる「貴下は一息で私の焔《ほのお》を吹き消しておしまひになるでせう」という一節がすべてを物語るように、若き無名作家に過ぎなかった三島は、服従することと引き換えに文壇での庇護を求めるのである。

その後、一方的に差し出されるいくつかの書簡には、「『抒情歌』を拝読してゐてふしぎな暗号を感じました。けふお目にかけました「中世」も（抒情歌に比べれば主題は単なる神憑りの低い醜いものでございますが）心霊についての物語でございました」、「『抒情歌』ははじめて日本の自然の美と愛を契機として、白昼の幻想、いひかへれば真の「東洋のギリシア」を打建て、目覚めさせてくれたやうに思はれます」、「貴下（かういふ粗雑な二人称をお恕し下さい）を、堀辰雄氏より遙かに高いところに我々が仰いでをります所以のものは、肉体と感覚と精神と本能と、すべて霊的なるもの肉体的なるものとが、青空とそこを染める雲のやうに、微妙な黙契をみせてゐるからです」、「『雪国』については、（この作品何度拝読いたしましたことか！）あまりに大きく高く、小さい私には牧童がいつかあの山へも登れるかと夢想する彼方の青いアルプの高峯のやうに仰がれるのみでございます」（昭和21年4月15日付）、「『抒情歌』や「むすめごころ」のやうな作者の指紋も残さないふくよかな作品に形をかへてゐる、――作家としての幸福これにまさるものがございませうか。同時に、その「場面」が完成すると同時に、永久にその場面へ招待される由もない作家の「生活」はどんなに寂しいものでございませうか。その孤独の寂しさを卑怯に避ける多くの作家たちは、作品の「場面」へいつまでも招待されたがつて、小さな椅子でも自分のための一隅を確保しておかうといふ哀れな試みを捨てません。私も亦さういふ妄想の擒《とりこ》の一人ではないかと怖ろしく思はれました」（同6月5日付）、「戦争中に比べますと、東京の人たちの表情は美しくなりました。どこか透きとほるやうになり、衰へ、影が淡くなりました。人々の運命が、どうやら近代へよりは、古代へ押しやられてゆく如く思はれます。／このごろしきりに思ひ起される一行は、「人間」にお書きになつた武田氏（武田麟太郎――筆者注）追悼の御一文の中のものでございます。／「その人の死に愕き哀しむよりも、その人の生に愕き哀しむべきであつた」」（同6月15日付）といった文面が並び、三島は川端文学の最も善き崇拝者という〈立場〉を獲得することにつとめる。そこには、逆説的でありながら率直なかたちで、自分に創作のための「小さな椅子」を与えてくれることを懇願する三島がいる。

昭和二二年一二月、高等文官試験行政科に合格し大蔵省に入省したばかりの三島は、その翌年の九月にキャリア官僚としての将来を棄てて大蔵省を辞職し、作家として生きていくことを決意する。前年に川端の推挙で雑誌「人間」（昭和21年6月）に「煙草」を発表し、文壇への本格的なデビューを果たしていた三島は、川端という権威に認めてもらい、自分もまた文壇の片隅に「小さな椅子」を与えてもらったと確信して職業作家へと踏み出し、さらには、「川端氏の『抒情歌』について」（「民生新聞」昭和21年4月29日）、浪漫新書『夜のさいころ』（昭和24年1月、株式会社トッパン）の「解説」を書くなどして、川端から「作者の思ハぬ事いろいろ見てゐて下さいまして殊の外難有いものでした」（昭和23年10月30日付）という返信をもらうほどになる。弟・千之はその頃の三島の有頂天ぶりを、「神様の手が、もちろんそれは川端さんの手だったのですが、突然天から伸びてきて兄を手のひらにのせたようだった」（「兄・三島由紀夫のこと」、「小説新潮スペシャル」昭和56年1月）と表現したが、それは必ずしも大袈裟な形容とはいえないだろう。

だが、職業作家として生きることを決意した三島は、ここで世間をアッといわせるための戦略的な小説を構想する。彼は「仮面の告白」という題名まで明らかにしたうえで、そのモチーフを次のように記している。

――「仮面の告白」といふ仮題で、はじめての自伝小説を書きたく、ボオドレエルの「死刑囚にして死刑執行人」といふ二重の決心で、自己解剖をいたしまして、自分が信じたと信じ、又読者の目にも私が信じてゐるとみえた美神を絞殺して、なほその上に美神がよみがへるかどうかを試めしたいと存じます。

（昭和23年11月２日付）

ここには、三島が深い内省のすえに辿り着いた文学的な方法意識が鮮やかに示されている。それまでの妙におもねった姿勢が消えて、自分のめざすものを堂々と宣言しているようにもみえる。だが、この時期、日本ペンクラブの活動に忙しかった川端は、構想段階ではもちろんのこと、『仮面の告白』が刊行されて批評家や読者から高い評価を得た後にも、その内容、評価に言及しない。それどころか、エジンバラで開かれる国際ペンクラブ大会への自費参加を促す書簡で、「百万円くらゐはお出来になるでせう」（昭和25年３月15日付）と暢気なことを云ってみたり、ペンクラブによる広島・長崎への原爆被災地訪問に物見遊山で同行しませんかと誘ってみたりして、三島に書斎から飛び出すことばかり奨めている。これは随分あとになってからのことであるが、川端が三島に送った書簡には、「あなたも少くともペンの会員であるといふことだけでも継続しておいていただけると幸ひです」（昭和31年10月23日付）といった教唆的な表現もみえ、この時期の川端がいかに三島をペンクラブの活動に引き込もうとしていたかが窺えるが、それはある意味で、自身の方法意識をとことん突きつめるために書斎に閉じこもることを必要とした三島と、対外的な活動に奔走し華やかな舞台に駆りだされることが多くなっていく川端が、お互いの接点を見いだしにくくなっていく状況でもあったといえるだろう。

『仮面の告白』の黙殺という観点で書簡を見ていくと、もうひとつ興味深い文面に出くわす。昭和二六年八月、箱根の強羅に滞在していた川端は、再び「西洋へ行かれればまた新しい世界がひらけると思ひます」といった具合に飄々とヨーロッパ行きを奨めたあとに、突然、次のように記す。

あなたの仮面の告白を訳して居るアメリカ人は何といふ人で何をして居るのでせうか。実はステグナア(この春来朝の短篇作家)の関係でアメリカの大学の文学雑誌に、日本の短篇も毎号でも出してハとのこと、再三、また二三の人に手紙で言つて来てくれて居ますので、作品を送るについて、日本文学を読む在日の外人にも参考意見を聞いてみたいと思ふのです。あなたも西洋に訳して面白いと思はれる作品、お気づきのものがあれば、一篇でも推薦していただけると幸せです。ステグナアには、一度だけでなく、続けていろいろ送るつもりです。小松清君の話では、サルトルの雑誌を出して居る社でも、日本文学の集を出版してみたいと言つて来て居るさうです。かういふ話は前にもありましたが、ペンクラブが怠けがちでした。しかし応じた方がよいと考へるばかりでなく、実行に移すやうつとめるつもりです。

(昭和26年8月10日付)

3 ノーベル賞の推薦状

ここで川端が執心している日本文学の翻訳問題は、ひとつの伏線となってのちのちの二人の関係に影響を与える。[1] たとえば、昭和三一年一〇月二三日付で川端が出した書簡には、

> 拝啓、今日Knopf社のStraus氏から航空便でSnow Countryが一部とどきました。$1.25といふ廉価本（高いのに驚きますが）で、表紙の芸者の絵にはおどろきました。また、裏表紙の私の履歴にremarkable young writers as Yukio Mishimaをhas discovered and sponsoredとあるのにも驚きました。あなたにすまない気がします。body-buildingや重量あげにdevotingしてゐないせゐですか。いづれは私の名は文学史上にあなたをdiscoverしたといふ光栄なまちがひだけで残るのかもしれません。（中略）キインさんから手紙が来て、潮騒ハベストセラアになつたさうですね。斜陽はベストセラアになりさうなか《ママ》好評とか。斜陽についてStockholmとHelsinkiとParisとOsloの出版社から照会が来ました。アメリカの太宰訳をれんらくしてあげたところから、私が太宰版権のagentと思はれて居るらしいのです。私の千羽づるもドイツ訳を見てフランス訳が出るやうです。しかし、雪国や千羽づるのやうな小説が西洋ニ訳されたところで、どうでせうか。出版社とbookレヴユウはもつともらしく解釈するのに苦心して居るやうです。

とある。ここでの「remarkable young writers as Yukio Mishimaをhas discovered and sponsoredとあるのにも驚きました」という一節は、文字通り川端の謙遜として解釈することもできる。つまり、将来を嘱望される作家である三島由紀夫を見出したと書かれることは「光栄」だが、本当のところは自分が見出したわけではなく、あなたがあなた自身の才能をもってして文学史上に名を残すような作家になったのだから、「discoverした」という表現は「まちがひ」だと、川端自身が本当に思っているという解釈である。だが、この記述からは、それとまったく逆のメッセージも看取することができる。それは、お互いの関係性がどうであろうが、英語圏で流通しはじめた『Snow Country』にはYasunari KawabataこそYukio Mishimaをdiscoverした人物だと書かれてしまっているのであり、後々の文学史上にも同様の記述が残る……というかたちで、関係性の規定を促しているという受け止め方である。

それまで〈師〉と〈弟子〉の秩序を忠実に守り続け、過剰な身振りで川端にかしずいてきた三島にとって、冗談や謙遜であろうと、川端からの私信に「discover した」と書かれたことの意味は大きい。川端がどのような思惑をもってこの文面を記したかはわからないが、たとえそれが意識的な抑圧であろうと無邪気な戯れであろうと、受信者としての三島にとっては、英語圏の出版社や読者にその関係性が事実として刻印されたという宣告に他ならなかっただろうし、将来にわたってその刻印を修正することが困難なのは、彼自身が誰よりもよくわかっていたからである。実際、この書簡への返信で三島は、なかばおどけた調子で、

「雪国」と「千羽鶴」の外国での御出版をお慶び申上げます、アメリカ人もなか〳〵バカではありませんから、わかるところはわかると思ひます、却つて欧洲人の方が、頭が硬化してゐて、日本文学に対して、柔軟な理解力を欠いてゐるのではないでせうか。小生のところへ先日、この夏東大セミナーで来日したとき会つたMark Shorer氏から来信あり、Hercourt,Brace & Co, で、ドナルド・キーン訳で「太陽の季節」を出すべく、石原君と交渉中で、キーン氏はこの訳に大へん乗気だ、とありました、そして註釈がついてゐて、「石原は、米国青年層には無害である。それは既にみんななされてしまつたことであるから」とありました。なほクノツプのストラウス氏は、来年三月ごろ来朝する由です。小生の「潮騒」は一週間だけNew York Timesのベスト・セラー欄に出たさうですが、一週間で消えた由です。小生は翻訳者ウエザビーが、あまり金のことでゴタ〳〵云ふので、手を切りました。新らしい翻訳者を、次は見つけなければなりません。外国人といふ外国人が、みんなウエザビーのやうな、お金ノイローゼでもあるまいと思ひます。

(昭和31年11月1日付)

と書き、「discoverした」云々の話題にはまったく言及しようとしない。ここでの三島は、ヨーロッパの人々の頭がいかに硬化していて「柔軟な理解力を欠いてゐるか」、ドナルド・キーンが石原慎太郎の『太陽の季節』をどれだけ辛辣に批評したか、『潮騒』の翻訳者がどんなに金に汚い人間だったか、といった悪態をつくことで、本質的な話題を回避しているようにみえる。

ここで興味深いのは、その後、川端から出された書簡の多くに英語圏の人々との積極的な交流と自作の英訳に関する話題が多くなることである。この時期の川端は、それまでにないほど頻繁に三島への書簡をしたためるようになっており、「M. Murrayさんハアフガニスタンのハツダの仏頭によりかゝらせたりして写しました。／貧寒な顔の文化輸出など妙な事になつて来ました　あなた位の若さだとよかつたのにとまた思ひました」（昭和32年2月7日付）、「Encounter社で今月三十一日歓迎パアテイを催してくれるといふ電報でせめて御高作訳だけでも読んで居ります途中　上智のロオゲンドルフ神父と会食　御上演の話しましたところ自分も招いていただけないかお頼みしてくれとの事　Encounter誌は借覧されました　お差支へなければお願ひいたします」（昭和32年3月21日付）、「千羽鶴の書評沢山送つて来ました　日本文学珍らしくていたはるのでせうが大体思ひの外の好評　しかしこんなのが現代日本文学の見本と考へられる弊ハあり」（昭和32年6月29日付）、「例のほんやくのお話、文芸家協会とペンの委員会ニ御出になるのもよろしいですけれども、考へると、アジア諸国から英訳短編をお取寄せになるといふ事務的のことですから、ペンの松岡洋子さん（目下事ム室ハ朝日新聞の七階）に連絡なさるだけでもいいかもしれません」（昭和33年2月9日付）といった具合に、外国人や海外メディアと自分との接点を事細かに書き連ねている。しかも、それは恐らく、誰彼の見境なく書かれているのではなく、三島由紀夫という相手を焦点化したうえで、それなりの応答を期待しながら書かれているのである。

昭和二六年一二月二五日から翌年五月一〇日まで、朝日新聞社の特別通信員として世界一周の旅をして以来、各国に幅広い交友関係ができた三島は、昭和三二年七月九日から翌年一月一〇日にも、自作の『近代能楽集』を英訳（ドナルド・キーン訳）したクノップ社の招待で北米を回るという経験をしている。そのとき川端に宛てた書簡に、「ドナルド・キーン氏が三十一日こちらを発って日本へ行きます。氏に行かれると心細いのですが、仕方がありません。氏とはほとんど連日会つてゐますが、実に親切によくしてくれます。パーティーの英語の会話に疲れて、氏とだけ、公然と、その席にゐる人の悪口を日本語で云つて大笑ひするのは痛快です。／ニューヨークで名を成すことはとても不可能だと思ひます。キーン氏によると、ニューヨークの人は、道ばたに白い河馬が寝てゐても愕かないのださうです。さういふ、何事にも興味を持たない、乾燥した有名人に大分会ひました」（昭和32年7月29日付）とあるように、当時の三島は日本人作家のなかでも稀な社交性を発揮して海外の文学関係者との付き合いを深めていた。この前後、日本ペンクラブ会長として国際ペンクラブ執行委員会に出席し、九月に開催される国際ペンクラブ東京大会の準備に追われていた川端にとって、三島の国際的な人脈と情報はきわめて有益だった。

昭和三三年二月、国際ペンクラブ東京大会の成功と功績が評価され、川端は国際ペンクラブ副会長に選出される。翌三四年の国際ペンクラブフランクフルト大会ではゲーテ・メダルを、同三五年にはフランス政府から芸術文化オフィシエ賞を贈られる。だが、国際舞台での華やかな活躍とは裏腹に、川端の書簡には睡眠薬の常用にともなう厭世的な文面が表出するようになる。「なんとか仕事ぶりを改めたいと思ひます。厭生《ママ》的になるばかりですから。新潮のみづうみもやけくそですが、一向作品がやけくその表情も出ないので」（昭和29年4月20日付）といった文面が「みづうみ」（「新潮」昭和29年1月〜12月、『みづうみ』昭和30年4月、新潮社）執筆前後からみられるようになり、その徴候は、やがて、胆石での入院治療を挟んで、「私今年は軽井沢へ眠り薬をやめる計画で参つたのですが八月中来客多過ぎる事などで成功いたしませんでした。今朝の新聞（産経）に出て居ます「恐怖の睡眠薬Ｖ（Valamin）」といふあれであらうと思ひます　つまり眠り薬が麻薬、覚醒剤の代役をつとめる事になつて来るのを私も恐れて居ります」（昭和34年10月13日付）と昂進していくのである。この時期に川端が書いた「眠り薬」（「週刊朝日別冊」昭和34年9月1日）を読んだ三島はさすがに驚き、「まことに差出がましい申上げやうかもしれませんが、何卒ここらで、ひとつ根本的に御養生、御治療下されば、どんなによいことかと存じます」（昭和34年10月5日付）という見舞いの書簡を送る。

しかし、ここでも書簡の文面は文字通りの解釈とは別に、もうひとつの文脈を作り出しているように見える。それは、睡眠薬に関する話題の直後に三島と川端がそれぞれ書き記す内容が、明らかに陽と陰の対照を構成している点から窺うことができる。試みにそれに該当する部分を抜き出して並列してみよう。

　妻も赤ん坊も元気すぎるほど元気に暮してをります故他事乍御休心下さい。赤ん坊は小生の顔を見ると、なにやらニヤニヤ笑ふのでキミが悪いです。／奥様は近頃如何お暮しでいらつしやいますか、お伺ひ申上げます。

（三島由紀夫・昭和34年10月5日付）

　家内は沖中内科（日本）臨床第一号とかいふ病気（？）の方がどうもはつきりしないでその軽い症状が時々出ます　私は来年五月までニ渡米、南米からロオマのオリンピックなどと考へて居りますがどうなりますやら

（川端康成・昭和34年10月13日付）

そこには、家庭のなかに新しい生命を得てますます活力を増していく三島と、原因不明の病に悩まされる妻を抱えて先々の予定もおぼつかなくなっている川端の衰弱した様子が鮮明になっている。それまで一五年近いあい

だ出来のよい弟子として活躍し、常に川端を見上げるポーズをとりながら言葉を書き連ねてきた三島は、この頃から、同じ目線、あるいは、労わりの目線で川端を捉えるようになり、余裕のある態度で自分の精力的な仕事ぶりを語りはじめるのである。

だが、この後、三島は政界のスキャンダルを描いた『宴のあと』のモデル問題で、有田八郎元外務大臣からプライバシー侵害を提訴されることになる。文芸家協会の言論表現委員会や日本ペンクラブへの事情説明を求められることになった三島は、川端に協力を求めてそれぞれの団体から支援をとりつける。三島にとって、それは公的に借りを作ってしまうことであり、明らかな失策を意味していた。

ものごとの機微を鋭く察知する川端は、この小さな借りに対して、はっきりとした恩返しを要求している。それは昭和三六年五月二七日付で出された次のような書簡に記されている。

――いつも〳〵御煩はせするばかりで恐縮ですが例ののおべる賞の問題　電報を一本打つだけではいろいろの方面に無責任か（見込みはないにしても）と思はれますので極簡単で結構ですからすゐせん文をお書きいただきま《ママ》せんか　他の必要資料を添へて英訳か仏訳かしてもらひあかでみいへ送つて貰ひます　右のあつかましいお願ひまで　私この三十日夜の鞍馬の正月の満月といふのを見て帰ります。

一般的に、ノーベル賞に候補なるものは存在しないといわれている。だが、その一方で、個々の作家の業績と同様に人種や地域のバランスなどが勘案されるともいわれる。また、ここで推薦文を依頼された三島自身、若い頃から翻訳による外国人読者の獲得につとめるなど、自作を世界文学のひとつに組み込むことを夢みており、誰よりもノーベル賞を渇望していた作家である。たとえば、この推薦状から数年後の昭和四〇年九月に『豊饒の海』の取材を兼ねて妻とともに世界一周の旅に出た三島は、特別の用件があるわけでもないのにノーベル賞授与式が行われるストックホルムの街を訪れている。ちょうどこの時期、日本では、「朝日新聞」（夕刊、昭和40年9月25日）がストックホルム発のAP電として、三島が他の九〇名ほどの作家とともにノーベル賞の「有力候補のひとり」になっていることを伝えている。一〇月一五日には、「最終候補に三島氏も」の見出しで三島と谷崎潤一郎が「最終候補」に残っていることを伝えている。三島は、そうしたメディアの期待感をなぞるように自分をストックホルムに近づけてみせるのである。前出のジョン・ネイスンは『三島由紀夫―ある評伝―』でそのことに言及し、

――しかし、その翌日、アカデミーは六十歳のロシア人作家ミハイル・ショーロホフが受賞したことを発表した。／だれにもそのことを語らなかったとはいえ、三島がその結果に失望したことは疑いを容れない。また同様に確実なのは、ふたたび昭和四十二年、自分でもその無意味さがわかっている同じ噂に苦しめられることを許した三島が、もっと手痛い失望を味わったということである。（編集者の友人がくりかえし三島に語ったとのことだが、ノーベル賞に「候補」というものはないのである。）三島は必死の思いでノーベル賞を望んでいたのである。三島がはじめて「文化上の攘夷論者」をもって自任した昭和四十一年の末からは、西欧からみとめられようとする三島の渇望は、しだいに一つの矛盾になっていった。だが三島はノーベル賞を飢渇しつづけた。あたかも自己自身に反してであるかのように。

と述べているが、この言説に寄り添っていえば、数年間のタイムラグはあるにせよ、川端から推薦文の執筆を依頼された三島はかなり複雑な心境のなかでそれをしたためたであろうことが想像できる。この推薦文は、川端を

ノーベル賞に推挙するという意味だけでなく、誰よりもそれを欲している自分自身の気持ちを封印し、後衛に退く姿勢を明確にするものでもあったからである。この後、推薦文を同封した書簡には「ノーベル賞の件、小生如きの拙文で却つて御迷惑かと存じますが、お言葉に甘え、僭越ながら一文を草し同封いたしました。少しでもお役に立てれば、この上の倖せはございません。又この他にも何なりとお申付け下さいますやうお願ひ申上げます」（昭和36年5月30日付）という言葉が添えられていたが、この慇懃さには、むしろ、三島の悔しさと失望が歪んだかたちで滲んでいるように思う。

自分の〈立場〉というものをつくりだすことに天賦の才を発揮する川端は、それから一年後、三島の屈折した感情を宥めすかすように、こんな文面の書簡を送る。

> 瘋癲老人日記ハ「遺言状」（他聞をはゞかりますが）のやうな傑作ではないかとおどろきました　中村光夫君とも話した事ですが分載終回の分ハ蛇足ではないでせうか　たゞし谷崎さんハあの老人を死なせるのはいやだつた　死なせるに忍びなかつたのではないかとの中村説でしたが／ノオベル賞推せん委員たちのもたつきはおもしろいですね　日本側が気乗りしないらしいフランス作家たちが日本を推すとパリから手紙が来たりしました　まああなたの時代まで延期でせう
>
> （昭和37年4月17日付）

そこには、当時、日本人作家のなかで最もノーベル賞に近いと噂されていた谷崎潤一郎の『瘋癲老人日記』（昭和37年5月、中央公論社）を「遺言状」とよぶ川端がいる。生前の谷崎が川端の文学をまったく評価しようとしなかったことはよく知られているが、川端もまたそのまなざしに反撥するように、谷崎をアガリに近づいた作家としてとりあげ、さらに、それに続けるかたちで「ノオベル賞推せん委員たちのもたつき」を嘲笑するのである。引用部分の最後には、「あなたの時代まで延期でせう」という意味深長な一節が書き添えられているが、それは労わりや励ましなどではなく、自分が周囲に推されて受賞の栄誉を与えてもらうことを期待せずに期待するしたたかさの顕れなのではないだろうか。

4　三島由紀夫の死

昭和四三年一〇月一七日、スウェーデン・アカデミーは、日本人作家としてははじめて川端康成にノーベル文学賞を授与すると報じた（東洋ではインドの詩人・タゴールに次いで二人目——筆者注）。このときアカデミーがあげた受賞理由は、「すぐれた感受性で日本の心の神髄を表現するその叙述の巧みさ」というものであり、代表作に掲げたのは『雪国』、『千羽鶴』、『山の音』の三作だった。また、川端自身も受賞決定直後のインタビューで、サイデンステッカーという優れた翻訳者、三島由紀夫という「若きライバル」がいてくれたからこそと謙遜しつつも、自分の文学がもっている「日本文学の伝統の匂い」（「サンケイ新聞」昭和43年10月18日）が認められたことを率直によろこんでいる。ここには、私信のなかでは師弟の微妙な秩序を維持し続けながら、メディアに対しては「ライバル」という表現を用いて対等な関係をアピールする川端がいる。

ノーベル賞の推薦状をしたためた頃を境に、三島から川端に届けられる書簡は数的にも分量的にも極端に減り、内容も表面的な礼状や挨拶状に終始するようになる。また、図らずもノーベル賞受賞の報せが届く前日に川端が三島に出した書簡には、「拝啓　春の海《ママ》　奔馬　過日無上の感動にてまことに至福に存じました／新潮社より百五十字の広告を書けとは無茶な注文　大変な失礼をこの御名作にをかしたやうで御許し下さい／この御作はわれらの時代の幸ひ誇りとも存じました／私のおよろこびだけをとにかくお伝へいたしたく存じます」（昭和43年10月16日付）という、それまでの川端にはみられないほど過剰な称賛が綴られている。そこに見えてくるのは、

〈弟子〉の活躍を称賛すればするほど自身の相対的な価値が高まっていくことを知ってしまった川端と、〈師〉と本音で語り合うことを諦めて沈黙へと向かっていく三島の躁／鬱的な関係である。当時、三島から出されたわずかな書簡には、『豊饒の海』四部作の執筆に追われる日々を自嘲する姿とともに、「このごろ拙宅には狂人の来訪ひんぴん、つひに早朝窓を破つて闖入してきたのまでございます。神経症患者激増の時代で、文学はキチガヒに追ひ越されさうです。こちらも負けずによほど気が狂はねば、と思ひます」（昭和41年8月15日付）、「大人しく仕事だけしてゐればよいのですが、生来のじつとしてゐられぬ性質で、ます〳〵世間の指弾を浴びてをります。しかし最近F104超音速ジエット戦斗機に乗りましたのは実に痛快な経験でしたので、文芸二月号にそのことを書きました。／日本及び日本人、殊に知識人の動向にはイヤになること多々あり、文壇もあんまり寝呆け方がひどいやうに存じます」（昭和42年12月20日付）といった剛毅な言葉が踊っているが、その後、三島が辿ることになる運命を知っている読者の視線から事後的にこの文面を読むと、そこには、躁を装った鬱が痛々しく刻印されている。

みずからを「キチガヒ」に擬して、理性に胡坐《あぐら》をかく知識人や文壇を嘲笑した三島は、まるでその宣言を実践するかのように、昭和四三年一〇月五日に「楯の会」を結成し、民族派学生に軍事訓練を施すとともに、天皇主義に基づく祖国防衛構想を練りはじめる[2]。注目したいのは、それが川端のノーベル賞受賞と同年同月の出来事であり、こうした政治活動を行えば将来的にもノーベル賞を受賞する可能性はほぼなくなるという事実である。川端のノーベル賞受賞と三島の奇怪とも思える行動との因果関係を書簡の行間から看取することはできないが、少なくとも、それ以降、三島がみずからの作家的栄誉に関して完全に興味をなくしたことは事実であろう。

そんな三島の悲壮さとは裏腹に、時の人となった川端は様々なメディアに露出し、スウェーデン・アカデミーをはじめとする欧米の理解者たちが用意した「東洋的諦念」や「日本古来の「美」意識」といった修辞句を引き受けるどころか、その偶像性を積極的に模倣するような言動を繰り返すようになる。受賞記念講演のために準備した「美しい日本の私」[3]というタイトルが物語っているように、川端はみずから進んで欧米からまなざされる「日本」という衣装をまとい、その広告塔として振舞うことで、伝統や美意識の継承者という〈立場〉を占めるに至るのである。かつて、「川端康成の小説の冷たい理智とか美しい抒情とかいう様な事を世人は好んで口にするが、「化かされた阿呆」である」（「川端康成」、「文芸春秋」昭和16年6月）と喝破したのは小林秀雄だが、ある意味で、これほど川端の本質を的確に捉えた言葉はないかもしれない。

昭和四四年八月、三島は滞在先の下田から川端に一通の長い書簡をしたためる。書簡の冒頭で川端の「美の存在と発見」、「美しい日本の私」に言及し、「川端さんの随想の御文章は、みずから徒労や無について語られながら、実は、人に徒労や無をガクンと感じさせてしまふ一種の魔力があります。しかし、この御著の「無」は、はじめから何か明るい生命的な無の本質について、西洋人にわかりやすく語つてをられますから、あの「イタリヤ《ママ》の歌」の読後感に似たものを予感させ、それが直ちに、「美の存在と発見」の最初の頁の、コップの光りかがやく美の発見へと、つづいてゆくやうな気がします。／実際、「美しい日本の私」は、そのまま、日本文学の、今まで誰も一貫して照明を与へなかつた流水を、清い細流水として、明確に、簡潔に、とり出しておみせになつた無類のアンソロジーとして見事なものでした」と褒めちぎった三島は、やがて、ひとつの具体的な決意を語りはじめる。

——ここ四年ばかり、人から笑はれながら、小生はひたすら一九七〇年に向つて、少しずつ準備を整へてまゐりました。あんまり悲壮に思はれるのはイヤですから、漫画のタネで結構なのですが、小生としては、こんなに真剣に実際運動に、体と頭をつぎ込んで来たことははじめてです。一九七〇年はつまらぬ幻想にすぎぬかもしれません。しかし、百万分の一でも、幻想でないものに賭けてゐるつもりではじめたのです。十一月三日のパレードには、ぜひ御臨席賜はりたいと存じます。
（8月4日付）

ここで三島が記す「一九七〇年に向つて、少しずつ準備を整へてまゐりました」という言葉が、何らかの政治行動をさしているであろうことは、川端にも容易に察せられたはずである。また、一一月三日に予定していた「楯の会」パレード（結成一周年記念パレードを国立劇場屋上で挙行――筆者注）に臨席を所望する記述もみられるが、これもそれ以前の師弟関係においてはまったく見られなかった態度である。そこには、かつて文壇にデビューしたばかりの三島が、〈師〉としての川端にみずからの文学観を懇々と語った頃の書簡を髣髴させるような真摯さが過剰に溢れている。同時期の三島の作家的な地位を考えれば、それはみずからの悲壮な決意を奮い立たせようとするあがきもみえるし、にべもなく断られるかもしれないという懼れを抱きながら〈師〉の足下に縋っているようにも見える。また、その後に記される文面においては、すべてのプライドをかなぐり棄てているかのような痛々しささえ露呈している。

ますますバカなことを言ふとお笑ひでせうが、小生が怖れるのは死ではなくて、死後の家族の名誉です。小生にもしものことがあつたら、早速そのことで世間は牙をむき出し、小生のアラをひろひ出し、不名誉でメチヤクチヤにしてしまふやうに思はれるのです。生きてゐる自分が笑はれるのは平気ですが、死後、子供たちが笑はれるのは耐へられません。それを護つて下さるのは川端さんだけだと、今からひたすら便り《ママ》にさせていただいてをります。／又一方、すべてが徒労に終り、あらゆる汗の努力は泡沫に帰し、けだるい倦怠の裡にすべてが納まつてしまふといふことも十分考へられ、常識的な判断では、その可能性のはうがずつと多い（もしかすると90％！）のに、小生はどうしてもその事実に目をむけるのがイヤなのです。ですからワガママから来た現実逃避だと云はれても仕方のない面もありますが、現実家のメガネをかけた肥つた顔といふのは、私のこの世でいちばんきらひな顔です。

だが、その書簡への返信はまたしても遣り過ごされる。三島の懇願は再び黙殺されるのである。――川端は、翌昭和四五年六月になってようやく返信の怠りを詫びるが、それはきわめて儀礼的なものでしかなく、形式的な挨拶に続く文面では、「老衰もぬかりなくとりついてゐる事です　人ハ皆元気と言ひますが気だけはふけてゐる様です　肺浸潤その他あなたの意志行ニ習ひ何とかきたへて治せないものかと思ひ居ります」といった言い訳が虚しく書かれることになる。

期待が裏切られ、〈師〉が〈弟子〉に向ける慈愛すら感じられなくなった三島は、結果的に、私たち読者が目にすることのできる最後の書簡[4]で、まるで一年前の自分を遠い過去に追いやるように、「時間の一滴々々が葡萄酒のやうに尊く感じられ、空間的事物には、ほとんど何の興味もなくなりました。この夏は又、一家揃って下田へまゐります。美しい夏であればよいがと思ひます。／何卒、御身御大切に遊ばしますやう」と記す。この書簡のなかには「「一番タフなのは川端さん」といふわれわれの信仰はなかなか崩れません」という一節も確認でき、川端への怨嗟が皮肉になって噴出している箇所もあるが、それでも、三島は感情的な言葉をすべて抑え込み、みずからの諦念を穏やかに語ることで〈弟子〉であることを返上しようとしているのである。その意味で、「何卒、御身御大切に遊ばしますやう」という挨拶は、最後まで作家としての〈立場〉を貫き、〈弟子〉としての三島にのみ関心を払おうとした川端への訣別の言葉だったに違いない。

【注】

（1）この部分の直前には、きわめて唐突に「禁色は驚くべき作品です」という一節がある。ホモセクシャルの世界に取材して書かれた『禁色』（昭和26年11月、新潮社）は、『仮面の告白』がベストセラーになり世間の注目を浴びていたわりには評価が一定せず、どちらかといえば同時代の読者から拒絶される傾向にあったが、川端は敢えてその『禁色』を絶賛し、『仮面の告白』に関しては翻訳者にしか興味がないとでもいった態度で接するのである。また、この書簡を受け取った三島の方も、日本文学のなかで西洋に訳して面白いと思はれる作品があったら推薦して欲しいという川端の真意を取り違えて、「拙作の中から、さてどれを、と申してもすぐに出てまゐりません。「遠乗会」など、いかゞでせうか」（昭和26年9月10日付）とぬか喜びしている。そこからは、距離を近づけ過ぎた二人が微妙なコミュニケーション不全状態に陥っている様子が伝わってくる。

（2）楯の会につながる活動は、すでに昭和四一年一二月頃からはじまっており、昭和四二年四月～五月には三島自身自衛隊体験入隊を果たしている。

（3）昭和四三年一二月一二日に行われたノーベル文学賞授業記念講演（スウェーデン・アカデミー）の原稿（昭和43年12月16日の「朝日新聞」、「毎日新聞」、「読売新聞」、「中日新聞」各紙に発表）。のちに、日本人として二人目のノーベル文学賞（平成6年）を受けた大江健三郎は「あいまいな日本の私」という記念講演を行い、「美しい日本の私」、「独自の神秘主義」に没入した川端を、「現代に生きる自分の風景を語るために、かれは中世の禅僧の歌を引用しています。しかも、おおむねそれらの歌は、言葉による真理表現の不可能性を主張している歌なのです。閉じた言葉。その言葉がこちら側につたわって来ることを期待することはできず、ただこちらが自己放棄して、閉じた言葉のなかに参入するよりほか、それを理解する、あるいは共感することはできないはずの禅の歌。／どうして川端は、このような歌を、それも日本語のまま、ストックホルムの聴衆の前で朗読することをしたのでしょう?」と揶揄するが、ここで大江が訝しがる「あいまい」さ、すなわち、自己の主体性を明確にすることもなければ「言葉による真理表現」を標榜することもない川端の戦略は、彼自身が、作家としての技量よりも作家としてどのような〈立場〉を獲得するかが大事だと説いたことと深くつながっている。

（4）『川端康成／三島由紀夫　往復書簡』（前出）の巻末に収録された佐伯彰一と川端香男里との対談「恐るべき計画

家・三島由紀夫―魂の対話を読み解く」のなかで、川端康成の娘婿にあたる川端香男里は、三島が川端に宛てた最後の書簡は、同書に収録されている昭和四五年七月六日付の後にもう一通あったと証言している。ただし、同氏は「鉛筆書きの非常に乱暴な手紙です。全集の解題でも少し触れておいたんです。私も内容を忘れましたが、文章の乱れがあり、これをとっておくと本人の名誉にならないからとすぐに焼却してしまったんです」、「私は今でもとっておかなくてよかったんだろうと思っています」と語り、自分の責任でそれを隠滅したことを告白している。

〈付記〉

川端と三島は、それぞれの小説の帯文・解説をはじめ、お互いに関する数多くの評論、作品論、随筆を書いているが、それはあくまでも活字として公開されることを前提として書かれた文章であり、広汎な意味での読者を意識したバイアスがかかっている。そうした批評的な文章を含めて検討することも重要であるが、本節では、敢えて私信にのみ焦点をあて、活字化された表現からの援用は必要最小限にとどめた。また、それぞれの創作について論旨と関わりのないものについては初出、初刊を割愛している。

第二節　万博と文学──〈人類〉が主語になるとき

1　岡本太郎における退行と逸脱

日本万国博覧会（通称・大阪万博）は昭和四五（一九七〇）年三月一五日から九月一三日まで、大阪府吹田市の千里丘陵（広さ約三五〇万㎡）で開催された。(1) テーマは「人類の進歩と調和」。この基本理念は、昭和四〇年九月に招集されたテーマ委員会の副委員長を務めた桑原武夫が起草し、ブレーンとして加わった京都大学の梅棹忠夫、多田道太郎、鎌倉昇、加藤秀俊らが作成した。

なかでも中心的な役割を果たしたのは、のちに万博会場跡地に建設される国立民族学博物館の初代館長となる梅棹忠夫である。昭和三八年頃から梅棹の自宅で開かれていた「金曜サロン」に参加し、このサロンが研究会に発展したのちも、林雄二郎（経済企画庁経済研究所所長）、川添登（建築評論家）、加藤秀俊（社会学者）らと議論の輪に加わっていた作家の小松左京は、東京オリンピックに続いて大阪で万博が開催されることになり、梅棹に相談が持ちこまれたときの様子を、「世界を舞台に大きな舞を舞うのが万博だ、とみんなが思っていた。国際見本市ではなく、文明の祭典にしようと話し合い、過去に評判が良かった万博のコンセプトや展示などを研究した。アジアで初開催だから、アジアの発展途上国を招待したい、その場合、資金援助はどうするのか……。検討課題はどんどんわいてきた。誰に頼まれたわけでもないのに議論は白熱して、夢中で議論し、学び、調べた」（『小松左京自伝──実存を求めて──』平成20年2月、日本経済新聞出版社）と記している。

小松の文章からは、お祭り騒ぎのような「文明の祭典」を演出しようとする熱気が伝わってくる。もちろん、オリンピックに向けて着々と準備を進める東京に対抗して、関西でも大きなイベントを立ちあげようとするローカリズム、戦後の京都学派を再結集しようとする学閥的な発想がなかったわけではないだろうが、梅棹のもとに集った若き文化人類学者、民族学者たちの意気込みは、そうした打算を凌駕するエネルギーに充ちていた。

こうして迎えた昭和三九年夏、上記メンバーに川喜田二郎（文化人類学）らを加えて「'67年の会」（通称「万国博を考える会」）が発足する。だが、やがて万博が高度経済成長期の日本を国内外にアピールするための国家的プロジェクトとして増殖するなかで、彼らのお祭り騒ぎは政治的メッセージとの共存を強いられることになる。昭和四〇年一〇月二五日にまとめられた「日本万国博覧会の「基本理念」」（引用は「文部時報」第一一一四号、昭和45年5月）には、

——世界の現状をみるとき、人類はその栄光ある歴史にもかかわらず、多くの不調和になやんでいることを率直にみとめざるをえない。技術文明の高度の発展によって現代の人類は、その生活全般にわたって根本的な変革を経験しつつあるが、そこに生じる多くの問題は、なお解決されていない。さらに世界の各地域には大きな不均衡が存在し、また地域間の交流は、物質的にも、精神的にも、いちじるしく不十分であるばかりか、しばしば理解と寛容を失って、摩擦と緊張が発生している。科学と技術さえも、その適用を誤るならばたちまちにして人類そのものを破滅にみちびく可能性を持つにいたったのである。／このような今日の世界を直視しながらも、なお私たちは人類の未来の繁栄をひらきうる知恵の存在を信じる。

という政治的言説が並び、「文明の祭典」というコンセプトは、いつのまにか地球規模での諸課題を克服するた

めのお題目に書き換えられる。遊び心を奪われた彼らは、その後も公的な委員会には所属せず、あくまでも「実質的な演出者」として活動することを選択する。そして、京都学派の重鎮が主導的な役割を担うテーマ委員会に対して岡本太郎をチーフ・プロデューサーとして起用することを提案する。

岡本も、当初はひとりの芸術表現者として生きてきた自分に組織的な仕事ができるだろうかと躊躇したようだが、万国博協会が全面的な支援を約束することで就任を決意する。公式発表の直前（昭和42年6月23日）に日本経済新聞社が主催した「万国博教室」で、「万国博での私のイメージ」という講演を行った際には、『人類の進歩と調和』。調子がよく、ていさいのよいテーマだが万国博ではおよそ進歩したものを否定してかからねばだめだ。ほんとの調和は徹底的に対立し、たたかうことによってもっと高いところに生まれる。このようにテーマをアイロニカルに使ってこそテーマが生きる。進歩を否定したところに『進歩と調和』の意味がある」（「日本経済新聞」昭和42年6月24日）と述べ、並々ならぬ意欲を語っている。

岡本の起用は万博の企画全体に活力を与え、結果的にプロジェクトとしての成功につながる。当時、丹下健三のもとで「諸装置」の担当をしていた磯崎新は、「アイコンがうまれた！」（平野暁臣編著『岡本太郎と太陽の塔』平成20年6月、小学館クリエイティブ）で、当時の岡本を次のようにふり返っている。

——このとき太郎さんが選んだ戦略は、万博の基本理念「進歩と調和」というテーマにたいして、「退行と逸脱」によって応えることだった。「この世界一の…壮大な水平線構想の模型を見ていると、どうしてもこいつをボカン！　と打ち破りたい衝動がむらむら湧きおこる。」（『万国博に賭けたもの』）そのとき、もやもやとしていたイメージがかたちをなした。ああいえばこういう、ダダっ子太郎の面目が、ここでぱっと開花した。／水平線構想の一員であった私は、「屋根を突き破ってのびるベラボーなもの」を見て、何だか見てはならない土俗的な怪物が、にょきっと頭をもたげた、と瞬間的に思ったことを記憶している。日本近代化を推進してきたモダニズムが忌避してきた情念が凝固したようにも見えたのだが、ちょっと違う。アッケラカンとしている。いかにも太郎さんのキャラクターだ。

こうして、大阪万博は「進歩と調和」を志向する「壮大な水平線構想」と「屋根を突き破ってのびるベラボーなもの」が拮抗する緊張感のある祭典として仕上がっていく。もちろん、人々が目のあたりにした光景のほとんどは、国家や企業が威信をかけた壮大で華やかな展示、アトラクション、イベントだったかもしれない。最新の技術・性能をアピールする資本主義の論理に席捲された会場にあって、岡本のコンセプトに違和感をもつ関係者も多かったようである。だが、少なくとも、誰も異論を唱える必要のない政治的言説が垂れ流しされる状況に歯止めがかかり、近代が忌避・隠蔽してきた「土俗的な怪物」が常識を突き破っていくエネルギーがお祭り広場に蓄えられたことは確かである。その評価は分かれるにせよ、彼の活動によって、まるで現代版の国威発揚イベントのような趣で人々を煽動した万博に、一定の思想的な枠組みが付与されたことも事実だろう。

岡本太郎が大阪万博に仕掛けた〈退行と逸脱〉というコンセプトは、〈太陽の塔〉内部を中心に配置されたテーマ館の設計にもみることができる。この展示は、①地下—過去・根源の世界、②〈太陽の塔〉内部—生命の樹、③空中—進歩と未来の空間、④地上—現在・調和の世界（お祭り広場・母の塔・青春の塔）からなっており、入場者は現在↓過去↓現在↓未来↓現在という順で展示を眺めるようになっていた。それは、過去から未来へと直線的に延びていく可能性として志向されるのではなく、絶えず現在との接続／断絶を繰り返しながら進むような往還的思考で設計されている。

また、全体の構成をみると、地上と空中が模造物やオブジェ中心であるのに対して、地下には世界中から収集された民族資料がびっしり置かれ[2]、本当に使われていた品々＝「道具の森」を通して多種多様な人間の歴史とその営みが肌で感じられるようになっている。〈太陽の塔〉内部につくられた「生命の樹」も、円錐状の空間を上へ上へと伸びていく進化の軌跡というよりは、生命の根源を求めて下へ下へと掘っていくような遡行性が強く志向されている。海外メディアの取材に対して、「未来なんていう言葉を聞くとゾッとする。過去も現在も何も決定していない時に、未来なんていわれると[3]」と応答するなど、もともと、〈未来〉を空想したり、〈未来〉を目標に〈現在〉を生きたりすることに否定的な認識をもっていた岡本は、万博のコンセプトを確信犯的に〈未来〉から〈過去〉へと反転させるのである。岡本のアトリエである現代芸術研究所が昭和四三年三月に作成した「日本万国博覧会テーマ展示　基本計画報告書」には、「ここで展示される〈未来〉は、必ずしも空想的な未来や、目標ではない。われわれは、空想的な〈未来〉、ＳＦ的〈未来〉を考え、あるいは〈未来〉を理想化することによって、一つの観念に固定化することを極力避けたいと思う。（中略）〈未来〉は人間に必ずしも幸せのみを約束してはいないだろう。技術文明の発達は、かえってさまざまな矛盾をもたらすだろう。われわれはそういう点をしっかりと見つめながら、全体として〈人類の平和〉を強く訴えて行きたい」と記され、倒錯と矛盾に充ちた〈未来〉が予見されているが、それもまた、岡本のめざす〈退行と逸脱〉の思想につながっているといえるだろう[4]。

だが、岡本が大阪万博の象徴として製作した〈太陽の塔〉には、さらに、もうひとつのメッセージがあった。このモニュメントは原爆の恐怖や残酷さを描いた「死の灰」（昭和31年）という絵を原型としている。また、アメリカがビキニ環礁で行った水爆実験（昭和29年3月）における核の炸裂と、そこで被爆した第五福竜丸を題材として制作された巨大壁画「明日の神話」（昭和43年・メキシコシティ）とは、制作時期もモチーフも重なっており、一対の作品として捉えることができる。〈太陽の塔〉の裏側に描かれた黒い太陽の壁画も併せて、そこには、核爆発の恐怖、焔と放射能に包まれて混沌とする世界、そして、地獄のような惨禍のなかから再び生命を芽吹かせていく人間を表象することへの確固とした意志が溢れている。放射能の熱線で熔けた手を突き上げる姿で聳える〈太陽の塔〉には、「人類の進歩と調和」などといった当たり障りのない政治スローガンとは異質な、死と闇の世界からの再生というメッセージが託されている[5]。

こうして、岡本の狙いは莫大な予算を投資して企画される国家プロジェクトの網の目を潜り抜けるように織り込まれていくわけだが、彼が密かにしかけた〈退行と逸脱〉のメッセージが正当に評価されるのは、万博が人々の記憶として再生されるようになってからである。その意味で、いま私たちが想起する万博は、現象としての万博ではなく記憶としてのそれに他ならない。

ところで、万博開会直後に「文部時報」（前出）が特集を組んだ際、「日本万国博覧会とその教育的意義」という巻頭論文を書いた吉田光邦（当時、京都大学助教授。専門は科学技術史）は、いくつかの興味深い指摘をしている。吉田はまず、「この空間のなかで国家をこえ、民族をこえて地球人としての交流を求めようというプロデューサーたちの構想は、かつての万国博にも例のないイメージだった」とし、万博が本来的に担っている大衆の啓蒙や祝祭的空間の創出による意識の解放という観点から基本的なコンセプトを評価する。その一方で、実際のパビリオンの多くが鋼鉄とコンクリートに囲まれた自己主張の強い空間になっており、依然として、技術の成果を誇示しようとする企業戦略と国家の威信をかけたナショナリズムが幅を利かせていること、科学技術の進歩がもたらす未来性に力点が置かれ、異質文明の認識、特に発展途上にある国家が自国の伝統と文化を理解しようとする姿勢が欠落していることへの懸念を表明する。そして最後には、開国から百年の節目として誘致された万博であるにもかかわらず「明日の人間像、未来の日本人像」がほとんど語られていないことに言及し、「大きな欠点」だと述べている。

また、この論文はひとつの直観として岡本がめざしたものの本質を捉えている。それは、〈人類〉と〈人間〉

を異なった概念として区別するどころか、むしろ、対立するものとして遣い分けている点である。同論のなかで吉田は、〈人類〉という言葉を未来・科学技術・普遍性と対応させ、〈人間〉という言葉を過去・伝統文化・個別性に対応させる。そして、国家や民族の歴史を欠落させたまま可能性としての未来を展望することを危惧している。大阪万博の前年、七月二一日にアポロ11号の宇宙飛行士が史上はじめて月面に降り立ち、それを機に空前の宇宙ブームが起こっていたこと、アポロ11号が採取した月の石がアメリカ館の目玉として陳列され、宇宙衛星スプートニク関連の展示で人気を集めるソ連館とともに長蛇の列をなしていた事実に照らしていえば、ここでの〈人類〉は、宇宙から地球を眺めるような視線のなかで発見される画一的な生命体を意味する。国境はもちろん、様々な紛争、差別、貧富、格差などで表象される個々の〈人間〉は、より超越的なカテゴリーである〈人類〉によって覆い隠されているのである。

本節では、この点をふまえて、人類学的な世界認識が万博を通して一般性を獲得していくプロセスを追う。また、このプロジェクトに様々な文学者たちが協力・参加していたことをふまえつつ、〈人間〉を〈人類〉に書き換えていく思考が文学的想像力そのものをどのように変えていったのか、その発想に対峙した文学者たちはどのような表現を択んでいったのかを検証する。

2　〈人間〉と〈人類〉の乖離

まずは、万博の素案作りに活躍した文化人類学者とその周辺にいた人々の発想や論点から、〈人類〉という概念の内実を探ってみよう。この時期のトピックとして最初に指摘したいのは、昭和四五年一月、京都大学人類学研究会（通称「近衛ロンド」）が雑誌「季刊人類学」を刊行し、「民族学研究」、「人類学雑誌」といった従来の学会誌とは違う角度から自由で幅広い研究を網羅しようとしたことである。

この雑誌でも編集の中心を担っていた梅棹忠夫が、「近衛ロンドの五年間――京都大学人類学研究会の歴史と現状」のなかで、「社会人類学とか、文化人類学とか、そのほか何々人類学という既成の学問がすでにあって、それをいかにして総合してゆくか、という発想とはちがうんですね（中略）とにかく、人間というものがあるではないか。われわれは、その人間の研究をしたい。とにかく人間学をやろう。人間学という意味での人類学なのだ、と、まあこういう考え方になっていると思うんです」（「季刊人類学」昭和45年1月）と述べているように、当初、彼らが考えていた〈人類〉は、ほぼ〈人間〉という概念に重なるものだった。〈人間〉もまた動物の一種であるという認識のもと、その生態や欲望のあり方に迫ろうとするときも、物質的な豊かさを手にした現代人の暮らしのなかに普遍的な文化構造を探るときも、常に〈人間〉という価値観が第一にあり、〈人類〉はあくまでも、〈人間〉という言葉にまとわりつく余分なイメージを振り払うための仮構モデルに過ぎなかった。

ちょうど万博のプロジェクトが始動した頃の大阪を舞台とする「『エロ事師たち』より人類学入門」（昭和41年3月公開、監督／今村昌平、脚本／今村昌平・沼田幸二、原作／野坂昭如、主演／小沢昭一）という映画などは、そうした用例の典型である。――この作品は、下宿先の未亡人・春と恋仲になったスブやんが、ブルーフィルムの撮影・販売から売春斡旋まで、ありとあらゆるエロ事を提供しながら春と連れ子を養っていく物語である。「人間、生きる楽しみちゅうたら食うことと、これや。そのこっちゃの方があかんようになってみい。社長かて警察所長かて生きる甲斐あらへんわ」、「わいの商売はな、やつらに生き甲斐を与える商売や」と啖呵をきるスブやんは、ヤクザから目をつけられ、出来の悪い息子、次第に色気づいてくる娘に翻弄されながらも、最後までエロ事師としての自分を全うしようとする。

今村昌平が考える「人類学」とは、スブやんの裏稼業から見えてくる人間の飽くなき欲望であると同時に、スブやん自身が体現する滑稽で哀れな生きざまである。だからこそ、この作品には墓場、仏具、葬送のカットが頻出する。スブやん自身も寺の息子として設定されている。春が後生大事にする生駒の護符、夫の生まれ変わりと称されるフナなどと併せて、主人公たちは、どこか土俗的・因習的なものに絡めとられている。また、スブやんの父親はなまぐさ坊主であり、彼の裏稼業はインチキ商売そのものである。春を喪って初老にさしかかったスブやんが、春とそっくりの顔をした精巧なダッチワイフの製作に打ち込むラストシーンが示しているように、この作品における「人類学」とは、紛い物のなかに魂を見いだそうとする人間、誠実にインチキを貫こうとする人間、信じるに足りないものを信仰しようとする人間の本性を接写することに他ならないのである。

では、〈人類〉という概念は、いつどのような操作によって土俗的・因習的な〈人間〉のイメージを切り離していったのだろうか。まず押さえておきたいのは、東西陣営の対立が深まり、米ソの核兵器配備、宇宙開発競争が盛んになる一九五〇年代の終わり頃に、このままでは〈人類〉そのものが滅亡してしまうのではないか、という危機を煽る言説が流行したことである。B・ラッセルが『人類の将来——反俗評論集——』（山田英世・市井三郎〔訳〕、昭和33年6月、理想社）において、二〇世紀が終末にいたらぬうちに実現されてしまう可能性の高い三つの出来事として、①人間の生命の、そしておそらくは、わが地球上のすべての生命の終焉、②地球人口の破局的減少をみた後での野蛮状態への逆転、③主要な戦争武器すべてを独占する単一政府のもとにおける世界の統一——をあげたように、この時代の未来予測は、「生命の終焉」か「単一政府のもとにおける世界の統一」かという極端な終末論を展開するものが多く、人々もそうした大胆な仮説に群がることを好んだ。核兵器の使用や地球環境の劇的な変化による人類滅亡へのカウントダウンというモチーフは、この時代、小松左京の『復活の日』（昭和39年8月、早川書房）や『日本沈没』（昭和48年3月、光文社）といったSF小説から、五島勉『ノストラダムスの大予言』（昭和48年11月、祥伝社）に至るまで、数多くのテキストで反復され、雑誌、テレビ、映画を通じてブームを巻き起こしたが、その根底には、対立・紛争に明け暮れることを止め、力をあわせて生き延びる方法を探ることへのあこがれがあった。そして、政治・民族・宗教などを超越したひとつの地球を謳うためには〈人類〉という発想が不可欠だった。

たとえば、『復活の日』(前出)は、生物兵器に用いられる新型ウィルスが事故で増殖し、人間を含めたほとんどの脊椎動物が死んでいくなか、南極に滞在していた各国の観測隊員と原子力潜水艦の乗組員だけが生き残るという極限状況を描いている。米ソそれぞれの自動報復装置(ARS)誤認によって、誰もいない都市に核兵器が乱発射され、わずかに残された人々の生命が再び危機にさらされる事態も含めて、そこには〈人類〉破滅へのシナリオが記されている。

小松はこの小説で、「人類は「文化」の名にあたいするものをもつには、まだ若すぎたのだ。「類」としての全体意識が普遍化されてすらいないのだ。集団の中の「個」と「全体」の、原初的な調和段階にさえ達しておらず、つい二千年ほど前に、ようやくぬけ出しかかったばかりの野獣状態にまだ首までつかっており、かみあいや、とも食いや、集団殺戮の血のさわぎに、ともすればのみこまれてしまう」というテーゼを投げかけ、人間社会における「全体意識」の欠如という問題を執拗に追究する。「「世界」と「人類」を表象するために、いったいなにを思いうかべるべきか?」、「人間はいつも、人間自身のことを過大評価しがちなのだ。人間はすばらしい――さよう、すばらしいと考えることができるのは人間だけだからだ。(中略)だが、その超越自体が、人間的なものをまぬがれ得ないのではないか?」といった記述が至るところにちりばめられ、「人間的なもの」を中心に世界を解釈することへの警鐘が鳴らされる。その誤謬を逃れるためには、「世界」と「人類」を正確に表象することが必要だとする主張が展開される。小松にとっての〈人間〉という概念は、人々が互いを「過大評価」していくためのフィクションであり、排斥されていくべきものなのである。

この問題は、のちに万博の「実質的な演出者」となる加藤秀俊、川喜田二郎、川添登、小松左京が報告者として顔を揃えた共同研究「世界改造（あるいは寿限無計画）4　人類にとって教育とは何か——風来末雲来末問題——」（「文芸」昭和41年7月）でも主要課題になる。そこでは、「二十世紀も後半にはいった現在、われわれはなお、数多くの「神話」の中に生きている。「人間」についての神話、「民族」や「国家」についての神話、「正義とヒューマニズム」、「革命」や「進歩」や「大衆」や「芸術」の神話、ある面では「科学」や「学問」でさえ、神話化されてしまっている。人間はこういうもろもろの神話にもとづく「信念」——いわば神聖化されたカンにもとづいて何とか社会を運営してきた」といった会話が交わされ、〈人間〉は学問、科学、芸術などあらゆるものを神話化し、それを信じることによって、何とか遣りくりしながら生きてきたいう認識が示される。

だが、それに続く部分では、「探究的諸科学」の精密化、高度化により、「人間神話」のベールが剝がれつつあること、「いく重ものタブーの垣にかこまれた最後の聖域」である「「人間」のほのぐらい神殿」に光があてられつつあることが指摘され、次のような文章が挿入される。

——「人間の科学」はようやく成立しかかっている所である。精力的な探究による人類史の数々の発見、物理学の領域における、宇宙の姿の客観化、生物学における、発生学、生態学、生化学等のいちじるしい発展。一方においては、心理学をはじめとする、精神諸科学の発展、また、社会学、文化人類学などにおける、データの豊富化と、体系再編成の進行、さらに情報理論の飛躍的な発達etc……。／こういうあらゆる分野における科学的探究の巨大な歩みによって、やっと「人類」と「人間」の客観的な姿が、おぼろげながらうかび上ってきた所である。

ここでの〈人類〉は「科学」および「客観」といった言葉と一体化し、〈人間〉とは別のカテゴリーを構成している。〈人間〉という概念が、単体としての生命に焦点をあて、生物学、生態学、生化学、心理学などを駆使した解析的なアプローチから説明されるのに対して、〈人類〉は、宇宙、社会、文化といった領域、および、そこで交わされる情報の集積によってうかびあがってくるものと考えられている。

アポロ11号の月面着陸にはじまる宇宙ブームは、こうした〈人類〉的思考の隆盛に決定的な役割を果たしている。このとき、アームストロング船長が発した「一人の人間にとっては小さな歩みだが、人類にとっては巨大な跳躍だ」という言葉は、アポロ11号から送信される映像とともに多くの人々の心に刻まれ、宇宙からの視点というものを実感させた。直後の「朝日ジャーナル」に掲載された匿名記事「社会観察　月みれば……」（昭和44年8月3日）がその興奮を、

〝人類〟ということばは、まるでこの日のためにとっておかれたようだった。「一人の人間にとっては小さな歩みだが、人類にとっては巨大な跳躍だ」（月面第一声）／といった文句にもそれなりに実感がこもっているように聞えた。これまで、人類ということばは、生物学上の抽象的な観念にすぎなかったが、電波に乗って月から送られてきた二人の宇宙飛行士の姿は、生きた、具体的実在としての人類を感じさせたように思われた。／地球上に存在するのは、人種であり、種族であり、国民であり、市民であり、個々の人間でしかないが、地球をはなれて他の天体に降り立ったかれらは、類概念としての人類となる。つまり、地上では観念的存在でしかない人類が、天上ではうって変って実在性を獲得する。そんなふうに思われた。

と伝えているように、人々は、そこに人種、種族、国民、市民、そして個人すら超越する〈人類〉というものが存在することを視認したのである。

大阪万博はこうした高揚感のもとで開幕する。彼らの思考は、いかにして〈人類〉滅亡の危機を回避しうるかという課題に発展し、未来学ブームを巻き起こす。「さまざまな学問の境界を超えると同時にさまざまな国家、民族の境界を超えることによって、人類的規模での未来の可能性を探求すること」(「日本未来学会設立趣意書」昭和43年7月)を目的に発足した日本未来学会が、万博開催直後の昭和四五年四月に開催した国際未来学会(京都国際会館)、小松左京が中心となって世界各国のSF作家を集めて開催した「国際SFシンポジウム」(8月、東京・名古屋・大津)も、日本における未来学の定着を促す機会となる。シンポジウムの趣意書をまとめた小松は、そのなかで、

核ミサイル体制とアポロ月到着——皮肉にも、同じ原理の技術体系によってつくり出されたこの事態は、私たちの文明が、今やすべての面にわたって、まったく新しい思考の次元を採用する必要にせまられている事を、端的に示していると思います。数千年におよぶ農業文明時代の〈人間〉という概念にかわって〈生物としての人類〉という概念を、〈国〉や〈世界〉にかわって〈地球という名の惑星〉という概念を、すべてのものごとの判断の基礎にくみこまざるを得ないほど、私たちの科学技術文明は巨大化してしまいました。

と述べ、未来学が「全世界の多数のすぐれた知性が参加する、シリアスな学問領域」になりつつあると指摘するが、この文面からも、〈人類〉という概念の前景化とそれを支えるアカデミズムとしての未来学の癒着ぶり、あるいは、未来学という領域の開拓によってSFに予言者の地位が仮託されつつあったことがわかる。

万博とともに火が付いた〈人類〉滅亡論、〈人類〉の滅亡を回避するための世界連邦構想といった未来予測に関心が集まるにつれて、文化人類学者たちの言説からは、自らの存在意義やその暴力性を問い続ける姿勢がみら

れなくなる。(6)「核戦争は、戦争国の経済、社会、政治の構造を徹底的に破壊してしまうだろう。人口は減少し、工業や農業はわずかにおもかげをのこすだけになり、再興のために組織的にエネルギーをまかなうことはできなくなるであろう。必然的に、世界的規模の放射能汚染、疫病、生態学的な被害、さらには気候変化までもが起こって、生物圏の安定性をあまりに大きく乱すために、地球のいかなる場所においても人間が生き残ることができなくなってしまうかもしれない」（バリー・コモナー〔著〕／安部喜也・半谷高久〔訳〕『科学と人類の生存』昭和46年10月、講談社）、「人口の増加や原子力の開発などは、たしかに人類文化の飛躍的発展を象徴しているが、同時に望ましくない遺伝子の蓄積や、貧困、戦争、公害など、人類集団にとって不幸な結果をうむにいたっている」（埴原和郎『人類進化学入門』昭和47年8月、中公新書）、「戦争にもちいる兵器のうち、原子爆弾や毒ガスは突然変異の発生率をいちじるしく高め、その効果は子孫にまでもおよぶものである。（中略）われわれは子孫のために、人類の将来のために、突然変異荷重をできるだけ軽減するよう努力すべきである」（L・C・ダン〔著〕／柳沢嘉一郎〔訳〕『人間の多様性と進化』昭和47年11月、みすず書房）、「今日、人類は繁栄の絶頂にあると同時に致命的な退廃の方向に向かっているように見える。／はかり知れない自然の力が、人類に、滅亡か生存か、二つに一つの道を選ぶことをせまっている」（Paul S. Henshaw〔著〕／有坂利通〔訳〕『人類の明日　破滅かユートピアか』昭和48年10月、医歯薬出版）、「いろいろな解決を待っている難問題があるといいましたが、その一つは、もうここまでくれば、いままでもそして現状もなおそうでありますが、国単位の政治ということを乗りこえて、人類全体のために人類の政治をする機関が、必要だといえるでしょうね」（今西錦司『人類の進化史』昭和49年3月、ＰＨＰ研究所）といった煽動的な言説がもてはやされ、自然や環境と〈人類〉の営みを過剰なまでに対立させる論法が幅を利かせるようになる。過去から現在へと継承されてきた歴史、伝統、文化といったものを地道に調査するフィールドワークの思考よりも、来るべき未来を大胆に予測し、具体的な提言を行う学者たちの言説に多くの読者が魅了されていく。

このとき、ひとつの流行語として登場するのが〈宇宙船地球号〉というスローガンである。たとえば、泉靖一編『人類と文明』（昭和47年2月、東京大学出版会）に収録された「地上の眺め――国家の文化から世界の文化へ」という鼎談（泉靖一・今西錦司・梅棹忠夫）には、「宇宙船からの眺め」という項目がある。このなかで、「世界の中にはいって世界を見ようとするからウエットになる」ので、むしろ、「世界をはずれたところから見れば、はじめて世界というものは像として出てくる」と述べた今西に対して、梅棹は、「無国籍の立場」から新たなる地上を眺めることが必要だと応じている。(7)

また、小松左京、藤岡喜愛、梅棹忠夫、渡辺格が参加した「人類はどこまで行きつくか」（「文芸春秋」昭和48年1月）という座談会では、「ヒューマニズムにのっとって医学が進歩していきますとね、いままでなら自然淘汰されていたような老人や病人、それから劣悪な遺伝子をもった人などが非常にふえる。そうするとこんどは自己淘汰現象とでもいうんでしょうか、必ず大量死という現象がおこるだろう」という渡辺の発言を受けて、他のメンバーが、「小松説によると地球も生物だから、人間がふえすぎてこりゃかなわんと、身ぶるいかなんかしたら、人間はずいぶん少なくなる」（藤岡）、「日本なんかそれでここまできたんじゃないかと思う。天変地異があって人が減ると、「それ復興だ」ってものすごく元気になる」（小松）と談笑するなど、「劣悪な遺伝子をもった人」を「自然淘汰」することこそ〈宇宙船地球号〉が生き延びる唯一の方法であるとでもいいたげな、選民思想が展開されている。

もともと、このスローガンの根底には、政治、民族、宗教、経済格差による過去の対立・紛争を乗り越えようとする発想があった。コスモポリタニズムこそ〈人類〉が生き残る唯一の方法だという考え方が基本にあった。だが、遠い宇宙から〈人類〉を眺める視線を手に入れた彼らは、それを安直に〈未来学〉と接近させてしまった。その結果、〈宇宙船地球号〉というテーゼは極端な終末論と救済論に分裂し、その振れ幅の大きさで人々の耳目を集めるような虚仮脅《こけおど》しになってしまった。『戦争と万博』（平成17年2月、美術出版社）を書いた椹木野衣が、「大阪万博で提示された「未来」は、一定の時間を経た後に首尾よく風化したからノスタルジーになったわけではない。万博のために構成された当初から、それは一九六〇年代のSFイメージの再構成や、今世紀初頭の未来派やロシア・アヴァンギャルドの焼き直しでしかありえなかった。逆にいえば、どんなときでも、過去のイメージの再編集でしかありえないはずの「既知の未来」を、いかにして来るべき「未知の未来」として演出するかが、万博最大の課題であったといえるだろう」と指摘し、「大阪万博の「未来」は、それが提示された瞬間から、直後には廃墟化せざるをえない宿命を孕んでいた」と結論づけたように、その理念を支えた文化人類学者が提示した未来学は、その発想自体がすでに旧来のイメージを再構成したものにすぎなかった。

こうして登場した未来学、および、そこで志向されるコスモポリタニズムは、以下の点で危険な兆候を示していた。ひとつは、「われら地球族は、この宇宙船に乗りあわせ、生活を共にしている」（吉田忠雄『生と死の未来　人類はどこへ行くか』昭和47年4月、読売新聞社）、「この地球はわれわれ人類の貴重な住み家であり、われわれが十分な愛情をそそぐべき対象である」（バーバラ・ウォード、ルネ・デュボス〔著〕／人間環境ワーキンググループ、環境科学研究所〔訳〕『かけがえのない地球』昭和47年5月、日本総合出版機構）といった言説がもたらす全体主義の抑圧である。ひとたび「宇宙船地球号」に乗り合わせてしまったら、〈人間〉がいまだ対立と紛争に明け暮れていた時代の痕跡を忘れずにいること自体が罪になる。過去の記憶を告発的に語ることは〈宇宙船地球号〉の生存環境を破壊することにつながるからである。その意味で、ひとつの地球を謳うことは、加害者と被害者、侵略者と被侵略者、抑圧者と被抑圧者といった対立の枠組みに免罪符を与える働きをする。未来学がブームになる背景には、当時の政界や財界の積極的な支援があったとされているが、政治や経済との関係でいえば、そこには、社会主義・共産主義のイデオロギーを慎重に排除しながら、それらに代わる繁栄の道筋を検討する狙いもあっただろう。

第二の問題は、この時代の未来学が歴史性を著しく欠落させていた点である。夢のような理想世界を描くにせよ絶望的な破滅世界を描くにせよ、そこに登場する言説はひとつの結末からはじまり、その結末に至るためには（あるいは、至らぬためには）どうしなければならないか、という逆算型の語り口をとる。つまり、過去に学んでそれを糧とした未来像を構築していくのではなく、未来のある地点（結果）から現在（原因）へと時間を引き戻してくるような発想のなかで思考が組み立てられるのである。その意味で、同時代の未来学は、妄想としての未来（結果）から現在（原因）をふり返るような思考プロセスで組成された張りぼてに過ぎなかった。

第三の問題は、〈宇宙船地球号〉という考え方をする識者の多くが、自分自身をその乗組員のひとりとして勘定していないことである。これは宇宙から地球を俯瞰する視線においても同様だが、彼らが〈人類〉というとき、そこには、対象としての〈人類〉と距離をとってそれを眺める〈わたし〉という関係が固定化している。〈わたし〉は自分自身を望遠レンズとして地球全体から沸きあがってくる課題だけを引き受ける。そのとき、ひとりひとりの〈人間〉が抱えている困難は〈人類〉という名のもとに掻き消される。他者なるものを立ちあげていく想像力も必要とされなくなる。

〈人間〉が〈人類〉として括られていくことに違和感を抱き、「〈人類〉と〈にんげん〉のあいだ」（「思想の科学」臨時増刊号、昭和49年5月）という論考を書いた清水昭俊は、「最初から全人類を見渡せる地点へと飛翔することはできない。むしろそこにこそ、自己の属す文化や自己の経験を無反省に普遍化して押しつける、悪しき自民族中心主義に落ち込みやすい陥穽がある」と指摘したうえで、「異族の観察が「奪い」であるとしても、また互いに「奪い合う」ような相互性が当分は望みえないとしても、人は狭い「にんげん」の限定の中から異族を見始めるしか、方途はないであろう」と主張しているが、それは「人類の進歩と調和」というスローガンが人々を煙に撒いていた時代における稀有な問いかけであった。

3 〈人類〉と対峙する文学者たち

未来学の観点から〈人類〉の危機に迫ろうとする言説は、こうして、大阪万博を臨界点として広がり、同時代の文学にも様々な影響を与える。特に、計画の立案や各パビリオン企画の担当として直接関わった文学者たちの取り組みは、「ＳＦ的思考」を「一般に浸透させるきっかけ」（長山靖生『日本ＳＦ精神史』平成21年12月、河出ブックス）となり、文学表現の新たな可能性を拓くとともに、それを理解する読者を育てることにつながった。そこで、まずは文学者がどのようなかたちで大阪万博に参加していたかをおおまかに辿ってみることからはじめよう。

梅棹忠夫とともに万博の実質的なコンセプト作りに奔走し、サブ・テーマ委員、および、テーマ展示のサブ・プロデューサーなどを務めた小松左京についてはすでに詳述したが、それ以外の関係者は管見に入った限り以下の通りである。――日本館で上映された映画「日本と日本人」（制作・東宝）は総監督・市川崑、脚本・谷川俊太郎、音楽・山本直純という顔ぶれで製作されている。同じく、住友童話館のパピプッペ劇場では、市川崑が北海道の雪原で撮影したタンチョウヅルの映像と竹田人形座のあやつり人形をシンクロさせた童話劇「つる」（制作・デスクK、演出・市川崑、脚本・和田夏十）と、谷川俊太郎の創作劇「バンバの活躍」（音楽・山本直純）を第一部、第二部として上演した。「ゴジラ」シリーズを手がけた東宝のプロデューサー・田中友幸を総合プロデューサーとする三菱未来館は、星新一、福島正実、矢野徹、真鍋博らがプロジェクト・チームを組んだ。フジパン・ロボット館の展示プロデュース、三洋館のキャラクターデザイン、セイコー館のアニメ「おかしな一日」は手塚治虫と手塚プロダクションが担当した。鉄鋼館の舞台プランニングは千田是也が、自動車館の映像作品「1日240時間――物体としての人類に関する感傷的方程式」（企画・日本自動車工業会、製作・勅使河原宏プロダクション）では、安部公房が脚本を書き[8]、勅使河原宏が演出を務めた。ガス・パビリオンのプランニング・

ディレクターは福田恆存が担当し、自分の主宰劇団の製作した映像を披露した。みどり館の全天全周映画では、脚本／演出・秋山智弘、脚本・谷川俊太郎の「アストロラマ　誕生／前進」（制作・学研映画）が、住友童話館のテーマソング「バンパクワンパクマーチ」は和田誠が作曲を、井上ひさしが作詞を担当した。虹の塔（日本専売公社）で行われた煙のショーは、構成・演出／松山善三、音楽／團伊玖磨である。その他にも、テーマ委員として大佛次郎、桑原武夫、曽野綾子、武者小路実篤が、専門委員として大佛次郎、桑原武夫、曽野綾子、今日出海、團伊玖磨が、サブ・テーマ専門調査委員に開高健、小松左京が、モニターに安藤鶴夫、市川崑、木下順二、サトウハチロー、谷川俊太郎、土方定一、星新一らが名を連ねている。

ここでひとりひとりの活動記録や企画への関わり方を詳細に述べることはできないが、特に実作者として映像作品などの提供に関わった作家の多くは、万博のテーゼに囚われるあまり、ＳＦ的思考に対して、必要以上に従順になっているようにみえる。たとえば、安部公房の「１日２４０時間——物体としての人類に関する感傷的方程式」（上演時間20分）という映像ミュージカルなどはその典型である。ある科学者によって発明された、神経反応速度を十倍にするアクセレチンという薬をめぐるドタバタを描いたこの作品は、映画中央部、左右、上部に設置された四つの特殊スクリーンを駆使し、被写体のスクリーン移動や特殊効果によって観客を倒錯した世界に誘おうとする試みだった。

この作品の舞台は「現代の中の未来」と規定されている。加速剤を吸った者たちが猛烈な速度で動き回るにつれて、通常の時間感覚のなかで移行する世界はスローモーション化する。加速剤によって工場の生産効率は飛躍的にアップし、誰もが「自由の自由」を享受する。だが、やがて人々はこの加速剤なくしては過ごせなくなる。それぞれの画面では無数の手がうごめき、薬を奪い合う。登場する〈人間〉たちは、どれもこれも交換可能な部品的存在である。個性や感情は持ち合わせておらず、絶えず物体との戯れに興じている。だからこそ、自分の身体感覚を劇的に変えてくれる加速剤に溺れていく。「物体としての人類」が棲む未来は、限りなく無機質な刺激に支配されている。科学の向こう側に自己を投機した〈人間〉はこうして壊れていく。作者・安部公房が表現した世界は、特殊スクリーンの映像や音響がもたらす躍動的かつ幻惑的な効果とは裏腹に、滅亡と退廃の匂いを色濃く漂わせている。

万博という祝祭的な空間において、このような逆説的未来像を示した安部公房の戦略は、ある意味、啓示的であり、岡本太郎の思想につながる要素をもっていたといえるだろうが、ひとりひとりの人間存在の重みを限りなく矮小化し、なにやら得体の知れない蠢《うごめ》きのように表象している点で、文化人類学者が思い描いた〈人類〉的イメージを踏襲している。人類の終末を考えるためのきっかけを与えてはいるが、それに伴う痛みや苦悩はどこからも伝わってこない。安部公房の脚本は、子ども騙しのように明るく希望に溢れた未来を提供する他の企画に比して、圧倒的に優れた批評性を備えているが、そうした前衛の最前線ですら、万博という魔物のなかでは換骨奪胎されているということである。

こうした状況に強い拒絶反応を抱いたのが大江健三郎である。彼は「死滅する鯨とともに――わが'70年」(『鯨の死滅する日 全エッセイ集』昭和47年2月、文芸春秋)の冒頭に「終末観」という見出しを付し、「この年、万博というものがあった。未来の専門家であるはずなのに、終末観について考えるどころか、現体制の番犬じみた人々が、学者として協力し、およそ未来の見とおしの暗い農民たちが、そこへ団体でむれつどったという」と記したあと、皮肉たっぷりに、「未来学者とはなんだろうか？　かれらは、未来の政治体制を検討する、というようなタイプであるよりは、もっと哲学的、綜合的な思索者たちであるらしい。それでは、かれらが、この人類社会の終末について考える専門家たることは、おおいにありうることではないだろうか？／そのように早合点したぼくは、未来学者たちが、千里原の広大な竹藪を伐りひらいた空地に、かれらの終末観のイメージを、展開するのだろう、と思いこんだのであった」と述べる。そして、すぐさま取り壊しができるような「未来的建築資材」でできた建物の空しさ、「いかなる核保有国の見物客にもショックをあたえないように、あるかぎりの技術をこめて、あいまい化された」核兵器廃絶へのメッセージ、権力の代理人が選ぶ未来を唯一の現実として、反体制的な未来像を空想的、非科学的な領域へと退ける暴力性に強い憤りを表明したあと、次のような言葉を投げかける。

未来学者の、まともな先達のひとりとよぶにあたいするのではないかと思われるH・G・ウエルズは、人類の初期の文明に、人間の共同体はみられず、ひしめきあう群衆の密集体こそがあったと、いっているそうである。七〇年日本の万国博の大混雑ぶりのなかに、密集体をみず、地道に人間的につくりあげられた、それこそ真の意味あいでの「人類の進歩と調和」にみちた共同体がみられた、と強弁する人がいるとしたら、ぼくは誰であれ、わが国の「未来」学の協会の名誉会長にと、嫌悪をこめて推薦したいものである。

ここで大江が、慎重に言葉を選びながら「地道に人間的につくりあげられた」「共同体」という表現をしていることに注目したい。彼は、〈人間〉的なものから限りなく遊離したところにある〈人類〉という視点で世界を眺めることの危険性、「権力の代理人」が選ぶ未来像のいかがわしさを告発しつつ、そうした暴力装置と無邪気に戯れる未来学者の浅はかさを非難している。それは、海外メディアの取材に「未来なんていう言葉を聞くとゾッとする」と応じた岡本太郎の本音と鮮やかに踵《きびす》を接している。

また、当時、小松左京、星新一とともにSF小説の旗手と目されていた筒井康隆も、「人類の大不調和」（「プレイコミック」昭和45年5月23日、『馬は土曜に蒼ざめる』昭和45年7月、早川書房）という短編小説を書き、〈人類〉の大合唱を痛烈に皮肉っている。――この小説は、たまたま関西に取材で来た週刊誌記者の「おれ」が物見遊山で万博会場を訪ね歩くところからはじまる。ところが、最初にのぞいたアルジェリア館の前には、血を流した「本ものの、子供の死体」が横たわっている。ベトナムやアラブ連合が出展する「国際共同館」では粗末な藁葺き小屋のなかに銃声とうめき声が響いている。続いて入った「ソンミ村館」では、米兵がライフルで老人、女、子どもをみな殺しにしている（ベトナム戦争でアメリカ軍による大量虐殺事件が起こったソンミ村をモデルにしている――筆者注）。慌てて警備本部に駆けつけた「おれ」に向かって、担当者は「えらい事件が起った。きっと、反博派の連中の陰謀だ」といい、機動隊が「ソンミ村館」を強制的に取り壊すが、館のなかを見てみるとそこには誰もおらず、翌日も、翌々日も同じような「虐殺の実演」が繰り返される。

「ソンミ村館」の騒ぎはアメリカとの政治外交問題にまで発展し、日本政府の頭を悩ませるが、そんなとき、また新たに「ビアフラ館」（ナイジェリアのイボ族がビアフラ共和国として独立を宣言したことにともなう内戦をモデルにしている――筆者注）が出現し、そこから溢れでた「餓えたアフリカ人」が勝手にレストランの前で「恨めしそうに、物ほしそうに」たむろする事件が起る。その後、関係者としてインタビューに答えたことがきっかけで首相官邸に呼ばれた「おれ」は、「国家の一大事」に苦虫をかみ締める閣僚の前で、『破滅への二時間』というSF小説の寓話を語りはじめる。

あるとき、アメリカのB52爆撃機がソ連の「コトラス市」（スターリン時代に強制収容所があった都市――筆者注）を全滅させるために水爆を搭載して飛び立つ。ソ連の首相はアメリカ大統領に直通電話をかけ、「どういう賠償を支払ってくれるか」と問いただす。水爆が炸裂する前から、すでに賠償問題が動きはじめるのである。だが、それに対するアメリカ大統領の返答は、「コトラス市に匹敵するアメリカの都市」にひとつだけ水爆を落としてもよいという「許可」を与えることだった。「おれ」は、横柄な態度をとる閣僚に向かって、この選択こそが唯一の「解決策」だとし、「万博事件でいえば、外国の受けた精神的な傷に対しては、自国にも精神的な傷をあたえればいいわけです」と訴える。テキストの最後は、その提案を受けた日本政府が「南京大虐殺館」を建てるところで終わる。

このブラック・ユーモアは、いうまでもなく「人類の進歩と調和」という国家的スローガンの空虚さを痛烈に皮肉ったものだが、それと同時に、歴史の傷痕を封印したまま〈人類〉の共存を謳う人々の安直さ、暴力を暴力であがなうことによってしか維持できない秩序があるという事実から目を背けて、お気楽に平和を語る人々の身勝手さをも退けている。この頃、大江健三郎は『核時代の想像力』（昭和45年7月、新潮社）のなかで、「文学と科学の接点ということでもっとも通俗的にそれをさがせば、S・F、サイエンス・フィクションという分野があります。それは一般に未来の人類社会を設定する。たとえば二十五世紀の人類を仮に設定して、その文明は考えうる最高度に発達しているとします。しかし、そういう人間が、じつはまことに野蛮なところをもっている、というそうした逆転がしばしばS・Fにあらわれます。（中略）そういうふうに文明がもっとも進化した状態とも野蛮なる者の出現とを一緒にとらえて考える、そうした考えかたがS・Fの世界にみちびきこまれて、文明そのものの自己批判の役割を、ささやかながらも果しているとぼくは思うのです。その点でぼくはS・Fを評価しております」と述べ、文明の「進化」を「野蛮なる者の出現」として捉えるような反転機能にSF的想像力の可能性を見いだしているが、それは万博に対する筒井の姿勢を後方から支援するかたちになっている。

こうして、幾人かの作家たちは、万博と一定の距離を保ちながら〈人類〉という視点を相対化する試みを開始するわけだが、正面から痛烈な批判を浴びせた大江健三郎、ブラック・ユーモアの力でその浅薄さを皮肉ってみせた筒井康隆とは別に、宇宙からの視線からでは決して見ることのできない問題に肉迫し、生身の人間の叫びや呻《うめ》きを聴き取ろうとした作家のひとりに石牟礼道子がいる。

たとえば、万博が活況を呈していたちょうどその頃、「文芸春秋」（昭和45年8月）に「水俣・死民の故郷から」

を書いた石牟礼は、その冒頭に、水俣病の発症により「植物的生存」となって横たわる少女の写真を配置し、「自分は患者で、魂のなか人間になったと思うとったら、政府の役人のほうが魂のなか人間じゃった」という水俣方言のキャプションを入れる。「石牟礼道子」という筆名の脇には「作家・水俣市在住」という肩書きを記し、チッソ工場の廃液を原因とする水俣病という具体的・個別的な問題を「あいまい模糊とした〈公害〉という言葉の霧」で覆う思考に釘を刺す。

また、当時の政務次官・橋本龍太郎が、なけなしの金をはたいて厚生省までやってきた患者たちを居丈高に恫喝した出来事をふまえて、「橋本龍太郎などという男を、国民の前にれいれいしく厚生政務次官として立てた厚生省。その背後の日本国政府。および、積年にわたる患者たちの苦悩には、まったく無知のところにいて〝水俣病保障処理〟などというものをやってのけた〝三人の学識経験者〟たち」と糾弾しつつ、「学用患者」としてベッドに結わえつけられながら悶絶し、「いまわのきわ」まで「研究用映像として記録され」て死んでいった患者たちの姿に迫り、以下のような言葉を記す。

　井戸の水を貰えない地獄。店の品物を売ってもらえない地獄。子どもが、未発病の家の子どもたちと遊んでもらえない地獄。病人を隠しておく年月の地獄があった。／水俣病は治らない。／治らない地獄なのだ、水俣病は。／人びとは、家の中から指さす。因果はめぐり、指さした人間もやがて村の道に晒される。同じ病いで。村の病いは、もはや癒えない。水俣市の中に閉じこめられる。熊本県のはしっこに。東京から遠いところで。二十年近くも。／水俣病患者訴訟派二十九世帯とは、そのような村から出てきたのである。みずからが歩んだ歴史の惨酷さを、ばねにして。そのみずからの起点へ、いざりながら回帰してゆくために。

石牟礼における〈人間〉は、ひとりひとり違った顔をもつ固有の存在である。そこに生きる人々を育んできた「水俣」という土地もまた、固有の歴史と風土をもっている。そこにあるのは紛れもない「人間破壊」であって、〈人類〉の危機などではない。「無名の人間たちの中に埋蔵されている、深い叡智や愛や、慈悲や、慟哭を読みとる能力をもたない」権力者たちも、「植物的生存」を宣告され「生きながら解体しつつある」患者たちも、みな〈人間〉としてこの世界に痕跡を残している。文中には、もちろん万博に関する言及などどこにもないが、石牟礼が言葉に定着させようとしているものが万博的思考と完全な対を構成していることは間違いない。

そしてさらに重要なのは、これらの告発が紛れもない文学の表現として屹立していることである。この年、宇井純・高橋和巳・小田実・開高健が行った座談会「公害と人類の運命」(「人間として」昭和45年12月)の進行係と後記執筆を担当した開高健は、こうした石牟礼の文学を、「私は、現在、〝革命〟が——あるいは〝革命〟というコトバが——知識人にとって阿片の役を果たしていることが多いのではあるまいかとうたぐっている。石牟礼さんの『苦海浄土』を読むと阿片がひとかけらもなく、徹底的に常識で追及し、地虫のように這いまわり、それが鮮烈でもありしばしば豊饒でもある詩の閃きを生み、痛哭をにじませていて、異様な迫力を帯びている。企業犯罪を告発、追及するにはひたすら常識また常識の徹底的遂行以外にあるまいと思われる」と批評したうえで、「都市の住人には常識と非常識のけじめがつかない。光と闇がわからない。夜と昼がわからない。事物とコトバがわからない。産声と断末魔がわからない。おごそかに糾弾してすみやかに忘れる。発作として集中し、習慣として拡散する。あいまいに安心していられる。こう書きながらやっぱり私はすわったままでいる」と結んだが、この分類に即していえば、万博がもたらした〈人類〉という視点は、「都会の住人」の論理で世界を俯瞰することに他ならない。

こうして、大阪万博を境に、〈人類〉を問題化した文学と〈人間〉を問題化した文学は著しく乖離しつつ、それぞれが拮抗した緊張関係をはらむようになっていく。「広義の人類学は、一方で広義の「ナチュラル・ヒストリイ」を、他方で「人間の科学《サイエンスオブ・マン》」と接触していると思う。私をして、しばしば恍惚とさせるこの領域の最大の魅力は、「人間」という、近代までは、まことにこせこせした対象を、自然史と普遍科学という雄大なバックグラウンドの中にときはなってくれた事である」という小松左京の言葉（「「機械化人類学」の妄想」、「季刊人類学」昭和45年4月）に示される「恍惚」感のなかで、〈人間〉という「こせこせした対象」と訣別するか、それとも、自らの皮膚感覚を通してその「こせこせした対象」と付き合い続けていくかという問題は、以後の文学表現者たちにとって回避することのできない課題になっていくのである。

【注】

（1）参加国77カ国、4国際機関、1政庁、9州市。総入場者数六四二一万八七七〇人。

（2）地下の展示構想は、梅棹忠夫や泉靖一といった文化人類学者が中心となって準備が進められ、未来学に傾倒していた小松左京も地下部門のサブ・プロデューサーとして加わった。地上部門と〈生命の樹〉は映画美術監督・千葉和彦が担当し、空中部門を建築評論家・川添登を中心に黒川紀章、粟津潔などが担当したのに対して、地下部門のメンバーは、大阪万博の理念そのものを作成した学者たちが中心であり、その意味でも特徴が際立っている。地下部門担当者は、「世界民族学資料調査収集団」を結成し、関係者約二〇名（一二班）が世界中を駆け回って生活用品一二〇〇点、仮面五〇〇点、神像三〇〇点などを収集。本節の冒頭に述べた国立民族学博物館はこのとき収集したコレクションをもとに開館した。ちなみに、当時は、現在のような「民俗学」ではなく「民族学」と表記されることが多かった。

（3）ドイツの日刊新聞「DIE WELT」（昭和44年1月）に掲載されたコメント。引用は平野暁臣編著『岡本太郎と太陽の塔』（前出）より。

（4）直接の引用はしていないものの、岡本太郎関連資料に関しては大杉浩司「岡本太郎が人類に放ったメッセージ」（平野暁臣編著『岡本太郎と太陽の塔』前出）から多くを教えられている。

（5）「原爆展示」については、昭和四二年一〇月に開催された日本政府館出展懇談会で作家・有吉佐和子らが強く主張し、検討が進められた。翌年九月二七日に広島で開催された万国博常任理事会では、テーマ館「空中・進歩の世界」での原爆展示に関する内容が審議・承認されている。だが、開催直前の昭和四五年二月五日に開かれた政府の万国博推進本部会議で、「原爆展示」に使われている写真の「表現が生々しく悲惨すぎる」、「人物写真を出すのは人権侵害だ」といった意見が出され、結局、人物を建物の写真に差し替えるなど大幅な変更を余儀なくされた。ちなみに、この問題について小松左京は昭和四三年の段階で、「原爆、つまり核問題をストレートな形で取上げると、どうしても政治色の濃いものになりやすく、外国を刺激したり、国内の世論を対立させることになる。（中略）私たちはこの問題を政治的なものとしてではなく文明史の一つの事実として取上げたい」（「万国博に「原爆展示」」、「朝日新聞」夕刊、昭和43年9月27日）と述べている。

（6）大阪万博終了後、その理想を継承して活動したのは人類・環境研究会（昭和46年4月〜49年3月）である。東レ科学振興会の援助で継続されたこの研究会には、東畑精一、松本重治、今西錦司、加藤秀俊、藤井隆、笠井章弘、矢野一郎、田代茂樹が参加しており、その成果は『人類とその環境』（昭和49年11月、講談社）にまとめられている。

（7）『まぼろし万国博覧会』（平成10年7月、小学館）を書いた串間努は、日本が昭和一七年に開催を予定していた「大東亜共栄博覧会」の計画要綱に「大東亜共栄圏の確立を促進せんが為に、圏内諸邦の国土、資源、生産、交通、運輸、通信、文化等に関する総合的展示を行ない、善隣友好、経済提携の関係を固うし、恒久的共栄体制の樹立を期すると共に、我国精神の発揚に依る世界新秩序の建設に資し、兼ねて人類の福祉増進に貢献せん」と明記されていることを根拠に、「この頃から『人類』を意識していたことがわかる」と指摘している。また、その指摘をふまえた椹木野衣も、「大阪万博が打ち出した、あの極端なまでの未来志向・進歩崇拝は、かつて「満洲国」という傀儡国家で提唱された理想主義と、さまざまな点で一致する」（『戦争と万博』前出）と述べている。

（8）当初、安部公房は「パップ・ラップ・ヘップ——愛の法則」という脚本（二〇〇字詰原稿用紙84枚——筆者注）を準備していたが、この脚本による映画製作は見送られ、急遽、「1日240時間」が執筆された。

第三節　吉永小百合という記号——〈夢千代日記〉を読む

1　ドラマの誕生

早坂暁原作・脚本の「夢千代日記」は、ＮＨＫドラマ人間模様のひとつとして昭和五六年二月一五日から三月一五日まで五回連続で放送された。——夢千代こと永井左千子は、五年前に亡くなった母のあとを継いで、山陰の鄙《ひな》びた温泉場で芸者置屋「はる家」を営んでいる。だが、夢千代には周囲の人間たちに知られたくない秘密があった。彼女は、広島に投下された原子爆弾で胎内被曝したことが原因と思われる白血病を患っており、半年ごとに通っている神戸の医者からも「あと三年」の命と宣告されていたのである。テキストは、身体が病魔に蝕まれていく苦痛と恐怖に怯えながら、限られた時間を精一杯に生きようとする夢千代を中心に、それぞれが様々な事情をかかえる「はる家」の芸者衆、この街に流れ着いた人間たちが引き起こす事件を描いている。

また、「夢千代日記」というタイトルからもわかるように、テキスト内では、彼女の日記が重要な役割を担っており、視聴者はその日記が綴られる場面での独白＝ナレーションを通して彼女の本心に触れることになる。夢千代自身が、「わたしは、半年に一度ずつ、表日本の病院へ出むいております。わたしのつけている日記は、病床日記といいますか、毎日の体の工合をつけているものです。ですから、半年ごとに病院へ行くたびに、日記を病院へ置いてきます」と述べているように、それは原爆症の治療に役立てるための闘病日記として記されているわけだが、このナレーションには、いつも気丈にふるまう芸者・夢千代が左千子というひとりの女に戻る瞬間が託されており、その偏差がもたらす哀切感、および、語りの二重性にドラマの見どころがあるといってもよい。

「夢千代日記」は、放映当初から平均二〇％以上の高い視聴率を記録し、吉永小百合が演じる夢千代も幅広い層から支持されたため、ＮＨＫはシリーズ化を決定。翌、昭和五七年には「続・夢千代日記」（1月17日〜2月14日、連続5回）を、同五九年には「新・夢千代日記」（1月15日〜3月18日、連続10回）を放映する。また、昭和六〇年五月に東映が「夢千代日記」（監督・浦山桐郎、脚本・早坂暁、主演・吉永小百合）として映画化した際、テレビドラマでは慎重に回避されていた夢千代の死を描いたことで、シリーズとしての展開にひとつの完結性が与えられ、以後は多くの女優が舞台で夢千代役に挑んでいる(1)。したがって、本節では、テレビドラマ、映画、舞台を区別し、テレビドラマとして表現された「夢千代日記」、「続・夢千代日記」、「新・夢千代日記」三作を〈夢千代日記〉とよぶ。

〈夢千代日記〉を考えるとき、まず確認しておかなければならないことがある。それは、一般的なドラマが脚本をもとにキャスティングを決定していくのに対して、〈夢千代日記〉は、あらかじめ吉永小百合を主人公にすることが決まっており、彼女の身体性、および、イメージを最大限に活かしきることを目的に書かれているという点である。――吉永小百合から「（自分のために）何か書いてほしい」という申し出があったとき、早坂は、「小百合さんが芸者になったら綺麗だろうなあ」と思いつつ、「あんなに綺麗な人がただの芸者ではつまらない」という難しさも感じたという。だが、彼女が昭和二〇年生まれだと知った早坂は、とっさに自分の広島体験を想起し、それを投影した物語を書こうと決意する（「私の人生に重なる「夢千代」の姿」、「花も嵐も」昭和63年11月）。

2　早坂暁の原爆体験

昭和二〇年八月六日、一五歳の早坂は海軍兵学校予科生（同校最後となる七八期生――筆者注）として山口県防府市におり、「赤痢のようなものにかかって」病室に入れられていた（「被爆電車」、『へんろ曼荼羅』平成17年4月、創風社出版）。原子爆弾の炸裂から「数時間後」、兵学校に「ものすごい新型爆弾が広島に落ちたらしい」という第一報がもたらされる。翌日には物理の授業を担当していた教官から、その「新型爆弾」が原子爆弾であることを説明され、「どうやら、広島は消滅したらしい」（「雨の日が好き」、「ミセス」平3年9月）という噂をきく。

二週間後、敗戦により除隊となった早坂は、故郷の松山に帰るために貨物列車に乗りこみ、乗り換え地点となる広島駅で恐ろしい光景を目撃する。彼はその体験を、「昭和二十年八月二十三日の夜、何千、何万という死体から、暗く青い燐光が燃えていた。／原子爆弾が落ちたのは八月六日の朝。あれから十七日もたっているというのに、十数万人の遺体は懸命の収容、焼却にもかかわらず、まだ恐るべき廃墟のなかに数万人を残して放置されていたにちがいない。／だから、数万という燐光が燃えていたのだ。／列車が広島に着くずっと手前から、異様な臭いがボクたちの鼻腔に漂い、近づくにつれて耐えがたいほどの臭いが列車内に充満した。あれは数万の死者の、真夏による腐臭であったんだ」（「ピカドン」、『花へんろ風信帖』平成10年10月、新潮社）と記している。

だが、のちに実家に戻った早坂を待っていたのはさらに大きな衝撃だった。彼は、血のつながっていない妹の春子が、自分を訪ねるために防府に向かっていて、ちょうど原爆が炸裂したとき広島駅周辺にいたことを知る。この春子と自分との間にあった濃密な感情について、早坂はいくつかのエッセイに記しているので、ここではそのひとつを引用する。

——私が四歳のころ、家の前に赤ン坊の捨て子があった。遍路みちに面した商家であったわが家には、よく捨て子が置かれてある。一、二年して母親が引きとりに現れるのが常だけれど、春子の場合は、ちがった。三月に家に来たので春子と名をつけたのだが、結局わが家の子として育てたのである。／赤ン坊の時から、春子は私と一緒に寝て、末ッ子の私も可愛い妹ができたことが嬉しくて、ほんとうの兄妹のようにして大きくなった。／春子が捨て子であることは絶対の秘密で、店の者にも、近所の人にも念を押して隠し通してもらった。／戦争が激しくなって、私は海軍兵学校へ入校することになった。まだ戦場へ行くのではないが、空襲の激しい中で、長い別れが予想される。／「お兄ちゃん……」／春子は私のことを、そう呼んでいた。女学校に入ったばかりで、大柄で色の抜けるように白い綺麗な女学生であった。／「元気で帰って。死んだりしたら、いや」／母が私を呼んだ。／「お前は春子が好きかえ？」／私は春子が好きだったが、答えられない。／「ほんとに好きじゃったら、兄妹でないことを言うてやらにゃ、いけん」／「どうして？」／「あの子も、お前のことが好きらしい。ほんとに好きらしい」／「戦争で死ぬかもしれんのに、そんなこと……」／「死ぬかもしれんから、ちゃんとしとかにゃ、いけん」／私は、母にまかせて海軍兵学校に入校した。八月はじめに、春子が面談に来るという手紙をもらった。空襲の激しい時に面会などに来るなと手紙を出したが、入れちがいのようにして、春子は瀬戸内の連絡線で広島へ渡ったのだという。／「なぜ、春子を出したんだ」／私は帰郷してから、母をなじった。／「どうしても、あの子がお前に会いたいと言うて……。会うて、どうしても話したいことがあると言うもんだから……」／母は、春子が捨て子であることを話したそうだ。だから、お前はお兄ちゃんをほんとに好きになっても、ちっとも構わんと言ったんだそうだ。春子は、ひどく驚いて長い間母を見つめていたという。／「でも、春子は嬉しそうだった。お前のことをほんとに好きになってもええと分かって、ほんとに嬉しそうだったよ」／春子は私に何を告げたくて、空襲の激しい中を防府に向かったのか。／それっきり春子は帰ってこなかった。日付けからいって、どうやら春子は広島駅で防府に向かう列車を待っているうちに、八月六日の朝を迎えたにちがいなかった。／父も母も、広島へ春子をさがしに行ったが、数十万人の死傷者の中から、春子をさがしだすことはできなかった。

（早坂暁「時計は溶けて」、『へんろ曼荼羅』前出）

捨て子だった妹に愛情を注いで育てた家族。血のつながらない兄妹の間に芽生える恋心。生きて帰れるあてもない海軍兵学校への入校。戦争末期のどさくさに起因する手紙のすれ違い。そして、原爆投下の時刻に合わせたかのように広島に向かい行方不明になった妹……。この体験談は、それ自体がすでに濃密なドラマ性と鮮烈なカタルシスを備えている。ドラマがあまりにも見事に完結しているため、原爆の恐ろしさやひとりの人間の死がもたらす悲壮感がどこかに吹き飛ばされている印象すら受ける。

早坂自身もシナリオ作家となった自分の原点はこの出来事にあるという確信をもち、人間の哀感を届かなかった言葉＝空白のなかに閉じ込めるようなドラマを数多く創出してきた。早坂における原爆とは、その瞬間に起こった破壊・消滅を最大値として、都市が復興を果たしていくように人間の瑕《きず》が癒えていく忘却曲線上に置かれるのではなく、どんなに時間がたっても〈あのとき〉と〈いま〉が地続きのまま溶接されている状態、すなわち、〈あのとき〉から〈いま〉に至るすべてが原爆に規定されたまま宙吊りになっているような、対象化しえない記憶として認識されているのである。前述のエッセイに付けられた「時計は溶けて」というタイトルはその隠喩に他ならない。

また、「夢千代日記」、「続・夢千代日記」を書いたあと、早坂は胃を切って静養しているとき心筋梗塞の発作にみまわれたうえ、末期胆嚢ガンの宣告も受ける。手術を経て、一ヶ月のちに胆嚢ガンは誤診だったことが判明するが、彼はこのとき、「死に直面する恐怖以上に、命あるすべてのものへのいとおしさを痛いほど知った」（「現代人物誌」、「朝日新聞」夕刊、平成3年5月30日）という。

その証拠に、〈夢千代日記〉を細かく見ていくと、闘病後に書かれた「新・夢千代日記」では、原爆というモチーフはもちろんのこと、人間の〈死〉そのものを思索的に表現しようとする意図が明確になっている。前二作では、あくまでも胎内被曝による白血病の発症という現在性の問題として原爆が語られているのに対し、「新・夢千代日記」では、夢千代に広島の爆心地を歩かせるとともに、母が被爆した瞬間を「モノクロームの世界」として現出させたり、付添い看護婦として数多くの原爆症患者を看取ってきた母の友人・玉子を歴史の証言者として登場させたりして、過去の惨状に肉迫しようとする描き方をしている。

こうした創作の背景をふまえたうえで、本節では、「夢千代日記」、「続・夢千代日記」に描かれた諸要素を整理したうえで、特に「新・夢千代日記」の分析に重点を置き、ドラマの創作という方法によって〈あのとき〉静止した時間をあらためて動かそうとしてきた早坂の原爆に対する認識を明らかにしたい。

3　ギミックとしての胎内被曝と白血病

〈夢千代日記〉には、被爆者／被曝者を可哀想なヒロイン＝庇護されるべき対象として一方的に祀りあげるような力学が働いていない。また、原爆症に蝕まれた被曝者が芸者として働いているという設定も、それ以前のテレビドラマが描いてきたステレオタイプな被爆者／被曝者とは一線を画している。美しい女しか演じることができない女優・吉永小百合をヒロインに据えることが前提だったとはいえ、それは大きな賭けでもあったと思われる。

たとえば、自らも被爆者である平和運動家・伊東壮が『被爆の思想と運動――被爆者援護法のために』（昭和50年7月、新評論）のなかで、「現実に何らかの身体障害をもつ人は全被爆者の九〇％に及んでいる。そして彼らの身体的欠陥の訴えは、戦後一五年間絶えることなく継続し、しかもその種類も極めていろいろなものにわたっている。すなわち、しばしばジャーナリズムが喧伝する白血病、ケロイドは無論のこと、癌、肝臓機能障害、貧血、白内障、健忘症、そして最も多いのは、たとえ自分の家族でも非被爆者には到底理解できないような強度の疲労感、倦怠感である」と指摘したように、被爆者／被曝者の苦しみは、それが自分以外の誰にも理解しえないものであると感じられる点において深刻さの度合いを増す。また、当時の調査をみても、白血病や癌の発症例は急増しており、そうしたデータが開示されるたびに彼らはいいようのない不安に陥ったようである。(2)

だが、それはあくまでも被爆者／被曝者の問題であって、一般社会に広く共有されていたとはいいがたい。その証拠に、たとえば、作家・椎名麟三は「白血病の責任」（「読売新聞」夕刊、昭和34年3月3日）というエッセイで、

あの恐ろしい白血病が、私たちの知らない間に着実に増えて来ているというあまりうれしくない話を聞いた。医者から聞いたといって友人が私に話してくれたのである。真偽のほどは知らないが、さもあろうという気のする話である。すべての白血病が、あの原水爆実験のためだとはいえないが、しかし、何万カウントも放射能のある雨やら灰やらが何度も降っているのであるから、人のうわさは七十五日式にそのときどきの新聞報道だけで消え去ってしまっている性質のものではないだろうと容易に想像できるからである。／そのとき私と友人は、ひょっとするとおたがいにもう白血病にかかっているのかも知れないといって笑いあったが、もちろん私たちがそういって笑いあったのは、恐ろしい気がしたからだ。全くニキビ患者がふえはじめているというようなユーモラスな話ではないからである。それだのにその後の死の灰や放射能雨の国民に対する影響について、政府が研究や調査の機関を設けているとも聞かないし（中略）ジャーナリズムもこのような問題にはあまり興味をもたないようなのだ。その原因は、その恐怖が一般的な性質をもちすぎ、そのせまり方があまりに着実すぎるという点にあるのかも知れない。

と述べている。原水爆実験によって雨や灰に含まれる放射能を気にするばかりか、友人から聞いた「うわさ」を根拠に白血病患者が増えているのではないかと類推し、政府やジャーナリズムの怠慢によって社会不安が増幅していると罵るこのエッセイは、いたずらに白血病の「恐怖」を煽るだけの危険きわまりない文章である。また、この文章を書いている椎名麟三には、実際の被爆者／被曝者たちがどのような苦痛・不安のなかで生活しているかという点に関する想像力が決定的に欠落している。彼の無責任な「恐怖」が「一般的な性質」へと還元された瞬間から、被爆者／被曝者の固有性、被爆者／被曝者として生きることの苦痛・不安は雲散霧消し、「死の灰や放射能雨」に怯える気持ちと同じものに変換されてしまうのである。

　ドラマや映画のような大衆の娯楽に供することを目的とするメディアの場合、より多くの視聴者・観客を獲得するために、こうした、特殊から一般への還元、すなわち、ある特定の人間だけが不条理に苦しめられている状況を「国民」全体の苦しみであるかのように拡散させていく方法が積極的に用いられる。たとえば、被爆者／被曝者が置かれている状況に迫る作品を制作するにしても、それを当事者にしか分かりえない苦しみとして描いたのでは感情移入が果たせないため、逆に、悲惨さを表現するのに最も効果的な要素は何か、という観点からの典型化がなされていく。

　その常套的な方法のひとつは、当事者を画面から排除し、第三者の報告として彼らの生死を語ってしまうやりかたである。また、原爆投下直後の写真や映像と組み合わせた連鎖劇的な演出や特撮技術によって過去を再現し、そのリアリティによって被爆／被曝の恐怖を表現する手法もよく用いられる（「新・夢千代日記」にもそうしたシーンが登場する）。映像世界では、いわれのない蔑視や差別が助長される可能性があることを理由に、マンガや活字の世界で頻繁にみかけるケロイドや脱毛をはじめとした外的症状がものの見ごとに捨象されてしまう。誤解を恐れずにいえば、フィクションの領域においてケロイド状に焼け爛《ただ》れた皮膚を体現するのはゴジラの役目であり、生身の人間＝役者がそうした特殊メイキャップで画面に登場することは回避しなければならないという暗黙の合意があり、その脆弱な善意によって、当事者自身の〈顔〉と〈声〉は画面の後景へと追いやられてきたのである。〈夢千代日記〉シリーズにおいて早坂がめざしたものは、そうした当事者の〈顔〉や〈声〉を奪還することだった。そして、その目的を遂行するために彼が用いた力わざこそ、胎内被曝であり白血病だった。第一作の「夢千代日記」には、夢千代の被曝体験が次のように描写されている。

　夢千代、体の工合が悪く、布団を敷いて寝ている。
夢千代の声「わたしの病気は白血病です。……三十五年前、広島でピカドンの光をあびたせいです。でも、
わたしはピカドンの光を見ていません。……母の胎内にいたのです」
原爆の閃光
夢千代の声「三十五年前、母の胎内にいて、見えるはずのなかったピカドンの閃光が、目をとじると、見えるのです」
原爆の閃光
夢千代「あ……」
　小さく声を出して、目をあける。
夢千代の声「わたしの母は明るい太陽をもとめて、太陽よりもまぶしい光を全身にあびて帰ってきたのです」

また、第二作「続・夢千代日記」になると、それがさらに白血病の発症と重ね合わされ、

夢千代「……わたしは白血病だったの」
俊子「白血病……」
夢千代「血液の癌ね……」
俊子「………」
夢千代「なぜ、私がそんな恐しい病気を持っているのか、そのわけは、母から聞かされたわ。……この部屋よ」
　母の写真がある。
夢千代「……私の母はね、広島でピカに会った」
俊子「ピカ?!」
夢千代「原爆」
俊子「原爆……」
夢千代「わたしは、その時、お母さんのおなかの中にいたの」

という描写になっていく。「続・夢千代日記」では、この場面に続いて、「原爆のすさまじい閃光／純白の画面が続く中で、女の悲鳴が遠く、かぼそく響いている。その純白の中から、芸者の顔がゆっくりうかびあがる」というト書きが入る場面もあり、彼女が〈かつて〉体験した胎内被曝と〈いま〉罹っている白血病が接続されるわけだが、ここで注目したいのは、二度にわたって反復される「純白」という言葉である。その「純白」の画面から浮かびあがるのは、もちろん、白粉で覆われた芸者・夢千代の顔であり、彼女の純粋無垢な人間性を喚起させることになるだろうが、ここでの台詞廻しをみると、そのト書きは明らかに「白血病」の「白」とも入り混じり、あたかもこの病気が清らかで美しい衰弱であるかのような印象を与える。
胎内被曝という設定は、夢千代が「原爆のすさまじい閃光」を直接的には浴びていないという事実の証左にもなり、傍目には原爆症を発症しているようには見えないというテキスト内の黙約事項に担保を与えることになる。それは、芸者として生きていくための必須要件である容姿の商品的価値と、被曝者として表象されるための必須要件である原爆症の発症という矛盾を同時に引き受けるために考案されたギミック（gimmic＝ドラマ、映画、小説などに用いられる仕掛け、意匠、特殊効果）なのである。

また、同様のことは白血病それ自体にもいえる。田山力也が「純愛映画と白血病と不倫の苦悩」（「シナリオ」昭和46年5月）のなかで、同時代に大ヒットした映画「ある愛の詩」に言及し、「白血病の少女が死んで行くのを、観客の紅涙しぼるためのダシに使うなどというのも、私にはカチンとくる」と指摘するように、この病気がドラマや映画に登場する場合、それを患うのは圧倒的に「少女」（または妙齢の女性）であり、ギミックとしての白血病は、かつて山口百恵が演じたテレビドラマ「赤い疑惑」から近年の「世界の中心で、愛をさけぶ」に至るまで飽くことなく反復されてきた。夏目雅子や本田美奈子といった白血病で亡くなった芸能人を偲ぶ言説や映像のなかで構成される美しく果敢ない女性イメージにも、それは間違いなく投影されている。

白血病は一般的に血液の癌と称されるが、他の臓器癌と違い早期癌／進行癌といった区別がなく、突然の病状悪化といった予測できない展開をみせる。身体にメスを入れて悪性腫瘍を切除することがないばかりか、初期の段階では身体のどこかが痛んだり急激に痩せたりするような症状もみられない。その一方で、小児や若年層にも多い病気である。また、感染症を防ぐためのクリーンルームでの闘病、貧血による透き通った白い肌といったイメージが美人薄命の幻想と結びついて過剰なドラマ性を演出する側面もある。

もちろん、このようにして白血病を安易なギミックに仕立てることに対しては痛烈な批判もある。先述した田山力也などは同じ文章で、図らずも吉永小百合という固有名詞を登場させるかたちで、「土本典昭の記録映画『水俣』のように、ほんとに病気と四っに取組んだ作品には私といえども感動するが、病気をダシにした純愛映画は、吉永小百合の『愛と死のかたみに』いらいヘドをもよおす」とさえ述べている。

また、胎内被曝に起因して白血病が発症するというプロットが、科学的な根拠をもっているとはいえないことを認識しつつ、ドラマの効果をあげるためにそれをギミックとして用いることに対しては一定の理解を示す立場もある。その代表格が「胎内被曝と癌—映画「夢千代日記」より——胎児期放射線被曝による潜在性発癌損傷」(「医学のあゆみ」VOL152、平成2年1月)を書いた大阪大学医学部放射線基礎医学教室の野村大成である。野村は、映画「夢千代日記」が公開された際、有識者のあいだで大きな批判が巻き起こったことに注目し、胎内被曝と癌、白血病の関連性に関する最新の研究データを照合したうえで以下のような論理を展開している。

4年ほど前、このような美しい女性(冒頭に映画「夢千代日記」の一場面の写真を配置し、「吉永小百合が白血病に侵された女性の美しくもかなしい物語を見事に演じている」というキャプションを付けている——筆者注)をモデルにした映画が大ヒットした。映画のパンフレットにはつぎのように書かれている。「雪深い山陰の温泉町、湯の里で、夢千代は母から受け継いだ芸者置屋でひっそりと生きていた。もうひとつ夢千代が母から受け継いだものがあった。それは、原爆症である白血病で、神戸の大学病院で後半年の命と宣告されていました」。ところが、筆者が夢千代をはじめて知ったのは、新聞紙上であった。「映画はまちがっている。胎内被曝(子宮内被曝：母親が妊娠中に被曝すること)で癌は発生しない」と、学者たちがよってたかって非難していた。なぜなのか。／当時、ヒトでは2つの資料があった。ひとつはStewartやMacMahonらによって、独立して調べられたもので、妊娠中に胎児のX線診断を受けた母親から生まれた子供には、そうでない場合よりも、小児癌、とくに白血病の発生率が40％近く増加しているという報告で、現在でもこの報告の真偽について国連科学委などで激論がかわされている。ところが、もっと強力に放射線をあび、より正確な調査のなされている広島・長崎で被爆した妊婦の子供には白血病も含めて癌はまったく増えていなかった。したがって、あのような非難の記事が載ったのである。幼児期被曝者に白血病（0～9歳時被曝者では、白血病は実に非被曝者の17倍以上、ほかの癌は2倍強）が高率に発生しているのと対照的である。／実験動物においても、胎内被曝によっては、白血病はおろかほかの癌もほとんど発生しない。（中略）／最近、広島長崎の胎内被曝者の新しい調査結果が発表された。胎内被曝者1，630人中18人に癌が発生している。すなわち、非被曝者の約4倍の頻度である。しかもそのうち14例が成人型の癌（胃癌、乳癌、子宮癌、甲状腺癌ほか）であり、白血病は2例のみであった。被爆後40数年を経て胎内被曝者は癌年齢に達したわけで、急速にその発生率が増加するものと思われる。／胎内被曝で白血病になったという点では「夢千代日記」はすこしまちがっていたかもしれない。しかし、もう一度この美しい人をみてください。吉永小百合が白血病に侵されたほのかな命を、なんとかしてあげようと手をさしのべたくなるような美しさで演じている。かつて肺結核がそうであったように、古今東西、否、国内外を問わず、いまや白血病は美人のわずらう病気の代表となっている。アメリカで大ヒットした〝Love story〟のヒロインもやはり白血病であった。「夢千代日記」では、白血病が不治の病とされてきた〝癌〟の代名詞として使われたものである。この美しいシーンはほかの癌ではなりたたない。そこで当時，被爆後40年もたっていないのに、胎内被曝では癌は発生しないと主張しつづけた学者たちへひとことといわなければならない。／〝negative date are not conclusive.〟（引用に際し句読点の表記を変更している――筆者注）

野村の主張は〝negative date are not conclusive.〟という一節に集約されている。胎内被曝による白血病の発症というプロットそのものは「すこしまちがっていたかもしれない」が、それ以上に大切なのは、「ほのかな命を、なんとかしてあげようと手をさしのべたくなるような美しさ」をドラマで表現することであり、その「美しいシーン」を撮るための必然として用いるのであれば、それをもって「conclusive」（決定的な）欠点ということはできないという立場である。

早坂自身がこの問題に言及したことはないが、野村の主張が、結果的に早坂の本意を代弁していることは間違いないだろう。この脚本を書く以前から、原爆にまつわる数々のドキュメントやドラマを制作し、被爆体験者たちが書いた絵を広島平和文化センターに収蔵するための活動に率先して取り組んでいた早坂は、自身の主治医がひそかに保存していた『原子爆弾ニ依ル広島戦災医学的調査報告』（旧陸軍省が被爆直後の広島市に派遣した広島災害調査班と広島戦災調査班の報告書）のカルテをはじめとした多くの原爆関連資料に目を通し、生き残った人々の証言に接している。原爆災害調査委員会（ＡＢＣＣ）がまとめた広島・長崎での胎内被曝者に関する追跡調査に関しても、その公開を積極的に求めている。したがって、彼が無知や誤解によってこのような事実誤認をしたとは考えにくい。好意的に解釈すれば、彼はいまなお闘病を続ける被曝者を画面の中心に置き続けるためのギミックとして、敢えて科学的には立証されていない問題に踏み込んだのであり、胎内被曝・白血病・吉永小百合という三要素による「美しいシーン」を構成したことで、視聴者たちがその「ほのかな命」に「手をさしのべたくなる」状況を作りだしたのである。

この方法に対して賛否両論の意見が交わされるのは健全なことだし、当事者である被曝者がそれをどのように受けとめたのかという視点も疎《おろそ》かにはできない。また、こうした通俗的なドラマに仕立てあげられることで、当事者にしか分かりえない苦しみが安易な涙に転化されていった面もあるだろう。だが、その一方で、〈夢千代日記〉がそれまでのドラマや映画とは決定的に違うかたちで原爆投下から数十年後における被曝者の生活を描きだしたことは事実であり、ひとつの瑕疵《かし》をもって作品全体を否定することはできない。早坂は、ある雑誌のインタビューで、「非常に上手に嘘をつくなんていうのも、才能のひとつなわけです。僕も小さい時から、空想癖があって嘘をつくの上手でしたね。親には叱られたけど。嘘が上手ければいいってわけじゃないんだけど（笑）イマジネーションとか、そういう創作の才能がなければ、まずプロにはなれないです」（早坂暁「脚本はあたかも人生のように……」、「シナリオ」昭和60年10月）と答え、ドラマの世界では「非常に上手に嘘をつく」ことも「才能」のひとつだと語っているが、胎内被曝に起因する白血病という〈夢千代日記〉のコンセプトもまた、そうした意識的な戦略として用いられたものだろう(3)。

4　「裏日本」の地政学

〈夢千代日記〉が放映されたNHKドラマ人間模様は、昭和四一年にシリーズ人間模様（木曜夜10時台）として始まり、二年後、日曜夜の放送に変わった際、同タイトルに変更された。担当ディレクターのひとりである深町幸男は、「社会や人生の断面を切り取り、人間の生き方を深い視点で捉えよう」というコンセプトで制作に携わり、批評家からも「人間の心の機微を見据え、さりげないカットを積み上げる静的で、叙情的な作風」（鈴木嘉一「人間の心の機微を掘り下げる「深町調」」、「放送文化」平成12年1月）と評価されている。また、深町自身も、ジェームス三木とのインタビュー対談のなかで、「現代の〝雪国〟を創ってみようという話からだんだん構成されていったんです」（「作家の書いた脚本そのままを表現したい……」、「ドラマ」昭和56年9月）と語っており、放送サイドとしては、「人間の生き方」、「人間の心の機微」に重点を置いた「叙情的」なドラマに仕上げようという狙いがあったことがわかる。夢千代は『雪国』の駒子であり、舞台は駒子の棲む閉塞的な空間でなければならなかったのである。

　だが、構想段階から吉永小百合、芸者、原爆という三要素の結合を企んでいた早坂にとって、そうしたコンセプトに応えていくことは、それほど易しいことではなかった。駒子は健康でみずみずしい肉体を所有しており、島村はその肉体からほとばしる情の深さに惹かれていくわけだが、原爆症を患う芸者という設定では、彼女が何らかの病的症状に苦しむ様子を描かざるをえず、『雪国』のような「叙情性」を表現することは困難になるからである。早坂はのちにインタビューのなかで、「一度は独立プロで映画をつくろうというようなこともありました。テレビでもいろいろ機会はあったのですが、声高かに原爆はいけないと叫ぶんじゃなくて、むきになって原爆に抗議するのとはちがった、もっと丸味のある、心にしみるようなストーリーのドラマがつくれないものかなあと思いながら、なかなかこれというかたちが思い浮かばなくて、ずっと気になっていたんですよね。そういう気持ちのうえの借りを、やっと『夢千代』で返せたように思います」（インタビュー「TVから映画へ——創作の過程を語る」、「シネ・フロント」昭和60年6月）と答えているが、「一度は独立プロで映画をつくろうというようなこともありました」という云い方そのものに、テレビドラマという制約のなかで原爆を表象することの難しさがあらわれている。

　そこで早坂は、トンネルのこちら側と向こう側というかたちで隔てられた「雪国」の世界を地政学的に援用し、明るく活気に充ちた「表日本」とそこから取り残されていく「裏日本」という図式を設定した。「表日本」での生活に挫折した人間が帰ってくる場所、すなわち、繁栄・変貌する〈陽〉の世界に対する停滞・持続する〈陰〉の世界としての「裏日本」を象徴化させるために、交通の難所として知られる余部鉄橋を結界とし、それを越えたところにある小さな温泉街を舞台に選んだ。彼はその設定について次のように語っている。

山陰のひなびた温泉町の芸者衆の話なんです。図式的に言うと、裏日本――(今、放送ではウラと言えないんですが)今年の冬見てもわかるようにドカ雪が降って、ものすごい。表日本はいつも晴れてる。大した山じゃないんだけど、あの山のおかげで明暗がハッキリしている。僕は表日本の松山の人間ですけど、裏に住んでたら耐えがたいと思うのね。日本全体が雪が降るのならいいですよ。毎日の天気予報でも、日本海側は雪で、太平洋側はよく晴れています……と出てくるわけです。やっぱり、表日本が繁栄して、それの労働力として裏日本のほうが供給している……。/表(おもて)行けば、太陽が照ってるよというので、山を越えて来る。そこでうまくいくかというと、うまくいかないほうが多い。そこでまた帰っていく。表日本の高度成長でいろんなものは得たんだけども、又、失われたものも多いわけですよね。山陰のある町で、それを失わずに残ってる人たちの、戦後日本が失ったようなものを描きたいなあと思ったんです。/あの山越えると天気がいいんだよね、って言いながら、越えられないままの人間、越えてまた帰ってくる人間、それを、芸者という特殊な感覚で描きたいなというのがミソなんですけどね。だから、皆んな挫折した人たちばかりが集まってるわけです。

(インタビュー「戦後日本の失ったものとウラに生きる人々」、「ドラマ」昭和56年1月)

表日本/裏日本という視線はテキストの細部にまで張り巡らされ、登場人物たちの日常会話でも、「……市駒が表日本のほうで事件をおこしたて、ほんとかいね」(「夢千代日記」)、「東京やら、表日本に出稼ぎに行っとるうち、競輪をおぼえたらしいな。いやになる程、聞いた話だ」(「続・夢千代日記」)というふうに、人間を堕落させる「表日本」というメッセージが至るところに散りばめられている。また、三作それぞれの冒頭場面は「表日本」の神戸で診察を受けた夢千代が「裏日本」に戻ってくるシーンから始まるし、酒宴の場で芸者たちが十八番とする地元の「貝殻節」には、「なにが因果で　貝殻漕ろた　色は黒くなる　身は細る」という歌詞があり、テキストの基調低音をかたちづくっている。「夢千代日記」において、ある事件の捜査を続ける刑事が夢千代の不可解な行動を理解する場面での、「そうか癌だったのか。いや、夢千代さんがね。半年に一ぺん、汽車に乗って、表日本の方へ出かけるのが、ほんとに謎だったんですよ。きっと男がいて、その男に会いにいくんだろう。そうわれわれは噂しとったんです」という台詞が象徴しているように、このテキストでは、「表日本」の煌びやかで刺激的な世界と、「裏日本」で過酷な自然を相手に身を粉にして働き続ける人々の暮らしがことさら対照され、テキストの展開とともに、傷ついた人間がひっそりと身を潜めて生きる場所としての「裏日本」の温泉場が濃密な空間性を発揮するようになるのである。

ただし、早坂はそんな「挫折した人たちばかり」が集まる〈陰〉の領域を慈しみつつも、ただ単純に質素で善良な人間たちのやさしさが溢れているかのようには描かない。「戦後日本が失ったようなもの」を護り続けるということは、ある意味で、強固な因習や排他性が維持されているということであり、自分たちの暮らしを脅かす存在は容赦なく排除する閉塞空間としての側面もあるからである。〈夢千代日記〉には、その風土に由来する暗いエピソードも数多く挿入されているが、ここでは、そのなかから象徴的な場面を紹介したい。

ひとつは、かつて左千子と結婚を誓い合った泰男が、なぜ彼女と別れたのかとなじる母親に言い訳する場面である。そこには次のような会話がある。

泰江「こんなところに住むのは厭だ、そういって、はる家の左千子さんと東京へ行ってしまったじゃないですか」
泰男「あの時は、あの時だよ。……いろんなことがあったし」
泰江「そうね、結婚するはずだった左千子さんが独りで帰ってきた。……なにがあったのか、母さんにはわ

からないけど、左千子さんが挨拶にきて、わたしは泰男さんとは結婚できる体ではありません、それで
帰ってきました……」
泰男「ああ、そうだよ、それだけのことだよ」
泰江「それだけの?!」
泰男「だって、そうだろ、子供が産めないような体じゃ、一緒になれるわけないじゃないか」
泰江「それは夢千代さんの……左千子さんのせいじゃないでしょ」
泰男「じゃ、誰のせいだよ」
泰江「………」

若いふたりは「裏日本」での生活に嫌気がさし、「表日本」の中心である東京に飛びだした。東京に行けば自由になれると信じていた。だが、いざ一緒になろうと考えたとき、自分たちが必ずしも自由な存在ではないことに気づかされる。ここで泰男が口にする「子供が産めないような体」とは、病気で衰弱しているから子どもが産めないという意味ではなく、被曝した母胎だから子どもを産むわけにはいかないというニュアンスを含んでいる[4]。そこには、井伏鱒二の『黒い雨』[5]をはじめ、数多くの原爆文学のなかで繰り返されてきた被爆者／被曝者の結婚差別の問題と同時に、被爆者／被曝者の女性からはどんな障害をもった子どもが生まれるか分からないという偏見に基づく遺伝差別が加わっているのである。

だが、ここで左千子が選択したのは、ひとりで「裏日本」に戻って、みずから「わたしは泰男さんとは結婚できる体ではありません」と宣言することだった。――こうした左千子の言動を差別や偏見に対する敗北的な態度と決めつけることは簡単だが、ここで大事なのは、彼女が外圧に屈してそれを受け容れたのではなく、自分自身

の判断でひとり立ちする決意をしている点ではないだろうか。誰からも詳しい事情を問われたりしない東京で暮らすのではなく、誰彼となく自分のことを噂するであろう「裏日本」の温泉場に戻って生きてきた左千子は、沈黙というかたちで不条理と闘っているのである。八住利雄は「シナリオ時評　早坂暁「夢千代日記」」（「シナリオ」昭和60年7月）のなかで、旧ソ連の劇作家A・M・ガーリンの「私が書く意欲をそそられるのは、人間が何について語るかではなく、何について沈黙するかです」という言葉を引用しつつ、早坂の個性もまたそこにあると指摘しているが、「沈黙」の思想は夢千代のなかにしっかり息づいているといえるだろう。

　磁場としての「裏日本」に焦点をあてる描き方は、「新・夢千代日記」に至ってさらに前景化する。そこでは、明治末期に「西の啄木」といわれた歌人・前田純孝の晩年がサブ・プロットとして描かれ、病魔に蝕まれて山陰の故郷に帰ったにもかかわらず継母から邪魔者扱いされ、シラミと吐血にまみれた布団のうえで死んでいく前田純孝と、白血病の昂進に苦しむ夢千代が一冊の歌集を介して共鳴し合う展開になっている（実際のドラマでは、現実の夢千代が恋に堕ちる記憶喪失のボクサー・タカオと前田純孝を、松田優作が二役で演じている――筆者注）。ここでの夢千代は、自らが日記の書き手として言葉を遺す存在であると同時に、自分の故郷で冷たくあしらわれ、孤独に死んでいく若き歌人の残した絶叫をしっかりと聴きとどける受け手でもある。

　たとえば、冒頭には「山一つ越えると、やはり空は鉛色になっている」という夢千代のナレーションに続いて、「つくづくに山陰の天《そら》は鉛にて　誰か明るき花を挿してよ」という歌が詠まれる。またその直後の場面では、ハンカチに「真紅の血」を滲ませながら故郷へと向かう前田純孝の姿が描写され、「病める者世に用はなしかくの如く　我は思へり汝も思ふや」という歌が続く。テキストの中盤には、歌集のなかに「骨は父に　肉は母にと返すとき　そこに残れる何物ありや」という歌を見つけた夢千代が、「私のようにもう治る見込みもない病いを抱いて、あの人は表日本から帰ってきたのです」と呟く場面があり、次のような光景が映しだされる。

海鳴りの聞える夕暮。

純孝の声「わが母は継母なり。わが実母は故あって遠くに住めり」

離れへの庭石を伝ってくる女がある。——下駄音がカタカタと鳴る。／離れの障子戸を少し開いた。／その隙間から、寝ている純孝の顔が見える。

純孝「………」

戸の隙間から、食膳が差し入れられた。／かゆと魚の干もの。——それだけの貧しい膳である。

純孝「母さん、悪いが寝巻を洗ってくれませんか」

戸がピシャンと音をたてて閉った。／下駄の音が、逃げるように遠ざかっていく。

純孝「肺病は早う死ねか……」

小さなガラス窓がある。／寝たまま外をみる純孝。


ここでの「裏日本」は、重病人が死ぬために帰ってくる故郷であると同時に、そんな瀕死の人間を徹底的に忌み嫌い、その存在そのものを隠蔽・抹消しようとする凶暴な世界でもある。恋人との結婚を諦めて「裏日本」に舞い戻り、いまは不治の病に侵されている夢千代もまた、前田純孝と同じ境遇にある。早坂が同書の「あとがき」に、「諸寄の家には、継母がいた。誰もが忌み嫌う業病とはいえ、純孝はロクな食事も与えられなかったようだ。（中略）／純孝は辛い日本海の一ト冬をすごし、明治四十四年九月に死んだ。血とシラミにまみれながら、それでも短歌をつくり続けている。吐血の歌といっていい。／悲しみが来て 骨かぢる その響うつす 即ちわが歌はなる ／私は、この忘れられた歌人と夢千代とを重ね合わせて『新・夢千代日記』を書いた。夢千代の病いも、不治の病である」と記したように、そこは「悲しみ」が集い、その「悲しみ」を唄として語り継いでいく場所なのである。

人間の欲望が渦巻き、様々な事件が繰り返される「表日本」と、閉塞的な環境のなかで声を押し殺すように淡々とした日常を送る「裏日本」という二項対立は、こうして「裏日本」の生活における更なる両義性を示すことで入れ子構造を明確にする。傷ついた人間や挫折した人間を温かく包み込む癒しの空間としての「裏日本」にも、身を寄せ合って生きていかなければならないがゆえの排他性や冷酷さがあることを知らしめる。「夢千代日記」のラストシーンには、夢千代が「山陰の、長い辛い冬がはじまります。気温零下五度、てんでしのぎのわたし達ですが、道連れがいます」というナレーションが入るが、ここでの「てんでしのぎのわたし達」という感覚、すなわち、それぞれがそれぞれに自分の身を護っていくことを前提とした「道連れ」という関係は、まさに「裏日本」の両義的な世界を生き延びていくための絶対原則として提示されている。

そして、さらに「新・夢千代日記」では、こうした「表日本」／「裏日本」の関係が「国」の〈内〉／〈外〉の関係に敷衍され、中国大陸に進出していった日本人の悲劇が残留孤児問題として描かれる。――「はる家」で働くスミという女には戦争で夫と子どもを失った忌まわしい記憶がある。かつて旧満洲に開拓団として入殖していた彼女は、戦争末期に侵攻してきたソ連軍から逃れ、命からがら日本に引き揚げてきたが、その際、夫は「いさぎよく、自分に続いてくれ」といって「真っ先に自分でのどをつき」、彼女自身もひとりの子どもにナイフを突き刺した。だが、小さな赤ん坊だけはどうしても殺すことができず、混乱のなかで生き別れになってしまう。テキストでは、中国人に育てられた残留孤児・王永春がスミの子どもとして現れ、スミは血液検査による親子の鑑定もせずに王永春の母親として生き直すことを決意する。

こうしたプロットとの関連で興味深いのは、第一作「夢千代日記」の冒頭近くに描かれる芸者たちの軍歌や中国大陸への進出を鼓舞するような唄の存在である。「突撃ラッパ」に合わせての「デテ来ル敵ハ、ミナミナ殺セ」という叫び、声を張りげて「……徐州徐州と人馬は進む　徐州いよいか住みよいか」、「……雪の進軍　氷をふんで　どこが河やら　道さえ知れず　馬は斃れる　捨ててもおけず　此処はいずくぞ皆敵の国」と歌う男たち。そこには、自国の経済力を拡張するために〈内〉から〈外〉へと侵攻していったかつての日本の狂信的なふるまいが戯画として表現されている。また、戦争という枠組みのなかでその問題を捉えれば、引き揚げや残留孤児問題は、広島・長崎に原爆が投下されたのと同じ時期に中国大陸で起こりつつあったもうひとつの出来事であったことが分かる。加害者としての日本、しっぺ返しを受けた日本という視点をもつこと。それは、一方的な被害者としてのみ表象されることの多い原爆もまた、巨視的な観点でみれば中国大陸への侵略によって誘引されたものであったかもしれないという可能性を引き受けることであり、過去は終わっていないという事実に迫ることでもある。

早坂は、のちに書いたエッセイに、「無理矢理、朝鮮を日本に合併して、日朝一体を唱えたのは誰か。名前を日本名にさせ、朝鮮人は日本国民と強制したのは誰か。強制労働者として日本へ、広島へ連れてきたのは誰か――。／それなのに、日本国は朝鮮の人たちの被爆者慰霊碑を、平和公園内に建てさせないのだ。私はそうした日本人が恥ずかしくてたまらない。あの公園にある「二度と過ちは繰りかえしませんから、安らかにお眠り下さい」という碑の文言は、なにを意味しているのか。あの言葉には主語がないように、〝過ち〟の意味にも主語がないではないか」（早坂暁「雨の日が好き」、「ミセス」平成3年9月）と記している。そういえば、先述した夢千代の結婚に関するエピソードの、

泰男「だって、そうだろ、子供が産めないような体じゃ、一緒になれるわけないじゃないか」
泰江「それは夢千代さんの……左千子さんのせいじゃないでしょ」
泰男「じゃ、誰のせいだよ」

泰江「…………」

という場面ともつながっている。それぞれはまったく次元の違う話題のようにみえるが、誰の責任なのか？という問いの立て方をしている点において同一である。「表日本」と「裏日本」、「国」の〈内〉と〈外〉といったかたちで人間を地政学的に配置してみせた早坂のもくろみには、国や地域といった共同体のなかに生きる人間が「主語」を獲得していくためには何が必要なのか、という課題が内包されているのである。

5　高度経済成長期の原爆

〈夢千代日記〉シリーズには、B29も原爆を投下したアメリカの影も登場しない。早坂自身が「原爆と私、そしてシナリオ――着弾地からの発想を」（「シナリオ」平成7年12月）というエッセイに、「放射能というのは、世代を超えて残っていくわけです。その人の子供、へたすると孫まで」、「映像とかドラマを作っていく人間は、なんとか原爆、核の恐ろしさというものをドラマで表現してやらなければいけない」と記したうえで、「踏む側の人間ではなくて、踏まれる側の痛さ。これがないと僕は、極端にいうとドラマを作ったってしようがないと思います。シナリオを書いたってしようがない。ま、必ずしも原子爆弾でなくても、いろんな出来事を書いても、着弾地側の視点からすべて書いて欲しい。撃つ側の視点から書いて欲しくないですね」と述べているように、彼にとってのドラマとは、いたずらに抵抗や告発を志向するものではなく、「踏まれる側の痛さ」を表現することのできるメディアである(6)。したがって、たとえば、「新・夢千代日記」には、

井上　「夢千代さんは、何年生まれかね？」
夢千代「昭和二十一年の一月十日です」
井上　「二十一年の一月……。するとお母さんが広島で被爆した時はおなかにおったわけじゃから、被爆手帳は、もらえるはずだ」
夢千代「はい……」
井上　「そうすりゃ、医療費は全部無料になるはずじゃから、ぜひそうしなさい」
藤森　「そりゃそうした方がええ！」
井上　「お母さんの被爆手帳があるでしょう」
夢千代「いえ……ありません」
井上　「お母さんも、被爆手帳持ってなかったの？！」
夢千代「はい」
井上　「そりゃおかしいなあ」
夢千代「あれは、被爆したときの証人が二人いるそうです。母は一度広島まで出かけて行ったんですが、証人になる人が見つからなかったそうです」

といった何げない会話を通して被曝者としてのアイデンティティや存在証明に関わる言説がたびたび登場する。
だが、先述したように、「夢千代日記」、「続・夢千代日記」の段階では、あくまでも、夢千代に白血病をもたらした原因として原爆が断片的（あるいは隠喩的）に登場するだけであり、夢千代自身も、あの日、広島で何が起こったのかという核心の部分に足を踏み入れようとはしない。逆にいえば、そこには、過去に目を背けて過去から逃げるように暮らしている夢千代がいるのである。
　そんな夢千代が広島を訪ね、あの日、母と母の胎内にいた自分が体験した出来事へと遡行していく様子を描いたのが「新・夢千代日記」である。このドラマにおいて、早坂は、自らの原点を捜し求める夢千代を原爆資料館に立たせる。そして、そこに設置されている昭和二〇年当時の「広島市の模型」を眺めたあと、次第に彼女の身体が被爆地へと入り込んでいくような描き方をする。原爆資料館の模型を眺めている場面では、「赤い球をにらみつけている。／原爆の炸裂のフィルム。／被爆者のすさまじいケロイド。／やけこげた服。／とけた弁当箱。ガラスビン。／焼けこげた子供。女の死体――。／原爆資料館に展示されている被爆の実相――が次々と」、「それはもう地獄としか言いようのない光景でした」という紋切り型の表現にとどまっているが、その後、実際の被爆地に立ち、母とともに火の海を逃げまどった玉子がそのときの様子を語りはじめると、それまでの傍観者的なよそよそしさが消え、当事者の声や肉体といった身体性がいっきに溢れだすのである。

玉子「……あン日は保代さんも私も徹夜あけで、ここの寮で寝とったです。寝てすぐやったと思います。ピカッ！　ドカーン。……気がついたら、寮の下敷きでした。保代さんと二人で血だらけになって這い出したら、もうまわりは火の海です……みんな、この川へ飛びこんだです。……まわりは死んだ人が一ぱい浮いておって、川の水が見えんほどじゃった」
沼田「……ああ、そやった」
　川の水は、ゆっくり流れている。
玉子「……何時間、この川につかっとったかねえ……最初は保代さんと一緒に材木につかまとったんやけど、知らん間に保代さんが見えんようになって、保代さーん、保っちゃーん、もう必死になって名前呼んでも、見つからん。……もう、保代さんは、死んでしもうたと思うとりました」
夢千代「……じゃ母はこの川から這いあがったんですね」
玉子「はい、私とはぐれて、そうなさったんでしょうね」
沼田「わしが、声かけられたとこは、この川しもの京橋のところや。あの橋や」
遠くに橋が見える。
沼田「あそこで泣いとったら、おばさんが声かけてくれたんや……。今でも、わしはあの時のこと、はっきり覚えとるで……一ぺんも忘れたことないで」
涙で目がうるんでいる。

●回想の橋のたもと

（モノクロームの世界）

煙がたちこめ、夕暮れのようだ。

ぼろぼろの布を身にまとった若い女が立っている。裸足だ。顔や手足から血が流れている。

——永井保代、二十二歳。

保代「坊や。……坊や」

六歳の男の子が、上半身裸で泣いている。

顔も身体も黒く汚れている。

男の子「……（保代を見上げる）」

保代「お母さんは?」

男の子「……死んだ」
保代　「誰もおらんの？」
男の子「おらん」
保代　「……おいで」
　　保代、手をさしのべる。
男の子「……（うなづく）」

　原爆資料館での傍観から被爆地へ。そして、そこでの語りと鮮やかに接続されるモノクロームの回想。夢千代をあの日に誘うことに成功した早坂が描いた光景は、自らも顔や手足から血を流し、ぼろぼろになった身体でありながら、母親に死なれた子どもに手をさしのべる母・保代の姿だった。そこには、被害者を被害者として屹立させるだけではなく、被害者が別の被害者に手をさしのべたり、別の被害者の役に立つことで自分自身が生きる希望を見つけていったりするような相互的な関係性が描かれている。自分が誰かの生に関わっているという確信をもつことが、その人の生にとってどれほど大きな励ましになるかという問題が提示されている。だからこそ、この広島探訪を終えたあとの夢千代は、それまでの自分とは違った生き方をしはじめる。記憶喪失になったボクサー・タカオに恋心を抱いた夢千代は、彼の再起を促す場面でこんなことを語るのである。――ここでは、ふたつの場面からその台詞を引用したい（前者の引用では記憶喪失の状態にあるため、まだ「男」と表記されているが、後者では彼が自分の名前を取り戻し、「タカオ」となっている――筆者注）。

Ⅰ　夢千代「どうか、私に助けさせて下さい」

男　　「助けさせて？……」
夢千代「私はもう、なおらない病気をもった人間です。助けばかり呼んでいる人間です」
男　　「！……」
夢千代「ですから、誰かの力になりたいのです。誰かを助けることが出来たら、助けてあげたいのです。助けられる間は、私はまだ大丈夫なんです」

II

夢千代「私も自分の過去に目をそむけてきた人間です。過去を憎んできた人間です。でも今年はじめて、広島へ行ってきました。自分の目で広島を見てきました。自分がどんな光をあびてきたか、母と自分の体に恐しい一撃を与えた相手を、この目で見てきました」
タカオ「………」
夢千代「闘う相手が、私にはよく判りました」
　少し微笑する。
夢千代「でも、私が負けていると見えるでしょうね」
タカオ「いや……（首をふる）」
夢千代「まだ、私は生きてます。生きてる限りは、負けていないんでしょう」
タカオ「そうです。負けていません。ボクシングだって……」

最初の引用に関しては、夢千代を演じた吉永小百合自身もエッセイのなかで言及し、「私は夢千代のことを、完全無欠の女性――マリア様、観音様のようにとらえていました。しかし、夢千代はもっと人間ぽい女性《ひと》でした。

夢千代は、人に優しくすることで、自らを奮い立たせ、自分を助けるために、人を助けていたのでした。人を愛することで、自らの生を確かめていました」（『夢一途』昭和63年6月、主婦と生活社）と述べている。
また、ここでの「私に助けさせて下さい」という台詞は、のちに明らかにされる夢千代の出生にまつわるエピソードとも連動している。――それは昭和二〇年の春、日本の敗戦がすでに濃厚になり、特攻攻撃が頻繁になっていた時期である。その頃、母・保代は広島の呉で軍艦の水兵をしていた久三と出逢う。だが、たった三度逢っただけで久三は戦艦大和の乗組員として沖縄に出撃することになる。三度目に逢ったとき、「わたしは海の底へ沈んでも、あんたのことは忘れん」と言って別れを告げた久三を前に、保代は「わたしを抱いて下さい」、「そうすれば、たとえあなたが死んでも、あなたはわたしの中に生きています」と応える。夢千代こと左千子は、そのとき授かった子どもであり、まったく意識することなく母の生きざまを継承していたことが明らかになる。
さらに、「新・夢千代日記」では、夢千代とは直接的な関わりのない原爆エピソードが、もうひとつ玉子の口から語られている。それは次のような出来事である。

玉子「……あの日の朝は、広島はきれいに晴れとってねえ。その日、広島に近い町や村は、大ぜいの男手を疎開の作業のために、広島へ送り出したんだ。なかでも広島の北のほうにある村では、名前はたしか斉藤さんとか佐藤さんとかいうお人じゃったと思うけど、お国の為だからと、一軒一軒、熱心にくどいて何十人という人数を集めんさった。……ところが、八月六日のその朝になって、斉藤さんは急に高い熱を出してしもうた。自分が集めた人数じゃから、どうしても出かけると頑張ったらしいけど、ひどい熱でとうとう、斉藤さんは、一緒に出かけることができんかった」

（中略）

玉子「村の人たちが広島の市内についた八時すぎに、ピカドンが落ちた。爆心地に近かったから、全部の人が死にんさった……。熱心にくどいて送り出した斉藤さんは、自分が殺してしもうたように自分を責めんさって、一軒一軒謝って歩いた。すすめた自分だけが生き残っているのが申し訳ない……」

アコ「だって、斉藤さんはほんとに熱が出たんでしょ」

玉子「ああ、そうなんだけど、自分の家族をなくした人は、斉藤さんは偽病で行かなかったとか、そんな悪口まで出るようになってしもうてねえ……」

アコ「どうしたの、斉藤さん」

玉子「どうしたと思う」

アコ「村から逃げ出したの?」

玉子「ううん(首をふる)……。死んだ人たちの家をまわって、そこの田ンぼや畠の仕事を黙って手伝って歩きんさった……。帰ってくれと言われても、黙って田ンぼを手伝って廻った。どこの家も男手をなくして、田ンぼの仕事は手が足りん。夜も眠らんで手伝うて廻った。けどなあ、何十軒の田ンぼや畠を一人で手伝うて廻れるはずがない。……そこで斉藤さんは考えた。女の手でも楽に栽培できて、収入にもなる作物はないか……。それがこの菜っぱです。この菜っぱは女手でも作れる。それを漬けものにして町へ出す。斉藤さんは一軒、一軒廻って、菜っぱ作り方、菜っぱの漬け方を教えて廻りんさった。……それが、この広島菜です。ピカドンがなかったらこんなに広まっておらん菜っぱです」

ここに描かれているのは、生き残ってしまった人間として生きることの困難さである。偶然の差配によって誰かが死に、誰かが生き残ってしまったとき、人々は死者を悼むと同時に生き残った人間に対して、なぜあなたも一緒に死ななかったのかと詰問するような視線を向ける。実際にそれが言葉や態度にならなくとも、生き残った人間のなかには呵責の念が増幅し、やがて贖罪意識にさいなまれるようになる。そして、多くの人間はそれに耐えられず逃げだす。あるいは、夢千代がそうだったように、顔を背けて事実を見ないようにする。

早坂は、「斉藤さん」という人物を通じて、自分に何ができるかを考えながら生きることの必要性を説いている。もちろん、このエピソードは、それがあまりに誠実な人間を描きだしている点において過剰な寓意性に彩られている。テレビドラマのもつ娯楽性の魅力に照らし合わせた場合、こうした表現は作為ばかりが目立ってしまう危険もある。だが、早坂はこうした色調で原爆を表象することにこだわった。彼はある雑誌のインタビューで、「『夢千代日記』では、どの登場人物も欠点やクセをもちながら、だけど人がいいというか善人というか、そういう人たちばかりのような感じがしますね」と問われたのに対して、

まともな者がいないんです。申しわけないですけど（笑い）。ぼくがまともじゃないものですから。きちんとした人を、どうも好きになれなくて……。でも、だらしがないといっても、それなりに一生懸命生きていこうという、人間のやさしさだけはね。／人間、みなそうですよね、みんな欠点をもっていますよ。それで傷ついた人間が、どうやって立ち直ろうとするか、ですね。だれでも一生のうちには病気をする。同じように心が傷ついたり、挫折することがある。そのときに、どうするかが大事なんですね。

（早坂暁「生きていてほしかった夢千代」、「あすの農村」昭和60年8月）

と返答しているが、この文面を読む限り、「斉藤さん」のエピソードはドラマ作家としての確信犯的なメッセー

ジであることが分かる。彼にとっての「やさしさ」とは、いわゆる善意や良心といった心の持ちようではなく、欠点をもった人間、挫折を経験した人間がそこから立ち直っていこうとする営みのなかで育まれる行動様式に他ならないのである。

こうした遡行体験を経て、自らの被曝体験と向き合うようになった夢千代だが、「新・夢千代日記」では、白血病がどんどん悪化し、彼女の気持ちが挫けそうになる様子も描かれる。

玉子　「……夢千代さん、わたしは身寄りもありません。働かずにお国の世話になって寝ておるのは、わたしの性分には合いません。たまらないです」
夢千代「死んだりしないで下さい」
玉子　「だって夢千代さん、わたしは仕事柄、原爆症の病人を看取ってきました。あんなに苦しい思いして死ぬのは厭です。たった一人で、あんな思いをするのは厭です」
夢千代「おばさん、私も同じ病気です。同じ病気の人に、そんなこと言われると、私の気持までくじけてしまいそうです」
玉子　「あなたはまだ若いんだし……」
夢千代「もう駄目なんです、私も」
玉子　「！……」
夢千代「あと一、二年といわれています」
玉子　「夢千代さん……」
夢千代「おばさん、よかったらうちにいて下さい」

こうした会話を通じて、このテキストは、当事者にしか分かりえない苦しみの領域に迫っていくわけだが、広汎な視聴者を相手にするテレビドラマで、真実でありながら露骨にならないような画像を構成するために彼が採用したのは、夢千代に一冊の本を取らせてその内容から彼女の心境を類推させるという方法だった。


夢千代が、寝たまま本を胸の上にひらいて見ている。

夢千代の声「本を読む。……信仰も持たず頼るものもない私は、この本を読みます」

〝死の瞬間〟と題名がついている。

夢千代の声「この本はアメリカの女性の学者が大勢の癌患者を見つめて書いた『死の瞬間』という本です」

エリザベス・ロス著とある
夢千代の声「死の病に出遭ってしまった患者は、みな一様に、わが身の不運をなげくそうです。自分だけがなぜ、こんな病にかかってしまったのか――誰かれになく怒りをぶつけます。……私も、そうでした」

（中略）

丁寧に本を閉じ、まるでバイブルのように胸の上に置く。

夢千代の声「やがて患者は取引きをはじめるそうです。何か良いことをすれば、助けてもらえるかもしれない……」

（中略）

夢千代の声「患者はさらに三つの段階をふんで、最後には死を静かに受け入れてゆくというのです」

寝床に臥せっている夢千代が「信仰」の代わりとして大切にしている本。そこには『死の瞬間』とかかれている。(7)同書によれば、末期癌をはじめとした重度の疾病によって死を告知された人間は、当然、大きな衝撃にみまわれるが、その後の反応として、第一段階において〈否認と隔離〉(「違う、それは真実ではない、私のことであるはずがない」という否認と隔離(=孤立化)による自己防衛)を行うという。そして、次の第二段階では〈怒り〉(怒り、憤り、羨望、恨みなどの諸感情を周囲にぶつける)となり、やがて〈取り引き〉(「人々ないし神に対してなにかの申し出をし、なんらかの約束を結ぶ」ことで「悲しい不可避の出来事」を先延ばしにしようとする)をするようになるという。また、夢千代がいう更なる「三つの段階」とは、第二段階の反動としての〈抑鬱〉(「大きなものを失くしたという喪失感」や多くの夢が「実現不可能に帰する」ことへの絶望による抑鬱)、〈受容〉(「静かな期待をもって、近づく自分の終焉を見詰める」ことができるようになった状態)、〈虚脱〉(苦痛はもとより周囲環境の知覚もほとんど消えかかり、暗黒となった状態)をさす。

早坂は、この本の叙述を援用することで、日記を書きながら自分の病と向き合う夢千代の〈声〉を視聴者に届けようとしているのである。『死ぬ瞬間』には、

——不安と水爆と、スピードのためのスピードと、マスプロ、マスコミ、集団《マス》人間の時代では、ごく小さな個人的の贈物《ギフト》がふたたび大きな意味をもってくる。贈物は相互的である。患者からは同じ苦患のさなかにある他の患者たちへの、助けと啓示と激励というかたちを、それはとる。わたしたちからの贈物《ギフト》は、かれらへの看護と留意、かれらのために奉仕する時間、そしてかれらの生の終わりにおいて、かれらがわたしたちに教えたいものを、かれらとともに分かちあいたいという願いのかたちをとる。／患者たちの好意的な反応の理由として最後にあげられることは、おそらく、死にゆく人の、なにかを死後に残しておきたい、小さな贈

物を与えたい、そしてたぶん不死の幻想を創造したいという欲求だろう。（中略）わたしたちはつねにかれらに告げるのである――かれらの役割はわたしたちに教えることであると。かれらの後に続く人たちを助けることであると。

とあり、苦患のさなかにある人間にとって、「ごく小さな個人的の贈物《ギフト》」を「相互的」に交わすことがいかに大切であるかが語られているが、それは、「私に助けさせて下さい」と懇願した夢千代の気持ちでもある。彼女は、ひとり静かに死を受け容れるための準備をはじめつつ、同時に、ほとばしるような気持ちで誰かに「小さな贈物を与えたい」と願っているのである。「新・夢千代日記」のラストシーンには、夢千代がひとり涙にくれながら、

　夢千代、雪ふる外を眺めている。
夢千代の声「二月二十日夜、涙しきりと流れる」

人のため流るる涕残るかや
　我も尊しなお生きてあらむ
　　　前田純孝

　雪はさんさんと降り続く。
夢千代の声「夜になって大雪。春のための最後の雪でしょうか」

とナレーションを入れる場面があるが、それは「人のため流るる涕残るかや　我も尊しなお生きてあらむ」とい

う前田純孝の歌に仮託した夢千代の叫びであると同時に、早坂が聴きとどけようとした原爆症に苦しむ被曝者の〈声〉だったのである。

6　早坂暁における〈お遍路の思想〉

四国八八ヵ所霊場の五一番札所・石手寺に近い遍路路（愛媛県北条市）に生まれた早坂は、幼い頃から多くのお遍路を見て育った。当時、珍しかった三階建ての実家は、呉服や本、菓子などを売るかたわら芝居小屋まで併設するような商家であり、前述した通り、捨て子を置かれることもしばしばだったという。荒俣宏との対談「万物に叡智あり」（「Fole」平成20年4月1日）で、四国の遍路には瀕死の病人が数多くいたという話題になった際には、「実はぼくも、三歳まで足が立たなかったんです。親が従弟同士の結婚だったので、普通でない子が生まれるかもしれんといわれていた。上の二人は大丈夫だったけど、ぼくが生まれて、おやじが「とうとう出たか」と（笑）。／母親はそんなぼくを乳母車に乗せて、お遍路に出てくれました。三ヶ月ほどかけて八十八ヵ所を回ったんですが、道中みんなが助けてくれる。坂道でおじさんが負ぶってくれたり、女の人がお乳を飲ませてくれたり。で、帰ったら立てました」と述べ、自分自身もまたお遍路によって救われたという思いがあることを明らかにしている。

その早坂が、「朝日新聞」（夕刊、昭和58年11月12日）の「げいのう舞台再訪」に「夢千代を死なす気はありません。人生の遍路、そう、ぼくはお遍路さんを書いてるんだなあ」というコメントを寄せたのは、ちょうど「新・夢千代日記」が放映される直前のことだった。また、ここでの「人生の遍路」という表現は、映画「夢千代日記」で夢千代の死を描いた直後、別のインタビューに寄せた次のような文面からも推し量ることができる。

「夢千代日記」というのはユートピアで、現実ばなれしているけど、夢千代という人がいて、心の温泉場があって、あたたかい人の心にふれるなかで、生きる勇気をとりもどしていく……それが大切ではないかとね。／夢千代さんは話を聞いてあげるだけで、実際に助けてやることはできない。お金をあげられるわけでもない。ただ全身全霊で話を聞いてあげるだけです。／「小百合さん、夢千代という人は牧師だったねえ」と話し合ったことがありますが、傷つき苦しむ人たちの告白を聞いたあと、夢千代さんは「いっしょに祈りましょう」というだけ。ガンになった人を直《ママ》せるわけでもない。でも、でも救われる…心がね。

（「生きていてほしかった夢千代」、「あすの農村」前出）

それぞれの言説をつなぐと、早坂が夢千代に託した思いが鮮明になる。彼は、自分に何ができるかを問う前に、まず「傷つき苦しむ人たちの告白」を「全身全霊」で聞き届けようとする夢千代のなかに、自分自身が原体験としてもっているお遍路の精神を投影しようとしたのである。

インタビューでは分かりやすくするために「牧師」という比喩が用いられているが、それをお遍路に置き換えれば〈お大師〉ということになるだろう。たとえ独りで歩くお遍路でも白布《びゃくえ》や菅笠《すげがさ》に〈同行《どうぎょう》二人《ににん》〉と記すことで知られるように、〈お大師〉は、どんなときにも自分に連れ添ってくれる同行者である。早坂自身が、前述した荒俣宏との対談で、「お大師さんが亡くなるとき、泣きわめく弟子たちに「私が死んだ後も修行して歩きなさい、本当に困ったら『南無大師遍照金剛』と唱えれば、私はただちにお前たちの側に行って一緒に歩いてやる」といったという。だから「同行二人」なんです」と説明しているように、お遍路の根底には、人はただ黙って、一緒に歩いてもらうだけで心が救われるという考え方があり、早坂自身にとってもそうした価値観が重要な意味をもっているのである。――ここでは、そうしたお遍路の思想から夢千代の存在性を考えてみたい。

佐藤久光が『遍路と巡礼の民俗』(平成18年6月、人文書院)のなかで、「遍路道の端には道中で命を落とした遍路の墓が残されている。遍路の途中で病気や、体力の限界で命を落とす人は少なくなかった。また、何らかの事情を抱えて国元を追われた人々は一生遍路を続け、いつかは死を迎えることになる。(中略)村人は遍路の死体を手厚く遇する念と、他方度々死亡者の墓穴堀りや墓の建立の負担で板挟みでもあった。村人たちが墓穴を掘って埋葬し、墓を建立した慣習や、遍路墓の多さは四国遍路の習俗の特徴でもあった」と述べているように、四国遍路の特徴は、「何らかの事情を抱えて国元を追われ」た人間たちと彼らを迎え入れる「村人」たちが濃密につながり合うような習俗が延々と継承されてきた点にある。

お遍路のなかには、「一生遍路を続け」たのち、旅の途上で「死を迎える」人々も数多くいた。日常に復帰するために何かを祈願したり償いをしたりするのではなく、遍路そのものを人生とし、漂泊のなかで朽ち果てていくような生があった。そして、遍路道の「村人」たちは、「死亡者の墓穴堀りや墓の建立の負担」に悩まされながらも「遍路の死体を手厚く遇する念」を育み、この世で最も虐げられた人々、排斥された人々を信仰の対象とした。その意味で、お遍路という習俗は無為を有為に変換していくシステムでもあったのである。

お遍路の特性については、早坂自身も、自ら編んだ『日本の名随筆 別巻21 巡礼』(平成4年11月、作品社)の「あとがき」で、「巡礼といい、遍路といい、宗教的な衣をまとったものは、多少なりとも、守られての旅となるが、これが〝遍歴〟〝漂泊〟〝放浪〟ともなると、どうだろう。もっと危険と刺戟に満ちた旅となり、山頭火ではないが、「みんな帰る家のある夕べの行き来」と駅頭に佇むばかりなのだ」と記し、「漂泊」や「放浪」を続けたのちに斃《たお》れていく人々への哀切を語っている。また、前述した荒俣宏との対談では、「戦前の遍路というのはすごく陰鬱だったんです。いまもそうですが、まず遍路は深刻な病の人が回るわけです。昔はハンセン氏病が野放しになっていて、まわりに感染すると思われていた。だから家族から病人が出ると、お金と遍路装束を渡して

「四国に行きなさい、あそこなら生きていけるから」と放逐するようなことがあったんです」と説明したあと、

――ぼくらは子どものころに「無財の七施《しちせ》」というのを教わりました。席を譲る、荷物を持ってあげる、笑顔を見せるといったもので、お金がなくても他人に対して七つの施しができるという。それを千年、実行している。遍路道の人には「お遍路さんは自分の身代わりだ」という思いがあるんです。いつか自分も不幸・不運に行き当たって歩くことになるだろうけど、いまはあの人が歩いている。(8)

とも述べている。そこにあるのは、お遍路のなかに未来の自分を探しあて、彼らの蘇生に力を尽くすことで自分自身も蘇生しようとする相補的な人生観である。早坂におけるお遍路の思想とは、庇護する側とされる側が入れ替わったり、庇護することとされることが同時に起こったりするものなのである。

こうした資質をもっている早坂が、〈夢千代日記〉について「ぼくはお遍路さんを書いてるんだなあ」と語ったことの意味は大きい。従来のテレビドラマであれば、夢千代は、周囲の人間の優しさに支えられる存在としてお遍路の側に置かれたであろうが、彼はこのテキストにおいて、むしろ、山陰の温泉場に流れ着く挫折者たちにお遍路を投影し、「はる家」を遍路宿に、夢千代を〈お大師〉に見立てることで、そうした安直な被曝者イメージを解体しようとしている。死期が近づいていることを知りながら誰かの生に関与し続けようとする夢千代を通して、人間同士が救い救われていく循環性を描いている。〈夢千代日記〉以降の早坂は、たとえば、映画「夏少女」に被爆の痛みを持つ者にしか見えない少女を登場させ、舞台劇「私を忘れないで」に、原爆が契機で記憶喪失になった男と男の過去を蘇らせようと尽くす妻を描いたりして、原爆というモチーフに、見えないものを見ようとし喪われたものを取り戻そうとする人間を重ねてきたが、それはまさに「同行二人」の叡智から学んだものの

であり、夢千代というヒロインはその原点に立っているのである。

7　憑依する吉永小百合

では、その早坂に夢千代というヒロインを想起させた女優・吉永小百合の魅力はどこにあるのか。そして、彼女自身にとって、被曝者である夢千代を演じることはどのような意味をもっていたのか。『吉永小百合の映画』（平成16年9月、東京書籍）を書いた片岡義男が、

――デビュー作の『朝を呼ぶ口笛』で、昼間の高校への進学をあきらめ、職について夜間の高校に通う選択をした少年に、「ガンバレ」と紙に書いて手渡した少女は、昼間の高校への進学をあきらめ、職について夜間の高校に通う選択をした、明るく元気に頑張る『キューポラのある街』の少女となった。その間に出演した二十六本の映画は、体験となって少女の内部に蓄積され、この作品では余裕として画面にあらわれている。（中略）どんなときにもくじけることなく、常に明るく前向きに元気に頑張る、というキャラクターは、映像上の吉永小百合と違和感なくきれいに一致したようだ。その一致ぶりを観客は賛意をもって認めた。

と述べたように、デビュー作以降の青春映画において吉永小百合が演じた役柄は、「どんなときにもくじけることなく、常に明るく前向きに元気に頑張る」ヒロインであり、スクリーンのなかの彼女は誰にも媚びることなくツンとした表情で仲間たちを励まし続けていた。

また、昭和三九年、東京オリンピックの直前に封切られた「愛と死をみつめて[9]」では、軟骨肉腫という難病を克服するために、恋人に励まされて顔の左半分を切断するという手術に挑むものの、病魔の進行によって死んで

いく女性を演じて大ヒットしているし、昭和四一年九月に封切られた「愛と死の記録」では、幼いときに被爆していることに苦しみ、結婚を諦めようとする恋人に、「うち、待っとるよ。いつまでも待っとるよ」と訴えて彼を支え、青年が亡くなったあと、彼を追って自死する女性を演じている。[10]〈夢千代日記〉の頃、すでに主演映画が百本に達するほど様々な役柄を演じてきた吉永小百合であるが、そのなかでも特にヒット映画となった作品には、励まし／励まされながら苦難を越えようとするヒロイン、不条理な死に引き裂かれていくヒロインという系譜がはっきり読みとれる。

だが、そうした青春映画路線から退き、着物の似合う女優に変貌（昭和48年8月に岡田太郎氏と結婚し、一年間の休業をした後、このような傾向が強くなっていく。女の情念を表現するために濡れ場などにも挑戦するようになるが、そうした作品はことごとく失敗している――筆者注）してからの吉永小百合は、かつてのような輝きを喪い、文芸映画や豪華キャストでの大作によってかろうじて話題になるといった程度の女優に凋落する。彼女が早坂暁のもとを訪ねて「（自分のために）何か書いてほしい」と申し出たのは、まさにその時期だったといっていいだろう。逆にいえば、吉永小百合は〈夢千代日記〉を演じることによって、自分がスクリーンのなかで最も輝いていた時代のセルフ・イメージを取り戻し、いくら歳をとっても変わらない永遠のヒロインという立場を獲得したのである。

早坂はそんな吉永小百合について、「……あの人はむずかしいんです。働いている女性、たとえばＯＬなんかもピタッとしない。ホームドラマの奥さん、これもやれなくはないけど、もひとつピタッとこない。非常にリアリティの強くない人ですから、物語にするのがむずかしい。／しかも、いつも健気に耐えているといった印象がある。昭和の初期とか戦前の、そういう時代ならいいけど、現代でどういうのが小百合さんにピッタリするのかなと、考えたわけです」（「生きていてほしかった夢千代」、「あすの農村」前出）と述べている。吉永小百合という身体は、まさに、愛と死を極限にまで煮詰めないと「リアリティ」を獲得できないような扱いの難しい存在だったということである。

吉永小百合を甦らせた早坂の手腕は、「TVドラマ「30年のベストテン」」という文章を書いた放送評論家・滋賀信夫にも認められている。彼は、「吉永小百合という人は、それまで一度も演技賞をもらったことがなかったが、モナリザのように多面的に解釈できるもの悲しさを湛えている。そのキャラに、原爆を背負った日本人の哀しさが重ね合わされることで、日本特有の〝昇華されたセンチメンタリズム〟が生まれ、視聴者の大きな共感を呼んだんです」（「週刊新潮」平成19年8月16日、23日）と述べ、〈夢千代日記〉における早坂の脚本と吉永小百合の演技が相俟って「昇華されたセンチメンタリズム」が生れたことを評価している。

はたして事はそれほど単純だろうか。「原爆を背負った日本人の哀しさ」とはいったいどのようなものであり、吉永小百合演じる夢千代のどこにそれが表出しているといえるのだろうか？ここでは「新・夢千代日記」シリーズの一場面から問題を考えてみよう。――それは、被曝者であるがゆえ恋人との結婚を断念し、いまは白血病まで発症している夢千代が、恋人だった男の母親から両手を包まれながら「可哀そうに」といわれる場面である。

泰江　「ほんとだったら夢千代さんはうちの泰男と一緒になっとった人です。……あなた達は私に何の相談もなしに別れんさった」

夢千代「あれは……」

泰江　「判っとる。原爆の……白血病のことでしょう。でもねえ、私は今でもあなたを自分の嫁のように思うとる……」

夢千代「私は結婚出来る体ではありません」

泰江　「夢千代さん、私はあなたが好きなのよ」
　　夢千代の手を両手で包むようにした。
泰江　「……可哀そうに」
夢千代「おかみさん……」

　ここでの対話は、夢千代の境遇に同情する泰江と、泰江の気持ちをありがたく受けとめる夢千代が気持ちをひとつに寄り添わせていく場面のようにみえる。だが、脚本家としての早坂の妙技は、ふたつの感情がひとつに溶解していくように見せながら、同時に、「……可哀そうに」などという安っぽい言葉しかかけてやれない泰江のもどかしさや、「おかみさん……」と言ったまま沈黙してしまう夢千代の言葉にならない思いも織りこんでしまうところにある。優しい言葉をかけ、気持ちを分かちあおうとすればするほど当事者と非当事者のあいだにある断層がせりあがり、お互いを決定的に隔ててしまうような背理。それがこの場面の魅力であり、原爆の痕跡は「……」でしか表記できないものとして澱《おり》のように沈められているのである。

　だが、すでにあからさまな記号性を身にまとってしまっている吉永小百合の演技は、そうした理解不可能なものを理解可能なものに変換してしまう。被曝者を生真面目に演じれば演じるほど、それが個別の人間の「哀しさ」としてではなく「日本人の哀しさ」のように見えてしまう。このドラマの吉永小百合は、たしかに「モナリザのように多面的に解釈できるもの悲しさ」を湛えていたかもしれないが、それは同時に、語りえないものを雄弁に語ってしまうような通俗への接近でもあったのである。

　こうした吉永小百合の存在性について的確な指摘をしたのが吉田司である。吉田は、「還暦 吉永小百合と戦後」（「週刊朝日」平成17年8月19日、26日）のなかで、映画監督・篠田正浩の「吉永クンの面白いところは、日本の女性の最も典型的な、貞操だな、淫乱でない、操の高い女性を演じることが自分の役割だと見極めたことです。夢千代のようにどんなに淪落しても、彼女のバージニティは棄損されない（笑い）。いわば戦後のアメリカニズムに対して、日本の女として生き延びた」というコメントを紹介したうえで、「《永遠の清純派》と呼ばれる吉永小百合も、なんやかやけっこう戦後過程にシンクロして、しっかり生臭く生きてきた女優だった」と指摘し、「最近の彼女の本質」についても、「むしろ全国を回って「原爆詩」を朗読し、〈被爆民族〉という国民的物語を伝え歩く吟遊詩人の姿の方にある」と喝破する。また、「原爆詩」を朗読する吉永小百合がしばしば夢千代を引き合いに、「よく、どうして原爆の詩を読むのかと聞かれます。それは、まだ自分の中に夢千代の残像が残っているからでしょうか」と語りつつ、同時に、「私たちはあきらめずに、核兵器を二度と使ってはいけないと訴え続けないといけません」といった発言をしていることにも着目している。

ここで考えたいのは、「夢千代の残像」と反核への願いが具体的なロジックもないまま吉永小百合という身体で接続され、聴衆を納得させてしまうことの問題性である。彼女の「訴え」は、早坂が「新・夢千代日記」に含意させようとした日本の侵略行為や残留孤児問題、戦後の日本人自身が被爆者／被曝者に向けてきた様々な差別、偏見、蔑視といったものを忘れさせ、あたかも〈被爆民族〉としての日本人をひとつの「国民的物語」に集結させるような磁力をもってしまうのである。吉田司は上記の文章に続けて、

90年代のバブル崩壊↓「失われた10年」↓「負け組・勝ち組」デフレリストラ地獄の中で、日本人が経済成長をベースに築いてきた〈戦後的価値〉はボロボロに砕け散った。「全中流」サラリーマン家庭は崩壊し、若者の「平和意識の空洞化」が叫ばれる中で、吉永のその孤軍奮闘ぶりは〈戦後〉を守る〝最後の砦〟のようだ。／ただしこうした「戦争体験（被爆）の伝承」運動の問題点は、若者の平和意識の欠如だけではない

> ことをキチンと指摘しておこう。／それはヒロシマ・ナガサキの悲惨、無惨という〈被害者〉の視点ばかりが強調され、当時の「大東亜聖戦」を日の丸提灯行列で熱狂的に支持した日本民衆の〈加害者〉の構造がネグレクトされていることだ――いわばヒロシマ・ナガサキを〝戦争責任問題〟から解除して、聖化する傾向が目立つのだ。／「国立広島原爆死没者追悼平和祈念館で女優の吉永小百合さんが、原爆詩を朗読した。『朗読が被爆者を元気づけ、さらに自らの体験を手記や詩として残すきっかけにしてほしい』との吉永さんの思いを尊重した結果、この日の出席者は約90人の被爆者に限られた」（05年7月3日、朝日新聞）／ここでは、被爆体験が聖別され、吉永は「平和の女神」でもあるかのようだ。

と述べているが、自らを夢千代に憑依させるかたちで、被曝体験をすべての国民が共有する物語に仕立てあげようとする吉永小百合の語りは、それが美しく果敢なげであればあるほど、多くの聴衆の涙を誘えば誘うほど、別の弊害を生む。誰かの役に立ちたいと願い、誰かを救うことで自分自身も救われる被曝者を造形し、被曝者がその痛みや苦しみを自らの〈声〉で語ることに意味を求めた早坂の狙いは、吉永小百合という拡声器によってドラマと現実の垣根を越えてしまい、夢千代のようには生きられなかった大勢の被曝者たちの体験・記憶を抹消していく働きをしているのである。

吉永小百合という女優が自らの意志で原爆詩の朗読や核廃絶運動に参加することに異論があるわけではない。そのことによってもたらされる効果もはかりしれないものがあるだろう。しかし、夢千代という虚像を身にまとい、夢千代に核廃絶を語らせる彼女のやり方は、ひとりの人間が全体を代表してしまうという意味において、ドラマにおける夢千代の生き方を裏切っている。「夢千代日記」のなかで、寒々とした日本海の荒波を背景に語られる、「幸せはみなひと色だけど、不幸は一つ一つちがった色をしているそうです。私を含め、わがはる家にいる芸者衆が、なぜ芸者になったかは、一人、ひとり、ちがいます」という夢千代のナレーションになぞらえていえば、そこには、「一つ一つちがった色」をしているはずの「不幸」を、みんなの「不幸」に塗り替えてしまうような偽装が無自覚になされているのである。

【注】

(1) テレビドラマ、映画では吉永小百合の当たり役となっているが、舞台化に際しては、三田佳子、多岐川裕美、大空真弓、姿晴香、大月みやこといった多彩な人々が演じている。

(2) たとえば、日本原水爆被害者団体協議会がまとめた『「原爆被害者調査」第2次報告―原爆死没者に関する中間報告―』(昭和63年3月)は、「「病気」はどの時期においても死因の大部分(八四~九四%)を占めるが、病気のうち、白血病と癌についてみるに、「白血病」(と遺族が見なしている症状)は二〇年代、三〇年代の死者に発生率が高くなっている。また、「癌」になった者は、二一~二九年の死者の一三%、三〇年代死者の二六%、四〇年代死者の二九%、五〇年代死者の三一%であり、三〇年代以降から急増し、次第に漸増する傾向をみせている」と記している。

(3) 胎内被曝と白血病の発症に関する科学的な調査・研究がどのようになされてきたかという点について、ここで端的に報告しておく。ROBERT HEYSSEL、A. BERTRAND BRILL、LOWELL A. WOODBURY、EDWIN T. NISHIMURA、TARUNENDU GHOSE、TAKASHI HOSHINO(星野孝)、M-ITSURU YAMASAKI(山崎満)「広島原爆被爆者に於ける白血病」昭和34年3月、原爆傷害調査委員会)には、「……広島の白血病資料をかねて検討した結果、被爆後数週間の間に於て強度の放射能徴候並びに症状を呈した生存者中に白血病発生率の増加を観察したことが強調されている。放射能徴候は、有意な放射線量を受けた集団を他のものと区別する方法として此の強度の放射線を受けた集団の白血病発生率と、少ない放射線量を受けた集団の白血病推定発生率との比較を可能にするために用いられた。症状によつて分類された近距離被爆生存者集団に於て、白血病発生率の増加が認められた。基本標本に於て、1，500米以内の距離で被爆した後に主要の放射線徴候或は症状を呈しなかった6，938の生存者の集団で、9症例の白血病が確認され、その発病は昭和25年より昭和32年に至る期間中であつた。死亡或は移動による人口の減少を無視した場合、此の大きさの日本人非被爆者集団に発生する白血病症例の最大予想数は1・66である。白血病症例の発見数と予想数との相違は、統計学的に極めて有意であるといえよう。（中略）2000m未満で被爆した白血病患者に見られる慢性骨髄性白血病の頻度は他の被爆条件によるものと比較すると、著しい増加を示している。（中略）近距離被爆者群に於ける慢性骨髄性白血病の患者数は予想される数より有意の差をもつて著しく大である」という報告がある。また、この報告は血液研究の分野でも承認され、朝長正允［他］「原爆被爆者の白血病の20年間のまとめ 附：日本の白血病疫学の一側面」、（「九州血液研究同好会誌」昭和42年12月）における、「原爆被爆者白血病に関する報告は、すでに相当数にのぼる。発生様相の解析は報告書により、それぞれ異なった方法が用いられているが、近距離被爆者の白血病発生率が増加し、発生と線量との間にはその曲線の型には議論の余地があるが相関があるという結論はすべての報告書が一致している」という指摘、あるいは、伊藤洋平編『白血病』（昭和49年6月、講談社）の「……腫瘍性病変のうちで白血病は原爆放射能との因果関係が、最も明らかに立証されている疾患であるが、相当量の放射能を浴びた被曝者に白血病が多発するであろうということは、前記の放射線従事者における白血病発生率の上昇、あるいは後述の放射線照射による動物での白血病誘発実験の結果などから、専門家によって早くから予期されていたことであった。本人口集団については山脇が1946年から1951年に至る詳細な統計的調査を行ない、原爆被曝と白血病発生との関係性を初めて指摘した。その後、この調査は渡辺ら、朝長ら、あるいは原爆災害調査委員会（ABCC）によって継続的に報告されている（中略）1946年から1970年末までの過去25年間に広島市で発生した白血病症例の総数は300例で、そのうち被爆例は170例に達している。したがって対被曝人口10万人の平均年間発生率は7・54で、非被曝人口のそれの約3・5倍である。白血病は現在致死的であるので、その死亡率もほぼ同様の数字を示している。これらの症例の発生率を3年ごとにまとめて追ってみると、（中略）1946年、すなわち被曝の1年後から急激な上昇がみられているが、その大半は被曝症例である。この傾向はその後約20年間持続し、ことに19

50年から1955年にかけてピークを示した。この間の非被曝例の対人口10万人の平均年間発生率が約2・1なのに対して、5000m以内での被曝例のそれは約10に達した。とりわけ被曝線量が100rad以上だったと思われる1500m以内での被曝人口における発生率は70以上を示し、被曝線量と発生率との相関が明らかに示されている」という論説などにつながっている。このことから、近距離被爆者の白血病発生率は基本的に「線量」と相関的な関係になっており、近距離でより大量の放射線を浴びた被爆者ほど慢性骨髄性白血病の発症者が多くなることは事実のようである。だが、ここで注意しなければならないのは、上記のデータはすべて直接的な被曝者に関するデータであって、胎内被曝と同列に扱うことはできない。そこで、胎内被曝と白血病の関係に関する研究をみていくと、例えば、加藤寛夫・ROBERT J. KEEHN は「胎内被爆生産児の死亡率 広島・長崎」(「広島医学」昭和45年6月)で、「MacMahon (M-ACMAHON B: X-ray exposure and childhood cancer. J Nat Cancer Inst 28: 1173-91, 1962 [出産前のX線照射と小児期の癌] ——筆者注)は、母親が妊娠中腹部または骨盤部X線照射を受けた者の子供に、白血病およびその他の新生物の発生率が高いことを報告した」とあり、William J. Blot・清水由紀子・加藤寛夫・Robert W. Miller「胎内被爆者の結婚と出生」、「広島医学」昭和51年7月)には、「人間の胎児に放射線を照射した場合、著明な影響を誘発することは以前から知られている。妊娠初期に高線量の治療用放射線照射を受けた婦人の子供の50%以上に中枢神経系損傷のあったことが1929年に報告された。妊娠初期の胎内被爆者に関する以前の調査では、被曝線量の増加に伴い、小頭症と知能遅滞の見られる子供の有病率が著しく上昇している。小児の白血病による死亡率を検討した多くの調査の中で最も大きい調査では、妊娠期間中に診断用(低線量)放射線に被曝した母親の子供の死亡率に増加が認められている。生殖細胞の放射線感受性は神経細胞またはその他の細胞とは相当異なるかも知れないが、このような調査並びに動物実験より得た所見では、妊孕力に大きな放射線誘発性変化の起こる可能性のあることが分かった」とある。つまり、妊娠母胎の腹部や骨盤部にX線を照射した場合、その後に生まれてきた小児には中枢神経系損傷とともに白血病を発症する危険が著しく高まるというわけである。それぞれの研究はまったく別々の状況でなされたものである。一方は広島と長崎における被爆者の実態調査から浮き彫りになったデータであり、もう一方は、妊娠母胎への放射線照射を個別に繰り返すなかで得られたデータである。したがって、上記の調査だけでは、広島・長崎の原子爆弾で母親が放射能を浴びた胎児が、その後、白血病を発症する危険性がどの程度高まったといえるのかを証明する根拠にはならないということが分かる。ちなみに、昭和三二年九月二二日付の「朝日新聞」には、「母胎内で二次放射能？　広島の少年、初の犠牲」という見出しのもと、広島原爆病院に入院していた一一歳の少年が急性骨髄性白血病で亡くなったことが報じられているが、その文面は、「広島に原爆が落ちた二十年八月六日健二君は母親みとよさん（四一）のお腹の中（妊娠五ヵ月）におり胎児が第二次放射能（原爆からの直接の放射能でなく、中性子線で二次的に生じた放射性物質と原爆破片による放射能）を受け原爆症となった臨床例の報告はなく、広島原爆病院でもはじめてのケース。母親みとよさんは被爆の翌七日肉親を探すため広島市に入って爆心地付近を何度も通り、同市宇品町で二泊、また十二日から六日間滞在していたので、この間に第二次放射能を受けたものとみられる。／健二君は出生後余り変ったこともなく成長したが、昨年十一月ごろから体の調子がおかしくなり、さる五月広大付属病院で原爆症と診断されて入院、さらに呉市内の病院を経て九月六日広島原爆病院に入院した。死亡直前の白血球は一立方ミリ当り三〇一（普通六―七〇〇〇）赤血球一七二万（同三五〇万）血色素三六％（同九五％）にそれぞれ減っていた。なお母親は元気で健康に生活している」となっている。

（4）事実、〈夢千代日記〉には、左千子が自分の子どもの位牌を大切に保持している様子が描かれており、彼女が泰男の子どもを身ごもったにもかかわらず中絶（ドラマではそのあたりの事情が詳しく描かれていないが、子どもが生後亡くなったようには描かれていないため、中絶の可能性が高い——筆者注）した過去があることがわかる。

（5）「黒い雨」は昭和四〇年一月から翌四一年九月まで「新潮」に連載されたが、当初（昭和40年7月まで）は「姪の結婚」というタイトルであり、姪・矢須子の「被爆日記」を清書する重松が、彼女の結婚の障害になりそうな事実（＝「黒い雨」を浴びたこと）を隠蔽していく過程が描かれている。

（6）早坂における「着弾地からの発想を」という考え方は、ある意味で被害者の立場を絶対化するものであり、誰がそれを投下したのか、なぜそれは投下されたのかという視点からは遠ざかることにつながる。それに対して、たとえば平成一九年七月に公開された記録映画「ヒロシマナガサキ」（原題「White Light／Black Rain」、同8月6日からはアメリカ全土のケーブルテレビでも放映され、大きな反響を呼んだ——筆者注）を撮った日系アメリカ人の監督、スティーブン・オカザキは、「絶望的な断絶しか残らない議論はやめ、目撃者の物語を聞こう」（「窓　論説委員室から」、「朝日新聞」平成19年9月5日からの引用）と語り、原爆を投下する側と投下される側、それぞれの視点を並列することによって見えてくることを問題にしている。

（7）本来のタイトルはエリザベス・キューブラー・ロス著／川口正吉訳『死ぬ瞬間 死にゆく人々との対話』（昭和46年4月、読売新聞社）。脚本では『死の瞬間』と表記されているが、実際に放映されたドラマでは『死ぬ瞬間』というタイトルが映し出され、ナレーションでも『死ぬ瞬間』と発声される。なお同書には、続篇として『続 死ぬ瞬間 最期に人が求めるものは』昭和52年11月、読売新聞社）がある。

（8）ここでの「無財の七施」とは、家を宿に貸す、席を譲る、体を使って困った人の手助けをする、いつも笑顔を絶やさない、温かい言葉をかける、優しいまなざしを送る、思いやりの心をもつ、以上の施しをさす。

（9）原作は大島みち子／河野実の往復書簡集『愛と死をみつめて ある純愛の記録』（昭和38年12月、大和書房）。一九六四年版『出版年鑑』によれば、同書はわずか一年間で一三〇万部を売り一冊の単行本として「戦後最大」を記録したという。また、吉永小百合はこの作品で国民映画賞主演女優賞、ゴールデンアロー賞、ブルーリボン大衆賞を受賞している。

（10）この作品も、大江健三郎『ヒロシマ・ノート』（昭和40年6月、岩波新書）に紹介された実際のエピソードをもとにしている。吉永小百合は前出『夢一途』（前出）で、この映画の思い出として二人が原爆ドームのなかで抱き合うシーンをあげたうえで、撮影がすべて終わったあとになって、「会社の偉い方」から「原爆ドームを入れたカットは、全部削るように。それからケロイドの顔が出ているところもだ」という命令が下り、すべてカットされたことを告白している。

〔付記〕

テレビドラマを論じる場合は、脚本のみならず、演出、撮影など様々な角度から総合的に批評する必要があると考えるが、本節の目的は早坂暁の脚本に限定して論を展開することにあるため、演出その他の要素に関してはほとんど言及していない。また、本節はテレビドラマとしての〈夢千代日記〉をテキストとしたため、同じ早坂暁の脚本であるものの、映画版「夢千代日記」に関しては言及していない。ちなみに、映画版の監督をした浦山桐郎は雑誌のインタビューで、「いま原爆の被爆体験自体が風化していますでしょ。だから今回は物語のひとつの象徴的な重みとしてしか扱いません。（中略）夢千代さんは赤ん坊のときに受けた傷だから、体験とは言えませんわね。そこが戦争を描くにしては弱いところです。だから、原爆のことをリアルにいろいろ描いてみても、観念的なものに終わる恐れがあるんですよ」、『夢千代』の場合はもっと個人的でもっとわびしい問題ですから、民族の被爆体験を謳うというようなものにはなりません。そうじゃなくてひとりの女のなかに被爆の悲しみが静かに出てくればそれでいいのではないかと考えています」（「テレビと映画ではどう違うか見比べてほしい『夢千代日記』」、「シネ・フロント」昭和60年6月）と答えるなど、吉永小百合の規定路線である愛と死のテーマを中心に画面を構成し、被曝者としての夢千代像を後景に退けている。

なお、本文中、原子爆弾の直接的な被害をさす「被爆」と、その放射能にさらされたことを示す「被曝」とを区別し、引用部分以外、それぞれ対応する表記を用いている。

第五章　教化——教材化される文学

第一節　〈私〉探しの文学――太宰治の読まれ方

1　感染する太宰治

太宰治は感染する。それも「私」という存在を内省的にみつめる中・高校生めがけて侵入する。彼らのなかには、作為と媚態に充ちた語り口にうんざりする生徒、主人公のだらしなさに反撥して本を閉じてしまう生徒が数多くいるだろう。また、ありのままの事実を露悪的に語るだけの告白小説だと思って蔑《さげす》む生徒もいるに違いない。だが、本節が考察の対象にする中・高校生の読書感想文に共通する、熱にうなされているような亢進性をみると、やはり太宰治の文学には彼らを誑《たら》しこんでしまう魅惑があるのだろう思えてくる。

太宰治が他の作家と決定的に違うのは、好き／嫌いという嗜好とは別の次元で読者の心のポケットを掻き回し、世間や他者との関係性のなかで生かされている「私」は贋物であり、本物の「私」は誰にも見られないようにひた隠しにされているのではないだろうかという疑惑を醸成するところにある。純粋であるために道化としてふるまうことを択び、演技の舞台裏をあけすけに語ることで分裂した自己像を正当化する登場人物が頻出する太宰治の文学は、そんな迷える読者に救済を与え、ここには本物の「私」が書かれているという気持ちにさせてくれるのである。中・高校生の読書感想文を読むと、嫌悪感を覚えながらも最後まで読み通した、小説世界にのめり込んでいく自分に後ろめたさを感じた、といった愛憎半ばした感情が頻出するが、それは登場人物の言動に自分自身の陰画を発見し、それをひとつの真実として承認していく過程にみられる典型的な症状にほかならない。

　だが、その感染症は麻疹のようなものであり、やがて治癒する。太宰治の文学のなかに本物の自分がいるような錯覚に陥り、代行としてのカタルシスを享受しようとした読書感想文の書き手たちは、やがて、頽廃と転落に彩られた作家の伝記的事実を召還することによって、それまでの印象を白紙撤回する。道化たちの戯れに自分の弱さ卑屈さを重ねてきた彼らは、心中自殺という破滅的な結末に怯えながら離脱を試み、太宰治という存在を、純粋であるがゆえに大人になりきれなかった可哀そうな人間として、愛玩の対象へと転化させるのである。太宰治の魅力を語る人々の多くは、彼の文学に夢中になったあの頃を遠い目で懐かしみながら、同時に、なぜ自分はあれほど夢中になれたのだろうかという問いかけを口にするが、それは読書感想文という凝縮された世界でも履行されている。そこには、太宰治という熱にうなされていた自分が、鏡像的な世界を潜り抜けたのちに身につけた免疫機能を誇るような、かすかな自負が滲んでいる。『文豪ナビ　太宰治』（平成16年12月、新潮文庫）に「ダザイくんの手招き」というエッセイを書いた重松清は、キレやすいといわれる現代の若者たちに向けて「ナイフを持つまえにダザイを読め!!」と呼びかけ、編集者もそれを表表紙のキャッチコピーに採用しているが、それが免疫力のない中・高校生に向けられた逆説のメッセージであることはいうまでもない。太宰治の文学は、ひとたびどっぷりと浸かったうえでそれを拒絶し再浮上するところまでをサイクルとする通過儀礼として、いまなおその効用が期待されているのである。

　そんな太宰治の洗礼を受けた若者のひとりに史上最年少の芥川賞受賞者として話題になった綿矢りさがいる。自ら「布教者」(1)を名のる彼女は、福岡伸一との対談「読書週間特集『自分』を知る青春」（「読売新聞」平成20年10月27日）のなかで、「高1の時、太宰治を読んで恋しちゃった。お話ではなく、自分が現実に考えていることをそのまま小説にしているのにショックを受けて、もう、「心の友」って感じ」と述べている。――太宰治の感染力を考えるうえでこのコメントは重要な鍵を提示している。彼女は、太宰文学の魅力を語るにあたってわざわざ

「お話ではなく」という断りを入れ、さらにその邂逅を「恋」という官能的な言葉で表現している。換言すれば、彼女は「お話」の力で読者を魅了するストーリーテラーとしての太宰治ではなく、小説世界に素顔をさらけだす太宰治の人間性そのものに「恋」をしたと語っているのである。

　太宰治はなぜ思春期にある中・高校生を誑し込むのか。太宰治の文学はなぜ「お話」ではなく「現実に考えていること」を書いているようにみえるのか。そこに屹立する人間らしさとはどのようなものなのか。本節では、全国学校図書館協議会が主催し毎日新聞社が後援する青少年読書感想文全国コンクールの入選作品集『考える読書 中・高校生の部』(2)を分析対象とし、太宰治の読まれ方に一定の型がつくられるまでを系譜的にたどることによってその謎に迫りたい。

2　昭和四〇年代に発掘された『人間失格』

　昭和二五年二月、「学校図書館が民主的な思考と、自主的な意思と、高度な文化とを創造するため教育活動において重要な役割と任務をもっている」(創立の宣言文より)という理念に基づいて結成された全国学校図書館協議会は、児童・生徒が健全な成長を遂げるためには読書の習慣が重要であるという立場から読書感想文の振興と普及につとめた。そうした活動が実を結び、同コンクールへの応募総数は第一回(昭和30年度)の五万二九四三編から第一一回(昭和40年度)の一一九万二五一四編、第一七回(昭和46年度)の二一八万七二二五編、第三〇回の三二五万七六七三編へと飛躍的な拡大をみせている。応募資格は小、中、高等学校の児童・生徒および勤労青年、ジャンルは第一類(世界名作・日本名作・創作童話・少年少女小説・民話・小説など)、第二類(一類以外の図書。伝記・哲学・歴史・生活記録・科学など)、三類(課題図書)となっており(3)、全国コンクールに出品された読書感想文は毎年刊行される『考える読書』に収録される。

第一回から現在までの『考える読書 中・高校生の部』を通覧してまず驚かされるのは、『人間失格』を題材とした感想文が圧倒的に多いことである。他に「斜陽」、「走れメロス」、「富嶽百景」、「津軽」、「女生徒」、「ヴィヨンの妻」などを扱ったものがないわけではないが、それは全体的傾向といえるほどのものではなく、本数からいっても『人間失格』の比ではない。また、次頁のグラフ（【図】）からもわかるように、『人間失格』は第一四回（昭和43年度）あたりから徐々に増え、毎年のように作品が掲載されるとともに、高校生に至っては多い年度で八本もの感想文が並ぶ結果になっている。一般に、中・高校生の読者が太宰治の文学と出逢うのは童話集や教科書で「走れメロス」を読んでからであり、善意に充ちた友情物語の書き手だと思って油断していた読者は、『人間失格』の背徳性に大きなギャップを感じるらしいが、各都道府県の代表が収録される（しかも第一類は世界名作・日本名作・創作童話・少年少女小説・民話・小説など膨大な作品が候補となる）文集において、この小説は長年にわたり不動の人気を誇っているのである。いわゆる青春小説とはまったく異質の『人間失格』がこれほど突出した人気を誇っていること自体、まずは特筆すべきことであろう[4]。

放蕩生活に溺れたあげく、喀血、モルヒネ中毒、精神病棟への収容という転落コースをたどる主人公・大庭葉蔵が残した三つの手記に、「はしがき」、「あとがき」を加えて構成される『人間失格』（「展望」昭和23年6月～8月、執筆は同年3月～5月にかけて）は、第二回、第三回分の雑誌掲載が死後（昭和23年6月13日に山崎富栄と玉川上水に入水自殺――筆者注）だったこともあって、太宰治が自分の人生を回顧的に綴った「遺書」として読まれることが少なくない[5]。また、その内容が将来ある中・高校生にふさわしくないという懸念からか、国語教科書にほとんど採用されたことがなく[6]、学校教育の現場とは縁の薄い小説である。昭和三〇年代に限っていうと、『学校読書調査25年――あすの読書教育を考える――』（昭和55年10月、毎日新聞社）に揚げられた高校生の「感銘本」調査（昭和29年～38年）や「書店調査」（売れた書籍、雑誌の傾向をアンケート調査したもの）を見ても『人間失格』

【図】『人間失格』を論じた読書感想文の年別本数（中学生、高校生）

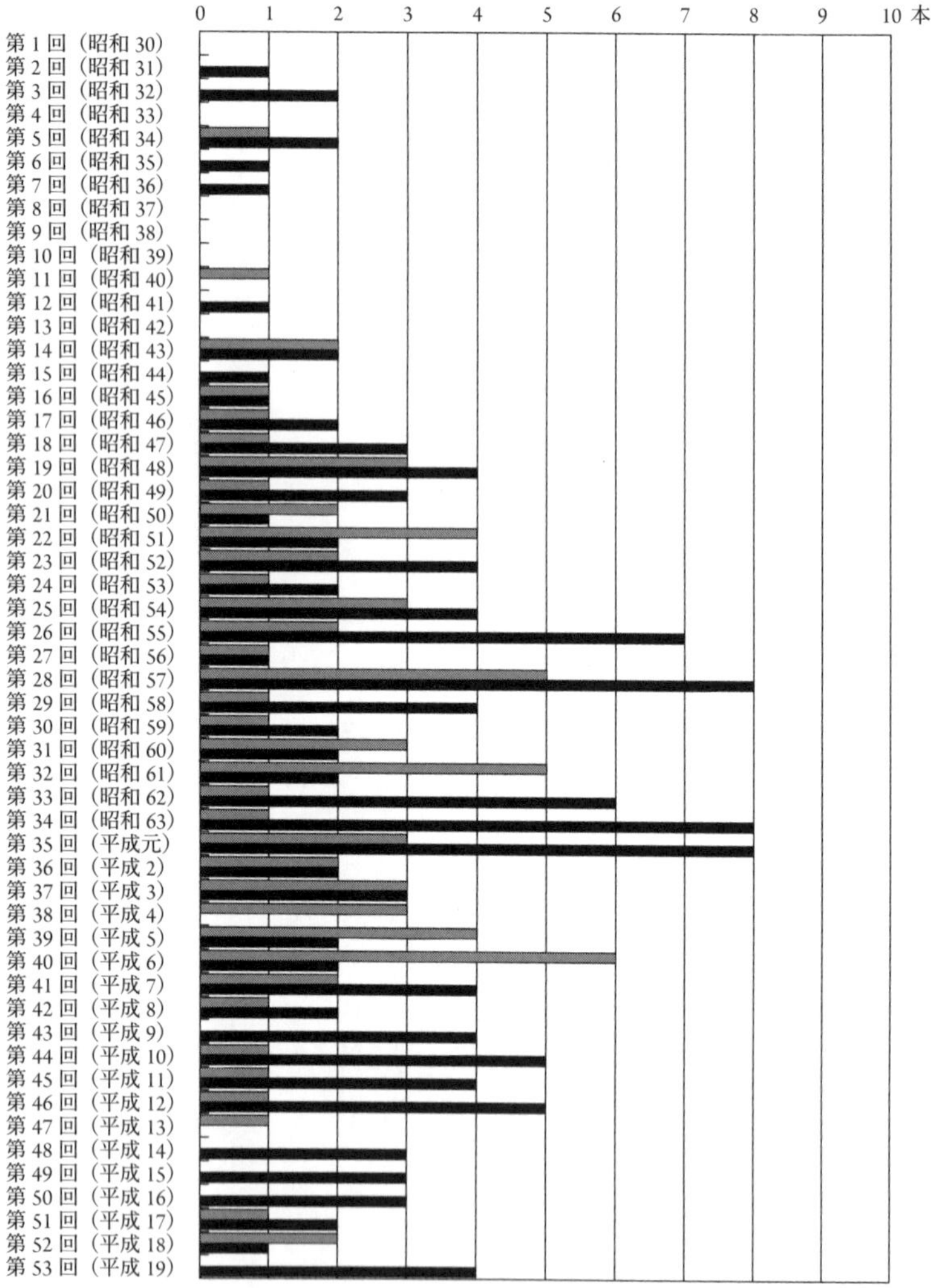

＊本図表は、『考える読書』に掲載された毎年の読書感想文優秀作品（各都道府県ごとに選ばれた、中学生約50本、高校生約50本）のうち、『人間失格』を論じた作品の本数を、筆者がまとめたもの。

はほとんど登場しないし、[7] 全国学校図書館協議会・必読図書委員会編『何をどう読ませるか 第五群 高等学校』（昭和33年、全国学校図書館協議会）にも、もちろん採りあげられていない。つまり、戦後から昭和三〇年代までを射程とする限り、『人間失格』が公然と中・高校生に推奨されたことはほとんどなかったし、生徒たちが進んで『人間失格』を手に取った形跡も見あたらないのである。

　ところが、昭和四〇年代に入るとその人気が急上昇する。たとえば『読書世論調査 一九七〇年版』（昭和45年9月、毎日新聞社）の「好きな著者とその最も好きな著書」では、昭和四一年に一九位にランクインして以来、同四二年の一八位、同四三年の一七位と着実にアップしている（上位の作品はほとんどが教科書の定番作品である）。また同書の細かいデータをみると、「五月一ヵ月に読んだ本」（一九六九年度）という質問では、高校二年生女子で七位、三年生女子で一一位になっており、女子高校生からの支持が際立って高いことが分かる（こちらも同調査の一九六七年度版ではベスト二〇に入っていない）。また、『学校読書調査25年――あすの読書教育を考える――』（前出）所収の「子どもと本の接点 動機・入手経路を中心に」には、「「坊ちゃん」、「吾輩は猫である」「赤毛のアン」や、「こころ」「友情」「人間失格」といった小説は、いわゆる中学生や高校生の〝洗礼本〟として、時代を問わず読み継がれている」という指摘があり、「読書科学の研究――社会学的研究」（「読書科学」昭和45年4月）をまとめた東京教育研究所の吉野有隣も、「これまでの読書の中で、深く心打たれた本、心の糧となり励ましともなった本、大変面白くまた役に立った本」に関する新聞紙上アンケートをした結果、日本文学では「次郎物語、こころ、出家とその弟子、破戒、宮本武蔵、愛と認識の出発、人間の条件、徳川家康、愛と死をみつめて、友情、楡家の人々、源氏物語（谷崎）、智恵子抄、坊ちゃん、生活の探求、ビルマの竪琴、暗夜行路、人間失格、二十四の瞳、親鸞」などが上位に入ったことを報告している。[8]「ケータイ小説として再発見される『人間失格』」（「ユリイカ」平成20年9月）を書いた速水健朗は、「太宰治の『人間失格』は、新潮文庫だけでも累計六〇〇〇万部を超え、夏目漱石の『こころ』と戦後もっとも売れている小説のナンバーワンの座を競っている」と述べたうえで、『人間失格』とケータイ小説の類似性を指摘し、その根拠を「援助交際、レイプ、妊娠、薬物、不治の病、自殺、真実の愛」といった不幸エピソードの連続、および「「コミュニケーションの檻」に苦しむ主人公像」といった点に求めているが、読書感想文の人気ぶりをこの分析に重ねていえば、『人間失格』は昭和四〇年代から現在まで半世紀近くにわたって中・高校生に共感を与え続けてきたことになる。逆にいえば、太宰治の死後その忌まわしい記憶とともに封印されていた『人間失格』は、昭和四〇年代の読者（それも女子生徒を中心とする中・高校生）によって発掘され、いまだその輝きを失っていないということである。――こうした事実をふまえて、以下、コンクール草創期から昭和四〇年代の読書感想文において『人間失格』がどのように読まれていたのかを追ってみよう。(9)

3　『人間失格』をめぐる重層的解釈

『人間失格』がはじめて登場するのは第二回（昭和31年度）のこと。高校三年生（女子）が書いたその感想文は、まず「エゴイストになりきって、それを当然のことと確信し、一度も自分を疑おうとしない」人間と、そんな人間たちを恐れつつ求愛してやまない主人公・葉蔵とを対立させたうえで、「純真」な心の持主である葉蔵を「虚偽」へと駆り立てる社会への憤りを語る手順になっている。また、結論部分は、「あとがき」で京橋のマダムがいう「私たちの知っている葉ちゃんは、とても素直でよく気がきいて、あれでお酒さえ飲まなければ、いいえ、飲んでも神様みたいないい子でした」という言葉を全面的に支持するかたちで閉じられている。テキストからの引用箇所も含めて、この弁証法的論理展開は以後の感想文でも見事に踏襲され、ひとつの雛形になっている。

こうした正義感とヒューマニティを前面に出した感想文の発展形といえるのが、「道化の一線でわずかに人間につながることが出来た」と語る葉蔵を人間らしい人間とよび、「あざむき合っていながら、明るく朗らかに生きている」堀木やヒラメのような連中こそ「人間失格」であるといった具合に、テキストの語りを反語的に捉えていく方法である。第三回（昭和32年度）に「道化ということ」という題名で書いた高校三年生（女子）、「一生懸命人生と取りくもうとした葉蔵は、彼の言っている「人間失格者」ということには当たらないと私は思う」と記す第六回（昭和35年度）の高校二年生（女子）などはその典型である。この時期の感想文では、主人公・大庭葉蔵を純粋で高貴な精神性ゆえに傷つくしかなかった殉教者に祀りあげ、虚偽とエゴイズムが蔓延する現実社会のうす汚さを批判するスタイルが有効に機能しているのである。花田俊典は『人間失格』（「国文学 解釈と鑑賞」平成4年6月）において、「過去の自分も現在の自分も、たぐいまれなる人間通でありながら、ただプラクティカル（実用的）な側面だけにかぎって、他人の心がわからない、理解できないと言い張りつづけるのは、まるでもう自分がけがれなき純粋な精神の貴族だと誇示しているようなもので、じつに鼻もちならず、こんな男のいい気なごたくを延々とシンパシイをもって聞けるのは、ようやく世間と向き合いはじめて違和感をもてあますモラトリアム世代の一部、ことにわれとわが身の（まるで四六の蟇《がま》のような）醜さとまっすぐ向き合うことすら無意識に回避したがる傲慢稚拙なピューリタンくらいのものだろう」と喝破したが、昭和三〇年代における『人間失格』の評価は、まさにここで唾棄されるピューリタニズムの精神に席捲されているといえる。

感想文の傾向に大きな変化が現れるのは第八回（昭和37年度）から第一三回（昭和42年度）あたりのことである。この間、『人間失格』の人気はいったん低迷する。だが、たとえば第一一回（昭和40年度）に唯一掲載された中学三年生（女子）の作品などをみると、そこには昭和三〇年代の感想文とは明らかに異質な感性が働いていることがわかる。この感想文は、「私は主人公が私にたいへんよく似ていたので、よけいに感動したのかもしれません。そこで、父にも読んでもらおうと思ったのですが、父は半分ほどで「自分はこんな本を読むと気分が悪くなる。」そういって私に返しました」と語りだされ、「彼は自分の勇気のなさを「人間失格」と嘆いたのかもしれません。私はこの小説の中に自分がいるような気がして恐ろしくなります」と結ばれている。ここでは主人公・大庭葉蔵と感想文の書き手である生徒の距離が著しく接近し、本節の冒頭で述べたような鏡像世界が強固になっている。「恐ろしくなりました」という言葉は率直な感情の吐露であると同時にコンプレックスへの共感にもなっている。もちろん、それ以前のピューリタニズム精神が完全に影をひそめるわけではないが、重要なのは、自分は自分の勇気のなさや心の疚《やま》しさを堂々と語っていいのだという安堵のようなものが確実に広がりをみせているという事実である。

それ以降、同様の記述は第一二回（昭和41年度）高校二年生（女子）の「過去の私の恐怖と主人公の恐怖とがあまりにも似ていた」、第一四回（昭和43年度）中学三年生（女子）の「道化、それは葉蔵だけのものではない。私にだってある。だから葉蔵の中に自分を見たような気がする」、同高校二年生（女子）の「私がこの自己憐憫な小説に魅了されたのも、私自身が葉蔵のもつやましさからの苦悩や、社会に適合する必要性に対する疑惑を持ち、憤りを感じていたからであり、その彼の考えに共感したことによって、作者との連帯感を身近に覚えた」といった言説へとつながっていく。いくら主人公への感情移入が鉄則の読書感想文とはいえ、ここまで露骨に主人公は私だという告白が横行する感想文は他の作家ではみられない。それが女子生徒に偏重していることも含めて、この時期の『人間失格』に関する感想文は明らかに弱さの連帯というモードによってステレオタイプ化させているといっていいだろう。

「人間失格」受容の方向性が変化していく過程にはおそらく複雑な要因が絡みあっているし、それを究明することは極めて困難だろう。だが、読書感想文という小世界を定点観測することで見えてくることがないわけでもない。実はこの時期の感想文には、『人間失格』をはじめとして個別のテキストを論じたものの他に、太宰治論、あるいは、太宰治の評伝や研究書を対象にとりあげたものが少なくない。なかでも、角川文庫に入った奥野健男『太宰治論』（昭和35年6月、初版発行）からの影響は多くの感想文に窺える。「太宰文学は多くの青年の精神の形成過程に抜き難い深い影響を与えているのです。それはほとんど定的なものであるにかかわらず、しかし皆はその事をむしろ隠そうとします。余りにも身近なのです。太宰のことを言われるのは自分のことのように羞《はずか》しいのです（中略）ぼくらは現代の現実に対する立場から、彼を批判し、彼を正当に復活させねばなりません」というたアジテーションからはじまるこの研究書は、太宰治の作家的評価に大きな役割を果たした労作だが、文庫本として普及することによって中・高校生の目にも触れるようになり、彼らが漠然と感じていた共感をクリアに論理化してくれたのである。

たとえば、第一六回（昭和45年度）に「「太宰治」論を読んで」を書いた高校三年生（女子）は、「私の太宰への陶酔は、太宰的な生き方の否定と共に終わったつもりであった」と書きだした直後、すぐさま奥野健男が用いた「下降指向」という概念を紹介し、それを「上昇指向による、盲目的、利己的な服従を嫌って、社会に対して中途半端な妥協を許さなかった生き方」と肯定する。結末部分では、「理屈上では頼る必要のないその中で、やはり私は酔っている。彼の文学特有の優しさ、美しさはどこから生れるのだろうか。これに対しても、この筆者は一つのヒントを与えてくれた。彼が自分の文学を「奉仕の文学」「おもちゃの文学」と言っていたというのだ。彼の充足感の否定は、ここまで徹底していたのだ」と記し、自分は太宰治の「優しさ、美しさ」に陶酔していると言明する。太宰治に「恋」をしたと書いた綿矢りさがそうであったように、この感想文の書き手もまた「お話」の面白さではなく、自分の文学を「おもちゃ」とよんで憚《はばか》らない太宰治のニヒリズムに心を奪われているのである。

このようにしてジワジワと中・高校生の心を捉えるようになった『人間失格』は、やがて若者向けの読書案内にも登場するようになる。そのひとつが高校生新書『若き日の読書』（昭和43年2月、三一書房）を書き、「もうひとりの自分をつくり出す――自己否定の精神」という項目を設けて『人間失格』を推奨した斎藤次郎である。彼はそのなかで、「〈自分自身の発見〉とは、自分の中の他者の発見である。その〈他者〉は、ぼくに敵対し、ぼくのあらゆる弱点を責め、ぼくの存在をおびやかす。そうした自己否定の精神をもっとも徹底的に貫きとおし、そのことによってもっとも鋭く人間存在の意味を解明した作家は、太宰治であった。（中略）『人間失格』は、太宰が自分自身を素材にして暴露した、ぼくたち自身の真実の姿であったといえる」と指摘し、若者が自分のなかに〈他者〉を発見する恰好の教材として『人間失格』を紹介する。また、「太宰は、葉蔵的自我を自らのうちに見出し、それをえぐり出そうとする。そのとき、葉蔵を否定し、葉蔵を超えるもうひとりの自分＝自己の中の他者を措定していた。作家としての太宰は、失格者としての葉蔵を対象化することによって、自己の存在を主張し続けるのだ」という論理を展開し、太宰治は葉蔵というもうひとりの自分をつきつめることによって作家的主体としての強靭さを身につけ、世間の権威や因習との闘争に挑んだのだとも説いている。

　ここでは、心中自殺に至る太宰治の実人生、および、それまでの諸言説が構築してきたナイーブで心優しい太宰治像がすっぱりと捨象されている。文章のまとめにあたって斎藤次郎は、「自己の存在理由を疑いながら、同時に、それを否定し去ろうとする外側からの圧力を敢然とはねつけ、自己の確立を保障するものでなければならないのだ。内側にむかっては自己を否定し、外側にむかっては自己を守りとおす。この二面作戦の開始が、青春の出発なのである」と記し、太宰治を心の王者に仕立てようとしているが、それはある意味で、読者を錯乱させる鏡地獄のような世界がまっとうな教育言説に絡めとられていく解釈の登場でもあった。弱さを貫き続ける強さを武器に女子生徒たちを魅了していた太宰治は、ここで唐突に〈克己〉という男性的な秩序に彩られた修養の場へと組みこまれていくのである。

第一七回（昭和46年度）の中学三年生（男子）の感想文は、率先してそうした教育言説に身を投じていく内容になっている。この生徒は、「走れメロス」のメロスを「太宰の理想とする人間」に、葉蔵を「死の仮面」になぞらえ、「太宰はメロスをたたえ、葉蔵に泣いている」と説く。そのうえで、太宰治は「人間社会から葬られ、敗北していく葉蔵の精神苦悩の屈折」を描くことで人間社会に対して「自己批判」をしたのであると主張している。つまり、肯定されるメロスと否定される葉蔵というかたちで斎藤次郎のいう「二面作戦」が展開されているのである。

第一九回（昭和48年度）の高校一年生（女子）になると、その傾向はさらに強度を増す。この生徒はまず「廃人」になっていく葉蔵について、「彼のそんな生活には同情される余地がないと思う」、「私にはこの男の生き方に、共鳴することは絶対にできない」と断言したうえで、「作者は、私たちにこの男についておおいに批判させ、その上で私たちにはこんな誤った生き方をしてほしくない、人生をたいせつにしてほしいと言いたいがために、こんな遠回りをしたのではなかったろうか」と考える。太宰治は読者を啓蒙するために敢えて葉蔵という反面教師を描いたのだという解釈の登場は明らかに教育効果の顕れといえる。それ以前、たとえば第一六回（昭和45年度）あたりの感想文だと、「彼は人間の悪い面に負けたのだ。しかし、ぼくたちは負けてはならない。（中略）ぼくたちは人間失格を読むことで、死へではなく生へ、力強い生へ向かわなくてはならない」（中学三年生・男子）、「無性に腹だたしかった。この小説をおおっている無気力に私は我慢がならなかった」（高校三年生・女子）、「わたしが残念に思うことは、その絶望の中の彼をひきあげる彼の目標がなかったということである（中略）わたしは太宰をのりこえんと努力するのである」（高校二年生・女子）といったように、作者・太宰治と主人公・葉蔵の識別がついておらず、稚拙な読書感想文がよく陥る単純な努力主義が幅を利かせていたが、わずか数年のうちにそうした素朴実在論は退けられる。作者は確かに化身としての葉蔵を描いたが、「廃人」に仕立てることによってその頽廃的な生き方を批判しているのだという強引な解釈の導入によって、太宰治自身は人間を冷徹にまなざすことのできる識者の位置を与えられるのである。

4　「了解不可能性」への傾斜

ここで興味深いのは、そうした多様な解釈が試みられているにもかかわらず、読書感想文の領域では、「お話」の力、すなわち、具体的な描写やプロットの展開にはほとんど関心が向けられておらず、自己の内面を自嘲や自己嫌悪のかたちで表出する「語り」の機能を直観的に捉えたうえで、作者の真の狙いはどこにあったのかを詮索するような読み方が定着していることである。カミュの「異邦人」がそうであるように、この小説もまた一種の不条理劇とみなされ、舞台上で動き回る主人公よりもそれを舞台裏で操っている存在に意識が向けられていくのである。かつて、岸田秀は「自己嫌悪の効用――太宰治『人間失格』について」（『ものぐさ精神分析』昭和52年1月、青土社）のなかで、「自己嫌悪は一種の免罪符である」と述べ、それが嫌悪された行為の再発を促進すること、容易に他人への軽蔑に転化することを指摘している。また、奥野健男が提唱した「弱き美しきかなしき純粋な魂を持った人々の永遠の代弁者」という理解を完全否定し、『人間失格』は「この上なく卑劣な根性を「持って生れ」ながら、自分を「弱き美しきかなしき純粋な魂」の持主と思いたがる意地汚い人々にとってきわめて好都合な自己正当化の「救い」を提供する作品」だとも指摘している。『人間失格』について書かれた読書感想文では、その対立した解釈が接木され、太宰治という作家を、「自己嫌悪」が自己正当化の免罪符として機能してしまうことを十分知りながらそれを相対化しようとした点において「純粋な魂」の持主なのだ、と祟りあげる思考が一般化するのである。(10)

昭和三〇年代、読者のピューリタニズム精神を喚起するテキストとして読書感想文の世界に進出した『人間失格』は、昭和四〇年代に入ってから、弱さを貫き続ける強さへの連帯、現実社会の醜悪さをニヒリズムによって描くことへの陶酔といった読みの段階を経て、主人公に対する作者の批評的な視線をすくいあげる方向にむかっていく。それはテキスト内のどこにも書かれていないことであり、恐らく玉葱の皮むきのような徒労と背中合わせだったはずだが、読者たちは「お話」としての側面など見向きもせず、作者・太宰治と主人公・葉蔵それぞれへの接近・離反を繰り返しながら皮むき作業に没頭したのである。

また、この擬似恋愛的なゲームに興じる読者たちは、旧い解釈を新しい解釈によって駆逐していくような進化／深化の原則をとらず、A→AB→ABC→ABCDというかたちで増幅していく解釈をすべて容認し、そのことによってテキストの鮮度が劣化することを防いだ。逆にいえば、読者たちは、この小説に自分自身の陰画を発見するだけでなく、こちらの心理や感情の動きに応じてテキストが多様に変化していくプリズムのような構造に驚嘆したのである。

昭和四〇年代の読書感想文における『人間失格』の勃興は、中・高校生たちが独自テキストの魅力を見いだし、現在につながる多様な解釈の土台を形成した点に意味がある。そこには、思春期にさしかかった若者特有の背徳的な陶酔感覚を修養の言説にすり替える教育的配慮からの介入もあったが、生徒たちは、この小説を通して、人間とはどのような存在なのかという根源的な問いを立て、それを自由に表明することの解放感を満喫した。ちょうど、昭和四〇年に単行本化された『言語にとって美とは何か 第Ⅰ巻』(昭和40年5月、勁草書房)のなかで吉本隆明が、「〈私〉意識の解体と劃一化という契機を崩壊とか風化ではなくて、積極的な意味で**構成的な話体**の意識としてとらえたのは、おそらく太宰治だけだった」と評価したうえで、「『人間失格』にあらわれた太宰治の思想は、人間と人間とはまったく了解不可能だという意識にある(中略)こういう人間と人間との断絶をつきつめた思想を、話体つまり他者に語るスタイルで表現するのは、いわば**絶対的矛盾**だった」と述べているが、『人間失格』における人間らしさとは、まさに「了解不可能」であるということであり、同時代の生徒たちはその「了解不可能」性を堂々と語る太宰治の文学にうちのめされたのである。

【注】

（1）記事には「「どこでも言っているので、もう布教者って感じですが」と、照れながらの推薦です。中一のときにタイトルも著者名も見ずに読み、おどろおどろしい雰囲気に江戸川乱歩の作品だと勝手に思った本だそうですが、高一で読み直し、スケールの大きさに圧倒されたと言います。／「あの人のアクの強さが全部出たのが『人間失格』。だからこの主人公が嫌いにならなかったら、太宰の他の作品も読んでみて。」太宰の世界にはまれるかどうかの試金石だとのこと」とある。

（2）当初は『全国コンクール入選作品　読書感想文』というタイトルだったが、第一一回（昭和40年度）表彰式に列席した皇太子の、「私は、みなさんの読書感想文を読んで、みなさんが『考える読書』の習慣をりっぱに身につけていることを知り、ほんとうに心強く思いました。考え深い心のしっかりした人がひとりでも多くなるということは、その国の将来に明るい希望を持たせるものです」という挨拶をふまえて、以後、毎年刊行される入選作品集に『考える読書』という名称を付すようになった。

（3）厳密にいうと、当初は教科書や雑誌以外の図書すべてを同一基準で審査していたが、第六回から「小説・童話関係」を対象とする第一類と、それ以外の「歴史・地誌・社会科学・自然科学・語学・伝記など」を対象とする第二類に分かれ、第八回から第一類（フィクション）、第二類（ノンフィクション）、第三類（課題図書）に再編成された。また、第五一回からはそれまでの区分けが「自由読書」と「課題読書」に変更され現在に至っている。

（4）もちろん、全国コンクールに出品された数が多いからといって、『人間失格』が同時代の中・高校生に広く読まれるようになっていたと決めつけるわけにはいかない。『人間失格』を手にする生徒たちのなかにたまたま優秀な書き手が多かっただけかもしれないし、教師や審査員の側に『人間失格』を取りあげる生徒たちを高く評価する傾向があったということかもしれないからである。だが、そうした不確定要素を加味しても、この小説が高度経済成長期以降の中・高校生から熱烈な支持を受けてきたことは疑いないし、学校教育の場でほとんど取りあげられることのない小説がそこまで持続的に支持されることも特異な現象といえる。

（5）たとえば、手軽に入手可能なこともあって読書感想文のテキストとして最も人気が高かった新潮文庫（昭和27年10月、初版発行）の「解説」を担当した小山清は、「彼にとつては、世を去るに際して、これまで胸底にひた隠してゐた自分の正体を、陰鬱な自画像を描き遺すことでもあつたらう」と記している。

（6）阿武泉作成・監修の国語科教科書データベース『読んでおきたい名著案内 教科書掲載作品一三〇〇〇』（編集・発行／日外アソシエーツ、平成20年4月、紀伊国屋書店）によれば、唯一採用されたのは東京書籍『国語Ⅱ』（昭和58年、61年、各改訂版）。ちなみに、高等学校の国語教科書に採用される頻度の高い太宰治作品は「富嶽百景」が圧倒的に多く、「津軽」がそれに次いでいる。

（7）昭和三六年の高校三年生女子で二〇位にランクされているのが唯一の例外。

（8）中・高校生が購入していたと考えられる文庫本の売れ行きをみても、たとえば角川文庫の『人間失格・桜桃』は昭和二五年一〇月に初版発行されて以降、昭和四二年九月に五四版を発行し、昭和四三年六月には改版が出されている。

（9）本田透が『なぜケータイ小説は売れるのか?』（平成20年2月、ソフトバンク新書）で指摘した、ケータイ小説に頻出する「七つの大罪」より。

（10）読書感想文でこうした解釈が広がっていく要因のひとつとして注目したいのは、角川文庫の『人間失格・桜桃』（前出）の「解説」を書いた磯田光一の、「『人間失格』には、初期のみずみずしい抒情はみられない。しかし、自分の暗い素質への凝視がいっそう深められていることは確かである。この小説が狂人の手記という構成をとっている点も太宰の自己認識のあらわれと見られよう」という言説である。読書感想文の場合、文庫本の「解説」が重要なガイド役になることはいうまでもないが、昭和四三年の改版から同書に入った磯田光一の「解説」は、自身の素質を「凝視」する太宰治という観点を明確にしている点で、同時代の中・高校生の見方に一定の指針を与えていると考えられる。

〔付記〕

直接の引用はしていないが、本論の構想に際しては、藤井淑禎「甦る「こころ」――昭和三十八年の読者と社会」（『日本文学史を読む5 近代1』平成4年6月、有精堂出版）、および、『読書世論調査30年 戦後日本人の心の軌跡』（毎日新聞社、平成9年8月）から多くの研究アイディアを学んでいる。

読書感想文は、生徒の作品であると同時に学校現場での教育的指導の賜物であり、よりよい感想文として教師をはじめとした大人たちに好意的に受け止められるためのパターンや書き方のコツがある。そこに書かれた言葉は生徒個人のものでありながら、それぞれの時代における社会的風潮、暗黙の了解事項、大人たちの期待感などを敏感に反映したものになっているのである。その意味で、本節は個々人の「作品」としての読書感想文を読解したものではなく、全国から膨大な生徒が参加する（あるいは強制的に参加させられる）読書感想文コンクールというシステムのなかからうわ澄みとして掬いあげられた言説群を貫く特徴を分析したものである。そうした事情により、本節における読書感想文の言説に関しては執筆者名を伏せたまま引用することとした。本節を準備するにあたって、全国学校図書館協議会が保存する貴重資料を閲覧させていただいた。記して謝辞に代えさせていただく。

第二節　ヒューマニズムとコスモポリタニズム——教育言説のなかの有島武郎

1　教科書に採録された有島武郎

有島武郎の著作が旧制中等学校の教科書に採用されるようになったのは大正期半ば以降のことである。「小さき者へ」（保科孝一編「大正女子国文読本」大正7年12月、育英書院）、「小さな灯（表題「雪消の頃」）」（同「大正女子国文読本」）、「迷路（表題「自然の調和」）」（同「大正女子国文読本」）、「潮霧」（芳賀矢一編「三訂　帝国読本」大正10年10月、冨山房）、「惜しみなく愛は奪ふ（表題「四つの事」）」（広島高等師範学校国語漢文教授研究会編「中等国文」大正12年8月、六盟館）、「小さな灯（表題「雪消の頃」）」、「軽井沢の花」、「命尾先生」」（同「中等国文」）、「小さき者へ（表題「潮霧」）」（同「中等国文」）、「生れ出ずる悩み（表題「瞬間」）」（三矢重松編「中等新国文」大正10年11月、文学社）、「軽井沢の花」（幸田成行編「訂正大正女子読本」大正12年1月、啓成社）、「小さきものよ」（同「訂正大正女子読本」）などがそれにあたり、中等教育や女子教育の読本として広く用いられていた。(1)

上記リストからも明らかなように、当時、教材として人気があったのは「小さき者へ」（「新潮」大正7年1月）であった。母を失った子どもたちへの念願が切々と綴られるこの小説は、内容はもちろん語り口そのものが教育的であり、旧世代から新世代への励まし、あるいは、世代間の対話的関係の構築という語り口をとりながら、同時に、〈父〉から〈子〉への父性的秩序とその継承を刷り込んでいくことを可能にするという、ある意味で理想的な教材だったのである。(2)

だが、大正一二年六月に有島が心中を遂げてからは、いったん、すべての教科書からその名が消える。婚姻者同士の心中というセンセーショナルな事件によって有島武郎は反社会的な存在へと転落し、彼が残した文学表現もまた教育の現場から抹消される(3)。その有島武郎が中等教育の教科書に復帰するのは、事件から四半世紀以上経ってからのこと。敗戦の混乱と復興を経験した日本が、朝鮮戦争の特需景気に沸きはじめる昭和二五年である。

試みに阿武泉作成・監修の国語科教科書データベース『読んでおきたい名著案内　教科書掲載作一三〇〇〇』（編集・発行／日外アソシエーツ、平成20年4月、紀伊国屋書店）をもとにその一覧を作成すると、【表1】のようになる。

【表1】

昭和二五年	生まれ出ずる悩み	教図（高国1104）	小説
	生まれ出ずる悩み〔ふぶきの一夜〕	成城（高国1003）	
昭和二七年	フランセの顔	中研（高国1124）	小説
	生まれ出ずる悩み	教図（高国1118）	小説
昭和二八年	生まれ出ずる悩み〔ふぶきの一夜〕	実教（高国1037）	
昭和三〇年	生まれ出ずる悩み〔ふぶきの一夜〕	実教（高国1056）	
	カインの末裔〔イブリの山波〕	東書（高国1067）	小説
昭和三一年	生まれ出ずる悩み	好学（高国1070）	豊かな生活
	生まれ出ずる悩み〔北海の人〕	三省堂（高国1277）	近代の小説

この一覧をみると、昭和二五年から高度経済成長期に至る過程では、「生まれ出ずる悩み」（初出「生れ出づる悩み」、「大阪毎日新聞」大正7年3月16日～4月30日）が圧倒的な採用率を誇っていたが、昭和五二年を最後に同作はいったんすべての教科書から消えていることがわかる。昭和五〇年代以降は「小さき者へ」が二社、「或る女」が一社、そして「生まれ出ずる悩み」が再び二社で採用されているが、これはむしろ教材の多様化を意味するものであり、全体の傾向として際立っているのは、昭和二〇年代後半から四〇年代にかけて日本が右肩上がりの高度経済

昭和三二年	生まれ出ずる悩み〔岩内の少年〕	中研（1260）小説
	小さき者へ	教出（高国10-1057）現代の文学
	小さき者へ	清水（高国10-1005）希望
	生まれ出ずる悩み〔岩内の少年〕	中研（1294）小説
昭和三三年	生まれ出ずる悩み	績文堂（高国A-1075）小説の形式
昭和三四年	生まれ出ずる悩み	好学（高国A-1085）人生をみつめて
	生まれ出ずる悩み	筑摩（高国A-1090）
	生まれ出ずる悩み〔北海の人〕	三省堂（高国12-1206）日本の近代文学
	カインの末裔〔胆振の山波〕	東書（高国A-1089）小説
昭和三五年	生まれ出ずる悩み	秀英（高国11-1115）近代の小説
昭和三九年	生まれ出ずる悩み	秀英（国語024）近代の小説2
	生まれ出ずる悩み	実教（国語019）小説2
	生まれ出ずる悩み	三省堂（国語026）生きるきびしさ
	生まれ出ずる悩み	清水（国語028）人生探究
	生まれ出ずる悩み	明治（国語020）人生への開眼
昭和四二年	生まれ出ずる悩み	実教（国語065）小説1
	生まれ出ずる悩み	三省堂（国語063）自己を見つめて
昭和四六年	生まれ出ずる悩み	実教（国語105）小説1
	生まれ出ずる悩み	三省堂（国語098）自己を見つめて
昭和四八年	生まれ出ずる悩み	学図（現国409）小説2
昭和五〇年	生まれ出ずる悩み	学図（現国417）小説2
	小さき者へ	三省堂（現国513）生の発見
	小さき者へ	三省堂（現国525）生の発見

成長をとげていた時代、懸命に働けば生活が豊かになるという実感を人々が持ちえた時代における「生まれ出ずる悩み」への一極集中ぶりだろう。

有島武郎には青少年を主な読者に想定して書かれた小説が数多くあるにもかかわらず、なぜこれほどまでに「生まれ出ずる悩み」がもてはやされたのか。そして、ひとつの時代が過ぎ去ると同時に、なぜこの小説は定番教材とよべなくなってしまったのか。ここでは、その点から問題を組み立ててみたい[4]。

2　「生まれ出ずる悩み」の教えられ方

「生まれ出ずる悩み」は、「文学者として理想の芸術を目ざして苦悩している「私」が、冬の北海道に身を置き、行き悩んだ創作の筆を止めて、一〇年前にはじめて会った「きみ」木本君との、それまでの内面的なつながりを回想する」（『現代国語2　指導資料』昭和39年3月、明治書

昭和五五年	小さき者へ	三省堂（現国539）生の発見
昭和五七年	小さき者へ	三省堂（国Ⅰ003）③
昭和五八年	或る女	角川（現文009）近代の小説2
昭和六年	小さき者へ	三省堂（国Ⅰ003）③
昭和六一年	或る女	角川（現文023）近代の小説2
昭和六三年	小さき者へ	三省堂（国Ⅰ078）③
平成一年	或る女	角川（現文038）近代の小説2
平成二年	小さき者へ	尚学（現文047）近代の確立（近代から現代へ2）
平成三年	小さき者へ	三省堂（国Ⅰ116）③
平成四年	生まれ出ずる悩み	第一（国Ⅱ150）小説を読む3
	或る女	角川（現文053）近代の小説2
平成五年	小さき者へ	尚学（現文059）近代の確立（近代から現代へ2）
平成七年	生まれ出ずる悩み	右文（現文515）小説1
	生まれ出ずる悩み	右文（国Ⅱ543）現代文編　小説1
	生まれ出ずる悩み	第一（国Ⅱ552）現代文編・表現編　小説を読む3
平成八年	小さき者へ	尚学（現文531）近代の確立（近代から現代へ2）
平成一一年	生まれ出ずる悩み	右文（国Ⅱ602）現代文編　小説1

院）形式で書かれている。全体は、①北海道の冬の厳しさに身を置きながら芸術の理想と創作の苦しみを語る場面、②「きみ」とはじめて邂逅したときの回想場面、③その後の「私」自身の生活の変化と絡み合わせた「きみ」への回想場面、④邂逅から一〇年を経て送られてきた「きみ」の作品と手紙からひき起こされた感動を綴る場面、に分かれており、「きみ」から届いた手紙の文面を除くとテキスト内世界のほとんどが「私」の語りによって構成されている。つまり、読者の前に立ちはだかっているのは作者・有島武郎を彷彿させる苦悩する主体としての「私」であり、読者は「私」というフィルターを通して「きみ」と出逢う仕組みになっている[5]。

ところが、当時の教科書に記された梗概をみると、「貧しい漁師の家に生まれ、絵の天分を持った青年が、画家になりたいという強い願いをいだきながら、生活のために激しい労働に従事しなければならず、それに悩みつつも強く生きていく姿を描いたもの」（『国語一（総合）』昭和33年、筑摩書房）、「北海道岩内町の漁師の家に生れ、画の才能を持ち、画家になりたいと思いながら、親思いで素直な心の持主であるため、父や兄の労苦を見るに忍びず、家業を助けながら暮している青年を描いたもの」(『国語 新編二』昭和35年、秀英出版)というように、貧しさや過酷な労働のなかにあっても夢を諦めない若者の生き方に焦点化がなされている。手紙やスケッチから得た情報をもとに、「私」が「私」自身の印象や認識を語っているにもかかわらず、それが「きみ」の物語であるかのように配線が組み替えられる一方、「私」と作者の関係は直結され、まるで有島武郎という作家が「文学者としての作者自身の創作上の悩み」を吐露したものであるかのような読み方が支持されている。小説を教材として用いる場合、生徒の理解を促すため、便宜的に「私」=語り手=作者という図式で説明することは多々あるだろうが、教材としての「生まれ出ずる悩み」は、語り手である「私」が、一方で「きみ」の内面を代弁しつつ、一方で、作者・有島武郎の苦悩にも接近し、その伝記的事実と重なり合っていくような一人二役の召還と跳躍がなされているのである。

その証拠に、前述した教科書採用一覧をみると、昭和二〇年代には一般的な「小説」(あるいは「近代の小説」)という章題しかなかったのが、昭和三一年の好学社版では「豊かな生活」という章に組み込まれ、やがて「人生をみつめて」、「生きるきびしさ」、「人生探究」、「人生への開眼」、「自己を見つめて」といった章に定着していく過程がはっきり読みとれる。その意味で、このテキストには、小説としての読解だけでなく、生徒が「人生」というものを探究するなかで、「自己」を見つめる契機になることが期待されているといえる。好学社版教科書の編修代表者である吉田精一は、教授資料(『高等学校国語一年 教授資料』昭和31年)のなかで、「「生まれ出ずる悩み」は、芸術に対する熱情をいだきながら、きびしい現実の中に苦闘した、若い魂の悩みと精進の記録である。本課にとったのは、その発端のごく一部分に過ぎないが、これだけでも作者の熱と筆とは、よく生徒の心中に、一の個性の成長に対する敬虔の情をよびおこさずにはいないと思う。本課によって、生徒の個性に対する関心を深めるとともに、自己の道をたずね求め、いろいろな困難をも克服して、一歩一歩生活をきずいて行く努力と勇気とを学ばせたい。又特に芸術に対して、単にその完成された美しさを鑑賞するというだけにとどまらず、それがつくり出されるまでの苦悩と精励とに、深く思いをよせるという態度を養いたい」と説いたが、ここにさりげなく挿入された「精進」、「努力」、「勇気」、「精励」といった表現にこそ、高度経済成長期における「生まれ出ずる悩み」の教材的価値が示されている。

たとえば、この小説が初めて採用された昭和二五年、高等学校への進学率は全国平均で四二・五％（地方の農村・漁村地域ではそれよりはるかに低い数字だったろう）に過ぎなかったが、高度経済成長の絶頂期ともいえる昭和四五年には、全国平均で二倍近い八二・一％にまで激増する。それは、もちろん生活の困窮や貧しさが日常の光景だった時代から物質的・精神的な豊かさを実感できるようになった時代への移り変わりであっただろう。しかし、考えようによっては、自分の夢を抱くことなど思いもせず、中学校を卒業したあとはひたすら働き続けることがあたり前だった時代が終わり、大多数の生徒が将来への希望を膨らませるなかで高校への進学を諦めざるをえない少数の生徒たちが、引け目や劣等感を募らせていく時代の到来でもあった。地方から大都市に出て行き、安価な労働力で高度経済成長の底辺を支えた中卒集団就職者に与えられた〈金の卵〉という隠喩が、金のように稀少な存在という意味と金を儲けさせてくれる卵という意味をかけ合わせていることからもわかるように、「生れ出ずる悩み」の世界は、当時の日本社会の状況と密接につながりながら教育現場に確固とした位置を占めていくのである。

ただし、小沢勝美が「長さの制約があるとはいえ、二章と三章のみが取り上げられ、作家である「私」の創作上の苦悩を描いた一章や、自分の絵に絶望して「君」が自殺をはかる場面の出てくる八章はもちろんのこと、本多秋五をはじめ多くの批評家から、「作者はどういう体験によってこれを書いたのかと怪しまれるほど、よく描けている。」と絶賛されている北洋の烈しい漁業労働の場面を中心とする五章、六章が省かれているのはどうい

【表2】

章	構成 A（教科書）	構成 A	構成 B	内容の要約
一	起	起	起	「私」の創作上の苦悩。
二 イ	承	起	承	「君」にはじめて逢ったときの印象。
二 ロ	転	起	転	十年目に、深刻な自然の肖像画を真率な手紙と共に送ってきた「君」。
三 イ	結	起	転	再会した「君」の別人のように逞しく成長した姿。
三 ロ	結	起	転	十年間のパンのための戦いの中でなお美しい心を失わずに芸術への精進をつづける「君」。
四		起	転	春が近づいてくる北海道における「君」の姿を想像してみたい。
五		承	転	北海での烈しい命がけの漁業労働に生きる漁夫たちの悲壮さ。
六		承	転	過去に遭難顚覆した船にしがみついて生き残ったときの回想。
七 イ		転	転	漁業労働に従事しながらも、画に対する熱意を断ち切れぬ「君」の苦悩。
七 ロ		転	転	大企業の進出による町全体の零落の兆候。
八		転	転	束の間に画いた絵に満足できず、孤独のあまり自殺をはかる「君」。
九		結	結	「君」をはじめ地球上に同じ悩みで苦しんでいる人々に対する祈り。

明暗のリズム

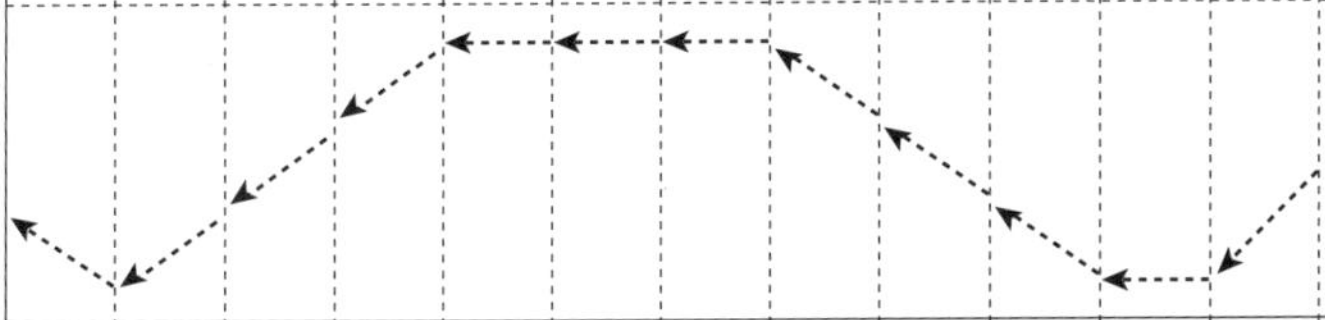

うわけか」（「有島武郎「生れ出づる悩み」」、「日本文学」昭和41年5月）と指摘したように、教科書に採録されている箇所は、ほとんどが第二章と第三章である。同氏が作成した内容の要約（【表2】）からもわかるように、そこでは、「私」が「きみ」にはじめて逢ったときの印象を語る回想と二人が一〇年後に再会を果たす場面を巧妙に切り取ることによって、プロットに時間的な奥行きを与えるとともに、〈暗〉から〈明〉への指向が明確にされているのである。

だが、それは同時に、北海道における過酷な漁業労働の実態や大企業の進出による町の零落を描き、その描写力において高い評価を得ている後半部分が、ほとんどの教科書で割愛されているということでもある。小説としての「生まれ出ずる悩み」には、社会の繁栄から取り残されていく人々、過酷な労働のなかで繁栄の土台を支えている人々の苦悩が描かれており、捉えようによっては高度経済成長の暗部に迫る教材になりえたかもしれないが、その一部を採録した教材としての「生まれ出ずる悩み」は、〈暗〉から〈明〉への浮上をクローズアップすることによって、同時代のスローガンをそのままなぞるような克服と成長の物語へと転化されているのである(6)。

また、この小説が戦後初めて教科書に登場したときの指導書と高度経済成長期の指導書を比較すると、そこには教材としての「生まれ出ずる悩み」に対する一貫した読み方が見えてくる。別々の出版社がまったく異なる社会状況のもとで編修しているにもかかわらず、項目化された指導要点はほぼ重複し、生徒に与えられる立ち位置も固定されているのである。いま試みに双方の記述を並べると以下のようになる。

【表3】

研究の手引

一、次のことを読みとる。

（イ）絵をかく少年に対する「私」の心持
（ロ）漁夫の手紙に表われている創作上の苦しみ。
（ハ）芸術に対する「私」の考え。
二、この文章の主題について話しあう。
三、この文章の表現について、欧文派の影響があると思われるところを指摘する。
四、できたら「生まれい《ママ》ずる悩み」を全文読んでみる。
五、白樺派の文学について調べてみる。
六、「創作の喜びと悩み」という題で作文をする。

（著作者代表者・金森徳次郎『「国語」高等二年（二）』教育図書株式会社、昭和24年7月）

学習の手びき

一、絵をかく少年に対する私の心持ちの推移について、次の角度から整理してみよう。
1　はじめてその少年に対したときの心持ち
2　その後、消息がなく、思い出の中に少年があらわれたが、その折の心持ち。
3　十年目におくられてきたかれのスケッチ帖に接した時の心持ち。
二、かれの手紙の中にもられている創作上の苦しみを中心にして話しあってみよう。
三、芸術に対する私の考えのあらわれている箇所をぬき出して、整理してみよう。
四、「生まれい《ママ》ずる悩み」とは、「私」なる人物の文学創作の悩みをいうのか。「きみ」なる人物の絵の創作上の悩みをいうのか。あるいはそのほかのことをさすのか、考えてみよう。

五、はじめから一三ページ六行「……きみのことを思った。」までの中から、擬人法や比喩法などの表現の箇所をぬき出してみよう。こうした表現は欧文の影響といわれているが、そのような点につき話しあってみよう。

（熊沢龍・河盛好蔵・木俣修・川副国基・長谷川泉『現代国語２』明治書院、昭和39年1月）

両者が中心的な課題としているのは、「芸術」や「創作」を主語に掲げ、それに対応する述語としての「苦しみ」、「悩み」、「喜び」に考えをめぐらせようとする方針である。また、そこから掘り下げられるのは「きみ」自身の内面ではなく、「きみ」の手紙やスケッチ帖に接したときの「私」の心持ちである（その証拠に、どちらの手引きにも「きみ」という表現がまったく登場しない）。もちろん、細かく見ていくと、「私」の心持ちをひとつの確定した状態として捉える立場から「推移」していくと捉える立場への変換、「生まれ出ずる悩み」とは何かという本質的な問題についての多様な解釈の試み、「作文」から「話し合い」への移行、白樺派の文芸思想と接続させていく読み方とその排除など、いくつかの重要な相違点もあるが、それは教師がひとつの正しい読み方を教える時代から様々な意見を交わしつつ話し合いで問題解決を図っていく時代へと変化したことに即したものである。問題は、むしろ、時代状況が大きく変化して教材の解釈に新しい観点が導入されたにもかかわらず、なぜ芸術家である「私」の苦悩だけがクローズアップされ、生徒に教えるべき課題として持続しているのかという点にある。

それを明らかにするために、ここでは、前述した教育文化研究会編『「国語」高等二年（二）』（昭和24年7月、教育図書）を用いた授業のなかで、実際に「生まれ出ずる悩み」がどのように教えられていたかを再現してみたい。――以下の引用（【表4】）は財団法人・教科書研究センター附属教科書図書館に所蔵されている教科書の書き込みである。明朝体が本文、ゴチック体が生徒の書き込み、傍線も生徒が引いた箇所である。行頭の番号は筆者が便宜的に付したもの。旧仮名遣いの使用などから、書き込みはこの教科書が使われていた当時のものと推定できる。また、生徒の誤記などもそのまま表記している。

【表4】

1 私は自分の仕事を神聖なものにしようとしていた。
2 そこに自分の芸術の宮殿を築きあげようともがいていた。
3 すべての人の心の奥底にある〔**芸術をみいだそうとするあこがれ**〕
4 その火をくゆいらそうとする塵芥の堆積はまたひどいものだった
5 寒い。原稿紙の手ざわりは氷のようだった。
6 上から下へと一気に視線を落してゆくときに感ずるような速さで、昼の光は夜のやみに変わってゆこうとしていた。
7 「雪片は暮れ残った光の迷い子のように」、
8 「快活らしい白い啞の群れの舞踏」〔**美しい表現**〕
9 どうでしょう。それなんかはくだらないできだけれども。〔**自分の絵はだめなのだろうかと思ふ心／だめならだめでもよいと云ふ考へ**〕
10 私は一方できみの絵に喜ばしい驚きを感じながらも、いかにも思いあがったようなきみのものごしには一種の反応を覚えて、ちょっと皮肉〔**作者の反感**〕でも言ってみたくなった。

11 「荒涼と見わたす限りに連なった地平線の低い葦原をいちめんにおゝうた翳雲《えい》のすきまから午後の日がかすかに漏れて、それが、草の中からたった二本ひょろひょろとはい伸びたしらかばの白い樹皮を力弱く照らしていた。」

12 単色を含んできた筆の穂が不器用に画布にたゝきつけられて、

13 自然の中にはけっして存在しないといわれる純白の色さえ、他の色と練りあわされずに、そのまゝべとりとなすりつけてあったりしたが、〔絵に対する感覚〕

14 きみはこゝろもち顔を赤くした

15 自分を冷笑するようなひややかな表情をして、しばらくの間私と絵とを等分に見比べていたが、ふいと庭の方へ顔をそむけてしまった。

16 それがまたふつうの微笑とも皮肉な痙攣とも思いなされた。

17 それからふたりはまた二十分ほど黙ったまゝで向かいあってすわり続けた。〔その時のちぐはぐな状体《ママ》〕

18 うぶな、素直な子どもでも言ったような無邪気な明かるい声だったから。

19 ふしぎなものは人の心の働きだ。〔互のとがりあった心〕

20 私は黙っていた。〔少年の運命をきづつけたくない／相手の運命を尊重する気持／人道主義であることがわかる〕

21 絵が好きなんだけれども、へただからだめです。〔作者の返答を聞けない淋しさ〕

22 豊満の寂しさというようなもの〔失われて行くようなさびしさ、未来がない〕

23 私から姿を消してしまったのだ。』〔芸術を目ざす少年／おたがいの芸術に対する〕

24 岩内から来たという人などに会うと、私はよくその港にこういう名まえの青年はいないか、その人を知らないかなぞと尋ねてみたが、〔少年の事をかんがへつゞけている〕

25 ある程度まで心に触れあった同志が、いったん別れたが最後、同じこの地球の上に呼吸しながら、未来永劫またと会わない**〔人間の中のさびしさ〕**

26 それまでやっていた仕事**〔札幌での歴史経済〕**

27 新しい生活の芽が周囲の拒絶をも無《な》みして、そろそろと芽ぐみかけていた。私の目の前の生活の道にはおぼろげながら気味悪い不幸の雲**〔文学に生きようとするむづかしさ〕**がおゝいかゝろうとしていた。

28 私は始終私自身の力を信じていいのか疑わねばならぬのかの二筋道に迷いぬいた人類の意志**〔人間が求めなければならないもの、かんぜんなる意志〕**

29 私の周囲には亡霊のような魂がひしめいて、紙の中に、生まれ出ようと苦しみあせって**〔芸術的な一つのこうふんした心情〕**いるのをはっきりと感じたこともあった。

30 純一な気持がどこのすみにも見つけられないときの寂しさ**〔芸術に生きるよろこびと苦しみ〕**はまたなんとたとえようもない。そのとき私はまったく一塊の物質にすぎない。私にはなんにも残されない。

31 自分を誇大して取り返しのつかない死**〔芸術家としての生きて《ママ》行く〕**

32 もうこの苦しみはおれひとりでたくさんだ。**〔新しいものに生まれかわる悩み／少年に対するきたい〕**

33 山は絵の具をどっしりつけて、山が地上から空へ盛り上がっているようにかいてみたいものだと思っています。

34 地球というものが急により美しいものに感じられたのだ。**〔芸術に関する感情、感動〕**

35 **〔手紙への感動、テーマ　芸術が生れ出て来る苦しみ〕〔作者　鑑賞　内容　比評《ママ》〕**

まず注目したいのは3の注記である。1、2で「自分の仕事を神聖なものに……」、「自分の芸術の宮殿」という部分に傍線を引いてきた生徒は、ここで、「すべての人の心の奥底には」〔芸術をみいだそうとするあこがれ〕

があると教えられる。この授業は、芸術が特別な才能の持ち主や恵まれた環境に育った人間にのみ許されるものではなく、「すべての人の心の奥底にある」ものだという考え方が強調されるところからはじまるのである。

ところが、9から19にかけての傍線や注記は、〈だめならだめでもよいと云ふ考へ〉、「皮肉〈作者の反感〉でも言ってみたくなった」、「他の色と練りあわされずに」、「自分を冷笑するようなひややかな表情」、「顔をそむけてしまった」、「黙ったまゝで向かいあってすわり続けた。〈その時のちぐはくな状体《ママ》〉」、〈互のとがりあった心〉といった具合に、「きみ」の自暴自棄と、投げやりな態度に反感を覚える「作者」（ここで「私」ではなく「作者」と書かれている点は重要である）の対立、あるいは、お互いの感情が「ちぐはぐ」に縺《もつ》れ合う様子に焦点があてられる。そこで展開されているのは、「芸術」への「あこがれ」というテーゼを導入して「すべての人の心」をひとつにしようとする「作者」の願いが、厳しい現実によって裏切られていく過程である。その意味で、21以降の注記に〈さびしさ（淋しさ）〉という表現が執拗に繰り返されていることは重要であろう。

中盤における対立・反撥の構図は、18の「素直」で「無邪気」な明るさが聞えてくるあたりから溶解しはじめ、20の〈相手の運命を尊重する気持／人道主義〉という注記、あるいは、25の「ある程度まで心に触れあった同志《ママ》が、いったん別れたが最後、同じこの地球の上に呼吸しながら、未来永劫またと会わない」といった表現につながっていく。そこには、「人間」の「さびしさ」を直視し、ひとりひとりが孤独であるからこそお互いを認め、尊重し合えるという背理的な「人道主義」がある。28の「人類の意志」に充てられた〈人間が求めなければならないもの、かんぜんなる意志〉という注記が象徴しているように、授業のなかでは、恐らく、個と個が向き合うところに生じる「とがりあった心」を克服するために、「人類」、「地球」といった視点で世界を解釈することの大切さが説かれているのである。

こうして、3で提起された「すべての人の心の奥底にある」「芸術」への「あこがれ」は、ひとりひとりの人間を超越し、「人類の意志」につながるための方法として定位される。34の「地球というものが急により美しいものに感じられたのだ」という一節は、この小説を教材化するにあたって編修担当者が本文最後の一文として選んだ言葉であり、ここでテキストを閉じることに大きな意味が託されているわけだが、それは〈芸術に関する感情、感動〉という注記と重ねて説明されることによって、ひとつのカタルシスを形成しているのである。

しかし、テキストのプロットそのものは、北海道の厳しい環境のなかで働きながら「芸術」を志す青年の生き方に、語り手である「私」が共鳴していく過程が中心であり、それを読んだ生徒が即座に「人類の意志」なるものを実感することはそれほど容易《たやす》くない。世界各地で政治・民族・宗教などをめぐる紛争が絶えなかったこの時代に、「人類の意志」という言葉はそれ自体が虚しく響いてしまう可能性もあったはずである。

また、ある特定の人間が「世界」や「地球」という視点に立って「人類の意志」を考えるということは、まるで宇宙から俯瞰するように超越性を獲得することであり、ひとりひとりの個人と密接につながる社会・地域・生活といった中間項をカッコに括ってしまう。「人類の意志」というお題目を唱えることによって、個々の次元における様々な葛藤や対立がいとも簡単に乗り越えられるような錯覚を与えるのである（この問題については本書の第四章第二節で詳細に論じている）。山田俊治は「書くことの疎外と統一――『生れ出づる悩み』の可能性――」（『日本文学』平成6年1月）のなかで、「「私」の「君」への共感を文字が作り出しているという設定は、このテクストの戦略を暗示して象徴的である。孤独な書記行為によって生み出された文字が（そしてスケッチも）「私」の読書行為によって甦り、「君」への限りない共感を呼び起こしているわけである。というより、濃密な関係性を喚起する手紙の文字を媒介とすることで成立したその共感は、共犯性とも呼びかえられる性格のものであった」と述べ、テキストにおける「共犯性」の問題を指摘しているが、授業という場のなかで個々の生徒をコスモポリタニズム的な思考へと誘う行為もまた、ある意味では「共感」=「共犯性」の問題と密接に絡みあっている。

テキストにおける「共犯性」とは、「きみ」と「私」との関係性であると同時に、ひとりひとりの個別的な「悩み」を人類普遍の「悩み」へと昇華させる仕かけとしても機能しているのである。

3　ヒューマニズムとコスモポリタニズム

ところで、「生まれ出ずる悩み」とともに教科書への復活を果たす有島武郎という存在に迫るとき、そもそも国語教科書がどのような編成になっていたかを考えることも重要であろう。ここでは、同作の人気が最も高かった時期に起こったひとつの論争を手がかりに考察を進めたい。

事は、戦後教育のありようを体系的にまとめた『岩波講座・教育　第五巻　日本の学校(2)——教科篇(1)——』（編集責任者・勝田守一、昭和27年11月、岩波書店）で「国語科」という項目を担当した国分一太郎が、国語科教科書における文学教材不要論を展開し、それに対して石田宇三郎が「国語教育の基本的方向」（「教師の友」昭28年7月）で激烈な反論したことからはじまる。双方の論点を踏まえた荒木繁は、「文学と教育」（日本文学協会編『日本文学講座Ⅶ　文学教育』昭和30年1月、東京大学出版会）のなかで、「ある国語教科書（第三学年）」を引き合いにして、まずそのタイトルを以下のように羅列する。

Ⅰ世界への窓　一、存在の独立（野口米次郎）二、ヒューマニズムの精神（田中美知太郎）三、民主的文化の理想と現実（安部能成）　Ⅱ小説の特質　一、小説について（中村光夫）二、寒山拾得（森鷗外）三、城の崎にて（志賀直哉）四、レモン（梶井基次郎）五、首飾り（モーパッサン）　Ⅲ評論の精神　一、ゲーテ的とシェークスピア的（工藤好美）二、写実論（モーパッサン）三、島崎藤村（正宗白鳥）四、不易流行（芭蕉、土芳、去来）五、もののあはれ（本居宣長）　Ⅳ東西の文学　一、世界文学をどう読むか（河盛好蔵）二、杜甫（吉川幸次郎）三、源氏物語（紫式部）四、神曲（ダンテ）五、国民文学と世界文学（土居光知）Ⅴ芸術の世界　一、花伝書（世阿弥）二、永遠なるもの（タウト）三、ロダンの遺言（ロダン）Ⅵ文学の本質　一、芸術の風土的性質（和辻《ママ》哲郎）二、文学の本質（工藤好美）

「世界への窓」という項目に始まり、「ヒューマニズムの精神」（田中美知太郎）、「民主的文化の理想と現実」（安部能成）と続くこの国語教科書は、明らかに文学偏重主義をとっている。小説が多いことはもちろんだが、それ以外の題材も、多くは文学論と芸術論に限定されている。また、古典・漢文を含めた教科書であるにもかかわらず現代文の比率が圧倒的に高い。今日の国語教科書に比べると、外国の名作が数多く採用されており、「源氏物語」（紫式部）、「花伝書」（世阿弥）、「不易流行」（芭蕉）といった皇国史観や国粋的な思考と切断された国民文学を世界文学に融合させようとする意図も明らかである。つまり、戦前のイデオロギーを徹底的に排除しようとするあまり、それとは正反対に位置するものだけが豪華に並んでしまったというわけである。

　このラインナップに対して荒木繁は、「まことに絢爛たる古今東西の文学がならび、文化的雰囲気がただよっている。生徒たちはこのような世界の窓をのぞき、東西の文学を読み、芸術の世界をさまよっているうちに、植民地化された日本のみじめな現実をひょいと忘れてしまうのではないかと心配したくなる。（中略）こういう文化を一口にいってコスモポリタニズムの文化というのである。（中略）いま日本の子供たちは、何よりも困難な現実にたちむかっていく力を得るために、腹のたしになる米の飯を欲している。しかしここに並べられているのは高級なケーキみたいなものだ」と皮肉ったうえで、国語教科書が「ヒューマニズムの精神にみちた偉大な文学」で占有されることの是非を問う。それらが「人類の貴重な文化遺産」であることは承認し、それを学ぶことの大切さにも理解を示すが、それと同時に、日本人の民族意識が喪失していくことへの危惧を次のように訴える。

――日本民族が直面しているきびしい現実の認識と、その上に立った人類的使命（ビキニの灰以来、日本民族は平和を守り民族的自立をかちとるという人類的使命をますます大きくした）の自覚の基礎の上に、これらの作品があつかわれるのでなく、民族の意識を喪失することで、世界的文学を鑑賞しよう式に読まれるなら、それはコスモポリタニズムの文化以外のなにものでもない。／現在の文部省の「学習指導要領国語科編」と国語教科書の支配的な傾向はプラグマチズムとともに、このようなコスモポリタニズムの精神によってつらぬかれている。（中略）／プラグマチズムは社会を変革していくよりは現存秩序に適応して成功していこうという徹底的に俗物的個人主義の思想であり、コスモポリタニズムは民族意識を喪失した植民地思想である。これらのイデオロギーは戦後の新教育、特に社会科などに、顕著にあらわれているが、国語教育においても決して例外ではないのである。

上記の論争や荒木繁の主張そのものを検証することが本節の目的ではないためその是非は問わないが、少なくとも、この文面が昭和三〇年前後における国語科教科書編修の思想を浮き彫りにしていることは間違いない。さきに指摘したように、新学習指導要領はコスモポリタニズムの精神を涵養し、プラグマチズムの思考に基づく社会変革を促すことを目的化しており、国語科教科書もまたそれに適う作品群によって構成されていたのである。

こうした状況のなかに「生まれ出ずる悩み」を置いてみると、この小説の役割、あるいは、そこに期待されている新たな教育的効果が見えてくる。たとえば、筑摩書房版教科書の指導書である『国語　学習指導の研究一』（編著者代表・西尾実、昭和33年12月）の【解説】は、この教材について、「作者がこの作品の巻末で「この地球の胸の中に隠れて生まれ出ようとするものの悩み――それをぼくはしみじみときみによって感ずることができる」と語っていることを重視し、「その主人公の、芸術への強い愛着が、漁夫としての生活の中で押しつぶされそうになりながら、なお断ちがたく燃え上がろうとする悩みを描いた部分を採った。／わけても、この主人公に二度面談した感動から、この「生まれ出ずる悩み」を書いた作者その人が、文学者として自ら生まれいづる悩みを深く経験している人であるだけに、作者その人の悩みが、息苦しいまでに生き生きと作品を裏づけている。したがって、芸術家や文学者に限らず、「この地球の胸の中に隠れて生まれ出ようとする」あらゆるものの悩みを呼びさまし、いたわり、かつ励ましてくれる」と記している。また、【学習の目標】には、「学習の眼目としてまず第一に、まっとうに真実に生きぬくとはどういうことであるか、それをぜひとも考えさせたい。と同時に、この作品を通して、作者の個我尊重から社会問題に発展せずにはおられなかったヒューマニズムの精神についても学ばせたい」とあり、そこには、「この地球」における「あらゆるものの悩みを呼びさまし、いたわり、かつ励ましてくれる」ような「ヒューマニズムの精神」を教えようとする狙いが託されていることがわかる。

この点については、国語教育の立場からこの小説の指導法を説いた増淵恒吉（「「生まれ出づる悩み」の鑑賞と文法指導」、『口語文法講座4　読解と文法』昭和39年12月、明治書院）も、多くの生徒は「だれも気もつかず注意も払わない地球のすみっこで、尊い一つの魂が母胎を破り出ようとして苦しんでいる」、「一度とにかく顔を合わせて、ある程度まで心を触れ合ったどうしが、いったん別れたが最後、同じこの地球の上に呼吸しながら、未来永劫またと巡り合わない……それはなんというふしぎな、寂しい、恐ろしいことだ」といった表現に「感動」すると指摘したうえで、こうした考え方を深く理解させるためには、作者・有島武郎の生涯についての知識を持たせ、経歴を説明することが重要であると述べる。そして、この小説の背景に白樺派の思想があることを強調し、以下のような武者小路実篤の言説を援用する。

自己に忠実になると云ふことは、自己に終るのではなく、自己を通して人類の意志、自然の意志をあふれささうと云ふのである。

〇

我等の文学上の立場を理解するには、人類が全体として生長しようとする意志がある事実を認めることである。／我等は人類がなぜ生じたか知らないが、人類は日々賢くならうとしてゐること、どこまでも生長しようとしてゐる事実を認める。一つの真理を知るものはそれを他人に知らさないではゐられない。一人の人が本当に知つた真理は同時に人類が知つた真理である。そして人類は真理を知ることによつて、その真理を実際に生かすことによつて進歩する。

こうして、有島武郎という作家は、時代が要請する「ヒューマニズムの精神」と戦後の日本が教育目標の根幹にすえた「個我尊重」の精神が交錯する結節点に配置される。「自己に忠実」に生きることと「人類の意志」を符合させる理想主義の典型として位置づけられることによって、教育現場から「民族意識」を除去する働きをしていくのである。

4　〈苦悩する若者〉の創出

だが、「生まれ出ずる悩み」は、戦前の歴史や伝統的な価値観を否定して新しい国家を建設しようとした昭和二〇年代後半の日本が必要とした教材であるだけでなく、昭和三〇年代以降の高度経済成長期にも広く採用されている。そこには、コスモポリタニズムへの志向性だけでは説明できない別の理由があったと考えられる。

「生まれ出ずる悩み」を持続性のある教材に育てていった原動力としてまず考えられるのは、すべての生徒が〈自由〉に文章を書き、書くことによって身の回りの現実や社会に対する関心や問題意識を培っていくことを狙いとして広まった生活記録運動との関連である。戦前からの生活綴り方運動や児童文化運動を民主主義教育の立場から捉え直していくかたちで展開され、無着成恭の『山びこ学校』をはじめとする数多くの実践報告がなされたこの取り組みは、ちょうど「生まれ出ずる悩み」が教材として採用された時期に社会現象となり、様々な議論や曲折を経ながらも全国の教育現場に浸透していった。榊原理智が「『山びこ学校』というユートピア――一九五〇年前後における〈書く主体〉の創出――」（「日本文学」平成19年11月）のなかで、

　一九五一年二月号『世界』に、一人の中学生の作文が掲載された。江口江一の「母の死とその後」である。翌月にはこれを所収した『山びこ学校――山形県山元村中学校の生活記録』が青銅社より発刊された。これは刊行直後から教育界のみならず、思想界・文学界を席巻し、山村の貧困状況を「ありのままの事実」（国分一太郎）として描いた中学生たちの二十一編の作文と十四編の詩は、「戦後民主主義教育の金字塔」としてさまざまな分野の知識人たちの賞賛を集めたのである。教師・無着成恭は一躍時の人となり、『山びこ学校』は一冊の書物というより社会現象となった。学校に新たに作文教育を取り入れようとしていた教育者、修身に代わる新しい教科である「社会科」を打ちたてようとしていた教育者、社会科学の理念を再考していた経済学者、新しい表現を求めていた文学者、さまざまな人間が競って『山びこ学校』を自らのコンテキストに引きつけて語った。

と概括してみせたように、『山びこ学校』に代表される生活記録運動は、生徒たちにありのままの現実を直視させ、彼らが自らの人生を主体的かつ科学的に切り拓いていくことに主眼を置く実践的な取り組みであると同時に、地方の山村漁村に暮らし、貧困によって自分の将来に明確なビジョンを描くことができない子どもたちの存在を

可視化し、彼らが抱えている様々な困難を社会全体の問題へと敷衍していく活動でもあった。教育評論家・鈴木道太の言葉をかりれば、そこには、「子どもたちのすべてを抑圧している貧乏という社会的事実に、子どもたちをまむかいに対決させて、貧乏から子どもの意識を解放する」[7]明確なビジョンがあったのである。

こうした生活記録運動が「生まれ出ずる悩み」第二章、第三章のモチーフと呼応していることはいうまでもない。過酷な労働のなかでもなお絵を描き続け、絵を描くことでたくましく成長する「きみ」は、まさに生活記録運動で作文を書く生徒たちの見本であり、「きみ」からの手紙を読んでその成長ぶりに歓喜する「私」もまた、その運動に取り組んでいた教師たちと重なり合うのである。

それと関連してもうひとつ指摘しておきたいのは、学習指導要領の改定にともない、昭和三三年一〇月から中学校に道徳[8]が新設され、週一時間をこれに充てることが義務づけられたことである。戦前の修身のように極端な精神主義が持ち込まれたわけではないが、たとえば、高校進学か就職かの選択を迫られる中学校二、三年生用の実施要綱にある「〇社会生活における勤労の意欲を理解し、勤労の意欲を高める」、「〇どのような失敗や困難にあっても、常に人生に対する希望を失わず、誠実積極的に生きぬく」、「〇偉大なもの、すぐれたものに対して敬けんな心をもつ」、「〇国民としての自覚を高めるとともに国際理解、人類愛の精神をつちかう」といった文言をみても、「生まれ出ずる悩み」との相関性は強い。そこでは、勤勉で誠実な生活者になることと「国民としての自覚を高める」ことが同じ位相に並べられ、教育による緩やかな人格統制が目的化されているのである。

また、当時の学習指導要領によれば、道徳を指導していくための具体的な方法としてまず挙げられているのは「文学作品の利用」であり、国語との接合による感化は自明のことだったといえる。当時の雑誌記事をみると、「道徳科教育が復活するとなると、それとともにこの科目の重要なタレントとして復活するのは、何んといっても二宮金次郎だろう。（中略）かくて前人気は上々、昨年あたりから全国の石屋さん、銅像屋さんに、空前の金次郎ブームが訪れ、気の早い活動写真屋に早速〝少年二宮金次郎〟とかいう道徳教育用映画を作らせたのであった」（法元吉隆「二宮金次郎・美徳の正体」、「人物往来」昭和33年5月）といった記事も散見でき、道徳の復古的な傾向を揶揄する声が至るところからあがっているが、ある意味で、「生まれ出ずる悩み」に描かれる「きみ」は薪を背負いながら学問する二宮金次郎であり、勤労と向学の両立という思想の体現者だったのかもしれない[9]。

道徳そのものは小中学校の義務教育のカリキュラムであり、おもに高等学校の教材として採用されていた「生まれ出ずる悩み」と直接的に関わるわけではない。だが、国語とは別に「文学作品の利用」を積極的に掲げる科目が新たに導入されたことによって、道徳教材としての文学に注目が集まり、それにふさわしいテキストが重宝される状況は確実にあったと思われる。「生まれ出ずる悩み」において、なぜあれほどまでに「人類愛」が問題にされるのかという先般の疑問は、道徳の導入から「期待される人間像[10]」というスローガンが流行する頃までを射程とする教育改革のプロセスを重ね合わせてみることによって、はじめてその必然性が理解できるのである。

ここまで、昭和二〇年代後半からの生活記録運動と道徳における「文学作品の利用」を重要な要素としてとりあげてきたが、では実際、同時代の生徒たちは「生まれ出ずる悩み」をどのように読み、そこから何を学ぼうとしたのだろうか。ここでは、その問題に迫るための材料として、前節にひき続いて読書感想文をとりあげてみたい。

本を読むという行為を通じて人間的な成長を図ろうとする読書感想文には、国語と道徳を橋渡しする機能が与えられている。なかでも青少年読書感想文全国コンクールは、全国学校図書館協議会と毎日新聞社が推進し、各都道府県での審査を経て年度ごとの優秀作品を表彰するとともに、『考える読書　青少年読書感想文全国コンクール入選作品』（各年度発行、毎日新聞社）として活字化を継続することによって学校教育の現場に多大な影響力を持ち続けてきた。そこには、児童・生徒が文学テキストをどのように読んだのかという問題系と、それぞれの時代においてどのような読書感想文に高い評価が与えられたのかという問題系が併存しており、まさに国語と道徳との癒着した構造が垣間見えるのである。

同書を通覧すると、有島武郎の小説を題材とした読書感想文は中学・高校の部で毎年一本程度の割合で掲載されていることがわかる。同書には課題図書の部と自由図書の部があり、それぞれ各都道府県から選ばれる仕組みになっているため、毎年、一本程度の割合で入っているということは比較的高い頻度だといえるだろう。また、採りあげられている素材をみると、教科書に掲載されている「生まれ出ずる悩み」が多く、「小さき者へ」、「或る女」がそれに続く。特に「或る女」については、どれも女子高校生が主人公・早月葉子を通して女としての生き方を模索する内容になっている。賛否両論それぞれの立場は分かれているが、「或る女」の場合、戦後日本における女性の解放や社会進出の流れと鮮やかに呼応しているといえよう。

では肝心の「生まれ出ずる悩み」の読書感想文はどのように書かれているかというと、その内容および論理展開は驚くほど似通っている。以下に掲げるのはその典型的なパターンである。

——木本が画家になるには賛成であったが彼はあえて口にしない。「それはあまり恐しいことだ。それを決めるのは君自身でなければならない」と考えて。私はそこに、悩める作者の心をはっきりと見い《ママ》出すことができた。ただ木本青年や同じく悩める人々の上に最上の道が開かれるのを祈り、そして力強いはげましのことばを書く作者の。「もうこの苦しみはおれ一人でたくさんだ。道を踏み迷わないでくれ。」と願った作者。そして「ほんとうに地球は生きている。この地球の生まんとする悩み、この地球の胸の中に隠れて生まれ出ようとするものの悩み」という印象的な文を書く作者。……私は今、木本も作者も、立派な芸術家であり、かつまた善人であるということだけが強く心に残る。

（『考える読書　第一三回　読書感想文』昭和43年4月、毎日新聞社　※高校一年生の作品）

――「君」の中で生まれ出ようとうごめく貴い魂は、「君」の悩みであると同時に、「私」の悩みでもあったのではないだろうか。有島武郎の中で生まれ出ようとする、彼のペン先からほとばしり出ようとする何かに向かって、彼が自分自身で悟らなければならなかった悩みを「君」の上に映し見て、それらすべての人々の魂がいつか輝かしく誕生することを熱く祈っているように思えてならない。そして、それは、作者が地球すべての生命に注いだ美しい愛である、と感動せずにはいられないのである。（中略）この偉大な地球の上で、数々の純粋な生命は生まれ出ようと悩んでいる。／生きるということ――それは何という貴い美しいことなのだ――。

（『考える読書　第二一回　読書感想文』昭和51年4月、毎日新聞社　※中学二年生の作品）

そこには、悩むこと苦悩することは若者の特権であり、悩み続けることによって自分の主体性を獲得していかなければならないとする意志表明がある。また、前述の【学習の目標】にあったように、「地球」を主語としてそこに生きる人間の愛と苦悩を「美しい」ものと捉える視線も見事に体現されている。「生まれ出ずる悩み」という小説がよりよく生きるための指針として機能し、作者・有島武郎もまた、作家というよりは思索者・求道者として位置づけられている。文章の表現を読むのではなく、そこに書かれているものの見方、考え方を明らかにするための題材として用いられている。[11] 読書感想文の場合、文章のなかから教訓的な要素を抽出してそれを自己省察に結びつけていくスタイルが一般的であり、前向きな苦悩は無条件で賞讃されることになっているが、上記の読書感想文では、それがさらに強固になり、小説を教訓譚として読み解くこと、文学を道徳に再編成していくこと自体が論理の骨格になっている趣さえある。「生まれ出ずる悩み」は、そこに託された様々なモチーフがそれぞれの時代ごとに都合よく切り出され、優れた教育言説としてスタンダード化されているのである。

5　有島武郎像の再構築

しかし、本節の冒頭でも述べたように、「生まれ出ずる悩み」は昭和五〇年代に入って採用が激減し教科書の世界から消えていく。戦後から高度経済成長期にかけて多くの出版社がこぞって収録したこの小説の教材的価値がなぜそれほど凋落したのか。ここでは、昭和五八年に角川書店が初めて採用した「或る女」に焦点をあてることによってその理由を考えてみたい。

阿部知二が『小説の読み方』（昭和30年10月、至文堂）で、「われわれは、ある情熱や、欲望や、性格や、病的心理や、迷信や、悪慣習の奴隷となっていることがあり、そしてそれを究明することによって、それから解放されて自由になることを求める。「土」や「心」や「破戒」や「ある女《ママ》」は、そういう風にして、近代の開明を求める日本の歴史の中に生れたのではなかったか。また、個人にしても、国にしても、貧しさが何からくるかを知ることがなければ、それは貧しさの奴隷としてとどまることを意味しよう。階級の間の争いにしても、戦争にしても、その真実を究明することは、それから自由になることの一歩である。ヒューマニズムの文学やすぐれた社会的文学は、そういうことのために生まれたのではなかったか」と述べたように、「或る女」は、「土」、「破戒」、「心」などと並んで日本の近代文学が達成した「ヒューマニズムの文学」の極北とみなされてきた。また、この小説は、昭和二三年五月に新潮文庫が、同二五年五月に岩波文庫が、そして昭和二七年三月に角川文庫が相次いで刊行したことにより、戦後、多くの読者を獲得することになった（たとえば岩波文庫の場合、昭和43年6月段階で二七刷に達している――筆者注）。また、「本能」に導かれるまま奔放な恋愛に身を投じ、ヒステリー症の昂進によって悲惨な最期を遂げるヒロインの苛烈な生きざまを描いたことで、この小説は本格的なリアリズム文学としても高い評価を受けている。つまり、「或る女」は、文学者や文学研究者が日本の近代を代表する小説のひとつとして認知し、戦後間もない頃から幅広い読者を獲得し続けた小説なのである。

だが、当然のことながら、そうした文学としての魅力が必ずしも教材的価値と一致するわけではない。昭和三〇年代以降の教科書編修において絶大な発言力をもっていた吉田精一が、「「或る女」などは、今の生徒に正しい理解を望むことは無理であるが、「カインの末裔」「クララの出家」「小さき者へ」などは、興味をもって読まれるし、推奨に価する」（編修代表者・吉田精一『高等学校国語一年　教授資料』前出）と断じたように、「或る女」はものの見事に教育の現場から排斥されてきたのである。

角川書店版の『高等学校現代文』は、その意味で日本の国語教育におけるひとつのタブーを打ち破った画期的な教科書だといえる。その後、同教科書が三回にわたる改訂のなかで「或る女」を採用し続けたことも含めて、教科書のなかの有島武郎と、文学を愛好する幅広い読者が抱く有島武郎の間にあった乖離したイメージを修正し、文学者としての実像を正当かつ包括的に提示した意義は大きい(12)。

この角川書店版『高等学校現代文』に収録されたのは「或る女」の冒頭部分、主人公の葉子が新橋から横浜行きの汽車に乗る場面である。いま試みに同教科書の編修委員会がまとめた指導書『高等学校　現代文の研究』（昭和58年5月、角川書店）をみると、構成としては、第一段「女主人公早月葉子が、新橋駅で古藤義一と待ち合わせ、横浜行きの汽車に乗り、車中で、かつての夫・木部孤笻《こきょう》を見かける。葉子は木部が自分と気持ちを交わそうとする気のないのにかっとして、こちらもその気持ちのないふりをする」、第二段「偶然同席した木部との七年前の初恋・結婚・離婚の回想。二五歳の木部と一九歳の葉子との自宅における会食での出会い、木部の自分と似ている性格・容貌、日清戦争従軍記者としての名声などからの恋心、母の反対に挑発されて、自らの恋に酔っての結婚の強行、結婚後の男を裏から見ての幻滅、本当の恋ではなかった自覚からの家出、離婚等の回想である」、第三段「木部の無遠慮な凝視、葉子を女と侮《あなど》り、自分の才能を頼んでの侮辱的な凝視に葉子はいらだち、その男に自分が好意を示そうとし、退けられたことも許せない。周りの人間がすべて自分に侮辱を加えているように思い耐え切れなくなった葉子はデッキに出る。デッキで風に吹かれ、目をつむっているうちに木部の幻像が表れ、その木部がどんどん若返ってゆく。若いころの幻にひかされて葉子は人をひきつけようとするしぐさをしてしまう。その時、列車が止まり、木部が出てくる。木部の微笑に思わず迎えようとするが、瞬間冷たく見捨てる。そして先ほどの侮辱に報いたとは思うが、そのあと「また会うことがあるだろうか。」と不思議な悲哀を感ずる」となっている。学習のねらいは、一、「長編小説の冒頭の大事さ、おもしろさを考えさせる。新橋駅頭という、近代のシンボルと言うべき場所からの物語の出発、車中でのかつての夫との出会い、そしてその夫との回想、そして若いころの夫の幻像を見るという巧みな展開を理解させる。併せて、短編小説とは違う味わいを理解させる」、二、「二、三章での、他の人物の形象、それと対比しての葉子の自我の強く、他者を優越しようと絶えず意識する性格の形象を、具体的に指摘して理解させる」、三、「二章の、木部孤筇との恋愛・結婚・離婚のいきさつをできるだけ想像を膨らませて理解させる。よくわからない部分があれば指摘させて、それについて考えさせる」、四、「この文章は、朗読に堪える優れた文章なので、一人一人に朗読させる」、五、「「或る女」全編を読ませて、その感想を書かせ、全体で討論させる」となっている。

収録箇所の梗概や学習のねらいを見る限り、この教材は長編小説としての構想力、時代背景の把握、主人公の

【表5】

自己の発見
革新への衝動
青春について（伊藤　整）
肉体で読む（三木卓）

異性へのあこがれ
感性の解放
麦藁帽子（堀　辰雄）
鷗どり（三好達治他）

青春を生きる

我は女なりけるものを（樋口一葉）
故郷渋民（石川啄木）

青春の苦悩と漂泊
自己確立

ジャン＝クリストフ（ロマン＝ロラン）
ヒューマニズムの覚醒

日本における近代の
外発的展開の問題点
現代日本の開化（夏目漱石）

自我の目覚めと愛の挫折
舞　姫（森　鷗外）
或る女（有島武郎）

近代化の問題点

中江丑吉（阪谷芳直）
歴史の進歩と希望

峠を歩く（井出孫六）
陰影礼賛（谷崎潤一郎）

近代国家の発展と、
民衆生活と伝統の犠牲

性格や心理がどのように描写されているか、自我に凝り固まった主人公によって形象される他者像、過去の回想と現在の心境を絶妙に交錯させる表現の巧みさなどに主眼が置かれていることがわかる。その一方で、主人公の「恋愛・結婚・離婚のいきさつ」に関する言説はほとんど紹介されておらず、生徒は「想像を膨らませて理解」することを求められている。つまり、高邁な自尊心をもち、と他者との間に極端な緊張関係をつくりだすことによって自らを武装する主人公・早月葉子を、ある種の反面教師として捉え、彼女の強迫神経症的な性格がどのような境遇や経験に由来しているかをつきつめていくような読み方がなされているのである。

この教科書が「編修上の三つの重点」として掲げる項目【表5】をみると、そうした読み方への誘導がいっそう明らかになる。ここには、一、「今生きている青春を見つめ、正しくとらえる」、二、「明治以降の日本の近代化を考え、その中で未来を展望する」、三、「現代の課題を明らかにして、どう生きるかについて学ぶ」という項目が示されており、「或る女」は「舞姫」とともに「近代化の問題点」に収められている。また、両作を括るテーマは「自我のめざめと愛の挫折」となっている。有島武郎という作家は「成長」する物語の書き手としてではなく、「挫折」する物語の書き手として前景化されているのである。

それは、同教科書が「教材の背景」として作家の生涯を説明する記述にもいえる。「生まれ出ずる悩み」を収録していた教科書の場合、旧来は、「有島はこのような思想の検証を作品創造の場において展開し、「カインの末裔」「或る女」などの系列の作品を書いた。このようやくたどりついた思想も、実行には程遠い性格の有島にとっては、結局観念的なものに止まり、大正後半における労働運動激化の社会情勢の中にあっては、その信念にも亀裂を生じ、晩年の虚無的な心境から死へと追いやられていった」(13)というように、彼の死を「虚無的な心境」によるものと処理することが多かったが、「或る女」が掲載された角川書店版の『高等学校 現代文』では、「自らの生活改造を試み、財産の処分や有島農場の解放などをして、なんとかもう一度文学者として立ち直ろうとするが、しだいに虚無的になり、人妻波多野秋子との恋愛が夫の知るところとなり、苦境に立った彼は、二十三年六月、秋子と情死してその生涯を閉じた」と変化し、モラルに反する「恋愛」の末に「死へと追いやられていった」という表現になっていくのである。後者には、「舞姫」と「或る女」を「自我のめざめと愛の挫折」の系譜として読み解かせたうえで、その下地に有島武郎の情死を被せていくような重層加工が施されている。「恋愛」を語る資格のない作家として位置づけられていた有島武郎は、「挫折」とセットになることによって、再び教科書という制度のなかに取り込まれるのである。

かつて、あれほど定番教材化していた「生まれ出ずる悩み」は、こうして「或る女」の採用と前後してほとんどの教科書から姿を消す[14]。有島武郎を鋳型に嵌《は》め、テキストを極端な教育言説として歪めていく読み方はひとつの臨界点に達する。だが、それは必ずしも作家に付与された物語の失効ではなく、表層的なイメージの変換に過ぎない。苦悩と成長のモチーフがすぐさま「恋愛」と「挫折」のモチーフにとって替わられ、それ以前と以後でまったく異なる作家イメージが形成されたように、有島武郎の文学は様々な教育言説と極めて相性よく癒着してしまう性質をもっており、それゆえ生徒たちの感受性を激しく揺さぶるのである。

【注】

（1）田坂文穂編『旧制中等学校 国語科教科書内容索引』（昭和59年2月、教科書研究センター）などをもとにリストアップした。タイトル表記は掲載教科書の通り。

（2）「小さき者へ」が採用された教科書は、その多くが「有島武郎と三人の子」というキャプションの付いた写真（【図1】）を挿入している。真っ直ぐに前を見つめる子どもたちの凛々しさと、それを背後から優しく見守る父の表情を捉えたこの写真は、「小さき者へ」に描かれた〈愛〉と〈知性〉が、あくまでも家父長的に父から子へと継承されていくものであることを印象づける。のちに国語便覧などに用いられる単独写真（【図2】）にみられる厳しく緊迫した表情と比べると、国語教育の現場における有島武郎の位相がどのように変容したかがわかる。

【図1】

【図2】

（3）教育界において〈姦通〉、〈心中〉という問題がいかにタブー視されているかは、国語科教科書における作家紹介をみても一目瞭然である。たとえば、昭和三〇年代の教科書（著者代表／志賀直哉・辰野隆・久松潜一・池田亀鑑『高等学校 国語一下』昭和33年、好学社）では、「**有島武郎**（ありしま たけお）（一八七八—一九二三）小説家。東京に生まれた。学習院を経て札幌農学校に入学。キリスト教に傾倒した。アメリカに渡りハーヴァード大学で歴史・経済を専攻。その間信仰に懐疑を生じ文学に興味を覚えた。母校教授のかたわら「白樺」同人となった。本格的な作家活動にはいってから、「カインの末裔」「生まれ出ずる悩み」「或る女」等を完成するとともに、翻訳「草の葉」などを発表、学殖あるヒューマニズム作家と目された」と紹介されており、生前における客観的な事象を簡潔に記したうえで、「学殖あるヒューマニストと目された」というやや漠然とした評価で閉じられている。また、昭和五〇年代の終りに編修された教科書（著者代表／吉田精一・大野晋『高等学校　現代文』昭和58年、角川書店）でもその傾向は変わらず、「**有島武郎**　一八七八年（明治11）―一九二三（大正12）。小説家。東京都に生まれた。小説「カインの末裔」「生まれ出ずる悩み」「星座」、評論「惜しみなく愛は奪ふ」「宣言一つ」、戯曲「死とその前後」などがある。雑誌「白樺」同人。霊と肉の対立に悩みつつ、人間本来の生き方を強く求めた」となっている。有島武郎に限っていえば、「懐疑」や「苦悩」といったキーワードによって誠実な知識人像を描くことで、その死に方に関する説明を回避するような記述が常套化していたといえる。

（4）高度経済成長期の定番教材をめぐって問題編成を試みた先行研究としては、藤井淑禎『高度経済成長期に愛された本たち』（平成21年12月、岩波書店）に所収された各論があり、同書で用いられる「読書世論調査」の分析などから多くを学んでいる。本節で論じる内容がその延長戦上にあることを明記しておく。

（5）「生まれ出ずる悩み」の教科書採用と直接的に関連するわけではないが、ちょうど昭和二五年版の教科書が編修されていたと思われる時期、日本政府による北海道の総合開発を目的とした北海道開発庁が設置（昭和24年7月）され、翌年には北海道開発法（昭和25年5月施行）に基づく諸事業が始まっている事実は見逃せない。この頃から、北海道には、戦後復興、人口問題、産業振興などを目的に莫大な予算が組まれ、僻地よばわりされることの多かった北の大地に〈野性〉、〈原郷〉、〈雄大〉といった記号性が付与されるようになる。

（6）「「生れ出づる悩み」論――〈無類な完全な若者〉――」（「青山語文」平成10年3月）を書いた渡邊喜一は、テキストの前半と後半の関係について、「「生れ出づる悩み」には、語り手である「私」が対面した木本の姿と、「私」が〈同感といふものゝ力〉によって描出した木本の姿が語られる。「私」は木本と二度対面しているのであるが、〈少し不機嫌そうな、口の重い、痩で背丈が伸び切らないと云つたやうな少年（二章）〉が十年の後〈無類な完全な若者（三章）〉として現れたことを知っている読者は、その成長の鍵を五章以降の想像によって描かれた木本の中に捜そうとする」と述べているが、この言説にしたがえば、同作を採用した教科書のほとんどは、「きみ」が「無類な完全な若者」として「私」の前に現れる場面にのみ焦点をあて、彼の「成長の鍵」がどこにあったのかという本質的な問題は回避したことになる。

（7）深谷鍋作「生活綴り方と仲間づくり」（小川太郎編著『国民のための道徳教育』昭和33年7月、法律文化社）より。ただし、この言説は鈴木道太「日本教育のひとつの道標」（「作文と教育」55号と記されているが、同号には所収されておらず初出未詳――筆者注）を引くかたちで述べられている。

（8）昭和三三年九月に学校教育法施行規則の一部が改正されるとともに、同一〇月一日に中学校学習指導要領の改訂が告示され、それにともない、同月から道徳がはじまった。この科目は、児童・生徒が道徳性についての内面的自覚を深めることを狙いとし、①他の教育活動における道徳教育と密接な関連を保ちながら、これを補充し、深化し、統合するものであること、②読み物、教師の説話、視聴覚教材等各種の教材を用い各種の方法によって指導すること（いわゆる教科書は使わない建て前）、③学級担任の教師が担当すること、などを原則としている。

（9）この問題については、林相珉《イム・サンミン》「商品化される貧困――『にあんちゃん』と『キューポラのある街』を中心に」（連続講座「国民国家と多文化社会」第19回・平成20年11月28日、於・立命館大学で配布されたレジュメ）から多くの示唆を受けており、法元吉隆「二宮金次郎・美徳の正体」も同レジュメに引用されていたものである。

（10）中央教育審議会第二〇回答申（昭和41年10月31日）「後期中等教育の拡充整備について」のなかで、特に検討すべき問題点として、この「期待される人間像について」が提示された。その内容を簡潔にまとめると、①個人として自由であること、個性を伸ばすこと、自己をたいせつにすること、強い意志をもつこと、畏敬の念をもつこと。②家庭人として家庭を愛の場とすること、家庭をいこいの場とすること、家庭を教育の場とすること、開かれた家庭とすること。③社会人として仕事に打ち込むこと、社会福祉に寄与すること、創造的であること、社会規範を重んずること。④国民として正しい愛国心をもつこと、象徴に敬愛の念をもつこと、すぐれた国民性を伸ばすこと。――以上が謳われている。

（11）本節では言及する余裕がなかったが、有島武郎の小説は入試問題に用いられる場合であっても、正しい／正しくないという主義主張の問題として扱われることが多い。逆にいえば、小説内容を微細に読み解かなくても、彼の「ものの見方、考え方」をあらかじめ把握しておけば様々な出題に対応できるのである。そしてそれは、教育言説における有島の位置づけを極めて象徴的に示したものだといえる。

（12）角川書店版『高等学校 現代文』は、吉田精一（大妻女子大学）、大野晋（学習院大学）を代表著作者とし、その他、吉川泰雄（国学院大学）、山田俊雄（成城大学）、大川公一（成城学園高等学校）、祖父江昭二（和光大学）、十川信介（学習院大学）、細窪孝（東京都立西高等学校）、渡辺剛志（東京都立石神井高等学校）、渡辺正彦（群馬県立女子大学）、以上のメンバーで編修されている。

（13）引用は、熊沢龍、河盛好蔵、木俣修、川副国基、長谷川泉、井上弘、越次政一、小田島哲哉、久米芳夫、小嶋樹、中野博之、中林忠雄編『現代国語二 指導資料』（昭和39年3月、明治書院）。

（14）ただし、平成四年以降は二社が「生まれ出ずる悩み」を復活させている。この頃は、いわゆるバブルの崩壊によって景気が急速に悪化し、文部省が「個性を生かす教育への転換」を図った時代でもあった。

〔付記〕

本節では、国語科教材の言説研究という観点から、テキストを教科書と同様「生まれ出ずる悩み」と表記した。ただし、本論中にも記したように、初出は「生れ出づる悩み」であり、文学テキストとして論じた先行研究をはじめとする引用については原文の表記を尊重している。

第三節　詩の反逆――辻征夫論

1　辻征夫の生涯

辻征夫《つじゆきお》は昭和一四年八月一四日、辻尚《ひさし》、信子の二男として浅草の産院に生まれたが、父の出征により、生後数年間は母の実家のある墨田区本所緑町で育った。母方の祖父・川野信一（旧姓・狼）は武家の出で、「十歳のとき郷里大分を出て、他の少年と共に福沢諭吉家の書生となった」（「遠ざかる島ふたたび」、「新潮」平成12年3月、絶筆）が、吉原事件（書生が吉原見物に出かけて福沢諭吉の逆鱗に触れた事件――筆者注）で責任を取って福沢家を出た人物である。

その後、千葉県市川市国府台を経て向島須崎町に移り住むが、ここで昭和二〇年三月一〇日の東京大空襲を体験する（向島は偶然焼け残り家族は無事だった――筆者注）。戦争末期には母、妹とともに長野市にある善光寺裏に疎開し、同じく疎開していた伯父家族とともに農家宅の世話になる。終戦間際、広島近郊の兵舎にいた父は、八月六日の原子爆弾投下の時刻に、たまたま戦友たちと離れた場所にいたため、被爆することなく無事帰還。家族で向島に戻り、翌昭和二一年には墨田区立言問《こととい》小学校（入学時点ではまだ国民学校――筆者注）に入学する。この間のことは、自筆年譜（前橋文学館特別企画展・第四回萩原朔太郎賞受賞者展覧会「辻征夫『学校の思い出』から『俳諧辻詩集』まで」平成9年2月1日～4月13日に前橋文学館で開催された企画展図録より）に「誕生前に長男寛が死亡しているが戸籍には記載がなく、長男として育てられる。この間の事情はよくわからない。二年ほど前まで母の実家があった墨田区本所が出生地と思っていたが、戸籍謄本を見ると浅草で生まれたと書いてある。浅草の産院に母といる間に父に召集令状が来て、父は麻布三連隊に、次いで中国に送られた。嬰児のときに軍服姿の父に抱かれている写真があるが、もちろん記憶は無い」とある。また、エッセイ「自伝風ないくつか」(「現代詩手帖」昭和53年7月)には、「ぼくは墨堤と、その近辺の路地裏でローラースケートをし、野球をし、〈悪漢探偵〉をしながら育ってきたのだが、小学校にあがる前年の秋からその翌年昭和二十一年の隅田川の光景はいまも鮮明で、(中略)川には、いつも十人前後の人が流れていて、ぼくたちはそれを、ひとーつ、ふたーつと数えていたのである」と記している。

昭和二二年一二月、東京都の支庁長として三宅島に赴任していた父と同居するため家族で同島に転居し、神着《かみつき》小学校に転校。湿気の多い風土が体に合わなかった母が、翌年あたりからたびたび東京の病院に入院するようになるが、本人は三年間にわたって快活な日々を過ごした。詩画集『ボートを漕ぐおばさんの肖像』(平成4年6月、書肆山田)の巻末に付されたエッセイ「おばさんとぼくと私――或はおばさんの出現と消滅」では、その頃のことが、「いつも友だちと一緒で、四季を通じて手足はあちこちと擦り剝き、着ているものは毎日土と埃にまみれた。東京からきた若い男の先生が、つくづくと私を見て、「ユキオは何が楽しくていつもそんなにニコニコしているのだろう!」といったのは私が何年生のときだったろう」と回顧されているし、「遠ざかる島」(「新潮」平成9年11月)も三宅島での体験をもとに描いた自伝的小説である。

昭和二五年八月、再び墨田区立言問小学校に転校し元のクラスに入る。昭和二七年、千代田区立麴町中学校に入学。後に、岡田隆彦が同級生だったことを知る。自筆年譜には「近い将来の受験に備えて、当時名門といわれた学校に越境入学した」とある。昭和二八年、母が国立中野療養所に入院。伊勢湾台風で家を失っていた母方の祖父の弟夫婦が家事の面倒をみるために同居。向島金美館、墨田文映といった映画館の切符を父からもらい、妹、弟を連れて毎月のように通う。昭和二九年、この頃から近代詩を読みはじめる。自筆年譜には「毎週木曜日の午後は、国立中野療養所の母に会いに行ったが、ときに牧水歌集や藤村詩集のことを口にするようになり母を驚かせた。学業への関心薄らぎ、受験、進学への意欲減退」とある。

昭和三〇年、父の母校でもある都立墨田川高等学校に入学。近代詩から現代詩に関心が移り詩作に熱中する。「若人」（北川冬彦選）、「現代詩入門」（時間社、北川冬彦他選）、「文芸首都」（菊岡久利選）をはじめ、「人生と文芸」、「文章クラブ」、「世代」などの雑誌に投稿し、自作が活字になる悦びを味わう（はじめて活字になった詩は同年9月の「人生と文芸」に掲載された「夢」——筆者注）。昭和三一年、村野四郎の詩集『実在の岸辺』、『抽象の城』に出会い、生まれてはじめて詩に感動する。昭和三二年春、「美しいもの」、「ひととき」と題した短い詩を同日に書き、この二作品を自分の詩の出発点と決める。この頃、リルケ『若き詩人への手紙』、ランボオ書簡、萩原朔太郎『詩の原理』、佐古純一郎『純粋の探求』、バルザック『絶対の探求』などを愛読。この年の秋、「木」という詩が「文章クラブ」（「現代詩手帖」の前身）で入選第一席となり村野四郎、木原孝一両氏に評価される。だが、この作品を書いたことにより「頭の中で、ヒューズが決定的にとんでしまった」（「曲芸師の棲り木」、「現代詩手帖」昭和49年3月）と感じ、以後、詩が書けなくなる。「曲芸師の棲り木」には、「私は詩を書く人間なのに、私には詩は書けないという自覚を持って、二十代をはじめなければならなかった」と記されている。

昭和三三年一月、詩誌「作品」の同人同士として国井克彦と出逢う。辻征夫が第一詩集『学校の思い出』（昭和37年3月、思潮社）を刊行したとき「解説」を担当した国井は、「彼は中学時代には短歌を書いていたと言う。中学後期から詩人というものを知ったが、詩人とは、島崎藤村と、石川啄木と、若山牧水しか知らず、自分たちの生きている現代に詩人がいるなどとは、考えられなかったそうである。そのうちに、詩誌「時間」によって、北川冬彦の短詩運動を知り、定型をとらずに詩が書けるのか、これならいくらでも書けると、「胸がぶるぶるふるえた」が、その後、北川冬彦の詩論に疑問を抱くにいたり、その方法を捨てたというのである」と記している。この年の秋、「突然出奔するという無謀な事件」(「頭上に毀れやすいガラス細工があった頃——詩人から高校生へ」、「国語教育」平成3年8月)を起こす。「何処でもいいから入学して、四年間の猶予期間を持て」(「自筆年譜」より)という父の希望で、よく古本屋歩きをしていた神田神保町の明治大学を受験。文学部仏文学科に入学。

昭和三四年、久しぶりに書いた「美しい幻」(のち「沈黙」と改題)を「現代詩手帖」に投稿したところ、現代日本新人詩選という特集に掲載される。詩誌「明日」同人を経て、同年八月、詩誌「銛」創刊とともに同人として参加。昭和三七年、二二歳で第一詩集『学校の思い出』(前出)を自費出版。収録作品七篇。自筆年譜には「(詩作も)これで終わりと思った」とある。

この頃、「銛」が解散し、国井克彦、木原(小柳)玲子、会田千衣子らと詩誌「牧神」の立ち上げを企画する。時代が安保闘争のさなかだったこともあり、ただ一度デモにも参加したが、本人は「この国での政治革命なるものを信じたこともなく、政治青年であったこともなかった。いったい、なにだったのか。簡単にいえば、学校に仲間を持たない、純情な(いまでも純情だが)、詩を書く学生だった」(「書評にならなかった書評——清水昶『詩人の肖像』を読んで」、「現代詩手帖」昭和56年10月)という。のちに、この頃を回顧したエッセイで、辻は「モダニズムを信じ、詩の若さと新しさに誇りを感じていた二十前後のあの時代が懐かしい。あれが、あまりに短かったけれど、私の詩の青春ではなかったかと思う」(「蛙の姿勢」、「鷹」平成6年12月)と記している。

昭和三八年、一年間の留年を経て大学を卒業。卒業論文はランボオに関する研究。小学校の事務職員試験を受け採用される(初任給は一万七五〇〇円)。ただし、仕事の内容はまったく理解しておらず、本人はいわゆる「小使いさん」になろうと思っていたという。五月半ば、文京区立元町小学校の初代事務主事となる。自筆年譜には「先生たちの給料計算、物品の購入、その他諸々の事務処理が仕事とわかり困惑。向島の旧蝸牛庵前の算盤塾に一時通ったがものにならず、翌年三月末日に退職」とある。昭和三九年四月、前年から誘われていた学習用テスト作成会社・青葉書房の国語科編集部にアルバイトとして入る。仕事中に作品「池袋 土曜の午後」を書くものの発表のあてもなく放置。オリンピックが始まった頃、会社が倒産し、思潮社に就職口の斡旋を依頼。この年の秋、「アサヒゴルフ」、「電子科学」などの雑誌を出していた産報を紹介され入社し、業務部販売課に勤務。同じ課に村岡空、八木忠栄がいた。昭和四一年四月、思潮社に入社し現代詩大系、現代詩文庫などの編集に携わる。在職中の思潮社には川西健介、八木忠栄、桑原茂夫といった詩を書く編集者がおり、そうした環境に身を置くことで再び詩を書きたいと考えるようになる。「曲芸師の棲り木」（前出）にはその頃のことが、「二十代のなかばに、私が再び書きはじめたとき（というよりも、すこしずつ書くことができるようになったとき）、私は自分に、しばらくは物の表面にとどまれ、それ以上のことはまだ私には耐えられぬから、といいきかせねばならなかった。そしてこの時期には、私は次々にさまざまな詩人を発見し、詩のたのしさや面白さを知りはじめ、私自身の作品のいくつかも、読者をして感嘆、どころか笑わしめたらしいのだが、一方では、私の詩はみずからに限界をもうけているゆえにダメであると私は自覚していたのである。／詩とは本来、常に、それ以上のものを望むものであろう。この渇望がありそれを断念も限定もせずにいて一篇の作品が成立したとき、それをはじめて詩と呼ぶことができる」とある。この頃、辻は睡眠薬を多量に常用し続けていたらしいが、それ以上の詳しいことはエッセイなどでも語っていない。

昭和四二年頃、個人詩誌「トランクトランク」を発刊。井川博年などの寄稿を得て「十号くらいまで」（「自筆年譜」より）続ける。昭和四四年八月末日、「半月前に三〇歳になったのを契機に、詩の書き手の側に身を置くことを決意、思潮社を退社。二十代後半の詩をまとめる作業に入る」（「自筆年譜」より）。アルバイトを転々とし、百科事典の原稿書き直しや歌舞伎座の裏方などを経験する。昭和四五年夏頃、詩集校正のため思潮社に立ち寄った際、編集部でアルバイトをしていた中上哲夫と知り合い、以後、頻繁に遊ぶ。一一月、第二詩集『いまは吟遊詩人』（思潮社）刊行。昭和四六年六月、「読売新聞」の求人広告を見た父の奨めで新しく発足する都営住宅サービス公社に応募、採用される。この頃、「出版界からは離れた場所に身を置き、詩を書くことを決意」（「自筆年譜」より）する。昭和四七年、詩集『いまは吟遊詩人』が高見順賞候補になり、選考経過が「現代詩手帖」に発表された頃から原稿依頼が来るようになる。この年、「現代詩手帖」、「ユリイカ」、「中央公論」、「新潮」、「文芸春秋」などに詩を書く。昭和四九年六月八日、遠藤郁子と結婚。神楽坂の日本出版クラブで式と小パーティ。以後、三年間、江戸川区小岩のアパートに住む。昭和五二年二月、長女・葉子誕生。四月、第三詩集『隅田川まで』（思潮社）を刊行。昭和五三年七月、小岩駅から二〇分ほどバスに乗る江戸川区春江町の団地六階に転居。昭和五三年、「現代詩手帖」六月号から同誌投稿欄の選者になる。昭和五四年六月、船橋市のマンションに転居。一〇月、詩集『落日』（思潮社）刊行。次女・咲子誕生。

昭和五五年、書肆山田から日本のライト・ヴァースというシリーズの一冊『暖炉棚上陳列品一覧』（谷川俊太郎編／長新太絵、刊行月記載なし）が刊行され、そのなかに「婚約」という詩が収録されたのがきっかけで、ライト・ヴァース（本人は「滑稽と悲哀」（「産経新聞」夕刊、平成3年9月17日）で「気のきいた小品」と表現している――筆者注）の詩人という評価がひとり歩きしはじめる。昭和五六年、板橋区の西台出張所に転勤。ひとりだけの事務所だったため、その後、三年九ヵ月間にわたってこの事務所の仕事を希望し続ける。昭和五七年八月、現代詩文庫78『辻征夫詩集』（思潮社）刊行。九月二六日、父・尚死去。翌年書かれた「珍品堂主人、読了セリ」（「詩と思想」、昭和59年10月）という詩は、亡き父へのオマージュであり、「死去のこと　知らすべきひとの名簿つくり　我に託して死にし父かな」と追慕している。季刊誌「草原の手帖」（昭和57年12月～59年8月、草原社）に「絵本摩天楼物語」を連載。昭和六一年、この年から、雑誌で知り合った小沢信男と毎月一回のペースで句会をはじめる。当初の二年間は連句をしていたが、のち普通の句会に変更。「こころしてこころを開き、探究し、そして楽しくなければやる価値がない」（「遊びごころと本気」、「読売新聞」夕刊、平成6年9月9日）というスタンスで継続。この句会には、多田道太郎、清水哲男、井川博年なども加わっている。五月二二日、母・信子死去。昭和六二年五月、書肆山田から詩集『かぜのひきかた』（詩集とは別に詩画集『かぜのひきかた』横田稔〈画〉、草原社も限定一〇〇部で刊行）、『天使・蝶・白い雲などいくつかの瞑想』を同時出版。『かぜのひきかた』の「覚書」には、「丸山薫に、詩集『幼年』があるように、私も、幼年詩篇集、あるいは少年詩篇集を一冊持ちたいとかんがえていた」と記しているし、『天使・蝶・白い雲などいくつかの瞑想』については、「この詩集は私自身の立て直しを図った詩集だった」（「蜻蛉の詩論」、「現代詩手帖」平成2年9月）と述べている。一二月、二作併せて第二五回・藤村歴程賞受賞。この年の一月〜一二月まで「詩芸術」誌上にエッセイを連載。

　昭和六三年六月、エッセイ集『ロビンソン、この詩はなに？』（書肆山田）を刊行。この年の一二月から五回にわたって「詩の雑誌 midnight press」（ミッドナイト・プレス）に「詩の話」を連載（第一回「最終詩篇のこと」昭和63年12月、第二回「縦の軸と横の軸」平成1年3月、第三回「自作詩の背景について」同年6月、第四回「物語ができるまで」同年9月、第五回「三好豊一郎の最後の言葉」同年12月）。平成一年、勤務先の財団法人都営住宅サービス公社が東京都住宅供給公社と合併。毎年一回行われる管理職試験を受けないまま受験資格の年齢制限を越える。この年、「現代詩手帖」に詩「試詩拾余禄」を連載。「ＰＬ」にもエッセイを連載。平成二年五月、詩集『鶯——こどもとさむらいの16篇』（書肆山田）刊行。九月、詩集『ヴェルレーヌの余白に』（思潮社）刊行。平成三年、一月から連載詩篇「ボートを漕ぐおばさんの肖像」を書きはじめる。三月、『ヴェルレーヌの余白に』で第二一回・高見順賞を受賞。四月、中上哲夫の詩集『スウェーデン美人の金髪が緑色になる理由』（書肆山田）を編む。一〇月、エッセイ集『かんたんな混沌』（思潮社）を刊行。平成四年、詩画集『ボートを漕ぐおばさんの肖像』（桑原伸之〔画〕、6月、書肆山田）刊行。「現代詩手帖」（7月）に「俳諧辻詩集」として五篇、「毎日新聞」（夕刊、6月22日）に「梅雨」一篇を発表。平成五年、清水哲男、阿部岩夫とともに雑誌「小酒館」を発行。一一月、詩集『河口眺望』（書肆山田）を刊行。平成六年、『河口眺望』により第四四回・芸術選奨文部大臣賞、第九回・詩歌文学館賞を受賞。選考委員を代表して選評を書いた渋沢孝輔は、「いまは辻征夫の時代なのだそうである」と切り出し、「ボードレールの高揚も萩原朔太郎の悲愴さもない、醒めてイロニックな哀愁が、辻征夫の詩の今日的である所以である」（「今日的でイロニックな哀愁」、「すばる」平成6年6月）と述べている。一二月二日朝、右眼が次第に見えなくなる。翌日、順天堂大学病院（浦安）に緊急入院。病名は網膜剝離。手術を受けて二二日間入院。入院中に「貨物船」などいくつかの詩篇を書いたほか、約二〇年前に書きはじめた未刊の物語「絵本摩天楼物語」を少しずつ書き継ぐ。平成七年四月七日、散文集『絵本摩天楼物語』完成。六月に書肆山田から刊行。平成八年、二〜三月の毎週火曜日「朝日新聞」（夕刊）に「こころの書」連載。『辻征夫詩集成』（4月、書肆山田）、『俳諧辻詩集』（6月、思潮社）を刊行。9月、『俳諧辻詩集』により第一四回・現代詩花椿賞、第四回・萩原朔太郎賞を受賞。一一月から翌年一月までの予定で「朝日新聞」（日曜版）に詩作品を連載開始。

平成九年二月、前橋文学館において「辻征夫展」（前出）開催。前橋アートステージで富沢智と対談。前橋文学館から『辻征夫展図録』が刊行される。二月、「少年時代に夢見た詩と、現実に私が書いた詩のどうしようもない落差」に落胆し、「もう一度やり直さねば」という気持ちになり、気分転換のために家族でハワイ旅行をする。「ワイキキのシューティングクラブ」（「現代詩手帖」平成9年7月）にはこの頃の心境が、「私は海面を吹き渡る風の中で、ここには日本の現代詩はないのだと思った。それは太平洋の果ての、あのタツノオトシゴのようなかたちの列島にあって、奇妙に軋みあっている。（中略）あの列島での日々を思うたびにこみあげてくるもの、この思いのために私はさらに新しい詩集を出そうと思った」と記している。五月二四日、前橋文学館において詩碑除幕式。六月、神奈川近代文学館で八木幹夫と公開対談（「かぼちゃ頭が二つ並んで」）。一〇月、前橋文学館前での朗読会に出席。一二月、向島あつみ鮨の前で転倒し四針縫うケガ。一八日からパリ旅行。

平成一〇年、詩集『萌えいづる若葉に対峙して』（5月、思潮社）を刊行。妻・郁子がまとめた自筆年譜の補遺（『詩の話をしよう』平成15年12月、ミッドナイト・プレス）には、「ふらつきが顕著なため国立習志野病院にてＭＲＩの検査受けるも原因は不明」とある。六月、小説「遠ざかる島」（前出）が第二五回・川端康成賞候補になる。九月一七日、順天堂病院でＭＲＩ検査を受け、脊髄小脳変性症と診断される。平成一一年、選詩集『船出』（2月、童話屋）刊行。二三日より国立国府台病院に検査入院。三月、現代詩文庫155『続・辻征夫詩集』（思潮社）刊行。東京都住宅供給公社を退職。四月、小説『黒い塀』（「新潮」平成10年9月）が文芸家協会編『文学　一九九九』に収録される。五月、小説「ぼくたちの（俎板のような）拳銃」（「新潮」平成11年3月）が第一二回・三島由紀夫賞候補になる。八月、小説集『ぼくたちの（俎板のような）拳銃』（新潮社）刊行。短篇小説集『ボートを漕ぐもう一人の婦人の肖像』（書肆山田）刊行。九月、歩行に困難をきたすため、船橋市山手のマンション一階に転居。平成一二年一月、脊髄小脳変性症の闘病中、風邪のため高熱を発する。一四日、午後七時頃、痰が喉にからむ喀出障害を起こす。午後九時二一分、船橋救急医療センターにて死去。享年六〇歳。一八日、船橋の葬祭ホールにて葬儀。

平成一二年三月、「現代詩手帖」が「追悼・辻征夫」を特集。平成一三年一月、句集『貨物船句集』（書肆山田）刊行。平成一四年一月、エッセイ集『ゴーシュの肖像』（書肆山田）刊行。平成一五年四月、芸林21世紀文庫『辻征夫詩集』（清水哲男編、芸林書房）刊行。九月、『辻征夫詩集成――新版』（書肆山田）刊行。一二月、対談集『詩の話をしよう』（聞き手／山本かずこ、ミッドナイト・プレス）刊行。平成一六年七月、選詩集『詩と歩こう　辻征夫詩集　みずはつめたい』（水内喜久雄選・著、理論社）刊行。平成一七年一月、『私の現代詩入門　むずかしくない詩の話』（詩の森文庫、思潮社）刊行。平成一八年二月、現代詩文庫181『続続・辻征夫詩集』（思潮社）刊行。

2　滑稽と悲哀

辻征夫の詩は抒情詩とよばれる。また、その平易な言葉遣いや非メッセージ性ゆえにライト・ヴァース（気のきいた小品）の名手とも評されてきた。だが、辻における抒情とは、必ずしも個人の情感や内面の吐露を意味しないし、表層的な世界を機智でなぞるだけの詩人でもない。

辻は、「詩人というのは、あるとき、その時代の言葉が通り過ぎる場所なんじゃないかと思う」（「詩は何処にあるか――辻征夫氏に聞く」（富沢智との対談）、「現代詩手帖」平成9年4月）と定義し、詩人は「自分のでないさまざまな記憶や経験を言葉によって自分の内部にとりこむことのできる人間」（「窓からの眺め――「詩人とは誰か」という問いに答えて」、「現代詩手帖」昭和53年2月）でなければならないと主張する。かけがえのない存在としての自分に固執し、世界を様々に意味づけようとするのではなく、自分のなかに沸き起こる情感を人間全体のそれに昇華させることを詩人の仕事と捉える。辻自身の言葉をかりれば、それは「単数のまま複数に変質する」ことであり、「私が悲しいといったら、それは人間が悲しいといっているのだといえる地点にまで、詩を書くものは行かなければいけないのではないか」（「そしてユング」、「詩の雑誌 midnight press」平成2年12月31日）という考え方につながるわけだが、こうした志向こそ彼の詩の原点であり、読者を惹きつける魅力でもある。『辻征夫詩集』（前出）の裏表紙に推薦文を寄せた谷川俊太郎が、「ね、ね、聞いて聞いて！　というふうに人に聞かせたい詩（または数行の詩句）は、そうざらにあるもんじゃないが、辻さんの詩を読んでいるといたるところでそう思ってしまう。理解しようとか、解釈しようとか、批評しようとか考えるいとまもなく、心を奪われてしまうのである。／悲しみとか歓びとか呼ぶだけでは片づかないところに感情のリアリティがあるとすれば、辻さんの詩はにがいユーモアとともに適確にそれを伝え、読者は真実を言ってもらったことに、慰めと安心を見出すのだ」と書いたように、彼の詩世界にのめり込むためには、ひとつひとつの言葉を意味として堰き止めるのではなく、全体から流れだす情感にどっぷりと身を浸し、他者の記憶や経験が自分のそれと混じり合う瞬間の揺らめきや眩暈を愉しみ、そこに浮かんでくるイメージを自在に展開することが求められる。(1) 辻が「滑稽と悲哀」(前出)というエッセイに記した「詩はかんたんにいえば滑稽と悲哀ではないだろうか」という言葉になぞらえていえば、辻は、「滑稽」と「悲哀」を同一線上に並べ、異質な感情をひとつに混淆することのできる詩人なのである。

だが、こうして抒情詩人であることの矜持を明確にしながらも、彼は同時に、「詩で大事なことの一つは厳密さということなんだね。曖昧なのは詩ではない。詩って、昔はポワーンとしてて、雰囲気がよくてと。なんか誤解があったけど、それは全くの間違いで、はっきりと物事を認識して書くものじゃなければいけない」(「詩の雑誌 midnight press」平成11年春号)と記す。「たとえば、小学校か中学校の時に初めて異性が好きになるとか、ほのかな思いからだんだん強烈になっていって最後は憎たらしいと思ったり、いろんなことを考えて生きていると思うんです。そういった意識、感情というものはどんどん流れ去るもので、あとに残らない。ところが、そういうものが、言葉の一つの仕組み、詩という何分間かで読める短い作品となって現れると、流れて消えてしまう感情が、形としてそこに現れるわけです。心が形を持ったものが詩、と考えていいと思うんです」(「こんな詩がある」平成9年5月、愛知淑徳短期大学講演)と語る。ここで問われているのは、物事を厳密に認識し、それを「言葉という一つの仕組み」に嵌め込むこと、すなわち、具象の重要性である。他のどのような言葉にも置き換え不可能な言葉の蓄積によって獲得される、詩の強度である。

辻はしばしば詩のなかに「貨物船」を描き、自らの俳号にもそれを用いたが、たとえば、「因みに私の俳号は貨物船。ガラクタでも何でも積んでしまう。沈没したら？　——海底に存在している貨物船」(「貨物船から——岡井隆氏の印象」、「現代詩手帖」平成6年5月)という一節が余すところなく伝えているように、彼は「ガラクタでも何でも」積んでしまおうとした。「沈没したら?」という慄きを明滅させながら瓦礫を運び、ときには、矛盾も混沌もひっくるめて海を渡ろうとした。どこかとぼけた調子で飄々と言葉を発しているように見せながら本当のことだけを表現しようとする姿勢において、あるいは、何かを深く諦めた人間の側から世界をユーモラスに語る方法において、辻の詩は他の誰とも似ていない。

こうして、辻征夫という詩人は日本の現代詩に屹立しているわけだが、ほとんどの評者がその魅力を絶賛するなか、ただひとり辻の詩を「うさんくさい」と表現したのは谷内修三《やちしゅうぞ》「辻征夫への手紙」(「詩学」平成6年5月)である。谷内は、辻の創作態度を「対象に直に触らないという方法をとることで、対象の内部に対象自身が抱えている力が育つのを見守る態度」とよび、その優れた技巧性を評価しつつも、「一種の生理的反応」として自分は受けつけないと述べ、「辻が夢見るのは、あるいはあこがれるのは、今の自分の充実と比較すれば、不思議な輝きに満ちたものではあるが、劣ったもの、貧しいもの、空白のものである。(中略)「私は存在しない」はかなしみの認識ではなく、現状を悦びで満たすための手段になっているとさえいえる」と批判している。この文章は谷内が書いた「私は存在しない、ゆえに私は存在する」(「詩学」、平成6年1月)に対して辻が反論した「時評家の鏡」(「詩学」、平成6年3月)への再反論であるため、内容としては、「時評家の鏡」の誤解や偏見を逐一訂正していく記述スタイルになっているが、その是非はともかく、多くの評者が一様に賞賛するものに「うさんくさい」という言葉を浴びせ、それを拠りどころとして本質に迫っていこうとする態度は、辻征夫の詩世界を批評的に読んでいくうえで排除してはならない立場であろう。

以上の言説をふまえながら、ここでは辻征夫の代表作として教科書などにも採用されたことのある四篇の詩を鑑賞する。

3　詩の鑑賞（1）　棒論……「混沌の藪」を生きる

棒論

道に木の棒が
落ちていたので胸が痛んだ
木の棒が　もし
窓とか
箪笥とかの製造過程で
（きみとはおわかれ！）
不要部分として
捨てられたものだとすれば
棒にも　棒の
過去があり
それはいまも　透明な
陽のあたる窓とか
幸福な
暗い部屋の箪笥

などのかたちで
棒を忘れて存在する
窓と箪笥が
どこかに
存在するわけだと思ったからだ
そして思いが　ぼくの
行方不明の窓と
箪笥に到ると
ぼくの混沌の
藪から鋭く
突きでるものがあってぼくを撃つ
道に木の棒が
落ちていたので瘤もできた

初出は「吟遊」創刊号（昭和50年）。第三詩集『隅田川まで』（前出）所収。三省堂『現代文』（平成1年〜平成6年）をはじめとする高等学校国語科の教科書にも採用されている。行空きのない口語自由詩だが、構成としては、〔1〕道に落ちていた棒に心が痛んだ場面（2行目まで）、〔2〕棒への同情が逆に「ぼく」という存在に跳ね返ってくる場面（終りから3行前まで）、〔3〕「ぼく」が身体で痛みを感じる場面に分かれる。

「棒」は「不要部分として／捨てられたもの」にちがいない。「透明な／陽のあたる窓」や「幸福な／暗い箪笥」のように生活のなかに役立つ働きをしているわけではない。また、ここでは陽／陰が対比されているが、この詩における「棒」は、陽でも陰でもなく、完全に「忘れ」られてしまった存在として第三項を形成している。つまり、世界には陽を浴びるものと陰に隠れているものの他に、存在そのものが忘却されているものがあるという認識が示されているのである。

擬人法を用いてカッコ内に記される「きみとはおわかれ！」という表現は、窓や箪笥に加工されていった有用な木材が残した言葉であると同時に、これまでの人生の途上で自分に不要だと思われるものを選別し、切り棄ててきた「ぼく」自身が過去の様々な場面で呟いてきた別れの挨拶でもある。冒頭の「胸が痛んだ」という表現は、そのようにして生きてきたことへのささやかな贖罪が云わせたものだろう。辻の詩ではこうしたカッコ表現が多用され、前後の文脈について作者自身が注釈を加え、言葉の関節を外すような冗談を述べる場面が頻繁に見られる。そうした腹話術のような語り口をみても、辻がひとつの確固とした主体性というものを信じていないことがよく分かる。

だが、この詩のなかで特に瞠目すべきは、それまで道に落ちている「棒」という対象物を眺めて同情を寄せる側にいた「ぼく」が、いまここにないものへの「思い」をめぐらせていくうちに、実は自分こそ窓や箪笥に棄てられていった「棒」なのかもしれないという気持ちになり、それまでの安定した認識者の立場から足許をすくわれるところにある。「ぼく」が見た「混沌の藪」は、棄てること／棄てられることが絶えず反転し続けるウロボロス（自分の尾を噛んで環になった蛇のような状態）の構造をもっているのである。

最後の場面では、そんな「混沌の藪」からいきなり「棒」が突きでて「ぼく」を撃つ。「ぼく」が「ぼく」自身の過去に不意打ちをくらわされる。見方によっては、自分がどこかに棄ててきた過去からの復讐ととれなくもないが、ここで辻は、「道に木の棒が／落ちていたので瘤もできた」というユーモラスな表現を挿入する。それは、冒頭の「道に木の棒が／落ちていたので胸が痛んだ」という部分と一対になっていて、他人事として「胸が痛んだ」に過ぎなかった「ぼく」が、「棒」を自分の痛みとして引き受けるようになるという展開がミソになっているわけだが、「瘤もできた」と表現することで、そこに漫画的なオチが生まれているのである（漫画的にいえば、頭上を☆がチカチカ回っているような光景である）。無関係が関係に、混沌が明晰に、深刻さが滑稽さへと重層的に反転していく動き。それがこの作品の妙味であろう。

ところで、辻の詩世界には、この「棒論」と同様、ある対象物を凝視しているうちにそれが別のものに見えてきて、やがてその背後から自分自身の過去や記憶が甦ってくる、という展開がしばしば用いられる。辻自身も、「瓦礫の構造」（「現代詩手帖」昭和52年3月）で、「一つの草稿または作品の語句ではなく、草稿または作品がかならず持っている構造（物語の筋のようなもの）、その構造自体がひとつの可能性を持っているのではないか」と述べ、「たとえば〈私〉が〈A〉というものを見た、しかしよく見るとそれは〈B〉であった、〈B〉をよく見ると〈B〉の表面には、〈Aとはきみのことではないか〉とあきらかに〈私〉にあてて書かれてあった——というようなアルコールの雨を降らせながら書きつけたにちがいないたわいもないことがらのことである」と説明している。辻の詩は、表層的には「たわいもない」お喋りのようなたたずまいを見せているが、その骨格部分には確固とした構造性を備えており、「たわいもない」表現それ自体が戦略的に用いられているということである。

4　詩の鑑賞（2）　落日——対話篇……横並びの言葉

落日——対話篇

夕日
沈みそうね
…………
賭けようか
おれはあれが沈みきるまで
息をとめていられる
いいわよ息なんかとめなくても
むかしはもっとすてきなこと
いったわ
どんな?
あの夕日の沈むあたりは
どんな街だろう
かんがえてごらん
行ってふたりして

住むたのしさを…
忘れたな
どんな街だったの
行ってみたんでしょ
ひとりで
ふつうの街さ
運河があって
長い塀があって
古びた居酒屋があった
そこでお酒のんでたのね
のんでたら
二階からあの男が
降りてきたんだ
だれ？
黒い外套の
おれの夢さ
おれはおもわず匕首を抜いて
叫んじゃった
船長　おれだ　忘れたかい？

ほんと?
ほんとさ
…………
沈みそうね
夕日

初出は「ユリイカ」（昭和54年4月）。第四詩集『落日』（前出）の冒頭詩として所収。同詩集の末尾にはこの作品と一対になるものとして「落日——おはなし篇」が置かれ、『落日』という詩集全体を縫合する役割を果している。また、この作品は三省堂『国語Ⅱ 改訂版』（昭和61年～平成6年）をはじめとする高等学校の国語科教科書にも採用されている。

「落日——対話篇」は、かつての希望にみちた時代を「むかし」と呼ぶ程度に年齢を重ねた男と女が、「むかし」そうしたように、沈んでいく夕日を眺めながら対話する形式をとっている。この詩について野沢啓は、

もともと〈落日〉という喩に、凋落し死滅していくもののイメージを読みとることは自然であるというべきだが、初期の辻征夫の詩にあらわれる〈落日〉は、たとえば「株式会社夕日」のなかの〈夕日が／こなごなに砕けて／河岸の倉庫に／ちらばつている〉ように、美的な意味以上のものは含まれていなかったはずである。それは『隅田川まで』の時期においても、〈夕陽を小型の爆弾となす〉（「魚・爆弾・その他のプラン」）といった、いわば発想のレベルにおける小さなアイデアの域にとどまっている段階があることでもわかる。こうした美の象徴的イメージが、ひとりの女という具体的な対象を見出して自己の生に引き戻された

とき、そのかけがえのなさにもかかわらず、みずからは〈落日〉の美へ投身せざるをえないという逆説をとるところに辻の詩表現の美しさの根源と、それゆえの危機が露出したのだとみることができる。(「現代的抒情の根源へ」、現代詩文庫78『辻征夫詩集』前出)

と論じている。また、須永紀子は「辻の好んで書く〈落日〉は敗北の無念さの象徴であるように思われる」、「たぶんもう若くはないだろう二人の会話。悔恨のようなものが底に流れているが、甘くはない」(「辻征夫小論」、「早稲田文学」昭和57年2月)と指摘している。詩のなかの男と女についても、「挨拶——結婚に際して」(『隅田川まで』前出に所収)という作品の、「いくこよ／おれのあたまのなかは／いつもいつも夕焼けなんだ／夕日が八輛乃至十輛連結で／次から次に沈んで行く……／いくこよ／おれを夏または秋の／日暮れの燃える空だと思え／やがて来る(だろう)／おれの夜には／星はおまえが輝やかせよ」という部分と照応させて、辻が妻・郁子と交わした会話を素材としたものとして解釈される傾向にあった。

だが、少なくとも辻自身が記した自解的な文章を考慮すれば、そうした自己遍歴的な解釈を過剰に展開することは禁物であり、かえって詩の本質を見えにくくすることにつながると考えられる。たとえば、この詩は二人の会話に挟み込まれるように「おれ」が夢想する物語が綴られ、ひとつの劇中劇を構成しているが、「おれ」がひとりで行ってみたことのある「街」、およびそこで出会った「船長」という記号は、彼の文学遍歴と深く結びついている。

「アンリ・ミショーのこと、そして「サアジの薔薇」」(「詩芸術」昭和62年9月)には、そのことが詳細に記されている。そのなかで辻は、「落日——対話篇」の「かんがえてごらん／行ったふりして／住むたのしさを…」という部分以降が、ボードレールの「旅へのいざなひ」という詩を下敷きにしていることを明かし、自分は「本歌取り」のつもりでいたが「読者が本歌を知らなければ面白くもなんともない」と皮肉っている。(2) そして、「私は、こういう詩句は人口に膾炙していると考えて野暮な注もつけないでいるのだが、こういう感覚は、もう通用しないのだろうか」と嘆いてみせる。つまり、この「落日——対話篇」という詩は、いたずら好きな作者が読者に突きつけた謎かけという側面をもっているのである。

また、辻は「秘蔵の書——『宝島』」(『一冊の本』平成11年12月)というエッセイで「落日——対話篇」を『宝島』の復活」と位置づけ、それぞれの関係を詳細に説明している。同文によれば、辻は一一歳のとき親に懇願して『宝島』をクリスマス・プレゼントにしてもらって以来、そこに登場する海賊たちに夢中になり、大人になったいまでもその鮮烈な印象を忘れていないという。

この本の中でいちばん活躍するのはもちろん一本足のシルバー、肩に鸚鵡をとまらせたジョン・シルバーだが、私は冷酷無残なフリント船長と、開巻劈頭馬車にはねられて死んでしまう水夫長《ボースン》のピューのひいきだった。彼らには愛敬のひとかけらもなかった。この二人こそ海賊中の海賊だったにちがいない。

と述べ、「落日——対話篇」の「船長」と「冷酷無残なフリント船長」のイメージを摺り合わせている。(3) もちろん、その一方では「三十代の終わりに男女の会話体の詩を書いたときも、次の一節が『宝島』に繋がっているということは、書き終わってから気がついたのである」と述べ、特別な意図をもって復活させたわけではないと弁明しているが、いずれにしても、この詩の世界が、幼い頃にのめり込んだ『宝島』と青年時代に親しんだボードレールの感興を近接させたところに生成していることは間違いない。

かつて、「あの夕日の沈むあたりは／どんな街だろう／かんがえてごらん／行ったふりして／住むたのしさを…」と囁き、女をロマンティックな空想に誘っていた男は、人生の「落日」とともに何かを断念し、「あの夕日の沈むあたり」を「ふつうの街さ」といってしまう。そこに「凋落」や「悔恨」がないといえば嘘になるかもしれない。だが、ここで見逃してならないのは、かつて「ひとり」で旅をし、「おれの夢」ばかりを追い駆けていた男が、女に自分の「夢」の痕跡を語り、二人で一緒にその「夢」を追体験していることである。『宝島』の海賊たちに憧れてひとりきりの孤独な旅を続けていた「おれ」は、いい歳をした大人が語る『宝島』の冒険を黙って聴き、「ほんと?」、「ほんとさ」という会話だけですべてを了解する相手とともに「落日」を見つめることで、自分の夢想を静かに受け止めてくれる他者と横に並んで生きていくことの喜びに浸っているのである。

ところで、辻の詩には「落日——対話篇」と同様に、海洋冒険譚に憧れていた少年がそのまま大人になったような男がしばしば登場するが、『宝島』とともによく描かれるのがロビンソン・クルーソーである。『ロビンソン、この詩はなに?』(前出)という詩集があることからも、その偏愛ぶりがわかる。

そして、このロビンソンについて、辻は「海の夢」(『鳩よ!』昭和61年4月)というエッセイを書き、「海の好きな少年《こども》らは/いつかは練習船に乗るであらう/バナナの実る南の島へ/風に翼張りとんでゆくであろう/恋することを忘れた一生を/波のまにまに送るであろう/軈《やが》てロビンソンのやうに年老いてから/人形のやうな乙女を娶るであらう」(「練習船」)、「山には黒装束の者がゐて/いつも寒い風を呼んでゐた/山には振り向かない頬の者がをり/いつも夕焼に涙を垂らしてゐた」(「鴉」)という丸山薫の詩二篇を引用したうえで、「この詩の言葉は、ぼくの心を懐かしいかなしさでいっぱいにするのである。ぼくも、恋することを忘れた一生を、波のまにまに送る筈であった。そしてロビンソンのように年老いてから、人形のような乙女を娶る筈であった。だがすべては実現せず、ぼくのなかの振り向かない頬の者は、かなたに落日と、自分が乗り込む筈だった幻の汽船とをいまだに見つめているのである」と語っている。この一節は、「落日——対話篇」における「おれ」のまなざしと限りなく重なり合っていると同時に、辻征夫という詩人が世界と対峙するときの姿勢にもつながっている。

辻は晩年近くになって、「ひとつの言葉を使っている集団の中でね、生きている感じ、生きているってことを、こんな風に感じているよってことを、集団に向かって出すもの……詩には依然としてそういう面があると思うんです。だから詩が、普通に生きている人との回路を見失ったまま、孤立していていいわけがない。原点はそこなんだから何かしなきゃいけない。書くときに、たとえば夢だって資料になるんだから当然なんだけれども、読書から得たものも、他人の経験も、人間の経験として自分の中にあるんですね。そういうものを全部総合して、一篇の詩ができたらいいなと思っているんです」（辻征夫／富沢智〈聞き手〉「詩は何処にあるか——辻征夫氏に聞く」、「現代詩手帖」平成9年4月）といった言葉を漏らしているが、「落日——対話篇」は、そうした「読書から得た」「他人の経験」を自分のなかに取り込むようにして書かれた作品だといえる。

5　詩の鑑賞（3）　突然別れの日に（『鶯』）——「邪悪なもの」との対面

突然別れの日に（『鶯』）

知らない子が
うちにきて
玄関にたっている
ははが出てきて
いまごろまでどこで遊んでいたのかと

叱っている
おかあさん
その子はぼくじゃないんだ
ぼくはここだよといいたいけれど
こういうときは
声が出ないものなんだ
その子は
ははといっしょに奥へ行く
宿題は?
手を洗いなさい!
ごはんまだ?
いろんなことばが
いちどきにきこえる

ああ今日がその日だなんて
知らなかった
ぼくはもう
このうちを出て
思い出がみんな消えるとおい場所まで

歩いて行かなくちゃならない
そうしてある日
別の子供になって
どこかよそのうちの玄関にたっているんだ
あの子みたいに
ただいまって

初出は「現代詩手帖」（平成1年5月）。詩集『鶯――こどもとさむらいの16篇』（前出）所収。行空きを挟んで二連からなり、「知らない子が／うちにきて／玄関にたっている」前半場面と、「ぼくはもう／このうちを出て／思い出がみんな消えるとおい場所まで／歩いて行かなくちゃならない」と決意する後半場面に分かれている。目の前に見知らぬ子が現れ、「はは」がその子をあたり前のように家に招きいれている様子を、「声」も出せずに呆然と眺めるしかない孤絶感は、辻の詩にしばしば描かれる〈自己の消失〉というモチーフを引きずっている。たとえば、「だれもいない（ぼくもいないない世界）」（「現代詩手帖」平成4年2月）での、

（世界中でそこしかいたい場所はないのに別の場所にいなくてはならない／そんな日ってあるよね）／十歳くらいのときかな／ひとりで留守番をしていた午後／そおっと押入れにはいって／戸を閉めたんだ。／それからすこうし隙間を開けてのぞいてみた／だれもいない／（ぼくもいない）部屋を！／なぜだかずうっと見ていて／変なはなしだけど／そのままおとなになったような気がするよ。

といった世界がそうであるように、辻が描く子どもは、しばしば「ぼくもいない世界」を直視させられ、「世界中でそこしかいたい場所はないのに別の場所にいなくてはならない」経験をする。高橋源一郎が『俳諧辻詩集』（前出）の書評で述べた表現をかりれば、それは、「初めて、何もないと感じた時の驚き、裸一貫の寒さ、そしていまごろこういう地点に立たざるをえない無残さ」（「週刊朝日」平成8年12月13日）である。

辻はこの「無残さ」をしっかり携え、「何もない」ところから出発しようとする。「ああ今日がその日だなんて／知らなかった／ぼくはもう／このうちを出て／思い出がみんな消えるとおい場所まで／歩いて行かなくちゃならない」という一節、あるいはそれに続く「思い出がみんな消えるとおい場所まで／歩いて行かなくちゃならない」という一節には、第一連に漂っていた孤絶感をひとつの宿命として受け容れ、すっくと立ってこの家を出てくことを決意する様子が鮮やかに描出されている。いままでの自分ではいられないのだと察知する瞬間の心の動き。「とおい場所」を見定め、誰にも頼らずひとりでそこまで「歩いて行かなくちゃ」と考える意志の強さ。ここには、時間の凝縮と空間の拡大が同時並行的になされている。

ところで、辻はこの作品について、

——谷川さんの「さようなら」を読んだ時に、何か不思議な気がしたんですね。久しぶりで言葉の不思議に出会ったという感じがしました。（中略）あとで気がついてみると、谷川俊太郎さんの「さようなら」という詩で家を出てきちゃった〈ぼく〉が、「突然別れの日に」の中で玄関に立っている子供ではないか。（中略）谷川俊太郎さんの詩に触発されてぼくの中にイメージとしてできた〈子供の世界〉について考えてみると、それまではそういうことを考えたこともなかったのだけれど、〈子供独自の世界〉というものがどうもあるらしい、というふうに思えてきました。魂と言うか、中身と言うか、そういうものがどんどんどんどん入れ替わってしまっていて、生きたまんま一人の子がよその子に行って、〈子供の世界〉という生命の流れの中で自由勝手に流れているのではないか。この詩を書いてみたら、そういう不思議な事態が起ってしまったんです。

（「こんな詩がある」前出）

と述べている。この言説は「突然別れの日に」という作品の自解であると同時に、〈子供の世界〉というものに対する独自の認識を示したものでもある。子どもはそれぞれが固有の存在として生まれ育っていくのではなく、「生命の流れ」に応じてどんどん「入れ替わって」いくのではないか、という見方である。

こうした認識は、子どもが大人になるまでの営みをベクトル化し、その過程を〈成長〉という概念で捉えることを注意深く拒み続ける思考によってもたらされている。また、〈子供の世界〉を追われるということは、自分という存在の固有性に執着して自分自身を濁らせていくことだという考え方にも由来している。辻は「詩の話　第一回　最終詩篇のこと」（「詩の雑誌 midnight press」昭和63年12月）のなかで、自分を水がつまった「透明なビニールの袋」に喩え、「その水をにごらせちゃいけない。人に嫉妬したり、評価されないと悶々としたり、何か羨んだり、要するに我執というものがあんまり強いと、透明な水というものが、濁ると思うんだね。そしたら、詩に絶対表われる。僕はそれを十代の頃考えたかな」と述べているが、「突然別れの日に」という詩に描かれる「ぼく」は、まさにこの「透明なビニール袋」なのである。

だが、だからといって辻がやみくもに〈子供の世界〉を無垢《イノセント》とみなし、そのノスタルジーに留まり続けようとしたかというと、必ずしもそうではない。彼は「そしてユング」（前出）という文章で、

――私たちひとりひとりのこころに、古代にまで遡れる人類のさまざまな典型的な状況の記憶が刻印されて

いるとすれば、私たちは何らかの方法によってそれに触れる地点にまで行かなければならない。私たちの中にはおそらく、無垢とならんで、ぞっとするほど邪悪なものも潜んでいることだろう。詩を書いて行くということは、いずれは、自分の中から出てくるそういうものと直面するということだ。そして唐突に思い出すのだが、詩人たらんとする人間の第一番の仕事とは、自分自身を全的に認識することであり、自分の魂を探究し、観察し、それを学び、さらにそれを養わねばならない。「われ」とは一個の他者であるといったランボーのヴォワイヤンの手紙は、この観点からもう一度見直すことができるのではないだろうか。

と述べ、自分のなかに潜んでいる「邪悪なもの」と直面し、自分を「一個の他者」として認識することの大切さを論じているが、それは「突然別れの日に」のなかにもしっかり描かれているからである。

この詩の収束部は、「ある日／別の子供になって／どこかよそのうちの玄関にたっているんだ／あの子みたいに／ただいまって」という表現で閉じられる。ついさっき「知らない子」の登場によって家や「はは」を奪われた「ぼく」は、やがて自分が逆の立場になって、別の「知らない子」から家や「はは」を奪う存在になることを正しく自覚している。たとえそれが別の「知らない子」をどうしようもないほど傷つけることになろうとも、「ぼく」は平気で「ただいま」というに違いない。――もちろん、そのときには旧い記憶がなくなっているのかもしれないが、いま現在の認識において、「ぼく」は、誰かから大切なものを奪うことによってしか生きていくことができない人間の「邪悪」さと、その宿命に対する痛みを鋭く見すえている。小沢信男は、「命、この無鉄砲なもの　谷川俊太郎詩集『はだか』を読む」（「現代詩手帖」平成14年5月）で、やはり谷川俊太郎と辻征夫の間に響き合うものを感受し、辻征夫は、辻征夫になることに、ずいぶん手間暇のかかった人と思う。大器晩成などという話じゃない。イノセント（無垢）を命綱にしたばっかりに、満身創痍、茫然自失することで自己を貫く、というふうな奇妙な状態が長かった人、と私には見える。『鶯』あたりで一皮むけた。たぶん多年のかさぶたから脱皮した。『鶯』のサブタイトルに〈こどもとさむらいの16篇〉とあるのは、あだやおろそかではないのだね。／フクザツなイノセント。いわば命の本然は不断に危険にさらされる。それ自体が危険なものであるがゆえに。／そんなものが、こんな俗世を、どう生き延びるか。そのへんの機微に、辻征夫はおそらく一種の達人だった。

と述べているが、この言説は「突然別れの日に」という詩をより清新に読むための示唆を与えてくれていると思われる。

ところで、この詩に登場する「はは」は子どもに向かって「宿題は？」と訊ねるのだが、辻はいくつかの詩やエッセイでこの「宿題」を比喩として語っている。たとえば、その名も「宿題」（「文芸春秋」平成6年7月）という詩には、

すぐにしなければいけなかったのに／あそびほうけてときだけがこんなにたってしまった／いまならたやすくできてあしたのあさには／はいできましたとさしだすことができるのに／せんせいはせんねんとしおいてなくなってしまわれて／もうわたくしのしゅくだいをみてはくださらない／わかきひに　ただいちど／あそんでいるわたくしのあたまにてをおいて／げんきがいいなとほほえんでくださったばっかりに／わたくしはいっしょうをゆめのようにすごしてしまった。

とある。また、「こんな詩がある」（前出）では、『若い人への手紙』で、何か問いがあったら解答を性急に見つけるなと記したリルケの言葉を援用しながら、

問いの中で、問いを持ち続けたままずっと生きていく。問いは、どんどんその人の心の在りかたに生きて、問題、問い自身が深くなるし、広くもなる。その方が、世界を深く認識するし、物事を良く見るし、見えるようになる。いつ結論を出すか。それは宿題じゃないんだから、明日までに解答を見つけなくてもよい。

とも述べている。「せんせい」から、ただ一度だけ「げんきがいいな」と頭をなでられたばかりに、「宿題」を忘れて「いっしょうをゆめのようにすごしてしまった」と語ること。「問いを持ち続けたままずっと生きていく」ことの大切さを説き、「明日までに解答を見つけなくてもよい」と考えること。辻にとっての「宿題」とは、永遠に答えを出せないまま持ち続けていくべき問いに他ならないのである。

6　詩の鑑賞（4）　レイモンド・カーヴァーを読みながら――「がらんどうのこころ」

レイモンド・カーヴァーを読みながら

レイモンド・カーヴァーを読みながら
　　　　ぼくの生涯で
いちばん悲惨だったのはいつだろうと考えた

そして浅草の居酒屋で
丸い木のいすからころげ落ちたことを思い出した
いきなり落ちて　這いあがってまた落ちて
次は椅子ごとひっくりかえって焼酎の甕に
あたまをぶつけて　甕は
がらんどうのこころだから鈍く
ごんと鳴ってすこし揺れたのだ　八月の

午後で西日が射す居酒屋に客はぼくひとりで
店のお婆さんは背を向けて居眠りをしていた
それはぼくの知るひとのすべて
友人のすべて　ぼくが愛した
いくたりかの少女もみなぼくを忘れた（とき）で
眉間　まぶた　てのひらから血が流れぼくは
ひとりで立っていられるだろうか
歩いて行けるだろうかひとりで
　　　　　　　　　　　　　　うなだれて
考えるテーブルに血はしたたって溜まり

西日はこんなにあついのに
あたまはこんなに痛いのに
もしかしたらもうじきぼくは
（叫ぶ）かもしれないのに

お婆さんは目覚めず
丸い背中の向こうから
いびきまできこえはじめた

初出は「現代詩手帖」（平成1年9月）。『ヴェルレーヌの余白に』（前出）所収。「レイモンド・カーヴァーを読みながら」、「ぼくの生涯で／いちばん悲惨だったのはいつだろう」と考え、浅草の居酒屋で椅子から転げ落ちたことを思い出す第一連、したたり落ちる血を見つめ、「ぼくの知るひとのすべて」に忘れられていく感覚に陥る第二連、「うなだれて」痛みに耐えている第三連、そして、何ごともなかったかのように目の前で眠りこけている「お婆さん」の「いびき」に聴き耳をたてる第四連からなり、行下げ、倒置法などの技法を効果的に駆使している。

レイモンド・カーヴァーは辻と同じ一九三九年に生まれ、この詩が発表される前年の一九八八年に亡くなったアメリカの短篇小説家・詩人。アメリカの中流階級で都市郊外に暮らす生活者の日常を描くミニマリズムの作家として評価されるレイモンド・カーヴァーの世界をここで詳しく説明することはできないが、たとえば、働いて家族を支えながら創作学校に通った経歴なども含めて、辻はその作品世界に強く共鳴していたと思われる。レイモンド・カーヴァーの翻訳によってこの作家を日本に広く知らしめた村上春樹は、柴田元幸との対談『翻訳夜話』（平成12年10月、文春新書）で、「カーヴァーの小説を訳していると、お酒の問題がいっぱい出てくるわけです。（中略）で、会ったときに、「あなたの作品にはアルコール中毒の話が多いですね」って言ったら、「いや、実は私は以前アル中だったから」って言うんです」と語っている。こうしたエピソードをみても、辻の詩と共鳴するところは多い。

　さて、この詩の冒頭は、ある日、レイモンド・カーヴァーを読んでいた「ぼく」が、「ぼくの生涯で／いちばん悲惨だったのはいつだろう」と考え、「八月」の西日が射す居酒屋でひとりポツンと酒を呑んでいて、椅子から転げ落ちたことを思い出す場面からはじまる。何度も転げているうちに「ぼく」は空っぽの甕に頭を打ちつけるわけだが、ここで注目したいのは、「甕は／がらんどうのこころだから鈍く／ごんと鳴ってすこし揺れたのだ」という部分である。真っ昼間から酩酊し覚束ない足どりで転がり続けている「ぼく」はかなり滑稽な存在であり、空っぽの甕の「ごん」という音も間が抜けた印象を与えるが、そうした間のぬけた空気のなかで、この甕だけが擬人化され、「がらんどうのこころ[4]」と表現されるのである。ここでの「がらんどう」とは、たんに空っぽであるだけでなく、無あるいはゼロを意味している。「ぼく」がどんなに強く頭をうちつけても「ぼく」との間には何の関係性も生まれず、なにごともなかったかのようにそこに在り続けるものである。そして、「ぼく」は、そんな「がらんどうのこころ」に撥ねつけられることで世界から完全に孤立するのである。

　その「とき」、「ぼく」は、「ぼくの知るひとのすべて／友人のすべて／ぼくが愛したいくたりかの少女」たちから、いままさに「忘れ」られたと確信する。そして、わが身をこの世界に結びつけていたロープを断ち切られるように「がらんどう」の奈落へと転落していく自分と、それをドッペルゲンガー的に眺める自分に分裂する。のちに、「週刊ポスト」の連載企画「21世紀へ言葉の冒険　人間の詩100選」（平成4年2月14日）にこの詩をとりあ

げた三木卓は、

「レイモンド・カーヴァーを読みながら」は、去年高見順賞を得た詩集に収められている作品だが、そういうかれの面目がよくあらわれている。酔っ払って三度も居酒屋の椅子から落っこちて、焼酎の甕にあたまをぶっつけてごん、と鳴ったりすれば、だれだって屈辱にまみれるというものだが、かれはそういう自分を皮肉でなおかつ大いに明晰な目でおもしろがっている。／たとえば、この詩の表現でいちばん冴えているのは、自分を知るみんながその瞬間はぼくのことを忘れた、という箇所で、ここでは屈辱に落ち込んだものの孤独がみごとにとらえられているのだが、さらに〈ぼくが愛したいくたりかの少女も〉、と追い討ちをかけるところで、辻さんの無念はいっそう深まる。／悲痛なるユーモア。これはかれの詩に共通するものだが、ぼくたちは、そのかれの男らしい自尊心のおかげで、何の負担も感じないで人間の現実を、より深く楽しみ、感じ、考えることができるのである。

（「解説　自尊心とユーモア」）

と評してこの作品を賞賛したが、ここでの「ぼく」は、まさに、「屈辱にまみれる」自分と「自分を皮肉でなおかつ大いに明晰な目でおもしろがっている」自分に分裂し、その偏差において「悲痛なるユーモア」を導きだしているのである。

やがて、「うなだれ」た「ぼく」は、自分の身体からしたたり落ちる血を見つめながら、「西日はこんなにあついのに／あたまはこんなに痛いのに」と呟く。この「……のに」の後にどんな言葉が隠されているのかは分らないが、このときの「ぼく」は、たとえどんなに声を張りあげて叫んでも、それが誰にも届かないことを認識している。「ぼく」がこんなに血を流して苦しんでいるのに、「背を向けて居眠り」をしている店のお婆さんはいっこうに目覚める気配すらなく、「いびき」までかきはじめている。
　平穏な日常からずり落ちていく「ぼく」と、それを冷静に観察する「ぼく」。そして、そんな屈辱などお構いなしに聴こえてくるお婆さんの「いびき」。そこにあるのは、「ぼく」という存在がどうなろうと、この世界は弛緩した空気を漂わせ続けるに違いないという認識である。この世界は「ぼく」という存在をまったく必要としておらず、たとえ「ぼく」がいま死んでも何事もなかったように穏やかな時間が流れていくに違いない、という悲愴感である。のちに辻は、「萌えいづる若葉に対峙して」（「ユリイカ」平成6年7月）の末尾に、新しい自転車から転落して血まみれになる抒情詩人を登場させ、その最後を「血まみれの抒情詩人がここにいて／抒情詩人はみんな血まみれえと／ほがらかに歌っているのですよ」と締めくくったが、「レイモンド・カーヴァーを読みながら」の「ぼく」もまた、「血まみれの抒情詩人」のひとりにちがいない。

【注】

（1）この特質について清水哲男は、「彼の詩は、ひとつの単語やひとつの行に、そもそも凭《よ》って立つという構成をとっていない。極端にその魅力を規定しておけばほとんどの辻作品は、まずはなにやら詩全体の任意の二行か三行かが陽炎のように揺れて見えてきて、そこを手掛かりにして全体の世界へ没入させられるという仕掛けである」（「詩とメディア　インターネットが登場して…」、「サンデー毎日」平成8年6月9日）と述べている。

（2）ボードレール「旅へのいざなひ」は、「わが子よ、わが妹よ、／思っても見よ、その快さ、／彼処に往き、二人して暮らす日の！／心まかせに愛し合い、／愛し合って、死のうもの、／きみにさも似た、かの国に往き！（中略）見たまえ、あの運河の上に、／眠るあれらの船、／漂泊《さすらい》の思いを秘めて、眠る船。／きみの望みは、ささやかなりと／見逃さず、充たすため、／船たちは、世界の涯からやって来る。／入り陽の光は、／野や畑を、運河を、／そして都会の隅々を、金色《こんじき》と、／赤紫に、染めなす。／世界は眠りこむ、／あたたかい光につつまれて。／彼処では、すべてがただ秩序と美しさ、／奢侈、静けさ、そして逸楽。」（阿部良雄〔訳〕『ボードレール全集Ⅰ　悪の華』昭和58年10月、筑摩書房）という詩である。

（3）「海軍亭での物語」（『ゴーシュの肖像』前出所収）のなかで、辻は「落日——対話篇」の延長にある詩として、「雪わりのラム」（「朝日新聞」夕刊、昭和63年2月26日、『ヴェルレーヌの余白に』前出所収）という作品をあげ、「かつて跣で甲板を走り／帆柱のてっぺん　破れた旗のかげで終日／阿呆鳥の行方を追っていたこともある／黒髭エドワード・ティーチの怒声に怯え／鱶が笑う海峡を泳ぎ切ったこともある／十と五人でよ　棺桶島にと歌いながら」という一節を紹介している。

（4）辻は、「こころ」という言葉について、「私はごく単純に、外部に対する内部、私の内側という意味だけで使いたいのに、心は、繊細微妙なさまざまな色あいを持っていて、使うこちらを一瞬たじろがせたりするのである」、「この言葉を使うときの私は、たいへん素直ではなくて、心では目立ちすぎるからこころと平仮名で書いてみるとか、ひとが見たらどっちでもいいようなばかばかしい努力をしているのである」（「こころよ、きみは邪魔です」、「国語通信」平成1年冬号）と記し、この言葉を使うときには、「繊細微妙なさまざまな色あい」をむしろ捨象しようとすると述べている。

補助資料　関連年表（昭和35年〜55年）

昭和35（一九六〇）年〔1月〕岸信介首相ら、新安保条約調印全権団が渡米。その際、羽田空港で全学連主流派約七〇〇人が空港ロビーを占拠し、警官隊と衝突（16日）。三池鉱山三池鉱でロックアウトが実施され、全山で無期限ストライキ突入（25日）。〔2月〕皇太子夫妻に第一子・浩宮徳仁《なるひと》誕生（23日）。〔4月〕警視庁が、マルキ・ド・サド〔作〕、澁澤龍彦〔訳〕『悪徳の栄え・続』（現代思潮社）をわいせつ文書の疑いで押収。〔5月〕安保阻止国民会議が「非常事態」を宣言し、約一〇万人のデモが国会を包囲（14日）。自民党が単独で安保改定を可決したのを受け、デモ隊が首相官邸に突入（20日）。有力新聞七社が「岸内閣総辞職、衆議院解散すべし」の共同社説を発表（21日）。都立大学教授・竹内好、東京工業大学助教授・鶴見俊輔らが安保条約強行採決に抗議して辞表提出。〔6月〕国労、動労を中心とした安保反対ストに全国で五六〇万人が参加。列車二二〇〇本が運休（4日）。安保改定阻止第二次実力行使、全国で五八〇万人が参加。全学連デモ隊が国会突入。東京大学学生・樺美智子が圧死（15日）。〔7月〕昼のメロドラマ第一号として妻子ある男性との不倫をテーマとした「日々の背信」（フジテレビ、主演・池内淳子）放映開始。〔8月〕NHKのテレビ受信契約数が五〇〇万件を突破。〔10月〕立会演説会で登壇していた社会党委員長・浅沼稲次郎が右翼少年・山口二矢《おとや》に刺殺される（12日）。毎日新聞がその決定的瞬間を写真に撮りスクープに。〔11月〕池田勇人内閣の「高度経済成長」政策が安保騒動を封じ込め、総選挙では自民党が圧勝（自民二九六、社会一四五、民社一七、共産三）。この年、NHKとNTVでカラーテレビ（値段は五〇万円以上）の本放送開始。新しい手法と反体制的なテーマで青春群像を描く日本版ヌーベルバーグ映画が隆盛。大島渚、吉田喜重、篠田正浩、今村昌平などが活躍。富士銀行と日本交通公社がダイナーズ社と提携し、日本初のクレジットカードを流通させる。謝国権『性生活の知恵』（6月、池田書店）、人形による体位図説が評判となりベストセラーに。

昭和36年〔2月〕深沢七郎『風流夢譚』に皇室を侮辱した記述があるとして、右翼少年が発売元である中央公論社社長・

嶋中鵬二宅を襲い、お手伝いを刺殺。〔3月〕三島由紀夫『宴のあと』のモデルとされた有田八郎元外務大臣が「プライバシーの権利を侵された」として東京地裁に提訴。〔4月〕ソ連が打ち上げた「ボストーク」に乗って宇宙飛行士第一号となったガガーリン少佐が、「地球は青かった」と語る（12日）。NHKが、「朝の連続テレビ小説」第一号として「娘と私」（原作・獅子文六、主演・北沢彪、北林早苗、加藤治子）放映。平均視聴率は四〇％。〔8月〕ソ連が水爆の製造計画着手を発表。翌月にはアメリカも地下核実験の再開を決定。〔11月〕国立国会図書館が新庁舎を開館披露（1日）。生理用品「アンネナプキン」が発売され、〈アンネの日〉が日常用語に。この年、「銀座の恋の物語」、「君恋し」、「ラストダンスは私に」、「上を向いて歩こう」などがヒット。阿部進が『現代子供気質』（新評論）で、〝映像に強く、金銭感覚に富み、自己主張が強い一方、変り身が早い子ども〟を「現代っ子」と評して流行語になる。

昭和37年〔3月〕NHKのテレビ受信契約数が一〇〇〇万件を突破。普及率は四八・五％に。早稲田大学教授・暉峻康隆、「週刊新潮」の記事で、大学文学部は「高級花嫁学校と化しつつある」と発言。その記事に「女子学生亡国論」という見出しが付いたことで、この言葉が流行語になる。東京都は、増え続けるゴミを効率よく収集するためにポリバケツを一定の場所に集めてロードパッカーで回収する方式を採用。義務教育の教科書を無償とする措置法が施行される。〔4月〕一般著作権の保護期間が死後三三年に延長される。日経連が大卒の求人難を理由に採用試験期日の申し合わせを中止。優秀な人材は大学三年生のうちに就職が決まる〈青田買い〉が広がる。吉永小百合が「キューポラのある街」（日活）に主演し青春スターに。〔5月〕非バルビツール系睡眠薬、サリドマイドとあざらし状児との因果関係が西ドイツで指摘され、大日本製薬が出荷停止措置。同年秋には他の五社も追随。〔8月〕初の国産飛行機YS−11が飛行に成功。〔9月〕東海村原子力研究所の国産第一号炉IRR−3（総出力一万kw）が臨界に達する。〔10月〕国土総合開発法に基づいて「地域格差の是正」と「過密都市の防止」を課題とする全国総合開発計画が閣議決定される。新産業都市として拠点を定めて重化学工業を振興することになる。石炭鉱業調査団が抜本的な石炭政策の転換を答申。以後、石炭から石油へのエネルギー転換が進む。〔12月〕八月の原水爆禁止世界大会で「あらゆる国の核実験に反対する」立場からソ連の核実験を批判した社会党が原水爆禁止連絡会議を結成し、以後、「核戦争の根源である米帝国主義を日本やアジアから追い出せ」と主張する日本共産党と分裂大会を開催。この年、植木等の無責任男シリーズが大ヒット。東京都の人口が一〇〇〇万人を突破。交通事故の増加、スモッグの発生、住宅難などが社会問題化。

昭和38年〔1月〕初の国産アニメ「鉄腕アトム」(原作・手塚治虫)がフジテレビ系列で放送開始。視聴率三〇%を超える人気番組となる。〔4月〕東京都目黒区の駒場公園内に日本近代文学館が開設される(7日)。NHKが、幕末の大老・井伊直弼の生涯を描いた初の大河ドラマ「花の生涯」(主演・尾上松緑、淡島千景、佐田啓二)を放送開始。このドラマをきっかけに、映画スターがテレビに進出するようになる。東京都台東区で起こった吉展ちゃん(四歳)誘拐事件で、警視庁が犯人の脅迫電話の声をラジオ、テレビで公開。〔5月〕大学の自治と警察権の限界をめぐって争われた東大ポポロ劇団事件の公判で、最高裁が「政治的な学内活動は大学の自治の範囲外」と判断。一、二審の無罪判決を破棄し東京地裁への差し戻しを指示。埼玉県狭山市で県立川越高校入間川分校の一年生・中田善枝さんが帰宅途中に行方不明になり、身代金を要求する脅迫状が届いたすえ、被害者が死体で発見された狭山事件の有力容疑者として、石川一雄が逮捕される(23日)。容疑者はいったん自白するが裁判の過程で否認。容疑者が被差別部落出身であったため、捜査ミスを隠蔽するための誤認逮捕、自白強要などが論争となり、のち差別問題に発展する。〔8月〕政府による全国戦没者追悼式が、この年から八月一五日に開催されるようになる。〔11月〕テキサス州ダラスで遊説中だった米国大統領、J・F・ケネディが暗殺される(22日)。ちょうどこの日に初めて行われた日米のテレビ宇宙中継で事件の模様が放映され、日本にも大きな衝撃がはしる。この年、父ちゃんは工場勤めや出稼ぎをし、母ちゃん、爺ちゃん、婆ちゃんが農業を担う〈三ちゃん農業〉、両親が共働きで家に誰もいないため、カギを持たされる子どもを指す〈カギっ子〉などが流行語となる。舟木一夫「高校三年生」をはじめとする学園ソングが流行。「女性セブン」(小学館)、「ヤングレディ」(講談社)が創刊され、既刊の「週刊女性」(主婦と生活社)、「女性自身」(光文社)と併せて四大女性誌時代に。少女マンガの世界でも、前年の「週刊少女フレンド」(講談社)に続いて「週刊マーガレット」(集英社)が創刊される。現在のコインランドリーの前身となる自動脱水洗濯機が登場。

昭和39年〔3月〕文部省が「道徳の指導資料」を全国に配布。早川電機(現・シャープ)、世界初の電子卓上計算機を商品化。ザ・ビートルズが米国ビルボード誌のシングル・チャートで一位~五位を独占。日本でも初のシングル「プリーズ・プリーズ・ミー」が発売され、旋風を巻き起こす。東京大学の大河内一男総長が卒業式の告辞に用意した「ふとった豚になるより痩せたソクラテスになれ」(J・S・ミルの引用)という文言が評判となる(新聞発表用原稿に用意されていたものの、実際の卒業式では読み飛ばされた)。〔4月〕NETが「木島則夫モーニングショー」の放送を開始。主婦の嗜好を意識したニュース、インタビューなどでワイドショー人気をつくる。海外旅行自由化にともない、この年、一二万人が海外に。〔8月〕喫茶店は午後一一時、酒場は午前〇時までと営業時間を規制する改正風俗営業等取締法が施行される(1日)。〔10月〕東京—大阪間を四時間で結ぶ東海道新幹線が開業。夢の超特急として、その技術力を世界に誇示(1日)。世界九四ヵ国から五五四一人の選手を集めた東京オリンピックが開幕(10日)。白黒テレビの普及率が九一・二%に(オリンピックのカラー放送は体操、レスリングなどの室内競技を中心に一日二時間ほどしかなかった)。中国が初の原爆実験に成功(16日)。この年、軟骨肉腫で死去した大島みち子と恋人・河野実の往復書簡を単行本化した『愛と死をみつめて』(大和書房)がベストセラーになる。のち、ラジオドラマ、テレビドラマ、映画にもなり大ヒット。「平凡パンチ」が、アメリカのカレッジ・スタイルとしてアイビー・ファッションを紹介し、裕福な若者の間で定着。奇抜なファッションで週末の銀座みゆき通りを闊歩し、ナンパを繰り返すみゆき族も登場。

昭和40年〔1月〕中央教育審議会(会長・森戸辰男)が「期待される人間像」というスローガンで中間草案を発表し、「正しく日本を愛する人間となれ」、「家庭を愛の場とせよ」といった文言を入れる。〔2月〕一〇〇巻本の『明治文学全集』(筑摩書房)が刊行開始。米空軍機、ソ連のコスイギン首相が訪問中の北ベトナム(ドンホイ)を爆撃し、以後、ベトナム戦争が泥沼化。米国内での反戦デモが活発になる。〔3月〕富士山頂に設置された世界最大規模の気象レーダーが運用開始。〔4月〕米国の北ベトナム空爆に反対する作家・小田実らの呼びかけで「ベトナムに平和を市民連合」(ベ平連)結成。党でも組織でもない個人参加の反戦活動を展開。〔6月〕東京教育大学教授・家永三郎、教科書検定を違憲として国家賠償を請求する民事訴訟を起こす。夢の島にハエが大量発生。新潟県の阿賀野川流域で水俣病に似た有機水銀中毒患者が発生。〔9月〕国鉄が指定券の予約などを行なう「みどりの窓口」開設。〔11月〕「11PM」(NTV

系列）がスタートし、深夜番組時代が到来。政府が戦後初の赤字国債発行を決定。〔12月〕在日韓国人の処遇・補償問題、漁業権、文化協定などを盛り込んだ日韓基本条約を批准承認。この年、ベンチャーズの来日を機にエレキギターブームが起こる。テレビで「勝ち抜きエレキ合戦」が放映されるなどしてバンド熱が高まったが、教育上好ましくないという立場から、エレキギターの購入、バンドの結成などを禁止する学校もあった。レジャーブームに乗ってボーリング場、釣り堀などが大盛況。高倉健主演「網走番外地」をはじめとする東映のヤクザ映画がシリーズ化。夏木陽介主演のテレビドラマ「青春とは何だ」が人気を博し、以後、教師がスポーツを通じて生徒との信頼を獲得していく青春ドラマが継続する。中央公論社の『日本の歴史』（全二五巻）がベストセラーのトップになるなど、日本の魅力を再発見するための歴史書が流行。日本共産党・民青系全学連の主導により、全国各地の大学で全学ストが行なわれる。

昭和41年〔2月〕青春ドラマ「若者たち」がフジテレビ系列でスタート。若者の夢や苦悩を代弁し、激しい議論を展開する場面が多かったことから〝ディスカッションドラマ〟とよばれる。〔6月〕ザ・ビートルズが来日（29日）。日本武道館で三日間五回の公演。〔7月〕東京都教育委員会が、都立高校の入試制度改善の基本方針として、学校群新設、内申書尊重、三教化制などを決定。「ウルトラマン」がカラーで放映開始。〔9月〕フランスの代表的知識人カップル、ジャン・ポール・サルトルとシモーヌ・ド・ボーボワールが揃って来日（18日）。知識人のあり方、女性論などで講演。この年、グループ・サウンズ、和製フォーク・ソングが流行。「巨人の星」（原作・梶原一騎、画・川崎のぼる）の連載が「週刊少年マガジン」誌上ではじまり、スポーツ根性マンガの先鞭となる。年末に発行した「週刊少年マガジン」（1月1日号）は一〇〇万部を突破。丙午《ひのえうま》生まれの女性は気性が荒く災難に遭いやすいという迷信のため、この年の出生率は前年比二五％減。堕胎件数も激増した。ロンドンを起点に世界中で流行していたミニスカートが日本にも広がる。

昭和42年〔1月〕日本血液銀行協会が四月から買血の全廃を決定。〔2月〕川端康成、石川淳、安部公房、三島由紀夫が中国の文化大革命に抗議の声明文を発表。〔4月〕東京都知事選挙で社会・共産両党推薦の美濃部亮吉が当選し、初の革新都政誕生。〔6月〕自動車の保有台数が一〇〇〇万台を突破し、マイカー時代が到来。交通事故の増加が社会問題になる。〔7月〕徹底したキャラクター化が図られた〈リカちゃん人形〉（タカラ）が発売される。〔8月〕公害対策基本法公布（3日）。〔10月〕南ベトナムを訪問しようとした佐藤栄作首相に対し戦争介入につながるという批判が高まるなか、反代々木系全学連学生二五〇〇人が、羽田空港付近で二〇〇〇人の警官隊と衝突（8日）。英国人モデルでミニスカートの女王と呼ばれたツイッギーが来日（18日）。〔12月〕東京都内の都電廃止が始まる。この年、〈フーテン族〉、〈アングラ族〉、〈ヒッピー族〉など、世相を反映した新たな若者文化が登場。「COM」（虫プロ）、「週刊漫画アクション」（双葉社）、「月刊ヤングコミック」（少年画報社）などが相次いで創刊され、青年向けマンガ誌のジャンルが開拓される。「週刊少年マガジン」連載の「天才バカボン」をはじめとする赤塚不二夫のギャグマンガが流行。日本初の深夜ラジオ放送、オールナイトニッポンが人気となり、DJ文化が生まれる。劇団、早稲田劇場（鈴木忠志主宰）、状況劇場（唐十郎主宰）、天井桟敷（寺山修司主宰）などの前衛演劇が活発になり、アングラ芝居と呼ばれる。早稲田大学の文学部史学科に在籍していた吉永小百合の知性、清純さにときめく男たちがサユリストと呼ばれるようになる。サラリーマンが立ったまま軽食を食べる光景が常態化し、立食いそば屋などの飲食店が急増。

昭和43年〔1月〕「あしたのジョー」（原作・高森朝雄〈梶原一騎〉、画・ちばてつや）が「週刊少年マガジン」で連載開始（1日）。佐世保で米原子力空母・エンタープライズ寄港阻止闘争が本格化。〔2月〕借金返済を迫る暴力団員二人を射殺して静岡県の寸又峡の温泉宿にたてこもった金嬉老が、ワイドショーの電話取材に応じて朝鮮人への差別や抑圧体験を告発し、日本民族の謝罪を要求。この年、成田空港闘争、国際反戦デーの新宿騒乱事件などをめぐる緊迫感のあるテレビ報道が話題に。大塚食品が世界初のレトルト食品「ボンカレー」を発売。〔4月〕日本最初の超高層ビル・霞ヶ関ビル（地上三六階、一四七m）がオープン。〔5月〕河出書房が第二次倒産。厚生省が「イタイイタイ病の本態はカドミウムの慢性中毒による骨軟化症であり、カドミウムは神通川上流の神岡鉱業所の事業活動によって排出されたものである」と断定。イタイイタイ病が政府によって認定された公害の第一号になる。〔6月〕文化庁が発足（15日）。小笠原諸島が日本に返還（26日）。〔7月〕参議院選挙で石原慎太郎、青島幸男、横山ノックらのタレント候補五人が当選。〔9月〕厚生省が熊本水俣病と新潟水俣病を公害病と認定（26日）。〔10月〕川端康成が日本人初のノーベル文学賞受賞（17日）。日本武道館で政府主催の明治百年記念式典が挙行される（23日）。〔12月〕東京都の府中刑務所脇で三億円が強奪される（10日）。大学紛争のため、東京大学と東京教育大学が翌年度の入試中止を決定（29日）。イザナギ景気がはじまったこの年、経済企画庁は「三C（カー、クーラー、カラーテレビ）を買い込んでレジャーを楽しむ家庭が増えている」と発表。カセットテープレコーダー、ラジカセが普及し若者文化のシンボルになる。

昭和44年〔1月〕東京大学安田講堂を占拠した全共闘学生と八五〇〇人に及ぶ機動隊との攻防戦が逐一テレビ中継される（18日午前7時～19日午後5時46分）。〔2月〕駅売り専門の夕刊紙「夕刊フジ」が創刊（25日）。満員電車でも読めるタブロイド版の夕刊が普及する。〔4月〕前年に東京、京都、函館、名古屋で四人が射殺された事件で、一九歳の少年・永山則夫が逮捕される（7日）。〔5月〕東京国立近代美術館フィルムセンターが設置される。〔6月〕コンドーム自動販売機が大阪にお目見え。〔7月〕アメリカの宇宙船・アポロ11号が月面着陸に成功（日本時間・21日5時17分）。その様子がテレビで宇宙中継される。〔8月〕松竹の「男はつらいよ」第一作（監督・山田洋次、主演・渥美清、倍賞千恵子）が公開され大ヒット。この年、岡林信康「山谷ブルース」をはじめとして、貧困や反戦を直截的なメッセージで訴えるフォークソングが流行。

昭和45年〔1月〕住宅公団の住宅供給が五〇万戸を突破。〔2月〕ＮＨＫが「母と子の性教育を考える」シリーズ（三〇回）を放送。初めて性教育問題を扱う。〔3月〕大阪万国博覧会開幕。多摩ニュータウン第一次入居はじまる。〔8月〕住宅金融公庫が民間マンション購入者への資金貸付けを開始。〔10月〕国鉄が「ディスカバー・ジャパン」の観光キャンペーンを開始。〔11月〕ウーマンリブ第一回大会開催。テーマは「性差別への告発」。東京で「不幸の手紙」が流行。三島由紀夫が楯の会会員四名とともに市ヶ谷の陸上自衛隊東部方面総監部に乱入。憲法改正のクーデターをよびかけて割腹自殺（25日）。

昭和46年〔5月〕三年間にわたって中断していた北朝鮮への帰還事業再開（昭和59年の事業終了までに九万三三四〇人が北朝鮮に渡った）。日清食品がカップヌードルを試験販売（正式な販売開始は同年9月）。松本零士「男おいどん」が「週刊少年マガジン」（講談社）で連載開始。若い女性八人を誘拐して殺害した大久保清が群馬県藤岡署に逮捕される。象印が、炊いたご飯を長時間保温できる電子ジャーを発売したことで、食生活が大きく変化。〔6月〕悪臭防止法が公布される。〔7月〕秋田相互銀行婦人組合員が男女同一賃金を要求して提訴。わが国初のケース。マクドナルドが東京・銀座に第一号店をオープン。〔9月〕赤ちゃんのことなら何でも相談できる「赤ちゃん一一〇番」がスタート。〔10月〕教会団体が「会話で自殺を防ごう」と「いのちの電話」を開設。〔11月〕日活ロマンポルノ第一作「団地妻 昼下りの情事」と「色暦大奥秘話」が公開される。

昭和47年〔2月〕冬季オリンピック札幌大会が開幕。上村一夫の漫画「同棲時代」（「週刊漫画アクション」双葉社、3月1日号）が連載開始。連合赤軍派メンバーが軽井沢「浅間山荘」で管理人を人質に籠城（19日）。山荘破壊と逮捕（28日）にいたるまでの模様がテレビが終日生中継され、驚異的な視聴率を記録。〔4月〕厚生省が、女性ホルモン剤、精神安定剤などを医師の処方箋が必要な医薬品に指定。〔5月〕戦後二七年間にわたってアメリカの支配下にあった沖縄が日本に返還される（15日）。岡本公三ら日本人ゲリラがイスラエルのテルアビブ空港で銃を乱射し二六人が死亡（30日）。池田理代子の「ベルサイユのばら」が「週刊マーガレット」（集英社）で連載開始。〔6月〕田中角栄通産相（同年翌月、首相就任）が日本列島改造論を発表。地価高騰に拍車をかける。自治省が初の「過疎白書」を発表。最高裁、日照権や通風権を法的保護に値する権利として承認。「中ピ連」（中絶禁止法に反対しピル解禁を要求する女性解放連合）結成。雑誌「面白半分」が「四畳半襖の下張」を全文掲載し、公然わいせつの疑いで発売禁止。〔7月〕情報誌「ぴあ」創刊。〔8月〕森永乳業、患者発症から一七年を経て砒素ミルク中毒事件の責任を認めるとともに、救済保障を発表。

昭和48年〔2月〕渋谷駅のコインロッカーで嬰児の遺体発見。以後、各駅で同様の事件が続発。全国婦人税理士連盟が「夫婦が築いた財産の半分を妻の持ち分と認める」要望を提出。〔3月〕東京高裁、「女性の生理機能は男性より劣る」と女性の五〇歳定年を認める判決。乳幼児の医療費無料化運動が起こる。小松左京『日本沈没』（上・下、光文社カッパ・ノベルス）刊行。年末までに三三二万部のベストセラー。熊本地裁、水俣病訴訟で患者側の主張を全面的に認める判決。〔4月〕石巻市の医師・菊田昇が中絶を望む母親の赤ん坊を子どものいない家庭に実子として世話していた事件が明るみになる。〔5月〕漫画「あしたのジョー」（「週刊少年マガジン」講談社）が完結。〔6月〕築地の中央卸売市場に入荷したマグロの八割以上から水銀が検出される。他の魚介類からもＰＣＢ検出。〔10月〕オイルショックでトイレットペーパーの買い占めによる品不足が起こる。大都市のネオンサインが消え、新聞、雑誌も頁数が減る。

昭和49年〔3月〕ユリ・ゲラーがフォーク曲げの超能力をテレビで実演。日本各地でストリーキング流行。〔5月〕地価上昇率が史上最高の三二・四％を記録。東京・豊洲にコンビニ「セブン・イレブン」開店。東名高速道路が全通（26日）。〔8月〕平塚市の団地でピアノの音がうるさいと、階下の母子三人を殺害する事件発生。丸の内・三菱重工ビル前で時限爆弾爆発（死者八人、重軽傷者三八五人）。以後、過激派の連続企業爆破が続く。

昭和50年〔5月〕「毎日新聞」の家族計画世論調査で、「子は理想としても現実としても二人」が定着し、八二％の夫婦が避妊を実行していることが判明。〔10月〕ハウス食品がインスタントラーメンのＣＭに用いた「ワタシつくる人ボク食べる人」というコピーが、男女差別にあたると指摘され放送中止。

昭和51年〔1月〕安楽死協会が発足（昭和58年に日本尊厳死協会と改称）。離婚届等不受理申し出制度が発足（勝手に離婚届を出されることを阻止する制度）。厚生省、人口妊娠中絶を認める時期を一ヶ月短縮して「六ヶ月まで」とすることを通知。〔6月〕戸籍法の改正で「離婚後の姓の自由」、「戸籍簿閲覧制廃止」が認められる。〔10月〕ハードコアポルノ映画の第一作、大島渚監督の「愛のコリーダ」（主演・藤竜也、松田英子）が封切り。

昭和52年〔1月〕大学生の性意識調査で日本の女子大生は二五年前のアメリカ人並みの性意識をもつものの、親の世代より保守的という結果に。〔3月〕末吉暁子『星に帰った少女』（偕成社）刊行。同書を機に離婚・再婚をテーマにした児童文学出版が相次ぐ。〔4月〕東京都新宿区に婦人相談センター（通称「駆け込み寺」）が開設。〔5月〕大阪大学のアメリカ人講師が「女性らしくない」という理由でジーパン着用の女子学生の受講を拒否。ジーパン論争が起こる。「体型がくずれる」という理由で授乳を避ける母親が増加したことにともない、厚生省が母乳キャンペーンを実施。〔6月〕米国のシェアー・ハイトが女性三〇〇〇人の証言をもとにまとめた『ハイト・リポートＰａｒｔ１――新しい女性の愛と性の証言』の日本語版（石川弘義〔訳〕昭和52年6月、パシフィカ）が発刊されベストセラーに。女性の一〇人に七人がペニスの挿入によってオルガスムスを得ているわけではないという実態が明らかになる。〔10月〕日本人男性の台湾旅行で買春「夜の観光」が問題になる。

昭和53年〔1月〕「月刊総評」において、東京大学新聞研究所教授・稲葉三千男が「青年が少年マンガを読んで喜ぶのは心理的な退行現象。買うな、読むな」と書いたことからマンガをめぐる論争が勃発。〔3月〕原宿に開店したブティック「竹の子」が考案したハーレムスーツを着て踊る若者が増え、「竹の子族」とよばれる。〔7月〕英国で世界初の体外受精児が誕生。「試験管ベビー」の第一号。〔10月〕警察庁が初めてサラ金被害の実態調査を発表。同年一月から八月の期間中、自殺者一三〇人、家出一五〇二人、売春の強要一三人。赤ちゃんに接した経験をもたないまま成人になった母親が急増（東京の「赤ちゃん一一〇番」が、「一〇〇〇人中六六〇人が成長期に赤ちゃんと接したことがないまま母親になっている」と発表）。医療法の改正により、美容整形が美容外科という名称で医療行為に。女性向けポルノ「ロマン文庫」（出版は角川文庫の子会社である富士見書房）発刊。

昭和54年〔1月〕初の国公立大学共通一次試験実施。大阪市の三菱銀行北畠支店に猟銃強盗が入り人質四〇人とともに籠城。三日後、犯人・梅川昭美の射殺により事件解決。〔3月〕EC委員会の対日戦略基本文書のなかで、日本人を「ウサギ小屋に住む働き気違い」と表記していることが判明。東京で円《まどか》より子による「ニコニコ離婚講座」開催。インベーダーゲームが流行。「ふたりの部屋」（主婦の友社）創刊以後、インテリア雑誌ブームが起こる。新築が無理ならせめて部屋の内部を豊かにしたいという志向を反映。〔4月〕青少年の「遊び型」家出が増え、同年四月間のうちに一五〇〇人を超す。〔5月〕建設省の「住宅需要実態調査」の結果、住宅困窮世帯が全体の四〇%。〔8月〕日本性教育協会が、幼稚園から大学までの性教育指導要領を発表。〔9月〕スワッピング雑誌「スウィンガー」創刊。人妻の顔出し写真が公開される。

昭和55年〔1月〕全国大学生活協同組合の調べによると、東京都内に下宿している大学生の部屋は平均六畳、生活費は平均八万八〇〇〇円あまり。総理府の「婦人に関する世論調査」によると、「一人立ちできれば結婚しなくてもよい」、「子どもができても仕事を続ける」と答えた女性が合わせて二三%（昭和47年調査時の二倍）。〔3月〕子育て専門雑誌「マザーリング」（ごま書房）創刊。〔3月〕女子学生を対象とした会館、ハイツが続々登場。ユニット式バス、トイレ、冷暖房、洋服タンス、冷蔵庫付きで家賃は月四万五〇〇〇円〜七万円。〔4月〕公営住宅法が改正され、単身者も入居できるようになる。〔5月〕日本産婦人学会で、開業医・夏山英一博士が妊娠五ヵ月の胎児の性別を超音波で診断する方法を発表。的中率は九九・九%。〔7月〕二年にわたって多数の女性と集団失跡を続けていた「イエスの方舟」教祖・千石剛賢《たけよし》に逮捕状が出される（のち、容疑事実はないとして不起訴処分）。〔8月〕新宿駅西口で浮浪者風の男が京王帝都バスに放火（死者六名、重軽傷者一九名）。〔9月〕女子大生が就職用に美容整形を行うことが話題に。全患者に対する比率は約三割。所沢市の富士見産婦人科病院の理事長・北野早苗を無免許診断の疑いで逮捕。本来、とり除く必要のない臓器摘出手術などの乱診乱療が判明。〔10月〕講談社からレディスコミックの第一号「BE LOVE」創刊。〔11月〕川崎市の高級住宅地で二浪中の予備校生が両親を金属バットで撲殺。〔12月〕厚生省が同省関係の法律で使われていた「つんぼ、おし、不具」などの言葉を改めると通達。

初出一覧

序論 書き下ろし

第一章 第一節 モラトリアム文学のはじまり――柴田翔『されど われらが日々――』論

「モラトリアムとしての〈知性〉――柴田翔『されど われらが日々――』論」(石川巧・瀧田浩・藤井淑禎・渡邉正彦編著『高度成長期クロニクル』平成19年9月、玉川大学出版会)

第二節 〈知性〉の変容――庄司薫『赤頭巾ちゃん気をつけて』論

「高度経済成長期における「知性」の変容――『赤頭巾ちゃん気をつけて』論」(「九大日文」第8号、平成18年10月・九州大学日本語文学会)

第三節 子規との対話――大江健三郎「他人の足」論

「カリエスの亜空間――大江健三郎「他人の足」論」(「山口国文」第17号、平成6年3月・山口大学)を改稿

第二章 第一節 原爆とエロス――川上宗薫の自伝的小説をめぐって

「原爆とエロス〈生の衝動〉――川上宗薫の自伝的小説をめぐって」(「原爆文学研究」第4号、平成17年8月・原爆文学研究会)

第二節 〈金の卵〉たちへのエール――松本清張『半生の記』を読む

「哀しき〈父〉と寂しき〈子〉――松本清張『半生の記』論」(「敍説」第Ⅲ期―1号、平成19年8月・花書院)

第三節 戯画としての合戦――吉川英治『私本太平記』論

「権力の機構――吉川英治『私本太平記』論」(「国文学 解釈と鑑賞」平成13年10月・至文堂)

第三章 第一節 妻たちの性愛――川端文学の水脈

「房子……川端康成『山の音』」(「敍説」第Ⅱ期―5号、平成14年12月・花書院)、「妻たちの性

愛」（『国文学　解釈と教材の研究』平成13年3月・学燈社）を改稿

第二節　**悶々とする日々への復讐――清張ミステリーの女たち**

「悶々とする日々への復讐――清張ミステリーの女たち」（『敍説』第Ⅲ期―4号、平成21年8月・花書院）

第三節　**同棲小説論――アパートのある風景**

書き下ろし

第四章

第一節　**三島由紀夫の死をめぐる一考察――『川端康成／三島由紀夫　往復書簡』を読む**

「作家としての〈立場〉をつくるということ――『川端康成／三島由紀夫　往復書簡』を読む」（桑瀬章二郎編『書簡の世界』平成21年10月、春風社）

第二節　**万博と文学――〈人類〉が主語になるとき**

「万博と文学――〈人類〉が主語になるとき」（『文科の継承と展開　都留文科大学国文学科50周年記念論文集』平成23年4月、勉誠出版）

第三節　**吉永小百合という記号――〈夢千代日記〉を読む**

「〈夢千代日記〉における原爆・白血病・吉永小百合」（『原爆文学研究』第7号、平成20年12月・原爆文学研究会）

第五章

第一節　**〈私〉探しの文学――太宰治の読まれ方**

「太宰治の読まれ方――読書感想文の世界に生き延びる「人間失格」」（斎藤理生・松本和也編『新世紀　太宰治』平成21年6月、双文社出版）

第二節　**ヒューマニズムとコスモポリタニズム――教育言説のなかの有島武郎**

「教育言説のなかの有島武郎」（『有島武郎研究』第12号、平成21年10月・有島武郎研究会）

第三節　**詩の反逆――辻征夫論**

「辻征夫」（飛高隆夫・野山嘉正編『展望　現代の詩歌　詩Ⅴ』平成19年12月、明治書院）

あとがき

私は、一九六三年に秋田の雪深い山間地に生まれ、高校時代までその小さな町で過ごした。町にたったひとつあった映画館に通い、マンガや雑誌しかない本屋で立ち読みをすることだけが娯楽であるような生活だったが、そんな起伏のない暮らしに厭きるわけでもなく、それなりに愉しくやっていたように思う。

一九六三年といえば、高度経済成長期のまっただなかである。その意味で、私は大量生産・大量消費時代の恩恵を一身に浴びて育った世代に属しているのだろう。——実際、家のなかに新しい家電製品が入ってきたり、衣食住の端々に洗練された都会の匂いが感じられるようになったりして、物質的な豊かさを享受しているという感覚はあった。ほんの少し前の世代まで継承されていたはずの戦後意識もいつの間にか消失し、あらゆる次元において平和が常態化していた。日常のどこを探しても殺伐とした光景に出くわすことはなかったし、不安や恐怖に慄《おのの》くこともなかった。刺激のない時間は奇妙に間延びしていたが、そのことに退屈することもなかった。

だが、私には高度経済成長期という〝右肩上がりの時代〟を生きていたという後づけされた知識があるだけで、高揚感そのものを体験した記憶がどこにもない。そして、いまあらためて振り返ったとき、まず思い浮かぶのは、自分が、日々刻々と変貌を遂げていく世の中から遠く隔たったところで暮らしていたという感覚である。それは私自身の幼稚さに由来するものかもしれないし、私の育った環境があまりにも田舎で、世の中の情報から隔絶されていたということなのかもしれない。その時代を夢中で駆け抜けている当事者にはいま自分が置かれている状況そのものを認識できないという側面もあるだろう。

私が、こうした記憶の残滓から学んだことのひとつは、私の記憶に刻まれている隔離感覚が、実は、能動的に為されていたことだったのではないかということである。誤解を恐れずにいえば、それは〈現実〉なるものを二元的に捉える視線、すなわち、遠くで起こりつつある出来事と身近なところで起こりつつある出来事を別々の〈現実〉として捉えようとする心性だったのではないだろうか。私は外部からの力で隔離されていたのではなく、自らの思惟で遠くの〈現実〉と身近な〈現実〉を区別し、保身のための小世界を構築していたのではないだろうか。

私が子どもの頃、世の中は東京大学安田講堂事件、三島由紀夫の割腹自殺、大阪万博、あさま山荘事件などに沸いていたし、やや成長してからは、オイルショック、連続爆破事件、ベトナム戦争終結などが続いたが、あの頃の私は、それらの出来事をテレビを通して配信される映像として認識することに自覚的だった。リアルな〈現実〉として看取するためのコードを意識的に切断し、スイッチを切ってしまえばその〈現実〉は消失すると思い込んでいた。自分が見たくない〈現実〉は見なくていいし、必要に応じてチャンネルを替えてしまうこともできるという無意識の独善性に身を委ねていた。

こうした感覚は、必ずしも物理的な意味での遠さに起因しているわけではない。たとえば、高度経済成長期の秋田では、働き盛りの大人が、冬のあいだ雪に閉ざされた町を出て都会に出稼ぎに行き、老人と子どもが留守をまもるという光景があたり前だった。私の遊び仲間にも寂しい思いをしながら父母の帰りを待っている子どもがたくさんいた。父母が出稼ぎに出発するときの沈鬱な空気と帰省したときの歓喜にあふれた表情は、傍目で見ていても切ないものがあった。その頃は都会で働く出稼ぎ労働者の境遇を知る由もなかったが、都会が繁栄し続けるために田舎の労働力が買い叩かれているという思いはあった。

だが、そんなときでさえ、私のなかのスイッチは何事もなかったように作動した。自分の家に戻って温かいご飯にありつけば、一瞬の感傷はつるんと消えてなくなった。私は決してそのことに無関心だったわけではないが、いざとなればいつでも〈現実〉を別のチャンネルに切り替えることができるという認識を、いつのまにか手に入れていたのである。

高度経済成長期の日本では、階層の違いが消失するかわりに、他者と自分とを比較しながら幸福の度合いを測っていくような価値観の相対化が急速に進み、経済から文化資本にいたるまで、あらゆる次元において偏差が大きければ大きいほど世の中が活性化するような社会システムが成り立ちつつあったが、ごく私的な感覚でいえば、そうした構造を支えていたのは、〈現実〉はひとつではないという思考のあり方であり、複数の〈現実〉を軽やかに横断していく切り替えスイッチの登場だったのである。

そんな私は、やがて文学と出逢い、言葉で表現された〈現実〉のなかに他者との隘路を求めるようになるわけだが、高度経済成長期の文学に焦点を絞って問題編成を試みようとした動機になったのは、やはり、あのスイッチの存在だった。本書をまとめるにあたって私がまず前提としたのは、あのスイッチは私だけのものではなく、広く時代を覆いつつあった共通感覚だったのではないかという漠然とした予測である。また、大きな〈現実〉を喪失した私たちは、自分を歴史のなかに位置づけることを忘れてしまったが、そうした〈忘却〉というスイッチを補填する機能を担ったのが〈やさしさ〉という価値観だったのではないか、という道筋も考えた。各論文では、それぞれのテキストに応じて議論の方向性を微妙に変えているが、結果的には、様々な文学テキストのなかに自分の面影を探すような試みになってしまった気がする。

本書をまとめることが決まり、これまでに発表した論文に手を入れつつ書き下ろしの原稿などを準備し始めたのは、ちょうど一年前、二〇一一年の冬だったと思うが、三月一一日の東日本大震災以降は日常に留まり続けること自体が困難になり、私自身、原稿を書くことはもちろん小説を読む気にすらなれない時期が続いた。ちょうど、占領期に刊行された雑誌の総目次を作成する仕事があったので、何も考えずひたすら作業に打ち込もうとしたが、それも虚しく空転することが多かった。受難に耐えながら、全国からの支援に笑顔で応えようとする東北の人たちの表情がテレビに映しだされるたびに、「また東北の人たちに〝素朴でおとなしいけれど粘り強い〟というレッテルが貼られていくのだろうなあ」と思った。これからしばらくの間、被災地の人々が強いられるであろう〈やさしさ〉への返礼、「絆」を深めるための過剰な笑顔、「元気をもらいました」といってもらうための虚勢などを考えると、いささか遣り切れない気持ちになった。いま被災地に暮らす人たちに必要なのは、怒りであり、その怒りをぶつける〈場〉なのではないかと思った。〈忘却〉というのは、フリーハンドで思考し、しがらみのない場所から言葉を発することができる人間に与えられた特権なのだという事実を、いまさらながらに突きつけられた。

本書に所収した論文の多くは「敍説」、「九大日文」、「原爆文学研究」といった同人誌、学会誌に発表したものである。いずれも、私が九州大学に在職しているとき、同僚として一緒に仕事をさせてもらった故・花田俊典氏とともに創刊や編集に携わった雑誌である。企画、原稿集めから発送作業に至るまで、同人の手作業で行い、身銭を切って継続してきた雑誌である。立教大学に移り、遠方での生活になってからは、研究仲間に作業を委ねることが多くなってしまったが、いまも愛着の念は薄れていないし、私を育ててくれた〈場〉だったという思いが強くある。

また、これらの雑誌はすべて故・花田俊典氏と懇意だった仲西佳文さんが営む城島印刷で作られている。印刷・出版のプロとして様々な工夫を凝らし、利益があがっているとは思えない研究雑誌を継続してくれる仲西さんの尽力とご厚情があったからこそ、私は自分の言葉を表現する〈場〉を確保していられたのである。装幀を担当していただいた毛利一枝さん、校正作業を手伝ってくださった創言社の坂口博さんも含めて、福岡で知遇を得た方たちには、いまも研究の様々な局面を支えてもらっている。九州大学を去るとき、私は、送別会を開いてくれた大学院生たちを前に、「東京から九州を考え続けます」などと偉そうな挨拶をしたが、実際は、いまだ九州で出逢った方たちの好意に甘えながら仕事をさせてもらっているということである。

一方、本書がテーマとして掲げる〈高度経済成長期の文学〉という問題系は、現在の勤務校である立教大学に赴任した頃から萌芽し、共同研究（科学研究費・基盤研究C「日本と中国の〈高度経済成長期のメディアと表現〉に関する多角的研究」二〇〇五年〜二〇〇七年、同「高度成長による文学と文化の変容——中国との比較を視座として」二〇〇七年〜二〇〇九年、同「高度経済成長期の社会と人間——中国との比較を通して」二〇〇九年〜二〇一一年）を通じてその輪郭を明らかにすることができたものである。共同研究のメンバーである大学院時代の恩師・藤井淑禎先生（立教大学）、および、瀧田浩（二松学舎大学）、渡邉正彦（玉川大学）両氏からは、多くの知見や示唆をいただくとともに、研究会活動、立教大学全学カリキュラム授業、北京での国際シンポジウムなどを一緒に企画することで貴重な経験を蓄積することができた。大学院時代の恩師、仲間たちと批評的に交わり、有意義な時間を持つことができたことを嬉しく思う。

思えば、福岡と東京に二つの〈場〉をもち、それぞれを振幅しながら仕事をしてこられたことは私にとって望外の財産である。二つの中心を同時に維持し続けようとすることで、私は〈忘却〉のスイッチに依存することを止め、複数の〈現実〉を引き受けるコツを学んだような気がしてならない。〈楕円の思想〉（花田清輝）を気取るわけではないが、二つの世界がメビウスの帯のように循環する動的な時間を持続し、それぞれの〈場〉で多くの人と交わり、逡巡し続けられたことが、私の背中を押し続けるエネルギーになったことは間違いない。

本書の編集はひつじ書房の森脇尊志さんに担当していただき、全体の企画・構成から内容の確認まで、きめ細かい作業をしてもらった。私は迂闊者なので色々と苦労されたと思うが、どんなときも嫌な顔ひとつせずに面倒をみてくださった。次の機会にも、また一緒に組んで仕事ができることを願わずにおれない。それから、本書の校正段階になって、故・辻征夫氏の夫人である辻郁子氏からは書誌事項の誤りを訂正していただいた。ここに記して感謝の意を表したい。

最後になってしまったが、本書の刊行に際しては立教大学から出版助成（二〇一一年度）を受けている。専門書を世に送りだすことが困難な時代にあって、勤務校からこのような支援をいただけたこと、本当にありがたいと思う。

索引

※索引は序論、本論、関連年表を対象としている。
※書名（作品名）索引からは新聞、雑誌、教科書などのタイトルを除外している。
※名字のみの引用、欧文表記の人名に関しては索引から除外している。

事項索引

あ

い

う

え

す

な

に

ぬ

の

は

ひ

ふ

へ

人名索引

の

は

ひ

ふ

へ

ほ

ま

書名（作品名）索引

そ

た

ち

つ

ふ

へ

ほ

ま

み

む

め

も

【著者紹介】

石川 巧（いしかわ たくみ）

〈略歴〉

一九六三年、秋田県生まれ。立教大学大学院博士後期課程満期退学。専攻は日本近代文学。山口大学専任講師、助教授、九州大学大学院助教授を経て、現在、立教大学教授。

〈主な著書〉

『「いい文章」ってなんだ？――入試作文・小論文の思想』（ちくま新書）、『書簡を読む』（共著、春風社）、『川端康成作品論集成 第二巻「浅草紅団」「水晶幻想」』（共編著、おうふう）、『「国語」入試の近現代史』（講談社メチエ）、『九州という思想』（共著、花書院）、『高度成長期クロニクル』（共編著、玉川大学出版部）、『展望 現代の詩歌 詩V』（共著、明治書院）、など。

ひつじ研究叢書〈文学編〉4

高度経済成長期の文学

発行　二〇一二年二月一四日　初版一刷
定価　六八〇〇円＋税
著者　©石川巧
発行者　松本功
装幀者　毛利一枝
印刷・製本所　株式会社 シナノ
発行所　株式会社 ひつじ書房
〒一一二-〇〇一一
東京都文京区千石二-一-二 大和ビル二階
Tel. 03-5319-4916 Fax. 03-5319-4917
郵便振替 00120-8-142852
toiawase@hituzi.co.jp http://www.hituzi.co.jp/
ISBN978-4-89476-597-9 C3091

造本には充分注意しておりますが、落丁・乱丁などがございましたら、小社かお買い上げ書店にておとりかえいたします。ご意見、ご感想など、小社までお寄せ下されば幸いです。

ひつじ研究叢書〈文学編〉5

日本統治期台湾と帝国の〈文壇〉

——〈文学懸賞〉がつくる〈日本語文学〉

和泉司著

定価六、六〇〇円＋税

明治詩の成立と展開

——学校教育との関わりから

山本康治著

定価五、六〇〇円＋税